WOLFGANG HOHLBEIN

Der Machdi

WOLFGANG HOHLBEIN

DER MACHDI

Der 13. Roman
der Chronik der Unsterblichen

LYX EGMONT

Originalausgabe Oktober 2011 bei LYX
verlegt durch EGMONT Verlagsgesellschaften mbH,
Gertrudenstr. 30–36, 50667 Köln

1. Auflage
Redaktion: Stefanie Zeller
Satz: Greiner & Reichel, Köln
Druck: GGP Media GmbH, Pößneck
ISBN 978-3-8025-8494-7
www.egmont-lyx.de

Kapitel 1

Der Mann brannte. Rote und orangefarbene Flammen züngelten aus seinen Kleidern, zehrten von seiner Haut und verbrannten sein Haar. Das Licht war so grell, dass es vielen der Zuschauer die Tränen in die fassungslos aufgerissenen Augen trieb, und der Gestank nach brennendem Stoff, verschmortem Haar und schmelzendem Fleisch war unerträglich. Das Feuer hatte bereits seine Fingernägel schmelzen lassen und die Haut von seinen dürren Fingern gefressen, sodass das rohe Fleisch und hier und da auch schon der weiße Knochen zum Vorschein kamen. Seine Augenlider waren verschmort und die Augäpfel darunter zu blinden weißen Kugeln geworden, und auch die Lippen waren längst aufgeplatzt, schwarze Narben in einem Gesicht, das kaum noch als solches zu erkennen war. Trotzdem bewegten sie sich, und nicht einmal das Prasseln der Flammen und das entsetzte Raunen und Flüstern der immer größer werdenden Menschenmenge konnte die gestammelten Worte übertönen, die der Mann hervorstieß, wo man doch eigentlich Schreie unerträglicher Qual erwartet hätte.

»Das ist interessant«, sagte Abu Dun.

Interessant? Andrej musste sich beherrschen, um nicht etwas zu sagen, was er vermutlich schon bereuen würde, bevor er es ganz ausgesprochen hatte. Stattdessen zwang er sich, den schrecklichen Anblick nicht nur weiter zu ertragen, sondern sogar genauer hinzusehen. Fast meinte er, die entsetzlichen Schmerzen dieses Mannes, der bei lebendigem Leibe verbrannte, selbst zu spüren. Er hatte Unzählige sterben sehen, manche auf schlimmere und noch sehr viel qualvollere Art … aber was diesem armen Burschen da vor den Augen der gierig gaffenden Menge geschah, *das tat er sich selbst und aus freien Stücken an!*

Viel mehr noch als dieses grausige Schauspiel jedoch interessierte Andrej die junge Frau, die diesen besonders einfallsreichen Selbstmörder begleitete. Da war etwas an ihr, das ihn irritierte, ohne dass er genau sagen konnte, was.

»Ich meine ja nur«, fuhr Abu Dun fort, als er wohl einsah, dass Andrej sich nicht auf eine – ohnehin fruchtlose – Diskussion einlassen würde, aber auch nicht bereit, so leicht aufzugeben, »dass es zumindest eine originelle Methode ist, sich selbst von dieser in die nächste Welt zu befördern, falls es sie gibt und wie immer sie auch aussehen mag. Wenn auch gewiss nicht die angenehmste.« Er zog eine Grimasse. »Er muss gute Gründe gehabt haben, diesen Weg zu wählen … aber vielleicht ist er ja auch einfach nur verrückt.«

Andrej glaubte weder das eine noch das andere. Verzweifelte Menschen waren imstande, die unglaublichsten (und schrecklichsten) Dinge zu tun, aber er hatte den Mann bereits im Auge gehabt, bevor er mit seiner grausigen Vorstellung begonnen und sich selbst laut betend mit Öl übergossen hatte, das dann von der dunkelhaarigen Schönheit in seiner Begleitung in Brand gesetzt worden war. Ein erschreckender Anblick, ganz zweifellos, aber irgendetwas an der ganzen Szenerie war … sonderbar. Das Feuer war echt, die Flammen, deren Hitze er spürte, real und der

Schmerz, den der bedauernswerte Mann litt, war nicht gespielt. Und trotzdem ...

»Lass uns gehen«, sagte er, den Gedanken verscheuchend. Auf der Stelle wollte er sich herumdrehen, doch Abu Dun legte ihm eine gewaltige Pranke auf die Schulter und schüttelte den Kopf.

»Warum so eilig, Hexenmeister?«, fragte er.

»Warum nicht?«, gab Andrej gereizt zurück. »Seit wann macht es dir Spaß, den Qualen eines Sterbenden zuzusehen?«

Um nicht noch mehr Aufsehen zu erregen, als es ihrer beider Erscheinung ohnehin schon tat, hatte er ins Englische gewechselt, von dem er annahm, dass es keiner der Umstehenden verstand, und Abu Dun antwortete in derselben Sprache und unüberhörbar amüsiert: »Es gibt da noch eine andere Möglichkeit, weißt du?« Er deutete auf den brennenden Mann. »Der Kerl ist ein Betrüger.«

Andrej schwieg einen Moment und starrte den laut lamentierenden Greis an. Vielleicht hatte der Nubier ja recht, vielleicht auch nicht... aber was ging es sie an?

Er zuckte mit den Achseln und sagte laut: »Was geht es uns an?«

Abu Dun setzte zu einer Antwort an, und hinter Andrej erscholl nun die Stimme der jungen Frau, die dem lodernden Mann bei seiner entsetzlichen Vorstellung assistierte. »Seht her! Schaut, mit welchem Mut meinen Vater der Glaube an den einzigen und wahren Gott erfüllt!«

Ihren *Vater?* Andrej drehte sich nun doch noch einmal um und maß sie mit einem Blick, der diesmal nicht nur ihrem schönen Gesicht unter dem bunten Kopftuch galt. Die Frau war jung, vielleicht seine Enkelin ... aber dennoch – wie konnte sie zusehen, wie er sich etwas so Schreckliches antat?

Die Frau fuhr fort: »Und jetzt seht, wie Allah es denen dankt, die wirklich fest im Glauben zu ihm sind!«

Bei den letzten Worten hatte sie die Stimme leicht erhoben, und nun deutete sie mit dramatischer Geste auf die brennende Gestalt. Sie war gut in dem, was sie tat, das musste Andrej gestehen. Und sie tat es ganz bestimmt auch nicht zum ersten Mal, und –

Er war nicht der Einzige, dem ein erstaunter Laut entfuhr, als sich der lodernde Mann unbeholfen in die Höhe stemmte und die Arme hob, den Kopf in den Nacken gelegt und die Hände zu Krallen geformt, wie um sie in den Himmel zu schlagen. Die Flammen hüllten ihn nun zur Gänze ein, sodass er zu einer lebenden Feuersäule wurde. Seine Stimme wurde lauter, aber er schrie noch immer nicht vor Schmerz, sondern brüllte abwechselnd den Namen Allahs und ein anderes Wort, das Andrej nicht verstand.

»Lass uns verschwinden«, sagte er noch einmal.

»Sofort«, sagte Abu Dun, rührte sich aber nicht. Die junge Frau fuhr fort, das schrille Salbadern ihres angeblichen Vaters mühelos mit einer Stimme übertönend, die vor Ehrfurcht bebte: »Seht, wie der einzige und wahre Gott seine Kinder beschützt, und hört das Wort des Machdi, der seinen Willen verkündet!«

Der Alte reckte die Arme noch weiter in die Höhe und schrie nun ebenfalls: *»Machdi!«*, wobei Flammen und schwarzer Rauch aus seinem Mund schossen, so als spräche er das Wort mit Feuer. Abu Dun seufzte: »Ja, das war beeindruckend«, dann war er mit wenigen raschen Schritten bei ihm. Ohne das geringste Zögern ergriff er die lodernde Gestalt, strich mit den bloßen Händen an ihren Armen entlang und streifte das Feuer ab, das in zischenden weißen Strömen zwischen seinen Fingern hindurchfloss und brennende Pfützen zu seinen Füßen bildete. Schreie wurden ringsum laut, und der brennende Greis wollte sich losreißen, um zu fliehen, was Abu Dun jedoch nicht zuließ. Mit einer Hand hielt er ihn am Kragen fest, während er mit der anderen nun auch das Feuer von seinem Gesicht wischte.

Vielleicht ging er dabei etwas zu grob zu Werke, denn das Gesicht des Alten löste sich dabei gleich mit.

Abu Duns Hand streifte es von seinem Schädel wie eine Maske aus weichem Wachs, die noch immer brennend zu Boden tropfte. Und genau das war sie auch.

Der Alte zappelte und kreischte immer lauter, doch Abu Duns Hand hielt ihn unerbittlich gepackt, während er ihm mit der anderen fast gelassen die Reste der brennenden Maske vom Gesicht wischte; dann benutzte er seinen Mantel, um ohne Hast auch noch die letzten der Flammen zu ersticken, die aus den Kleidern des Mannes schlugen, bis schließlich der vermeintliche Greis mit schwelenden Kleidern und erschrockenem Gesicht dastand, das nur hier und da von der Hitze leicht gerötet, aber ganz und gar keine Brandwunden aufwies – und im Übrigen auch nicht annähernd so alt war, wie es noch kurz zuvor den Anschein erweckt hatte.

Für einen Moment kehrte vollkommene Stille ein. Selbst der angebliche Greis hörte auf zu kreischen und starrte den riesenhaften Nubier erschrocken an. Dann nickte Abu Dun ebenso übertrieben wie langsam und sagte: »Ja, das scheint mir wirklich ein Wunder zu sein … oder das Werk eines begnadeten Alchimisten, der ein ganz besonders kaltes Feuer erfunden hat, das nicht einmal deiner zarten Greisenhaut etwas antun kann.«

Jemand lachte, wenn auch nur ganz kurz, und allmählich erhob sich ein unruhiges Murren und Raunen überall in der Menge. Andrej versuchte Abu Dun mit einem Blick zu bedeuten, dass es genug war und er den Alten jetzt loslassen sollte, doch der Nubier fuhr nur mit einem maliziösen Lächeln fort: »Du bist ein

Betrüger, mein Freund. Einer von der schlimmsten Sorte, weißt du das? Du belügst die Leute nicht nur, du machst ihnen Angst. Und du verhöhnst ihren Glauben. Was soll ich jetzt nur mit dir machen? Vielleicht sollte ich dich ja tatsächlich in Brand setzen, damit du einmal spürst, wie es sich wirklich anfühlt, wenn man in Flammen steht.«

»Lass ihn los«, sagte Andrej mit einer Kopfbewegung auf die Mauer finster dreinblickender Gesichter, die sie umgab. »Den Rest erledigen die da.«

Abu Dun hielt den auf so wundersame Weise geheilten Mann am Kragen in die Höhe und schüttelte ihn so fest, dass seine Zähne aufeinanderschlugen, stellte sich dabei aber so ungeschickt an, dass er das Gleichgewicht verlor und einen hastigen, langen Schritt zur Seite machen musste. Unglücklicherweise prallte er dabei gegen einen der Männer neben sich, der prompt zu Boden ging. Zu allem Überfluss war er dabei auch noch ungeschickt genug, den zappelnden Mann loszulassen – der die Gelegenheit beim Schopf ergriff und mit erstaunlicher Behändigkeit davonrannte ... und das musste er auch, denn mehr als nur ein Mann setzte unverzüglich zu seiner Verfolgung an.

»Und das Wunder wird immer größer«, sagte Abu Dun in erstauntem Ton. »Er rennt wie ein Zwanzigjähriger. Dabei sah er aus, als wäre er mindestens hundert!«

Andrej bemerkte aus den Augenwinkeln eine Bewegung, streckte rasch den Arm aus und hielt die Schwarzhaarige an der Schulter fest, als sie ebenfalls ihr Heil in der Flucht suchen wollte. »Nicht so schnell, Mädchen«, sagte er. »Wir haben da noch ein paar Dinge zu besprechen.«

Das *Mädchen* gab einen Laut wie eine zornige Katze von sich, wand sich unter seinem Griff und bearbeitete seinen Handrücken mit Fingernägeln, scharf wie Barbiermesser und beinahe genauso hart. Dennoch ließ Andrej sie gewähren. Seine Hand blutete und sah nicht nur so aus, als hätte ein Löwe darauf herumgekaut, sondern fühlte sich auch fast so an, als sie schließlich davon abließ. Das Mädchen gefiel ihm, auch wenn der brennende Schmerz in seiner Hand das Vergnügen ihres Anblickes doch arg trübte.

»Wenn du endlich fertig bist, dann können wir jetzt vielleicht reden«, sagte er.

»Liefert sie uns aus!«, sagte eine herrische Stimme hinter ihm. »Sie ist eine Betrügerin!«

Andrej drehte sich betont langsam herum, darauf gefasst, einen der erbosten Zuschauer zu sehen, die zwar bisher um nichts betrogen worden waren, sich aber offenbar so fühlten. Der aufgebrachte Mann war fast eine Handbreit größer als er und ungewöhnlich kräftig gebaut für einen Osmanen, was auch der Grund dafür sein mochte, dass er sich nicht die geringste Mühe gab, den Zorn in seinen Augen zu unterdrücken.

Überrascht sah Andrej, dass er einen Harnisch, ein Schild und einen hohen bronzefarbenen Helm trug, von dem ein dunkelblaues Band herabhing, und in der anderen Hand einen Speer. Außerdem war er nicht allein. Schräg hinter ihm stand ein zweiter, etwas kleinerer Mann, der auf die gleiche Art wie er gekleidet war.

»Sprichst du mit mir?«, fragte Andrej betont kühl.

»Allerdings, Ungläubiger«, antwortete der Soldat. »Liefere uns das Mädchen aus!«

»Warum?«, fragte Andrej.

Der Mann war so wütend, dass Andrej beinahe überrascht war, als er tatsächlich antwortete. »Ich weiß nicht, was dich das angeht, Ungläubiger, aber ich sage es dir trotzdem. Sie und ihr Komplize sind Betrüger, die wir schon lange suchen. Übergib sie uns. Wir wissen, wie mit solchen wie ihr zu verfahren ist.«

Andrej machte nur ein nachdenkliches Gesicht, und hinter ihm grollte Abu Dun: »Und wenn nicht?«

Der Soldat setzte zu einer scharfen Entgegnung an und klappte den Mund dann wieder zu, ohne ein Wort gesagt zu haben. Andrej musste sich nicht umdrehen, um zu wissen, dass Abu Dun jetzt mit vor der Brust verschränkten Armen hinter ihm stand und auf den Soldaten herablächelte, vermutlich wie eine große, zufriedene Katze, die eine Maus betrachtete.

Er musste selbst ein Lächeln unterdrücken, war aber auch leicht besorgt. Der Soldat und sein Kamerad waren keine Gefahr, aber sie waren nicht nach Konstantinopel gekommen, um hier sofort wieder aufzufallen.

Zu seiner Erleichterung setzte der Mann zwar eine grimmige Miene auf, machte aber auch einen demonstrativen halben Schritt zurück. »Ganz wie du meinst«, sagte er. »Aber es ist niemals klug, die falsche Partei zu ergreifen.«

»Das werde ich mir zu Herzen nehmen«, versprach Andrej.

Der Soldat sah ihn einen Moment lang mit einer Mischung aus Zorn, Furcht und noch etwas an, das er zwar nicht genau definieren konnte, das ihm aber ganz und gar nicht gefiel, dann nickte er knapp, fuhr auf dem Absatz herum und stürmte zusammen mit seinem Kameraden davon.

»Das ging schnell«, sagte Abu Dun. Er klang fast ein bisschen enttäuscht. »Was man sich über die Soldaten des Sultans erzählt, scheint mir doch hoffnungslos übertrieben zu sein.«

Die Soldaten des Sultans? So viel zu ihrem Vorsatz, sich möglichst unauffällig zu verhalten, so lange sie in Konstantinopel waren. Er wandte sich wieder dem dunkelhaarigen Mädchen zu. Sie hatte die

Szene aufmerksam verfolgt und wirkte nach wie vor angespannt, doch Andrej suchte vergebens nach Furcht in ihren ebenso dunklen wie schönen Augen. »War das wirklich dein Vater?«, fragte er.

»Was geht dich das an?«

»Ihr seid Schwindler«, sagte Abu Dun, als wäre das allein schon Grund genug.

»Und auch das geht euch nichts an«, sagte sie zornig. »Aber wir sind keine Schwindler.« Sie funkelte Andrej an. »Und jetzt lass mich los! Du und dein Freund habt schon genug Schaden angerichtet!«

»Schaden?«, ächzte Abu Dun. »Also mir kam es so vor, als hätten wir dir gerade das Leben gerettet, Mädchen. Aber ich kann mich natürlich auch täuschen. Wer weiß, vielleicht hätten sie dich ja gar nicht getötet. Weißt du, was sie mit Frauen machen, die sie für ehrlos oder für Verbrecherinnen halten?«

»Niemand würde es wagen, mich anzurühren«, behauptete sie. »Ich stehe unter dem Schutz des Machdi!«

Erneut versuchte sie sich loszureißen, hielt dann aber inne. Ein Ausdruck von Verwirrung huschte über ihr Gesicht, als sie wieder auf Andrejs Hand hinabsah, die zu zerfleischen sie sich gerade so große Mühe gegeben hatte. Die tiefen Kratzer hatten aufgehört zu bluten, und wenn man es genau nahm, dann sahen sie auch gar nicht mehr so tief aus.

Andrej zog die Hand zurück und griff mit der anderen unter den Mantel. Ganz kurz flackerte Furcht in den Augen der schönen Unbekannten auf, als sie dabei das Schwert sah, das er darunter trug, doch Andrej zog nur ein sauberes Tuch hervor.

»Versuch erst gar nicht wegzulaufen«, sagte er, während er es zu einem improvisierten Verband um seine Rechte wickelte.

Das Mädchen machte auch keine Anstalten zu flüchten, sondern überraschte ihn damit, seinen ungelenken Bemühungen, den Verband mit nur einer Hand zuzuknoten einen Moment lang stirnrunzelnd zu folgen und die Sache dann selbst in die Hand zu nehmen – wortwörtlich.

»Warum sollte ich weglaufen?«, fragte sie. »Ihr könnt mir nichts tun. Der Machdi schützt mich!«

»Wir haben auch nicht vor, dir etwas zu tun«, antwortete Andrej, und Abu Dun fügte mit einem fast liebenswürdigen Lächeln, in die Runde deutend, hinzu: »Wir könnten einfach gehen und dich denen da überlassen.«

Die Menge hatte sich zum Großteil zerstreut, nachdem das morbide Schauspiel vorüber war, doch etliche Männer waren geblieben und starrten die junge Frau finster an. Vermutlich war es allein Abu Duns beeindruckende Erscheinung, die den einen oder anderen davon abhielt, seinen Unmut an ihr auszulassen.

Als er keine Antwort bekam, sah sich Abu Dun mit theatralischen Gesten in alle Richtungen um und fügte dann hinzu: »Und wo ist dein geheimnisvoller Beschützer, Mädchen, dieser … *Machdi?«*

»Mein Name ist *Murida*, nicht *Mädchen«*, antwortete sie, während sie die Enden des Verbands mit einem weitaus härteren Ruck verknotete, als nötig war. Andrej tat ihr den Gefallen so zu tun, als überliefe sein Gesicht ein schmerzerfülltes Zucken. »Und ihr werdet ihn noch eher kennenlernen, als euch lieb ist. Vor allem du, schwarzer Mann!« Sie funkelte Abu Dun an. »Dass dieser Ungläubige Hand an eine Jüngerin des wahren Propheten legt, wundert mich nicht. Aber du, ein Mann aus unserem Volk?«

»Wer sagt dir, dass ich nicht glaube?«, fragte Andrej, und Abu Dun fügte mit einem breiten Feixen hinzu: »Die Frage ist nur, woran.«

»Du wirst für das bezahlen, was du gerade getan hast, schwarzer Mann«, versprach Murida. »Niemand stellt sich gegen den Machdi, hörst du? Niemand!«

»Abu Dun«, antwortete der Nubier. Wieder fiel Andrej auf, wie sehr er einer großen Katze ähnelte, wenn auch jetzt einer, die allmählich Hunger bekam. »Mein Name ist Abu Dun, nicht *schwarzer Mann.*« Er deutete auf Andrej. »Das ist mein Herr, Massa Sahib Andrej. Nur damit dein *Machdi* auch weiß, nach wem er fragen muss, wenn er uns sucht.«

»Macht euch ruhig lustig«, sagte Murida. »Lacht, solange ihr es noch könnt.«

Sie tat einen Schritt zurück und maß Andrej mit einem sehr langen Blick von Kopf bis Fuß, so als sähe sie ihn zum ersten Mal. Andrej versuchte in ihren Augen zu lesen, doch es gelang ihm nicht. Verwirrt, ja, sogar erschrocken, stellte er fest, dass sie in ihm etwas auslöste, das nicht sein durfte.

»Lasst ihr mich gehen, oder wollt ihr jetzt mit mir machen, was sonst die Soldaten des Sultans getan hätten?«, fauchte Murida.

Andrej konnte für einen Moment nicht anders, als ihren Mut zu bewundern – auch wenn es vermutlich eher der Mut der Verzweiflung war. Aber schließlich trat er ein Stück weit zurück und machte eine entsprechende Geste mit der bandagierten Hand. »Geh«, sagte er. »Und wenn du deinen angeblichen Vater triffst, dann solltet ihr euch vielleicht eine andere Vorstellung ausdenken, um eure Mitbürger zu unterhalten. Vielleicht ist nicht immer jemand in der Nähe, der dir den schönen Hals rettet.«

Murida funkelte ihn so zornig an, dass er damit rechnete, ihre Fingernägel nun im Gesicht zu spüren, doch dann stieß sie nur verächtlich ein Wort hervor, das er nicht verstand, fuhr auf dem Absatz herum und stürmte davon. Andrej sah ihr nach, bis sie in der Menge verschwunden war, und überzeugte sich davon, dass niemand ihr folgte.

»War das klug?«, fragte Abu Dun.

»Was?«, erwiderte Andrej, ohne sich zu ihm umzudrehen. »Nicht mit ihr zu tun, was die Soldaten des Sultans sonst mit ihr getan hätten?« Er schüttelte den Kopf. »Sie ist mir zu jung.«

»Jede lebende Frau auf dieser Welt ist zu jung für dich, was das angeht«, antwortete der Nubier mit einem leisen Lachen. »Ich meinte auch eher, sie gehen zu lassen, ohne noch mehr über sie und diesen angeblichen Propheten in Erfahrung zu bringen.«

Andrej warf ihm einen schrägen Blick zu, antwortete aber nicht sofort, sondern dachte einen Moment lang über seine Worte nach. *Machdi* ... Er hatte das unheimliche Gefühl, dass sich beim Klang dieses Namens etwas in ihm regte, wie eine unwillkommene Erinnerung.

Er verscheuchte den Gedanken. »War es klug, sich mit Süleymans Soldaten anzulegen, gleich am ersten Tag?«, fragte er.

»Warum Zeit verschwenden?«, feixte Abu Dun. Er schüttelte den Kopf, so heftig, dass sich das Ende seines Turbans löste und Andrej ins Gesicht geklatscht wäre, hätte dieser sich nicht hastig geduckt. »Und wieso ich? Ich bin ganz sicher, dass sich der Mann nur an einen Ungläubigen erinnern wird, der ihn an der Ausübung seiner Pflicht gehindert hat, nicht an einen armen kleinen Mohren.«

Andrej seufzte und verdrehte zur Antwort nur die Augen. Er blickte noch einmal in die Richtung, in die das Mädchen gegangen war, und fand sie nicht mehr, denn sie war längst in der Straße verschwunden, die zu einem der zahllosen Basare in diesem Teil der Stadt führte.

Während sein Blick über die Passanten streifte, beschlich ihn auf einmal ein seltsames Gefühl. Er hielt inne, doch es war ihm unmöglich, es in Worte zu kleiden, vielleicht, weil es etwas war, das er noch nie zuvor erlebt hatte; und er hatte eine Menge sonderbarer Dinge erlebt. Das Gefühl, beobachtet zu werden, kannte er, und es war ihm nun wahrlich nicht fremd, doch dies war etwas anderes und auf eine vage Weise erschreckend. Erst jetzt wurde ihm klar, dass er es die ganze Zeit über gespürt hatte.

»Hexenmeister?«, fragte Abu Dun, auf einmal ernst, und Andrej sah aus den Augenwinkeln, wie seine Hand unter den Mantel kroch. Hastig bedeutete er ihm, dass alles in Ordnung sei, ließ seinen Blick aber weiter aufmerksam über das bunte Durcheinander vor ihnen tasten. Sie wurden angestarrt – das war kaum eine Überraschung. Abu Dun wurde *immer* angestarrt, ganz egal, wohin sie kamen – aber er erkannte nichts als die übliche Mischung aus Neugier, Furcht und Misstrauen.

»Hexenmeister?«, fragte Abu Dun noch einmal. Jetzt klang seine Stimme eindeutig alarmiert. Seine Hand war unter dem Mantel verschwunden und hatte sich um den Griff des gewaltigen Krummsäbels geschlossen, den er darunter trug.

»Nenn mich nicht so«, antwortete Andrej ganz unwillkürlich, der selbst gegen den Impuls ankämpfen musste, die Waffe zu ziehen. Das unheimliche Gefühl, beobachtet zu werden, war fort, aber allein die Erinnerung daran war wie ein schlechter Geschmack, der hartnäckig blieb, nachdem man versehentlich in etwas Verdorbenes gebissen hatte. »Vielleicht hast du recht, und wir hätten sie nicht so schnell gehen lassen sollen. Komm! Suchen wir sie.«

Abu Dun sah ihn leicht empört an, verzichtete aber zu Andrejs Erleichterung auf eine spitze Bemerkung und zog nur die Hand wieder unter dem Mantel hervor. Während sie losgingen, wickelte

Andrej den Verband ab, den Murida gerade so liebevoll verknotet hatte. Seine Hand war lahm und kribbelte ein bisschen, weil der Stoff ihm das Blut abgeschnürt hatte, war aber vollkommen unversehrt.

Kapitel 2

Der kleine Platz, auf dem sich das bizarre Schauspiel zugetragen hatte, blieb rasch hinter ihnen zurück, als das bunte Treiben des Basars Abu Dun und ihn aufsog. Andrej war an zahlreichen solcher Orte gewesen, Hunderten sicherlich, und viele davon waren größer und bunter gewesen als diese schmale Gasse, und dennoch hatten sie in all der Zeit nichts von ihrer Faszination für ihn verloren. Farben, Gerüche und Geräusche bestürmten seine Sinne von allen Seiten und mit solcher Intensität, dass er für einen Moment fast die Orientierung zu verlieren drohte. Händler boten bunte Tücher, Stoffe und Teppiche feil, priesen lauthals die Qualität ihrer Waren oder demonstrierten sie auch gleich, soweit es sich um Musikinstrumente, Waffen oder Werkzeuge handelte, vorzugsweise natürlich solche, die möglichst viel Lärm machten. Düfte, nicht immer angenehme, benebelten seine Sinne, Hände zupften an seinen Kleidern, aufgeregt schwatzende Handwerker und Händler versuchten, ihn in ein Gespräch zu verwickeln oder in ihre Läden zu ziehen, die die schmale Straße zu Dutzenden säumten.

Andrejs scharfe Sinne, die ungleich empfindlicher waren als die eines sterblichen Menschen, erwiesen sich nun beinahe als Nachteil, denn es fiel ihm zuerst schwer, Wichtiges und Unwichtiges voneinander zu trennen. Wahrscheinlich hätte er in diesem Moment über das Mädchen stolpern können, ohne es zu erkennen. Und ohne Abu Dun, der ausnahmslos jeden hier um mindestens eine Haupteslänge überragte, wäre es wohl noch weit schlimmer gewesen, denn allein die beeindruckende Erscheinung des schwarz gekleideten und -gesichtigen Riesen sorgte dafür, dass die meisten Basarbesucher hastig vor ihnen zurückwichen – wenigstens die, die es in dem Gedränge konnten. Von dem Mädchen war natürlich nichts mehr zu sehen, auch dann nicht, als Andrej sich wieder gefangen hatte und nicht mehr in einem Orkan aus verwirrenden Eindrücken zu ertrinken drohte. Dann und wann gab er jetzt dem Drängen eines Händlers nach und blieb an einem Stand stehen, um eine Ware zu begutachten, die er weder brauchte noch bezahlen konnte, oder ließ sich schon einmal in einen Laden locken. Das Erdgeschoss jedes einzelnen Hauses schien aus einem Geschäft, einer Werkstatt oder auch gleich einer Mischung aus beidem zu bestehen. Die meisten dieser Räume waren klein und oft nicht besonders sauber. In vielen roch es schlecht, und die Handwerker saßen auf dem Boden und waren in schlichte Gewänder gehüllt. Was ihre geschickten Hände jedoch erschufen, das war dafür aber von umso größerer Qualität. Und nichts von allem, was er hier sah, war mit den winzigen Werkstätten in dem Teil der Welt zu vergleichen, der sich selbst Abendland nannte und die Herrschaft über alles beanspruchte: winzige, stickige Kammern, die oft genug nur von einer einzelnen Kerze erhellt und kalt und feucht waren, und in denen zumeist auch Dinge von minderer Qualität (oder zumindest minderer Schönheit) hergestellt wurden. Und wie sollte es auch anders sein, wenn die, die sie herstellten, fast immer hungrig waren, froren oder mit Krankheiten kämpften, und ihr einzig treuer Begleiter die Angst war?

Wie immer, wenn er nur lange genug an einem Ort wie diesem war, staunte er, warum der Orient mit seiner so überlegenen Kultur und Wissenschaft eigentlich nicht schon längst die unumstrittene Herrschaft über die Welt angetreten hatte. Vielleicht, weil seine Anführer trotz aller Weisheit nicht weise genug waren, nicht denselben Fehler zu begehen wie ihre Konkurrenten im dunkleren Teil der Welt, die versuchten, sie mit dem Schwert zu erobern. Oft fragte er sich, warum das so war, und fand immer nur dieselbe, frustrierende Erklärung: Weil die Welt nun einmal so war, wie sie war, und nicht einmal die Macht eines Unsterblichen ausreichte, um sie zu ändern. Wenigstens nicht zum Guten.

»Willst du ein neues Schwert kaufen, Hexenmeister?«, fragte Abu Dun.

Andrej fuhr ganz leicht zusammen; nicht wegen dem, was der Nubier gesagt hatte, sondern weil ihm erst im Nachhinein klar wurde, wie lange er schon dastand und den prachtvollen Saif ansah, den ihm der Händler mit solcher Begeisterung anpries, dass man meinen könnte, die Waffe wäre von Mohammed selbst geschmiedet und von Allahs Hand persönlich gesegnet worden.

Jedenfalls verlangte er einen entsprechenden Preis.

»Warum lasst Ihr Euren Freund nicht in aller Ruhe meine Ware begutachten?«, beschwerte sich der Händler auch prompt. »Er ist ein Mann von großem Geschmack, wie seine Wahl beweist, und zweifellos von mindestens genauso großem Sachverstand.«

»Du hast ja keine Vorstellung, wie recht du damit hast«, antwortete Abu Dun, während er zugleich die Hand ausstreckte und Andrej den – tatsächlich überaus kostbaren – Krummsäbel wegnahm. »Leider steht der Inhalt seines Geldbeutels in diametralem Gegensatz zur Größe seiner Sachkenntnis.«

Der Händler sah ein bisschen hilflos aus.

»Ich habe kein Geld«, erklärte Andrej. »Zumindest nicht genug, um ein solches Prachtstück zu erwerben … so wunderschön es auch ist. Habt Ihr es angefertigt?«

Der Händler nickte, zögerte einen Moment und gestand dann mit einem zaghaften Kopfschütteln, dass das vielleicht nicht ganz die Wahrheit gewesen war. »So gerne ich es behaupten würde, es wäre gelogen. Das ist das Werk eines wahren Meisters. Es ist sehr alt und den Preis wert, den ich Euch genannt habe.«

Je länger Andrej den prachtvollen Krummsäbel ansah, desto mehr glaubte er dem Mann. Der Preis war natürlich hoffnungslos überzogen, wie jeder Preis auf jedem Basar, bevor das Handeln begonnen hatte, aber es war tatsächlich eine prachtvolle Waffe, für seinen persönlichen Geschmack eine Spur zu leicht. Er ertappte sich bei dem Wunsch, sie zu besitzen, und reichte sie dem Händler mit fast schuldbewusster Miene zurück.

»Eine wirkliche Kostbarkeit«, sagte er. »Danke, dass ich sie mir ansehen durfte. Und danke für Eure Zeit.«

»Aber wir haben doch noch gar nicht –«, begann der Waffenschmied, doch da hatte sich Andrej bereits umgewandt und war so schnell durch die Tür, dass Abu Dun zwei weit ausgreifende Schritte machen musste, um ihn wieder einzuholen.

»Und was sollte das jetzt wieder?«, erkundigte er sich.

»Ich habe mir ein Schwert angesehen, das sollte es«, antwortete Andrej unwirsch, »und du – *was zum Teufel?!*«

Die letzten Worte schrie er – soweit er es konnte, denn der Nubier hatte ihm die flachen Hände mit solcher Gewalt vor die Brust gestoßen, dass ihm nicht nur die Luft wegblieb, sondern er auch zwei Schritte zurückstolperte und mit hilflos rudernden Armen gegen einen Wagen taumelte, der prompt unter dem Anprall in Stücke ging. Andrej gelang es irgendwie, sich auf den Beinen zu halten, doch so viel Glück hatten weder die beiden Besitzer des zusammenbrechenden Verkaufsstandes, noch etliche Kunden und Neugierige, die sich davor und daneben aufgehalten hatten.

Immerhin entging Andrej auf diese Weise der gekrümmten Messerklinge, die mit einem hässlichen Zischen durch die Luft fuhr, dort, wo sich sein Gesicht befunden hätte, hätte Abu Dun ihn nicht weggestoßen.

Geführt wurde er von einer schlanken Frauenhand, deren Besitzerin einen schrillen Schrei, halb wütend, halb überrascht, ausstieß und von ihrem eigenen Schwung nach vorne gerissen wurde und ins Stolpern geriet. Auch hinter ihm wurde ein Chor erschrockener und zorniger Schreie laut und ein Krachen und Poltern, als würde sehr viel mehr zu Bruch gehen als nur ein umstürzender Gemüsekarren. Doch Andrej achtete nicht darauf, sondern griff rasch zu, um Murida aufzufangen und ihr die Waffe zu entringen.

»Das war jetzt aber nicht besonders nett«, sagte Abu Dun.

Murida versuchte sich loszureißen und trat ihm gleichzeitig so fest gegen das Schienbein, dass es trotz ihrer leichten Sandalen ziemlich wehtat. Daraufhin versuchte sie, das Knie hochzureißen und ihm zwischen die Beine zu rammen, was Andrej aber verhinderte, indem er sich blitzschnell zur Seite drehte, sodass ihr Stoß nur seinen Oberschenkel traf – was noch mehr wehtat als ihr vorheriger Tritt.

»Brauchst du Hilfe?«, erkundigte sich Abu Dun treuherzig.

Andrej warf ihm einen schiefen Blick zu. Der Lärm in seinem Rücken wollte nicht verstummen. Jetzt mischten sich in den Chor aus Schmerz- und Schreckenslauten auch immer mehr zornige Rufe. Während Andrej nun auch die zweite Hand zu Hilfe nahm, um das tobende Mädchen zur Räson zu bringen, trat der Nubier rasch hinter ihn und begann die aufgebrachte Menge auf seine ganz eigene Art zu beruhigen. Andrej hoffte, dass es ohne allzu schwer Verletzte oder gar Tote abging.

»Jetzt hör endlich auf!« Andrej schüttelte das Mädchen so heftig, dass ihr Kopf in den Nacken flog. »Muss ich dir erst wehtun, bevor du Vernunft annimmst?«

Nicht, dass er das wirklich vorhatte. Doch Murida übernahm es schon ganz allein, und vermutlich mit nicht geringem Erfolg, denn sie wand sich weiter unter seinem Griff, sodass er immer kräftiger zupacken musste. Als auch das nichts nutzte, spuckte sie ihn an.

»Du verdammter Ungläubiger!«, schrie sie. »Hast du wirklich geglaubt, du könntest den wahren Propheten verhöhnen und ungestraft davonkommen?«

»Ich will euer Tête-à-Tête ja nicht stören, Hexenmeister«, sagte Abu Dun hinter ihm, »aber du solltest dich ein bisschen beeilen.«

Ohne Muridas Handgelenke loszulassen, warf Andrej einen raschen Blick über die Schulter zurück und stellte fest, dass Abu Duns Mahnung berechtigt war. Etliche Männer und Frauen lagen noch benommen am Boden, der eine oder andere rappelte sich hastig auf, um die Flucht zu ergreifen, laufend oder kriechend, und der Besitzer des zerstörten Wagens lamentierte immer lautstarker – aber auf etlichen Gesichtern las er Zorn, und ihre Zahl war groß genug, um auch Abu Duns beeindruckender Erscheinung etliches von ihrer Wirkung zu nehmen. Rasch wandte er sich wieder zu Murida um.

»Bist du verrückt geworden?«, fuhr er sie an. »Was hattest du vor? Dich umzubringen?«

Als Reaktion spuckte Murida ihm abermals ins Gesicht und schrie mit sehr lauter und klar verständlicher Stimme: »Lass mich los! Ich bin eine ehrbare Frau! Lieber sterbe ich, bevor ich mich von einem Ungläubigen berühren lasse!«

»Wie?«, fragte Andrej überrascht, und Muridas Stimme wurde noch schriller.

»Die Hände sollen dir abfallen, du Christenhund, wenn du es wagst, meine Tugend schänden zu wollen.«

»Gar nicht so dumm, deine neue Freundin«, sagte Abu Dun hinter ihm. Etwas klatschte, und irgendjemand fiel zu Boden, aber Andrej sah nicht hin, sondern schüttelte das Mädchen nur noch heftiger und griff jetzt so fest zu, dass er ihr zweifellos wehtat.

»Hör mit dem Unsinn auf!«, sagte er scharf. »Ich lasse dich los, wenn du mir dein Wort gibst, vernünftig zu sein. Aber ich kann auch anders!«

Als Murida sich weiter mit aller Kraft wehrte, kam Andrej nicht dazu, seine Warnung zu wiederholen, denn aus den Augenwinkeln registrierte er eine bedrohliche Bewegung. Murida nur noch mit einer Hand festhaltend, fuhr er herum und sah eine Gestalt auf sich zuspringen, die er mindestens dreißig oder vierzig Jahre älter (und lichterloh brennend) in Erinnerung hatte – und ohne einen Dolch in der Hand. Und der angebliche Greis bewegte sich mit phänomenaler Schnelligkeit, selbst für einen Mann seines wahren Alters.

Dennoch war er kein ernst zu nehmender Gegner. Andrej empfing ihn mit einem Tritt, von dem er hoffte, dass er ihm nicht das Bein brach, ihm aber für die nächsten Stunden gründlich den Spaß am Gehen vergrätzen würde, und der Mann fiel auch gehorsam aufs Gesicht und krümmte sich wimmernd. Doch Murida nutzte die kurze Ablenkung, um sich loszureißen und herumzufahren. Andrej griff nach ihrer Schulter, verfehlte sie aber um

Haaresbreite, und das Mädchen rannte Haken schlagend davon. Fluchend sah Andrej ihr nach und hätte dann beinahe laut aufgelacht, als sie einen weiteren Haken schlug und ausgerechnet in der Werkstatt verschwand, in der er gerade den kostbaren Säbel bewundert hatte. Der Raum dahinter hatte keinen zweiten Ausgang, wie er gerade selbst festgestellt hatte.

Trotzdem rannte er nicht langsamer, nahm sich aber die Zeit, noch einmal rasch zu Abu Dun zurückzublicken.

Es sah nicht gut aus. Mindestens ein halbes Dutzend Männer belagerten den riesigen Nubier. Einer lag bereits vor ihm und hatte offensichtlich schon Bekanntschaft mit seinen Fäusten gemacht, und die Menge wuchs rasch weiter an. Andrej wusste zwar, dass es der Nubier mit Leichtigkeit auch mit dieser Übermacht aufnehmen konnte, aber vermutlich nicht, ohne jemanden ernsthaft zu verletzen – oder gar zu töten. Und ein Blutbad auf diesem Basar war nun wirklich das Letzte, was sie brauchten.

Abu Dun hatte recht: Eile war angeraten.

Ohne langsamer zu werden, stürmte er durch die Tür und sah genau das, was er erwartet hatte. Murida stand am anderen Ende des schmalen Raumes und konnte nicht weiter. Den Waffenschmied hatte sie offenbar kurzerhand über den Haufen gerannt, denn er lag inmitten eines Durcheinanders aus umgeworfenen Möbeln und verstreutem Werkzeug und Waffen und versuchte sich gerade wieder benommen aufzurappeln, erstarrte aber bei Andrejs Anblick. Murida hielt etwas Blitzendes in der Hand, das er erst auf den zweiten Blick als das kostbare Schwert erkannte, das er selbst gerade so ausgiebig bewundert hatte.

Andrej näherte sich ihr bis auf zwei Schritte und blieb dann stehen. »Willst du nicht endlich aufgeben, bevor am Ende noch jemand zu Schaden kommt?«, fragte er. »Ich will nur mit dir reden, mehr nicht. Du hast mein Wort, dass ich dich gehen lasse, wenn du mir ein paar Fragen beantwortest.«

Murida stieß mit dem Schwert nach ihm. Für eine Frau – noch dazu eine so junge Frau – handhabte sie die Waffe mit erstaunlichem Geschick, aber Andrej wich dem Stoß trotzdem mühelos aus, packte ihr Handgelenk und entrang ihr das Schwert.

»Hör mit dem Unsinn auf«, sagte Andrej, der mit seiner Geduld nun fast am Ende war. Er wollte dem Mädchen nicht wehtun, aber der Moment war nicht mehr fern, dass ihm vielleicht keine andere Wahl mehr blieb.

Doch Murida gab nicht klein bei, sondern fuhr ihm mit den Fingernägeln der freien Hand durch das Gesicht und hinterließ dabei nicht nur vier dünne Spuren aus höllisch brennendem Schmerz, sondern zielte auch auf seine Augen, sodass Andrej ganz instinktiv zurückprallte und das Gesicht zur Seite riss. Den kurzen Moment der Überraschung nutzte sie, indem sie sich mit unerwartetem Geschick aus seinem Griff befreite und plötzlich neben und nur einen Sekundenbruchteil danach hinter ihm war, ohne dass er auch nur hätte sagen können, wie. Und als wäre das allein noch nicht unmöglich genug, entwischte sie auch irgendwie seiner blitzschnell zupackenden Hand und war im nächsten Augenblick aus der Tür und auf und davon.

Verblüfft starrte Andrej ihr nach, bevor er schließlich doch auf die Idee kam hinterherzustürzen.

Das Mädchen war verschwunden. Das sollte unmöglich sein (ungefähr genauso unmöglich wie die Tatsache, dass sie es an Schnelligkeit auch nur ansatzweise mit ihm hatte aufnehmen können), Muridas Vorsprung betrug nicht einmal einen Atemzug. Aber es war so. Und auch der Rest der Straße bot keinen ermutigenderen Anblick: Abu Dun bemühte sich noch immer, die aufgebrachte Menge zu besänftigen (indem er möglichst viele von ihnen niederschlug), und wer dazu in der Lage war, suchte sein Heil in der Flucht oder versuchte, von anderen mit derselben Absicht nicht zu Tode getrampelt zu werden. Andrej ließ den Blick weiter in die Ferne schweifen, doch Murida blieb verschwunden.

Stattdessen sah er zwei weitere Männer, nicht weit entfernt von ihm, die ihn anstarrten, beide mit kurzen, aber bösartig aussehenden Krummdolchen in der Hand.

Einer von ihnen war mindestens so alt wie der angebliche Vater des Mädchens vorhin den Anschein zu erwecken versucht hatte. Der andere war jünger, wog aber allerhöchstens halb so viel wie Andrej und sah aus, als reichte seine Kraft gerade noch, sich auf den Beinen zu halten. Trotzdem las Andrej in ihren Augen nicht einmal eine Spur von Unsicherheit, sondern nur Zorn, und eine Aggressivität, die keinen Grund mehr brauchte, um sich zu entzünden.

Andrej beschloss, das Einzige zu tun, das ihm sinnvoll erschien, ignorierte die beiden Männer und trat rasch an Abu Duns Seite.

Der nubische Riese brauchte seine Hilfe nicht. Mittlerweile lagen vier Männer zu seinen Füßen, von denen sich einer nicht mehr rührte, während sich die drei anderen mehr oder weniger benommen davonschleppten, aber der Rest hatte wohl endlich eingesehen, wie ungesund es war, sich mit dem fast sieben Fuß großen Koloss anzulegen, dessen größter Spaß eine zünftige Prügelei war. Wer sich jetzt noch auf der engen Straße befand, der machte, dass er wegkam.

Mit zwei Ausnahmen: Die beiden mit den Krummdolchen. Sie starrten Abu Dun aus Augen an, die schwarz vor Hass und heiligem Zorn waren und in denen nicht einmal ein Hauch von Furcht zu lesen war.

»Oh weh«, sagte Abu Dun. »Ich nehme den Rechten. Aber du hilfst mir doch, wenn ich es allein nicht schaffe, oder?«

Andrej antwortete nicht, und ihm war auch nicht nach Lachen zumute. Mit einer knappen Geste bedeutete er Abu Dun, zur Seite zu treten, und konzentrierte sich auf den linken und deutlich älteren der beiden Männer. Der Gedanke, gegen diesen alten Mann kämpfen zu sollen, kam ihm einigermaßen absurd vor – selbst wenn er nicht das gewesen wäre, was er nun einmal war.

Es war auch der andere Mann, der zuerst angriff. Mit überraschender Behändigkeit stürmte er los, stieß sich ab und überwand das letzte Stück mit einem gewaltigen Satz, an dessen Ende er nahezu waagerecht in der Luft lag, um Abu Dun die Füße gegen den Brustkorb zu rammen.

Weder machte sich Abu Dun die Mühe, ihn abzuwehren, noch wankte er auch nur unter dem Anprall. Der Bursche fiel einfach zu Boden, sein Messer flog klappernd davon, und was weiter geschah, bekam Andrej nicht mehr mit, denn nun musste auch er sich eines wütend vorgetragenen Angriffes erwehren.

Dass der Mann kurz vor dem Greisenalter stand, schien ihn wenig zu interessieren. Er griff ebenso entschlossen an wie sein Begleiter, wenn auch deutlich überlegter und mit kraftvollen und ungleich flüssigeren Bewegungen, als Andrej erwartet hatte. Seine Angriffe kamen so schnell, dass Andrej Mühe hatte, den ersten Stichen auszuweichen, bevor er sich auf diese unerwartete Flinkheit einstellen konnte.

Überrascht tänzelte er zurück, ließ das Messer bewusst dicht an seinem Gesicht vorüberzischen und versetzte dem Alten einen Schlag auf den Unterarm, der seine Muskeln hätte lähmen müssen. Der vermeintliche Greis ächzte vor Schmerz, ließ aber seine Waffe nicht fallen, sondern schwang sie im Gegenteil mit einer schon fast übernatürlich schnellen Bewegung herum und erwischte Andrej am Oberarm.

Der Schmerz war heftig, aber nicht von Bedeutung. Viel schlimmer war der bloße Umstand, dass er ihn überhaupt getroffen hatte.

Das hätte nicht passieren dürfen.

Genauso wenig wie das, was dann folgte: Der Alte wirbelte herum und stieß mit dem Dolch nach seiner Kehle und mit zwei ausgestreckten Fingern nach seinen Augen. Dem Dolch konnte er im letzten Augenblick ausweichen – den beiden Fingern nicht. In einer grellweißen Lohe löschten sie das Licht des einen Auges und blendeten das andere mit reinem Schmerz.

Mit einem gellenden Schrei stolperte Andrej zurück und schlug blindlings zu, spürte, dass er traf und wurde auch mit einem Schrei und dem zufriedenstellenden Geräusch eines brechenden Knochens belohnt. Doch schon im nächsten Moment grub sich eine Messerklinge in seine Seite, und Andrej ging auf, dass er vielleicht tatsächlich in ernsthafter Gefahr sein könnte. Er hatte den alten Mann unterschätzt, ein unverzeihlicher Fehler, für den er nun bezahlte.

Ohne auf den pochenden Schmerz in seinem linken Auge zu achten, sprang er auf, konzentrierte sich ganz auf seine anderen Sinne und entging auf diese Weise zwar dem nächsten Stich, der auf seine Kehle gezielt war, wurde aber weiter zurückgetrieben. Er kämpfte jetzt in der Defensive, was er verabscheute, denn es bedeutete, dass er nur noch reagieren konnte, statt Herr des Kampfes zu sein. Und blind oder nicht, es war einfach grotesk, dass er Mühe hatte, sich dieses alten Tattergreises zu erwehren!

Zornig nahm er die Hand von seinem Auge und zwang mit schierer Willenskraft die rosafarbenen Schlieren davor auseinander, sodass er seinen Gegner jetzt zumindest schemenhaft erkennen konnte – und den Dolch, der schon wieder wie der Giftzahn einer angreifenden Schlange nach ihm stieß. Mit einem hastigen Stolperschritt wich er ihm aus, versuchte dem Mann die Beine unter dem Leib wegzutreten und wäre fast selbst gestürzt, als der vermeintliche Greis ihm nicht nur mit fast spielerischer Leichtigkeit auswich, sondern aus der gleichen Bewegung heraus auch plötzlich hinter ihm war. Stoff zerriss, und eine dünne Linie aus rotem Schmerz raste an seinem Rücken hinab.

Andrej stürzte, drehte sich noch im Fallen herum und trat nach dem Angreifer. Er verfehlte ihn, trieb ihn auf diese Weise aber immerhin zurück und hielt ihn davon ab, ihm das Messer in den Hals zu jagen. Er hatte sich nicht getäuscht: Der Mann schwang seine Waffe jetzt mit der linken Hand, der rechte Arm war gebrochen und hing nutzlos herab. Doch das machte ihn weder langsamer, noch dämpfte es seine Angriffslust.

Wieder musste Andrej sich zur Seite werfen, um einem gemeinen Fußtritt nach seinem Gesicht zu entgehen. Nun wurde er allmählich *wirklich* wütend. Sein nächster Tritt traf aus dem Liegen heraus den Oberschenkel des Alten, und noch bevor er ganz zu Boden gestürzt war, war Andrej über ihm und entrang ihm den Dolch.

Wenigstens versuchte er es.

Der alte Mann (jetzt erkannte Andrej verblüfft, dass er tatsächlich alt war, mindestens siebzig) stieß mit dem gebrochenen Arm nach seinem unversehrten Auge, sodass er ganz instinktiv den Kopf in den Nacken warf und sich sein Griff um eine Winzigkeit lockerte. Mit einem unerwartet kraftvollen Ruck riss der Alte seine Waffe endgültig los und setzte sich die Spitze selbst unter das Kinn.

»Dafür wirst du bezahlen, Ungläubiger!«, kreischte er mit einer schrillen, überschnappenden Altmännerstimme. »Der Machdi wird meinen Tod rächen!«

Und damit rammte er sich selbst das Messer bis ans Heft in das weiche Fleisch unter dem Kinn, sodass die Klinge bis in sein Gehirn drang.

»Machdi«, flüsterte er sterbend.

Fassungslos saß Andrej sekundenlang einfach da und betrachtete das sonderbar helle Blut, das dünnflüssig wie Wasser über seine Hände sprudelte. Erst dann sprang er auf, wich hastig einen Schritt zurück und drehte sich zu Abu Dun herum, während er sich hektisch die Hände am Mantel abzuwischen begann. Auch der Nubier atmete schwer. Sein Gegner lag reglos am Boden, der Kopf in einem unnatürlichen Winkel. Sein Genick war gebrochen.

Ganz kurz huschte ein Ausdruck von Erschrecken über Abu Duns Gesicht, als er Andrejs verheertes Auge sah, doch dann blickte er verstört zu dem toten Greis hinab. »Bei Allah, Hexenmeister, was … war das?«, murmelte er stockend.

Andrej konnte zur Antwort nur die Schultern heben. Er war verwirrt und sehr viel erschrockener, als er zugeben wollte. Sein Auge schmerzte unerträglich, und er hatte immer noch große Probleme zu sehen. Mit dem linken Auge sah er nur verschwommen, die Umrisse verzerrten und verdrehten sich auf unmögliche Weise. Etwas Warmes und Klebriges lief über seine Wange. Aber das war allenfalls ärgerlich (und tat verdammt weh) und nicht der Grund für sein Erschrecken.

»Das hätte nicht passieren dürfen«, sagte er leise.

»Du wirst eben alt«, antwortete Abu Dun. »Das sage ich dir seit dreihundert Jahren.« Der Scherz verfing nicht. Der Ton, den er anschlug, war falsch, es schwang darin etwas mit, das beinahe an Furcht grenzte. Allein der Umstand, dass Abu Dun seinem Gegner das Genick gebrochen hatte, machte deutlich, dass etwas nicht stimmte. Genau wie Andrej war Abu Dun ein Krieger und Söldner, und als solcher hatte er viele Leben ausgelöscht … aber einem Gegner wie diesem hätte er normalerweise eine Kopfnuss verpasst und ihm vielleicht noch den Arm ausgekugelt oder ihm den Kiefer gebrochen, damit er ein kleines Andenken mit nach Hause nähme. Sie töteten nicht, wenn es nicht unbedingt sein musste.

Aber diese beiden Männer hatten nicht gekämpft wie normale Sterbliche. Sie *waren* es, ganz ohne Zweifel, und dennoch waren sie viel zu stark gewesen, viel zu schnell und wie … besessen.

Andrej ließ sich in die Hocke sinken, legte die Hand mit gespreizten Fingern auf das Gesicht des toten Greises und schloss die Augen.

Abu Dun sog scharf die Luft ein. »Was hast du –?«

Andrej brachte ihn mit einer rüden Geste zum Verstummen und konzentrierte sich ganz auf das, was ihm seine übrigen Sinne verrieten. Er hatte nicht vor, das Leben des Mannes zu nehmen, das ohnehin fast erloschen war. Das war nicht ihre Art. Sie taten es nur, wenn es unumgänglich war, um ihr Leben zu verteidigen oder eine besonders bösartige Kreatur für alle Zeiten unschädlich zu machen.

Doch tief in der erlöschenden Seele des Greises war noch etwas, ein winziger Funke dessen, was noch vor einem Augenblick ein Leben gewesen war. Nicht einmal mehr genug, um das Ungeheuer in ihm zu wecken und den Hunger des Vampirs zu schüren, aber genug, um zu erkennen, was dieser Mann einmal gewesen war.

Er stand auf, schüttelte den Kopf und wischte sich wieder die

Hand am Mantel ab, ohne sich der Bewegung bewusst zu sein. »Er war ein Mensch.«

»Mir kamen sie eher vor wie total verrückt gewordene Derwische«, knurrte Abu Dun. Dann fügte er in völlig verändertem Ton hinzu: »Aber wir können auch deine neuen Freunde dahinten fragen. Vielleicht wissen sie ja mehr darüber.«

Andrej sah ihn einen Herzschlag lang verständnislos an, dann folgte sein Blick Abu Duns ausgestreckter Hand. Er hatte noch immer Mühe, scharf zu sehen, erkannte aber trotzdem, dass sie mittlerweile fast allein auf der schmalen Straße waren. Wer konnte, war davongelaufen oder hatte sich in einem der Häuser versteckt. Vom anderen Ende der Gasse her näherte sich jedoch rasch ein ganzer Trupp Männer mit blitzenden Schilden und Speeren und hohen bronzefarbenen Helmen, an denen blaue Tücher flatterten.

Ohne ein weiteres Wort fuhren sie herum und rannten los.

Kapitel 3

Vier Tage später hatten sie nicht nur Unterkunft und Arbeit gefunden, Andrejs Auge war auch wiederhergestellt und hatte seine volle Sehkraft zurückerlangt. Es war nicht einfach gewesen. Konstantinopel war eine gewaltige Stadt – abgesehen von London vielleicht die größte, in der sie jemals gewesen waren, und mit ihrem bunten Gemisch aus hundert Völkern und tausend Kulturen noch ungleich verwirrender –, aber selbst in einer solchen Stadt war es für einen sieben Fuß großen Riesen und einen verwegen aussehenden Abendländer mit einem blutigen Verband über dem Auge nicht ganz leicht unterzutauchen.

Schließlich hatten sie ein Zimmer in einem Viertel gefunden, in dem man es gewohnt war, keine Fragen zu stellen und weg-, statt hinzusehen, solange nur genügend Münzen über den Tisch wanderten, und eine Arbeit am Hafen. Abu Dun machte dieses Leben anscheinend nichts aus – mit typisch arabischem Fatalismus nahm er alles, wie es kam, und versuchte das Beste daraus zu machen – aber Andrej empfand allmählich eine vage Empörung dem Schicksal gegenüber. Sie waren Unsterbliche, zehnmal so stark wie ein normaler Mensch und ungleich erfahrener. Sie hatten die Macht von Göttern und sollten wie solche leben und nicht wie Verbrecher, die sich in der Nacht verkrochen und die Nähe aufrechter Menschen flohen.

Viele ihrer Art hatten genau diesen Weg eingeschlagen. Die Welt wimmelte von Herrschern, Despoten oder selbst ernannten Göttern, hinter deren menschlicher Fassade sich etwas vollkommen anderes und Erschreckendes verbarg. Viele hatten einen hohen Preis dafür bezahlt, und noch sehr viel mehr ließen andere einen ungleich höheren Preis dafür zahlen. Und einige wenige … nun ja, lebten anders. So wie sie. Kein angenehmes Leben, aber eines, das sie sich selbst ausgesucht hatten.

Dennoch war er es manchmal leid, unter Verbrechern und Ausgestoßenen zu leben und sich ständig wie ein gejagtes Tier zu fühlen, das hinter jedem Schatten einen Verfolger und hinter jeder dunklen Tür eine Falle vermutete.

Da schien es ihm, als wäre der einzige Lichtblick seit ihrer Ankunft hier in Konstantinopel ein von schwarzen Haaren umrahmtes schmales Mädchengesicht mit dunklen Augen gewesen, doch nach nunmehr vier Tagen glaubte er nicht, dass er das Mädchen mit dem so unpassenden Namen – Murida bedeutete *Maus* – wiedersehen würde. Und vermutlich war das auch gut so. Doch noch besser wäre es gewesen, wenn sie gar nicht erst in diese Stadt gekommen wären.

»Kat«, sagte Abu Dun, während er sich mit seinem ganzen Gewicht auf den Schemel auf der anderen Seite des schmalen Tisches fallen ließ, was dem bedauernswerten Möbelstück nicht nur ein bedrohliches Ächzen entlockte, sondern auch Andrej abrupt aus seinen ohnehin sinnlosen Grübeleien riss. Er sah auf und blickte den Nubier einen Moment lang verständnislos an.

»Kat?«

»Kat«, wiederholte Abu Dun, vielleicht etwas zu laut, denn einige der anderen Gäste unterbrachen ihre Gespräche und sahen in ihre Richtung – mehr als nur einer deutlich missbilligend, wie Andrej fand. Er griff unter seinen Mantel und förderte ein kleines Leinensäckchen zutage, aus dem er eine Handvoll zartgrüner Blätter auf den Tisch schüttelte. »Angeblich haben die Perser seine Wirkung entdeckt, und das schon vor Jahrhunderten, auch wenn ich es bezweifle, denn ich habe noch nie etwas davon gehört. Aber seit einer Weile bekommst du es überall, auch hier in Konstantinopel.«

»Und?«, fragte Andrej.

Abu Dun steckte eines der Blätter in den Mund und begann darauf zu kauen. »Es schmeckt scheußlich«, schmatzte er, »aber es betäubt auch Zunge und Rachen, und wenn du genug davon kaust, lässt es dich den Hunger vergessen.«

»Interessant«, sagte Andrej in einem Ton, der das Gegenteil auszudrücken schien.

Abu Dun nahm sich ein zweites Blatt und fuhr unerschütterlich fort: »Und wenn du noch mehr kaust, dann betäubt es jeden Schmerz und macht dich schneller und stärker. Man sagt, die Anhänger des Machdi kauen es, und es verleihe ihnen übermenschliche Kräfte, solange es nur von ihrem Propheten persönlich gesegnet worden ist.«

Endlich verstand Andrej, worauf er hinauswollte. Drogen vermochten Menschen zu unglaublichen Leistungen zu bringen, aber ihm war keine einzige bekannt, die nicht einen zu hohen Preis dafür verlangte – und meist viel zu schnell. Nach einem Moment schüttelte er den Kopf. »Das waren keine Süchtigen.«

»Aber sie haben gekämpft wie Besessene«, antwortete Abu Dun und nahm sich ein drittes Blatt. »Man sagt, dass es das Kat ist, das den Anhängern des Machdi übermenschliche Kraft verleiht.«

Andrej wollte antworten, doch der Wirt trat an ihren Tisch und brachte unaufgefordert einen Becher mit warmer vergorener Kamelmilch, eine Spezialität dieses Hauses, die Andrej ausgesprochen widerwärtig fand, sich aber rasch zu Abu Duns Lieblingsgetränk entwickelt hatte – zumal es hier kein Bier gab. Der Mann rammte den Becher jedoch mit solcher Kraft auf den Tisch, dass es spritzte, und funkelte Abu Dun zornig an.

»Ich will dieses Zeug nicht in meinem Haus haben«, sagte er, auf das Kat deutend. »Und Gerede über den Machdi will ich hier schon gar nicht hören!«

»Welches Zeug?« Abu Dun stopfte sich die restlichen Blätter in den Mund und schmatzte noch lauter. »Siehst du? Schon weg.«

»Und bringt auch kein neues«, sagte der Wirt. Selbst im Sitzen überragte Abu Dun ihn noch um ein kleines Stück, aber das hinderte ihn nicht daran, in noch herausfordernderem Ton hinzuzufügen: »Das hier ist ein anständiges Haus!«

»Aha«, feixte Abu Dun, schmatzte und schickte dann einen donnernden Rülpser hinterher, der ihm etliche weitere missbilligende Blicke einbrachte.

»Es kommt nicht noch einmal vor«, sagte Andrej rasch. »Es tut mir leid. Sind welche von den Anhängern des Machdis hier?«

»Das fehlte noch«, schnappte der Mann. »Dieses Pack kommt mir nicht ins Haus!«

Andrej tauschte einen vielsagenden Blick mit Abu Dun. »Du scheinst sie nicht besonders zu mögen«, sagte er vorsichtig.

»Wenn es nach mir ginge, dann wäre dieses Gesindel schon längst aus der Stadt gejagt worden«, antwortete der Wirt inbrünstig. »Oder auch gleich aufgehängt!«

»Warum?«, fragte Andrej. »Sie sind eine Sekte, nicht wahr?«

»Wenn du es so ausdrücken willst.« Ein misstrauisches Funkeln trat in seine Augen.

»Ich weiß nichts von ihnen«, beeilte sich Andrej zu versichern. »Nur, was man eben so aufschnappt.«

»Aber Sekten gibt es doch hier beinahe mehr als Einwohner, oder nicht?«, fragte Abu Dun. Mit einem zweiten und noch lauteren Rülpser fügte er hinzu: »Ich meine: Ist es nicht so, dass jeder, dem ein Furz quer sitzt, am nächsten Tag verkündet, dass der Prophet selbst ihm eine Botschaft geschickt hat?«

Das brachte ihm noch mehr böse Blicke ein, aber der Wirt zog nur eine verächtliche Grimasse. »Sie sind schlimmer als die anderen«, sagte er. »Wo sie auftauchen, da machen sich Angst und Furcht breit. Sie behaupten, Allahs Wort zu verkünden, aber in Wahrheit ist es nur der Wille ihres angeblichen Propheten.«

»Der Machdi«, sagte Andrej. »Hast du ihn schon einmal gesehen?«

»Das hat niemand«, antwortete der Mann. »Und wer zu viele Fragen stellt oder zu kritisch ist, der verschwindet, oder man findet ihn mit durchschnittener Kehle.«

»Warum jagt sie der Sultan dann nicht einfach aus der Stadt?«, wollte Andrej wissen.

»Als ob er überhaupt wüsste, dass es sie gibt!«, antwortete der Gastwirt verächtlich. »Den hohen Herrn interessiert es doch nicht, was mit dem gemeinen Volk geschieht, solange es nur brav seine Steuern zahlt und genug Soldaten für sein Heer stellt!« Er wandte sich ab, schüttelte aber noch einmal bekräftigend den Kopf und schloss im Weggehen: »Ich will in meinem Haus nichts von ihnen hören. Haltet euch daran, oder sucht euch eine andere Unterkunft!«

Andrej wartete, bis er außer Hörweite war, und sagte dann: »Mit dem hast du es dir gründlich verdorben, Pirat.«

»Das scheint mir auch so«, sagte Abu Dun bekümmert. »Dabei habe ich ihm noch nicht einmal alles erzählt.«

»Und das wäre?«, fragte Andrej, in eine andere Sprache wechselnd.

Abu Dun schluckte die zerkauten Blätter mit einem nassen Schmatzen herunter und antwortete ebenfalls auf Deutsch: »Ich habe nicht viel über diesen Machdi gehört, aber dafür eine Menge über Süleyman. Er war wohl niemals besonders beliebt bei seinen Untertanen, aber seit seine Truppen vor Wien vernichtend geschlagen wurden, scheint sein Stern rapide zu sinken.«

»Und was genau soll das heißen?«, fragte Andrej.

»Dass es Mordpredigern wie diesem Machdi umso leichter fällt, neue Anhänger zu gewinnen«, antwortete Abu Dun. Er nahm einen großen Schluck Kamelmilch, um die Kat-Blätter hinunterzuspülen. »Ein unzufriedenes Volk bildet immer einen prachtvollen Nährboden für Aufruhr und Anarchie.« Er deutete mit dem Kopf in die Richtung, in die der Wirt verschwunden war. »Glaubst du, er wäre der Einzige, der so denkt? Wenn Süleyman nicht bald einen größeren Erfolg vorweisen kann, dann wird diese ganze Stadt zum Pulverfass.«

»Und der Machdi ist die Lunte?«

»Ich möchte jedenfalls nicht mehr hier sein, wenn es hochgeht«, sagte Abu Dun. »Womit wir beim Thema wären. Ich war heute Morgen nicht nur am Hafen, um mir ein zweites Frühstück zu besorgen.« Er wies auf das jetzt leere Leinensäckchen. »Ich habe mit dem Kapitän geredet, dessen Schiff gestern eingelaufen ist. Du erinnerst dich?«

»Die spanische Galeone?«

»Die *Elisa*, ja.« Abu Dun nickte. »Ich weiß, du hasst Schiffe, Hexenmeister, aber die *Elisa* läuft in einer Woche aus, und er hätte nichts gegen zwei zusätzliche Paar Hände an Bord, die zupacken können.«

»Ich will nicht nach Spanien«, sagte Andrej. »Gegen wen führen sie denn gerade Krieg? Frankreich? England?«

»Wenn jetzt noch nicht, dann sicher bald«, antwortete Abu Dun. »Aber wohin willst du denn überhaupt? Ich meine: Irgendwo müssen wir einmal bleiben, oder?«

»Dann such dir ein Stück Land und werde sesshaft«, antwortete Andrej in deutlich schärferem Ton, als er beabsichtigt hatte. Gleich darauf tat es ihm leid, dennoch konnte er nicht anders, als spöttisch hinzuzufügen: »Aber das hast du ja schon einmal versucht, nicht wahr? Wie ist es noch einmal ausgegangen?«

Abu Dun nahm die Bemerkung hin, ohne mit der Wimper zu zucken, aber auch diese Worte bedauerte Andrej augenblicklich. Ein einziges Mal in seinem so unglaublich langen Leben hatte der Nubier tatsächlich ein Haus gebaut und sich eine Familie genommen, wahrscheinlich waren diese wenigen Jahre damals auf Malta die glücklichsten seines Lebens gewesen. Aber sie waren im gleichen Feuersturm vergangen, der die gesamte Insel verschlungen hatte.

»Verzeih«, sagte er. »Das … hätte ich nicht sagen sollen.«

Abu Dun erteilte ihm keine Absolution, indem er etwas darauf antwortete, sondern fuhr fort, als hätte Andrej nichts gesagt: »Von Spanien aus gehen immer mehr Schiffe in die Neue Welt. Wir könnten sicherlich eine Passage bekommen.«

»Die Neue Welt? Findest du die alte nicht schon schlimm genug?«

»Und ich dachte immer, ich wäre der Schwarzseher von uns beiden«, antwortete Abu Dun.

Andrej verzog nur kurz und humorlos die Lippen. *Irgendwo*

mussten sie schließlich leben ... das mochte stimmen. Aber vielleicht würde es auf dieser Welt nie einen Platz geben, an dem Männer wie sie wirklich in Frieden leben konnten. »In einer Woche?«

»Plus minus ein paar Tage«, bestätigte Abu Dun. »Aber wohl eher plus. Sie müssen noch etliche Reparaturen vornehmen, bevor sie sich wieder auf die offene See hinauswagen können, und der Kapitän scheint mir doch ein wenig optimistisch, was ihre Dauer angeht. Aber so ungefähr, ja.« Etwas Aufforderndes erschien in seinen Augen. »Wir können uns das Schiff wenigstens einmal ansehen. Nein sagen kannst du dann immer noch.«

Was er ganz zweifellos nicht akzeptieren würde, dachte Andrej. Trotzdem stand er auf und machte stumm eine Kopfbewegung zur Tür. Abu Dun erhob sich ebenfalls, verließ das Gasthaus und blieb draußen sofort wieder stehen. Als Andrej ihm folgte und neben ihn trat, wusste er auch, warum.

Aus irgendeinem Grund kam der Mann Andrej größer vor als bei ihrem ersten Zusammentreffen vor vier Tagen. Vielleicht lag es daran, dass er in seinen Augen jetzt nicht nur Misstrauen las, sondern auch böse Vorfreude. Vielleicht lag es aber auch an dem guten Dutzend Soldaten, das in einem lockeren Halbkreis hinter ihm stand und mit seinen Musketen auf Abu Dun und ihn zielte.

»Ich sagte doch, dass es nicht klug ist, die falsche Partei zu ergreifen, Ungläubiger.«

Andrej schickte ein Stoßgebet zum Himmel, dass Abu Dun nichts Unüberlegtes tat, aber der Nubier stand einfach nur da und bescherte dem Soldaten das für ihn vermutlich höchst ungewohnte Gefühl, in das Gesicht eines anderen Mannes hinaufsehen zu müssen.

»Ja, ich glaube, so etwas habt Ihr gesagt«, antwortete Andrej, der endlich seine Überraschung überwand. Obwohl er den Blick fest auf die Augen seines Gegenübers gerichtet hielt, stellte er fest, dass das Dutzend Soldaten, das der Mann mitgebracht hatte, Janitscharen waren, die Elitetruppen des Sultans. Und sie hatten diesen Ruf durchaus zu Recht, wie er aus mehr als nur einer leidvollen Erfahrung wusste.

Trotzdem zwang er sich zu einem Lächeln und fuhr in leicht scherzhaftem Ton fort: »Ist das nicht ein bisschen viel Aufwand, nur weil Euch eine kleine Betrügerin entwischt ist?«

»Oder hattest du selbst ein Auge auf sie geworfen und bist jetzt verärgert?«, fügte Abu Dun hinzu.

Andrej fand die Provokation überflüssig, behielt seine Meinung aber für sich, und der Soldat – der nicht wie die anderen die Uniform eines Janitscharen trug – reagierte nicht darauf, sondern machte nur eine herrische Geste, woraufhin zwei seiner Begleiter ihre Waffen senkten und im Haus verschwanden.

Für eine kurze Weile geschah nichts. Dann wurde es im Haus laut, weil offenbar ein Streit ausbrach. Als es dem Soldaten schließlich über wurde, sie voller vorweggenommener Schadenfreude anzustarren, winkte er zum zweiten Mal. Zwei weitere Männer senkten ihre Waffen und gingen davon, kehrten aber schon kurz darauf zurück, einen dritten, weit kleineren Mann zwischen sich führend. Sein Gesicht kam Andrej vage bekannt vor, aber er konnte nicht gleich sagen, woher.

»Ist er das?«, fragte der Soldat.

»Ja!«, antwortete der Mann. »Diesen Ungläubigen erkenne ich sofort wieder und seinen Begleiter erst recht! Wer könnte einen solchen Kerl vergessen?«

Es war der Waffenschmied, in dessen Werkstatt er das kostbare Schwert bewundert hatte, wie sich Andrej jetzt erinnerte. Aber er verstand noch immer nicht, was dieser Auftritt sollte, und stellte die Frage auch laut.

»Das fragst du auch noch?«, ereiferte sich der Mann. »Du bist ein Dieb, Ungläubiger, ein gemeiner, hinterhältiger –«

Der Soldat brachte ihn mit einer Geste zum Schweigen. »Erzähl uns noch einmal, was geschehen ist«, verlangte er.

»Dieser Kerl da und sein schwarzer Komplize« – der Mann deutete aufgeregt gestikulierend abwechselnd auf Abu Dun und ihn – »sind in mein Geschäft gekommen und haben sich meine kostbarsten Waren zeigen lassen!«

Wieder wurde er mit einer rüden Geste zum Verstummen gebracht. »Ist das wahr?«, fragte der Soldat.

Andrej nickte, und der Händler fuhr mit schriller Stimme fort: »Mein allerbestes Stück haben sie sich zeigen lassen und die solventen Kunden gespielt. Mein bestes Schwert, einen Saif, den Saladin selbst in der Schlacht getragen hat!«

»Ist das wahr?«, fragte der Soldat noch einmal.

Andrej nickte auch jetzt. »Bis auf den Teil mit Saladin.«

»Was erdreistest du dich, du Christenhund? Die Zunge soll dir abfaulen, so –«

»Genug!«, sagte der Soldat scharf. »Erzähl weiter.«

»Sie sind gegangen, weil ihnen der Saif dann angeblich doch zu teuer war«, fuhr der Mann fort. »Aber dann haben sie und ihre Spießgesellen draußen auf der Straße einen Streit vom Zaun gebrochen, oder wenigstens so getan. Angeblich hat er eine junge Frau in mein Geschäft verfolgt, und sie haben miteinander gerungen. Alles kurz und klein geschlagen haben sie, meine besten Stücke ruiniert und genug Schaden angerichtet, um mich in den Ruin zu treiben! Und als sie fort waren, da war auch der Saif verschwunden!«

»Ist das wahr?«, fragte der Soldat zum wiederholten Mal. Aber er tat es auf eine Art, die Andrej davon überzeugte, dass es egal war, was er antwortete.

Es war auch Abu Dun, der es tat. »Ja, und danach haben wir zwei unserer Komplizen getötet, damit es auch glaubhaft aussieht. Das klingt logisch.«

»Tatsächlich«, antwortete der Soldat, »haben wir zwei Tote gefunden. Vielleicht waren es aufrechte Männer, die mutig genug waren, euch aufhalten zu wollen, und für diesen Mut mit ihrem Leben bezahlen mussten. Und einen dritten Mann, den ihr zum Krüppel geschlagen habt, sodass er nie wieder laufen kann … falls er es überhaupt überlebt.«

»Ihr habt seinen gebrochenen Arm vergessen«, sagte Andrej. »Der, mit dem er mir das Messer in die Kehle rammen wollte. Sagt, kam er Euch vielleicht irgendwie bekannt vor?«

Darauf antwortete der Soldat nicht, vielleicht, weil in diesem Moment die beiden anderen Männer wieder aus dem Haus kamen. Einer hielt einen in ein Tuch eingeschlagenen Gegenstand in Händen, den er ihm reichte.

»Das war in ihrem Zimmer.«

Andrej war nicht einmal überrascht, als der Soldat das Tuch zurückschlug und die sanft gebogene Klinge eines Saif darunter zum Vorschein kam. Behutsam, fast schon bewundernd drehte er das Schwert in den Händen und wandte sich dann an den Händler. »Ist es das?«

»Das fragt Ihr noch?«, lamentierte der Mann. »Ich habe es doch hinlänglich beschrieben, oder? Erkennt Ihr etwa nicht Saladins Schwert?«

»Das heißt dann wohl ja«, seufzte der Soldat.

»Das ist lächerlich«, sagte Andrej, »und das wisst Ihr auch.«

Der Soldat sah ihn auf schwer zu deutende Art an, wickelte den Saif dann sorgfältig wieder ein und gab seinen Begleitern einen Wink. »Durchsucht sie nach Waffen«, sagte er. »Und dann bindet sie. Wir nehmen sie mit.«

Es war ganz gewiss nicht das erste Gefängnis, in dem sich Abu Dun und er wiederfanden, aber das seltsamste. Es hatte ein vergittertes Fenster, und die Tür war ausgesprochen massiv und ließ sich nur von außen öffnen, doch damit hörten alle Ähnlichkeiten mit den diversen Kerkerzellen und Verliesen auch schon auf, die sie in nahezu allen Teilen der Welt kennengelernt hatten. Der Raum maß gute zwanzig Schritte im Quadrat, war mindestens fünf Meter hoch und hatte mit Holz vertäfelte Wände und eine mit aufwendigen Stuckarbeiten verzierte Decke. Eingerichtet war er mit kostbaren Möbeln, die Andrej eher in einem Palast erwartet hätte, und es gab wertvolle Teppiche und vermutlich nicht minder wertvolle Gemälde in vergoldeten Rahmen.

Und eigentlich war es kein Wunder, dass er sich vorkam wie in einem Palast, denn sie befanden sich tatsächlich in einem solchen.

Die Janitscharen hatten sie auf den Befehl ihres Hauptmanns (sein Name war Sharif, wie Andrej inzwischen wusste) hin entwaffnet und ihnen die Hände gebunden, sie darüber hinaus aber mit großem Respekt, ja, fast schon freundlich behandelt. Man hatte sie in einen geschlossenen Wagen verfrachtet, der sie quer durch die Stadt gefahren hatte – allerdings nicht in eines der zahlreichen Gefängnisse, von denen es in Konstantinopel beinahe mehr gab als Moscheen, sondern hierher, in den Topkapi-Palast, den Sitz des Sultans und sicherlich eines der prachtvollsten und fantastischsten Gebäude der Welt. Niemand hatte mit ihnen geredet, niemand hatte auch nur eine einzige der zahllosen Fragen beantwortet, mit denen Andrej Sharif und die anderen bestürmt hatte. Doch man hatte sie hierher in diesen Raum geführt und ihnen die Fesseln abgenommen, und später hatte ihnen ein genauso schweigsamer und von gleich vier bewaffneten Janitscharen begleiteter Diener ein der Umgebung angemessenes Essen gebracht.

Das war vor gut zwölf Stunden gewesen. Inzwischen berührte die Sonne schon fast wieder den Horizont. Der Tag ging zu Ende, und mit Ausnahme des stummen Dieners, der ihnen eine zweite Mahlzeit gebracht hatte, hatten sie in all diesen Stunden keinen Menschen zu Gesicht bekommen.

Nur einen Augenblick nachdem die Sonne ganz untergegangen war und immer mehr Schatten den großen Raum eroberten, erhielten sie den endgültigen Beweis, dass dieses Gefängnis sich von allen anderen unterschied, die sie kannten, denn Andrej hörte zwar näher kommende Schritte, aber an der Tür wurde geklopft, und es verging sogar ein Moment, bis sie das Geräusch des Riegels hörten und Sharif eintrat.

»Kommt mit«, sagte er knapp. Er war allein, aber Andrej konnte die Herzschläge mindestens zweier weiterer Männer draußen auf dem Gang hören und ihre Anspannung fühlen.

»Wohin?«, fragte er, stand aber auf. Abu Dun tat es ihm gleich.

»Wenn es nach mir ginge, geradewegs auf den Richtplatz«, antwortete der Hauptmann.

»Aber es geht nicht nach dir«, vermutete Abu Dun.

»Jemand will mit euch sprechen«, bestätigte Sharif. »Ihr werdet tun, was ich euch sage. Ihr werdet nicht reden, bevor man es euch ausdrücklich erlaubt, und ihr werdet antworten, wenn man euch Fragen stellt. Wenn ihr zu fliehen versucht, werdet ihr getötet. Wenn ihr lügt, werdet ihr getötet. Wenn ihr respektlos seid, werdet ihr getötet. Habt ihr das verstanden?«

»Werden wir getötet, wenn nicht?«, fragte Abu Dun.

Sharif erwiderte nichts, doch Andrej warf dem Nubier trotzdem einen mahnenden Blick zu. Sharif zog zwei Paar eiserner Handfesseln unter seinem Mantel hervor und winkte sie heran. »Legt euch die an.«

»Und wenn nicht?«, fragte Abu Dun.

»Rufe ich meine Männer, es gibt ein paar Tote und etliche Verletzte, und am Ende tragt ihr die Fesseln trotzdem«, antwortete Sharif mit einer Gelassenheit, die nicht gespielt war. »Es ändert nichts. Aber ihr würdet einigen Frauen ihre Männer nehmen und einigen Kindern ihre Väter. Wollt ihr das?«

»Janitscharen dürfen nicht heiraten«, sagte Abu Dun.

»Das ist wahr. Aber Kinder haben sie trotzdem. Und Frauen.« Sharif klapperte auffordernd mit den Handfesseln. »Ist es das wert?«

»Ist es *das* wert?« Andrej deutete auf die mit einer kurzen Kette miteinander verbundenen Eisenringe, und etwas höchst Unerwartetes geschah: Sharifs Blick folgte seiner Geste, und er konnte dem Janitscharenhauptmann ansehen, dass er angestrengt nachdachte. Dann nickte er und steckte die Handfesseln wieder ein. »Wahrscheinlich nicht.«

»Jetzt musst du uns nur noch unsere Waffen zurückgeben, und wir würden dir dein ungebührliches Benehmen bisher verzeihen«, sagte Abu Dun, »und möglicherweise sogar davon absehen, uns bei deinem Herrn über dich zu beschweren.«

Andrej verdrehte innerlich die Augen und fragte sich, wie weit Abu Dun wohl noch gehen wollte, um Sharif zu reizen. Doch der Hauptmann machte einen von einer einladenden Geste begleiteten Schritt zurück.

»Wenn du das möchtest.«

Jetzt war sogar Abu Dun so perplex, dass er nur eine Grimasse zog, und Sharif gestattete sich ein knappes Lächeln, wiederholte aber seine einladende, vielleicht befehlende Geste. »Kommt! Es geziemt sich nicht, meinen Herrn warten zu lassen.«

Zu Andrejs Erleichterung verzichtete Abu Dun auf weitere Frechheiten, während sie ihr luxuriöses Gefängnis verließen. Draußen trafen sie auf zwei Männer, die zwar Musketen trugen, sie aber nicht im Anschlag hielten und sie sehr aufmerksam, aber nicht unbedingt feindselig beäugten. Andrej spürte die Nähe anderer Männer, die ihnen – vermeintlich – unbemerkt folgten.

Sharif führte sie in scharfem Tempo durch ein wahres Labyrinth aus Gängen, Treppen und Fluren und schließlich über einen von prachtvollen Arkadengängen gesäumten Innenhof, der größer als so manches Dorf war, das sie gesehen hatten. Die Sonne war untergegangen, und überall brannten Fackeln und Öllampen mit bunten Gläsern. Sie durchquerten einen Garten, der beinahe die Ausmaße eines künstlich angelegten Waldes hatte und in dem trotz der vorgerückten Stunde noch zahlreiche Gärtner arbeiteten. Überall plätscherte Wasser, und er sah eine Unzahl exotischer Blumen und blühender Büsche. Bunte Vögel in zierlichen Käfigen schrien melodisch nach Freiheit, und von irgendwoher kam leise Musik. Alles war künstlich und für seinen Geschmack eine Spur zu grell, kam der Vision eines gläubigen Moslems vom Paradies aber vermutlich recht nahe. Seiner eigenen übrigens auch.

»Wohin bringt Ihr uns?«, wandte er sich an Sharif, als sie den Garten fast durchquert hatten. Er bekam keine Antwort. Sie näherten sich einer breiten Marmortreppe, die zu einem gewaltigen zweiflügeligen Tor hinaufführte. Krieger in blitzendem Harnisch und mit funkelnden Waffen, die aber hauptsächlich der Zierde dienten, flankierten die Tür, und auch dahinter brannte Licht in verschwenderischer Fülle. Andrej hatte eine recht klare Vorstellung, wohin sie gebracht wurden … auch wenn er sich nicht erklären konnte, warum.

Weitere Krieger schlossen sich ihnen an, als sie das Gebäude betraten und weitere mit nun wahrhaft überbordendem Prunk und Schmuck ausgestattete Räume und noch mehr Treppen hinter sich brachten. Schließlich blieben sie vor einer Doppeltür stehen, deren Größe die der meisten Kirchenportale überstieg, vor denen Andrej jemals gestanden hatte, und die nur zehnmal prachtvoller war. Sharif wechselte ein paar geflüsterte Worte mit einem der beiden Wächter, die davor postiert waren, woraufhin der Mann die Tür gerade weit genug öffnete, um durch den Spalt zu schlüpfen.

»Ihr werdet mit gesenkten Häuptern eintreten und meinen Herrn nicht direkt ansehen, es sei denn, dass er es euch erlaubt«, sagte Sharif. »Und ihr werdet nur sprechen, wenn ihr ausdrücklich dazu aufgefordert werdet.«

»Sonst werden wir getötet«, vermutete Abu Dun.

»Sehr langsam und unter unsäglichen Qualen«, bestätigte Sharif, und dieses Mal suchte Andrej vergeblich nach einem spöttischen Funkeln in seinen Augen.

Der Wächter kam zurück, zog die Tür nun ganz auf und bedeutete ihnen mit einem wortlosen Nicken, einzutreten.

Abermals war es eine vollkommen andere Welt, die sie empfing. Das Licht war gedämpft, aber sehr warm, und schwere, süßliche Gerüche bestürmten seine Sinne ebenso heftig wie das schiere Übermaß von Gold und Rot, in dem der Raum geradezu ertrank. Überall waren Kissen und kleine Sofas und zierliche Möbel aus den edelsten Hölzern, und in der Mitte des saalgroßen Raumes plätscherte ein marmorner Springbrunnen, der auch auf den Prachtstraßen Roms nicht unangenehm aufgefallen wäre.

Der Herr über all diesen Punk thronte auf dem gewaltigsten Diwan, den Andrej jemals gesehen hatte. Im ersten Moment fiel es ihm schwer, das Gesicht unter dem riesigen goldfarbenen Turban zu erkennen, das fast zur Gänze hinter einem gewaltigen gezwirbelten Schnauzbart verschwand. Flankiert wurde er von zwei glutäugigen Schönheiten, die zwar eine Menge Stoff am Leib trugen, der aber nicht wirklich dem Zweck zu dienen schien, ihre Reize zu verbergen, denn er war zum allergrößten Teil durchsichtig. Der Raum erinnerte an einen Harem und mochte es wohl auch sein.

»Senkt die Häupter«, raunte Sharif, »und macht kleine Schritte und nicht zu hastige Bewegungen.«

»Weil wir sonst getötet werden«, grummelte Abu Dun, gehorchte aber, und auch Andrej tat, wie ihm befohlen worden war. Trotzdem entging ihm nicht, dass Sharifs Männer hinter ihnen zurückblieben, als die Tür geschlossen wurde.

Ihre Anwesenheit war aber auch nicht nötig. Zumindest vor den Sinnen normaler Menschen gut verborgen stand ein weiteres halbes Dutzend Wächter in geschickt getarnten Nischen, und Andrej musste ihre Waffen nicht sehen, um zu wissen, dass sie nicht nur schöner Tand waren.

»Das ist nahe genug.« Sharif bedeutete ihnen, stehen zu bleiben, und kaum hatten sie es getan, erhob sich der Schnauzbärtige von seinem Diwan, ging mit kleinen, trippelnden Schritten zu einem zierlichen Tisch und ließ sich mit untergeschlagenen Beinen auf einem goldbestickten Kissen nieder. Die beiden Frauen wollten ihm folgen, doch er wedelte unwillig mit einer Hand, an deren Fingern so viele und schwere Ringe blitzten, dass Andrej sich fragte, wie er sie überhaupt noch heben konnte.

»Nicht jetzt, meine Täubchen«, sagte er. »Ich habe wichtige

Dinge mit diesen Männern zu besprechen, die euch gewiss nicht interessieren. Langweilige Dinge, zweifellos, die aber getan werden müssen. Geht und lasst uns allein!«

Die beiden Frauen entfernten sich gehorsam und schnell, und Andrej hatte Mühe, nicht abfällig die Lippen zu verziehen. Abu Dun schien diese Skrupel nicht zu haben. Er versuchte es erst gar nicht.

»Abu Dun und Andrej Delãny«, sagte der Schnauzbärtige mit einer Stimme, die mit einem Mal ganz anders klang. »Bitte setzt euch doch.«

»Sultan Süleyman der Zweite«, fügte Sharif erklärend hinzu. »Ihr dürft ihn jetzt ansehen. Und gehorchen.«

»Weil wir sonst getötet werden, ich weiß«, sagte Abu Dun – auf Deutsch. Süleyman wartete, bis sie sich gesetzt hatten und antwortete dann in derselben Sprache und vollkommen akzentfrei:

»Das wäre dann vielleicht doch ein wenig zu drastisch, nur wegen einer so kleinen Verfehlung. Ich fürchte, mein guter Hauptmann hat wieder einmal stark übertrieben. Er glaubt wohl, einen gewissen Ruf wahren zu müssen.«

Andrej ließ sich gehorsam vor dem niedrigen Tischchen auf beide Knie sinken, während Süleyman abwechselnd ihn und Abu Dun musterte und sich ganz unverhohlen über ihrer beider Überraschung amüsierte.

»Eine Erfrischung?«, fragte er, wartete ihre Antwort nicht ab, sondern wedelte mit der anderen Hand (die ebenso schwer von Ringen war), woraufhin wie aus dem Nichts ein Diener erschien, der ein Tablett mit Tee und Obst brachte.

»Ihr … sprecht Deutsch?«, fragte Andrej schließlich.

»Neben anderen Sprachen, ja«, bestätigte Süleyman – in einem fast ebenso akzentfreiem Französisch. »Es ist von Vorteil, die Sprache seiner Gegner zu sprechen.«

Er wartete, während der Diener sein Tablett ablud und ihnen Tee einschenkte, obwohl der Mann peinlichst darauf achtete, den Blickkontakt zwischen ihnen nicht zu stören. Auch Andrej fragte erst, als der Diener gegangen war:

»Sind wir das denn? Feinde, meine ich?«

»Nur, wenn Ihr und Euer Freund es sein wollt«, antwortete Süleyman, und Andrej revidierte seine vielleicht doch etwas vorschnell gefasste Meinung über ihn. Sultan Süleyman der Zweite war nicht nur der Herr dieses Palastes und Konstantinopels, sondern praktisch des gesamten Osmanischen Reiches, und damit der mächtigste Mann der Welt. Auf seinem Diwan, flankiert von zwei wunderschönen (und halb nackten) Frauen und in dieser ganz besonderen Umgebung wirkte er vielleicht wie eine Karikatur seiner selbst, aber Andrej begann sich jetzt zu fragen, ob Süleyman sich dieses Umstandes vielleicht nicht nur bewusst war, sondern sich auch alle Mühe gab, diesen falschen Eindruck zu pflegen. Er hatte eine Menge über den Sultan gehört – wenig davon war schmeichelhaft –, aber er war gewiss kein Dummkopf. Möglicherweise aber war er jemand, der wollte, dass alle anderen ihn dafür hielten.

Er versuchte es direkter. »Darf ich fragen, warum wir hier sind, Sultan?«

Sharif sog scharf die Luft zwischen den Zähnen ein, doch Süleyman lächelte nur und griff mit beiden Händen nach oben, um den Turban abzunehmen. Süleyman sah aus wie ein Mann in den Vierzigern, der sich gut gehalten hatte. Er hatte volles, pechschwarzes Haar und sehr wache Augen, und man sah ihm an, dass er einen ständigen Kampf gegen das Übergewicht focht. Einzig der überdimensionale Schnauzbart passte nicht zu diesem Gesicht, das Andrejs persönlichem Geschmack nach recht albern aussah.

»Ja, ich habe gehört, dass Ihr Männer seid, die das direkte Wort zu schätzen wissen«, antwortete Süleyman. »Umso besser. Ich möchte, dass ihr eine Aufgabe für mich übernehmt. Eine Aufgabe, die euch gefallen wird … und wenn ihr sie erfolgreich meistert, wird sie auch gut bezahlt.«

»Und wenn nicht, werden wir getötet?«, fragte Abu Dun, diesmal auf Italienisch. Andrej war fast erleichtert, als der Sultan jetzt nicht in derselben Sprache antwortete, sondern den Nubier nur verständnislos ansah.

»Und um welche Art von … Aufgabe handelt es sich?«, fragte er vorsichtig.

Statt sofort zu antworten, winkte Süleyman Sharif zu, der ein kleines Säckchen hervorzog und seinen Inhalt vor Abu Dun auf den Tisch schüttete. Als eines der zartgrünen Blätter in Abu Duns Tee landete, fischte der nubische Riese es mit reglosem Gesicht heraus und ließ es zwischen den Zähnen verschwinden.

»Das ist von schlechter Qualität«, sagte er kauend. »Heute Morgen hatte ich Besseres.«

»Ich weiß«, sagte Sharif. »Aber der Kerl, von dem Ihr es habt, wird für lange Zeit wohl kein Kat mehr verkaufen. Oder irgendetwas anderes.«

Abu Dun spülte mit einem Schluck Tee nach, der so heiß war, dass er sich eigentlich Lippen und Zunge daran hätte verbrühen müssen. Süleyman begann die Enden seines Schnurrbartes zu zwirbeln, nachdem er die Fingerspitzen in ein Schälchen mit Öl getaucht hatte, das vor ihm auf dem Tisch stand. Andrej hatte den Eindruck, dass sich die Lippen unter dem Bart zu einem flüchtigen Lächeln verzogen hatten, aber ganz sicher war er nicht.

»Wie gesagt: Der gute Hauptmann legt großen Wert darauf, nach außen hin einen gewissen Ruf aufrechtzuerhalten.«

Andrej überging die Bemerkung und nahm selbst eines der Blätter. »Es war uns nicht bekannt, dass diese Blätter hier nicht erlaubt sind. Es täte mir leid, wenn wir damit gegen ein Gesetz verstoßen hätten.«

Süleyman wandte sich nun direkt an Abu Dun. »Du hast lange nach einem Mann gesucht, der dir das Kat verkauft«, sagte er. »Das wundert mich. Nach allem, was ich über dich gehört habe, bist du kein Mann, der so etwas braucht.«

»Ich bin neuen Erfahrungen gegenüber immer offen«, antwortete Abu Dun. Sharif warf ihm einen nun wirklich bösen Blick zu, doch Süleyman schüttelte nur den Kopf.

»Ich weiß, wer du bist, mein Freund, und ich weiß auch, was du bist, genau wie dein Begleiter. Ihr braucht so etwas nicht.«

Abu Dun war klug genug, nichts darauf zu erwidern. Vermutlich fragte er sich, genau wie Andrej, wie viel der Sultan wohl *wirklich* über sie wusste und ob es vielleicht mehr war, als gut für sie (und ihn) war.

»Und ihr habt Fragen gestellt«, fuhr Süleyman fort. »Fragen, die man in dieser Stadt nicht gerne hört … und noch weit weniger gern beantwortet. Fragen nach dem Machdi. Was wisst ihr über ihn und seine Anhänger?«

»Wir sind mit einigen von ihnen zusammengetroffen«, sagte Andrej. »Aber ich versichere Euch, dass wir nichts mit ihnen zu schaffen haben.«

Erneut lächelte Süleyman. »Ja, man hat mir von eurem *Zusammentreffen* erzählt. Und würde ich glauben, dass ihr etwas mit ihnen zu schaffen habt, so würden wir dieses Gespräch nicht führen, denn dann wärt ihr bereits tot.«

»Warum sind wir dann hier?«, fragte Andrej geradeheraus.

»Weil ich wünsche, dass ihr etwas für mich tut«, antwortete Süleyman. »Es geht um eben diesen Mann, den Machdi. Ich möchte, dass ihr ihn für mich ausfindig macht und tötet.«

Andrej war nicht überrascht, allenfalls über ein einziges Wort. »Ihn töten? Nicht gefangen nehmen?«

»Selbst nach allem, was ich über euch gehört habe, und selbst wenn das alles der Wahrheit entsprechen sollte, dürfte euch das schwerfallen«, antwortete Süleyman. »Ihr könnt es versuchen und ihn mir bringen, aber sein Kopf in einem Korb würde mir genügen.«

»Was habt Ihr denn über uns gehört?«, wollte Abu Dun wissen.

»Dass ihr Männer des Schwertes seid«, antwortete der Sultan. »Ruhelose, die durch die Welt ziehen, immer auf der Suche nach einem Abenteuer, oder jemandem, der dafür bezahlt, sich ihr Schwert ausleihen zu dürfen.«

»Wir haben schon als Söldner gearbeitet, das ist wahr«, sagte Andrej rasch, bevor Abu Dun etwas antworten konnte, was sie den Kopf kostete. »Aber Ihr habt doch keinen Mangel an fähigen Soldaten. Ihr gebietet über das größte Heer der Welt.«

Oder er hatte darüber geboten, bevor es die Ungarische Reiterei in der Schlacht vor Wien in den Boden gestampft hatte. Aber das behielt er lieber für sich.

»Es gibt Gründe, aus denen es mir lieber wäre, wenn ihr diesen Auftrag erfüllt«, antwortete Süleyman. Er lächelte immer noch, aber in seiner Stimme war nun auch eine ganz sachte Spur von Ungeduld zu hören.

Andrej konnte sich auch gut vorstellen, wie diese Gründe aussahen. Süleyman mochte der mächtigste Mann der Welt sein, aber spätestens seit seiner Niederlage vor Wien war diese Macht nicht mehr unangefochten, das bewies allein schon die Existenz eines Mannes wie des Machdi und seiner Anhängerschaft. Wenn das, was ihnen der Gastwirt am Morgen über den Machdi erzählt hatte, stimmte, dann kam es bei seinen Untertanen vielleicht nicht besonders gut an, wenn er diesen Mann von seinen eigenen Soldaten ermorden ließ, vor allem dann nicht, wenn die Sache möglicherweise schiefging und der Machdi überlebte.

Da war es eindeutig besser, diese Schmutzarbeit zwei Fremden zu überlassen, von denen einer noch dazu ein Ungläubiger war.

»Wir sind keine Mörder«, sagte er.

»Und ich kein Mann, der einen Mordauftrag erteilt«, erwiderte Süleyman. Er klang verletzt. »Ich bezweifle nur, dass es euch gelingt, diesen Mann lebend zu fangen.«

»Wieso?«

»Weil er ein Geist ist«, antwortete Sharif an Süleymans Stelle. »Kaum jemand hat ihn jemals gesehen, und die wenigen, die von sich behaupten, ihm begegnet zu sein, sagen, es wäre unmöglich, ihn zu töten.«

»Und was bringt Euch dann auf die Idee, dass wir es könnten?«, wollte Abu Dun wissen.

»Wie ich schon gesagt habe«, antwortete Süleyman an Sharifs Stelle. »Wir wissen, *was* ihr seid.«

»Und was genau meint Ihr, dass wir sind, Sultan?«, fragte Andrej vorsichtig.

»Ungläubige«, antwortete Süleyman. »Söldner. Männer des Schwertes, die nicht nur ihre Waffen an jeden vermieten, der nur genug bezahlt, sondern auch ihr Gewissen. Aber auch, dass ihr noch nie einen Kampf verloren habt und es nichts gibt, wovor ihr Angst habt. Manche behaupten es jedenfalls.«

»Und was behaupten sie noch?«

»Vieles, und das meiste davon ist Unsinn«, antwortete der Sultan mit einem neuerlichen knappen Lächeln. »Dass ihr älter seid als die Zeit. Dass es unmöglich ist, euch zu töten. Und dass ihr die Seelen von Menschen fresst. Manche halten euch für Boten des Teufels, und andere für Abgesandte Gottes.«

»Und wer behauptet so etwas?«, fragte Abu Dun.

»Nehmt einfach einmal an, dieser Machdi existiert wirklich«, sagte Süleyman, statt Abu Duns Frage zu beantworten. »Und nehmt weiter an, es ist wahr, was die Menschen über ihn sagen, dass er jeden in seinen Bann ziehen kann und dass es unmöglich ist, ihn zu töten, dann hätte ich wohl keine Chance gegen ihn, trotz all meiner Soldaten und all meiner Macht. Wollt ihr einen Mann wie den Machdi an meiner Stelle sehen? Wisst ihr, was dann mit den Menschen hier geschähe? Mit der *ganzen Welt?*«

Nichts anderes als jetzt, hätte Andrej um ein Haar geantwortet, schluckte die Worte aber im letzten Moment hinunter.

Sie wären nicht wahr gewesen. Süleyman hatte die Welt mit Krieg überzogen und den größten Sturm von Gewalt und Unterdrückung entfesselt, der seit mehr als einem Jahrhundert über das Abendland hereingebrochen war. An seinen Händen klebte mehr Blut als an denen irgendeines anderen lebenden Menschen, und er würde nicht aufhören, trotz der vernichtenden Niederlage, die sein Heer vor Wien hatte erleiden müssen. Seine Generäle stellten bereits neue Armeen auf. Europa hatte bestenfalls eine Atempause gewonnen.

Und dennoch.

Süleyman war vermutlich das kleinere Übel. Er war alles andere als ein militärisches Genie, und oft genug hatte er die Empfehlungen seiner Generäle in den Wind geschlagen (und auch dem einen oder anderen von ihnen bei dieser Gelegenheit den Kopf von den Schultern) und seine eigenen Pläne umgesetzt, was während seiner gesamten Regentschaft zu einer Abfolge stets größer werdender militärischer Katastrophen geführt hatte, die schließlich in seiner Niederlage vor Wien gipfelte.

Aber vielleicht war ja nicht Süleyman das Problem, sondern der Machdi. Was diesen selbst ernannten Propheten anging, so hatte Andrej ein ungutes Gefühl. Was, wenn er nun auch ein Unsterblicher war – und zwar einer von der machtgierigen und vollkommen rücksichtslosen Sorte, für die ein Menschenleben nicht zählte? Ein Mann mit jahrhundertelanger Erfahrung, vielleicht sogar jahrtausendelanger, und ohne jegliches Mitgefühl, ohne Skrupel? Dann würde es wohl nicht mehr lange dauern, bis er Süleyman vom Thron verdrängt hätte und seinen eigenen Krieg führte. Der Rest Europas hätte keine Chance. Vielleicht nicht einmal der Rest der Welt.

Trotzdem schüttelte er den Kopf. »Wir mischen uns nicht in solche Dinge«, sagte er.

»*Solche Dinge*«, wiederholte Süleyman, als suchte er nach einem versteckten Sinn. »Das ist … bedauerlich. Ich nehme nicht an, dass es etwas gibt, womit ich euch umstimmen kann? Reichtümer? Frauen? Macht?«

»Die Androhung unseres Todes?«, fügte Andrej hinzu.

»Wohl kaum.« Süleyman seufzte traurig. Doch kurz darauf straffte er auch schon wieder die Schultern und lächelte. »Nun, einen Versuch war es wert. Ich bitte euch, mir die Unannehmlichkeiten zu vergeben, die euch durch meine vielleicht etwas unkonventionelle Einladung entstanden sind.«

Es dauerte einen Moment, bis Andrej begriff. »Ihr … lasst uns gehen?«, fragte er zögernd. »Einfach so?«

»Selbstverständlich«, antwortete Süleyman. »Wer will schon zwei Männer wie euch zu Feinden haben?«

Andrej machte eine Kopfbewegung auf die Nischen, in denen seine Leibwächter verschwunden waren. »Ihr hättet … Möglichkeiten.«

»Ach, ich bin überzeugt, dass ihr es euch noch einmal überlegen werdet. Denkt in Ruhe über das nach, was ich gesagt habe, und beratet euch. Und wenn ihr zu einer Entscheidung gelangt seid, dann kommt einfach hierher und fragt am Tor nach Hauptmann Sharif. Man wird euch einlassen.«

»Wir werden nicht zurückkommen«, sagte Andrej.

Süleyman lächelte. »Oh doch«, sagte er. »Das werdet ihr.«

Kapitel 4

Andrej konnte und wollte die Sache nicht auf sich beruhen lassen. Zuerst musste er herausbekommen, was es mit dem Machdi auf sich hatte und ob es sich wirklich um einen Unsterblichen handelte. Denn sollte das wirklich so sein, würde sich eine Konfrontation wohl kaum vermeiden lassen: Und dann wäre es besser, wenn er und Abu Dun ihm möglichst früh in den Weg traten.

Also taten sie so, als würden sie die *Gastfreundschaft* Süleymans annehmen. Und das erwies sich zunächst als nicht einmal unangenehm. Die Tür ihres vermeintlichen Gefängnisses stand auf, als sie zurückkamen, und auf dem großen Tisch wartete eine Mahlzeit, die selbst Abu Duns Appetit angemessen war. Auf dem Diwan daneben lagen neue Kleider in Andrejs und Abu Duns Größe (die der Nubier nicht anziehen würde, wie Andrej wusste, denn sie waren nicht schwarz) und daneben ihre Waffen – oder doch zumindest Abu Duns gewaltiger Krummsäbel, ein Schwert so lang und so schwer, dass ein Mann von normaler Statur es kaum hätte handhaben können.

Statt des schlanken Rapiers jedoch, das Andrej aus Venedig mitgebracht hatte, entdeckte er einen armlangen Saif mit vergoldetem Griff, der in einer Scheide aus feinem schwarzem Leder steckte. Andrej ging hin, nahm die Waffe nach einem kurzen Zögern zur Hand und zog sie aus ihrer Umhüllung, während Abu Dun sich wichtigeren Dingen zuwandte und sich über das Essen herzumachen begann. Aufmerksam musterte er die verschlungen ziselierten arabischen Schriftzeichen auf der Klinge, die Allahs Größe priesen und allen Ungläubigen einen schrecklichen Tod versprachen. Mit einem Ruck rammte er die Klinge wieder in ihre Scheide zurück und drehte sich mit fragendem Blick zu Sharif um.

»Man hat mir berichtet, dass Ihr Gefallen an dieser Waffe gefunden habt«, sagte der Janitscharenhauptmann. »Der Sultan möchte sie Euch zum Geschenk machen.«

Es waren die ersten Worte, die er überhaupt sprach, seit Süleyman sie entlassen hatte, und er hatte auf dem ganzen Weg hierher einen größeren Abstand zu ihnen eingehalten, als notwendig schien … oder vielleicht auch nicht, wenn man die finsteren Blicke bedachte, die Abu Dun ihm zugeworfen hatte.

Es war auch Abu Dun, der – mit vollem Mund kauend – antwortete: »Glaubt dein Herr wirklich, er könnte uns so billig kaufen?«

Zu Andrejs Erstaunen reagierte Sharif nicht verärgert, sondern mit einem fast warmen Lächeln. »Es ist nur ein Geschenk, nicht mehr und nicht weniger. Mein Herr möchte, dass ihr euch wohlfühlt und nicht nur die kleinen Unannehmlichkeiten im Gedächtnis behaltet, die wir euch zumuten mussten.«

Abu Dun biss krachend in eine Frucht. »Unannehmlichkeiten?«

Sharifs Lächeln entgleiste für einen ganz kurzen Moment, aber er hatte sich sofort wieder in der Gewalt und deutete auf die vorbereitete Mahlzeit. »Genießt unsere Gastfreundschaft. Ich komme in Kürze zurück und bringe euch wieder in euer Gasthaus.«

»Warum nicht sofort?«, wollte Abu Dun wissen.

»Es sind noch gewisse Vorbereitungen zu treffen«, antwortete Sharif ausweichend. »Es wird nicht lange dauern. Vielleicht eine Stunde oder zwei. Und damit euch die Zeit nicht zu lang wird …«

Er machte einen Schritt zur Seite und klatschte in die Hände, woraufhin zwei junge Frauen eintraten. Sie waren noch offenherziger gekleidet als die zwei, die sie gerade bei Süleyman gesehen hatten, und beide ausgesprochene Schönheiten. Abu Dun hörte auf zu kauen.

»Das ist … sehr zuvorkommend von Eurem Herrn«, sagte Andrej überrascht. »Aber danke, nein.«

»Sicher nicht?«, vergewisserte sich Sharif überrascht.

»Nein?«, fragte Abu Dun.

»Sicher nicht«, bestätigte Andrej.

Sharif machte eine kaum sichtbare Handbewegung, und die beiden Frauen zogen sich so rasch zurück, wie sie gekommen waren. Wenigstens eine von ihnen wirkte ein bisschen enttäuscht, fand Andrej. Sharif zuckte nur noch einmal die Achseln und ging dann ebenfalls.

»Seit wann entscheidest eigentlich du allein, was für uns beide gut ist?«, beschwerte sich Abu Dun.

»Ich habe nur an das arme Mädchen gedacht«, antwortete Andrej.

»Ach ja?« Abu Duns Augen wurden schmal. »Wieso?«

»Wie sollte sie jemals wieder mit einem Mann glücklich werden, nachdem sie dich … äh … kennengelernt hat?«, fragte Andrej. »Du willst doch nicht, dass sie für den Rest ihres ganzen Lebens nur noch Enttäuschungen erlebt, oder?«

Abu Dun machte ein angestrengt nachdenkliches Gesicht, aber schließlich nickte er und beließ es bei einem bedauernden Blick in die Richtung, in der die beiden Schönheiten verschwunden waren. Doch im Stillen fragte sich auch Andrej, ob er eigentlich den Verstand verloren hatte, ein so großzügiges Angebot auszuschlagen. Weder Abu Dun noch er hatten irgendein obskures Gelübde abgelegt oder dem anderen Geschlecht aus einem anderen Grund entsagt, und es war schon sehr lange her, dass er das letzte Mal in den Armen einer Frau gelegen hatte, die er nicht dafür bezahlt oder die andere, womöglich eigennützige Gründe dafür gehabt hätte.

Doch ihm war nicht danach.

Andrej hatte schon früh gelernt, dass es meist besser war, ein gewisses Misstrauen walten zu lassen, wenn ihm jemand ein scheinbar selbstloses Geschenk machte, vor allem jemand wie Sultan Süleyman der Zweite, der vermutlich nicht einmal wusste, was Selbstlosigkeit war.

Der Nubier sah ihn noch einige Augenblicke lang fast erwartungsvoll an, zuckte dann mit den Achseln und wappnete sich für die vor ihm liegende Herausforderung, nämlich den großen Tisch aus der Belagerung feindlicher Lebensmittel zu befreien. Andrej zweifelte keine Sekunde daran, dass es ihm gelingen würde.

Statt ihm dabei zuzusehen, trat Andrej wieder an eines der großen, vergitterten Fenster heran und sah in den Palastgarten hinab. Der Anblick hatte sich nicht geändert, aber auch nichts von seiner Faszination verloren, auch wenn er nun, wo er den Herren dieses vermeintlichen Paradieses kennengelernt hatte, einen sonderbar bitteren Beigeschmack hinterließ.

Andrej versuchte den Gedanken abzuschütteln, und es gelang ihm auch, doch nun musste er wieder an die hässliche Szene auf dem Basar zurückdenken.

Und an das Mädchen.

Er war selbst über sich erstaunt. Murida entsprach nicht im Mindesten dem Frauentyp, den er bevorzugte. Eigentlich weckte so eine kleine, zarte Gestalt seine Beschützerinstinkte … doch die bekamen im Allgemeinen doch einen argen Dämpfer, wenn der, den man beschützen wollte, nur hartnäckig genug mit einem Messer oder anderen Mordinstrumenten auf einen losging. Die junge Frau ging ihm einfach nicht aus dem Kopf.

Das Geräusch der sich öffnenden Tür riss ihn aus seinen Gedanken. In der Erwartung, Sharif zurückkommen zu sehen, drehte er sich vom Fenster weg, doch statt des Hauptmanns betrat einer der Janitscharen den Raum, der sie bereits hierher begleitet hatte. Mit der Hand auf der Türklinke blieb er stehen. Obwohl er sich nahezu perfekt unter Kontrolle hatte, gewann Andrej den Eindruck, dass ihn der Anblick, der sich ihm bot, überraschte.

»Kommst du, um uns nach draußen zu eskortieren?«, fragte er.

Hätte er überhaupt noch Zweifel daran gehabt, dass Sharif nicht mit offenen Karten spielte, so hätte ihn die Reaktion des Janitscharen eines Besseren belehrt. Der sagte nämlich eine ganze Weile gar nichts und starrte nur ihn – und vor allem Abu Dun – an, aber dann gab er sich einen Ruck und zwang sogar ein (beinahe) überzeugendes Lächeln auf sein Gesicht. »Hauptmann Sharif lässt euch sein Bedauern ausdrücken«, sagte er, nun wieder völlig gefasst. »Er wurde aufgehalten und bittet euch, noch ein wenig Geduld zu haben. Es kann noch ein wenig dauern, bis er zu euch kommt.«

»Ein wenig?«, erkundigte sich Abu Dun kauend.

»Vielleicht eine Stunde oder allenfalls zwei.« Wieder maß der Soldat Abu Dun mit einem Blick, den Andrej nicht zu deuten vermochte, der ihm aber noch weniger gefiel als das erste Mal.

»Wir finden den Weg nach draußen«, sagte er kühl.

»Ganz wie ihr es wünscht«, antwortete der Janitschar. »Ich soll euch nur ausrichten, dass Hauptmann Sharif es begrüßen würde, noch einmal mit euch zu sprechen, bevor ihr den Palast verlasst. Aber es ist natürlich eure Entscheidung.«

Die Antwort des Mannes gefiel Andrej nicht, ohne dass er hätte sagen können, warum. Doch als er Abu Dun einen fragenden Blick zuwarf, bekam er genau die Antwort, mit der er gerechnet hatte. »Das Essen ist hier besser. Und die Unterkunft auch«, schmatzte Abu Dun.

»Eine Stunde«, sagte er. Ungefähr so lange würde Abu Dun brauchen, um die Schlacht gegen die aufgefahrenen Köstlichkeiten zu gewinnen … und vermutlich würde er kurz danach auch unleidlich werden. »Und keinen Augenblick länger.«

Aus der verabredeten Stunde wurden zwei, dann drei, und irgendwann hörte Andrej auf, die Minuten zu zählen … und auch, sich über Abu Dun zu wundern.

Er war nicht besonders gut in Form, wie es schien. Andrej hatte nicht wirklich damit gerechnet, dass er das gesamte Festmahl allein vertilgte, das für ein Dutzend normaler Männer ausgereicht hätte, doch er knabberte nur noch eine Weile an dem einen oder anderen herum, und als Andrej ihn schließlich fragte, ob irgendetwas nicht in Ordnung sei, bekam er nur eine geblaffte Antwort, die ihn davon abhielt weiterzufragen.

Und wenn er ehrlich war, dann war ihm die Situation gar nicht einmal so unrecht. Nicht nur was das Essen und die Einrichtung anging, hielt ihre Unterkunft in der Altstadt einem Vergleich mit diesen Räumlichkeiten nicht stand. Und was die vermeintliche Freiheit anging, die sie dort erwartete, machte sich Andrej nichts vor: Sharif konnte ihrer dort ebenso mühelos habhaft werden wie hier und vermutlich auch ebenso schnell. Warum also nicht an einem bequemeren Ort warten?

Fast zu seiner eigenen Überraschung fiel er sogar in einen leichten Schlummer, kaum dass er sich auf einen der bequemen Diwans niedergelassen hatte, wachte aber schon bald wieder auf, geweckt von Unruhe und einem heftigen Rumoren und Hantieren. Abu Dun bewegte sich hastig in der grauen Düsternis, die sich über das große Zimmer gelegt hatte, nachdem die meisten Lampen erloschen waren. Seltsamerweise beruhigte Andrej diese Erkenntnis eher. Der Vorrat an Öl schien eng begrenzt gewesen zu sein. Anscheinend hatten ihre Gastgeber nicht damit gerechnet, sie allzu lange zu beherbergen.

Andrejs innere Uhr sagte ihm, dass Mitternacht schon seit einer ganzen Weile vorüber war, was ihn überraschte. Er blinzelte einige Male, um seinen Blick zu klären. Abu Dun rumorte weiter. Andrej konnte nicht erkennen, was er tat, denn er wandte ihm den Rücken zu, doch es hörte sich an, als bräche er irgendetwas Hartes genüsslich in Stücke.

»Was tust du?«, fragte er.

Abu Dun nuschelte eine Antwort, die Andrej erst verstand, als er sie wiederholte. »Ich bilde mir ein, es wäre sein Rückgrat.«

Sein Ton gefiel Andrej nicht. Er war derbe Scherze wie diese von seinem nubischen Freund gewohnt, doch jetzt lag ein harter Ton in seiner Stimme. Andrej lächelte nicht, als er sich langsam auf die Ellbogen hochstemmte. »Wessen?«

Als er keine Antwort erhielt, stand er auf und trat an seine Seite. »Was tust du da?«, fragte er noch einmal.

Abu Dun antwortete auch diesmal nicht, sondern warf etwas zu Boden, das in Stücke zerbrochen klappernd davonschlitterte, warf ihm einen Blick aus zu schmalen Schlitzen zusammengepressten Augen zu und griff nach einer Frucht, um krachend hineinzubeißen.

Die nächsten Worte überlegte sich Andrej sehr genau. Abu Dun war schon den ganzen Abend über reizbar gewesen, und er wollte ihn gewiss nicht dazu provozieren, etwas wirklich Unbedachtes zu tun. »Vielleicht sollten wir besser gehen, bevor der Wirt glaubt, wir kommen gar nicht mehr, und unser Zimmer anderweitig vermietet.«

»Weil die Gäste ja vermutlich bis zum Bosporus hinab Schlange stehen, um dieses prachtvolle Quartier zu beziehen«, sagte Abu Dun verächtlich und mit vollem Mund. Klebriger Fruchtsaft lief aus seinen Mundwinkeln und zog zwei glitzernde Spuren bis zu seinem Kinn hinab. »Und wenn ich erst an das gute Essen denke … «

»Ist alles in Ordnung mit dir?«, fragte Andrej besorgt – und vollkommen überflüssigerweise. Mit Abu Dun war ganz und gar nicht *alles in Ordnung.* Er wusste nur nicht, wieso.

Abu Dun funkelte ihn an, aber er sagte nichts mehr, sondern kaute laut schmatzend weiter, hielt dann plötzlich inne und verzog das Gesicht.

»Stimmt etwas nicht?«, fragte Andrej erneut.

Abu Dun betrachtete die angebissene Frucht in seiner Hand einen Moment lang stirnrunzelnd, verzog dann angeekelt die Lippen und warf sie auf den Tisch zurück – wenn auch nur, um sofort nach einer anderen Köstlichkeit zu greifen.

»Ich traue diesem Kerl nicht«, sagte er.

»Sharif?«

»Süleyman«, antwortete Abu Dun, schon wieder mit vollem Mund und kaum verständlich. »Ich weiß nicht viel über ihn, aber was ich gehört habe, das hat mich keinen Mann erwarten lassen, der um etwas bittet und ein *Nein* als Antwort akzeptiert.«

Andrej war er nicht wie ein Mann vorgekommen, der überhaupt um irgendetwas bittet oder das Wort Bitte auch nur kannte. Er nickte.

»Was mich zu einer Frage bringt, die ich dir schon seit einer ganzen Weile stellen will«, fuhr Abu Dun fort. »Warum« – er rülpste lautstark – »sind wir eigentlich hier?«

»Weil Sultan Süleyman der Zweite uns so überaus freundlich eingeladen hat?«

Abu Dun schluckte, stopfte sich den Mund sofort wieder voll und fuhr mampfend fort: »Ja, schon. Aber warum haben wir diese überaus freundliche Einladung angenommen? Und sag jetzt bitte nicht, du hättest Angst vor Sharif und seinen Spielzeugsoldaten gehabt.«

Andrej antwortete nicht gleich. *Sharifs Spielzeugsoldaten* waren alles, nur nicht das. Die Janitscharen genossen ihren Ruf als Elitekämpfer nicht umsonst, und ein halbes Dutzend dieser Männer stellte selbst für Abu Dun und ihn eine ernst zu nehmende Gefahr dar. Aber sie waren schon in aussichtsloseren Situationen gewesen und hatten weitaus stärkere Gegner besiegt. Dieselbe Frage, die Abu Dun ihm gerade gestellt hatte, hatte er sich im Laufe des zurückliegenden Tages schon mehr als einmal selbst gestellt, und vielleicht war die Antwort ebenso simpel wie sonderbar: Er hatte einfach das Gefühl gehabt, dass es *richtig* war.

Erst jetzt bemerkte er das zweite Geschenk, das Süleymans dienstbare Geister ihnen dagelassen hatten: zwei prall gefüllte Ledersäckchen, aus denen ihm etliche schwere Goldmünzen entgegenblitzten, als er sie aufschnürte.

»Jedenfalls lässt er sich den Spaß etwas kosten«, sagte Abu Dun, rülpste noch einmal und schüttelte den Kopf. Sein Atem roch leicht sauer. »Trotzdem, ich traue dem Kerl nicht. Er lässt uns ganz bestimmt nicht einfach so gehen.«

Andrej verzog angewidert das Gesicht, legte das Geldsäckchen zurück und sagte: »Hat er uns das nicht vorhin selbst angeboten?«

»Und du glaubst, er hält Wort?« Abu Dun lachte böse – und schmatzte wieder. »Oder finden wir uns mit einem Dutzend Pfeile im Rücken wieder, weil man uns auf der Flucht erschossen hat?«

Solcherlei Spielchen hatte Süleyman nicht nötig. Ohne seinem Freund zu antworten, trat Andrej wieder an eines der großen Fenster. Er war derselben Meinung wie Abu Dun, aber anders als er war Andrej nicht misstrauisch, er war alarmiert. Sein instinktives Gespür für Gefahr hatte ihm schon mehr als einmal den Hals gerettet, und jetzt war es wieder da, so intensiv wie selten.

Er überlegte, ob sie einfach gehen sollten. Draußen waren keine Wachen mehr zu sehen gewesen, aber sie waren da, zweifellos. Doch sie würden sie nicht wirklich aufhalten können, wenn sie sich tatsächlich entschlossen, keine Stunde mehr zu warten, sondern den Palast sofort zu verlassen. Und dasselbe galt für ganz Konstantinopel. Es wäre nicht die erste Stadt, aus der sie verschwanden, ohne eine Spur zu hinterlassen.

Aber was, wenn es genau das war, was Süleyman wollte, aus welchem Grund auch immer?

»Süleyman der Kurze«, fuhr Abu Dun von einem lauten Rülpser begleitet fort, »ist nicht für seine Großzügigkeit und seine warmherzige Art bekannt. Dir ist schon klar, warum er will, dass wir diesen Machdi ausfindig machen und töten, oder? Ein Ungläubiger und ein Nubier, der den meisten dieser Zwerge mindestens genauso suspekt ist wie jemand aus dem Abendland?«

Er rülpste noch einmal und sehr viel ausgiebiger, und Andrej verdrehte die Augen und öffnete demonstrativ das Fenster, um hinauszusehen. Unter ihm lag einer der zahlreichen prachtvollen Gärten, die den Topkapi-Palast zu etwas Einzigartigem unter den Palästen der Welt machten. Direkt gegenüber jedoch erhob sich ein Bauwerk, das zwar aus den gleichen kostbaren Materialien und mit ebensolcher Kunstfertigkeit errichtet worden war wie das, in dem sie sich befanden, dennoch aber abweisend und bedrohlich wirkte, sei es nur, weil er wusste, was sich hinter seinen Mauern verbarg. Es war das Kafes, das berüchtigte Gefängnis innerhalb des Topkapi und, wie man sagte, das schlimmste der Stadt. Wieso waren sie hier statt dort drüben?

»Ganz egal, wie die Sache ausgeht, sie werden uns dafür ans Kreuz nageln«, fuhr Abu Dun hinter ihm fort. Andrej hatte allerdings Mühe, ihn zu verstehen, denn fast jedem seiner Worte folgte ein ausgiebiger Rülpser oder ein röchelndes Schnauben.

»Abu Dun, das ist widerlich«, sagte Andrej. »Ich weiß, Hauptmann Sharif ist nicht der Einzige, der glaubt, einen gewissen Ruf verteidigen zu müssen, aber wir sind hier unter uns, und du –«

Dann brach er mit einem erschrockenen Keuchen ab und riss die Augen auf, denn er hatte sich im Sprechen herumgedreht. Abu Dun stand in verkrampfter Haltung da, die linke Hand auf die Tischkante aufgestützt, die andere gegen den Leib gepresst. Sein Gesicht zuckte. Blasiger Speichel lief aus seinen Mundwinkeln und tropfte von seinem Kinn.

Mit einem Satz war Andrej bei ihm, gerade noch rechtzeitig, um ihn aufzufangen. Es gelang ihm nicht ganz, die gut fünf Zentner zu halten, aber immerhin stürzte er nicht, sondern sank nur auf die Knie, wo er sich weiterkrümmte und zu stöhnen begann. Aus dem Rülpsen war jetzt ein qualvolles Würgen geworden, und sein Atem roch so schlecht, dass Andrej beinahe selbst übel davon wurde.

»Abu Dun! Pirat! Was ist mit dir?«, stammelte Andrej hilflos. »Was hast du?«

Abu Dun wollte antworten, drehte sich dann jedoch mit einem plötzlichen Ruck weg und übergab sich ausgiebig auf den Boden. Dann kippte er zur Seite, zog die Knie an den Leib und begann laut nach Luft zu japsen.

»Das hat lange gedauert«, sagte eine Stimme hinter ihm. »Ich habe mich schon gefragt, ob die Geschichten am Ende vielleicht stimmen, die man sich über euch erzählt.«

Andrej fuhr in die Höhe und herum, und seine Miene verdüsterte sich schlagartig, als er Sharif sah. Nicht nur er war unbemerkt hereingekommen, sondern mit ihm auch vier Janitscharen, deren Musketen auf Andrejs Gesicht zielten. Hinter ihnen erkannte Andrej noch mehr Männer und weitere Waffen.

Sharif kam mit schnellen Schritten um den Tisch herum und verzog leicht angeekelt das Gesicht, als er die beeindruckende Pfütze des Erbrochenen sah, in der Abu Dun lag. »Das sieht ja schlimm aus«, sagte er. »Was hat Euer Freund, Andrej? Ist ihm das Essen nicht bekommen? Sagt es mir, und ich lasse den Koch auf der Stelle hinrichten.«

»Sagt Ihr es mir«, antwortete Andrej scharf.

»Wenn ich es nicht besser wüsste, würde ich sagen, Euer Freund ist vergiftet worden«, antwortete Sharif lächelnd. »Aber das ist ja wohl nicht möglich, nach allem, was ich über euch gehört habe.« Er legte den Kopf auf die Seite. »Oder?«

»Was habt Ihr getan?«, fragte Andrej eisig.

»Die Frage ist eher, was Euer Freund getan hat«, erwiderte Sharif lächelnd. »Es scheint ihm nicht gut zu gehen.«

Abu Dun stöhnte zustimmend und hätte sich vermutlich noch einmal übergeben, wäre in seinem Magen noch etwas gewesen. Mit einem einzigen schnellen Schritt war Andrej bei Sharif, packte ihn an seinem Harnisch und hob ihn ohne die geringste Mühe fast eine Handbreit in die Höhe. Die Musketen der Janitscharen ruckten herum, zielten aber weiter unverwandt auf sein Gesicht, doch Andrej sah, dass mindestens einer von ihnen seinen eigenen Hauptmann treffen würde, wenn nicht zwei.

»Ihr sagt mir sofort, was Ihr ihm angetan habt«, zischte er, »oder ich verspreche Euch, dass Ihr nie wieder etwas sagt!«

Sharif bedeutete seinen Männern zwar mit einer raschen Geste, Ruhe zu bewahren, versuchte aber nicht einmal, sich loszureißen. »Wollt Ihr nicht lieber wissen, wie Ihr Eurem Freund helfen könnt?«, krächzte er, weil sein Harnisch ihm den Atem abschnürte.

Andrej stellte ihn so hart auf die Füße zurück, dass seine Zähne aufeinanderkrachten.

»Sprecht!«, befahl er. »Und beeilt Euch lieber. Wenn Abu Dun stirbt, seid Ihr im gleichen Moment auch tot.«

»So schnell stirbt es sich nicht«, antwortete Sharif, hustete und versuchte sich nun doch loszureißen, gab es aber schnell wieder auf. »Sosehr ich Euren Zorn verstehen kann, und sosehr Euch Eure Reaktion ehrt, aber es ist nicht meine Schuld. Und auch nicht die des Sultans. Wir haben Eurem Freund nichts angetan.«

»Wer dann?«

Sharif hatte sich wieder gänzlich gefangen und griff nach seinem Handgelenk, nicht, um sich gewaltsam zu befreien, sondern um Andrej zu bedeuten, ihn loszulassen. Doch der rührte sich nicht.

»Möchtet Ihr, dass ich Eurem Freund helfe?«, fragte er. »Ich kann es.«

Andrej überlegte kurz und stieß den Mann dann so heftig von sich, dass er gegen den Tisch prallte und ein Krug herunterfiel und zerbrach.

»Tut es«, sagte Andrej. »Und danach werdet Ihr mir verraten, was ihm fehlt, oder Ihr werdet Euch wünschen, an Abu Duns Stelle zu sein.«

Sharif glättete erst seinen Mantel, griff dann aber darunter und zog ein weißes Leinensäckchen hervor, das er Andrej reichte.

»Zwei oder drei Blätter sollten genügen, vielleicht ein wenig mehr bei einem Mann seiner Größe«, sagte er. »Aber gebt acht, dass er euch nicht die Finger abbeißt. Ihr werdet sie noch brauchen … oder wachsen sie nach?«

Andrej tat, als hätte er die Frage nicht gehört (doch insgeheim nahm er sich vor, später darauf zurückzukommen) und ließ sich neben Abu Dun auf die Knie sinken. Sharifs Warnung war tatsächlich nicht ganz unberechtigt. Abu Dun wand sich mittlerweile in Krämpfen. Die Sehnen an seinem Hals traten wie knotige Stricke durch die Haut, sodass Andrej enorme Kraft aufwenden musste, um seine Kiefer auseinanderzuzwingen.

»Schlucken!«, befahl er barsch, nachdem er sorgsam fünf Kat-Blätter abgezählt und ihm in den Mund geschoben hatte. »Nun mach schon. Schlimmer kann es nicht mehr werden. Jedenfalls nicht für dich.«

»Tatsächlich ist das erst der Anfang«, sagte Sharif. »Jetzt kommen die Krämpfe, und danach verliert er die Kontrolle über alle seine Körperfunktionen – was es zumindest für uns noch unangenehmer machen würde. Nach vielleicht einer Stunde wäre er erstickt. Aber macht Euch keine Sorgen. Das Kat wirkt schnell.«

»Und du solltest dann vielleicht nicht mehr hier sein«, presste Abu Dun zwischen den Zähnen hervor.

»Ich war es nicht, der Euch das angetan hat«, antwortete Sharif. »Das Kat, das ich dir vorhin gegeben habe, war nicht vergiftet. Sondern das, was du heute Morgen am Hafen gekauft hast.«

Vorsichtshalber wich er trotzdem ein paar Schritte zurück, um den Tisch zwischen sich und Abu Dun zu bringen, bevor er zweien seiner Männer einen Wink gab, ihm aufzuhelfen.

Der Nubier stieß sie mit einem unwilligen Grunzen weg und stemmte sich aus eigener Kraft auf den Diwan hoch. Aber er hatte wohl immer noch Krämpfe, denn er saß weit nach vorn gebeugt, die Arme um den Leib geschlungen.

An der Tür entstand Unruhe, als weitere Janitscharen den Raum betraten – gefolgt von einem weiteren Besucher, wie Andrej überrascht feststellte.

Süleymans Blick streifte kurz und fast desinteressiert Abu Duns Gesicht, dann zog er eine übertrieben angeekelte Grimasse und bedeutete einem der Janitscharen, auch die übrigen Fenster zu öffnen.

»Was für ein Gestank!«, sagte er.

»Ja, Euer Mitgefühl ist wirklich anrührend«, sagte Andrej. »Was soll das? Wenn Ihr gewusst habt, dass diese Blätter vergiftet sind, warum habt Ihr uns nicht gewarnt?«

Süleyman war sichtlich empört. Er war es wohl nicht gewohnt, dass jemand in einem solchen Ton mit ihm sprach. Bevor er sich davon erholen konnte, mischte sich Sharif hastig ein.

»Wir wussten es nicht. Ich nicht und der Sultan schon gar nicht. Wir haben eure Spur überhaupt erst wiedergefunden, weil wir den Kat-Händler beobachtet haben.«

»Wozu?«, fragte Andrej verwirrt. Es war unmöglich. Sie waren Unsterbliche und *konnten* nicht vergiftet werden!

»Was man sich über die Anhänger des Machdi erzählt, ist nur

zum Teil wahr«, sagte Sharif. »Es stimmt, dass sie ihre Kraft durch den Genuss von Kat-Blättern erhalten und ihr Fanatismus durch den Rausch gestärkt wird. Ihr habt am eigenen Leib gespürt, wozu sie fähig sind.«

Andrej nickte zwar, verzog aber auch skeptisch die Lippen. Dass mit den beiden Männern, mit denen Abu Dun und er es zu tun gehabt hatten, etwas nicht stimmte, wussten sie auch. Aber er bezweifelte, dass es nur am Genuss einiger Kat-Blätter lag.

Als hätte er seine Gedanken gelesen, sagte Sharif: »Die Machdiji behaupten, ihr selbst ernannter Prophet hätte dieses Kat gesegnet, sodass es ihnen übermenschliche Kräfte verleiht. Nach allem, was uns berichtet wurde, scheint mir, dass in dieser Behauptung zumindest ein Kern von Wahrheit enthalten ist. Es scheint mir aber auch«, fügte er mit einer Kopfbewegung auf Abu Dun hinzu, »dass er vergessen hat, seinen Anhängern die eine oder andere Kleinigkeit zu sagen.«

»Ihr wollt behaupten, Kat macht süchtig?«, stöhnte Abu Dun. Er erholte sich schnell, was Andrej jedoch nicht im Mindesten beruhigte, denn dass er sich in einer solchen Verfassung befand, hätte erst gar nicht passieren dürfen.

»Es tötet«, antwortete Sharif. »Wenn du es einmal nimmst, dann brauchst du jeden Tag mehr davon.«

»So wirkt Kat nicht«, widersprach Andrej, doch Sharif schüttelte nur den Kopf und deutete noch einmal auf Abu Dun. »Dieses spezielle Kat schon. Fragt Euren Freund, wenn Ihr mir nicht glaubt.«

»Das ist unmöglich«, beharrte Andrej, obwohl er sich dabei selbst schon fast ein wenig lächerlich vorkam.

»Glaubt mir, es ist möglich«, beteuerte Sharif. »Ich habe genug sterben sehen, nachdem sie ihr Kat nicht mehr bekamen. Es ist kein schöner Anblick, nicht einmal, wenn man weiß, dass derjenige seine Qualen verdient hat. Vielleicht ist dieser Machdi wirklich ein Zauberer, vielleicht hat er auch nur eine besondere Art von Kat entdeckt, mit dem er sich die Menschen gefügig macht …« Er deutete auf den Beutel, den Andrej immer noch in der Hand hielt. »Ihr solltet gut darauf achtgeben. Euer Freund wird es noch brauchen.«

»Und der Händler, von dem Ihr es habt?« Andrej schloss instinktiv die Hand um den unscheinbaren Beutel, dessen Inhalt mit einem Mal so kostbar geworden war.

Süleyman machte eine befehlende Geste, und zwei weitere Janitscharen kamen herein, einen gefesselten Mann zwischen sich, den sie vor dem Sultan auf die Knie warfen. Seine Kleider waren zerfetzt und mit getrocknetem Blut besudelt, und seinem Gesicht sah man an, wie schwer er misshandelt worden war.

»Ist das der Mann, der dir das Kat verkauft hat?«, wollte Sharif wissen. Abu Dun nickte, und der Hauptmann fuhr fort: »Es ist auch derselbe, der den Anhängern des Machdi ihr Kat liefert. Er behauptet, er wäre der Einzige, und ich bin fast geneigt, ihm zu glauben, denn wir konnten bisher keinen anderen ausfindig machen.« Er lachte ohne Humor. »Ich fürchte, es wird bald eine Menge nicht gut riechender Toter in dieser Stadt geben.«

»Kennt er den Machdi?«, fragte Andrej.

Der Mann hob stöhnend den Kopf und sah aus seinem unversehrten Auge zu ihm hoch, als er diesen Namen hörte. Das andere hatte man ihm ausgebrannt, und das war nicht einmal das Schlimmste, was ihm die Folterknechte des Sultans angetan hatten.

»Er sagt Nein, und das ist auch die Wahrheit. Glaubt mir, er hat uns alles verraten, was er weiß.«

Daran zweifelte Andrej keinen Moment. Doch ihm war nicht

entgangen, dass Sharif ein wichtiges Detail ausgelassen hatte. Sofort hakte er nach. »Und woher bekommt er *sein* Kat?«

»Das ist die eine Frage, die er uns bisher noch nicht beantwortet hat«, sagte Süleyman. »Aber auch das wird er noch tun.«

»Lasst mich das übernehmen«, sagte Andrej rasch. »Wir haben … Möglichkeiten, Dinge in Erfahrung zu bringen, die Euren Männern vielleicht nicht zur Verfügung stehen.«

»Möglichkeiten?«, wiederholte Süleyman interessiert.

Und solche, bei denen er den armen Mann nicht weiterfoltern musste. Aber das sprach er nicht aus, denn er war sehr sicher, dass gerade diese Methoden den Sultan nicht wirklich interessieren würden.

Als er nicht antwortete, musterte Süleyman ihn nur lange und nachdenklich, tauschte dann einen vielsagenden Blick mit Sharif, bis der Hauptmann schließlich nickte, auch wenn Andrej das sichere Gefühl hatte, dass er es gegen seine innere Überzeugung tat. Süleyman wandte sich mit einer knappen Geste an einen der Männer, die den Gefangenen hielten, und Andrej begann um den Tisch herumzugehen, um mit dem bedauernswerten Mann zu sprechen – und sei es nur, um ihn von seinen Qualen zu erlösen, sollte er seine Geheimnisse nicht entdecken können.

Aber er kam nicht dazu, denn statt dem Gefangenen auf die Beine zu helfen, zog der Janitschar einen Dolch und schnitt ihm die Kehle durch.

Andrej keuchte erschrocken auf. »Warum … habt Ihr das getan?«

»Weil er ein Verbrecher war«, antwortete Sharif, »schuldig der Verschwörung gegen den Sultan und das gesamte Osmanische Reich und vieler anderer schändlicher Taten. Er hatte den Tod verdient.«

Andrej fuhr auf. »Und wie – ?«

»– finden wir jetzt den, von dem er das Kat bekommt?«, fiel ihm Süleyman ins Wort. »Ich fürchte, gar nicht. Ich sehe einem Mann an, ob er gebrochen werden kann oder nicht. Und dieser Fanatiker hier – «, er versetzte dem Mann, der röchelnd an seinem eigenen Blut erstickte, einen Tritt, « – hätte nichts mehr gesagt. Ich kenne solche wie ihn. Sie lassen sich eher in Stücke schneiden, bevor sie ihrem Irrglauben abschwören.«

»Mir hätte er es vielleicht gesagt«, erwiderte Andrej. Er war sich zwar nicht sicher, ob das stimmte, aber er fragte sich auch, ob Süleyman gerade deshalb dafür gesorgt hatte, dass er nicht mehr reden konnte.

»Ihr erwartet von mir, dass ich zusehe, wie Ihr Eure Hexenkräfte an einem gläubigen Muslim praktiziert und seine Seele damit endgültig in die Hölle verdammt, Ungläubiger?«, fuhr ihn Süleyman an. »Ihr steht unter dem Schutz der Gastfreundschaft, aber Ihr solltet sie nicht über die Maßen strapazieren!«

Seine Augen waren schmal geworden, und er klang ehrlich empört. Beinahe hätte man ihm sogar glauben können.

»Wir haben seine Vorräte konfisziert, keine Sorge«, sagte Sharif. »Es wird für eine Weile reichen. Wochen, wenn nicht Monate.«

»Wie beruhigend«, sagte Abu Dun. Er stand mühsam auf – schwankend zwar und mit schweißglänzendem Gesicht, aber er stand. »Und dann?«

»Wenn es aufgebraucht ist?« Süleyman sah aus, als würde ihn die Vorstellung amüsieren. »Es gibt ein Gegenmittel. Jedenfalls hat dieser Kerl hier das behauptet.« Er versetzte dem inzwischen toten Kat-Händler einen weiteren Tritt, und Sharif fügte hinzu: »Sie behaupten, der Machdi allein besäße die Macht, diesen Fluch wieder von seinen Jüngern zu nehmen.«

»Behaupten sie?«, grollte Abu Dun.

Sharif nickte mit unbewegtem Gesicht. »Niemand weiß, ob es die Wahrheit ist. Es gibt wohl nur eine Möglichkeit, es herauszufinden.«

»Indem wir den Machdi finden und ihn selbst fragen«, vermutete Andrej.

»Ich fürchte«, sagte Süleyman. »Seid Ihr nun bereit, in meine Dienste zu treten, Andrej Delãny?«

»Habe ich denn eine Wahl?«, fragte Andrej.

Statt seine Frage zu beantworten, deutete Süleyman auf Sharif. »Hauptmann Sharif wird Euch alles sagen, was wir über den Machdi und seine Anhänger wissen, und auch einige Dinge, die der Allgemeinheit nicht bekannt sind. Unschöne Dinge, wie ich zugeben muss. Und selbstverständlich bekommt Ihr alles, was zur Durchführung Eurer Aufgabe nötig ist. Und …« Er legte eine kurze, bedeutsame Pause ein und fuhr mit leicht veränderter Stimme fort: »… ich gebe Euch jemanden mit, der Euch zweifellos von großem Nutzen sein wird, und der mein absolutes Vertrauen genießt.«

»Wir arbeiten allein«, sagte Andrej, bekam aber nur ein so heftiges Kopfschütteln zur Antwort, dass Süleyman beinahe der Turban vom Kopf gerutscht wäre.

»Aber ich bestehe darauf«, sagte der Sultan. »Ihr solltet jede Hilfe annehmen, die Ihr bekommen könnt. Immerhin geht es um das Leben Eures Freundes. Und nehmt es als Zeichen meines Vertrauens.« Er wedelte mit der Hand, und die Soldaten traten auseinander, um eine weitere Person einzulassen. »Meine Tochter kennt ihr ja bereits.«

Andrej sah hin und spürte, wie ihm das Blut aus dem Gesicht wich.

»Eure … Tochter?«, wiederholte er ungläubig,

»Ganz recht. Seine Tochter«, bestätigte Murida, bevor sie mit zwei schnellen Schritten bei Andrej war und ihm eine schallende Ohrfeige versetzte.

Kapitel 5

Kaum etwas, das er von dem Kafes zu wissen geglaubt hatte, traf zu. Auf den ersten Blick schien tatsächlich wenig von dem zu stimmen, was man sich in der Stadt (und nicht nur dieser) über diesen vermeintlichen Ort des Schreckens erzählte.

Süleyman war ohne ein weiteres Wort gegangen, zusammen mit dem Großteil seiner Wache, und Sharif und lediglich zwei weitere Janitscharen, denen es nicht ganz gelang, ihre Nervosität zu überspielen, hatten sie hierher geführt. Abgesehen von seiner Größe unterschied sich ihr neues Quartier kaum von dem Zimmer, in dem sie zuvor gewesen waren. Beinahe noch bequemer eingerichtet, hatte es rein gar nichts mit einem Gefängnis gemein, sondern erinnerte eher an ein luxuriöses Quartier, in dem hochrangige Diplomaten oder Staatsgäste untergebracht wurden. Auf dem Tisch wartete sogar ein weiteres Festmahl auf sie, und zwei diensteifrige Männer erkundigten sich so penetrant nach ihren Wünschen, dass Sharif sie schließlich anblaffte, sein einziger Wunsch sei, allein zu sein, und wenn es ihrer sei, noch eine Weile am Leben zu bleiben, dann sollten sie sich lieber trollen. Sie trollten sich.

»Wenn das hier ein Gefängnis ist, dann sollten wir vielleicht umsatteln und hauptberufliche Diebe werden«, sagte Abu Dun, der in der Mitte des Raumes stand und sich langsam um seine eigene Achse drehte. »Und natürlich dafür sorgen, dass wir beizeiten gefasst und eingesperrt werden.«

Andrej gab ihm im Stillen recht.

»Dieben werden bei uns die Hände abgehackt, das solltest du eigentlich wissen«, sagte Sharif.

Abu Dun spielte den Enttäuschten. »Und was muss man tun, um hier eingesperrt zu werden?«

»Einen älteren Bruder haben, der dich nicht besonders mag, oder besser drei oder vier«, sagte Murida. Es waren die ersten Worte, die sie sprach, seit sie Andrej diese schallende Ohrfeige versetzt hatte – deren Grund ihm bisher noch nicht ganz klar war. Sie sah zwar in Andrejs Richtung, brachte es aber trotz ihrer vor Zorn funkelnden Augen fertig, geradewegs durch ihn hindurch zu starren.

Abu Dun wirkte verwirrt, zumal das Mädchen keine Anstalten machte weiterzusprechen, sondern ihn nur einen Moment lang zornig anfunkelte und dann zu einem der zahlreichen Diwane ging, um sich auf ihm niederzulassen.

»Das hier waren einmal die Räume des Sultans«, fuhr Sharif an ihrer Stelle fort. »Tatsächlich ist unser aller Herr in diesen Räumen aufgewachsen, zumindest die ersten zwanzig Jahre seines Lebens.«

»Aha«, sagte Abu Dun.

»Warum?«, wollte Andrej wissen.

»Das Leben eines zukünftigen Sultans und Herrschers über die halbe Welt besteht nicht nur aus Müßiggang und Luxus, Mohr«, beschied ihm Sharif in nicht nur schulmeisterlichem, sondern auch eindeutig verärgertem Ton. »Wo könnte er sicherer aufwachsen als an einem Ort wie diesem?«

»Ja«, sagte Abu Dun und kratzte sich nachdenklich am Kinn. »Das leuchtet ein.«

Andrej musste sich beherrschen, um nicht in ein breites Grinsen zu verfallen. Abu Dun spielte wie üblich den Dummkopf, aber er wusste vermutlich besser als er, dass Sharifs Erklärung … nun ja, *fantasievoll* war, um es vorsichtig auszudrücken. Zweifellos war ein Platz wie dieser ein sicherer Ort für einen angehenden Sultan, vor allem, wenn er noch etliche Brüder hatte, die nicht interessiert an jahrelangen Erbstreitigkeiten waren. Und wenn, dann allenfalls an solchen, die sich mit einem Dolch oder einem wohlgezielten Pfeil beilegen ließen …

Abu Dun spielte noch einen kurzen Moment weiter erstaunlich überzeugend den tumben Mohren, hob dann die Schultern und wandte sich der reich gedeckten Tafel zu.

»Aber bitte, greif doch zu«, sagte Sharif. »Falls du bereits wieder genug Appetit hast und sich dein … Magen beruhigt hat.«

»Hat er«, bestätigte Abu Dun und biss in einen Apfel, dass der Saft spritzte. »Und er ist im Übrigen auch schon wieder leer.«

»Dann solltest du ihn besser füllen«, sagte Sharif. »Wenn du mir versprichst, dass es diesmal auch so bleibt.«

Er wartete vergebens auf ein – wenigstens angedeutetes – Lächeln des Nubiers und wandte sich dann an Andrej. »Euch würde ich dasselbe raten, Andrej. Ich habe diese Mahlzeit nicht nur auftragen lassen, weil es die Regeln der Gastfreundschaft von mir verlangen. Es könnte sein, dass Ihr und Euer Freund für eine ganze Weile … nicht mehr so gut essen könnt.«

»Gibt es eine Staatskrise, und euer Geld reicht nicht mehr, oder streiken die Köche?«, fragte Abu Dun begeistert kauend, sodass die beiden letzten Worte kaum noch verständlich waren.

»Wir bleiben nicht lange hier«, antwortete Sharif. »Eine Stunde vor Sonnenaufgang werdet ihr nach unten in den Kerker gebracht, wo es nicht ganz so behaglich ist.«

Abu Dun hörte auf zu kauen und starrte ihn an, und Sharif fuhr fort: »Und das Essen ist auch nicht so gut, fürchte ich.«

»Warum?«, fragte Abu Dun mit vollem Mund.

»Weil du Dummkopf um ein Haar alles zunichtegemacht hättest«, antwortete Murida an Sharifs Stelle. »Falls du es nicht sogar schon getan hast!«

»Ich kann mich nicht erinnern, irgendetwas getan zu haben, was dir schadet, meine Schöne«, antwortete Abu Dun treuherzig. Dann deutete er anklagend auf Andrej. »Ich weiß natürlich nicht, was dieser barbarische Ungläubige getan haben mag, nachdem er dich in jenes Haus auf dem Basar gezerrt hat, aber ich kann mich an nichts erinnern, dessen ich mich schämen müsste.«

»Ich habe vier Monate gebraucht, um ihr Vertrauen zu erringen!«, fauchte das Mädchen. »Noch ein oder zwei weitere Monate, und ich hätte alles über sie gewusst! Auf jeden Fall genug, um ihre Organisation hier in Konstantinopel zu zerschlagen und vielleicht sogar den Machdi selbst zu fassen! Und dann kommst du und machst alles zunichte!«

»Deshalb die Ohrfeige?«, fragte Andrej.

»Das war ja wohl das Mindeste!«

Andrej deutete auf Abu Dun. »Aber er hat deinen angeblichen Vater enttarnt, nicht ich.«

»Du warst näher«, zischte Murida.

Abu Dun lachte leise, erinnerte sich dann anscheinend an Sharifs Worte und begann schneller zu essen.

»Murida hat recht«, mischte sich Sharif ein. »Es hat lange gedauert, bis es uns gelungen ist, jemanden in die Reihen des Machdi einzuschleusen. Versucht haben wir es oft genug, aber jeder Mann, den ich geschickt habe, ist entweder einfach verschwunden, oder sie haben uns seinen Kopf in einem Korb zurückgeschickt. Murida war die Erste, der es gelungen ist, ihr Vertrauen zu erringen.«

»Dann kennst du die Agenten des Machdi in dieser Stadt?«, fragte Andrej.

»Ich kannte drei«, antwortete das Mädchen zornig. »Ihr habt sie umgebracht.«

Andrej machte ein betroffenes Gesicht, und in Muridas Augen blitzte es nur noch zorniger. »Es war alles umsonst!«, sagte sie. »Jetzt kann ich von vorne anfangen! Falls es mir überhaupt gelingt!«

Sharif ging zu einem kleinen Tischchen vor dem Diwan, auf dem Murida saß, und nahm davor Platz, und Andrej und schließlich auch Abu Dun, der sich eine dreifache Portion Obst und kaltes Lammfleisch auf ein silbernes Tablett gehäuft hatte, taten es ihm gleich. Murida rutschte auf ihrem Diwan so weit von ihnen weg, wie es ging, und nahm sich zusätzlich noch ein paar große Brokatkissen, um sich mit angezogenen Beinen dahinter zu verbarrikadieren. Aber wenigstens lief sie nicht wieder davon.

»Wir haben nicht alle Zeit der Welt«, begann Sharif, »deshalb werde ich euch in aller Kürze erzählen, was wir über den Machdi und seine Anhänger wissen. Viel ist es ohnehin nicht, wie ich gestehen muss. Und das meiste von dem wenigen, das wir wissen, haben wir von Murida erfahren.«

Andrej war nicht überrascht – nicht *darüber*. Er hatte von Anfang an gespürt, dass dieses Mädchen etwas Besonderes war. Er warf ihr einen anerkennenden Blick zu, erntete aber nur ein weiteres zorniges Funkeln aus ihren schönen Augen. Sharif fuhr fort: »Sie treiben ihr Unwesen schon länger, und ich gestehe, dass wir sie am Anfang nicht so ernst genommen haben, wie es vielleicht gut gewesen wäre.«

»Weil diese Sekten und Fanatiker fast schneller auftauchen und wieder verschwinden, als man sich ihre Namen merken kann«, vermutete Andrej.

Sharif nickte, antwortete aber trotzdem: »Diese nicht. Der Machdi ist … anders.«

Wäre es nicht so, dann wären sie nicht hier, dachte Andrej. Er wusste von Sharif immer noch nicht viel mehr als seinen Namen, aber ihm war dennoch klar, dass er weit mehr war als ein gewöhnlicher Janitscharenhauptmann. Die Erkenntnis kam vielleicht ein bisschen spät, aber er war zweifellos gut beraten, sich diesen Mann nicht zum Feind zu machen. »Wer ist er?«

»Der Machdi?« Sharif schüttelte heftig den Kopf. »Das weiß niemand. Manche glauben, er sei der wiedergeborene Prophet oder die Reinkarnation Saladins, der gekommen ist, um unser Volk endgültig zum Sieg über die Ungläubigen zu führen. Andere wieder halten ihn für einen Verrückten oder einen religiösen Fanatiker.«

»Und Ihr?«

»Ich halte ihn auf jeden Fall für gefährlich«, antwortete Sharif ernst. »Vielleicht für gefährlicher, als der Sultan es tut. Am Anfang gab es nur hier und da Gruppen seiner Anhänger, aber seit einem Jahr treiben sie ihr Unwesen überall im Land, auch hier in Konstantinopel.«

»Warum tut ihr euch nicht einfach mit ihm zusammen?«, fragte Abu Dun. »Die Ungläubigen zu schlagen und die ganze Welt im Namen Allahs zu erobern, das klingt mir doch ganz nach etwas, das auch Süleyman gefallen dürfte.«

»Nur dass Sultan Süleyman in den Plänen des Machdi vermutlich nicht vorkommt«, fügte Sharif ernst hinzu und schüttelte den Kopf. »Es steht mir nicht zu, den Sultan und seine Berater zu kritisieren, doch was gerade geschieht, ist schlimm genug. Wir brauchen keinen Wahnsinnigen auf dem Thron von Konstantinopel, der die ganze Welt in Brand setzt.«

»Woher willst du denn wissen, dass er wahnsinnig ist, wenn du ihn gar nicht kennst?«, fragte Abu Dun.

»Es spielt keine Rolle, was ich denke oder glaube«, erwiderte Sharif. »Ich habe den Auftrag, diesen Mann ausfindig zu machen und zu verhaften, und diesen Auftrag werde ich erfüllen.«

»Indem du ihn an uns weitergibst.«

Sharif überging die Bemerkung. »Es heißt, dass er ursprünglich aus den Gebieten am Oberlauf des Nils kommt«, sagte er direkt an Abu Dun gewandt, »deiner alten Heimat. Manche behaupten gar, er wäre ein Nachfahre der schwarzen Pharaonen.«

»Ist er es?« Abu Duns Stimme klang leicht angespannt.

»Ich bin ihm nie begegnet«, erinnerte ihn Sharif, und bevor Abu Dun eine weitere Frage stellen konnte, sagte Andrej rasch: »Wie wäre es, wenn Ihr uns statt dem, was Ihr *nicht* über ihn wisst oder nur gehört habt, das erzählt, was Ihr über ihn wisst?«

»Das habe ich bereits getan«, antwortete Sharif säuerlich.

»Dann war es nicht viel«, sagte Abu Dun mit finsterem Gesicht. »Wie sollen wir jemanden finden, den es vielleicht nicht einmal gibt?«

»Es gibt ihn!«, behauptete Murida.

»Und ihr müsst ihn nicht finden. Mit ein wenig Glück findet er euch.« Sharif zeigte auf das Mädchen, ohne sie anzusehen. »Es ist wahr, dass sie nur diese drei Männer kannte, doch sie ist unter seinen Anhängern bekannt. Zwei von ihnen wurden verhaftet und werden bei Sonnenaufgang hierher gebracht, um dem Richter vorgeführt zu werden.« Er wies noch einmal auf Murida, und diesmal sah er sie dabei an. »Genau wie Murida und ihr.«

»Und was haben wir getan?«, erkundigte sich Abu Dun.

»Ihr habt drei Männer getötet, und dein Freund hat ein wertvolles Schwert gestohlen«, antwortete Sharif. »Dafür werdet ihr zum Tode verurteilt, genau wie Murida und die beiden Männer, von denen ich euch erzählt habe. Auf dem Richtplatz werdet ihr fliehen.«

»Was für ein genialer Plan«, spöttelte Abu Dun.

»Die besten Pläne sind zumeist auch die einfachsten«, erwiderte Sharif. »Mit ein wenig Glück vertrauen euch die beiden Machdiji und nehmen euch mit sich. Immerhin wissen sie, wer Murida ist.«

»Das ist wahr«, sagte Andrej. »Aber warum sollten sie zwei vollkommen Fremden wie uns vertrauen? Immerhin haben wir drei von ihnen getötet und dafür gesorgt, dass Murida verhaftet wurde.«

»Ihr werdet ihnen beweisen, dass sie euch trauen können«, sagte Sharif.

»Und wie?«, fragte Andrej.

»Ganz einfach«, antwortete Sharif mit einem matten Lächeln, »indem ihr mich tötet.«

Der Teil des Kafes, in dem sie den Sonnenaufgang erlebten, unterschied sich sehr von dem fürstlichen Gemach, in dem sie mit Sharif gesprochen hatten, war aber zumindest ehrlich, denn jetzt war offensichtlich, dass sie sich in einem Gefängnis befanden – vielleicht sogar tatsächlich im schlimmsten, das er je gesehen hatte.

Die Zelle, die Andrej für sich allein hatte, verdiente diesen Namen nicht wirklich, denn sie war im Prinzip nur ein Loch, das man in den Fels des Untergrunds geschlagen und mit einem massiven Eisengitter versehen hatte. Niemand hatte sich die Mühe gemacht, die Wände zu glätten. Unter der Decke war ein schmales Loch, das ein wenig Luft hereinließ, aber kein Licht, sodass er seine Umgebung nur im flackernden roten Streulicht der einzelnen Fackel erkennen konnte, die am anderen Ende des schmalen Zellengangs brannte, und dieses Loch war nicht einmal hoch genug, um aufrecht darin zu stehen. Auf dem Boden lag kein Stroh, und selbstverständlich gab es keinen Abfluss und nicht einmal ein Behältnis für gewisse körperliche Bedürfnisse, sodass jeder Gefangene bald in seinem eigenen Unrat saß. Sultan Süleyman der Zweite sorgte sich gut um seine Gefangenen, das musste man ihm lassen – zumindest dafür, dass niemand den Aufenthalt in diesem Gefängnis je wieder vergaß. Falls es jemanden gab, der ihn überlebte.

Andrej hörte das Geräusch eines schweren Riegels, gefolgt von lauten Schritten, und noch während er gebückt an das rostige Gitter herantrat, begann sich draußen im gesamten Zellengang Unruhe breitzumachen. Fast alle der gut zwanzig Zellen, die den schmalen Gang säumten, waren belegt, und vermutlich tat in diesem Moment jeder einzelne Gefangene dasselbe, aufgeschreckt durch die Unterbrechung der ewigen Düsternis und Stille und Kälte, die hier unten herrschten.

Andrej fragte sich, ob dies vielleicht die Zeit war, zu der die Gefangenen ihr Essen bekamen (falls man ihnen etwas zu essen gab) oder sie einfach jeder Unterbrechung dieser Hölle aus Einsamkeit und Stille entgegengierten – auch wenn sie zweifellos nichts Gutes bedeuten konnte. Aus irgendeinem Grund ließ ihn hier unten sein normalerweise untrügliches Zeitgefühl im Stich, aber es konnten kaum mehr als zwei Stunden vergangen sein, seit sie Abu Dun und ihn hierherunter gebracht hatten. Und trotzdem hatte er sich bereits bei der Vorstellung ertappt, einfach das Gitter herauszureißen und mit dem bulligen Wärter vor der Tür etwas zu machen, was zweifellos den Beifall aller anderen Gefangenen in den steinernen Zellen finden würde.

Schritte näherten sich, und eine Zeit lang hörte er nur hektische Geräusche: das Klirren von Metall und das Rascheln von Stoff, vielleicht so etwas wie einen kurzen Ringkampf, der von einem anhaltenden Schnauben und Grunzen begleitet und vom typischen hellen Klatschen eines Schlages beendet wurde.

Andrej trat von den rostigen Gitterstäben zurück, als eine untersetzte Gestalt auf der anderen Seite auftauchte und einen Schlüssel hob. Untersetzt war vielleicht nicht das richtige Wort. Der Mann war fast so groß wie Andrej selbst, doch so unglaublich fett, wie er es selten gesehen hatte. Schon ein einziger Blick in seine Augen hatte Andrej klargemacht, dass er seinen Beruf liebte – und ganz besonders das Quälen und Erniedrigen der Gefangenen.

»Komm raus, Christenhund«, fuhr er ihn an. »Und tu mir den Gefallen und wehr dich, damit ich einen Grund habe, dich zu schlagen.«

Andrej tat ihm den Gefallen nicht, aber der Mann brauchte auch keinen Grund. Als Andrej mit gesenktem Kopf und mutlos hängenden Schultern an ihm vorbei aus der Zelle trat, versetzte er ihm einen Schlag mit der kurzstieligen Peitsche, die er in der anderen Hand trug. Andrej sog scharf die Luft durch die Nase ein. Der Mann wusste es nicht besser. Für ihn und alle anderen Wächter waren Abu Dun und er ganz normale Gefangene, und das musste natürlich auch so sein … aber Andrej dachte trotzdem einen Moment lang darüber nach, irgendwann noch einmal zurückzukommen, um sich in Ruhe mit dem Fettwanst zu unterhalten.

Anscheinend hatte er nicht laut genug gestöhnt, denn dem ersten Hieb folgte ein zweiter und härterer, der ihn auf die Knie fallen ließ. Seine Hände wurden gepackt und brutal auf den Rücken gedreht, dann schlossen sich eiserne Ringe um seine Handgelenke, und er wurde genauso brutal wieder in die Höhe gezerrt.

»Rühr dich nicht, Ungläubiger!«, sagte der Wächter. »Oder du erlebst nicht einmal mehr deine eigene Hinrichtung.«

»Hinrichtung?«, stöhnte Andrej. »Wieso Hinrichtung? Man hat mir gesagt, dass ich vor Gericht gestellt und –«

Ein brutaler Schlag mit dem Handrücken über den Mund ließ ihn verstummen. Seine Unterlippe platzte auf, er schmeckte Blut.

»Ich habe dir nicht erlaubt zu sprechen, Christenhund«, sagte der Fettwanst. »Aber ich bin heute großzügig gestimmt, also werde ich dir deine Frage beantworten. Dein Prozess war schon, und der Richter hat das Urteil gesprochen. Du wirst von hier zum Richtplatz gebracht und geköpft, und nur kurz darauf wirst du die schlimmste Überraschung deines Lebens erfahren, wenn du nämlich erwartest, vor deinen Christengott zu treten, und dich Allah gegenübersiehst.«

»Und ich dachte, es wäre derselbe«, sagte Andrej – was ihm einen weiteren Schlag ins Gesicht einbrachte, diesmal mit der Faust und viel härter. Benommen taumelte er gegen die Wand. Mehr Blut füllte seinen Mund, und tief in ihm regte sich etwas. Etwas Düsteres und Verzehrendes, das er auf keinen Fall zulassen durfte. Noch nicht.

Es dauerte einen Moment, bis sich die roten Schleier vor seinen Augen wieder lichteten, und das Erste, das er sah, war die Faust des fetten Wächters, die nach seinem Gesicht zielte. Andrej spannte sich in Erwartung des kommenden Schlages, doch dann ließ er den Arm wieder sinken und schüttelte nur den Kopf.

»Oh nein« sagte er. »Den Gefallen tue ich dir nicht, das überlasse ich dem Scharfrichter. Man sagt, dass manche von ihnen nicht besonders geschickt sind, sodass sie zwei- oder sogar dreimal zuschlagen müssen. Freu dich schon einmal darauf, Ungläubiger.«

Andrej wurde gepackt und herumgewirbelt, dann traf ihn ein derber Stoß zwischen die Schulterblätter, der ihn um ein Haar wieder auf die Knie geworfen hätte. Mehr stolpernd als gehend und von einem Chor schriller Stimmen begleitet, von denen sich mehr als eine anhörte, als stammte sie aus der Kehle eines Wahnsinnigen, durchquerten sie den Gang und betraten einen kleinen Vorraum, wo zwei Männer sie erwarteten.

Nun wurden ihm auch noch die Fußgelenke gefesselt, sodass es ihm einigermaßen schwerfiel, die steile Treppe nach oben zu überwinden. Er hatte jedoch Hilfe dabei, denn sowohl der Fettwanst als auch die beiden anderen unterstützten ihn nach Kräften – wobei es sich natürlich nicht vermeiden ließ, dass sie auch einmal schmerzhaft zupacken mussten. Keuchend erreichte Andrej das obere Ende der Treppe und damit die Tür, die auf den Hof hinausführte. Er *würde* zurückkommen, nahm sich Andrej vor. Ganz sicher sogar.

Die Sonne musste tatsächlich schon vor einer Stunde aufgegangen sein, aber im Schlagschatten der hohen Mauer herrschte immer noch Dunkelheit. Nur schemenhaft sah er den großen Wagen, der auf ihn wartete. Er hätte mit etwas wie einem Käfig gerechnet, wie sie zu solchen Gelegenheiten im sogenannten zivilisierten Teil der Welt Verwendung fanden, um die Gefangenen auf ihrem Weg zur Hinrichtung noch zusätzlich zu demütigen, aber es war einfach nur ein – wenn auch großer – Karren, auf dessen Ladefläche eine Anzahl gebückter Gestalten saß. Nicht minder grob als zuvor wurde er auf den Wagen bugsiert, und der Fettsack verband seine Fußfesseln mit einem am Boden befestigten eisernen

Ring, nicht ohne ihm noch einen heftigen Schlag in die Rippen zu versetzen, der ihm die Luft nahm.

»Und grüß den Scharfrichter von mir, Christenhund«, sagte er lachend. »Und wen immer du auch danach treffen magst.«

Kaum war er vom Wagen gesprungen, setzte sich dieser schaukelnd in Bewegung. Eine Weile tat Andrej noch so, als kämpfte er darum, wieder zu Atem zu kommen, bevor er scheinbar mühsam den Kopf hob und sich umsah.

Insgesamt waren es fast ein Dutzend Personen, die alle auf die gleiche Art wie er gefesselt und an den Eisenringen im Wagenboden festgebunden waren. Wie es aussah, brauchten sich Süleymans Scharfrichter wohl keine Sorgen darüber zu machen, irgendwann einmal arbeitslos zu werden. Abu Dun saß zwei oder drei Plätze neben ihm, sah aber nicht einmal in seine Richtung, sondern starrte mit grimmigem Gesicht ins Leere. Seine Nase war geschwollen, und auf seiner Oberlippe und in den Mundwinkeln klebte eingetrocknetes Blut. Andrej nahm an, dass er selbst nicht der Einzige war, der den intensiven Wunsch verspürte, irgendwann zurückzukommen.

Um kein Aufsehen zu erregen, indem er Abu Dun zu lange anstarrte, ließ er seinen Blick auch über die Gesichter der anderen tasten. Alle waren ihm unbekannt, abgesehen von Murida, der man als Einziger erlaubt hatte, einen Mantel zu tragen, unter dessen weit nach vorn gezogener Kapuze sie das Gesicht verbergen konnte. Dennoch war unübersehbar, dass sie eine Frau war. Obwohl Andrej in jedes Detail von Sharifs Plan eingeweiht war und ihn – widerstrebend – gutgeheißen hatte, gefiel ihm die Rolle, die Murida dabei spielen sollte, ganz und gar nicht. Kein Plan funktionierte perfekt, und meist pflegten gerade die, die narrensicher schienen, schiefzugehen. Und wenn er ganz ehrlich war, dann machte ihn schon der bloße Umstand nervös, dass Murida dabei war. Blut würde fließen, das war unvermeidlich, und es war seit jeher Andrejs feste Überzeugung, dass auf dem Schlachtfeld kein Platz für eine Frau war.

Als habe sie seine Blicke gespürt, wandte Murida mit einem plötzlichen Ruck den Kopf und erwiderte sie – feindselig, wie Andrej sich zu seinem Bedauern eingestehen musste. Wohl nur, damit der Moment nicht noch peinlicher wurde, wandte auch er rasch den Blick ab und betrachtete die anderen Männer, die auf dem Wagen zusammengepfercht worden waren. Es waren die verzweifelten, abgekämpften Gesichter, die er in einem Moment wie diesem erwartet hätte. Vielleicht waren es Verbrecher, die ihrer gerechten Strafe entgegensahen, vielleicht auch nur arme Kerle, die einfach Pech gehabt hatten, oder von einem Neider denunziert worden waren. Andrej gestattete sich nicht, darüber nachzudenken. Es gab ohnehin nichts, was er für sie tun konnte.

Eine Anzahl Reiter gesellte sich zu ihnen, als sie den Hof und kurz darauf den Topkapi-Palast verließen, und nun fiel Andrej noch ein Unterschied zu ganz ähnlichen Szenen auf, deren Zeuge er in anderen Teilen der Welt geworden war. Dort hatten Scharen von Neugierigen und Gaffern den Wagen auf dem Weg zum Richtplatz begleitet, um die Verurteilten anzugaffen, zu verspotten oder gar mit faulem Obst oder anderem Unrat nach ihnen zu werfen. Hier rannte ihnen nur einmal kurz eine Gruppe Kinder nach, bis sie von den Reitern verjagt wurden. Allerdings war Andrej nicht sicher, ob das für die Menschen in dieser Stadt sprach, oder ob der Anblick der zum Tode Verdammten schon so selbstverständlich war, dass er niemanden mehr interessierte.

Sie waren vielleicht eine Meile weit gekommen, und Andrej hatte vergeblich versucht, wenigstens noch einen Blick aus Muridas nachtfarbenen Augen zu erhaschen, als sich zwei weitere Reiter zu ihnen gesellten. Einer von ihnen war Sharif. Sorgfältig vermied Andrej es, ihn direkt anzusehen, spürte aber umgekehrt den Blick des Janitscharen deutlich länger auf sich ruhen, als ihm angenehm war.

Schließlich erreichten sie den Richtplatz, einen kleinen, ummauerten Hof im Herzen der Stadt, und hier sah Andrej nun doch die Neugierigen und Gaffer, die er bisher vermisst hatte, eine so dicht gedrängte Menge, dass Sharifs Männer mit Schwertern und Speeren Platz für den Wagen schaffen mussten. Ihr Tempo nahm dennoch beständig ab, während sie sich dem weit offen stehenden Tor näherten, durch das sie bereits die eigentliche Hinrichtungsstätte sehen konnten: ein grob zusammengezimmertes Podest, auf dem ein simpler Holzblock stand. Beides war schwarz von eingetrocknetem Blut, und zumindest dem ihnen entgegenschlagenden Gestank nach zu schließen, war es wohl auch nicht die erste Hinrichtung, die an diesem Tag stattfand.

Einige der Männer neben ihm begannen unruhig zu werden, und auf dem einen oder anderen Gesicht erschien ein Ausdruck einer anderen Art von Furcht, als begriffen sie erst jetzt wirklich, was gleich geschehen würde.

Als sie das Tor fast erreicht hatten, kam der Wagen mit einem Ruck zum Stehen, und Murida sprang auf und begann zu schreien. Ihre Kapuze fiel zurück, und ihr langes pechschwarzes Haar quoll wie eine Flut aus geschmolzenem Teer darunter hervor, sodass nun jedermann sehen konnte, dass sie eine Frau war. Ihr eigentlich so schönes Gesicht war zu einer Grimasse aus purem Entsetzen verzerrt.

»Nein!«, schrie sie. »Das dürft ihr nicht! Ich habe nichts getan! Ihr dürft mich nicht töten!«

Für die Dauer eines Atemzuges herrschte erschrockene Stille ringsum, und wohin Andrej auch sah, erblickte er Unglauben und Überraschung, hier und da auch Erschrecken. Anscheinend war es doch nicht üblich, dass auch Frauen hingerichtet wurden, so wie er bisher angenommen hatte. Schreiend setzte Murida zum Sprung vom Wagen an, doch der eiserne Ring an ihren Fußfesseln riss sie so brutal zurück, dass sie auf die Knie fiel. Sofort rappelte sie sich wieder auf und schrie nur noch gellender.

Sharif drängte sein Pferd durch die Menge direkt neben sie und stieß sie mit einem Fußtritt abermals auf die Knie. »Gib Ruhe, Weib!«, schnauzte er. »Das hättest du dir überlegen sollen, bevor du dich mit diesem Verbrecher eingelassen hast!«

»Das wagst du nicht!«, kreischte Murida. Sie sprang schon wieder auf, soweit es ihre gefesselten Füße zuließen, und fuhr zu Sharif herum. »Der Machdi beschützt seine Kinder! Er wird nicht zulassen, dass du Hand an mich legst!«

»Nein, wird er nicht?« Sharif lachte hässlich, beugte sich blitzschnell im Sattel vor und packte ihr Haar, um ihren Kopf in den Nacken zu zwingen und sie zugleich so weit an sich heranzureißen, dass sich die kurze Kette zwischen ihren Fußgelenken mit einem Knall spannte. Murida keuchte vor Schmerz.

»Ach ja?«, höhnte Sharif noch einmal. »Wird er das nicht? Wo ist er denn jetzt, dein Machdi? Ich sehe ihn nicht! Warum ist er nicht hier, um dich zu retten, mein Täubchen?«

Unter schadenfrohem Gelächter, aber auch erschrockenem Raunen wand sich Murida immer verzweifelter in Sharifs Griff, doch der Hauptmann hielt sie nicht nur unerbittlich fest, sondern zwang ihr Gesicht herum und drückte ihr einen langen, brutalen Kuss auf die Lippen. Das Lachen ringsum wurde lauter – und dann schrie Sharif plötzlich auf, warf den Kopf zurück und schleuderte das Mädchen aus derselben Bewegung heraus zu Boden. Blut lief in einem dunkelroten zähen Strom aus der tiefen Wunde, die plötzlich in seiner Unterlippe klaffte. »Das Miststück hat mich gebissen!«

Unwillkürlich hatte Andrej sich so fest gegen seine Ketten gestemmt, dass sie ein hörbares Ächzen von sich gaben. Dabei wusste er, dass dieses kleine Intermezzo Muridas Idee gewesen war, die hartnäckig darauf bestanden hatte, dass Sharif am Ende kapitulierte. Er musste sogar zugeben, dass die Einlage ihrem Vorhaben vermutlich genau die Glaubwürdigkeit verleihen würde, die sie so dringend brauchen.

Aber das änderte nichts daran, dass ihm nicht gefiel, was er sah.

Murida stemmte sich schwerfällig auf die Ellbogen hoch. Auch ihr Mund war voller Blut, aber es war nicht ihr eigenes. »Sei froh, dass mir mein Glaube verbietet, Schweinefleisch zu essen!«, fauchte sie, laut genug, dass ihre Worte in weitem Umkreis zu hören waren. »Sonst hätte ich dir die Lippe abgebissen!«

Wieder brandete Gelächter auf, und Sharifs Gesicht wurde zu einer Grimasse aus schierem Hass. Mit einem zornigen Knurren riss er einen Säbel mit einem auffälligen goldenen Griff aus dem Gürtel und schlug zu. Im allerletzten Moment jedoch lenkte er die Bewegung ab, sodass die Klinge kaum einen Fingerbreit neben Muridas Gesicht ins Holz fuhr und es mit einem trockenen Bersten spaltete. Andrej stockte der Atem.

»Oh nein«, knurrte er. »So leicht mache ich es dir nicht.« Er musste sich sichtlich anstrengen, um das Schwert aus dem Holz zu ziehen und rammte die Klinge mit einem kraftvollen Stoß in die Scheide an seinem Gürtel zurück. Dann hob er die Hand, fuhr sich damit über den Mund und betrachtete missmutig den dunkelroten Fleck auf seinem Handrücken.

»Eine bissige Maus«, murmelte er dann. Lauter und mit einem Blick, in dem blanker Hass zu lesen stand, fügte er hinzu: »Dann lasst uns herausfinden, wie wirksam der Schutz deines Machdi wirklich ist, mein Kind.«

Er richtete sich im Sattel auf und gab dem Mann neben sich einen Wink. »Sag dem Scharfrichter, dass er Reisig und Öl bringen soll. Es ist an der Zeit, dass wir eine gute, alte Sitte unserer abendländischen Freunde übernehmen! Die Hexe wird verbrannt!«

Etwas Neues und durch und durch Böses erschien in seinem Blick, als er sich abermals im Sattel vorbeugte. Wenn er schauspielerte, dachte Andrej, dann perfekt. »Du spielst doch gern mit Feuer, wie man mir gesagt hat, oder?«

Murida spuckte ihn an. Sharif lachte nur, richtete sich wieder im Sattel auf und versetzte ihr einen Tritt gegen die Seite, der ihr ein schmerzerfülltes Wimmern entlockte. Abu Dun straffte die Schultern und knurrte: »Ja, du bist ein wahrhaft tapferer Mann. Ich weiß nicht, ob ich den Mut hätte, eine gefesselte Frau zu treten.«

Das war nicht abgesprochen gewesen, und für die Dauer eines einzelnen Lidschlages war Andrej beinahe froh über die Stärke der Ketten, mit denen er gebunden war. Wäre es anders gewesen, dann hätte er sie wahrscheinlich zerrissen und Sharif aus dem Sattel gezerrt, damit er ein wenig von seiner eigenen Medizin kosten konnte.

Der Hauptmann hatte sein Pferd schon wieder halb herumgedreht, hielt jetzt jedoch inne und sah aus kalten Augen auf den Nubier hinab.

»Was haben wir denn da?«, fragte er. »Einen echten Kavalier, der die Partei einer armen, unschuldigen Jungfrau ergreift?« Er spie aus. »Willst du ihr vielleicht auf dem Scheiterhaufen Gesellschaft leisten?«

»Mach meine Hände los, und wir klären die Sache, wie es sich unter Männern gehört«, sagte Abu Dun.

»Unter Männern?« Sharifs Stimme wurde noch abfälliger. »Das wäre nicht fair, scheint mir, denn du siehst eher aus wie ein Berg, der zufällig reden kann. Lass uns doch herausfinden, ob du auch schreien kannst.«

»Davon träumst du«, sagte Abu Dun kalt.

»Wir werden sehen«, antwortete Sharif. Noch immer lief Blut aus seiner zerbissenen Unterlippe. »Der Kerl wird ebenfalls verbrannt! Und alle anderen gleich mit ihm!«

Andrej war es, als würden die Schreie nun schon seit Langem anhalten, so gellende Schreie, dass sie überall in der Stadt zu hören sein mussten.

Es war erstaunlich schnell gegangen. Schon als der Wagen weitergerollt war und sich dem hölzernen Podest genähert hatte, war Andrej klar geworden, dass es wohl nicht zum ersten Mal auch als Scheiterhaufen fungierte. Der Richtblock war fortgeschafft worden, und vier kräftige Männer schleppten eine sechs Fuß hohe Eisensäule herbei, die sie in eine Aussparung darunter einrasten ließen. Auch die schwarze Farbe des Podestes stammte nicht nur von trockenem Blut, sondern wohl auch von Flammen, die schon unzählige Male an dem harten Holz genagt hatten. Binnen kürzester Zeit hatten Männer Reisig und trockenes Holz gebracht, das sie rings um den Eisenpfahl aufgeschichtet hatten. Dann hatten sie den ersten Gefangenen vom Wagen gezerrt und daran festgekettet, ohne auf seine verzweifelte Gegenwehr und seine panischen Schreie zu achten.

Die Hinrichtung selbst jedoch ging denkbar langsam vonstatten.

Es war nicht das erste Mal, dass Andrej Zeuge eines so grausigen Schauspiels wurde, aber er konnte sich nicht erinnern, jemals etwas Entsetzlicheres gesehen zu haben. Im Gegensatz zur üblichen Praxis hatten sie das Feuerholz nicht so aufgeschichtet, dass der Rauch den unglückseligen Mann binnen weniger Augenblicke erstickte. Der Henker hatte ganz im Gegenteil ein Übriges getan und das Holz in einem Abstand von guten drei Fuß von der eisernen Säule entfernt gestapelt, sodass die Flammen selbst den Mann nicht einmal berührten, sondern es lediglich der ausgestrahlten Hitze überlassen blieb, ihn zu töten – was seine Qual von wenigen Minuten auf eine grauenvolle Viertelstunde ausdehnte, wenn nicht sogar noch mehr.

Ihm kam es vor wie Stunden. Irgendwann hörten die entsetzlichen Schreie auf, und das schwarz verkohlte Etwas, das einmal ein Mensch gewesen war, hing reglos in den noch glühenden Ketten, mit denen es an den Pfahl gebunden war. Dann traten die Männer die letzten Flammen aus und schichteten neues Reisig auf.

Es war sehr still auf dem ummauerten Platz geworden. Am Anfang hatte die Menge noch begeistert gejohlt und Beifall geklatscht, doch diese Geräusche waren nach und nach verstummt, als der Menge klar wurde, was für ein entsetzliches Spektakel ihnen da *wirklich* geboten wurde, und die Schreie des gequälten Mannes kein Ende nehmen wollten. Jetzt war auf nahezu allen Gesichtern nur noch Entsetzen zu erkennen, und die Menge war auch nicht mehr annähernd so groß wie am Anfang, denn viele hatten den furchtbaren Anblick nicht mehr ertragen und waren von dem Hof geflohen.

Als eine Tür zufiel, sah Andrej auf und erblickte Sharif, der für einen Moment im Haus verschwunden gewesen war und nun zurückkam. Er trug einen anderen Mantel und einen Turban anstelle des Janitscharenhelmes. Seine Lippe schien immer noch zu bluten, denn er presste ein Tuch gegen das Gesicht, das es fast zur Hälfte verdeckte. Ein Mann mit einer brennenden Fackel in der Hand begleitete ihn, als hätte er vor, den nächsten Scheiterhaufen selbst in Brand zu setzen.

Die Gefangenen waren vom Wagen gezerrt und ihrer Fesseln entledigt worden, wurden aber von jeweils zwei bewaffneten Männern (Abu Dun von vier) bewacht, die sie in einer langen Reihe vor dem Podest aufgestellt hatten, die Gesichter dem Scheiterhaufen zugewandt und nahe genug, sie die Hitze schmerzhaft spüren zu lassen.

Sharif schritt diese Reihe nun langsam ab, blieb vor Murida stehen und legte ihr die Hand unter das Kinn, damit sie ihn ansehen musste. »Nun, mein Täubchen?«, fragte er. »Glaubst du immer noch, dass dein Machdi kommt und dich rettet?«

Murida wollte den Kopf wegdrehen, doch Sharif ließ es nicht zu. »Vielleicht kommt er ja noch«, sagte er böse. »Zeit genug lasse ich ihm jedenfalls, keine Angst. Du wirst als Letzte brennen.«

Murida spuckte ihn an, und Sharif revanchierte sich mit einer – wenn auch eher symbolischen – Ohrfeige, lachte böse und ließ seinen Blick dann über die Gesichter der anderen Gefangenen tasten. Auf dem von Andrej blieb er hängen.

»Der Ungläubige ist der Nächste!«

Andrej wurde an beiden Armen gepackt und aus der Reihe gezogen, und Sharif wandte sich von Murida ab und kam gemächlichen Schrittes näher.

»Es gehört schon ein gewisser Mut dazu, in Zeiten wie diesen als Ungläubiger nach Konstantinopel zu kommen«, sagte er. »Reicht dein Mut auch noch, um nicht wimmernd wie ein Weib zusammenzubrechen, wenn du dort hinaufgehst? Ich glaube ja, du wirst wimmern, aber vielleicht überraschst du mich ja, Ungläubiger.«

Andrej überraschte ihn, indem er einen halben Schritt nach vorne machte, die Arme ausstreckte und die Ellbogen dann mit aller Gewalt zurückstieß. Ohne Rücksicht legte er seine ganze übermenschliche Kraft in die Bewegung – mit dem Ergebnis, dass die beiden Männer, die ihn gerade noch gehalten hatten nicht nur zu Boden geschleudert wurden, sondern auch noch etliche andere mit sich von den Beinen rissen. Und dann überraschte er Sharif sogar noch ein zweites Mal, als er mit einem einzigen schnellen Schritt bei ihm war, ihm den Säbel aus dem Gürtel riss und ihm den Griff seiner eigenen Waffe in der Aufwärtsbewegung unter das Kinn schlug. Mit einem gurgelnden Schrei taumelte Sharif zurück, wild mit den Armen rudernd, um nicht zu stürzen. Der Mann neben ihm reagierte genau so, wie Andrej es erwartete, und schlug mit seiner brennenden Fackel nach ihm.

Andrej nahm sie ihm weg, schickte den Mann mit einem Schlag in den Leib zu Boden und wirbelte dann wieder zu Sharif herum, um ihm eine dritte und noch weit größere Überraschung zu bereiten, indem er ihm die brennende Fackel ins Gesicht stieß.

Im letzten Moment gelang es dem Janitscharenhauptmann, die Hände vor das Gesicht zu reißen, um dem Stoß so die größte Wucht zu nehmen, aber das Ergebnis war trotzdem spektakulär.

Sharif verwandelte sich von einem Moment auf den anderen in eine lodernde Fackel. Die Flamme sprang auf sein Gesicht und auf seinen Turban über, raste an seinen Schultern und den Armen hinab und griff dann so rasant auf seine gesamte Kleidung über, dass Andrej nicht schnell genug zurückweichen konnte, um ihren glühenden Biss nicht selbst zu spüren.

Blitzartig fuhr er herum, schwang die Fackel in einem lodernden

Halbkreis und überzeugte nicht nur den Soldaten, der seine Waffe gezogen hatte, davon, dass es vielleicht doch keine so gute Idee war, auf ihn loszugehen, sondern verschaffte sich auch allgemein ein wenig Luft. Wer am Boden lag, blieb es vorsichtshalber auch, alle anderen versuchten sich mehr oder weniger panisch in Sicherheit zu bringen – soweit das in dem allgemeinen Chaos überhaupt möglich war, das plötzlich überall auf dem Hof ausbrach. Schreie gellten aus Dutzenden von Kehlen zugleich, wenn nicht Hunderten, und hier und da brachen sinnlose Handgemenge aus. Abu Dun hatte sich ebenfalls losgerissen und schickte gerade die letzten beiden seiner vier Bewacher zu Boden, indem er sie mit den Köpfen aneinanderschlug, und auch die übrigen Gefangenen versuchten sich mit mehr oder weniger Erfolg ihrer Bewacher zu entledigen. Selbst Murida war es gelungen, eine Hand zu befreien, mit der sie nun das Gesicht eines Soldaten zerkratzte.

Andrej registrierte aus den Augenwinkeln eine Bewegung, stieß blindlings mit seiner Fackel zu und bemerkte seinen Fehler einen halben Atemzug zu spät. Es war kein weiterer Soldat, sondern einer der Henkersknechte, der ihm bei seiner kopflosen Flucht zu nahe gekommen war. Seine Kleider fingen Feuer, und er begann laut zu schreien. Andrejs Mitleid hielt sich jedoch in Grenzen.

Er schlug noch einmal ungezielt um sich, rannte los und erreichte Murida gerade noch zur rechten Zeit, um zu verhindern, dass ihr einer ihrer Bewacher den Dolch in die Kehle stieß. Andrej nahm ihm die Waffe ab, versenkte sie bis zum Heft in seinem Oberschenkel und schickte den zweiten Mann, den Arm zurückreißend, mit einem Ellbogenstoß zu Boden. Erst dann schleuderte er die brennende Fackel von sich, wechselte den erbeuteten Säbel von der linken in die rechte Hand und warf sich Murida kurzerhand über die Schulter.

Hinter ihm brüllte Sharif immer noch wie am Spieß und brach endlich zusammen. Ein Janitschar riss sich den Mantel von den Schultern und versuchte die Flammen damit zu ersticken, stellte sich dabei aber so ungeschickt an, dass nun seine eigenen Kleider in Brand zu geraten drohten.

»Pirat!«, brüllte Andrej. *»Die Pferde!«*

Abu Dun hatte sich bereits ein neues Opfer gesucht, das er verprügeln konnte, ließ aber nun gehorsam von ihm ab und war mit einem einzigen Satz bei dem Wagen, auf dem sie hergebracht worden waren. Auf seine ganz eigene Art zäumte er zwei der Tiere ab, nämlich indem er das Geschirr in Stücke riss, und war gleich darauf auch schon auf dem Rücken des einen. Noch bevor das zweite Tier in Panik geraten konnte, war auch Andrej heran, sprang auf und krallte die linke Hand in seine Mähne, um seinen Widerstand endgültig zu brechen.

Hinter ihnen krachte ein Schuss, und die Kugel verfehlte ihn so knapp, dass er ihr Zischen hörte. Instinktiv zog er den Kopf ein, riss das Pferd herum und rammte ihm die Fersen mit solcher Macht in den Leib, dass es mit einem erschrockenen Wiehern losraste und die Menge einfach auseinandersprengte. Ein zweiter Schuss fiel, verfehlte sie dieses Mal weit und sprengte nur harmlos eine Putzwolke aus der Mauer neben dem Tor. Dann waren sie da und hindurch, und das panische Geschrei der Menge fiel mit jedem weit ausgreifenden Schritt der beiden Pferde hinter ihnen zurück.

Ohne langsamer zu werden, sprengten sie bis zum Ende der Straße, bogen wahllos ab und galoppierten auch noch bis zur nächsten Abzweigung, brachten ihre Pferde jedoch kurz davor mit einem harten Ruck zum Stehen und sprangen ab, um sie mit einem kräftigen Hieb auf das Hinterteil wieder in die Richtung zurückzujagen, aus der sie gerade gekommen waren. Schnell, aber nicht so hastig, dass sie Aufsehen erregt hätten, gingen sie zu Fuß weiter und bogen ab.

Noch immer rasch, aber nicht so schnell, dass sie auffielen, gingen sie weiter, und nach einem halben Dutzend Schritten kam Andrej sogar auf die Idee, Muridas Arm loszulassen. Selbstverständlich tat sie trotzdem so, als hätte sie sich aus eigener Kraft losgerissen, brachte rasch zwei Schritte Abstand zwischen ihn und sich und warf ihm einen so vor Zorn sprühenden Blick zu, als hätte er sie nicht gerade vor dem Scheiterhaufen gerettet und wäre überdies schuld daran, dass sie überhaupt erst dort gelandet war.

Was in einem gewissen Sinne ja auch der Wahrheit entsprach.

Andrej überlegte, ob es klug wäre, ein wenig schneller zu gehen, denn Schreie und Lärm, aber auch dröhnender Hufschlag holten so rasch zu ihnen auf, dass er fast schon damit rechnete, die Kugel eines Janitscharen zwischen den Schulterblättern zu spüren. Dazu kam, dass er das Gefühl hatte, von jedem einzelnen Mann und jeder Frau und jedem Kind auf der Straße angestarrt zu werden. Sein Verstand konnte ihm noch so oft sagen, dass ihre Aufmerksamkeit eher der Aufregung hinter ihnen galt, er fühlte sich angestarrt, und es kostete ihn immer mehr Kraft, nicht einfach loszustürmen.

Vermutlich hätte er es sogar getan, wäre Murida nicht plötzlich von sich aus noch schneller ausgeschritten, um in einer kaum schulterbreiten Lücke zwischen zwei Häusern zu verschwinden, die Abu Dun und er erst jetzt bemerkten.

Sie hatte sie auch nicht allein gefunden, denn kaum waren Abu Dun und er ihr gefolgt, sah er eine gebückte, ganz in Schwarz gekleidete alte Frau, die am anderen Ende der schmalen Gasse stand und ihr hastig mit beiden Armen zuwinkte, sich zu beeilen.

»Rasch, Mädchen! Lauf schneller, sie sind gleich hier!«

Murida gehorchte und Andrej ebenfalls, während Abu Dun alle Mühe hatte, seine enorme Körpermasse durch die schmale Lücke zu pressen. Immerhin wartete die Alte auf sie, auch wenn sie vor lauter Ungeduld immer schneller von einem Bein auf das andere trat.

»Schnell jetzt! Wenn sie uns finden, dann töten sie uns alle!«

Daran zweifelte Andrej ebenso wenig wie Abu Dun und das Mädchen, doch der Nubier schüttelte nur mürrisch den Kopf und fragte: »Wer bist du?«

»Jemand, der euch helfen will!«, polterte die Alte.

»Und woher wissen wir, dass das stimmt?«, grollte Abu Dun. Lärm und Geschrei, die durch die schmale Gasse zu ihnen drangen, nahmen noch einmal und noch schneller zu.

»Gar nicht«, antwortete sie. »Du kannst ja hierbleiben, wenn du das willst. Aber die von euch, die am Leben bleiben wollen, sollten jetzt besser mit mir kommen.«

Und damit fuhr sie herum und eilte mit überraschend flinken Schritten auf eine schmale Tür am anderen Ende des kleinen Innenhofes zu. Statt sie jedoch zu öffnen, ging sie in die Hocke und begann einen Stapel leerer Weidenkörbe und staubiger Säcke beiseitezuräumen, die daneben an der Wand aufgestapelt waren. Darunter kam kein festgetretenes Erdreich zum Vorschein, aus dem der Rest des Hofes bestand, sondern eine hölzerne Klappe, unter der sich vermutlich ein Keller befand. Andrej nahm der alten Frau die Mühe ab, sie zu öffnen, und erblickte die ersten Stufen einer steilen Treppe, die sich ganz, wie er es erwartet hatte, in ungewissem Dunkel verlor.

»Dort hinunter! Rasch!«, befahl die Alte.

Abu Dun setzte sich ohne ein weiteres Wort in Bewegung,

doch Murida sah die alte Frau nur mit wachsendem Misstrauen an. »Wer bist du?«, fragte sie. »Ich weiß nicht, wer du bist!«

»Dafür weiß ich, wer *du* bist und deine beiden Freunde auch«, antwortete die Greisin.

»Das sind nicht meine Freunde!«, schnaubte Murida und wollte noch etwas sagen, aber die alte Frau unterbrach sie mit einer schon fast herrischen Geste. »Und das weiß ich auch! Aber jetzt geht endlich, oder wollt ihr auf die Soldaten des Sultans warten?«

Das schien wohl selbst Murida einzuleuchten, denn sie eilte hinter Abu Dun her, und auch Andrej folgte ihr. Die Alte schloss die Klappe so dicht hinter ihm, dass Andrej halbwegs damit rechnete, sie ins Kreuz zu bekommen, rief ihnen aber noch nach: »Wartet hier, und keinen Mucks! Jemand wird kommen und sich um euch kümmern.«

Der Keller war winzig und so finster, dass selbst Andrejs übermenschlich scharfe Augen nur Schemen erkennen konnten, und es wurde noch schlimmer, als ihre Retterin die Säcke und Körbe an ihren Platz zurückstapelte. Er maß kaum ein halbes Dutzend Schritte im Geviert und war so niedrig, dass Andrej nicht aufrecht darin stehen konnte, von Abu Dun ganz zu schweigen, und es stank erbärmlich.

»Wer zum Scheijtan ist deine neue alte Freundin?«, polterte Abu Dun, sehr viel lauter, als es Andrej lieb war.

»Das weiß ich nicht!«, antwortete Murida scharf und nicht leiser. »Ich habe sie noch nie gesehen!«

»Sie behauptet aber, dich zu kennen!«

»Sie hat gesagt, sie weiß, wer ich bin, nicht, dass sie mich kennt«, antwortete Murida. »Das ist ein Unterschied. Und sie hat auch gesagt, dass sie wüsste, wer ihr seid! Also sag du mir, wer sie ist!«

»Ruhe, alle beide!«, befahl Andrej. »Oder wenigstens nicht so laut! Es wird sich schon eine Erklärung finden!« Befremdet stellte er fest, dass es ihn wütend machte, wenn Abu Dun so mit Murida sprach.

Sowohl Abu Dun als auch das Mädchen verstummten zwar gehorsam, doch Andrej meinte, ihre feindseligen Blicke zu spüren, auch wenn es selbst für ihn zu dunkel war, um ihre Gesichter zu erkennen.

»Vielleicht arbeitet sie ja für Sharif«, sagte er.

»Das hätte er mir gesagt«, antwortete Murida. Er hörte das Rascheln ihres Haares, als sie heftig den Kopf schüttelte.

»Ganz davon abgesehen, dass sie nicht wissen konnte, dass wir diese Straße nehmen«, fügte Abu Dun hinzu.

Über ihnen polterte es. Schritte erklangen und aufgeregte Stimmen, Türen knallten, und Andrej meinte, einen Schuss zu hören. Darauf wurde wieder geschrien. Der Lärm hielt eine geraume Weile an, brach dann ab und schwoll dann wieder an, bevor endgültig eine bedrohliche Ruhe einkehrte. Dennoch schwiegen auch Abu Dun und Murida eine geraume Weile, bis die junge Frau die Stille als Erste zu brechen wagte. »Sind sie weg?«, flüsterte sie.

»Jedenfalls sind sie nicht hier«, blaffte Abu Dun. »Das wäre mir aufgefallen … glaube ich.«

Andrej wandte sich an Muridas schemenhafte Gestalt. »Du bist also ganz sicher, dass du diese Frau nicht kennst?«

»So sicher, wie man nur sein kann«, antwortete sie. »Ich kann mich jedenfalls nicht erinnern. Aber das besagt nichts. Auf unseren Treffen waren viele. Vielleicht erinnere ich mich nicht an jedes Gesicht.«

»Und vielleicht willst du es auch gar nicht«, sagte Abu Dun. Weder Andrej noch Murida würdigten ihn einer Antwort, aber

Andrej warf dem Nubier erneut einen zornigen Blick zu, weil er es wagte, so mit Murida zu reden.

Eine Zeit lang kehrte ein unangenehmes Schweigen ein. Schließlich ging Murida in die Ecke des Raumes, die am weitesten von Abu Dun und ihm entfernt war, hockte sich mit angezogenen Knien auf den Boden und lehnte den Kopf gegen die Wand. Anscheinend stellte sie sich auf eine längere Wartezeit ein.

Andrej setzte sich ebenfalls, und nach einer Weile raschelte Abu Duns Mantel, als er es sich ebenfalls bequemer machte. Wieder verging Zeit – viel Zeit, wenngleich Andrej nicht wusste, wie viel –, in der er mehr Gelegenheit zum Grübeln fand, als ihm lieb war. Ihr Plan – Sharifs Plan, um genau zu sein – war nicht ganz so aufgegangen, wie es gut gewesen wäre – schon gar nicht für Sharif selbst. Sie hatten mindestens einen der beiden Machdiji, die Sharif ihnen vorher genauestens beschrieben hatte, auf ihrer Flucht mitnehmen wollen, um dessen Vertrauen zu erringen, aber der eine war erst gar nicht auf dem Wagen gewesen, und bei dem anderen hatte es sich ausgerechnet um den Mann gehandelt, den Sharif auf so grausame Weise hatte verbrennen lassen. Warum, das würde wohl auf ewig sein Geheimnis bleiben.

Und diese sonderbare alte Frau, die genau im richtigen Moment aufgetaucht war, um sie zu verstecken …

Nein, Andrej wusste nicht, was er von ihr oder der ganzen Situation halten sollte, aber all seine Instinkte schrien ihm zu, dass hier etwas nicht stimmte.

Das Schweigen dauerte an, und als es schließlich übermächtig zu werden drohte, fragte Andrej: »Bist du wirklich Süleymans Tochter?«

»Kommt dir das so seltsam vor?«, gab Murida zurück. »Warum? Weil ich keinen so prachtvollen Schnurrbart habe wie er?«

»Weil du viel zu hübsch bist, um von einer solch fetten Kröte abzustammen«, sagte Abu Dun.

Muridas Gesicht war nur als verwaschener Fleck in der Düsternis zu erkennen, doch er hörte den Zorn in ihrer Stimme. »Meine Mutter war eine sehr schöne Frau. Jedenfalls hat man mir das gesagt.«

»Ich wundere mich nur, dass der Sultan seine eigene Tochter auf eine so gefährliche Mission schickt«, sagte Andrej.

»Und wem könnte er mehr vertrauen als seinem eigenen Fleisch und Blut?«, fragte Murida schnippisch. Doch als sie nach einer Pause leiser weitersprach, klang ihre Stimme bitter. »Außerdem bedeutet es nichts. Süleyman hat zweihundert Töchter.«

»Zweihundert?!«, rief Abu Dun.

»Vielleicht auch nur fünfzig oder auch dreihundert«, sagte Murida. »Von wahrscheinlich ebenso vielen Frauen. Der Sultan hat einen gesunden Appetit, was das angeht.«

Abu Dun lachte leise. »Das klingt aber nicht nach einer liebenden Tochter.«

»Es hat seine Vorteile, der Bastard des Sultans zu sein«, sagte Murida ironisch. »Man lernt interessante Leute kennen. Euch, zum Beispiel.«

»Oder Hauptmann Sharif«, sagte Abu Dun.

Als Murida wieder schwieg, bedauerte Andrej, ihr Gesicht nicht genauer erkennen zu können. Abu Duns Bemerkung ärgerte ihn, denn sie war überflüssig, aber er schwieg, und nach einer kurzen Weile fuhr das Mädchen von sich aus fort: »Er ist nicht so, wie ihr glaubt.«

»Schlimmer?«, fragte Abu Dun.

»Sharif ist kein schlechter Mann!«, begehrte Murida auf.

»Nein, ganz gewiss nicht«, höhnte Abu Dun. »Er ist ein richtiger

Wohltäter. Wie konnte ich das nur vergessen? Ein wahrer Segen für die Menschheit, nicht wahr?«

»Er tut nur das, was getan werden muss!«, antwortete Murida hitzig. »Jemand muss es tun.«

»Warum?«, fragte Abu Dun.

»Wenn er es nicht täte, dann ein anderer. Vielleicht ein Schlimmerer.«

»Du meinst jemand, der die Menschen nicht bei lebendigem Leib verbrennt?«, fragte Abu Dun.

Andrej hörte, wie die junge Frau scharf die Luft zwischen den Zähnen einsog, und warf Abu Dun einen warnenden Blick zu, obwohl er wusste, dass dieser ihn nicht sehen konnte. »Ihr habt doch auch schon Menschen getötet!«, fauchte sie.

»Viele«, bestätigte Abu Dun. »Aber nicht *so.*«

Murida wollte abermals auffahren, doch in diesem Moment schepperte und scharrte es über ihnen, und die Klappe wurde geöffnet. Andrej ging hin und kniff die Augen gegen das ungewohnte Sonnenlicht zusammen, das zu ihm herabfiel, erkannte aber trotzdem die Umrisse der alten Frau, die sie hergebracht hatte.

Sie kam nur wenige Stufen weit die Treppe herab und beugte sich dann ächzend vor, um ihm einen großen Beutel zu reichen. Er war so schwer, dass er sich wunderte, wie sie ihn hatte tragen können.

»Hier ist Wasser und etwas zu essen«, sagte sie. »Und hört auf, so laut zu reden! Man kann euch in der halben Stadt hören! Ihr müsst hierbleiben, bis es dunkel geworden ist. Die Soldaten durchsuchen das ganze Viertel, und sie kontrollieren jeden, den sie auf der Straße antreffen. Jemand hat Hauptmann Sharif umgebracht, heißt es.«

»So?«, fragte Andrej. »Wie bedauerlich.«

»Ich hoffe, ihr wart es, denn dieser Hund hatte den Tod tausendfach verdient«, sagte sie inbrünstig. »Aber selbst wenn nicht, kommt ihr hier nicht weg, solange es hell ist. Ihr bleibt bis Sonnenuntergang, dann wird euch jemand abholen. Und seid im Namen des Propheten still, sonst seid ihr tot und ich auch!«

Und damit fuhr sie herum, warf die Klappe wieder hinter sich zu, und erneut wurde es dunkel. Dieses Mal für länger.

Kapitel 6

Allmählich begann sich Andrej zu fragen, ob er diese Stadt überhaupt noch einmal bei Tageslicht sehen würde, so quälend langsam war die Zeit verstrichen. Auch nach Sonnenuntergang war die alte Frau nicht gleich gekommen, um sie abzuholen, sondern hatte sie noch zwei weitere nicht enden wollende Stunden warten lassen.

Aber schließlich war sie doch aufgetaucht und hatte einen unauffälligen schwarzen Mantel für Murida und ein Schwert für Abu Dun gebracht. Es war rostig und sah in den Pranken des Nubiers aus wie ein Messer, und auch der Mantel vermochte weder Muridas schmale Statur noch die Zartheit ihrer Glieder zu kaschieren – gar nicht davon zu reden, dass sie sich unübersehbar wie eine Frau *bewegte*.

Dennoch war er der Alten zutiefst dankbar, denn sie riskierte tatsächlich ihr Leben für sie. Er sagte es ihr auch, bekam aber nur ein abfälliges Schnauben zur Antwort, von dem er nicht sagen konnte, ob es verächtlich oder hasserfüllt war. Trotzdem übernahm sie, ohne zu klagen, die Führung, auch wenn sie damit ein weiteres Risiko einging, wie ihnen schon auf dem ersten Stück klar wurde.

Die Straßen hatten sich geleert, doch noch immer waren Soldaten in großer Zahl unterwegs, die jeden misstrauisch beäugten oder sich auch dann und wann einen Mann herausgriffen, um ihn peinlich zu verhören oder auch gleich wegzubringen.

Obwohl sie sich unauffällig verhielten und selbst Abu Dun seinen geliebten Turban abgesetzt hatte, um seine enorme Größe, wenn auch notdürftig, zu verbergen, hätten sie es ohne die alte Frau vermutlich gar nicht geschafft.

Einmal trat sie sogar auf einen Soldaten zu, um so lange auf ihn einzureden, bis er sie mit einer genervten Geste passieren ließ, doch den größten Teil des Weges führte sie sie unbehelligt durch schmale Gässchen, enge Häuser und winzige Hinterhöfe.

Sie waren in der Nähe des Hafens, als sie endlich stehen blieb und die Hand hob, um ihnen zu verstehen zu geben, dass ihr Teil des Weges hier zu Ende war. Sehen konnten sie das Wasser noch nicht, aber riechen. Weit entfernt schrie eine Möwe, der noch nicht aufgefallen zu sein schien, dass die Sonne schon vor Stunden untergegangen war. Abu Dun hob den Kopf und sah stirnrunzelnd in ihre Richtung, während er seinen Turban wieder aufsetzte.

»Ihr wartet hier«, sagte die alte Frau. »Jemand wird kommen und sich um euch kümmern.«.

Andrej fiel plötzlich auf, dass er sich nicht einmal nach ihrem Namen erkundigt hatte, aber es jetzt nachzuholen, wäre ihm unpassend erschienen.

»Ich danke dir«, sagte er stattdessen nur. »Du bist ein großes Risiko für uns eingegangen.«

Die Alte hatte sich schon halb abgewandt, um zu gehen, blieb jetzt aber noch einmal stehen und maß ihn mit einem verächtlichen Blick. »Das habe ich bestimmt nicht für dich getan, Ungläubiger«, spie sie schon fast hervor. »Der Machdi beschützt die, die ihm treu ergeben sind. Auch«, fügte sie etwas leiser und mit einem Blick in Muridas Richtung hinzu, »wenn es manche vielleicht nicht verdient haben.«

Damit ging sie und ließ eine reichlich verdutzte Murida und einen breit grinsenden Abu Dun zurück. Andrej sah ihr nach, bis sie in der Nacht verschwunden war, und wandte sich dann mit fragendem Blick an Murida. »Und du kennst sie wirklich nicht?«

»Ich habe sie nie gesehen. Aber es ist wohl so, wie sie sagte. Die Leute des Machdi geben aufeinander acht.«

In ihrer Stimme war vielleicht eine Spur mehr Zufriedenheit, als Andrej angemessen schien, doch in diesem Moment erscholl der Schrei der Möwe noch einmal, und Abu Dun sagte: »Wir sollten unsere neuen Freunde nicht warten lassen, bevor sich das arme Tier da noch die Kehle wund brüllt.«

Die Möwe war keine Möwe, wie Andrej nun auch hörte, sondern jemand, der den Ruf eines solchen Tieres – fast – perfekt nachzuahmen verstand.

»Welche Freunde?«, fragte Murida.

»Die, die dort drüben stehen und uns beobachten«, sagte Abu Dun und zeigte auf die Schatten auf der anderen Straßenseite. Zwar waren sie so tief, dass selbst seine scharfen Augen dort nichts sehen konnten, doch er hörte sie; genau wie Andrej, der jetzt noch die Herzschläge zweier weiterer Männer identifizierte, die sich ihnen aus der anderen Richtung näherten.

Bevor Murida antworten konnte, raschelte etwas, und die beiden in schmucklose Gewänder gehüllten Männer gaben ihr Versteck im Schatten auf und kamen zu ihnen. Das Gesicht des einen kannte Andrej. Er hatte es erst am Morgen gesehen, in der Reihe der Männer, die auf ihre Hinrichtung warteten.

»So sieht man sich wieder«, sagte Abu Dun fröhlich.

Die Antwort bestand nur aus einem verächtlichen Blick des Machdiji und einer knappen Geste, die wohl den Männern galt, die sich ihnen von hinten näherten. Sie gaben sich keine sonderliche Mühe, leise zu sein.

»Komm her!« Der Machdiji winkte sie heran, doch Murida sah ihn misstrauisch an und wich einige Schritte zurück, als wollte sie an Abu Duns Seite Schutz suchen.

»Wer bist du?«, fragte sie.

»Jemand, der es besser mit dir meint, als du es eigentlich verdient hast«, sagte der Machdiji. »Und der im Moment nicht besonders geduldig ist. Der Sultan ist ein wenig nervös nach dem, was deine beiden Freunde heute Morgen getan haben. Willst du hier warten, bis seine Soldaten hier sind und dich wieder mitnehmen?«

»Du hast eine sonderbare Art, dich zu bedanken«, sagte Andrej. »Du wärst jetzt auch tot, wenn wir nicht geflohen wären.«

»Und das ist auch der Grund, aus dem ihr, du und dein großer Freund, überhaupt noch am Leben seid«, antwortete der Mann. »Übertreib es lieber nicht. Auch meine Dankbarkeit hat Grenzen.«

»Dann wollen wir sie auch nicht über die Maßen strapazieren«, sagte Andrej. »Nehmt das Mädchen, und wir gehen unserer Wege. Ich möchte diese wenig gastliche Stadt möglichst schnell verlassen.«

Der Mann schüttelte den Kopf. »Ihr begleitet uns.«

»Ach ja?«, fragte Abu Dun. »Tun wir das?«

»Ich denke schon«, antwortete der Mann. Wieder gab er den anderen ein Zeichen. Andrej warf einen raschen Blick über die Schulter zurück und sah nicht zwei, sondern gleich drei Männer, die die schmale Gasse hinter ihnen blockierten.

»Wir haben nichts mit dem Mädchen zu schaffen«, sagte er, »und auch nicht mit euch und eurem Machdi.«

»Das ändert nichts«, erwiderte der Machdiji.

»Wir haben keinen Streit mit euch«, sagte Andrej rasch, »und wir wollen ihn auch nicht. Lasst uns einfach gehen. Diese ganze Sache geht uns nichts an. Wir wissen weder, wer euer Machdi ist, noch haben wir irgendetwas mit dem Sultan zu tun. Wir sind nicht einmal aus diesem Land.«

»Ihr könnt uns freiwillig begleiten, oder wir zwingen euch dazu«, sagte der Machdiji ruhig. »Vielleicht wäre es mir lieber, wenn ihr euch uns widersetztet –«

»Mir auch«, sagte Abu Dun.

»– Ungläubige sind hier nicht besonders beliebt«, fuhr der Mann ungerührt fort. »Aber ihr habt Glück. Jemand will mit euch reden. Also gebt mir eure Waffen und kommt mit.«

Andrej ließ schon des Eindrucks wegen noch einen halben Atemzug verstreichen. Dann schlug er den Mantel zurück und riss mit einer gespielt zornigen Bewegung den Saif aus dem Gürtel und reichte ihn dem Machdiji mit dem Griff voran.

»Eine schöne Waffe«, sagte der Mann.

»Gib gut darauf acht«, antwortete Andrej. »Sie hätte mich fast das Leben gekostet.«

»Schade, dass es nicht so war«, sagte einer der anderen Männer. »Wir mögen hier keine Diebe.«

Niemand antwortete. Auch Abu Dun spielte noch einen Augenblick lang den Verstockten, bevor er den Säbel unter dem Mantel hervorzog, ihn ohne sichtbare Anstrengung entzweibrach und dem Machdiji die Stücke vor die Füße warf.

»Beeindruckend«, sagte der Mann. »Aber auch ziemlich dumm. Und jetzt kommt mit uns. Und seid leise. Zwar hat der

Sultan in dieser Gegend nicht viele Freunde, aber man kann nie wissen.«

Er eilte los, und seine Begleiter folgten ihnen nicht nur mit beinahe militärischer Präzision, sondern hielten auch ihre Waffen einsatzbereit in den Händen. Abu Dun würde das vermutlich als Kompliment ansehen, für Andrej bedeutete es aber vor allem, dass sie wieder einmal Gefangene waren. Und er war ganz und gar nicht sicher, ob sie einen guten Tausch gemacht hatten.

Wieder durchquerten sie einige schmale Gassen und gingen dann eine sehr lange Treppe mit sonderbar unregelmäßigen steinernen Stufen hinab, um sich schließlich am Wasser wiederzufinden. Eine Anzahl kleiner Boote war am Ufer vertäut und schlug im gleichmäßigen Takt der Dünung gegen die Steine der Uferwand. Die Möwe schrie zum dritten Mal, und jetzt deutlich näher.

Ihr Führer blieb stehen und wiederholte den Ruf. Danach eilten sie weiter. Andrej hatte angenommen, dass sie eines der wartenden Boote ansteuern würden, doch stattdessen ging ihr übellauniger Führer mit schnellen Schritten auf eines der typischen Lagerhäuser zu, die diesen Teil des Hafens beherrschten. Die wenigen schmalen Fenster waren mit hölzernen Läden sorgsam verschlossen, doch Andrejs scharfe Augen erkannten trotzdem den mattroten Lichtschein, der durch die Ritzen drang.

Auf ein kompliziertes Klopfzeichen des Machdiji hin wurde die Tür wie von Geisterhand geöffnet, doch Andrej bemerkte sehr wohl den dünnen schwarzen Faden, der an den Türknauf gebunden war und in einem winzigen Loch in der Wand verschwand, und hörte den Herzschlag des Mannes dahinter. Er wollte gerade abfällig die Lippen verziehen, doch dann sah er den fast ehrfürchtigen Ausdruck auf den Gesichtern der Männer. Närrisch oder nicht, wenn die Anhänger des Machdi durch diesen Mummenschanz den Eindruck erwecken wollten, über magische Kräfte zu verfügen, dann schien diese Rechnung zumindest bei einfachen Gemütern aufzugehen.

Mit einem dumpfen Knall fiel die Tür hinter dem letzten Mann zu. Als Andrej über die Schulter zurückblickte, konnte er keinen verborgenen Schließmechanismus entdecken. Also mussten die Machdiji wohl doch über geheime Zauberkräfte verfügen. Lächerlich!

Behutsam lauschte er mit seinen nicht menschlichen Sinnen in die Runde und kam auf weitere vier oder fünf Männer, die in diesem Lagerhaus auf sie warteten, den Witzbold hinter der falschen Wand mitgerechnet.

Ohne dass es eines weiteren Klopfzeichens bedurfte, wurde die Tür am Ende des kurzen Ganges geöffnet – diesmal tatsächlich von einem Menschen und ohne theatralisches Getue –, und sie betraten einen großen Lagerraum. Eine einzelne Sturmlaterne spendete rötliches Licht. Der Raum musste den Großteil der gesamten Grundfläche einnehmen, wirkte aber trotzdem beengt, weil er mit Kisten, Fässern, Ballen und Säcken und anderem Frachtgut vollgestopft war. Hier erwarteten sie zwei weitere Männer, von denen sich einer demonstrativ auf einen gewaltigen Krummsäbel stützte, der, wenn man nicht über die Körperkräfte eines Abu Dun verfügte, alles andere als funktionell war, aber vermutlich genau dessen Begehrlichkeit erweckte. Der andere war ein Mann schwer zu bestimmenden Alters, der auf einem mit dicken Seilen umwickelten Ballen saß und Abu Dun flüchtig, Andrej dafür umso aufmerksamer ansah, wenn auch ohne sich von seinem Platz zu erheben. Er trug ein schlichtes, aber sichtbar teures Gewand, und sein Gesicht wurde von einem schwarzen Vollbart beherrscht, der so präzise ausrasiert war, dass er fast wie aufgemalt wirkte.

»Das sind sie«, sagte ihr Führer und zeigte zuerst auf Abu Dun, dann auf Andrej. Andrej sah sich unauffällig nach den beiden übrigen Männern um, deren Nähe er spürte, konnte sie aber nirgends entdecken. Ihr unbekannter Gastgeber war ein vorsichtiger Mann, der offenbar gerne einen Trumpf in der Hinterhand behielt.

»Komm zu mir, mein Kind.« Der Bärtige streckte Murida eine Hand hin, an der nicht sehr viel weniger Ringe blitzten als an denen des Sultans. Unwillkürlich machte Murida einen halben Schritt, blieb dann aber wieder stehen und wich sogar wieder zurück. Andrej spannte sich fast unmerklich, um an ihre Seite zu springen, sollte es sich als nötig erweisen.

»Du hast doch nicht etwa Angst vor mir, oder?«, fragte der Bärtige. Er zwang die Andeutung eines Lächelns auf sein Gesicht und stand auf, sodass Andrej sehen konnte, dass er sehr groß war; nicht ganz so groß wie Hauptmann Sharif oder gar Abu Dun, aber dennoch eine imposante Erscheinung, von der etwas leicht Einschüchterndes ausging. »Das ist wirklich nicht nötig. Du bist hier unter Freunden.«

»Und wir?«, fragte Andrej.

Es war ganz bestimmt kein Zufall, dass der Bärtige einen Moment verstreichen ließ, ehe er sich betont langsam zu Andrej herumdrehte. »Das kommt ganz darauf an, was euch hierher führt.«

Bevor Andrej antworten konnte, deutete Abu Dun auf ihren Führer. »Der da.«

»Du wirst schweigen, bis man dir gestattet zu sprechen!«, fuhr ihn der Machdiji an.

»Und wenn nicht?«, erkundigte sich Abu Dun. Alarmiert wendete Andrej sich zu ihm um.

Es war nicht die Wahl der Worte. In seiner Stimme war ein ganz bestimmter Ton, der Andrej klarmachte, dass er nicht nur mit Widerspruch rechnete, sondern fast darauf hoffte, und es in seiner Antwort vielleicht nicht bei Worten belassen würde. Und nun, einmal darauf aufmerksam geworden, bemerkte er, wie angespannt der Nubier wirkte, beinahe verkrampft, und auf seiner Stirn und Oberlippe glänzte Schweiß.

Er war nicht der Einzige, dem das aufzufallen schien. Der Bärtige lächelte zwar unerschütterlich weiter, aber auch er wirkte ein wenig alarmiert, und sein Begleiter hob seinen monströsen Säbel, legte ihn sich in die Armbeuge wie eine Mutter ihr Kind und nahm demonstrativ hinter ihm Aufstellung. Abu Duns Augen leuchteten in böser Vorfreude auf.

»Wir sind aus keinem bestimmten Grund hier«, sagte er rasch. »Abu Dun sagt die Wahrheit. Euer Freund hier hat uns hergebracht. Und seine Einladung war so überaus freundlich, dass ich sie nicht ablehnen konnte.«

»Ja, das kann ich mir vorstellen«, antwortete der Bärtige mit einem schmalen Lächeln. »Aber du musst Hadschi verstehen. Wir kennen euch nicht und wissen nichts über eure Absichten. Und es gibt viele in dieser Stadt, die uns Übles wollen.«

»Hadschi?«, feixte Abu Dun. »Ein … interessanter … Name.«

»Hadschi Halef Omar Ben Hadschi Abul Abbas Ibn Hadschi Dawuhd al Gossawah, um genau zu sein«, knurrte der Angesprochene. Seine dunklen Augen blitzten in schierer Mordlust. »Stört dich irgendetwas daran?«

»Nicht im Mindesten«, versicherte Abu Dun glucksend. »Ich will dir gewiss nicht zu nahe treten, mein Freund … das haben deine Eltern bereits erledigt, scheint mir. Was hast du getan, mit einem solchen Namen bestraft zu werden?«

Hadschi wollte auffahren, doch der Bärtige brachte ihn mit einer raschen Handbewegung zum Schweigen und wandte sich in besänftigendem Ton an Andrej. »Dein Freund heißt also Abu Dun … ebenfalls ein interessanter Name. Und du?«

»Andrej Delãny«, antwortete Andrej. »Und du?«

»Mein Name tut nichts zur Sache«, antwortete der Bärtige. »Niemand erinnert sich mehr an ihn … manchmal nicht einmal mehr ich selbst … aber die, die mich kennen, nennen mich den Machdi.«

Murida sog so scharf die Luft ein, dass es fast wie ein kleiner Schrei klang, fiel dann plötzlich vor ihm auf die Knie und griff nach seiner Hand, um sie an die Lippen zu führen. Abu Dun runzelte nur die Stirn. Seine Augen funkelten kampflustig.

»Machdi!«, flüsterte Murida. »Ihr seid es wirklich! Ich … ich bin Eurer Anwesenheit nicht würdig!«

Nahezu nach jedem Wort küsste sie die beringten Finger. Dann nahm sie seine Hand und legte sie sich auf das Haupt, wie um sich segnen zu lassen. Der Machdi ließ sie einige Augenblicke gewähren, bevor er sich losmachte und ihr mit einer fast unwilligen Geste wieder aufzustehen bedeutete.

»Und was führt euch hierher, Andrej Delãny und Abu Dun?«, fuhr der Machdi fort. »Ihr wisst, wer ich bin?«

Zumindest wussten sie, wer er zu sein *vorgab,* dachte Andrej. Er nickte.

»Dann nenn mir einen Grund, weshalb ich euch wieder gehen lassen sollte«, fuhr der Machdi fort.

»Ich wüsste zwei«, sagte Abu Dun und ballte die Fäuste. Seine Stimme zitterte ganz sacht.

Der Mann hinter dem Machdi ergriff seinen Säbel fester, doch der Bärtige hob rasch besänftigend die Hand, schenkte aber dem Nubier weiter keine Beachtung. »Also – warum sollten wir euch gehen lassen?«

»Weil wir genau das tun werden«, antwortete Andrej. »Einfach nur gehen. Ich habe von dir gehört und auch, dass du kein Freund des Sultans bist. Aber das geht uns nichts an. Wir wollen nur weg.«

»Ihr könntet mich verraten«, sagte der Machdi. »Auf meinen Kopf ist eine sehr hohe Belohnung ausgesetzt.«

»Ein verlockender Gedanke«, bestätigte Andrej. »Aber Gold verliert doch irgendwie seinen Reiz, wenn man auf dem Scheiterhaufen steht. Es beginnt zu schmelzen, kaum dass das Feuer brennt.«

Der Machdi nickte langsam. »Ich habe gehört, was ihr heute Morgen getan habt«, sagte er. »Das war sehr tapfer. Und es wird euch eine Menge Sympathien in der Stadt einbringen, zumindest bei denen, die Hauptmann Sharif gekannt haben. Und ich bin euch auch dankbar, dass ihr Murida gerettet habt, denn als Tochter des Sultans ist sie eine meiner wertvollsten Anhängerinnen.«

»Das … wisst Ihr?«, fragte Murida erstaunt.

»Ich weiß alles, mein Kind«, erwiderte der Machdi mit einem väterlich-verzeihenden Lächeln. Dann wandte er sich wieder an Andrej, und die Wärme in seinem Blick erlosch, als hätte es sie nie gegeben.

»Die Tochter des Sultans?«, wiederholte Andrej.

»Nur eine von vielen«, sagte der Machdi. »Hast du das nicht gewusst?«

»Nein!«, behauptete Andrej nachdrücklich.

»Warum habt ihr sie dann gerettet?«

»Wir haben *uns* gerettet«, verbesserte ihn Andrej. Er versuchte, in sein Gegenüber hineinzulauschen, doch es gelang ihm nicht. Der Mann war ein Mensch, ein Sterblicher, nicht mehr, doch er hatte sich schon fast unheimlich gut in der Gewalt. Andrej konnte nicht sagen, ob er log.

»Und das Mädchen als Einzige mitgenommen«, fügte Hadschi höhnisch hinzu. »Warum?«

»Weil auf meinem Pferd kein Platz mehr für dich war«, sagte Abu Dun. »Und Andrej warst du vermutlich zu hässlich.«

»Nimm an, dass wir altmodisch sind und nicht wollten, dass eine unschuldige junge Frau bei lebendigem Leib verbrannt wird«, sagte Andrej. »Warum sonst?«

»Um mein Vertrauen zu erringen?«

»Ja, das leuchtet ein«, schnaubte Abu Dun. Seine Stimme klang, als bereitete ihm das Sprechen Mühe. »Und damit es glaubhafter wird, hat sich Sharif in Flammen setzen lassen.«

Der Machdi erwiderte nichts, aber Andrej konnte sehen, wie es hinter seiner Stirn zu arbeiten begann. Er wirkte noch immer nicht ganz überzeugt.

»Ich traue dem Kerl nicht«, sagte Hadschi. »Wir sollten sie töten.«

Der Machdi brachte ihn mit einer beinahe schon zornigen Geste zum Schweigen, aber das Misstrauen verschwand noch immer nicht von seinem Gesicht. Eine kleine Ewigkeit lang starrte er Andrej einfach nur an, dann wandte er sich an Murida. »Was weißt du über diese Männer?«

»Nichts«, antwortete sie, vielleicht eine Spur zu schnell. »Sie sollten hingerichtet werden. Ich glaube, sie sind Diebe.«

Wieder dachte der Machdi eine Zeit lang schweigend nach, ohne dass sich auf seinem Gesicht auch nur ein Muskel bewegte, dann streckte er fordernd die Hand aus, und Hadschi reichte ihm die Waffe, die Andrej ihm ausgehändigt hatte.

»Wahrlich ein prachtvolles Stück«, sagte er, nachdem er sie eine

Weile bewundert hatte. »Dafür würde vielleicht sogar ich eine Hand riskieren. Man sagt, dass es Saladin selbst gehört haben soll. Kannst du damit umgehen?«

»Ein wenig«, antwortete Andrej.

»Ein wenig«, wiederholte der Machdi seufzend. »Ja, ich kenne Leute, die von sich behaupten, etwas ein *wenig* zu beherrschen. Meistens sind sie dann darin ganz besonders gut.« Sein Blick wurde lauernd. »Bist du ein guter Schwertkämpfer, Andrej Delãny?«

»Besser, als du dir vorstellen kannst«, antwortete Andrej. Aus den Augenwinkeln sah er, dass Murida leicht die Stirn runzelte, aber sein Gefühl sagte ihm, dass jede andere Antwort falsch gewesen wäre.

»Dann zeig es mir!« Der Machdi warf ihm den Saif zu. Das kam so unerwartet und schnell, dass Andrej um ein Haar danebengegriffen und das Schwert fallen gelassen hätte. Hadschi lachte abfällig.

»Ich verstehe nicht …?«, sagte Andrej.

»Abu Dun und Andrej Delãny«, erwiderte der Machdi. »Die beiden berühmten Schwertkämpfer. Ich habe von euch gehört. Zwei Männer wie euch könnte ich brauchen.« Zugleich machte er einen Schritt zurück, sodass er nun neben dem Mann mit dem zu groß geratenen Säbel stand.

»Überlass diese Zwerge mir«, sagte Abu Dun schleppend. Eigentlich stöhnte er es eher. Etwas stimmte nicht mit ihm, dachte Andrej alarmiert.

»Ich will nicht gegen euch kämpfen«, sagte Andrej, indem er den Saif demonstrativ sinken ließ. »Ich bin nicht euer Feind.«

»Das weiß ich«, sagte der Machdi. »Die Frage ist auch eher, ob du unser Freund bist.«

»Schlag dem Kerl den Schädel ein und lass uns gehen«, sagte Abu Dun. »Ich habe schon lang nicht –«

Hadschi war mit einigen erstaunlich schnellen Schritten hinter ihm, trat ihm in die Kniekehle und schlug ihm, als er auf die Knie fiel, die verschränkten Fäuste in den Nacken. Andrej rechnete fest damit, dass das Hadschis Todesurteil war, doch etwas Unglaubliches geschah: Statt ihn zu packen und ihm den Schädel einzuschlagen (oder ihm Arme und Beine auszureißen, je nachdem, wie verstimmt er war), fiel Abu Dun stocksteif aufs Gesicht und krümmte sich dann am Boden. Andrej wollte zu ihm springen, doch Hadschi war abermals schneller, indem er sich auf seinen Rücken kniete, den Arm um seinen Hals schlang und in der anderen Hand plötzlich einen Dolch hielt, dessen Spitze er unter Abu Duns Kinn drückte. Andrej erstarrte.

»Wie gesagt: Ich habe von euch gehört«, sagte der Machdi. »Man sagt, man könnte euch nur sehr schwer töten. Aber ich vermute, so geht es vielleicht doch.«

Und damit hatte er nur zu recht. Wenn Hadschi den Dolch nach oben und direkt in Abu Duns Gehirn stieß, dann würde das selbst ihn auf der Stelle töten. Aber das war es nicht einmal, was ihn am meisten erschreckte.

»Was … habt ihr mit ihm gemacht?«, murmelte er schockiert. Abu Dun schauspielerte nicht. Sein Schmerz war echt. Andrej konnte ihn spüren, wie eine schwärende Finsternis, die an ihm fraß.

»Kat«, sagte Murida. »Er braucht Kat! Rasch!«

Zum ersten Mal, seit Andrej ihn kennengelernt hatte, verlor der Machdi für einen Moment die Kontrolle über sein Gesicht. Er wirkte überrascht, beinahe schockiert. Dann aber gab er Hadschi einen knappen Wink, das Messer wegzunehmen, und der Mann gehorchte, wenn auch mit sichtbarem Widerwillen. Auf einen zweiten Wink hin und noch widerwilliger griff er unter seinen Mantel und zog einen Leinenbeutel heraus, dem er eine Handvoll Kat-Blätter entnahm und sie dem Nubier ebenso derb wie vorsichtig, um nicht ein paar Finger zu verlieren, in den Mund stopfte. Abu Dun begann mühsam zu kauen. Noch immer zitterte er am ganzen Leib, und nicht nur Andrej konnte hören, wie es in seinen Gedärmen rumorte.

»Das ist erstaunlich«, sagte der Machdi. »Warum hat er das getan?«

»Gewiss nicht freiwillig«, antwortete Andrej.

»Der Kerl hat Najid verraten«, schnaubte Hadschi. »Nachdem er gestern Morgen bei ihm war, haben Sharifs Häscher ihn abgeholt. Seitdem hat niemand mehr etwas von ihm gehört. Wahrscheinlich haben sie ihn umgebracht.«

»Dann werden wir einen anderen Mann finden, der vertrauenswürdig genug ist, um ihm diese Aufgabe zu übertragen«, sagte der Machdi. Andrej lauschte auf eine Spur von Mitgefühl oder wenigstens Bedauern in seiner Stimme, doch vergeblich.

»Und wir müssen dieses Lager räumen«, fügte Hadschi hinzu. »Wenn Najid geredet hat, dann wissen sie davon.« Er deutete auf den in Sackleinen eingeschlagenen Ballen, auf dem der Machdi bei ihrem Eintreten gesessen hatte. Es war nicht der Einzige seiner Art.

»Meinst du nicht, dass sie dann schon längst hier wären, mein Freund?«, fragte der Machdi.

Hadschis Blick ließ Andrejs Gesicht nicht los. »Vielleicht sind sie das ja schon«, sagte er.

»Nein, das glaube ich nicht.« Der Machdi sah auf Abu Dun herab, der aufgehört hatte zu zittern und sich mühsam auf Hände und Knie hochzustemmen versuchte. Sein Gesicht glänzte immer noch vor Schweiß. »Andererseits ist der Sultan nicht umsonst für seine Verschlagenheit bekannt.«

Wortlos und nachdenklich sah er nun Andrej an und streckte schließlich die Hand aus, und Andrej gab ihm den Saif zurück, den er ihm gerade erst zugeworfen hatte.

»Ich muss darüber nachdenken. Wenn ich zu dem Schluss komme, dass dein Freund und du die Wahrheit sagt, dann ist es eure Entscheidung, ob ihr euch uns anschließt oder eurer Wege geht. Gibst du mir dein Wort, bis dahin nichts Unbedachtes zu tun?«

»Und wenn nicht?«, fragte Andrej.

»Passiert jetzt dasselbe, was sonst geschieht, wenn der Machdi zu dem Schluss kommt, dass er euch nicht trauen kann«, sagte Hadschi. Seine Hand lag auf dem Schwertgriff, und man sah ihm an, dass er es gar nicht abwarten konnte, es zu ziehen.

»Nehmt es meinem Freund nicht übel, Andrej«, sagte der Machdi mit einem angedeuteten verzeihenden Lächeln. Besänftigend hob er die Hand in Hadschis Richtung, woraufhin der tatsächlich die Hand vom Schwert nahm. »Er bevorzugt nun einmal das direkte Wort und ist manchmal misstrauischer, als angebracht ist.«

»Ich nehme an, er hat schlechte Erfahrungen gemacht«, sagte Andrej.

»Das auch«, bestätigte der Machdi. »Also?«

Andrej nickte, und der Ausdruck auf dem Gesicht des Machdi änderte sich abermals. Er deutete auf den Ballen, auf dem er gesessen hatte. »Wir könnten Hilfe dabei brauchen, diese Fracht auf die Schiffe zu bringen.«

Kapitel 7

Insgesamt waren es fast zwei Dutzend der großen Ballen gewesen, die sie, er und Abu Dun, fast allein auf drei der kleinen Schiffe verladen hatten, die am Ufer lagen – genug, um die halbe Stadt in einen Kat-Rausch zu versetzen. Die Ballen, klobige Würfel von fast einem Meter Kantenlänge, waren so schwer, dass selbst zwei kräftige Männer Mühe hatten, sie zu tragen, während Abu Dun sich nicht nur jeweils allein einen der Würfel griff, sondern sich auch noch einen Spaß daraus machte, ihn auf nur einer Schulter zu balancieren und schräg vor sich hin zu pfeifen, während er ihn zum Boot trug. Anschließend hatte niemand mehr etwas dagegen einzuwenden gehabt, ihm auch den Rest der Arbeit zu überlassen. Immerhin wurde ihm nach jedem Gang angemessen applaudiert.

Andrej beobachtete alles mit gemischten Gefühlen. Er kannte Abu Dun gut genug, um zu wissen, wie sehr dieser es liebte, mit seinen gewaltigen Körperkräften anzugeben und sich entsprechend bewundern zu lassen, aber so aufgedreht, fast schon hysterisch, auf eine unterschwellige Art aggressiv, hatte er ihn bisher noch nie erlebt. Er sah einen Mann im Kat-Rausch, und das machte ihm Sorgen. Denn dieser Mann hieß Abu Dun und war ein Unsterblicher.

Dank Abu Duns Hilfe war die Arbeit schnell getan. Die drei Boote legten ohne einen weiteren Befehl ab und verschwanden in der Nacht. Nur der Machdi selbst, sein Leibwächter mit dem gewaltigen Säbel und selbstverständlich Hadschi waren zurückgeblieben, was Andrej doch einigermaßen überraschte. Er schien entweder vollkommen auf seine beiden Begleiter zu vertrauen oder war einfach dumm – und beides konnte er sich nicht vorstellen.

»Wohin bringen sie das Zeug?«, fragte Abu Dun, nachdem das letzte Boot verschwunden war.

»Das wüsstest du gern, wie?«, schnaubte Hadschi.

Abu Dun sah mit nachdenklicher Miene auf ihn herab. »Selbstverständlich«, sagte er ernsthaft. »Ich könnte den einen oder anderen Ballen brauchen.«

Hadschi warf ihm nur einen finsteren Blick zu, doch der Machdi überlegte einen Moment und gab ihm dann einen knappen Wink. Der Mann wirkte nicht begeistert, griff aber schließlich doch unter seinen Mantel und händigte Abu Dun den Rest seines eigenen Kat aus.

»Das wird für eine Weile reichen«, sagte der Machdi.

»Und danach?«

»Werden wir eine Lösung finden«, versprach der Bärtige. »Was deinem Freund widerfahren ist, tut mir leid. So etwas lag gewiss nicht in meiner Absicht.«

»Sicher nicht«, sagte Abu Dun. »Deshalb versorgst du ja auch die halbe Stadt mit diesem Teufelszeug.«

»Es war nicht für dich gedacht. Und dieses *Teufelszeug*, wie du es nennst, schwarzer Mann, gibt uns allen die Kraft, für unsere Sache zu kämpfen.«

»Eure Sache oder deine?«

Hadschi fuhr zusammen und wollte nach seinem Schwert greifen, hielt dann aber inne. Auch der Machdi sah eher verletzt als zornig aus. Er sagte jedoch nichts, sondern drehte sich um, trat dicht ans Wasser heran und hob die Hand.

Wieder erscholl der Ruf einer Möwe, und nur einen Augenblick später glitt ein weiteres Boot auf sie zu, eine winzige Dau, die von einem einzelnen Mann gelenkt wurde und kaum Platz für ein Dutzend Passagiere bot. Andrej fragte sich, wie viele Boote wohl noch dort draußen in der Dunkelheit verborgen sein und nur auf einen Befehl ihres Herrn warten mochten. Für einen Mann, der im Geheimen operierte, dachte er, offenbarte ihnen der Machdi ziemlich viel. Vermutlich war das nichts, was ihn beruhigen sollte.

Der Machdi wartete, bis das Boot mit einem leisen Scharren an der Kaimauer angelegt hatte und ging dann hin, um mit gedämpfter Stimme mit dem Bootsführer zu sprechen. Andrej hätte seine geflüsterten Worte trotzdem mühelos verstanden, wenn er es gewollt hätte, wandte sich jedoch stattdessen Abu Dun zu. Mit spöttischer Miene sagte er auf Deutsch: »Das gerade war echt, oder?« Doch seine Worte waren nicht im Geringsten scherzhaft gemeint.

»Dass ich das Gefühl hatte, jemand würde mit einem glühenden Schürhaken in meinen Eingeweiden wühlen?« Abu Dun feixte breit, aber in seinen Augen war auch ein Ernst, der Andrej einen kalten Schauer über den Rücken jagte.

»Was redet ihr da?«, polterte Hadschi. »Sprecht so, dass ich euch verstehe!«

Sowohl Abu Dun als auch Andrej ignorierten ihn.

»War es echt?«, fragte Andrej noch einmal.

»Selbstverständlich war es *echt«*, antwortete Abu Dun betont. »Ich dachte, das hättest du gestern schon begriffen. Und bei der

Gelegenheit auch noch einmal herzlichen Dank für dein überaus großes Mitgefühl. Ich weiß gar nicht, wie ich das jemals wiedergutmachen soll.«

Andrej wusste nicht, was er dazu sagen sollte. Abu Dun hatte ja recht, wie ihm die Stimme seines schlechten Gewissens erklären wollte, die nicht mehr verstummt war, seitdem er Abu Dun das erste Mal vor Krämpfen geschüttelt gesehen hatte. Vielleicht war die Vorstellung, jemand wie Abu Dun wäre nicht imstande, sich gegen ein lächerliches Kat-Blatt zu wehren, einfach zu grotesk. Sie waren Unsterbliche. Sie konnten weder vergiftet noch von irgendeiner Droge abhängig gemacht werden.

Und doch war es so.

Er wagte nicht einmal abzuschätzen, welche Konsequenzen diese Erkenntnis für Abu Dun haben mochte. Tatsächlich hatte er schlichtweg *vorausgesetzt*, dass Abu Dun den Süchtigen nur spielte, um Sharif und den Sultan zu täuschen.

»Das Schicksal starker Männer«, antwortete er mit einem schiefen Grinsen. »Manchmal halten andere sie für so stark, dass sie gar nicht auf den Gedanken kommen, sie könnten wirklich verletzt werden.«

Abu Dun kniff misstrauisch das linke Auge zusammen. »Ist das jetzt ein Kompliment, oder willst du mich auf den Arm nehmen, Hexenmeister?«

»Ihr sollt so reden, dass ich euch verstehe!«, sagte Hadschi drohend. »Noch einmal warne ich euch nicht!«

»Andrej!«, rief der Machdi. »Wollt ihr mir folgen? Ich würde Euch gerne etwas zeigen.«

»Ist das wieder eine von diesen Einladungen, die man nicht ausschlagen kann?«, erkundigte sich Abu Dun lauernd.

Andrej warf ihm einen ärgerlichen Blick zu, doch der Machdi

winkte ab. »Lass nur«, sagte er. »Das gibt sich. In einer Stunde ist er wieder der Alte.«

»Das ist das Kat«, vermutete Andrej. »Ich bin nicht sicher, ob du dir wünschen solltest, dass er wieder ganz der Alte ist, sobald er erst einmal wirklich begreift, was dieses Zeug mit ihm tut.«

»Aber es tut nichts«, widersprach der Machdi.

»Außer dass man stirbt, wenn man es nicht mehr bekommt.«

Der Machdi ignorierte diesen Einwurf. »Das heilige Kat hilft den Menschen nur, die Kräfte zu nutzen, die ohnehin in jedem von uns schlummern«, sagte er feierlich. »Es gibt uns nichts, es öffnet nur eine Tür, von deren Existenz die meisten nicht einmal wissen.«

Wohlklingende Worte, die im Grunde nichts bedeuteten – das entsprach schon eher der Vorstellung, die sich Andrej von einem Mann wie dem Machdi gemacht hatte.

»Kommt ihr jetzt mit?«

»Haben wir denn eine Wahl?«, fragte Abu Dun, und diesmal bekam er eine Antwort.

»Ihr könnt einfach gehen, wenn ihr das wollt«, erwiderte der Machdi. »Ich fände es bedauerlich, aber wenn es euer Wunsch ist … ich zwinge niemanden, sich mir anzuschließen.«

»Und du hast gar keine Angst mehr, dass wir dich verraten könnten, um uns die Belohnung zu verdienen?«, stichelte Abu Dun. »Immerhin sind wir nur Söldner, die vor allem an Geld interessiert sind.«

Andrej seufzte innerlich. Er hoffte, dass die Stunde, von der der Machdi gesprochen hatte, bald vorüber war.

»Wie denn?«, erkundigte sich der Machdi amüsiert und zeigte erneut auf das wartende Boot. »Der Sultan weiß, dass es mich gibt, und vermutlich sogar, dass ich in der Stadt bin. Um euch eine Belohnung zu verdienen, solltet ihr ihm schon etwas Neues erzählen.« Bei den letzten Worten sah er Murida an, die seinem Blick zwar standhielt, aber eingeschüchtert wirkte.

»Und ich wüsste endgültig, woran ich mit euch bin«, schloss der Machdi, sprang mit einem unerwartet kraftvollen Satz in die Dau hinab und glich das heftige Schaukeln mit einer Selbstverständlichkeit aus, die den erfahrenen Seemann verriet. Er wiederholte seine auffordernde Geste, die jetzt eindeutig etwas Ungeduldiges und fast Befehlendes hatte, und sowohl Andrej als auch Abu Dun traten direkt an die Kaimauer heran, ohne allerdings zu springen.

»Worauf wartet ihr?«, fragte Hadschi. »Dass jemand eine vergoldete Leiter bringt?«

»Ich hasse Schiffe«, sagte Andrej.

»Das ist wahr«, bestätigte Abu Dun. »Seit die letzte Flotte unter seinem Kommando versenkt wurde, hat er Probleme mit Wasser.«

Hadschis Miene verfinsterte sich noch weiter, während der Machdi nur flüchtig lächelte. Aber unter dem amüsierten Funkeln in seinen Augen erschien noch etwas anderes, ein Ausdruck von Nachdenklichkeit, der Andrej wünschen ließ, dass Abu Dun geschwiegen hätte.

»Ich weiß, du und dein Freund haltet mich für einen Aufrührer oder einen Fanatiker«, sagte der Machdi. »Und das vermutlich zu Recht, nach allem, was Sultan Süleyman und Sharif euch wohl über mich erzählt haben. Ich würde euch gern zeigen, wofür ich wirklich kämpfe und warum so viele ihr Leben riskieren, um unsere Sache zu unterstützen.« Als er nicht sofort eine Antwort bekam, wurde sein Lächeln ganz sachte spöttisch. »Oder habt ihr am Ende Angst davor, dass ich euch überzeugen könnte?«

»Mit Worten könnt Ihr jedenfalls umgehen«, sagte Andrej, sprang aber nun doch in das kleine Boot hinab und hatte weitaus mehr Mühe, seine Balance zu halten, als der Machdi. Nur einen Moment später mussten sie allerdings beide um ihren festen Stand kämpfen, als Abu Dun mit solcher Wucht zwischen ihnen landete, dass die kleine Dau bedrohlich schwankte und das Wasser über die niedrige Bordwand schwappte.

»Das tut mir leid«, log er.

»Ja, und ich beginne zu ahnen, warum dein Freund ein Problem mit Schiffen hat.«

»Solange er an Bord ist«, bestätigte Andrej.

Der Machdi lachte kurz und stellte dann einen Fuß auf die Bordwand, um Murida mit ausgestreckter Hand zu ihnen herabzuhelfen. Hadschi und der Kerl mit dem Riesenschwert folgten ihr – wobei sich Letzterer bemühte, leicht wie eine Feder in das Boot zu hüpfen. Es gelang ihm nicht ganz, aber immerhin schlug er nicht wie eine Kanonenkugel ein – was ihm wiederum einen bösen Blick Abu Duns einbrachte.

Sie legten ab. Nachdem der Bootsführer die Dau mit der bloßen Kraft seiner Arme von der Kaimauer abgestoßen hatte, drehte er das dreieckige Segel in den Wind, der, wie Andrej jetzt erst merkte, kräftig wehte, denn sie nahmen erstaunlich schnell Fahrt auf.

»Wohin fahren wir?«, wollte Andrej wissen.

»Nicht sehr weit«, antwortete der Machdi. »Aber so geht es schneller.«

»Und auf dem Wasser lauern auch nicht so viele Gefahren«, vermutete Abu Dun. Er bekam keine Antwort, doch er und auch Andrej wussten, dass das nicht stimmte, denn sie hatten die beiden anderen Boote sehr wohl bemerkt, die ihnen – vermeintlich – knapp außer Sichtweite folgten.

»Eins muss man dir lassen, Machdi«, sagte Abu Dun nach einer Weile. »Du hast Mut. Wenn wir wirklich die wären, für die deine

Freunde uns zu halten scheinen, dann wärst du jetzt tot, und Sultan Süleyman morgen früh ein glücklicher Mann.«

Prompt rückten die beiden anderen Männer etwas dichter an Abu Dun heran, was den Nubier zwar nicht sonderlich beeindruckte, den Schwerpunkt des kleinen Bootes aber genug verlagerte, um es erneut in ein schon fast bedrohliches Schaukeln zu bringen.

»Ich bin gewiss nicht der Wundertäter, für den manche mich halten«, sagte der Machdi, »und auch meine magischen Kräfte halten sich in Grenzen. Aber einer Fähigkeit kann ich mich doch rühmen. Ich muss einen Mann nur anschauen, und ich sehe in sein Herz. Ich vermag nicht deine Gedanken zu lesen, so wenig wie die irgendeines anderen, aber ich sehe sehr wohl, ob ich einen aufrechten Mann vor mir habe oder einen Lügner.«

»Und was siehst du in mir?«, fragte Abu Dun grinsend.

»Dass du ein Mann bist, den große Geheimnisse umgeben. Und du bist ganz und gar nicht der, der zu sein du vorgibst – genau wie dein Freund. Aber ihr seid auch aufrechte Männer, die niemals etwas tun würden, was gegen ihr Gewissen verstößt ... oder gegen ihre Überzeugung, wenn euch das Wort lieber ist.«

Er wartete einen Moment lang auf eine Erwiderung und schloss dann mit einem Nicken, als wäre ihm das Schweigen schon genug.

Genau wie der Machdi es ihnen gesagt hatte, dauerte die Fahrt nicht besonders lange. Weniger als eine halbe Stunde später brachte ihr schweigsamer Kapitän sie wieder an Land, ein gutes Stück entfernt vom Hafen, in der Nähe einiger ärmlicher Fischerhütten, zu denen eine Handvoll ebenso ärmlicher Boote gehörte, die ein Stück weit vom Ufer entfernt aneinander gebunden im Wasser dümpelten.

Der Rumpf der Dau war nicht flach genug, dass sie trockenen

Fußes an Land kommen konnten, abgesehen von Murida, die Abu Dun sich kurzerhand über die Schulter warf, ohne auf ihren lautstarken Protest zu achten.

Der Machdi wartete, bis Abu Dun das Mädchen abgesetzt und es sich mit zwei empörten Schritten an seine Seite geflüchtet hatte und deutete dann auf die Hütte, die ihnen am nächsten lag. Sie war dunkel und machte einen fast verlassenen Eindruck, aber Andrej spürte die misstrauischen Blicke aus vielen Augenpaaren, die sie aus den umliegenden Häusern beobachteten. Gerade als der Machdi die Hand heben und anklopfen wollte, wurde die Tür geöffnet.

Eine gebeugte Gestalt, kaum mehr als bewegliche Schwärze vor dem Hintergrund des dunklen Zimmers, sah kurz zu ihnen heraus, fuhr erschrocken zusammen und öffnete die Tür dann hastig ganz. Etwas stimmte nicht mit ihrem Gesicht, aber Andrej konnte nicht sagen, was.

Die Tür war so niedrig, dass sich alle außer Murida unter dem Balken hindurch bücken mussten, und der Raum dahinter vollkommen dunkel. Selbst das wenige Mondlicht, das sich zusammen mit ihnen hereinzumogeln versuchte, wurde ausgesperrt, als ihr Gastgeber die Tür hinter ihnen schloss, und für einige endlos scheinende Momente hüllte sie völlige Finsternis ein.

Andrejs scharfe Sinne verrieten ihm trotzdem fast mehr über seine Umgebung, als er wissen wollte. Es roch schlecht, nach alten Menschen, Fisch und verdorbenen Lebensmitteln und Krankheit. Ihr Gastgeber hantierte eine Weile geräuschvoll in der Dunkelheit herum, dann erhellte das Flackern einer einzelnen Öllampe den Raum, und Andrej sah seine erste Einschätzung bestätigt. Das Innere der vermeintlichen Fischerhütte war nur ein einziger, niedriger Raum. Die ärmliche Einrichtung bestand aus einem schmalen Bett, auf dem etwas lag, das streng genommen nicht einmal mehr die Bezeichnung *Lumpen* verdiente, einer wurmstichigen Truhe und einem kleinen Tisch mit nur zwei Schemeln. An der Wand über dem Bett hing ein zerrissenes Fischernetz, daneben ein hölzernes Bord mit einem Tonkrug und bescheidenem Essgeschirr, doch der Ofen, der das Essen erwärmen sollte, war schon seit Wochen nicht mehr benutzt worden, wie ihm seine feinen Sinne verrieten.

Und sie verrieten ihm auch noch mehr. In diesem Raum war Blut vergossen worden, und es war noch nicht allzu lange her.

Die Gestalt, die sie hereingelassen und die Lampe angezündet hatte, drehte sich zu ihnen herum, und Murida schnappte nach Luft. Auch Andrej konnte nur mit Mühe einen Laut des Erschreckens unterdrücken, als er ihr Gesicht sah. Die Frau war noch ein gutes Stück älter als die, die ihnen am Morgen geholfen hatte, und noch deutlich gebrechlicher. Ihr Gesicht musste vor sehr vielen Jahren einmal schön gewesen sein, war jetzt aber von Falten und Verbitterung gezeichnet, und wo ihre Augen sein sollten, da erblickte Andrej nur einen zwei Finger breiten Streifen aus dunklem Narbengewebe.

»Das ist Nadil«, sagte der Machdi. Er streckte die Hand aus, und obwohl die alte Frau sie nicht sehen konnte, griff sie doch zielsicher danach und berührte seine beringten Finger mit den Lippen.

»Sie ist blind!«, flüsterte Murida erschüttert. »Was … was ist mit ihr geschehen? Wer hat ihr das angetan?«

»Ihr Sohn gehörte zu meinen Anhängern«, antwortete der Machdi. »Sharif hat ihn hinrichten und seine gesamte Familie blenden lassen, um ein Exempel zu statuieren.« Er legte die linke Hand auf die Schulter der alten Frau. »Ich habe Gäste mitgebracht, Nadil. Das ist Andrej. Der Mann, der Sharif getötet hat.«

»Ein Ungläubiger«, fügte Hadschi hinzu.

Obwohl Andrej bis jetzt noch keinen Laut von sich gegeben hatte, drehte die alte Frau das Gesicht so genau in seine Richtung, als hätte sie noch Augen. »Und wenn er der Schejtan persönlich wäre, würde ich ihm die Füße küssen«, sagte sie. »Das hast du gut gemacht. Ich hoffe, es ist nicht zu schnell gegangen.«

»Ganz und gar nicht«, sagte Abu Dun.

Nadils verheertes Gesicht war ihm noch immer zugewandt. »Schade, dass ich nicht dabei war und keine Augen mehr habe, mit denen ich es hätte sehen können.«

»Nadil wird uns führen«, sagte der Machdi.

»Nur, falls es außer mir niemandem hier aufgefallen ist«, sagte Abu Dun in das überraschte Schweigen hinein, das dieser Eröffnung folgte, »aber sie ist blind.«

»Ich brauche keine Augen, um zu sehen«, sagte die alte Frau, und der vernarbte Streifen über ihren Augen richtete sich nun auf Abu Dun. »So wenig wie du, schwarzer Mann.«

»Schwarzer Mann?« Abu Dun machte ein verblüfftes Gesicht, und der Machdi lächelte knapp, ging aber nicht weiter auf diese Bemerkung ein und wandte sich wieder direkt an Nadil.

»Erzähl unseren Gästen, was sie dir angetan haben«, sagte er, »und warum.«

»Weil der Sultan ein schlechter Mensch ist«, antwortete die blinde Greisin, »vielleicht der Schlimmste von allen. Er sagt, dass er die Ungläubigen im Namen Allahs bekämpft, um den wahren Glauben in der ganzen Welt zu verbreiten, aber das ist eine Lüge. Ihm geht es nur um Macht und darum, seine Schatzkammern zu füllen! Ich hatte drei Söhne, eine Tochter und einen Mann, und er hat sie mir alle genommen!«

»Weil sie Anhänger des Machdi waren«, vermutete Abu Dun.

»Zwei meiner Söhne hat er zum Dienst in seiner verfluchten Armee erpresst«, antwortete Nadil, »und beide sind in einer Schlacht um eine Stadt gefallen, deren Namen ich nicht einmal aussprechen kann. Das wenige, was mein Mann und mein jüngster Sohn mit ihrer Hände Arbeit noch verdienen konnten, haben sie uns weggenommen, um ihren verdammten Krieg zu bezahlen, und als mein Sohn sich bei den Steuereintreibern beschwert hat, da haben sie ihn weggebracht und ihm den Kopf abgeschlagen! Am nächsten Tag sind Sharifs Folterknechte gekommen und haben uns alle geblendet, meine Tochter, mich und meinen Mann und seine beiden Brüder. Meine Tochter hat sich das Leben genommen, und mein Mann ist an den Wunden gestorben, die sie ihm zugefügt haben. Seither leben meine Schwäger und ich von dem, was uns die schenken, die selbst kaum genug zum Leben haben. *Das* hat dieser verfluchte Hund Süleyman uns angetan!«

Andrej war erschüttert, wenngleich nicht von dem, was er gehört hatte. Er hatte ungleich größere Grausamkeiten mit angesehen und von noch hundertmal schlimmeren Dingen gehört, und doch rührten ihn die Worte der alten Frau auf eine sonderbare Art an. Natürlich war da Hass in ihrer Stimme und Bitterkeit, aber auch noch etwas, das weit darüber hinausging, und das er erst wirklich verstand, als sie weitersprach.

»Der Machdi wird diesen Tyrannen stürzen! Er wird diesen Krieg beenden, den keiner hier will! Das Blutvergießen wird enden, das weiß ich, denn Allah steht auf seiner Seite!«

»Und Andrej und sein Freund werden uns dabei helfen«, sagte der Machdi. »Wir würden gerne eine Weile hier bei dir bleiben und deine Gastfreundschaft genießen, Nadil.«

»Ich fühle mich geehrt«, antwortete sie, »aber ich kann euch nicht –«

»Es ist nicht nötig, uns zu bewirten«, unterbrach sie der Machdi sanft. »Ein Dach über dem Kopf und ein Platz, an dem wir willkommen sind, ist schon mehr, als wir sonst in dieser Stadt erwarten können.«

Erneut griff Nadil mit dieser schon fast unheimlichen Zielsicherheit nach seinen Fingern, um sie an ihre faltigen Lippen zu führen und zu küssen. »Ich werde ein Feuer anmachen, um –«

»Das kann Hadschi tun«, unterbrach sie der Machdi erneut. »Für dich habe ich eine andere Aufgabe, meine Tochter. Ich möchte, dass du zu Scheich Omar gehst und ihn um ein Treffen bittest. Ich will ihm unsere neuen Freunde vorstellen.«

Nadil wagte es nicht, ihm zu widersprechen, aber es war ihr anzusehen, wie wenig ihr dieser Auftrag gefiel.

»Geh und bitte ihn, sich um Mitternacht mit uns zu treffen«, fuhr der Machdi fort. »Wir warten hier, bis du zurück bist. Und keine Sorge. Niemand weiß, dass wir hier sind oder wird es je erfahren.«

Nadil widersprach auch jetzt nicht, sondern presste nur die Lippen zu einem dünnen Strich zusammen. »Ganz wie Ihr es wünscht, Machdi.«

Rückwartsgehend und mit gesenktem Blick entfernte sie sich nicht nur von ihm, sondern ging bis zur Tür, öffnete sie mit den unglaublich zielsicheren Bewegungen eines Blinden in vertrauter Umgebung und verschwand dann nach draußen. Der bullige Leibwächter des Machdi folgte ihr, während Hadschi sich zu Andrejs Verdruss weiter neben der Tür an die Wand lümmelte und offenbar auch auf einen langen Aufenthalt vorbereitete.

»Und du schickst wirklich eine blinde Frau, um den Weg für uns auszukundschaften?«, fragte Abu Dun.

»Den Weg kennen wir«, antwortete der Machdi. Er ging zum

Tisch und setzte sich, stand dann aber fast erschrocken wieder auf und bedeutete Murida, Platz zu nehmen. Sie gehorchte auch, aber Andrej schien es, als täte sie es nur, weil er es ihr befohlen hatte. Danach machte er eine einladende Geste auf den einzigen noch freien Stuhl, auf die natürlich niemand reagierte. Erst dann fuhr er fort, als hätte es die kleine Unterbrechung gar nicht gegeben. »Es gibt niemand Besseren, um Nachrichten von einem Ort zum anderen zu bringen. Wer fragt schon eine blinde alte Frau, wohin sie will?«

Niemand antwortete, aber Andrej nahm ihm die Bemerkung übel, auch wenn er nicht einmal genau sagen konnte, warum. Vielleicht war das auch der Grund, aus dem er aussprach, was er eigentlich für sich hatte behalten wollen. »Du hast gesagt, Nadils Sohn wäre einer deiner treuesten Anhänger gewesen, und deshalb hätten sie ihn getötet.«

»Und sie sagte, man habe ihn erschlagen, weil er sich den Steuereintreibern des Sultans widersetzt hat«, fügte der Machdi hinzu. »Und nun willst du wissen, was davon denn nun die Wahrheit ist.« Er schien auf eine Erwiderung zu warten, bekam sie nicht und setzte sich, bevor er weitersprach. »Ich kannte ihren Sohn nicht.«

»So wenig wie ihren Mann«, vermutete Andrej.

»Manchmal ist die Wirklichkeit ernüchternd, Andrej. Soll ich der armen Frau sagen, dass ihr Sohn gestorben ist und sie und ihr Mann und ihre Tochter geblendet wurden, weil sie keine *Steuern* bezahlen wollten? Willst *du* ihr das sagen?«

Andrej schwieg. Nein, ganz gewiss nicht.

»Ihr Sohn hatte einfach Pech, so grausam sich das auch anhören mag«, fuhr der Machdi fort. »Süleyman war wohl zu dem Schluss gekommen, es sei an der Zeit, seinen Untertanen zu zeigen, was denen widerfährt, die sich auf die Seite eines Aufrührers wie mir stellen. Es hätte ebenso gut ein anderer sein können. Der arme Junge war einfach der Erste, der ihnen in die Hände gefallen ist.«

»Er hat nicht zu deinen Anhängern gehört?«, vergewisserte sich Abu Dun. Plötzlich lag etwas Lauerndes in seiner Stimme, fast schon so etwas wie eine Drohung.

»Wie gesagt: Ich kannte ihn nicht.«

»Was dich aber nicht daran gehindert hat, den Märtyrer für deine Zwecke zu benutzen, den Süleyman dir freundlicherweise geliefert hat«, sagte Andrej.

»Wäre der arme Junge jetzt nicht tot, wenn ich es nicht getan hätte?«, fragte der Machdi. »Oder seine Mutter nicht blind?« Er schüttelte heftig den Kopf. »Süleyman wollte die Herzen seiner Untertanen mit Furcht erfüllen, indem er ihnen gezeigt hat, was denen passiert, die sich ihm widersetzen, aber er hat das genaue Gegenteil erreicht. Das Volk hasst ihn mehr denn je.«

»Du meinst, noch ein paar Unschuldige mehr, die er hinrichten lässt, oder noch ein paar alte Frauen, denen er die Augen ausbrennen lässt, und du bekommst genug neue Anhänger, um ihn zu stürzen?«

Der Machdi nahm ihm die Worte nicht übel. Eher sah er aus, als wäre er von Andrej enttäuscht. »Ich habe all diese schrecklichen Dinge nicht getan, mein Freund«, sagte er. »Und wenn du mir vorwirfst, mir den Tod dieser armen Menschen zunutze zu machen, dann sag mir, ob es nicht vielleicht besser ist, ihm im Nachhinein einen Sinn zu geben und damit vielleicht das Leben vieler Unschuldiger zu retten. Ist dieser Preis nicht eine kleine Lüge wert – noch dazu, wenn sie barmherzig ist?«

»Warum sparst du dir das nicht für deine nächste Predigt auf?«, fragte Abu Dun.

Der Machdi nahm ihm auch diese Bemerkung nicht übel,

sondern lächelte nur nachsichtig, was Abu Duns Zorn vermutlich nur noch weiter schürte. »Du scheinst wirklich genau der Mann zu sein, von dem man mir erzählt hat«, seufzte er.

Abu Dun schnaubte nur abfällig und wandte seine feindseligen Blicke lieber einem dankbareren Opfer zu, das mit verschränkten Armen neben der Tür lehnte.

Sosehr Andrej sich auch anstrengte – sosehr er es auch *wollte* –, er fand keinen Fehler in der Argumentation des Machdi, nichts, was an ihrer Logik nicht stimmte.

Aber wann hatte man Menschenleben jemals mit Logik bewerten können?

»Ihr wollt uns für Eure Sache gewinnen, Machdi«, sagte er und benutzte nun ganz bewusst die respektvollere Art der Anrede. »Aber ich glaube nicht, dass wir das wollen.«

»Dass ich euch am Ende noch überzeuge?« Der Machdi klang eindeutig amüsiert, aber Andrej blieb ernst.

»Ich weiß nicht, was man Euch über uns erzählt hat oder wofür Ihr uns haltet«, sagte er, »aber wir mischen uns nicht in solche Dinge ein.«

»Solche Dinge?«

»Politik«, sagte Abu Dun, ohne Hadschi aus den Augen zu lassen.

»Politik«, wiederholte der Machdi, als hätte es für ihn eine gänzlich andere Bedeutung. Schließlich nickte er nachdenklich. »Du meinst, es geht dich nichts an, ob Menschen für nichts sterben und Tyrannen ganze Völker in Kriegen aufeinanderhetzen, die keinem anderen Zweck als Machtgier und Reichtum dienen?«

Murida sah ihn fast erschrocken an, aber Andrej schüttelte nur den Kopf. »Nein«, sagte er ruhig. »Diese Diskussion führe ich nicht.«

»Weil du Angst hast, du könntest sie verlieren?«

»Weil wir nicht die Macht haben, das Schicksal ganzer Völker zu ändern, geschweige denn, der ganzen Welt. Ihr überschätzt uns, Machdi. Und selbst« – er hob die Hand, als der Machdi widersprechen wollte – »wenn wir sie hätten, würden wir es nicht tun. Dann wären wir nicht besser als die, gegen die du kämpfst.«

»Machst du es dir damit nicht ein bisschen leicht, Andrej Delãny?«, fragte der Machdi. Diesmal war er es, der Andrej mit einer raschen Handbewegung daran hinderte zu antworten. »Meinst du wirklich, Gott hätte deinem Freund und dir diese besonderen Kräfte nur aus einer Laune heraus gegeben?«

Welche besonderen Kräfte? »Ich glaube nicht an deinen Gott«, sagte Andrej. »So wenig wie Abu Dun.«

Hadschi gab einen drohenden Laut von sich, und Murida drehte hastig den Kopf und sah ihn schockiert an, doch der Machdi lächelte unerschütterlich weiter. »Ihr glaubt vielleicht nicht an den Namen, den wir ihm gegeben haben, und die Worte eurer heiligen Bibel und unseres Koran – die sich die Menschen ohnehin nur selbst ausgedacht haben.«

Jetzt konnte Andrej nicht anders, als einen überraschten Blick mit Abu Dun zu tauschen. Dieser Machdi war ein erstaunlicher Mann. Ein mutiger Mann. Worte wie diese konnten einen Menschen auch heutzutage noch schneller auf den Scheiterhaufen bringen, als er ahnte.

»Aber heißt das auch, dass ihr nicht an Gott glaubt?«, fuhr der Machdi fort. Er machte eine ausholende Armbewegung, die den Raum einschloss und auch die ganze Welt. »Ich meine: Glaubt ihr wirklich, dass das alles hier *einfach so* entstanden ist, nur aus einer Laune des Schicksals heraus und vollkommen willkürlich, und dass es zu nichts nutze ist? Oder seid ihr nicht auch der Meinung, dass es einem höheren Zweck dient?«

»Ich weiß es nicht«, antwortete Andrej.

»Dann tausche *Gott* oder *Allah* gegen *ich weiß es nicht* aus, und wir reden wieder über dasselbe«, antwortete der Machdi. »Es spielt keine Rolle, welchen Namen du einer Idee gibst. Es bleibt dieselbe.«

»Ihr seid ein hervorragender Demagoge, Machdi«, sagte Andrej.

Wenn der Machdi um die wahre Bedeutung dieses Wortes wusste, dann ließ er es sich nicht anmerken. »Ich will keine theologische Diskussion mit dir führen, Andrej«, erwiderte er sanft. »Gib mir einfach die Gelegenheit, dir zu zeigen, wofür wir wirklich kämpfen. Ein paar Stunden eurer Zeit, mehr verlange ich nicht.«

»Hattest du die nicht schon?«, fragte Abu Dun.

»Nicht so.« Eine ganz sachte Spur von Spott mischte sich in das Lächeln des Machdi. »Ich möchte euch mit jemandem zusammenbringen, der euch vielleicht überzeugt, wie ernst es uns ist. Die Menschen in dieser Hälfte der Welt sind des endlosen Krieges müde, Andrej. Und ich glaube, die in eurer Hälfte ebenso.«

»Und du glaubst, wir bringen der Welt den Frieden, wenn wir dir helfen, Sultan Süleyman umzubringen?«, schnaubte Abu Dun.

»Wenn er an der Macht bleibt, sicher nicht«, erwiderte der Machdi und schüttelte den Kopf, als Abu Dun zu einer – vermutlich abfälligen – Antwort ansetzte. »Aber wartet doch ab, bis Nadil zurück ist und ihr mit Omar gesprochen habt, und entscheidet dann.«

»Da gibt es nichts zu entscheiden«, sagte Andrej. »Wir mischen uns nicht ein.«

»Wir sind Söldner«, fügte Abu Dun hinzu, »keine Freiheitskämpfer.«

»Dann bezahlen wir euch. Nennt mir euren Preis!«

»Und was würde dein Gott dazu sagen, dass du unsere Loyalität mit Geld erkaufst?«, fragte Abu Dun.

»Vielleicht hat er in seiner unergründlichen Weisheit ja entschieden, uns zwei Schwerter zu schicken, die wir mieten können.« Der Machdi versuchte gar nicht, anders als spöttisch zu klingen.

Aber Andrej war nicht zum Lachen zumute. Ganz und gar nicht.

Kapitel 8

Sogar bei Nacht bot das Gebäude einen atemberaubenden Anblick. Schwarz und so wuchtig wie die Faust Gottes selbst erhob sich der gewaltige Kuppelbau gegen den Himmel, die Sterne und die funkelnden Lichter der Stadt auslöschend. Dennoch hatte er zugleich etwas Erhabenes, fast schon Schwereloses, sodass man es beinahe nicht wagte, den Blick abzuwenden, aus Angst, er könnte verschwunden sein, wenn man das nächste Mal hinsah.

Vielleicht waren es die vier schlanken Säulen, die den monströsen Kuppelbau flankierten und ihn nicht nur um ein gutes Stück überragten, sondern seine brutale Präsenz auch brachen, die dieses Ungetüm wieder mit der Welt vereinten, die es hervorgebracht hatte, sich aber dennoch vom Tag seiner Fertigstellung an unter seiner bloßen Anwesenheit duckte. In einer halb bedeckten Nacht wie dieser, wenn man nicht zu genau hinsah, schienen ihre nadelscharfen Spitzen mit dem Himmel zu verschmelzen, sodass man kaum noch erkennen konnte, wo das eine begann und das andere aufhörte. Von seinen ursprünglichen Erbauern vergessen oder auch ganz bewusst weggelassen, waren sie in Andrejs Augen nicht nur in architektonischer Hinsicht die finale Ergänzung dieses riesigen Bauwerkes.

Nicht alle teilten diese Meinung. Gerade in Rom gab es viele, für die die Tatsache, dass die nach dem Petersdom zweitgrößte Kirche der Welt nun von vier schlanken Minaretten eingerahmt wurde, die ultimative Ketzerei darstellte, den Beweis, dass der Islam nicht weniger als die vollständige Vernichtung des Christentums plante und dies auf diese Weise auch so laut in die Welt hinausschrie, dass es auch wirklich jedermann hörte und sah.

Andrej hatte es immer genau anders herum empfunden. Für ihn war die zur Moschee gewordene Hagia Sophia mit ihren fast schwerelos wirkenden Minaretten der Stein gewordene Beweis, dass die beiden großen Religionen sehr wohl friedlich miteinander leben konnten und vielleicht gar nicht so unterschiedlich waren, wie viele glaubten. Oder es auch gern hätten.

»Was ist so komisch, Hexenmeister?«, drang Abu Duns Stimme in seine Gedanken.

Andrej sah ihn einen Moment lang verständnislos an, ehe ihm klar wurde, dass sich seine Gedanken wohl in einem angedeuteten Lächeln auf seinen Lippen widergespiegelt haben mussten.

»Nichts«, sagte er. »Ich habe nur ein wenig philosophiert.«

»Philosophiert.« Abu Dun wiederholte das Wort, als wüsste er nicht wirklich etwas damit anzufangen. Dann nickte er. »Weil das ja genau der richtige Moment dafür ist, nicht wahr?« Ein säuerlicher Ausdruck erschien auf seinem Gesicht. »Aber ich muss gestehen, dass ich auch seit einer ganzen Weile *philosophiere*. Nämlich über die Frage, was wir hier eigentlich tun. Bist du nicht auch der Meinung, dass es nur eine ziemlich komplizierte Art ist, Selbstmord zu begehen?«

Andrej sagte sich, dass es sicherlich das Klügste wäre, nichts darauf zu erwidern. Sie waren nicht allein, auch wenn Abu Dun Deutsch gesprochen hatte, das, wie er vermutete, weder der Machdi noch seine Begleiter sprachen. Doch der Nubier hatte recht. Die Hagia Sophia war nicht nur ein ewiger Stachel im Fleisch der Christenheit, sondern auch der heiligste Ort in diesem Teil der Welt. Schon sich in seiner Nähe aufzuhalten war ein Risiko für einen Ungläubigen wie ihn.

»Das wäre doch mal eine neue Erfahrung, oder?«, antwortete er dennoch und in derselben Sprache.

»Selbstmord?« Abu Dun bemühte sich um eine strafende Miene. »Ist das bei euch Christen nicht eine der Todsünden?«

»Genau wie bei euch«, erinnerte Andrej. »Und ich *bin* kein Christ.«

»Was es nur schlimmer macht«, bemerkte Abu Dun. »Ein Christ in dieser heiligsten aller allerheiligsten Moscheen ist ja schon schlimm genug, aber ein *wirklicher* Ungläubiger … ich mag mir gar nicht vorstellen, was sie mit dir machen würden.«

»Dasselbe wie mit dir, wenn sie uns zusammen erwischen«, antwortete Andrej mit einer Spur von Ungeduld in der Stimme. Beinahe erleichtert hörte er Hadschi knurren: »Sprecht gefälligst so, dass wir euch verstehen. Oder schweigt besser ganz.«

»Das werden wir, wenn du es uns in einer Sprache sagst, die wir verstehen«, feixte Abu Dun und fuhr dann wieder auf Deutsch fort: »Hast du dich eigentlich noch gar nicht gefragt, woher dieses plötzliche Vertrauen kommt, Hexenmeister?« Er deutete in die Richtung, in die der Machdi verschwunden war. »Wir kennen diesen Mann gerade seit ein paar Stunden, und angeblich ist er doch der meistgesuchte Mann zwischen hier und dem Ende der Welt. Und er behandelt uns wie gute alte Freunde und führt uns sofort hierher? Wer soll das glauben?«

»Wäre es dir lieber, wenn sie uns erst einmal ein bisschen gefoltert hätten, um sich hinterher zu fragen, ob sie vielleicht doch die

Falschen erwischt haben?«, erwiderte er, gab Abu Dun im Stillen aber recht. Und es hätte auch nicht erst seiner Worte bedurft, um ihn das begreifen zu lassen.

»Hier stimmt etwas nicht, Hexenmeister«, sagte Abu Dun grimmig.

»Ihr sollt in Allahs Namen still sein!«, fauchte Hadschi. »Wollt ihr, dass sie uns erwischen?«

»Mein Freund hat sich nur gewundert, dass ihr uns hierher gebracht habt«, sagte Andrej rasch, bevor Abu Dun antworten und damit Hadschi noch mehr reizen konnte. Eine Konfrontation zwischen den beiden Männern war vermutlich unausweichlich, wenn sie länger zusammenblieben, aber jetzt war ganz gewiss nicht der richtige Moment dafür.

»Das wird euch der Machdi sagen, sobald er zurück ist«, antwortete Hadschi. »Ich hätte es nicht getan. Aber wer bin ich, die Entscheidungen des Machdi infrage zu stellen?«

Abu Dun schnitt ihm eine Grimasse. Ihm war anzusehen, dass ihm eine Antwort auf der Zunge lag, doch er schluckte sie herunter. Widerwillig musste Andrej zugeben, dass Hadschis Warnung nicht ganz unberechtigt war. Sie waren noch weit genug vom Eingang entfernt, um das Gebäude in seiner Gänze überblicken zu können und somit sicher außer Hörweite der Wachen neben den weit offen stehenden Toren. Die Gärten der Hagia Sophia waren fast genauso berühmt wie die Kirche selbst und sollten zum Lustwandeln und Meditieren einladen, aber die Einzigen, die hier lustwandelten, waren die Soldaten des Sultans, von denen zwei erst vor wenigen Minuten unangenehm nahe an ihrem Versteck vorüberpatrouilliert waren. Sollte dies nicht ein Ort des Friedens sein, an dem Waffen verboten waren, ganz gleich, wer sie trug?

»Ist das normal?«, fragte er.

»Dass die Wachen des Sultans hier sind?« Hadschi schüttelte nicht nur den Kopf, sondern bedachte ihn auch mit einem Blick, als gäbe er ihm ganz allein die Schuld an allem, was bisher geschehen war. Wahrscheinlich tat er das auch. Nach einem für Andrejs Geschmack viel zu langen Zögern schüttelte er noch einmal den Kopf. »Nein. Eigentlich sollten wir hier sicher sein.«

Im Moment waren sie das tatsächlich. Andrej hätte es gespürt, wenn ihnen jemand näher als zwanzig oder dreißig Schritte gekommen wäre, aber er musste zugeben, dass er kaum weniger nervös war als Hadschi, von Murida gar nicht zu reden, die wie erstarrt dastand, sodass man sie für eine der lebensgroßen Statuen hätte halten können, die überall in dem weitläufigen Garten zu finden waren. Unter dieser Maske jedoch brodelte es so heftig, dass Andrej sich besorgt fragte, wie lange sie dem Druck wohl noch standhalten würde, und sie fast schon ein bisschen bewunderte.

Schritte knirschten auf dem gesiebten Kies, mit dem die Wege zwischen den liebevoll gepflegten Büschen und Blumenrabatten bestreut waren. Der Machdi kam zurück, begleitet von seinem bulligen Leibwächter und Nadil. »Es ist alles ruhig«, sagte er. »Nadil wird uns unbemerkt hineinbringen!«

»Ist die Tür da nicht groß genug?«, fragte Abu Dun.

»Sogar groß genug für einen ganz in Schwarz gekleideten Riesen, auf dessen Kopf der Sultan einen hohen Preis ausgesetzt hat«, bestätigte der Machdi, schüttelte dann aber auch heftig den Kopf. »Es ist besser, wenn uns niemand sieht. Nicht einmal Süleymans Hybris ist so groß, dass er es wagen würde, den Frieden dieses Ortes zu brechen, aber es bringt keinen Vorteil, ein unnötiges Risiko einzugehen.«

Er berührte die alte Frau flüchtig am Arm, woraufhin sie sich umdrehte und schwer auf ihren Stock gestützt, aber erstaunlich behände und flink losging. Andrejs Herz begann schneller zu schlagen, und er fühlte sich mit jedem Schritt ein bisschen unwohler. Immer heftiger musste er sich der absurden Vorstellung erwehren, aus tausend unsichtbaren Augenpaaren angestarrt zu werden. Die schlanken Minarette, die ihm vor einem Moment noch so erhaben vorgekommen waren, hatten sich plötzlich in finstere Wachtürme verwandelt, die argwöhnisch jeden beäugten, der ihnen zu nahe kam, und auf magische Weise jede Verkleidung durchschauen mussten.

Sie näherten sich jedoch nicht dem Tor, sondern schlugen einen weiten Bogen nach Osten ein. Trotz ihrer Blindheit führte Nadil sie mit traumwandlerischer Sicherheit durch das Labyrinth der Gärten und stolperte nur ein einziges Mal über einen tief hängenden Zweig, der sich aus dem Arrangement neben dem Weg gelöst hatte, fand ihr Gleichgewicht aber aus eigener Kraft wieder, noch bevor der Machdi ihr helfen konnte. Andrej atmete erleichtert auf, als die alte Frau endlich vom Weg abwich und sie zu einem schmalen Seiteneingang führte, der so gut verborgen war, dass ihn vermutlich ohnehin nur ein Blinder finden konnte.

»Ab jetzt dürft ihr nicht mehr reden«, sagte sie, obwohl auf dem ganzen Weg niemand ein Wort gesagt hatte. »Und gebt acht.«

»Worauf?«, fragte Abu Dun, während er ihr als Erster in die Dunkelheit folgte, die hinter der Tür auf sie wartete. Dann erschollen ein dumpfer Knall und ein nicht annähernd so gedämpfter Fluch in seiner Muttersprache.

»Darauf«, sagte Nadil.

Selbst Andrej musste ein Grinsen unterdrücken. Schon im nächsten Moment wurde ihm jedoch der Grund für Abu Duns vermeintliches Ungeschick klar. Die Tür wurde geschlossen, und tiefste Finsternis umgab sie. Jemand keuchte erschrocken auf –

er nahm an, dass es Murida war –, und selbst er brauchte einen Moment, um sich an die vollkommene Abwesenheit von Licht zu gewöhnen und sich ganz auf die Eindrücke zu konzentrieren, die ihm seine anderen Sinne vermittelten.

Sie befanden sich in einem schmalen, aber sehr langen Raum, vermutlich einem Gang, dessen Wände mit Teppichen oder anderem schallschluckenden Material behangen waren. Muridas Herz schlug am schnellsten von allen und wollte sich einfach nicht beruhigen, doch auch die anderen waren nicht frei von Angst. Dabei sollte die Moschee doch eigentlich ein Ort des Friedens und der Versöhnung sein.

Am schnellen, regelmäßigen Klacken ihres Stockes erkannte er, dass Nadil ihnen vorauseilte. Sie öffnete eine Tür, die in einen Raum führte, der von einer einzelnen Öllampe erhellt wurde, darüber hinaus aber bis auf ein paar Kissen und zwei kleine Teppiche vollkommen leer war. Vielleicht ein Gebetsraum oder eine Kontemplationskammer … oder vielleicht auch einfach nur ein leerer Raum.

»Wohin bringst du uns?«, fragte Abu Dun, nachdem sie die fünfte oder sechste, ebenfalls leere Kammer durchquert hatten, die sich von denen davor nur insofern unterschied, dass an ihren Wänden etliche in Gold gerahmte Bilder hingen, die schon lange verstorbene Heilige oder auch Wundertäter zeigten.

»Gedulde dich noch einen Moment«, sagte der Machdi. »Wir sind gleich da.«

Noch einmal drei Räume später blieb ihre blinde Führerin vor einer letzten Tür stehen, machte eine komplizierte Geste, deren Bedeutung wahrscheinlich nur der Machdi verstand, und ging dann ohne ein weiteres Wort. Der Machdi legte die Hand auf den Griff der mit reichen Schnitzereien verzierten Tür, wartete aber, bis das Klacken des Stockes verklungen war, und wandte sich dann mit einem ernsten Blick an Murida. »Schlag deine Kapuze hoch, mein Kind«, sagte er, »und geh mit gesenktem Blick. Frauen ist das Betreten dieses Teils der Moschee nicht gestattet.«

»Es ist mitten in der Nacht«, wandte Abu Dun ein, bekam aber nur ein angedeutetes Kopfschütteln zur Antwort, dann öffnete der Machdi die Tür endgültig und trat hindurch.

Der Raum dahinter war so gewaltig, dass Andrej seine Weite spüren konnte, noch bevor er dem Machdi hineinfolgte. Sie befanden sich im großen Hauptschiff der Kirche, einem Saal von so gewaltigen Ausmaßen, dass die meisten Kirchen, in denen er je gewesen war, darin Platz gefunden hätten. Von einem Ende zum anderen maß er sicherlich zweihundert Schritte, und die gigantische Kuppel, die von außen betrachtet schon riesig wirkte, erhob sich nun wie ein von Menschen geschaffener Himmel auf gut die Hälfte dieser Distanz über ihren Köpfen. Andrej verstand mit einem Male sehr viel besser, warum so viele behaupteten, die Hand Gottes selbst (oder die des Propheten, immer abhängig davon, wen man fragte) hätte dieses künstliche Firmament erschaffen.

Er hatte erwartet, sie leer vorzufinden, doch das war nicht der Fall. Das Abendgebet war schon vor Stunden zu Ende gegangen, und die letzten Gläubigen hätten die Moschee schon längst verlassen sollen. Dennoch sah er mindestens ein Dutzend Männer, von denen etliche auf den Knien lagen und mit gebeugten Rücken gen Mekka beteten, andere beisammenstanden und sich im Flüsterton unterhielten oder auch mit so profanen Dingen beschäftigt waren, wie den Boden zu reinigen oder die prachtvollen Marmorsäulen zu polieren, die die gewaltigen Emporen trugen. Auch dort oben, auf den besonderen Würdenträgern und Frauen vorbehaltenen Säulengängen bewegten sich Schatten. Im allerersten Moment war Andrej irritiert, dann erinnerte er sich wieder, dass es noch einen Unterschied zwischen der Hagia Sophia und den meisten ihm bekannten Kirchen gab: Die Hagia Sophia stand den Gläubigen zu jeder Stunde des Tags und der Nacht offen – für die, denen die vorgeschriebenen acht Gebete pro Tag nicht ausreichten, die nur meditierten oder die eine Entschuldigung brauchten, um eine Stunde später zu einer zänkischen Frau zurückzukehren –, und offenbar machten sie auch dankbar von diesem Angebot Gebrauch.

Er holte mit schnellen Schritten zum Machdi auf und versuchte seinen Blick einzufangen, doch der bärtige Riese blickte mit ausdruckslosem Gesicht zu Boden. Schnell, aber ohne Hast durchquerte er den gewaltigen Raum und hielt auf eine Gruppe von drei alten Männern zu, die unter dem riesigen Buntglasfenster an der Stirnwand standen und leise miteinander redeten. Andrej schätzte den Jüngsten von ihnen auf siebzig, und alle drei umgab etwas, das Andrej sofort erkennen ließ, dass es sich nicht um normale Gläubige handelte.

»Warte hier einen Moment«, sagte der Machdi. Er hielt zwar nicht einmal im Schritt inne, überzeugte sich aber mit einem raschen Blick über die Schulter davon, dass sein Befehl befolgt wurde, und ging dann schneller, während Andrej und die anderen stehen blieben. Als hier und da einer der Betenden den Kopf hob, um in ihre Richtung zu sehen, oder für einen halben Atemzug seine Arbeit einstellte, wurde Andrej sich schmerzlich des Umstandes bewusst, wie wenig sie in das allgemeine Bild passten.

Die drei Männer unterbrachen ihr Gespräch, als sich der Machdi der kleinen Gruppe näherte. Zweien sah man deutlich ihre Überraschung an. Einer machte sogar Anstalten, vor ihm auf die Knie zu fallen, wurde aber vom dritten Mitglied des geriatrischen

Trios fast schon rüde davon abgehalten. Andrej fand diese Reaktion – zusammen mit dem eigentlich recht wenig respektvollen Blick, dem er dem Machdi dabei zuwarf – recht aufschlussreich, war aber zugleich auch ein wenig verwirrt. Hatte Nadil ihr Kommen denn nicht angekündigt?

»Das ist schon komisch«, sagte Abu Dun.

»So?« Andrej sah beinahe schon widerwillig zu ihm hin. »Und *was* jetzt schon wieder?«

Abu Dun deutete auf den Machdi und seine Gesprächspartner – oder besser: auf den Boden, auf dem sie standen. So wie vieles andere auch hatten die neuen Besitzer ihn unverändert gelassen, nachdem sie das Gebäude von seinen christlichen Baumeistern übernommen und kurzerhand zur Moschee deklariert hatten, und so standen der Machdi und die drei anderen auf einem kostbaren Mosaik, das einen christlichen Heiligen zeigte (Andrej hatte keine Ahnung, welchen), komplett mit Bart und Heiligenschein und einem kleinen Kruzifix in der Linken. Mittel- und Zeigefinger der rechten Hand hatte er in einer segnenden Geste erhoben, aber mit ein wenig Fantasie hätte man sie auch als anklagend verstehen können, denn die Finger wiesen genau auf den Machdi und seinen greisen Gesprächspartner.

»Anscheinend wissen deine Landsleute wahre Kunst zu würdigen«, sagte er.

»Oder sie haben sich ausgerechnet, was es kosten würde, diesen ganzen Boden zu erneuern«, antwortete Abu Dun. »Stell dir nur vor, wie viele neue Kanonen und Schwerter man dafür kaufen kann … aber das meine ich nicht.« Er wies nun ganz eindeutig auf den alten Mann, mit dem der Machdi sprach. Andrej war nicht ganz sicher, ob sie nicht miteinander stritten. »Sein Gewand. Erkennst du es nicht?«

Andrej sah genauer hin und schüttelte dann den Kopf, doch bevor Abu Dun zu einer Erklärung ansetzen konnte, drehte sich der Machdi herum und winkte ihm zu. Andrej ärgerte sich zwar, wie selbstverständlich er ihm Befehle erteilen zu können meinte, leistete der Aufforderung aber trotzdem Folge und begrüßte den alten Mann mit einem respektvollen, wenn auch knappen Nicken.

»Das ist Andrej Delãny, Scheich«, sagte der Machdi. »Der Mann, von dem ich Euch berichtet habe.«

Der Greis bedachte Andrej seinerseits mit einem Nicken, doch in seinem Blick war nicht einmal eine Spur von Freundlichkeit, geschweige denn Wärme. Wer immer dieser Scheich Omar sein mochte, er war ganz gewiss niemand, mit dem Andrej Freundschaft schließen wollte. Aber diese Frage stellte sich vermutlich auch gar nicht.

Der Machdi schien auf irgendetwas zu warten, dann räusperte er sich unbehaglich und sagte: »Ihr solltet Omar etwas Respekt erweisen, Andrej. Er ist hier der …« Er überlegte einen Moment. »Es trifft es nicht ganz, aber in Eurer Heimat würde man ihn wohl einen … Bischof nennen.«

Andrej deutete eine Verbeugung an. »Imam.«

»Ich brauche keine Respektsbezeugungen von einem Ungläubigen«, sagte Omar kalt. »Was tust du hier? Hat dir niemand gesagt, wie heilig dieser Ort ist? Schon deine Anwesenheit hier ist Gotteslästerung! Wer hat dir gesagt, dass du hierherkommen sollst?«

Andrej war einfach zu verblüfft, um dem zornigen Greis so zu antworten, wie er es nach dieser freundlichen Begrüßung eigentlich sollte, doch der Machdi kam ihm auch zuvor.

»Ich habe Andrej und seinen Freund gebeten, sich unserer Sache anzuschließen, Scheich«, sagte er. »Sie könnten uns von großem Nutzen sein.«

»Gebeten?«, sagte Omar, als wäre die Vorstellung absurd. Er legte den Kopf schräg und ging halb um Andrej herum, um ihn zuerst von der einen, dann von der anderen Seite zu betrachten, als würde er ein Pferd auf dem Markt begutachten. »Wir brauchen keine fremden Söldner, die für Geld töten.«

»Wer hat von Geld gesprochen?«, mischte sich Abu Dun ein. Er war fast ein Dutzend Schritte entfernt, und Omar hatte nicht besonders laut gesprochen, doch wenn sich der Scheich darüber wunderte, dass er die Worte gehört hatte, dann ließ er es sich nicht anmerken. Sein Kopf ruckte mit einer Bewegung herum, die Andrej an einen dürren Raubvogel erinnerte, und der Zorn in seinen Augen loderte heiß.

»Ja, ich kann mir gut vorstellen, dass ihr für das Vergnügen, das Blut aufrechter Moslems zu vergießen, sogar auf euren Lohn verzichtet«, sagte er. »Dein Freund hier weiß es nicht besser, denn er ist ein Ungläubiger. Aber du? Ich weiß nicht, wen ich mehr verachten soll!« Er spie nicht wirklich aus, aber Andrej war, als hätte er es getan. Sein Blick war keine Spur freundlicher, als er sich wieder zum Machdi herumdrehte und ihn anfuhr: »Warum bringst du diesen ... *Abschaum* hierher? Willst du herausfinden, wie weit meine Geduld reicht?«

Etwas ... hatte sich verändert, ebenso unmerklich wie radikal. Im ersten Moment konnte Andrej nicht sagen, was, aber er war nicht der Einzige, dem es so ging. Obwohl er ihn nicht direkt ansah, registrierte er sehr wohl aus den Augenwinkeln, dass auch Abu Dun mit einem Mal deutlich angespannt war. Seine Hand war unter dem Mantel verschwunden, wo er normalerweise seine Waffe trug, und leer wieder zum Vorschein gekommen, und auf seinem Gesicht lag ein Ausdruck, als lauschte er auf etwas, auf das er sich keinen Reim machen konnte.

Oder das nicht mehr da war.

Andrej griff ganz instinktiv ebenfalls nach einer Waffe, die er nicht hatte, und fragte sich, wieso es ihm eigentlich nicht sofort aufgefallen war: Es war die *Stimmung*, die sich geändert hatte. So wie Abu Dun und er die Nähe anderer Unsterblicher spüren konnten, fühlten sie auch die normaler Menschen, wie ein beständiges Murmeln und Raunen im Hintergrund, dem Geräusch einer fernen Meeresbrandung gleich, das man irgendwann einmal gar nicht mehr bewusst wahrnimmt, sehr wohl aber sein plötzliches Fehlen.

Jetzt hatte sich dieses Brandungsrauschen geändert. Aus dem beruhigenden Murmeln war ein aggressives Zischeln und Wispern geworden, ein Laut wie von einer Armee winziger boshafter Insekten, die aus allen Richtungen zugleich herangestürmt kam. Gewalt lag in der Luft wie etwas Greifbares.

»Andrej?«

Erst jetzt wurde ihm klar, dass der Machdi etwas sagte, was er weder verstand, noch im Moment von Wichtigkeit war. Daher ließ er ihn auch nicht aussprechen, sondern unterbrach ihn mit einer rüden Geste. »Wir müssen hier weg«, sagte er. »Rasch!«

»Ich sagte gerade zu Scheich Omar, dass Ihr und Euer Freund unserer Sache von großem Nutzen sein könntet«, sagte der Machdi, als hätte er ihn nicht gehört.

»Versteht Ihr denn nicht?«, fauchte Andrej. »Das ist eine Falle!«

Schritte näherten sich, sehr schnelle, sehr schwere und sehr harte Schritte, die vom Klirren von Metall begleitet wurden.

»Und wenn man es genau nimmt, dann wart ihr das auch schon«, schloss der Machdi, noch immer vollkommen ungerührt, ja, sogar mit einem angedeuteten Lächeln. »Und *selbstverständlich* ist es eine Falle.«

Die große Doppeltür am anderen Ende flog mit einem Knall auf, der wie ein Kanonenschuss durch das gewaltige Kirchenschiff hallte, und bewaffnete Männer in goldblitzenden Rüstungen stürmten herein. Auch hinter ihnen klirrte Metall und dröhnten Schritte, und praktisch im gleichen Augenblick erschienen auch auf den Emporen über ihnen Männer in den goldfarbenen Rüstungen, die die Leibgarde des Sultans trug. Alles ging so schnell, dass Andrej kaum einen klaren Gedanken fassen konnte, da waren sie auch schon umzingelt, und ein Dutzend Speere und mindestens noch einmal dieselbe Anzahl Musketenläufe deuteten drohend auf sie.

Seltsamerweise blieben sowohl der Machdi als auch seine greisen Begleiter vollkommen ruhig, und dasselbe galt auch für die beiden Männer, die der Machdi mitgebracht hatte. Lediglich Murida stieß einen spitzen Schrei aus und versuchte zu fliehen, wurde aber von einem der Soldaten grob gepackt und zurückgestoßen, während sich niemand um die wenigen Gläubigen oder das Reinigungspersonal kümmerte, die sich in Sicherheit brachten, stillschweigend und so geordnet, dass es Andrej wie ein geplanter Rückzug vorkam.

Vier weitere Soldaten in goldblitzenden Rüstungen traten ein, gefolgt von Sultan Süleyman und Sharif. Süleyman war so pompös gekleidet, dass er schon fast grotesk aussah, während der Janitscharenhauptmann noch immer den verbrannten Mantel trug, in dem er am vorangegangenen Morgen lodernd zusammengebrochen war. Sein Gesicht war gerötet, wie nach einem schweren Sonnenbrand, und er hatte sich den Bart abgenommen, wodurch er erstaunlicherweise nun deutlich älter wirkte.

»Sultan Süleyman«, sagte der Machdi. »Was für eine unerwartete Ehre!«

Er lächelte nicht nur unerschütterlich weiter, sondern wandte sich dem Sultan auch direkt zu. Sein Mantel fiel auseinander, sodass man die Griffe von gleich zwei Schwertern sehen konnte, die er darunter trug. Als zwei Soldaten prompt ihre Musketen herumschwenkten und nun direkt auf ihn zielten, hob Süleyman rasch die Hand.

»Machdi«, sagte er. »Auch ich freue mich schon lange auf dieses Treffen. Ihr könnt Euch gar nicht vorstellen, wie sehr.«

»Was fällt Euch ein!«, begehrte Omar auf. »Was erdreistet Ihr Euch, diesen heiligen Ort zu entweihen, indem Ihr ihn mit Waffen betretet?«

Süleyman blickte stirnrunzelnd die beiden Schwerter an, die der Machdi unter dem Mantel trug, dann beinahe traurig Sharif, der daraufhin einem der Janitscharen einen stummen Wink gab.

Eine einzelne Muskete entlud sich mit einem peitschenden Knall, und genau an der Spitze eines hypothetischen Dreiecks, dessen beide anderen Eckpunkte seine Augen bildeten, erschien ein rundes Loch in Omars Schädel. Er wirkte schlicht verblüfft und blieb tatsächlich so lange wie erstarrt stehen, bis ein dunkelroter Blutstropfen aus der Schusswunde quoll und über sein Gesicht lief. Dann kippte er lautlos nach vorn und schlug mit dem Gesicht auf dem Heiligenmosaik auf, sodass sein Blut genau über die beiden segnend ausgestreckten Finger lief. Erst eine weitere Sekunde danach verklang das vielfach gebrochene Echo des Schusses endgültig.

Murida schlug die Hand so heftig vor den Mund, dass ihre Kapuze nach hinten fiel und nunmehr jeder sehen konnte, dass sie eine Frau war. Auf zwei oder drei Gesichtern erkannte Andrej Überraschung, vielleicht auch Entrüstung. Sie versuchte erneut, den Kreis der Soldaten zu durchbrechen, und gab es diesmal von sich aus auf, um sich nicht selbst an den Speeren aufzuspießen, die sich nicht um einen Fingerbreit senkten.

»Ja, ich erinnere mich gerade wieder daran, warum ich Euch den Tod geschworen habe«, sagte der Machdi, immer noch ohne eine Spur von Furcht oder auch nur Nervosität – allenfalls wirkte er ein bisschen angespannt.

»Mit Schwüren sollte man vorsichtig sein«, antwortete Süleyman. »Vor allem, wenn die Gefahr besteht, dass man sie nicht halten kann.« Sein Blick suchte kurz den seiner Tochter und richtete sich dann auf Andrej.

»Ich muss mich bei Euch und Eurem Freund bedanken, Andrej. Das habt Ihr ausgezeichnet gemacht. Ich wollte, ich hätte mehr Männer wie Euch in meinen Diensten.« Er gab Sharif einen Wink. »Tötet sie! Alle!«

Andrej warf sich im gleichen Augenblick zur Seite, in dem auch Abu Dun in einer schwerfällig anmutenden, aber unglaublich schnellen Pirouette herumwirbelte, und dann passierte alles gleichzeitig und so rasend schnell, dass nicht einmal er ganz genau sagen konnte, was wie und in welcher Reihenfolge geschah. Zwei, drei Musketen entluden sich zur selben Zeit und mit gewaltigem Krachen, das von den Wänden gebrochen und vielfach verstärkt zurückgeworfen wurde. Pulverdampf und Rauch schienen mit einem Mal einfach *überall* zu sein. Eine Kugel streifte die Schulter des Ersten und riss ihn zwar herum, fetzte aber nur Stoff und etwas Haut aus seinem Oberarm.

Sein breitschultriger Kamerad hatte weniger Glück. Genau wie Abu Dun hatte er sich in dem Wissen geduckt, allein durch seine Größe zu den bevorzugten Zielen der Janitscharen zu gehören, und genau wie er war er den (überraschend wenigen) Schüssen, die sie abgefeuert hatten, ausgewichen. Es gelang ihm sogar noch, seinen gewaltigen Krummsäbel zu schwingen und das Schild eines der Krieger zu zertrümmern – zusammen mit dem Arm, wie der gellende Schmerzensschrei des Mannes bewies. Doch dann bohrten sich gleich drei Speerspitzen in seinen Leib und seine Seite, und er brach mit einem qualvollen Grunzen in die Knie.

Ein weiterer Musketenschuss knallte, und kaum eine Handbreit vor Andrejs Gesicht spritzten Funken und Steinsplitter aus dem Mosaikboden, dann war er herumgesprungen und endlich wieder auf den Füßen, sah etwas Goldblitzendes auf sich zufliegen und fing es ganz instinktiv auf, ehe er begriff, dass es der Saif war, den der Machdi ihm zugeworfen hatte.

Statt sich zu wundern, nutzte Andrej den Säbel lieber, um einen gemeinen Speerstoß nach seinem Gesicht abzuwehren, revanchierte sich mit einem geraden Stich auf dasselbe Ziel und schwang die Waffe noch in der Rückwärtsbewegung herum, um den Kolbenstoß eines Janitscharen zu parieren, dem es irgendwie gelungen war, an Abu Dun und Hadschi vorbeizukommen – was er wohl gleich darauf bedauerte, als die Hälfte seiner Waffe zu Boden fiel, zusammen mit den Fingern, die sie gehalten hatten.

Mit einem Fußtritt schleuderte er den Mann dergestalt zurück, dass er in die Reihe der Krieger torkelte und sich selbst aufspießte, wobei er auch gleich zwei oder drei mit sich von den Füßen riss, fuhr herum und sah nicht nur, dass Abu Dun sich inzwischen der Waffe des getöteten Leibwächters bemächtigt hatte (und sie mit sichtlicher Begeisterung an Süleymans Kriegern ausprobierte), sondern auch, dass Hadschi wohl doch mehr war als ein Großmaul und Angeber, denn er schwang seinen Säbel mit erstaunlichem Geschick und kraftvoll genug, um sich seine Gegner zumindest für den Moment vom Leib zu halten. Und dasselbe galt für den Machdi. Durch seine teuren Kleider, die gepflegten

Finger mit den kostbaren Ringen und seinen gesamten Habitus ähnelte er eher einem Mann wie Süleyman, doch er schwang seinen Säbel mit den wuchtigen Bewegungen und der knappen Effizienz eines Kriegers und hatte bereits einen von Süleymans Soldaten niedergestreckt, auch wenn er selbst aus einer hässlichen Schnittwunde an der Seite blutete.

Dennoch hätten sie vermutlich keine Chance gehabt, wären sie allein gewesen; aber das waren sie nicht. Einer der beiden alten Männer, die er in Omars Begleitung gesehen hatte, lag mit ausgebreiteten Armen auf dem Bauch, ein rauchendes Loch genau zwischen den Schulterblättern, der andere war verschwunden. Plötzlich waren die Gläubigen und Arbeiter wieder da, die eben ihr Heil in der Flucht gesucht hatten. Waffen blitzten in Händen, die gerade noch Putztücher und Rosenkränze gehalten hatten, und auch auf den Emporen über ihnen wurde erbittert gekämpft. Schwerter klirrten, und Schreie gellten, dann stürzte eine Gestalt in einer goldfarbenen Rüstung aus der Höhe herab und schlug nur wenige Schritte neben Andrej auf dem Boden auf.

Andrej wehrte fast beiläufig einen weiteren Angriff ab, stieß einen Janitscharen zu Boden, der sich hinterrücks auf den Machdi stürzen wollte, und wurde zum Dank von gleich zwei Machdiji attackiert, denen es herzlich egal zu sein schien, wen sie vor ihre Schwerter bekamen. Andrej schickte sie mit einem gewaltigen Hieb zu Boden und war dann mit einem Satz an Abu Duns Seite, um ihm beizustehen.

Nicht, dass es nötig gewesen wäre. Endlich wieder im Besitz einer Waffe, die seiner Größe angemessen war, wütete Abu Dun wie ein tobsüchtiger Derwisch (mit den Kräften eines Rhinozeros) unter Süleymans Männern und hatte schon drei von ihnen niedergestreckt.

Jeder schien gegen jeden zu kämpfen, und Andrej wagte nicht einmal zu mutmaßen, welche Seite die Oberhand gewann … oder wer zu wem gehörte. Schnell und ebenso routiniert wie effektiv hielt er sich seine Gegner vom Leib, ohne zu wissen, wer seine *Gegner* waren. Süleyman hatte mindestens zwanzig seiner gepanzerten Krieger mitgebracht, und dazu eine Anzahl Janitscharen, die mit ihren Musketen vielleicht sogar die größere Gefahr darstellten, doch auch auf der anderen Seite standen mindestens ebenso viele Männer, die ihren Gegnern nichts schuldig blieben. Der Machdi hatte die Wahrheit gesagt: Es *war* eine Falle gewesen, nur dass die, die sie vermeintlich aufgestellt hatten, sich mit einem Mal in der Rolle der Beute wiederfanden.

Wieder krachte eine Muskete. Irgendetwas raste mit einem Geräusch wie eine zornige Hornisse so dicht an Andrejs Gesicht vorbei, dass er den Luftzug zu spüren meinte. Einer der Janitscharen vor ihm ließ seine Waffe fallen und griff sich mit beiden Händen an den Hals, aus dem der gefiederte Schaft eines Armbrustbolzens ragte. Weitere gefiederte Geschosse schwirrten durch den Saal wie ein Schwarm zorniger Insekten, die sich nahezu wahllos auf alles stürzten, was sich bewegte. Eine weitere Muskete entlud sich krachend und spie Flammen und beißenden Rauch in Abu Duns Richtung, stanzte aber nur ein Loch in seinen Mantel, ohne ihn zu verletzen. Der nubische Riese revanchierte sich, indem er einen der Krieger vor sich packte und kurzerhand als lebendes Wurfgeschoss verwendete, um den Janitscharen auf andere Ideen zu bringen als etwa die, seine Waffe nachzuladen, und Andrej nutzte die Gelegenheit, um die ohnehin wankende Reihe der Krieger zu durchbrechen und sich auf Süleyman zu stürzen.

Der Sultan stand völlig reglos da, und auf seinem Gesicht war nicht einmal Furcht zu sehen, sondern nur ein Ausdruck vollkommener Fassungslosigkeit, als hätte er noch gar nicht begriffen, wie plötzlich und radikal sich alles geändert hatte.

Andrej gedachte nicht, ihm Zeit genug zu lassen, um es wirklich zu verstehen.

Ein Speer stieß nach ihm. Andrej sprang darüber hinweg, schlug den Speer dicht unterhalb der Spitze ab und ergriff den Säbel mit beiden Händen, noch bevor seine Füße den Boden berührten – geschweige denn das Gesicht des Kriegers hinter ihm, der durch seinen wuchtigen Hieb die Balance verlor. Süleyman stand noch immer mit offenem Mund da und schien ihn nicht zu sehen, und Andrej schwang den Saif zu einem Hieb, der ihn auf der Stelle enthaupten musste.

Jedenfalls hätte er es getan, wäre da nicht im letzten Moment ein anderer Säbel gewesen, der seinen Saif nicht nur Funken sprühend auffing, sondern ihn auch zurücktaumeln ließ und ihm einen Schmerzenslaut entrang, als der Großteil seiner eigenen Kraft in seinen Arm zurückgeschleudert wurde und dort als greller Schmerz explodierte. Sharif setzte ihm augenblicklich nach, versuchte ihm die Beine unter dem Leib wegzutreten und stach gleichzeitig nach seiner Schulter. Mit deutlich mehr Glück als Geschick wich er dem Tritt aus und wechselte den Säbel von der rechten in die linke Hand. Aber er war nicht schnell genug, Sharifs Waffe ganz zur Seite zu schlagen, sondern lenkte sie nur ein Stück weit ab. Sein rechter Arm war immer noch gelähmt von der Wucht, mit der Sharif seinen Hieb abgefangen hatte, und in seinen linken Bizeps biss jetzt ein kaum weniger schlimm brennender Schmerz, der ihn nicht nur wütend machte, sondern auch für einen entscheidenden Sekundenbruchteil ablenkte.

Sharifs nächster Tritt traf seinen Knöchel hart genug, um ihn beinahe zu brechen. Er fiel auf die Seite, rollte zweimal herum und stocherte blindlings in Sharifs Richtung, erreichte damit aber nicht mehr, als dem Janitscharenhauptmann die Gelegenheit zu geben, ihm den Saif mit einem beidhändig geführten wuchtigen Hieb endgültig aus den Händen zu schlagen. Die Waffe schepperte über den Mosaikboden davon, und im nächsten Moment war Sharif über ihm, rammte ihm das Knie so heftig in die Rippen, dass er sie deutlich knacken hörte und setzte ihm blitzschnell die Spitze eines Dolches unter das Kinn, der wie aus dem Nichts plötzlich in seiner linken Hand erschien.

In diesem Moment empfand Andrej keinen Schrecken, sondern Empörung, dass es *so* enden sollte – getötet von einem Sterblichen, der nicht einmal *wusste*, wer er war.

Statt jedoch zuzustoßen, zischte Sharif ihm zu: »Verdammter Dummkopf! Spiel gefälligst mit! Schlag mich nieder!«

Andrej schaltete schnell. Wer war er schließlich, ihm diesen kleinen Gefallen zu verweigern?

Darauf achtend, ihm nicht das Handgelenk zu zermalmen, packte er Sharifs Arm, riss ihn von sich herunter und versetzte ihm einen Hieb mit der flachen Hand, der ihm auf der Stelle das Bewusstsein raubte. Sharif brach zusammen, und Andrej rollte mit einem Satz auf die Füße und nutzte die Bewegung auch gleich, um das Schwert aufzuheben, das Sharif ihm aus der Hand geschlagen hatte. Sein rechter Arm war nicht mehr taub, pochte und prickelte aber immer noch heftig, sodass er die Waffe in die linke Hand nahm, mit der er ohnehin genauso geschickt war wie mit der anderen.

Rings um sie herum tobte der Kampf noch immer mit unerbittlicher Härte, und es sah nicht gut aus für die Männer des Sultans. Jeder Einzelne von ihnen war ein Veteran und Elitesoldat, gegen den der zusammengewürfelte Haufen aus Raufbolden und

Bauern des Machdi eigentlich chancenlos sein sollte … aber im Moment sah es eher nach dem Gegenteil aus. Die Machdiji kämpften wie die Berserker, und auch ihre Zahl hatte noch einmal zugenommen. Die Falle des Machdi war perfekt aufgestellt gewesen, und auch wenn auf den Emporen über ihnen immer noch erbittert gekämpft wurde, hinderte das seine Armbrustschützen nicht daran, weiterzufeuern und sich ihre Ziele genau auszusuchen. Von den Janitscharen, die mit ihren Musketen den Kampf vielleicht noch einmal hätten herumreißen können, schoss keiner mehr, denn sie lagen am Boden, tot oder schwer genug verwundet, um nicht mehr in den Kampf eingreifen zu können, und nun nahmen die Armbrustschützen der Reihe nach Süleymans Leibwächter unter Beschuss. Ihre großen Schilde und schweren Brustpanzer hielten selbst den meisten Armbrustbolzen stand, aber dennoch sank einer nach dem anderen zu Boden, von den Schwertern der Machdiji gefällt oder an einer weniger geschützten Stelle getroffen.

Die Angreifer zahlten einen gewaltigen Preis. Andrej schätzte, dass ihre Verluste mindestens doppelt so hoch waren wie die der Soldaten, und wäre Abu Dun nicht gewesen, hätten Süleymans Männer den Kampf vielleicht trotz allem gewonnen.

Zu ihrem Pech *war* Abu Dun da, und er wütete wie ein Dämon unter ihnen. Sein gewaltiger Krummsäbel bewegte sich so schnell, dass er zu einem silbernen Schemen wurde, der Schilde und Brustpanzer und Schädel zertrümmerte und die Soldaten vor sich hertrieb wie einen Schwarm goldfarbener Karpfen, unter die plötzlich ein Hecht gefahren war. Die Männer versuchten längst nicht mehr, ihn zu treffen, sondern nur noch, ihn von ihrem Herrn fernzuhalten und dabei irgendwie seinem tödlichen Säbel zu entgehen.

Nicht allen gelang es.

Andrej kämpfte sich zu ihm durch, nahm Rücken an Rücken mit ihm Aufstellung und hatte endlich wieder genug Gefühl im rechten Arm, um die Waffe beidhändig halten zu können. »Übertreib es nicht, Pirat!«, keuchte er auf Deutsch. »Wir sollten diesen Kampf verlieren!«

»Ich tue ja mein Möglichstes!«, antwortete Abu Dun in derselben Sprache. »Aber diese Zwerge spielen nicht mit!«

Zumindest einer der *Zwerge* versuchte es und rammte seinen Speer in Abu Duns Richtung, doch statt sich treffen zu lassen, drehte der Nubier blitzschnell den Oberkörper zur Seite, sodass die Spitze nur seinen Mantel zerriss, klemmte den Speer unter den Arm und bewegte dann ruckartig den Oberkörper zurück – mit dem Ergebnis, dass der Mann am anderen Ende einen Moment zu spät auf die Idee kam, seine Waffe loszulassen, und einfach in die Höhe gehoben wurde wie ein Kind auf einer Schaukel – ein beinahe komischer Anblick, wäre er nicht im selben Moment von gleich drei Armbrustgeschossen getroffen und auf der Stelle getötet worden.

Das vierte bohrte sich in Abu Duns Schulter und riss ihn herum. Der Nubier brüllte auf, mehr vor Wut als Schmerz, verlor für einen halben Atemzug die Balance und fand sie mit einem raschen Ausfallschritt wieder, und gleich zwei von Süleymans Männern nutzten die Chance zu einem blitzartigen Vorstoß. Der eine machte Bekanntschaft mit Abu Duns Säbel und bezahlte seinen Mut mit dem Verlust einer Hand, doch der Speer des anderen bohrte sich so tief in Abu Duns Seite, dass die metallene Spitze nicht mehr zu sehen war. Abu Dun ließ sein Schwert fallen und sank schwer auf die Knie. Seine Kraft reichte noch, sich den Speer aus der Flanke zu reißen, dann sank er endgültig nach vorne. Als einer von Süleymans Kriegern versuchte, ihm seinen Speer zwischen die Schulterblätter zu rammen, kappte Andrej die Waffe mit einem Schwerthieb dicht vor den Händen ihres Besitzers, schleuderte den Burschen mit einem wuchtigen Tritt gegen seinen Schild endgültig zu Boden, womit er ihm vermutlich unabsichtlich das Leben rettete, denn im nächsten Augenblick zischte ein weiteres heimtückisches Armbrustgeschoss genau da durch die Luft, wo er gestanden hatte. Süleyman blieben jetzt nur noch eine Handvoll Männer, die sich zu einem immer dichteren Kreis um ihren Sultan und Sharif zusammenschlossen, um sie mit ihren Leben zu verteidigen.

Andrej rechnete nicht damit, dass ihnen mehr als wenige Augenblicke blieben, bis sie diesen Preis auch würden bezahlen müssen.

Er versuchte Murida irgendwo in dem tobenden Chaos auszumachen und meinte auch wehendes schwarzes Haar zu sehen, doch es gab keine Möglichkeit, dorthin zu gelangen. Die Machdiji stürmten jetzt auf breiter Front heran. Trotz der schrecklichen Verluste, die sie erlitten hatten, schien ihre Zahl sogar noch einmal zugenommen zu haben. Selbst ohne die fast übermenschliche Kraft, die ihnen das Kat verlieh, mussten sie die wenigen überlebenden Gegner einfach überrennen.

Und Abu Dun und ihn wahrscheinlich gleich mit, denn nachdem sich die Krieger zurückgezogen hatten, befanden sie sich genau zwischen den Fronten.

Abu Dun stemmte sich stöhnend auf den rechten Ellbogen, die linke Hand gegen die Seite gepresst. Andrej verstand nicht, was er sagte, seine Stimme ging im Krachen einer ganzen Musketensalve unter.

Andrei sah mit einem Ruck auf und erkannte im ersten Moment nichts als eine Wolke aus Pulverdampf, die die große Eingangstür verschlungen hatte.

Damit kippte der Kampf ein weiteres Mal und jetzt endgültig. Orangefarbenes Mündungsfeuer und Funken stachen aus der Rauchwolke heraus, gefolgt von zahlreichen Janitscharen, die im Laufen ihre Waffen nachluden, und einer noch größeren Anzahl von Soldaten, die im Rennen feuerten. Wie ein tödlicher Hornissenschwarm schwirrten die Kugeln über die Köpfe der Soldaten hinweg und zwischen ihnen hindurch, und es kam Andrej schon fast wie ein kleines Wunder vor, dass Abu Dun und er nicht getroffen wurden. Auch die meisten Machdiji entgingen der ersten Salve und stürmten unverletzt und vollkommen unbeeindruckt weiter (oder auch *verletzt* und vollkommen unbeeindruckt), doch der ersten Salve folgten fast unmittelbar eine zweite und dritte und vierte, und die größer und dichter werdende Wolke aus Pulverdampf und Flammen spie immer weitere Janitscharen aus, die auf die heranstürmenden Machdiji feuerten, aber auch die Emporen über ihnen unter Beschuss nahmen. Überall zerbarst Glas und explodierten Keramik und Marmor, die die Luft mit einem Hagel aus rasiermesserscharfen Schrapnellen füllten, und plötzlich stank es so durchdringend nach Schießpulver, verbranntem Stoff und Blut, dass Andrej kaum noch atmen konnte.

Als ein goldenes Blitzen ihn herumfahren ließ, sah er gerade noch, wie eine Gestalt in einem verschmorten Mantel auf ihn zusprang und mit dem Knauf ihres Säbels nach seiner Schläfe zielte. Dann nichts mehr.

Kapitel 9

Er erwachte mit grässlichen Kopfschmerzen, womit er gerechnet hatte – darüber hinaus aber ziemlich lebendig, worauf er zumindest gehofft hatte.

Was ihn allerdings überraschte, waren die eisernen Handfesseln, die seine Gelenke aneinanderbanden. Und die Mündung der klobigen Muskete, die aus kaum einer Handbreit Abstand auf seine Stirn zielte, dahinter das bleiche Gesicht eines ebenso jungen wie nervösen Janitscharen, der die Waffe hielt. Irgendwie gelang es dem jungen Burschen, seinem Blick standzuhalten, doch sein Finger strich immer wieder über den gespannten Hahn der modernen Steinschloss-Waffe, was Andrej nicht unbedingt beruhigte. Der Mann hatte sich trotz seiner unübersehbaren Nervosität erstaunlich gut in der Gewalt, was für die Disziplin der wohl zu Recht so hochgelobten Einheit sprach, in der er diente. Aber er hatte auch große Angst, und Männer die Angst hatten, waren prinzipiell gefährlich.

»Es ist gut. Ich kümmere mich jetzt um ihn.«

Andrej ahnte dumpf, dass er die Stimme kannte, aber wirklich zuordnen konnte er sie erst, als der Janitschar hastig aufstand und ein Mann mit einem zur Hälfte geröteten Gesicht und einem verkohlten Mantel seinen Platz einnahm.

»Bitte verzeih diese kleine … Vorsichtsmaßnahme, Andrej«, sagte Sharif. Er sah ihn mit großem Ernst an, aber tief in seinem Blick war auch ein Funkeln von unangemessener Fröhlichkeit, fand Andrej. »Aber Männer, die plötzlich aus einer Bewusstlosigkeit erwachen, neigen oft zu … übereilten Reaktionen. Ziemlich drastischen Reaktionen manchmal.«

»Ja, vor allem denen gegenüber, die ihnen vorher den Schädel einzuschlagen versucht haben«, antwortete Andrej. Es gelang ihm, sich aufzusetzen, ohne dabei eine allzu lächerliche Figur zu machen. Er sah sich rasch um.

Lange konnte er nicht bewusstlos gewesen sein – was ihn nicht weiter überraschte, er war nie lange bewusstlos. Sharif hatte ihm tatsächlich den Schädel eingeschlagen, aber das hätte er ihm nicht einmal dann verraten, wenn er sein und Abu Duns Geheimnis gekannt hätte. Sie befanden sich noch immer im Hauptschiff der Hagia Sophia, das im Augenblick aber mehr einem Schlachtfeld als einem Ort der Andacht glich. Überall lagen Tote, zerbrochene Waffen und abgeschlagene Gliedmaßen, verwundete und sterbende Männer. Noch immer roch es durchdringend nach Schießpulver, Blut und Tod, jetzt vielleicht sogar noch schlimmer als vorhin.

Sharif trat einen Schritt zurück, beugte sich dann vor und streckte die Hand aus, um ihm aufzuhelfen. Doch Andrej ignorierte ihn und stemmte sich zwar wenig elegant, aber doch aus eigener Kraft in die Höhe. Er kam sich dabei selbst fast ein bisschen albern vor, und Sharifs Augen funkelten amüsiert, fast als hätte er seine Gedanken gelesen. Sein Gesicht jedoch blieb erst.

»Es tut mir leid, aber ich fürchte, Euer Freund ist tot«, sagte er. »Ich bedauere das aufrichtig, bitte glaubt mir.«

Vermutlich wäre es nicht besonders klug gewesen, ihm ehrlich darauf zu antworten, deshalb tat Andrej es vorsichtshalber auch nicht, sondern ging zu dem Nubier, der tatsächlich reglos in einer erschreckend großen Lache seines eigenen Blutes lag und sich nicht rührte. Der Speer hatte ihn übel erwischt. Abu Duns nahezu unzerstörbarer Körper würde auch mit dieser Verwundung fertig werden, aber der Blutverlust war in der Tat erschreckend, und Andrej nahm an, dass er auch noch eine ganze Weile bewusstlos bleiben würde, in einer so tiefen Ohnmacht gefangen, dass ihn in diesem Moment selbst ein Arzt für tot halten würde.

»Das Schicksal aller großen Männer«, sagte Sharif, der neben ihn getreten war. »Sie sind auch zugleich die größten Zielscheiben.«

Ja, vielleicht war es sogar besser, wenn Abu Dun noch eine Weile bewusstlos blieb. Wenigstens für Sharif.

Andrej ließ sich neben dem reglosen Abu Dun auf die Knie fallen, drehte ihn ächzend auf den Rücken und schlug seinen Mantel zurück. Dann zog er seinen Dolch und trennte das schwarze Gewand auf, das der Nubier darunter trug. Der Stoff war so nass und schwer von Blut, dass er mit einem Klatschen auf den Boden schlug, das nicht nur etliche Männer in ihrer Nähe überrascht aufsehen ließ, sondern auch den erschrockenen Laut übertönte, der Sharifs Lippen entrang.

Selbst Andrej konnte ein leises Zusammenfahren nicht ganz unterdrücken. Die Wunde war tief und hatte noch nicht einmal angefangen, sich zu schließen – ein weiterer Beweis dafür, wie sehr der enorme Blutverlust Abu Dun zugesetzt hatte – und für einen kurzen Moment empfand auch er eine nagende Sorge, die –

Andrej ließ den Gedanken nicht zu, sondern streckte fordernd die aneinandergeketteten Hände aus. Sharif sah ihn nur fragend an und spielte den Ahnungslosen.

»Ich bin hellwach«, sagte Andrej. »Es besteht keine Gefahr mehr, dass ich etwas Unüberlegtes tue.«

»Aber wenn ich Euch losbinde, vielleicht etwas sehr Wohlüberlegtes?«, fragte Sharif. Das amüsierte Funkeln in seinen Augen war fort. »Das kann ich nicht tun. Es tut mir leid.«

»Warum nicht?«, fragte Andrej. Als er keine Antwort bekam, stand er auf und sah sich zornig nach Süleyman um.

Der Sultan stand ein gutes Dutzend Schritte entfernt, von etlichen seiner in Gold gerüsteten Krieger umgeben, deren Reihen wieder aufgefüllt worden waren, und beugte sich über eine reglose Gestalt am Boden. Andrej hätte nicht einmal hinsehen müssen, um zu wissen, um wen es sich handelte, aber er tat es trotzdem.

So schrecklich zugerichtet, wie er dalag, hatte der Machdi nur noch sehr wenig Beeindruckendes oder gar Übermenschliches. Sein Gesicht – soweit man es unter all dem Blut noch erkennen konnte – zeigte einen Ausdruck so vollkommenen Entsetzens, dass Andrej ein eisiger Schauer über den Rücken lief. So, als hätte er selbst bis zum allerletzten Moment nicht glauben können, was geschah. Vielleicht hatte er es ja wirklich nicht, dachte Andrej, und war gestorben, bevor er tatsächlich begriffen hatte, wie grausam sich das Schicksal plötzlich gegen ihn gewendet hatte. Fast wünschte Andrej es ihm sogar.

»Das ist erstaunlich, nicht wahr?« Süleyman hatte sich weder zu ihnen herumgedreht noch seinen Blick vom Leichnam des Machdi genommen, aber er musste seine Nähe dennoch irgendwie wahrgenommen haben. »Er sieht gar nicht mehr so beeindruckend aus, jetzt, wo er tot ist, finde ich. Und auch nicht wirklich wie ein Heiliger oder gar wie der legitime Erbe des Propheten.«

»Er ist tot«, sagte Andrej. »Ihr habt gesiegt, Sultan. Es ist nicht notwendig, ihn noch zu verhöhnen.«

»Aber er ist doch tot und hört es nicht mehr.« Süleyman gab den Wachen einen Wink, ihn durchzulassen. Die Männer gehorchten auch sofort, behielten ihn aber nicht nur überaus aufmerksam im Auge, sondern die Hände auch auf ihren Waffen.

Im Näherkommen konnte Andrej erkennen, wie furchtbar die Soldaten den Machdi zugerichtet hatten. Mindestens ein halbes Dutzend Kugeln hatten ihn getroffen, und noch einmal deutlich mehr Speerspitzen und Schwerter. Im Prinzip hätte in dem zerfetzten Seidengewand jeder stecken können. Andrej bezweifelte, dass selbst seine Anhänger den Machdi noch erkennen würden, denn mindestens eine Kugel hatte auch sein Gesicht getroffen und verheert.

Da niemand versuchte, ihn daran zu hindern, ging er die wenigen Schritte zu dem erschossenen Geistlichen hin. Die vergleichsweise winzige Schusswunde in seiner Stirn war die einzige geblieben. Zumindest hatten die Soldaten darauf verzichtet, ihn ebenso grässlich zu verstümmeln.

»Ist das nicht furchtbar?«, fragte Süleyman neben ihm. »Scheich Omar war ein sehr einflussreicher Mann. Beliebt in der Bevölkerung und mit einer Stimme, auf die die Menschen hörten. Und nun hat dieser Verbrecher ihn auch noch umgebracht. Vielleicht werden die Menschen jetzt begreifen, dass sie einem falschen Propheten gefolgt sind.«

Andrej schwieg. Omar war kein zufälliges Opfer des allgemeinen Kampfgetümmels geworden. Süleyman hatte ihn gezielt erschießen lassen, was nichts anderes als Mord gewesen war. Glaubte er wirklich, damit durchzukommen?

»Sie werden Euch nicht glauben«, sagte er.

»Selbstverständlich werden sie das«, widersprach Süleyman, nicht zornig, wie er erwartet hatte, sondern eher belustigt. »Immerhin habe ich einen Zeugen. Einen Ungläubigen, von dem gewiss niemand annehmen wird, dass er zu meinen Gunsten lügen würde, oder?«

»Ihr meint denselben Mann, den Ihr töten lassen wolltet?«, erkundigte sich Andrej.

Jetzt lachte Süleyman wirklich, wenn auch nur kurz. »Aber Ihr nehmt es mir doch nicht etwa übel, mein Freund?«, fragte er. »Es musste doch echt aussehen. Immerhin sind einige von ihnen entkommen, und Ihr und Euer Freund wollt doch nicht als die Männer durch diese Stadt laufen, von denen die Machdiji glauben, sie hätten ihren Propheten in eine Falle gelockt ... oder zumindest Ihr. Das mit Eurem Freund tut mir leid. Sharif war sicher, dass ihr es beide überleben würdet. Ich bedauere, dass er sich getäuscht hat. Er hätte vielleicht noch nützlich sein können.«

»Der Schwarze lebt«, mischte sich Sharif ein, der sich unbemerkt zu ihnen gesellt hatte. Er sah sehr überrascht aus – oder versuchte wenigstens den Eindruck zu erwecken. »Er ist wirklich ein zäher Bursche.«

»Er lebt?«, vergewisserte sich Süleyman erstaunt.

»Noch vor einem Moment hätte ich geschworen, dass er tot ist«, bestätigte Sharif. »Aber er atmet, und sein Herz schlägt, wenn auch schwach. Und ich weiß nicht, wie lange noch.«

»Wahrscheinlich länger, als Euch lieb sein dürfte«, sagte Andrej. »Es ist so, wie Ihr gesagt habt: Abu Dun ist zäh. Und viel zu stur, um einfach so zu sterben.« Er hob fordernd die gefesselten Hände. »Macht mich los, dann kümmere ich mich um ihn.«

Sharif warf dem Sultan einen fragenden Blick zu. Erst nachdem dieser ihm mit einem unwilligen Nicken geantwortet hatte, zog er einen klobigen Schlüssel aus seinem Mantel und nahm Andrej die Handfesseln ab.

»Ich lasse den Arzt holen, damit er sich um Euren Freund kümmert«, sagte Sharif, aber Andrej schüttelte nur rasch den Kopf und wandte sich auch schon um.

»Gebt mir Verbandszeug«, sagte er. »Ich kümmere mich um ihn. Oder möchtet Ihr, dass *Euer* Gesicht das Erste ist, was er sieht, wenn er wieder zu sich kommt?«

Sharifs Gesichtsausdruck nach zu schließen, fand er diese Vorstellung ganz und gar nicht erquicklich. Aber er tauschte auch diesmal erst einen raschen Blick mit dem Sultan, ehe er wortlos den Weg freigab und eine auffordernde Geste machte.

Rasch ging Andrej zu Abu Dun zurück, kniete neben ihm nieder und streckte fordernd die Hand aus. Einer der Krieger reichte ihm einen Lappen, der sich bei genauerem Hinsehen als ein Fetzen erwies, der grob aus einem Gewand herausgerissen worden und an einer Stelle ein wenig blutig war. Andrej ballte ihn in der Faust zu einem Ball zusammen und wartete, bis der Soldat wieder einen Schritt zurückgewichen war, bevor er den Fetzen dann unter Abu Duns Gewand stopfte, um ihn auf die Wunde zu pressen – die tatsächlich immer noch blutete, wenn auch nicht mehr annähernd so heftig wie noch vor einem Augenblick.

Abu Dun gab einen Laut von sich, der wie eine Mischung aus einem Zähneknirschen und einem Stöhnen klang. Andrej presste die Hand noch etwas fester auf den improvisierten Druckverband, um wenigstens durch den Schmerz Abu Duns Aufmerksamkeit zu erregen.

»Spiel mit!«, flüsterte er auf Englisch. »Du bist verletzt, aber ich kümmere mich um dich, keine Angst.«

»Vielleicht ist es ja gerade das, was mir Sorgen bereitet«, antwortete Abu Dun ebenso leise und beinahe ohne die Lippen zu bewegen.

Andrej verlangte mit einem herrischen Winken nach einem weiteren Tuch, bekam es und improvisierte bewusst ungeschickt einen Verband, mit dem er Abu Dun vermutlich endgültig umgebracht hätte, wäre dieser tatsächlich sterblich gewesen.

Hinter ihm erscholl ein halblauter Schrei, der in einem Keuchen endete, und Andrej spürte, wie ein Leben erlosch. Als er erschrocken den Kopf drehte, sah er gerade noch, wie sich einer von Süleymans Kriegern aufrichtete und seinen Dolch einsteckte.

Ohne ein weiteres Wort stand er auf und ging zu Süleyman zurück. »Wollt Ihr sichergehen, dass auch wirklich keine Zeugen zurückbleiben?«, fragte er.

»Sosehr ich diesen selbst ernannten Propheten auch verachtet habe, muss ich ihm lassen, dass seine Anhänger wirklich treu waren«, sagte der Sultan. »Sie haben bis zum letzten Atemzug für ihn gekämpft. Ich wollte, alle *meine* Krieger stünden so loyal hinter mir.«

»Und Ihr glaubt tatsächlich, dass niemand an dieser Geschichte zweifelt, Sultan?«, fragte Andrej.

»Warum nicht?«, erwiderte Süleyman leichthin. »Wie gesagt: Ich habe einen Zeugen – oder sogar zwei, wie es den Anschein hat.«

»Und wir haben ein paar von ihnen entkommen lassen, die Zeugnis ablegen werden, wie tapfer sie gekämpft haben«, fügte Sharif hinzu, »und wie sinnlos es am Ende war.«

»Und natürlich, dass der Machdi tatsächlich tot ist«, schloss Süleyman.

»Schade nur, dass er es nicht ist«, sagte Andrej.

Sharif reagierte nicht – was an sich schon verräterisch genug war –, während Süleyman sie stumm ansah und dann das Gesicht zu einem abfälligen Lachen verzog. »Also ich bin der Meinung, dass er ziemlich tot aussieht«, sagte er.

»Dieser Mann vielleicht«, antwortete Andrej, »aber nicht der Machdi.«

Er sah Süleyman an, dass er auffahren wollte, sich aber im letzten Moment beherrschte, wenn auch mühsam. »Ihr wollt damit sagen, dass dies nicht der Machdi ist?«

»Vermutlich nicht.«

»Weil Ihr den wirklichen Machdi kennt«, sagte Süleyman nachdenklich.

»Ich kenne den Machdi nicht und er mich auch nicht.« Andrej hoffte, dass seine Stimme nicht zu abfällig klang. »Noch vor ein paar Tagen wusste ich nicht einmal, dass es ihn und seine Anhänger gibt, und er wusste umgekehrt wohl auch nichts von uns.«

»Das wollen wir doch hoffen, nicht wahr?« Süleyman versuchte seiner Stimme einen spöttischen Ton zu geben, aber ganz gelang es ihm nicht.

»Habt Ihr wirklich geglaubt, dass zwei vollkommen Fremde einfach nach einem Mann wie dem Machdi zu fragen brauchen, und schon werden sie zu ihm gebracht, nur weil sie ein paar von Euren Leuten umgebracht haben?«

»Ganz offensichtlich hat er es getan.« Jetzt spürte wohl nicht nur Andrej den Zorn unter dem Spott des Sultans, denn bevor er antworten konnte, mischte sich Sharif ein.

»Vielleicht hat der Ungläubige recht, Sultan«, sagte er, zwar demütig, aber auch in zugleich besorgtem Ton. »Es ist tatsächlich schwer zu glauben, dass ein Mann wie der Machdi so leichtsinnig sein soll. Ich hätte das bedenken sollen.« Er senkte demütig den Kopf. »Wenn Ihr mich für diese Verfehlung bestrafen wollt, dann bin ich bereit, die Strafe entgegenzunehmen.

»Ach, seid Ihr das?«, fragte Süleyman spitz. »Wie großzügig von Euch, Hauptmann.«

»Ich fürchte, es ist sogar noch viel schlimmer, Herr«, fuhr der Janitscharenhauptmann fort.

»Was? Dass es dieser Wahnsinnige gewagt hat, die Hand gegen mich zu erheben?«

»Sie haben ganz genau gewusst, was wir vorhaben«, erwiderte Sharif. Seine Stimme blieb ruhig, doch Andrej hörte echte Sorge darin. Vielleicht zum ersten Mal. »Und das kann nur bedeuten, dass es ihnen jemand gesagt hat.«

Er zögerte einen genau bemessenen Moment, um seinen nächsten Worten Gewicht zu verleihen. »Wir haben einen Verräter unter uns.«

Süleyman maß ihn auf eine Weise, als hätte er den vielversprechendsten Kandidaten für diese Rolle schon genau vor sich. Seine Hand schloss sich fester um den Schwertgriff, der aus der verzierten Scheide an seinem Gürtel ragte, und Andrej konnte sehen, wie es hinter der mühsam aufrechterhaltenen Ruhe auf seinem Gesicht zu brodeln begann. Die Spitzen seines sorgfältig gezwirbelten Schnauzbartes begannen zu zittern, wie die Schnurrhaare einer zornigen Katze, die sich zum Angriff bereit macht.

Doch der erwartete Ausbruch blieb aus. Nach einem weiteren Moment nahm er sogar die Hand vom Schwert und beließ es bei einem resignierten Seufzen.

»Sollte das wahr sein, Hauptmann, dann seid Ihr wohl nicht der Einzige, der sich einen Fehler vorzuwerfen hat. Ich wusste, dass es falsch ist, sie am Leben zu lassen.«

»Die Männer, die Ihr entkommen haben lasst?«, fragte Andrej.

Süleymans Blick wurde forschend, während er über Andrejs Gesicht tastete. Aber er schüttelte nur knapp den Kopf, und es war auch jetzt wieder Sharif, der an seiner Stelle antwortete: »Murida.«

»Ich hätte nicht auf Euch hören sollen, Hauptmann«, bestätigte Süleyman. »Es wäre besser gewesen, sie alle zu töten.«

Andrej war zwar erleichtert zu erfahren, dass das Mädchen noch am Leben und sogar entkommen war, zugleich aber auch entsetzt. »Sie ist Eure Tochter!«, sagte er empört.

»Ich habe noch hundertneunundneunzig andere«, antwortete Süleyman abfällig.

»Und sie war die Einzige, die unseren Plan kannte«, fügte Sharif hinzu.

»Abgesehen von Euch und Eurem Freund«, bestätigte Süleyman. »Das gibt einem zu denken, nicht?«

Andrej musste sich auf die Zunge beißen, um nicht zu antworten. Aber alles, was er hätte sagen können, hätte es nur schlimmer gemacht, also hielt er seinem Blick nur gerade lange genug stand, um ihm begreiflich zu machen, dass er das stumme Duell freiwillig aufgab, dann wandte er sich mit einem Ruck um und ging zu Abu Dun zurück.

Der Nubier spielte noch immer den Bewusstlosen, und er tat es so gut, dass Andrej tatsächlich wieder einen leisen Stich von Sorge verspürte. Als er sich neben ihm niederkniete, roch er frisches Blut. Sein Verband hatte ein wenig geholfen, aber die Wunde hatte sich immer noch nicht geschlossen, und er konnte hören, wie schnell und angestrengt sein Herz schlug.

»Seid Ihr sicher, dass ich den Arzt nicht rufen soll?«

Andrej fuhr nicht nur erschrocken zusammen und tadelte sich selbst, dass er Sharif nicht gehört hatte. Er nickte nur.

Statt einer Erwiderung ließ sich Sharif ebenfalls auf die Knie sinken und löste dann den Verband des Nubiers. Andrej erschrak. Die Wunde war tief genug, um einen normalen Menschen zu töten, selbst einen von der Größe und Kraft Abu Duns.

»Das sieht schlimm aus«, sagte Sharif. »Ihr solltet ihm Kat geben.« Er nickte bekräftigend, obwohl Andrej nicht einmal dazu angesetzt hatte, ihm zu widersprechen. »Die Machdiji behaupten, die Blätter besäßen Zauberkräfte und würden jede Wunde heilen.«

»Seit wann glaubt Ihr an Zauberei?«, fragte Andrej.

»Wer sagt, dass ich das tue?«, erwiderte Sharif. »Aber was schadet es, es zu versuchen?«

Nach allem, was er bisher mit diesem Teufelszeug erlebt hatte, fiel es Andrej schwer, sich dieser Meinung anzuschließen, aber irgendetwas brachte ihn dennoch dazu, in Abu Duns Mantel zu graben und den kleinen Beutel mit den Kat-Blättern herauszuziehen. Er versuchte, ihm eines der filigranen Blätter in den Mund zu schieben, doch mit wenig Erfolg. Entweder spielte der Nubier perfekt den Bewusstlosen, oder er war es wirklich. Andrej hätte in diesem Moment nicht sagen können, was ihn mehr beunruhigte.

Sharif ließ ihn eine Zeit lang gewähren, dann nahm er ihm das Blatt wortlos weg, strich es auf dem Handrücken glatt und legte es behutsam auf die Wunde. Sofort begann es sich mit Abu Duns Blut vollzusaugen und verlor seine hellgrüne Farbe, doch mehr geschah nicht.

Natürlich, schalt er sich selbst in Gedanken. Was hatte er denn auch erwartet?

»Und seid Ihr wirklich sicher, dass ich den Arzt nicht rufen soll?«, fragte Sharif zum wiederholten Mal.

»Ja.«

»Und gibt es einen Grund dafür?« Doch bevor Andrej antworten konnte, schüttelte Sharif den Kopf und sagte: »Ich glaube, selbst wenn es ihn gibt, dann will ich ihn gar nicht wissen …

wenigstens jetzt nicht.« Er streckte fordernd die Hand aus, und Andrej reichte ihm wortlos den Beutel. Mit einem Geschick, das deutlich größer war als das Andrejs gerade, verteilte er fast die Hälfte der Blätter auf der Wunde und ließ sich von einem seiner Männer einen sauberen Stoffstreifen geben, aus dem er einen Verband improvisierte. Das Ergebnis sah alles andere als professionell aus, aber immer noch ungleich besser als das, was Andrej zuwege gebracht hatte.

»Wird er es überleben?«

Andrej machte sich nicht einmal die Mühe, zu Süleyman hochzusehen, geschweige denn, ihm zu antworten, doch Sharif nickte immerhin, und Süleyman reagierte mit derselben Bewegung und wandte sich dann an die Männer hinter sich.

»Schafft die Toten hinaus«, sagte er. »Ich will, dass sie öffentlich ausgestellt werden, damit jeder sieht, was denen geschieht, die sich gegen mich stellen. Und dann macht ihre Familien ausfindig. Sie werden hingerichtet.«

Kapitel 10

Zum dritten Mal waren sie nun Gäste im Kafes, und wieder lernten sie einen anderen Teil des Gefängnisses kennen. Zwischen verschwenderischem Luxus und einer von Menschenhand geschaffenen Hölle gab es eine Mitte, in der man meinen konnte, sich in einem ganz normalen Gasthaus zu befinden, hätte es nicht massive Gitterstäbe vor den Fenstern und Riegel an den Türen gegeben, die sich nur von außen öffnen ließen. Jeder andere hätte wohl vermutet, dass diese Räumlichkeiten dazu dienten, Gäste unterzubringen, die beschützt und nicht bewacht werden mussten – nicht ganz so hochrangige Abgesandte ausländischer Herrscher zum Beispiel oder auch den einen oder anderen aufmüpfigen Kalifen oder Emir, der vielleicht eine sachte Erinnerung daran brauchte, *wer* in dieser Stadt das Sagen hatte – aber Andrej wusste es besser. Es war noch nicht allzu lange her, dass in diesen Räumen Blut vergossen und Gewalt und Terror ausgeübt worden waren – mehr als einmal.

Abu Dun und er wurden jedoch gut behandelt. Allein in der ersten Nacht, die sie hier verbrachten, kam Süleymans Leibarzt zweimal und beharrte darauf, sich um Abu Duns Wunde zu kümmern, und er hätte es vermutlich auch noch ein drittes und viertes und fünftes Mal getan, hätte Abu Dun ihn nicht schließlich am Schlafittchen gepackt und gedroht, ihm den Schädel einzuschlagen, wenn er ihn nicht wenigstens ein paar Stunden in Ruhe schlafen ließe. Was er anschließend auch ausgiebig und so tief tat, dass es Andrej erneut Anlass zur Sorge gab.

Eine Stunde nach Sonnenaufgang kamen zwei Diener und trugen ein ebenso einfaches wie reichhaltiges Frühstück auf. Andrej wartete, bis sie wieder gegangen waren, bevor er Abu Dun zu wecken versuchte, gab es aber rasch wieder auf, als dieser sich grunzend auf die Seite wälzte und ihm dabei beinahe mit dem Ellbogen den Schädel eingeschlagen hätte. Er begann sich allmählich *wirklich* Sorgen zu machen. Die Verletzung war schwer gewesen, selbst für einen Mann wie ihn, aber der nubische Riese hatte schon weit Schlimmeres überlebt und sich in viel kürzerer Zeit davon erholt. Etwas stimmte nicht mit ihm. Und Andrej hatte auch eine ungefähre Vorstellung davon, was es war.

Sharif hatte ihm den Beutel mit dem restlichen Kat zurückgegeben, und Andrej entnahm ihm gleich drei der filigranen Blätter. Nur unter Einsatz seiner enormen Körperkraft gelang es ihm, Abu Duns Kiefer auseinanderzuzwingen, um sie ihm auf die Zunge zu legen. Als er seinen Griff löste, schlugen Abu Duns Zähne mit einem Geräusch wie eine zuschnappende Rattenfalle aufeinander. Doch Andrej wartete vergeblich darauf, dass er die Blätter schluckte oder wenigstens zu kauen begann. Grünlicher Pflanzensaft lief aus seinem Mundwinkel, und Andrej wollte gerade die Hand ausstrecken, um ihn wegzuwischen, als sich Abu Dun mit einem neuerlichen Grunzen wieder auf den Rücken drehte und zuerst zu husten und dann zu schlucken begann.

»Ihr solltet ihm nicht zu viel davon geben. Es heißt, es verleihe denen, die seiner Verlockung erliegen, fast übermenschliche Kräfte, aber es verzehrt sie auch.«

Sharif drückte die Tür genauso lautlos wieder hinter sich zu, wie er sie geöffnet hatte, und kam so leichtfüßig näher, dass es bei einem so großen und massigen Mann schon beinahe unheimlich wirkte. »Auch wenn ich mich allmählich zu fragen beginne, ob es überhaupt etwas gibt, was ihm ernsthaft schaden kann.«

Es war nicht das erste Mal, dass er eine solche Anspielung machte, und Andrej überging sie auch jetzt wieder. »Wenn Abu Dun stirbt«, sagte er stattdessen, »dann töte ich euch. Beide. Euch und den Sultan.«

Jetzt war es Sharif, der es vorzog, so zu tun, als hätte er die Worte nicht gehört. Er nahm sich ein Stück Obst vom Tisch und kaute wie in Gedanken versunken, während er auf den reglos daliegenden Nubier hinabsah. »Wann wird er wieder zu sich kommen?«, fragte er.

Andrej blieb ihm auch auf diese Frage die Antwort schuldig, ganz einfach, weil er es nicht wusste. *Er hätte längst wieder wach sein müssen.*

Und als wäre dieser Gedanke ein Stichwort gewesen, auf das er nur gewartet hatte, öffnete Abu Dun laut grunzend die Augen und stemmte sich unsicher auf die Ellbogen hoch. »Auch wenn es dir nicht gefällt, aber ich glaube, die Antwort auf deine Frage lautet: *Jetzt!*«

Er spricht undeutlich, stellte Andrej besorgt fest. Und auch seine Augen wirkten noch ein wenig verschleiert.

»Wie fühlst du dich?«, fragte Sharif.

»So schlecht, dass es gut für dich ist«, grollte Abu Dun.

»Weil du sonst aufstehen und es mir nicht nur mit Worten beweisen würdest«, vermutete Sharif, nickte und biss so krachend in seine Frucht, dass der Saft spritzte. Mit vollem Mund kauend fuhr er fort: »Ich kenne Männer wie dich, mein Freund.«

»Das bezweifle ich«, sagte Abu Dun. Andrej dachte es nur.

»Wenn du unbedingt darauf bestehst, dann warten wir ab, bis du dich vollkommen erholt hast, und klären dann die Frage, wer von uns beiden der Stärkere ist, mein Freund.«

»Ich bin sehr stark«, sagte Abu Dun ernst.

»Ich auch«, antwortete Sharif, zwar ungerührt weiter kauend, aber auch genau so ernst wie der nubische Riese, aber dann kehrte das spöttische Funkeln in seine Augen zurück. »Ich schlage trotzdem vor, dass wir für den Augenblick einen … Burgfrieden schließen, wie ihr Abendländer sagt. Das war doch das richtige Wort, oder?«

»Was willst du?«, fragte Abu Dun. Er setzte sich weiter auf, erhob sich aber nicht ganz. Andrej hatte den Eindruck, dass ihm die Bewegung wirkliche Mühe bereitete, nicht nur gespielte.

Sharif biss noch einmal in die Frucht, schluckte den Bissen geräuschvoll herunter und legte den angebissenen Rest dann auf den Tisch zurück. »Du willst gleich zum Thema kommen. Das soll mir recht sein.« Er setzte sich. »Ich habe mit dem Sultan gesprochen, und ich konnte ihn überzeugen, dass es besser ist, euch zumindest für den Moment weiter als Verbündete zu betrachten.«

Abu Dun riss die Augen auf, und auch Andrej konnte gerade noch einen erstaunten Laut unterdrücken.

»Für den … *Moment?*«, vergewisserte sich Abu Dun.

»Sultan Süleyman ist ein … vorsichtiger Mann«, antwortete Sharif zögernd und mit einem angedeuteten Lächeln, das Andrej annehmen ließ, dass ihm eigentlich ein ganz anderes Wort auf der Zunge gelegen hatte. »Und nach dem, was vergangene Nacht geschehen ist, kann man es auch beinahe verstehen.«

»Ach ja?«, spöttelte Abu Dun. »Vertauschst du da nicht gerade Ursache und Wirkung, starker Mann?«

Sharif überging den Einwurf. Er griff nach der angebissenen Frucht, drehte sie einen Moment in der Hand, als sähe er so etwas zum ersten Mal und wüsste nichts damit anzufangen, und legte sie dann mit einem leichten Schulterzucken wieder fort. Die kleine Szene hinterließ ein seltsames Gefühl in Andrej, wie eine Erinnerung an etwas, doch er wusste nicht, was.

»Ich habe mit dem Sultan gesprochen«, fuhr Sharif nach einer quälend langen Pause fort. »Und soll euch folgendes Angebot machen: Sultan Süleyman stellt es euch frei, seine Gastfreundschaft noch so lange zu genießen, bis ihr die Folgen der zurückliegenden Nacht ganz überwunden habt, und dann unbehelligt eurer Wege zu gehen. Aber er würde es durchaus begrüßen, wenn ihr ihm auch weiter bei der Suche nach dem Machdi behilflich wärt. Für den Fall seiner Ergreifung stellt er euch auch eine nicht unerhebliche Belohnung in Aussicht.«

»Ich nehme an, wir werden mit einem goldenen Beil geköpft statt mit einem aus schnödem Eisen?«, fragte Abu Dun. Er lachte leise. »Und außerdem ist der Machdi doch tot. Ihr habt ihn erschießen lassen. Oder erstechen. Oder beides. Und das mindestens ein Dutzend Mal.«

»Wofür es genügend Zeugen gibt«, fügte Andrej hinzu. Aber er kannte Sharifs Antwort schon, noch bevor der sie aussprach.

»Ihr solltet nicht den Fehler begehen und den Sultan unterschätzen«, sagte er. »Er ist nicht dumm. Er weiß sehr wohl, dass die Geschehnisse der letzten Nacht ein Fehler waren, der sich noch fatal auswirken könnte. Im Moment durchkämmen meine Männer die ganze Stadt und nehmen jeden Machdiji fest, der uns bekannt ist, und ich bin guten Mutes, dass es uns gelingt, seine gesamte Organisation in Konstantinopel zu zerschlagen. Dazu kommt, dass der Machdi selbst offiziell als tot gilt.«

»Und da wäre es höchst unpraktisch, wenn er in einigen Tagen gesund und munter und ohne einen Kratzer wieder auftauchen würde«, fügte Andrej hinzu.

Sharifs Blick wurde lauernd. »Ihr wisst, wie die einfachen Leute denken, Andrej. Stellt Euch nur vor, wie es auf sie wirken muss, wenn ein Mann vor aller Augen zu Tode kommt und dann wieder unversehrt vor ihnen steht.«

Andrej sagte nichts dazu, und nach einem weiteren Moment verschwand der lauernde Ausdruck aus Sharifs Blick. »Meine Männer waren nicht untätig seit unserem ersten Gespräch«, fuhr er fort. »Wir kennen die meisten Anhänger des Machdi hier in der Stadt und auch bei Hofe. Aber ich will ehrlich zu euch sein: Es nutzt nichts, der Schlange den Schwanz abzuschlagen, wenn er immer wieder nachwächst. Man muss ihr den Kopf abschneiden.«

»Wenn man denn weiß, wo er ist.«

»Ich fürchte dort, wo wir ihn von Anfang an vermutet haben«, antwortete Sharif betrübt. »Ich wollte es wohl nicht wahrhaben, aber auch ich wurde getäuscht.«

»Von der Tochter des Sultans«, sagte Abu Dun. Er gab sich nicht die geringste Mühe, seine Stimme anders als gehässig klingen zu lassen.

»Murida.« Sharif lächelte, doch sein Blick blieb ernst. »Im Augenblick ist es vielleicht nicht besonders geschickt, diesen Umstand in Gegenwart des Sultans zu erwähnen. Aber in der Sache habt ihr recht, fürchte ich. Ich fühle mich nicht besonders wohl in der Rolle des betrogenen Betrügers, das könnt ihr mir glauben, aber trotzdem: Lägen die Dinge nur ein wenig anders, würde ich versuchen, sie wieder für mich zu gewinnen. Sie ist gut. Nicht einmal ich habe sie durchschaut.«

»Was immer das über ihr Talent aussagen mag«, sagte Abu Dun fröhlich.

Sharif schenkte ihm zwar einen bösen Blick, fuhr aber an Andrej gewandt und in ruhigem Ton fort: »Der Sultan und ich haben uns darauf verständigt, unseren ursprünglichen Plan wieder aufzunehmen und die Schlange direkt ins Herz zu treffen.«

»Wie poetisch«, sagte Abu Dun. »Und ich dachte bisher, Murida bedeutet Maus.«

»Einiges deutet darauf hin, dass sie die Stadt bereits verlassen hat«, fuhr Sharif ungerührt fort. »Und wenn nicht, dann wird sie es zweifellos in den nächsten Tagen tun. Ich stelle gerade einen Trupp meiner besten Männer zusammen, der ihr folgt.«

»Und Ihr hofft, dass sie Euch zum Machdi führt«, sagte Andrej. Immerhin lebte Murida noch, was ihn mit einem Gefühl deutlich größerer Erleichterung erfüllte, als er selbst erwartet hätte.

»Sagen wir: Ich habe gewisse Informationen, die darauf hindeuten«, antwortete Sharif ausweichend.

»Woher?«

»Ich bitte dich, Andrej«, tadelte Sharif. »Du erwartest nicht, dass ich dir alle meine Geheimnisse verrate, oder?«

»Weil es ja das letzte Mal schon so hervorragend geklappt hat«, stichelte Abu Dun.

»Wir wissen, wo das Hauptquartier des Machdi ist«, erwiderte Sharif, um einen ruhigen Ton bemüht. »Süleymans Plan besteht darin, ein Heer nach Khartum zu schicken und es auszulöschen, aber ich bin der Meinung, dass wir schon genug Armeen in die Welt gesandt haben.«

»Und du bist damit nicht einverstanden, Hauptmann?«, fragte Abu Dun. »Ich bin entsetzt. Was würde wohl dein Herr und Meister sagen, wenn er wüsste, wie wenig sein Lieblingshauptmann von seinen Plänen hält!«

»Zieht besser keine voreiligen Schlüsse«, gab Sharif zurück. »Vielleicht ist das der einzige wirkliche Unterschied zwischen uns. Unsere Ziele mögen dieselben sein, aber der Sultan bevorzugt die Axt als Werkzeug und ich eher den Dolch. Aber das ändert nichts. Besprecht euch in aller Ruhe, und entscheidet dann, was ihr tun wollt. Ich kann mir vorstellen, dass ihr dem Wort des Sultans etwas kritischer gegenübersteht als noch gestern, aber ich gebe euch mein persönliches Ehrenwort, dass es eure Entscheidung ist und dass ich sie akzeptieren werde, wie immer sie auch ausfällt. Das spanische Schiff, mit dessen Kapitän ihr ja bereits gesprochen habt, liegt noch immer im Hafen. Wie der Zufall es will, gab es gewisse Probleme mit den Frachtpapieren. Aber solltet ihr euch entscheiden, an Bord zu gehen, dann wird es wohl binnen einer Stunde ablegen können.«

»Ein Hoch auf die Bürokratie«, sagte Abu Dun.

»Und sie ist nicht das Einzige, das ihr sogenannten Abendländer von uns lernen könnt«, bestätigte Sharif. Doch die winzigen Lachfältchen in seinen Augenwinkeln verschwanden auch genauso schnell wieder, wie sie aufgetaucht waren, und er wurde wieder ernst. »Besprecht euch in Ruhe«, sagte er. »Ich komme später am Tag noch einmal und hole mir eure Entscheidung ab.«

Mit einem Mal schien er es sehr eilig zu haben. Die Tür fiel mit einem lauten Knall hinter ihm zu. Vergebens wartete Andrej auf das Geräusch des Riegels, doch er konnte hören, wie sich Sharif halblaut mit einem der Männer unterhielt, die draußen auf dem Gang Wache hielten.

Abu Dun griff in den Beutel mit Kat, nahm zwei oder drei

der wenigen verbliebenen Blätter heraus und begann genüsslich schmatzend zu kauen. »Schiff oder Wüste?«, fragte er.

Am Ende wurde es dann doch das Schiff, wenn auch aus einem anderen Grund und sehr viel später, als sie erwartet hatten.

Denn Sharif war an diesem Tag nicht mehr zu ihnen gekommen und auch nicht am nächsten. Abu Dun hatte es wohlweislich vermieden, Andrej noch einmal auf das mögliche Ziel ihrer Reise anzusprechen.

Es hätte auch nichts geändert. Sie beide spürten, dass nichts mehr so war wie zu dem Zeitpunkt, als sie Konstantinopel erreicht hatten. Andrej hatte mittlerweile keine Zweifel mehr daran, dass der Machdi ein Unsterblicher war. Und dass er sehr genau wusste, wer er und Abu Dun waren – und es in seine Pläne mit einbezog.

Und plötzlich drohten sie zu Opfern in einem Ränkespiel zu werden, das sie selbst nicht verstanden. Andrej spürte eine tiefe, kalte Wut in sich, wenn er daran dachte. Schlimmer noch aber war das Gefühl des Abscheus und des Widerwillens, das ihn überkam, wenn er sah, wie Abu Dun Kat in sich hineinstopfte.

Wie ein Süchtiger.

Immer wieder ballte er die Hände zu Fäusten, und mehr als einmal war er versucht, etwas Unüberlegtes zu tun. Allein seine Erfahrung hinderte ihn daran. Denn er wusste: Über Süleyman würden sie am schnellsten an den Machdi herankommen.

Erst eine Stunde vor Sonnenaufgang des dritten Tages wurden sie abgeholt, doch auch jetzt noch nicht von Sharif selbst, sondern von einem wortkargen Bediensteten, der sie ebenso freundlich wie entschieden zu einem wartenden Wagen geleitete, der sie aus dem Palast brachte. Es gab keine Eskorte, wenigstens keine, die diesen Namen verdient hätte, denn die vier Reiter, die den Wagen begleiteten, hätten Abu Dun und ihn nicht aufhalten können, hätten sie sich entschlossen zu fliehen. Während der beiden zurückliegenden Tage hatte man sie mehr wie Gäste als Gefangene behandelt, und auch von ihren Begleitern ging keine spürbare Feindseligkeit aus. Aber Sharifs Schweigen gefiel ihm nicht und der Umstand, ohne ein Wort der Erklärung an einen ihnen unbekannten Ort gebracht zu werden, noch viel weniger. Vielleicht wäre es tatsächlich die beste Lösung, auf jeden Fall aber die einfachste: so schnell und unbemerkt zu verschwinden, wie sie gekommen waren, und Süleyman und Sharif ihre kleinen Spielchen um Macht und Reichtum allein spielen zu lassen. Was ging es sie an?

Doch dieser Gedankengang war falsch. Sie konnten nicht weg, bevor sie nicht Abu Duns Kat-Problem gelöst hatten: Und dazu mussten sie zur richtigen Zeit am richtigen Ort sein, um ganz tief in das Rattennest zu stechen, auf das sie sicher stoßen würden.

Nachdem sie den Machdi gefunden hatten.

Und ganz gleich, ob Murida sie nun hintergangen hatte oder nicht, es widerstrebte ihm zutiefst, sie einfach ihrem Schicksal zu überlassen. Auch wenn er wusste, dass das Mädchen ganz gut auf sich allein aufpassen konnte, spürte er doch den seltsamen Drang, es zu beschützen.

Da die Fenster des Wagens verhängt waren, war nicht zu erkennen, wohin man sie brachte, doch der Salzwassergeruch ließ ihn vermuten, dass sie sich dem Hafen näherten. Als sie schließlich anhielten und die Tür geöffnet wurde, sah er seine Vermutung bestätigt: Sie waren wieder am Hafen, wenn auch in einem gänzlich anderen Teil als vor vier Tagen. Statt einer Ansammlung kleiner Fischerboote und Daus erblickte er einen Wald aus Masten, der sich fast bis zum Himmel zu erstrecken schien. Unmittelbar vor ihnen, kaum einen Steinwurf entfernt, war ein zweimastiger Koloss an der Kaimauer vertäut, der ihm in der Dunkelheit eher wie eine schwimmende Festung vorkam. Gleich vier oder fünf schmale Planken führten zu seinem hohen Deck hinauf, und zahlreiche Laternen stanzten rote und gelbe Löcher in die verblassende Dunkelheit, als hätte sich der Sternenhimmel nun gänzlich auf die Straßen hinabgesenkt. Überall hasteten Gestalten umher, viele von ihnen schwer mit Waren beladen, die sie an Bord trugen.

»Das ist die *Elisa*«, sagte Abu Dun, der hinter ihm aus der Kutsche stieg. »Kapitän Fernandes' Schiff.«

Andrej brauchte einen kleinen Moment, um diesem Namen eine Erinnerung zuzuordnen. »Der Spanier, mit dem du verhandelt hast?« Abu Dun nickte.

Schritte erklangen, und Andrej wandte sich schnell um. Es dauerte einen Moment, bis er Sharif erkannte, denn der Janitscharenhauptmann hatte sich radikal verändert.

Statt seiner prachtvollen Uniform trug Sharif nun einen einfachen schwarzen Mantel über einem gleichfarbigen knöchellangen Gewand, das von einem schlichten Ledergürtel zusammengehalten wurde, aus dem der goldfarbene Griff eines Säbels ragte, und die Stelle des spitzen Helmes mit dem blauen Tuch hatte ein ebenfalls schwarzer Turban eingenommen. Wären sein Gesicht und seine Hände ebenfalls schwarz gewesen, hätte man ihn für eine (nicht viel) kleinere Kopie von Abu Dun halten können.

»Hauptmann«, sagte Andrej verwirrt, aber auch ganz sacht beunruhigt.

»Andrej. Abu Dun.« Sharif nickte ihnen zu. Fast wäre ihm sein Turban verrutscht. Anscheinend war er es nicht gewohnt, so etwas zu tragen. »Ich muss mich bei euch entschuldigen, dass es mir nicht möglich war, euch persönlich abzuholen. Ich hoffe doch, man hat euch gut behandelt?«

Andrej zog nur die Augenbrauen hoch, und auch Abu Dun sagte zunächst nichts – doch Andrej meinte sein verdutztes Stirnrunzeln geradezu hören zu können.

Sharif deutete sein Schweigen offensichtlich als Zustimmung, denn er wandte sich augenblicklich um und ging los, blieb aber schon nach zwei Schritten wieder stehen, als ihm auffiel, dass sie ihm nicht folgten. »Gibt es ein Problem?«, wollte er wissen. »Ich hoffe doch, es hat nichts mit dem Schiff zu tun? Immerhin habt ihr es selbst ausgesucht … eine ganz ausgezeichnete Wahl übrigens, wenn ich das sagen darf.«

»Mit dem Schiff ist alles in Ordnung«, antwortete Andrej. »Aber ich muss unser letztes Gespräch wohl falsch verstanden haben. Ich dachte, du überlässt uns die Wahl, ob wir abreisen oder dich und deine Männer begleiten.«

»Und jetzt glaubt ihr, ich hätte für euch entschieden und wollte euch um den großen Spaß bringen, einen Monat lang durch die Wüste zu reiten, von Sandstürmen und Hitze geplagt zu werden, euch giftiger Skorpione und angriffslustiger Beduinen zu erwehren und was es an echten Männervergnügen dort draußen noch alles geben mag«, sagte Sharif. »Ja, ich kann verstehen, dass ihr enttäuscht seid. Wann bietet sich einem schon einmal die Gelegenheit zu einer so kurzweiligen Reise?«

»Darum geht es nicht«, antwortete Andrej. »Aber wer weiß – vielleicht hätten wir Euch ja sogar begleitet.«

»Und diese Entscheidung könnt ihr immer noch treffen«, fügte Sharif feixend hinzu. »Wir haben nicht für euch entschieden, keine Sorge. Kapitän Fernandes war nur so freundlich, seine Pläne ein wenig zu ändern. Und ihr könnt immer noch mit uns reisen – oder es auch lassen, ganz wie ihr wollt.«

Er ging zwar nicht weiter, deutete aber zu den Planken hin. »Aber kommt doch an Bord. Kapitän Fernandes hat mir versprochen, dass wir mit dem ersten Sonnenstrahl ablegen, und bis dahin ist nicht mehr viel Zeit. Ich habe noch eine Menge zu tun, aber wenn wir erst einmal durch den Isthmus sind, haben wir Zeit genug zum Reden.«

Er ging diesmal nicht voraus, sondern wartete, bis sie sich in Bewegung gesetzt und vor ihm die steile Planke hinaufgeeilt waren.

An Deck des Schiffes herrschte hektische Betriebsamkeit von jener Art, die auf den ersten Blick wie Chaos wirkt, in ihrer Gesamtheit jedoch so perfekt funktioniert wie eine gut geölte Maschine. Was Andrej überraschte, war die Größe des Schiffes. Galeonen waren schon vor mehr als einem Menschenalter endgültig aus der Mode gekommen – und das Andrejs Meinung nach vollkommen zu Recht, vereinigten sie doch alle Nachteile, die Segelschiffe und Galeeren hatten, ohne deren jeweilige Vorzüge in nennenswertem Maße zur Geltung zu bringen –, doch die *Elisa* musste schon alt gewesen sein, als diese Art von Schiffen ihre Blütezeit erlebt hatte. Und sie war wirklich *groß*. Andrej schätzte, dass sie mindestens hundert Mann Besatzung brauchte, und zwar *ohne* die Ruderer, die auf dem Mitteldeck eingepfercht waren und die zwei Dutzend Ruder auf jeder Seite bedienten. Und seinem kundigen Auge entging auch nicht, dass längst nicht alle Männer, die in einer immer noch schier endlosen Reihe Kisten, Bündel und Säcke an Bord schleppten, Matrosen waren. Sie hatten keinerlei Mühe mit der Größe oder dem Gewicht ihrer Last, aber sie trugen sie nicht so, wie Seeleute es taten, die an schwankende Schiffe und wippende Planken gewöhnt waren.

»Das sind Soldaten«, raunte er Abu Dun zu. Doch wohl zu laut, denn noch bevor der Nubier antworten konnte, tat es Sharif an seiner Stelle.

»Und zwar genau einhundert. Ich habe jeden Einzelnen von ihnen persönlich ausgesucht. Die Besten aus einer Truppe, die ohnehin aus den Besten besteht.«

So wie er das sagte, dachte Andrej, klang er wie ein Kind, das ein Lob erwartet, weil es eine Aufgabe besonders gut erledigt hat.

»Warum?«, fragte er einfach.

Sharif blinzelte und lächelte dann amüsiert. »Hätte ich die Schlechtesten auswählen sollen?«

»Warum so viele? Hundert Mann sind eine halbe Armee.«

»Und wir werden sie brauchen, fürchte ich«, antwortete Sharif, plötzlich wieder ernst, »denn wie es aussieht, befehligt der Machdi eine *ganze* Armee. Würden die Dinge anders liegen, würde ich sagen, es ist nur eine Bande aus Aufwieglern und Raufbolden, aber ihr habt gesehen, was das Kat aus ihnen macht. Apropos ...« Er zog einen prall gefüllten Leinenbeutel aus dem Mantel, den er Abu Dun reichte. »Hier. Das sollte für die nächsten Tage reichen. Sobald wir von Bord gehen, bekommst du mehr.«

Andrej wusste, dass Abu Duns Vorrat an Kat seit dem vergangenen Abend aufgebraucht war, und er hätte damit gerechnet, dass der Nubier ihm den Beutel aus der Hand reißen würde. Stattdessen starrte er Sharif lange feindselig an, ehe er das kleine Säckchen an sich nahm und mit jetzt wieder vollkommen ausdruckslosem Gesicht einsteckte.

»Vielleicht ... ähm ... wartet ihr einfach in der Kabine des Kapitäns auf mich«, sagte Sharif. »Sobald wir abgelegt haben, komme ich zu euch.«

Er wartete ihre Antwort nicht ab, sondern verschwand so schnell in dem Gedränge an Deck, als hätte er sich darin aufgelöst.

»Ich werde das Gefühl nicht los, dass du den guten Hauptmann nicht magst«, sagte Andrej.

Abu Dun stieß zornig die Luft zwischen den Zähnen aus. »Was fällt diesem Kerl ein? Er behandelt mich wie einen Süchtigen!«

»Bist du das denn nicht?«, fragte Andrej.

Abu Dun fuhr mit einer so schnellen Bewegung herum, wie man sie einem Mann dieser Größe niemals zugetraut hätte, und seine Augen füllten sich mit jähem Zorn. Jeder Muskel in seinem Körper war mit einem Mal angespannt. Seine Hände zitterten, schlossen sich halb zu Fäusten und öffneten sich dann wieder. Vielleicht für den Bruchteil eines Gedankens, so kurz, dass es nicht einmal ein Wort für diese Zeitspanne gab, war Andrej davon überzeugt, dass er sich auf ihn stürzen würde, doch der Moment verging, noch bevor aus Überraschung wirklich Schrecken werden konnte, und Abu Dun entspannte sich wieder. Anstelle von Tod erschien ein breites Grinsen auf seinem Gesicht, und er lachte sogar leise.

»Nicht im Mindesten«, feixte er. »Aber ich spiele ihn gut, das musst du zugeben. Wer weiß, wozu es noch gut ist.« Er straffte die Schultern, trat wieder einen Schritt zurück und sah sich mit demonstrativer Missbilligung um. »Und jetzt werde ich diesen Zwergen dabei helfen, das Schiff zu beladen, sonst laufen wir auch beim nächsten Sonnenaufgang noch nicht aus.«

Er ging. Anders als Sharif vor ihm verschwand er nicht in der Menge, ganz einfach, weil er selbst den größten Mann an Deck noch um Haupteslänge überragte. So konnte Andrej ihm nachsehen, bis er das Schiff verlassen hatte – auf seine ganz eigene Art, nämlich indem er einfach auf den fast drei Meter tiefer gelegenen

Kai hinabsprang. Auch das gefiel Andrej nicht. In seinem kindischen Vergnügen, mit seiner gewaltigen Kraft zu protzen, unterschied sich Abu Dun nicht von den meisten starken Männern (auch nicht von Sharif, wie Andrej insgeheim mutmaßte), aber es gab da einen kleinen Unterschied: Abu Dun war *zehnmal* so stark wie ein normaler Mann, und wenn er nicht darauf achtgab, was er tat, dann erntete er nur zu oft Entsetzen und Schrecken anstelle von Ehrfurcht und Erstaunen.

Viel schlimmer aber fand er Abu Duns Reaktion auf seine gutmütige Stichelei. Sein Lachen hatte ihn nicht darüber hinweggetäuscht, wie nahe er daran gewesen war, tatsächlich die Beherrschung zu verlieren und sich auf ihn zu stürzen, und das war ebenso neu wie besorgniserregend. Dass der Nubier launisch und zuzeiten so unberechenbar (und gefährlich) wie ein Rhinozeros mit Zahnschmerzen sein konnte, wusste er seit dem Tag, an dem sie sich kennengelernt hatten. Aber das eben war … anders gewesen. Abu Dun verlor niemals *wirklich* die Beherrschung, schon gar nicht ihm gegenüber.

Jemand rempelte ihn an – weder absichtlich noch hart –, aber der Mann murmelte trotzdem eine hastige Entschuldigung und entfernte sich mit gesenktem Blick. Auch das gab Andrej zu denken. Abu Dun und er hatten den größten Teil der zurückliegenden Woche in mehr oder weniger luxuriösen Gefängnissen verbracht, aber anscheinend hatte der Rest der Stadt nicht vergessen, dass es sie gab, und ganz offensichtlich eilte ihnen ein gewisser Ruf voraus. Auch was er davon halten sollte, wusste Andrej nicht. Nichts Gutes zweifellos.

Die Kapitänskajüte zu finden, erwies sich als nicht annähernd so schwierig, wie sie zu erreichen. Sie befand sich dort, wo nahezu alle Kapitänskajüten auf allen Schiffen aller Zeiten zu finden waren: im Heck. Doch auf dem überfüllten Deck der *Elisa* herrschte ein solches Gedränge, dass er schon fast Gewalt anwenden musste, um dorthin zu gelangen, obwohl ihm auch jetzt jedermann aus dem Weg ging, so gut er konnte.

Die Kajüte selbst war eine Überraschung. Das unübersehbare Alter des Schiffes, die Hektik und die zum Teil abenteuerlich anmutenden Gestalten, die er auf Deck sah, hatten ihn eine Art finstere Räuberhöhle erwarten lassen, doch das Gegenteil war der Fall: Die Kabine war erstaunlich groß und musste sich über die ganze Breite des Schiffes erstrecken. Die gesamte Rückwand bestand aus einem großen, sacht nach außen geneigten Fenster aus kostbarem Bleiglas, hinter dem noch das staubige Grau der Dämmerung lag, das tagsüber jedoch für angenehme Helligkeit und ausreichende Belüftung sorgen musste – etwas, das auf Schiffen schon seit jeher ein großes Problem dargestellt hatte. Auch die Einrichtung entsprach eher dem Befehlsstand eines englischen Flottenadmirals als einer Piratenhöhle. Die wenigen Möbel waren von erlesener Qualität und zeugten vom Geschmack ihres Besitzers, und auf dem großen Schreibtisch vor dem Fenster stand kein ausgehöhlter Totenschädel, sondern eine Karaffe und dazu passende Gläser aus feinstem geschliffenem Kristall.

»Ich hoffe, Euer neues Quartier gefällt Euch, Senior Delãny.«

Andrej konnte zwar ein erschrockenes Zusammenzucken unterdrücken, mahnte sich in Gedanken aber – wieder einmal – zu mehr Aufmerksamkeit. Ihm war nicht einmal aufgefallen, dass er nicht allein in der Kajüte war.

»Kapitän ... « Er musste einen Moment in seinem Gedächtnis graben. »... Fernandes?«

Die Gestalt, die aus dem Schatten neben der Tür in das trübe Zwielicht trat, nickte knapp und ignorierte Andrejs grüßend ausgestreckte Hand. Beinahe hätte er sich über diese vermeintliche Unhöflichkeit geärgert, doch dann rief er sich wieder ins Gedächtnis, wie dunkel es hier drinnen war und um wie vieles schärfer seine Augen waren. Wahrscheinlich sah Fernandes nicht viel mehr als einen Schatten.

»Ihr seid also Andrej Delãny?«

Andrej ließ die Hand wieder sinken und nickte knapp. »Kennen wir uns?«

»Nicht persönlich. Aber ich habe mich über den Mann erkundigt, dem ich immerhin meine Kajüte abtreten darf – samt des Kommandos über mein Schiff.«

»Ich versichere Euch, dass ich weder das eine noch das andere –«, begann Andrej, und Fernandes fuhr fort, als hätte er gar nichts gesagt:

»Es heißt, Ihr hättet schon einmal das Kommando über ein Schiff gehabt?«

Über eine ganze Flotte, um genau zu sein. Und nicht nur einmal. »Es ist lange her.«

»Man sagt auch, dass Ihr Schiffe nicht mögt«, fuhr Fernandes fort.

Um genau zu sein, *hasste* er die Seefahrt, und das aus gutem Grund, aber diese Geschichte wollte er dem Spanier nicht auf die Nase binden. »Man muss eine Sache nicht lieben, um sie zu beherrschen«, antwortete er, eine Spur kühler.

Fernandes reagierte mit einem Stirnrunzeln und einem angestrengten Zusammenkneifen der Augen, um sein Gesicht besser erkennen zu können. Andrej beschloss, es ihm ein wenig leichter zu machen, indem er zum Tisch ging und die Öllampe entzündete, die darauf stand.

Mit dem Licht kehrten auch die Farben in den trüben Raum

zurück, und er sah nun, dass Fernandes tatsächlich eine dunkelblaue Fantasieuniform trug, die ihm etwas von einem Flottenadmiral verlieh, samt einem Offizierssäbel an der Seite und einem goldbetressten Dreispitz, den er unter die linke Achsel geklemmt hatte. Außerdem stand er so steif da, als hätte er den Ladestock einer Muskete verschluckt – oder sich in eine andere Körperöffnung geschoben. Andrej überlegte, ob dieser Aufzug nun beeindruckend oder einfach nur albern war, beschloss dann aber, diese Entscheidung auf später zu verschieben.

»Mir ist die Situation genauso unangenehm wie Euch, Kapitän«, sagte er. »Ich habe weder darum gebeten, Euch Eure Unterkunft wegzunehmen, noch gar das Kommando über Euer Schiff.« Ganz im Gegenteil. Wie kam Sharif eigentlich auf diese Schnapsidee?

»Das glaube ich Euch sogar«, antwortete Fernandes. »Aber es ändert nicht viel, nicht wahr?«

»Nein«, antwortete Andrej. »Aber es ist nicht für lange. Vielleicht einen Tag oder zwei.«

»Hat Euer Freund, der Hauptmann, Euch das gesagt?«

Andrej sparte sich die Bemerkung, dass Sharif nicht sein Freund war. Er war sehr sicher, dass Fernandes das wusste. »Wir fahren den Nil hinauf«, antwortete er. »Soweit ein Schiff mit diesem Tiefgang es kann, heißt das. Sehr weit wird es nicht sein.«

»Ihr versteht tatsächlich etwas von Schiffen«, sagte Fernandes. »Vielleicht bis zur Höhe von Cairo, oder ein kleines Stück weiter. Aber wir haben Vorräte für mindestens vier Wochen an Bord genommen und genug Waffen, um ganz Afrika zu erobern.«

»Und jetzt wollt Ihr von mir wissen, wozu?« Andrej hob die Schultern. »Ich weiß es nicht.«

»Sagt mir die Wahrheit, Delãny«, verlangte der Spanier. »Werden wir in Kämpfe geraten? Die *Elisa* ist kein Kriegsschiff, und meine Männer sind keine Soldaten.«

»Ich glaube nicht«, antwortete Andrej ehrlich. »Hauptmann Sharif ist kein Seemann, aber er ist auch kein Dummkopf. Mit einem Schiff wie diesem in ein Gefecht zu fahren, wäre nicht besonders klug. Eher schon Selbstmord.«

»Und Mord an meiner Mannschaft«, fügte Fernandes hinzu. Andrej hörte echtes Gefühl in seiner Stimme, ehrliche Sorge um die Männer, über die er zwar das Kommando hatte, für deren Leben er aber auch verantwortlich war. »Sagt mir, dass ich keinen Fehler gemacht habe.«

»Wenn Ihr das wirklich fürchtet, warum habt Ihr diesen Auftrag dann überhaupt angenommen?«, fragte Andrej – obwohl er die Antwort natürlich kannte.

Fernandes lächelte denn auch nur bitter. »Euer arabischer Freund kann sehr überzeugend sein«, sagte er. »Aber ich will auch nicht ungerecht sein: Er zahlt gut. Sehr gut sogar. Ich frage mich nur, ob wir lange genug leben, um diese Belohnung auch genießen zu können.«

»Stellt sich diese Frage nicht jeder Seemann und jedes Mal aufs Neue, wenn er einen Hafen verlässt?« Hauptmann Sharif kam herein, schälte sich aus dem schweren Mantel und warf ihn zielsicher neben eines der beiden schmalen Betten, die auf der anderen Seite der Kajüte an der Wand verschraubt waren. »Oder wäre es Euch lieber gewesen, ich hätte Euer Schiff beschlagnahmt und Euch Euer eigenes Leben als Belohnung angeboten?«

Fernandes' Blick nach zu schließen *empfand* er die Situation zumindest so, als hätte Sharif eben das getan. Aber er war klug genug, es bei einem zornigen Blick zu belassen. Daraufhin hob Sharif nur die Schultern und trat an den Tisch, um drei der kostbaren

Kristallgläser mit dem Inhalt der Karaffe zu füllen. Andrej hatte etwas Stärkeres erwartet, aber der Geruch verriet ihm, dass es sich um einen schweren spanischen Rotwein handelte. Was immer Fernandes sonst sein mochte, eines war er gewiss: kultiviert.

Und auch stolz genug, um mit einem knappen Kopfschütteln abzulehnen, als Sharif ihm eines der Gläser hinhielt.

»Seid Ihr nur verstimmt, weil ich Euch zu einem Glas Eures eigenen Weins einlade, oder trinkt Ihr aus Prinzip nicht mit Fremden?«, erkundigte sich Sharif amüsiert. »Es soll Länder geben, da kann man erschossen werden, wenn man eine solche Einladung ablehnt, *Capitan.*«

Fernandes rang noch einen kleinen Moment mit sich, aber dann nahm er das Glas doch entgegen, nippte daran und konnte seine Überraschung nicht verbergen, als Sharif einen deutlich größeren Schluck nahm und dann anerkennend nickte. »Vielleicht war ich nur ... überrascht«, antwortete er mit einiger Verspätung. »Ich dachte bisher, euer Prophet verbietet euch den Genuss von Alkohol.«

Sharif tat erschrocken, blickte dann zum Fenster und atmete übertrieben erleichtert auf. »Es ist noch Nacht«, sagte er, »und ich nehme an, dass er noch schläft und es nicht gesehen hat. Aber vielen Dank, dass Ihr Euch so um mein Seelenheil sorgt, *Capitan.*«

Fernandes leerte wortlos sein Glas und stellte es dann pedantisch in das kunstvolle Drahtgestell zurück, das verhinderte, dass es bei hohem Seegang vom Tisch fiel.

»Und was Eure Sorge um Euer Schiff angeht, so kann ich Euch ebenfalls beruhigen«, fuhr Sharif fort. »Bevor wir in den Nil einfahren, nehmen wir einen Lotsen an Bord, der den Fluss genau kennt. Ich bin kein sehr guter Schwimmer, und ich fürchte, dasselbe gilt auch für mindestens die Hälfte meiner Männer.«

»So wie für meine«, antwortete Fernandes trocken. »Deshalb haben wir ein Schiff.« Er deutete ein Nicken an, das die Grenze der Respektlosigkeit eindeutig überschritt. »Wenn Ihr mich jetzt entschuldigen würdet. Der Platz eines Kapitäns ist an Deck, wenn das Schiff ausläuft.«

Sharif bedeutete ihm mit Wedeln der Hand, dass er entlassen sei, und wartete, bis die Tür sich schloss, bevor er hinter dem Schreibtisch des Kapitäns Platz nahm und eine eng zusammengerollte Karte aus einer der zahlreichen Schubladen nahm. Geschickt breitete er sie auf dem Tisch aus, hatte dann aber umso größere Schwierigkeiten, die widerspenstigen Ränder zu bändigen, die sich immer wieder aufrollen wollten. Andrej ließ ihn eine Weile voller unverhohlener Schadenfreude gewähren, bevor er dem Trauerspiel ein Ende bereitete, indem er die Ränder mit der Karaffe und den drei benutzten Gläsern beschwerte.

»Sagte ich schon, dass ich kein sehr erfahrener Seemann bin?«, fragte Sharif.

»Nein«, antwortete Andrej. »Aber das ist auch nicht nötig.«

Sharif lachte, strich noch einmal – und vollkommen überflüssigerweise – glättend mit beiden Händen über die Karte und lehnte sich dann so weit in seinem Stuhl zurück, dass das Möbelstück protestierend ächzte. Andrej wartete darauf, dass er etwas sagte, doch der Janitscharenhauptmann sah ihn nur an, bis ihm Andrej schließlich den Gefallen tat und fragte:

»Was ist das?«

»Eine Karte«, erwiderte Sharif, machte aber auch sofort eine besänftigende Geste und setzte sich wieder auf. »Ich war nicht ganz untätig in den letzten Tagen«, fuhr er in deutlich ernsterem Ton fort. »Tatsächlich konnte ich eine Menge Informationen zusammentragen. Mehr, als den entkommenen Machdiji lieb sein dürfte.« Er unterbrach sich für einen Moment, um Andrej noch einmal fragend anzusehen. »Sollen wir warten, bis Euer Freund anwesend ist, oder setzt Ihr ihn ins Bild?«

»Abu Dun?« Andrej schüttelte den Kopf. »Er interessiert sich im Allgemeinen nicht für solcherlei Feinheiten. Meistens reicht es ihm vollkommen, wenn man ihm sagt, was er kaputt machen soll.«

Sharif lächelte zwar, aber sein Blick wurde misstrauisch. Doch dann beließ er es bei einem Nicken. »So ist es mir auch lieber«, antwortete er, ohne zu erklären, warum. Andrej trat einen Schritt näher an den Tisch heran, als er auf die Karte deutete. Sie zeigte weder besonders viele Details, noch war sie sonderlich genau. Vermutlich war sie aus dem Gedächtnis gezeichnet und die Tinte noch nicht ganz trocken gewesen, als man sie an Bord gebracht hatte. Aber präziser musste sie für diesen bestimmten Zweck wohl auch nicht sein.

»Nicht alles, was ich in den letzten Tagen herausgefunden habe, ist gut«, fuhr Sharif fort. »Wenn es wahr ist, was man mir berichtet hat, dann würde ich fast anfangen, an Zauberei zu glauben – wenn ich denn an Zauberei glauben *würde*, so schnell, wie sie von der Stelle kommen. Unsere Chancen, sie einzuholen, bevor sie das Kernland des Machdi erreichen, stehen nicht besonders gut. Deshalb auch …« – er machte eine ausholende Geste – »… das hier. Wir müssen gut das Doppelte an Entfernung zurücklegen, aber mit diesem Schiff und wenn Allah und der Wind auf unserer Seite sind, können wir sie abfangen, bevor sie den Nil überqueren.« Sein Zeigefinger stieß auf eine der – sehr wenigen – Städte hinab, die auf der Karte eingezeichnet waren.

»Offiziell ist der Nil nur bis zur Höhe Cairos für ein Schiff dieser Größe befahrbar«, fuhr Sharif fort, »aber ich kenne einen

Lotsen, der mir versichert hat, uns noch eine gute Tagesreise weiter flussaufwärts zu bringen.«

»Das wird Kapitän Fernandes nicht gefallen«, sagte Andrej.

Sharif überging den Einwurf. Vielleicht hatte er ihn auch gar nicht gehört. »Wenn alles nach Plan verläuft, erwartet diese kleine Verräterin und ihre Freunde eine unliebsame Überraschung, wenn sie die Wüste durchquert haben und den Nil erreichen«, sagte er.

»Wenn alles nach Plan verläuft«, wiederholte Andrej. »An wie vielen Feldzügen habt Ihr schon teilgenommen, bei denen das der Fall war, Hauptmann?«

»Dass alles nach Plan verlaufen ist?« Sharif tat einen Moment lang so, als müsste er angestrengt nachdenken. »Wenn ich es mir genau überlege«, sagte er dann, »an gar keinem. Aber das macht es doch gerade so aufregend, meint Ihr nicht auch?«

Kapitel 11

Das ist seltsam«, sagte Abu Dun am Abend desselben Tages zu ihm. Die Dämmerung stand wieder kurz bevor, und an Andrejs prinzipieller Einstellung der Seefahrt gegenüber hatte sich nichts geändert, auch wenn er der *Elisa* selbst im Stillen Abbitte geleistet hatte. Sie hatten die Meerenge zwischen Europa und Asien kaum durchquert, da war der Wind zuerst abgeflaut und nur wenig später ganz zum Erliegen gekommen, und wäre die museumsreife Galeone nicht ein Zwitter zwischen Segelschiff und Galeere gewesen, dann würden sie vermutlich jetzt noch in Sichtweite Konstantinopels auf dem Meer dümpeln – falls die Strömung sie nicht zurück ins Schwarze Meer oder gleich an das nahe Ufer geworfen hätte. So hatte die *Elisa* ihre beinahe hundert Ruder ins Wasser getaucht und langsam und mit protestierendem Ächzen und Schnauben schließlich doch Fahrt aufgenommen. Wobei die Betonung eindeutig auf *langsam* lag.

»Was ist komisch?« Andrej wandte sich vom Fenster ab und verscheuchte den Gedanken. Nicht, dass er sich am Ende noch dabei ertappte, diesen schwimmenden Sarg zu mögen …

»Das sollte ich dir besser zeigen«, antwortete Abu Dun.» Der Muezin hat gerade zum Abendgebet gerufen.«

»Ich habe es gehört. Und du bist wieder einmal nicht dabei?«

»Offensichtlich«, erwiderte Abu Dun. »Andererseits vielleicht auch doch … auf eine gewisse Weise.«

»Aha«, sagte Andrej. »Und was soll das bedeuten?«

»Das siehst du dir am besten selbst an«, antwortete Abu Dun.

Andrej trat hinter dem Tisch hervor und folgte dem Nubier die kurze Treppe zum Oberdeck hinauf. Schon auf halbem Wege schlug ihnen das Murmeln einer großen Menschenmenge entgegen, das einen sonderbaren Kontrapunkt zum gleichmäßigen Klatschen der Ruder bildete, die die Galeone noch immer mit der Geschwindigkeit eines arthritischen Esels durch das Wasser schnellen ließen. Es war fünf Uhr, Zeit für das Abendgebet eines jeden gläubigen Moslems, und der Anblick von gut hundert Männern, die nebeneinander auf dem Deck knieten und mit gebeugten Rücken nach Osten beteten, hätte ihn nicht überraschen sollen.

Aber er tat es. Vielleicht nicht wirklich der Anblick der betenden Soldaten, doch er verstand jetzt, was Abu Duns kryptische Antwort bedeutet hatte.

»Ich verstehe jetzt, was du meinst«, sagte er.

»Ach ja?«, schnaubte Abu Dun. »Dann habt doch die unvergleichliche Güte und lasst Euren dummen Mohren an Eurer Erleuchtung teilhaben, Sahib.«

Der Vorbeter stimmte eine neue Sure an, und einhundert Soldaten in schwarzen Mänteln und mit gleichfarbigen Turbanen richteten sich auf und beugten dann in einer synchronen raschelnden Bewegung wieder die Häupter gen Mekka. Es war, als würde eine einzige schwarze Woge gegen die Fahrtrichtung des Schiffes das Deck überlaufen. Er verstand den Unterton von Zorn im Abu Duns Stimme nicht, musste aber zugeben, dass es ein wenig befremdlich war, Abu Dun in gleich hundertfacher Ausführung vor sich zu sehen.

»Wahrscheinlich haben sie sich alle so verkleidet, um ihre Feinde schon von Weitem einzuschüchtern«, sagte er.

»Ja.« Abu Duns Gesicht wurde noch finsterer. »Das war witzig.«

»Nein, war es nicht«, gestand Andrej. »Entschuldige. Ich wollte mich nicht über dich lustig machen.«

»Das hast du auch nicht«, log Abu Dun nicht besonders überzeugend. »Aber es gibt jemanden auf diesem Schiff, der besser ein paar wirklich gute Antworten bereithaben sollte, wenn er mir das nächste Mal begegnet.«

Der Vorbeter stimmte die nächste Sure an, und alle richteten sich auf und verbeugten sich dann erneut gen Mekka – alle bis auf eine schwarz gekleidete Gestalt in der letzten und ihnen damit am nächsten gelegenen Reihe, die aufstand und sich zu ihnen herumdrehte. Andrej war kein bisschen überrascht, das Gesicht unter dem schwarzen Turban als das Sharifs zu erkennen. Erstaunt war er allenfalls, dass er ihre Worte ganz offensichtlich verstanden hatte. Hatten sie so laut gesprochen?

»Ich habe kein Problem damit, dir zu antworten, mein Freund«, sagte Sharif. »Vielleicht hast du bisher nur nicht die richtigen Fragen gestellt.«

»Das Gebet ist noch nicht zu Ende«, sagte Andrej hastig und eigentlich nur, weil es das Erstbeste war, was ihm einfiel, bevor Abu Dun antworten konnte.

»Dann sollten wir es vielleicht auch nicht länger stören.« Sharif deutete zum Achterdeck hinauf. »Lasst uns dort oben weiterreden.«

Er eilte die steile Treppe hoch, ohne ihre Antwort abzuwarten, und Andrej machte eine besänftigende Geste in Abu Duns Richtung, bevor sie ihm folgten. Erst oben angekommen, bemerkte er Kapitän Fernandes, der zusammen mit einer Handvoll seiner

Männer auf dem Achterdeck stand und dem Abendgebet mit einer fast ebenso finsteren Miene wie der Abu Duns folgte.

Er war nicht der Einzige, dem das auffiel. »Missfällt es Euch, Männern beim Beten zuzusehen, *Capitan?*«, fragte Sharif.

»Nein«, antwortete Fernandes. »Aber es missfällt mir, wenn mein Schiff zu einer schwimmenden Moschee gemacht wird.«

Sharif blieb erstaunlich ruhig. »Beten Eure Matrosen nicht, *Capitan?*«

»Doch«, antwortete Fernandes, »aber – «

»Dann solltet Ihr vielleicht zu ihnen gehen und sie auf das nächste Gebet vorbereiten«, unterbrach ihn Sharif, zwar immer noch lächelnd, aber nun in einem leicht schärferen Ton, der weder dem Kapitän noch dem halben Dutzend Matrosen entging, das sich hinter ihm versammelt hatte.

In Fernandes' Gesicht arbeitete es, und ganz kurz meinte Andrej zu spüren, wie seine Stimmung zu kippen drohte, aber dann gewann seine Vernunft noch einmal die Oberhand, und er wandte sich mit einem knappen Nicken um und ging, auf dem Fuß gefolgt von seinen Matrosen.

Sharif sah ihm mit deutlich kühlerem Lächeln nach, trat dann wieder an die Reling heran und sah schweigend auf die betenden Matrosen hinab. Andrej warf Abu Dun einen ebenso verstohlenen wie mahnenden Blick zu. Der Nubier stand so reglos wie eine überlebensgroße Statue da, aber er konnte spüren, wie es hinter dieser Maske brodelte.

Erst als das Gebet zu Ende war und die Männer aufstanden und sich zu zerstreuen begannen, wandte sich Sharif erneut ihnen zu und nahm ihr unterbrochenes Gespräch wieder auf, als wäre nichts gewesen. »Es gibt einen Grund für diese Verkleidung, mein Freund«, sagte er an Abu Dun gewandt. »Einmal davon abgesehen, dass ich sie recht kleidsam finde und eine schwere Rüstung samt Schild und Helm vielleicht nicht die klügste Wahl für einen wochenlangen Ritt durch die Wüste wäre.«

»So?«, fragte Abu Dun. »Jetzt bin ich aber gespannt.«

»Du hast nicht wirklich geglaubt, dass ich hundert Männer in schwarze Mäntel stecke, nur um mich über dich lustig zu machen, oder?«, fragte Sharif amüsiert. »Ich meine: Habt ihr euch nie gefragt, wie ich so schnell auf euch aufmerksam geworden bin, kaum dass ihr in Konstantinopel angekommen wart? Wenn du dich bei jemandem beschweren willst, dass er dich nachäfft, dann tu das direkt beim Machdi und seinen Anhängern.«

Er streckte die Hand aus und zupfte an Abu Duns Mantel, und Andrej spannte sich, als er das zornige Aufblitzen in den Augen des Nubiers sah. Doch Sharif hatte Glück. Abu Dun beherrschte sich, und er behielt seine Hand.

»Du meinst, das ist die Art, auf die sie sich kleiden?«

»Da wo sie offen auftreten und meinen, die Macht bereits übernommen zu haben. Was an mehr Orten der Fall ist, als der Sultan wahrhaben will.«

»Oder du ihm gesagt hast?«

Es verging ein kleiner, aber verräterischer Moment, bevor er eine Antwort bekam. »Unser Land liegt praktisch mit dem Rest der Welt im Krieg«, sagte er ernst. »Anders als ihr bin ich guten Mutes, dass wir diesen Krieg am Ende gewinnen werden, auch wenn keiner von uns diesen Tag noch erleben mag.«

»Ich schon«, sagte Abu Dun trocken. Er deutete auf Andrej. »Und er auch.«

Erschrocken sah Andrej ihn an, doch zu seiner Erleichterung ging Sharif nicht auf Abu Duns Bemerkung ein, sondern fuhr fort: »Das Letzte, was dieses Land braucht, ist ein weiterer Krieg, noch dazu gegen seine eigenen Menschen. Und genau das könnte geschehen, wenn ich zuließe, dass Süleyman eine Armee nach Nubien schickt, um den Machdi zu fangen.«

Andrej fand die Formulierung interessant, doch bevor er nachsetzen konnte, stieß Abu Dun ein abfälliges Schnauben aus und zeigte auf das überfüllte Deck hinab. »Keine Armee? Und wie nennst du das da?«

»Muss ich ausgerechnet dir sagen, wie groß die Wüste ist und wie spurlos hundert Männer darin verschwinden können?«, erwiderte Sharif und beantwortete seine eigene Frage mit einem Kopfschütteln, dem ein Nicken und ein nachdenklicher Blick in Andrejs Gesicht folgten. »Wer weiß, vielleicht wäre ein einzelner Mann ja sogar die bessere Wahl gewesen. Oder zwei. Aber ich wüsste keinen, dem ich diese Aufgabe zutrauen würde.«

Abu Dun verdrehte die Augen, und auch Andrej versuchte erst gar nicht, ein leicht gequält klingendes Seufzen zu unterdrücken. »Ihr müsst uns nicht mehr überreden, Hauptmann«, sagte er. »Wir sind doch an Bord, oder?«

»Als *Gäste«,* fügte Abu Dun missmutig hinzu.

»Also jetzt bitte ich euch!«, beschwerte sich Sharif lachend. »Wir haben eine lange Fahrt vor uns! Nehmt mir doch nicht jetzt schon alle Themen weg, mit denen wir uns die Zeit vertreiben könnten!«

Weder Abu Dun noch Andrej verzog auch nur eine Miene, und nach einem kurzen unbehaglichen Schweigen wandte sich Sharif wieder zur Reling und machte ein Zeichen mit der Hand. Sofort polterten schwere Schritte die Treppe herauf. Auch wenn sie allein mit Sharif hier oben waren, so wurden sie doch offensichtlich sehr genau beobachtet.

Zwei kleinere Kopien Abu Duns – eine sogar mit schwarzem

Gesicht – gesellten sich zu Sharif. Einer von ihnen brauchte zwei Hände, um einen gewaltigen Krummsäbel zu halten, den Andrej zuletzt in der Hagia Sophia gesehen hatte, der zweite reichte Andrej auf Sharifs Wink hin einen prachtvollen Saif, der ihm ebenso bekannt vorkam. Abu Dun nahm die Waffe mit einem zufriedenen Knurren entgegen, doch Andrej zögerte.

»Verkaufe ich Euch meine Seele, wenn ich das Schwert nehme?«, fragte er.

»Aber das habt Ihr doch längst«, erwiderte Sharif. Er sagte es lachend und in scherzhaftem Ton, aber seine Augen blieben so ernst, dass Andrej zum zweiten Mal zögerte, die Bewegung zu Ende zu führen und das Schwert zu nehmen.

Sharifs Lächeln erlosch. Er schüttelte den Kopf. »Es bleibt bei unserer Abmachung. Ihr könnt mit uns von Bord gehen, oder ihr bleibt auf dem Schiff und leistet dem Kapitän auf seiner Rückreise nach Spanien Gesellschaft. Es ist allein eure Entscheidung.«

Seltsam. Andrejs Verstand sagte ihm, dass Sharifs Worte ungefähr so viel wert waren wie der Schmutz unter Abu Duns Fingernägeln ... aber er *wollte* ihm glauben. Es war nicht das erste Mal, dass er sich regelrecht dagegen wehren musste, zu große Sympathie für den Janitscharenhauptmann zu empfinden.

Ärgerlich auf sich selbst und infolgedessen deutlich heftiger als notwendig gewesen wäre, griff er nun doch zu und rammte das Schwert in die leere Scheide an seinem Gürtel.

»Ich bin froh, dass wir das geklärt haben«, sagte Sharif fröhlich, trat einen Schritt zurück und maß sie beide mit einem langen prüfenden Blick von Kopf bis Fuß. Was er sah, schien ihm zu gefallen. »Das ist schon besser«, sagte er. »Ich finde, ein Krieger ohne Waffe ist etwas, das einfach nicht geht. Egal auf welcher

Seite er steht. Aus euch beiden mache ich noch zwei richtige Janitscharen … vorausgesetzt, ihr wünscht es.«

Sowohl Abu Dun als auch Andrej verzichteten vorsichtshalber auf eine Antwort, und Sharif sah auf einmal tatsächlich verlegen aus und hatte es plötzlich sehr eilig, die beiden Männer wieder wegzuschicken und selbst zum anderen Ende des Achterdecks zu gehen, wo er sich mit beiden Unterarmen auf die mit kunstvollen Schnitzereien verzierte Reling aufstützte, wie ein Mann, der Zeit im Überfluss hat und die Aussicht genießen will.

Zeit mochte er haben, doch was die Aussicht anging, bezweifelte Andrej, dass er sie genoss – spätestens in dem Moment, in dem er neben ihn trat. Das flache Kielwasser verriet, wie wenig Fahrt die *Elisa* machte, jetzt, wo sie nur von der Kraft der Ruder angetrieben wurde. Wenn die Flaute anhielt, würden sie eine Ewigkeit bis Cairo brauchen.

»Ich glaube, ich beginne Euch zu verstehen, Andrej«, sagte Sharif nach einer Weile. »Wenn ich es mir recht überlege, dann mag ich Schiffe auch nicht. Es scheint, sie lassen einen immer gerade dann im Stich, wenn man sie am dringendsten braucht.«

»Dem kann Abhilfe geschaffen werden«, sagte Abu Dun, der sich zu ihnen gesellt hatte und mit verschränkten Armen gegen die kleine Kanone lehnte, die in einer um zwei Achsen drehbaren Gabel auf der Reling montiert war. »Du hast hundert Männer bei dir? Was hältst du davon, die Reise zu nutzen, um sie in Form zu halten?«

»Sollen sie schwimmen und das Schiff hinter sich herziehen?«, fragte Sharif.

»Nicht ganz«, antwortete Abu Dun, doch die Vorstellung schien ihm Vergnügen zu bereiten. »Ich habe mir dieses Schiff schon vor einer Woche genau angesehen. Für sein Alter ist es in gutem

Zustand, und Kapitän Fernandes hat eine ausgezeichnete Mannschaft. Aber sie ist viel zu klein, um alle Ruder zu bemannen. Und die Arbeit ist schwer. Niemand hält sie länger als wenige Stunden aus, ohne zu ermatten.«

»Meine Männer sind keine Galeerensklaven«, sagte Sharif.

»So wenig wie die Matrosen auf diesem Schiff«, antwortete Abu Dun. »Auch wenn sie im Moment wahrscheinlich das Gefühl haben, sie wären es. Lass sie sich mit deinen Männern abwechseln, und wir verdoppeln unser Tempo.«

»Du meinst, wir wären dann doppelt so schnell wie ein lahmender Gaul?«, fragte Sharif spöttisch, machte aber trotzdem ein nachdenkliches Gesicht und nickte dann. »Ich lasse es mir durch den Kopf gehen.«

»Lass dir ruhig Zeit damit«, antwortete Abu Dun. »Das Meer läuft uns nicht weg. Und die Flaute auch nicht, so wie es aussieht. Und wenn du noch ein paar gute Ratschläge brauchst, auf die du nicht hörst, dann findest du mich in meiner Kajüte. Ich fühle mich nicht gut und werde mich eine Weile hinlegen.«

Er stieß sich mit solcher Vehemenz von der Reling ab, dass das Rohr der kleinen Karronade herumschwenkte und Sharif hastig den Kopf einzog, um nicht getroffen zu werden. Andrej wehrte es mit der flachen Hand ab und schlug es mit solcher Wucht zurück, dass Sharif sich ein zweites Mal und noch hastiger ducken musste.

Nachdem er sich wieder aufgerichtet hatte, trat er vorsichtshalber erst einmal zwei Schritte zurück. Sein Blick flog zwischen Andrej und dem verzierten Kanonenrohr hin und her.

»Wenn ich es nicht besser wüsste, dann würde ich sagen, Ihr seid ein wenig nervös«, sagte er. »Gibt es einen bestimmten Grund dafür?«

Andrej fielen auf Anhieb genau einhundertundeins Gründe

ein, aber er hob nur die Schultern und blickte aufs Meer hinaus. »Ich mag keine Schusswaffen«, sagte er.

»Und ich dachte, Ihr mögt keine Schiffe«, sagte Sharif, nachdem er die Karronade noch einmal gemustert hatte.

»Die mag ich auch nicht«, bestätigte Andrej. »Und wisst Ihr, was ich am allermeisten verabscheue?«

»Schiffe mit Kanonen an Bord?«, vermutete Sharif.

»Mit Kanonen bewaffnete Schiffe, die Männer mit Musketen an Bord haben«, antwortete Andrej.

Kapitel 12

Nun konnte Andrej der Liste der Dinge, die ihm an der Seefahrt zutiefst zuwider waren, noch einmal einen Punkt hinzufügen, und er stand nicht unbedingt an letzter Stelle.

Sämtliche Fenster der großen Kapitänskajüte standen weit auf, und er hatte auch die Tür geöffnet, um für einen ständigen Durchzug zu sorgen, aber der Gestank wollte einfach nicht weichen. Die beiden Matrosen, die fast eine Stunde gebraucht hatten, um die Kajüte mit Schrubber, Scheuersand und Unmengen von Wasser zu reinigen, hatten sein ehrliches Mitgefühl, vor allem, da es dieselben beiden Männer waren, denen Fernandes zum dritten Mal hintereinander die unappetitliche Aufgabe zugeteilt hatte, seine ehemalige Kapitänskajüte von den Unmengen von Erbrochenem zu reinigen, die Abu Dun über den Fußboden und das Mobiliar verteilt hatte. Die beiden unglückseligen Burschen mussten sich wohl irgendetwas zuschulden haben kommen lassen, um sich den besonderen Unmut ihres Kapitäns zuzuziehen.

»Reichst du mir einen Schluck Wasser, Hexenmeister?«

Abu Duns Stimme klang brüchig, und als Andrej sich vom Anblick des schäumenden Kielwassers hinter dem Fenster losriss, an dem sein Blick schließlich Halt gefunden hatte, sah er Abu Dun wie ein (sehr großes) Häufchen Elend auf der Bettkante hocken, als hätte er seine ganze Kraft gebraucht, um auch nur den Arm nach dem kaum anderthalb Meter entfernten Tisch auszustrecken. Nach all den Jahrhunderten, die er den nubischen Riesen als einen Ausbund an schier unbezähmbarer Energie erlebt hatte, kam Andrej der Gedanke absurd vor, aber Tatsache war, dass Abu Dun die Kraft fehlte, den Wasserkrug zu nehmen.

Rasch trat er um den Tisch herum, goss einen Becher des längst warm gewordenen schalen Wassers ein und gab ihn Abu Dun. Der Nubier ergriff ihn mit beiden Händen, stürzte seinen Inhalt mit einem einzigen gierigen Zug herunter und streckte ihn sofort wieder fordernd aus. Seine Hände zitterten, und auf seiner Stirn perlte feiner Schweiß, was nicht an der drückenden Hitze unter Deck lag. Nachdem der zweite Becher geleert war und er auf Andrejs fragenden Blick mit einem angedeuteten Kopfschütteln geantwortet hatte, ließ Abu Dun die Schultern hängen und senkte den Kopf. Den Turban hatte er abgenommen, als wäre ihm sein Gewicht zu viel geworden, und sein Gesicht war schlaff. Dann zog er den Beutel mit Kat aus der Tasche, der nicht mehr annähernd so prall gefüllt war wie an dem Morgen, an dem Sharif ihn ihm gegeben hatte. Andrej runzelte missbilligend die Stirn, als Abu Dun hineingriff und mit bebenden Fingern eines der zarten Blätter nahm.

Trotzdem schüttelte er fast erschrocken den Kopf, als Abu Dun zögerte und dann sogar dazu ansetzte, das Blatt zurückzulegen. »Nimm es«, sagte er. »Oder besser zwei. Du quälst dich vollkommen sinnlos, Pirat.«

»Und du untergräbst meine heldenhaften Versuche, mich dieser teuflischen Verlockung zu widersetzen, Hexenmeister«, antwortete Abu Dun in dem vergeblichen Bemühen, spöttisch zu klingen.

Trotzdem nahm er das Blatt heraus, starrte es beinahe feindselig an und schob es sich dann mit ebenso unübersehbarem Widerwillen wie mühsam beherrschter Gier zwischen die Zähne und kasteite sich sogar noch einige Augenblicke länger, indem er nicht sofort zu kauen begann, sondern das Blatt nur auf der Zunge liegen ließ.

»Nimm noch eines«, sagte Andrej.

Abu Dun sah ihn leicht empört an – was ihn nicht daran hinderte, seiner Aufforderung Folge zu leisten –, und auch Andrej sagte nichts mehr, sondern reichte ihm nur einen weiteren Becher Wasser, um das zweite Blatt hinunterzuspülen – und alle, die noch folgen mochten. Er sah keinen Sinn darin, ein Gespräch zum vierten Mal zu führen, das auch zuvor schon immer gleich geendet hatte. Inzwischen war es schon beinahe zu einem Zeremoniell zwischen ihnen geworden: Abu Dun zögerte wider besseres Wissen, sein Kat zu nehmen, und Andrej drängte ihn wider noch besseres Wissen, es doch zu tun. Dabei gab es einen Teil in Andrej, der die Willensstärke des Nubiers fast bewunderte. Er war nicht sicher, ob er selbst den Mut aufgebracht hätte, die Übelkeit und Krämpfe und Schmerzen immer wieder auf sich zu nehmen, nur um am Ende doch wieder zu kapitulieren.

»Dieses verdammte Zeug bringt mich um«, sagte Abu Dun – und schob sich ein drittes und viertes Kat-Blatt zwischen die Zähne.

»Ich habe die Hoffnung schon vor dreihundert Jahren aufgegeben, dass *irgendetwas* dich umbringen könnte.« Andrej zwang sich zu einem Lächeln, aber Abu Duns Blick wurde nur noch finsterer, und im Gegensatz zu Andrejs war seine Miene nicht geschauspielert.

»Vielleicht geht dein Wunsch ja jetzt bald in Erfüllung«, sagte er.

»Unsinn!«, widersprach Andrej. »Wir finden diesen selbst ernannten Propheten, und ich bin sicher, dass er mir verrät, wie man die Sucht überwindet.« Seine Hand strich über den Schwertgriff. »Ich habe ein paar Argumente, denen er sich bestimmt nicht verschließen wird.«

»Wenn wir ihn finden«, antwortete Abu Dun. »Und wenn es ihn überhaupt gibt.«

Er genehmigte sich noch ein fünftes und sechstes Blatt, steckte den Beutel wieder ein und stand dann mit einer so kraftvollen Bewegung auf, dass es nach seinem bejammernswerten Zustand zuvor schon fast erschreckend war. Vielleicht war das das Unheimlichste überhaupt, dachte Andrej: die Schnelligkeit, mit der das Kat wirkte. Noch vor wenigen Augenblicken hatte Abu Dun seine Gier nach dem Rauschmittel innerlich schier zerrissen, jetzt erfüllte es ihn mit einer Energie, die Andrej zur Vorsicht mahnte. Auch dieser Moment würde nicht allzu lange anhalten, wie er mittlerweile aus Erfahrung wusste, aber in diesem Zustand war Abu Dun vollkommen unberechenbar. Vielleicht sollte er ihn besser nicht mit an Deck nehmen.

Abu Dun nahm ihm die Entscheidung ab, indem er ihn kurzerhand aus dem Weg schob und seinen Turban vom Tisch klaubte, bevor er die Kajüte verließ. Beunruhigt beobachtete Andrej, wie er im Hinausgehen seinen Säbel aufhob und unter den Gürtel schob.

Andrej war erstaunt, wie weit sich das Schiff dem östlichen Ufer genähert hatte, während er unten bei Abu Dun gewesen war. Zu Fernandes' lautstark kundgetanem Unmut hatten sie Cairo schon vor einer Stunde passiert, ohne sich dem Hafen zu nähern. Obwohl der Wind zum ersten Mal seit Tagen wieder auf ihrer Seite war und das Schiff gute Fahrt hätte machen können, wurde die *Elisa* im Gegenteil immer langsamer. Die Mannschaft hatte die Segel gerefft, sodass die plumpe Galeone nur noch mit der Kraft ihrer Ruder gegen die Strömung ankämpfte.

Und auch ihr Kurs kam Andrej … sonderbar vor. Er war kein Flussschiffer, aber selbst er wusste, dass der Nil zwar unbeschreiblich breit, aber nirgendwo wirklich tief war und für ein Boot dieser Größe eigentlich kaum schiffbar. Und wenn, dann gewiss nicht so nahe am Ufer. Der gewaltige Strom war an dieser Stelle so breit, dass das westliche Ufer nur noch als schmaler grüner Streifen zu erkennen war, das auf dieser Seite war hingegen so nahe, dass es auch ein ungeübter Schwimmer erreichen konnte, ohne sich über die Maßen anzustrengen.

Eine Einschätzung, die Andrej allerdings gleich darauf revidierte, als er die geschuppten dunkelgrünen Kolosse sah, die versteckt zwischen dem Schilf am Ufer lagen und in der Nachmittagssonne dösten. Wer immer in dieses Wasser fiel, würde sich vermutlich *ganz außerordentlich* anstrengen, um das Ufer möglichst rasch zu erreichen.

»Ein Strich backbord. Und langsamer!«

Der Befehl wurde auf Spanisch gegeben, und als Andrej den Kopf hob und gegen die schon niedrig stehende Sonne blinzelte, erkannte er Kapitän Fernandes, der hinter der Reling des Achterdecks stand und seine Worte mit einer ruppigen Handbewegung unterstrich, die dem Mann am Steuer hinter ihm galt, zugleich aber auch einem zweiten Matrosen, der neben einer geöffneten Klappe hinter dem Mast kniete und sie in eine Folge komplizierter Bewegungen übersetzte. Nur einen Moment später änderte sich der Takt der Ruder, ganz sacht nur, aber spürbar. Das ganze Schiff schien zu zittern, wie ein Wagen, der durch ein flaches Schlagloch rollt.

Auf dem Deck hielten sich für Andrejs Geschmack entschieden zu viele Gestalten in schwarzen Mänteln auf, also eilten Abu Dun und er die kurze Treppe zum Achterkastell hinauf, wo sie von einem Fernandes empfangen wurden, der noch schlechter gelaunt war als sonst.

»Die Herren wollen ein wenig frische Luft schnappen?«, fragte er. »Nach dem, was mir Miguel über meine Kabine erzählt hat, kann ich das gut verstehen. Aber er meint auch, dass ich sie binnen zwei Wochen wieder beziehen kann ... nachdem ihr von Bord gegangen seid natürlich, heißt das.«

»Eigentlich wollten wir fragen, ob wir uns irgendwo nützlich machen können«, antwortete Andrej schärfer, als er eigentlich beabsichtigt hatte.

Abu Dun verzog nur abfällig die Lippen, aber Andrej entging nicht das kurze Flackern in seinem Blick. Ganz gleich, wie unbeeindruckt sich Abu Dun nach außen hin gab, litt er doch insgeheim Höllenqualen angesichts des Umstandes, nicht von einem übernächtigen Gegner (am besten einem Drachen) besiegt, sondern von einem simplen Gift in die Knie gezwungen worden zu sein. Und auch wenn er es nicht zugeben würde, ahnte Andrej doch, wie peinlich ihm die damit verbundene Übelkeit und all ihre Begleiterscheinungen sein mussten.

Fernandes setzte zu einer Antwort an, sah Andrej dann aber überrascht an, dem erst im Nachhinein aufging, dass der Kapitän in seiner Erregung nicht nur weiter Spanisch gesprochen, sondern er wohl auch unwillkürlich in derselben Sprache geantwortet hatte.

»Ihr seid wirklich ein Mann voller Überraschungen, Senior Delãny«, sagte er schließlich und jetzt wieder in dem sehr guten, aber bemühten Arabisch, das er bisher gesprochen hatte.

»Ja, das hört man des Öfteren, wenn man sich in seiner Nähe aufhält«, sagte Abu Dun in genauso akzentfreiem Spanisch wie Andrej zuvor. Fernandes machte sich nicht mehr die Mühe, weiter Arabisch zu sprechen, aber seine Stimme klang deutlich weniger gereizt. »Was Euer Angebot angeht, so danke ich Euch, aber es wird nicht notwendig sein. Ich habe schon mehr Hilfe, als mir lieb ist.«

Andrej verstand die kleine Spitze sehr wohl, die sich Fernandes weder verkneifen konnte noch wollte, hielt es aber für klüger zu schweigen, und zu seiner Erleichterung beließ es auch Abu Dun bei einer Grimasse. Nach einer kleinen Weile und in ebenso verächtlichem wie zugleich fast versöhnlichem Ton fuhr der Kapitän fort: »In einer Stunde beginnt es zu dämmern. Wir ankern vor jener Insel und warten dort die Nacht ab.«

Seine ausgestreckte Rechte wies nach vorne, und als Andrejs Blick ihr folgte, empfand er eine sachte Verwunderung. Die Insel, von der der Kapitän sprach – einer von unzähligen grünen Flecken, die das braune Band des Flusses sprenkelten und allein durch ihr bloßes Dasein eigentlich jedem klarmachen mussten, wie wenig geeignet der Nil für ein so großes Schiff wie die *Elisa* war –, lag sicher noch zwei Meilen vor ihnen und ein Stück weiter zur Flussmitte hin als die meisten anderen. Er nahm eine Bewegung wahr, war sich jedoch nicht sicher, ob es nicht nur der Wind war, der mit den Palmwedeln spielte.

Umso sicherer war er sich jedoch, dass sie sie niemals binnen einer Stunde erreichen würden, wenn das Schiff weiter so langsam dahinkroch. Gerade wollte er Fernandes darauf hinweisen, als dieser ihm zuvorkam. »Die Fahrrinne wird gleich tiefer, und wir können Fahrt aufnehmen. Jedenfalls behauptet das unser geschätzter Lotse … allerdings«, fügte er nach einer winzigen Pause und in verändertem Ton hinzu, »sagt er das seit einer guten Stunde.«

»Er ist schon an Bord?«, wunderte sich Abu Dun.

»Seit wir Cairo passiert haben.« Fernandes deutete auf eine Gestalt in einem schwarzen Kaftan, die am Bug der *Elisa* stand und sich mit einer Hand an einem Tau festhielt, während sie mit dem anderen Arm komplizierte deutende und ausholende Bewegungen machte. Andrej mutmaßte, dass es eine Gestensprache war, mit der sich der Mann verständigte ... aber mit wem eigentlich?

»Und Ihr traut ihm?«, fragte Abu Dun.

»Nein«, antwortete Fernandes geradeheraus. »Aber ich habe ihm klargemacht, dass ich ihn persönlich kielhole, wenn er das Schiff auf Grund setzt.«

»Ist das nicht ein wenig schwierig?«, wollte Abu Dun wissen. »Ich meine, jemanden kielholen, wenn das Schiff auf einer Sandbank liegt? Es könnte eine Weile dauern.«

»Eben«, sagte Fernandes grimmig.

Andrej lächelte zwar flüchtig, doch da war etwas, das ihn störte. Nichts Konkretes, nur eine vage Beunruhigung. Er versuchte sich einzureden, dass es nur seinem allgemeinen Unbehagen entsprang, aber es gelang ihm nicht.

»Das gefällt mir nicht«, sagte Abu Dun. Sein Blick tastete unstet zwischen der einsamen Gestalt im Bug und dem flachen Eiland hin und her. Er wechselte wieder ins Deutsche. »Wenn ich noch in meinem alten Beruf tätig wäre, dann würde ich genau dort einen Hinterhalt legen und hoffen, dass jemand dumm genug ist hineinzutappen.«

»Welcher alte Beruf?«, fragte Fernandes. Auf Deutsch. Anscheinend war Andrej nicht der Einzige hier, der für die eine oder andere Überraschung gut war.

Ohne sich sein Erstaunen anmerken zu lassen, antwortete Abu Dun: »Er nennt mich nicht nur *Pirat*, um mich zu ärgern, *Capitan*. Früher war ich es wirklich. Nur keine Sorge«, fügte er hinzu. Seine Zähne blitzten schon fast unnatürlich weiß in seinem nachtschwarzen Gesicht. »Das ist lange her, und man wird ruhiger im Alter.«

Das Lächeln, mit dem Fernandes auf diese Worte reagierte, wirkte leicht verkrampft.

»Ich schaue mir den Kerl einmal genauer an«, verkündete Abu Dun, ließ die rechte Hand klatschend auf den Schwertgriff fallen und fuhr mit wehendem Mantel herum, um seine Worte unverzüglich in die Tat umzusetzen. Andrej war nicht begeistert. Ganz im Gegenteil. Durch das Kat, das Abu Dun gerade genommen hatte, befand er sich in einer fast euphorischen Stimmung, aber er hatte in den zurückliegenden Tagen mehr als einmal erlebt, wie schnell und radikal seine Stimmung umschlagen konnte. Er überlegte, ihm zu folgen, entschied sich aber dann dagegen.

»Ihr seid ein sonderbares Paar«, sagte Fernandes kopfschüttelnd.

Wenn du wüsstest, wie *sonderbar!*, dachte Andrej, behielt diese Antwort aber wohlweislich für sich. Fernandes hätte ihm wohl auch gar nicht zugehört, denn der Lotse gab ihm gestikulierend weitere Anweisungen, die er – jetzt mit gesenkter Stimme – an den Mann am Ruder weitergab. Trotz seiner Größe und der daraus resultierenden vermeintlichen Schwerfälligkeit reagierte das Schiff beinahe augenblicklich, wenn auch vielleicht nicht so, wie Andrej es sich gewünscht hätte. Statt der Flussmitte näherten sie sich noch weiter dem Ufer und den im Schilf liegenden Krokodilen und damit vielleicht auch möglichen Sandbänken oder anderen Hindernissen, die unter den trügerischen braunen Fluten lauern mochten. Andrej verbot sich jeden Kommentar, aber er sah Fernandes an, dass ihm dieser Kurswechsel ebenso wenig gefiel.

Sein Blick suchte Abu Dun, der den Lotsen mittlerweile erreicht hatte und heftig gestikulierend mit ihm zu reden begann.

Nicht einmal seine Ohren waren scharf genug, um die Worte zu verstehen, aber es sah nicht nach einer freundschaftlichen Unterhaltung aus. Er konnte nur hoffen, dass Abu Dun nichts Unbedachtes tat.

Vielleicht nur, um sich auf andere Gedanken zu bringen, riss er seinen Blick von den beiden heftig gestikulierenden Gestalten los und sah zum Ufer hinüber. Palmen und ganze Wälder aus dicht wachsendem Schilf säumten das schlammige Band und gaben den hungrigen Krokodilen Deckung. Es war schwer zu glauben, dass das gewaltige Land dahinter zum allergrößten Teil aus lebensfeindlicher Wüste bestehen sollte.

Andrej gewahrte mehr als eine Gestalt, die mit offenem Mund am Ufer stand und das riesige Schiff anstarrte, das in diesen Gewässern so rein gar nichts zu suchen hatte. Wahrscheinlich hatten sie so etwas noch nie zuvor gesehen, dachte er, und mit derselben Wahrscheinlichkeit würden sie es auch nie wieder zu Gesicht bekommen. Einmal darauf aufmerksam geworden, fielen ihm mehr und mehr Neugierige auf, die aus einiger Entfernung herangekommen waren, um den bizarren Anblick zu bewundern, und sogar ein kleiner Trupp Kamelreiter, der sich in raschem Tempo näherte. Die Neuigkeit von dem Wahnsinnigen, der offensichtlich herausfinden wollte, wie lange es dauerte, ein hochseetüchtiges Schiff in den Grund des Nil zu rammen, schien sich schnell herumgesprochen zu haben. Und offensichtlich nicht nur am Ufer.

Nachdenklich wandte er sich in die entgegengesetzte Richtung und suchte den Fluss ab. Ein kleiner Schwarm dreieckiger weißer Segel folgte ihnen, und er hatte das Gefühl, dass etliche der kleinen Daus langsamer fuhren, als sie es gekonnt hätten. Vielleicht waren die Kapitäne dieser kleinen Boote noch fassungsloser, den schwimmenden Koloss zu sehen, als die Landratten am Ufer.

Oder redete er sich das nur ein? Der Gedanke schürte sein Misstrauen, und er machte auch keinen Hehl daraus, als er sich wieder zu Fernandes umdrehte.

»Das gefällt mir nicht«, sagte er.

»Wem gefällt es schon, vom Rest der Welt angestarrt und für verrückt gehalten zu werden?«, pflichtete ihm Fernandes bei, doch Andrej schüttelte nur den Kopf.

»Das meine ich nicht«, antwortete er. »Ich frage mich, ob hier immer ein so reger Verkehr herrscht.«

»Ihr fürchtet einen Angriff?« Fernandes sah ebenfalls zu der kleinen Flotte aus Daus hin, machte aber dann eine verneinende Geste. »Welchen Sinn sollte das haben? Wir sind Händler, die mit niemandem Streit haben, schon gar nicht mit diesem Machdi und seinen Anhängern. Und selbst wenn, wäre ein Angriff hier und jetzt einfach nur dumm. Die *Elisa* ist kein Kriegsschiff, aber im Vergleich zu diesen Nussschalen ist sie dennoch eine schwimmende Festung.«

Er machte eine Bewegung auf die Karronade hinter sich, dann zum Bug hin. »Wir haben zwei Kanonen an Bord, dazu hundert Janitscharen mit Gewehren ... und auch meine Mannschaft weiß sich ihrer Haut zu wehren, wenn es sein muss, glaubt mir. Wenn sie Sharif und seine Männer erledigen wollen, dann können sie das an Land weitaus bequemer, meint Ihr nicht auch?«

Das alles war logisch und stimmte auch zweifellos, aber es beruhigte Andrej nicht im Mindesten. Er war einfach zu oft in einer Situation wie dieser gewesen, um nicht zu *wissen*, wenn etwas nicht so war, wie es den Anschein hatte.

Seine Hand strich über den Griff des kostbaren Saif an seiner Seite, ohne dass er sich der Bewegung bewusst gewesen wäre. Fernandes entging sie jedoch keineswegs.

»Ihr seid ziemlich nervös«, sagte er.

»Beinahe so nervös wie Ihr und Eure Mannschaft«, gab Andrej zurück.

»Das ist wahr«, sagte Fernandes gelassen. »Aber die Gründe für die Nervosität meiner Männer kenne ich. Der eine ist, dass sie zweifellos der Meinung sind, ihr Kapitän hätte den Verstand verloren und wollte sich und sie alle umbringen.«

»Und der andere?«, fragte Andrej, und sei es nur, weil Fernandes es so offensichtlich von ihm erwartete.

»Genau genommen sind es sogar zwei«, sagte der Kapitän. »Der eine steht vor mir und versucht mit wenig Erfolg, den Dummkopf zu spielen, der nicht versteht, was ich sage, und der andere steht vorne am Bug und macht einen Mann nervös, in dessen Händen das Schicksal meines Schiffes liegt … was wiederum mich nervös macht.«

Nun musste Andrej gegen seinen Willen lächeln, doch das Lächeln verging ihm sofort wieder, als Fernandes weitersprach. »Im Ernst, Andrej. Ihr macht meinen Männern Angst. Auch wenn ich es wohl spätestens dann bedauern werde, wenn ich meine Kabine wieder beziehe, wäre es mir trotzdem fast lieber, wenn ihr für den Rest der Fahrt unter Deck bliebet. Sie wird ohnehin nicht mehr lange dauern … und vielleicht noch nicht einmal so lange, wie ich bis jetzt geglaubt habe, wenn ich es mir recht überlege.«

Den letzten Satz hatte er in verändertem Ton ausgesprochen, und als Andrej den Ausdruck auf seinem Gesicht sah, hätte er sich im Grunde gar nicht mehr herumdrehen müssen, um zu wissen, was er erblicken würde. Er tat es trotzdem.

Abu Dun kam nicht nur mit schnellen Schritten über das Deck zurück, sondern scheuchte auch eine zweite und deutlich kleinere Gestalt vor sich her, die zwar lautstark protestierte, zugleich aber auch klug genug war, sich nicht allzu viele freundliche Stupser von seinen Fäusten einzuhandeln.

»Es fällt mir immer noch schwer, die Gesichter dieser Muselmanen auseinanderzuhalten, selbst nach all den Jahren«, sagte Fernandes gespielt nachdenklich, »aber es kommt mir so vor, als wäre das da unser Lotse.«

»Wahrscheinlich will Euch Abu Dun nur einen Weg abnehmen«, sagte Andrej. »Sagtet Ihr nicht etwas von *kielholen lassen?«*

»Wenn mein Schiff auf Grund läuft, weil der Lotse nicht auf seinem Posten ist, dann *wird* jemand kielgeholt«, versprach Fernandes grimmig. Er deutete nach vorne. »Und zwar von da« – jetzt wies sein Daumen über die Schulter zurück – »nach dort.«

Auch wenn Andrej ein Grinsen unterdrücken musste, beunruhigte ihn das, was Abu Dun tat. Denn derweil hatten die Ruderer unter Deck ihre Arbeit eingestellt, sodass sich die *Elisa* schon kaum noch bewegte. In einem Moment wie diesem gehörte ein Lotse auf seinen Posten, ganz egal wie gut oder schlecht er war.

Außer ihm war wohl mindestens noch eine weitere Person an Bord dieser Meinung, denn auch Hauptmann Sharif war inzwischen auf die absurde Szene aufmerksam geworden und vertrat dem Nubier kurzerhand den Weg – oder versuchte es zumindest.

Einen kurzen Augenblick lang sah es tatsächlich so aus, als würde der Nubier auch ihn einfach wegstoßen, und es entspann sich ein kurzer, aber von heftigem Gestikulieren und Gefuchtel begleiteter Disput. Schließlich schob Abu Dun Sharif tatsächlich aus dem Weg, versetzte dem unglückseligen Lotsen aber zugleich einen Stoß mit der flachen Hand, der ihn ungeschickt drei Schritte zurückstolpern hieß, bevor er mit heftig rudernden Armen den

Kampf gegen die Schwerkraft verlor und unter dem schadenfrohen Gelächter der Decksmannschaft auf dem Hosenboden landete. Fernandes seufzte. Sehr tief.

Der Janitscharenhauptmann schloss sich Abu Dun an, als dieser seinen Weg fortsetzte, gefolgt von vier seiner Männer, die ihre Gewehre unter den Mänteln hervorgezogen hatten. Über mangelnden Respekt schien sich Abu Dun jedenfalls nicht beklagen zu können. Wohl aber über einen Mangel an Vernunft. Oder Selbstbeherrschung.

Sharif gebot seinen Männern jedoch mit einer knappen Geste zurückzubleiben, während er dicht hinter Abu Dun die kurze Treppe zum Achterdeck heraufstürmte. Fernandes empfing den Nubier mit finsteren Blicken und der geblafften Frage: »Was zum Teufel war da los?«

»Das solltet Ihr besser Euren Lotsen fragen, *Capitan*«, antwortete Abu Dun. »Und vielleicht ein wenig sorgsamer in der Auswahl Eurer Männer sein! Warum lasst Ihr nicht gleich die Krokodile unseren Kurs bestimmen? Dann haben es die armen Tiere nachher nicht so schwer, an ihr Futter zu kommen!«

»Ich habe den Lotsen ausgesucht«, antwortete Sharif, bevor Fernandes es tun konnte. Er war aufgebracht. »Und er ist der Beste, den es gibt. Er steht in dem Ruf, jeden Fußbreit des Flussgrundes zu kennen. Ich verbürge mich für ihn!«

»Na, wenn das so ist, dann können wir ja alle ganz beruhigt sein!«, spottete Abu Dun. »Warum hast du das denn nicht gleich gesagt, bevor ich diesem armen Mann so schreckliches Unrecht getan habe? Wenn du mich allerdings fragst, dann bezweifle ich, dass er im Moment auch nur seinen eigenen Namen kennt, geschweige denn einen sicheren Weg durch diesen Fluss!«

»Was ist mit ihm?«, fragte Andrej, ohne auf den Ausdruck immer noch weiter wachsender Empörung auf Sharifs Gesicht zu achten.

»Der Kerl stinkt nach Kat!«, fauchte Abu Dun. »So sehr, dass man es bis hierher riechen kann!«

»Du meinst, ungefähr so sehr wie du?«, fragte Fernandes und fuhr zu Andrej herum. Seine Augen sprühten vor Zorn. »Andrej, schafft mir diesen Irren von Deck! Das alles hier ist auch so schon schlimm genug, auch ohne dass ich mich mit einem Süchtigen herumschlagen muss, der –« Als Abu Dun die Hand ausstreckte, um ihn am Schlafittchen zu packen oder etwas noch Unerfreulicheres zu tun, trat Andrej gerade noch rechtzeitig zwischen ihn und den Kapitän, um das Schlimmste zu verhindern. »Ganz so einfach ist es nicht, *Capitan*, fürchte ich«, sagte er, wandte sich direkt an Abu Dun und fragte: »Ist das wahr?«

»Nein, ich habe es mir gerade ausgedacht, weil mir langweilig war.« Abu Dun schnaubte verächtlich. »Ich weiß nicht nur, wie das Zeug schmeckt, glaub mir, Hexenmeister!«

»Das hat hier auch niemand bezweifelt«, sagte Fernandes.

In Abu Duns Augen blitzte etwas auf, das schon fast an Mordlust grenzte, doch jetzt war es erstaunlicherweise Sharif, der sich mit einer besänftigenden Geste einmischte. »Vielleicht ist das alles nur ein Missverständnis«, sagte er.

»Dass der Kerl mehr Kat als Blut in den Adern hat?«, fauchte Abu Dun. Er legte den Kopf auf die Seite, und Andrej sah ihm an, dass er wohl gerade ein neues Opfer erspäht hatte, das ihn deutlich mehr interessierte als der geschniegelte spanische Kapitän.

»Ich weiß, was du damit sagen willst, mein Freund«, antwortete Sharif. »Und ich an deiner Stelle würde wahrscheinlich genauso denken. Aber es verhält sich ein wenig anders, als du glaubst.«

»Schlimmer?«, vermutete Abu Dun.

»Wenn jeder, der in diesem Teil des Landes Kat nimmt, zum Machdi gehören würde, dann würde der längst im Palast des Sultans sitzen und über die halbe Welt regieren«, sagte Sharif. »Die Aufgabe dieses Mannes ist schwer. Um sie zu bewältigen, braucht er seine volle Konzentration. Wenn ich offen sein soll, dann glaube ich nicht, dass er jemals ein Schiff dieser Größe durch diese Gewässer gelotst hat, ganz egal, was er auch behauptet.«

Andrej sah aus den Augenwinkeln, wie Fernandes erbleichte, doch Sharif fuhr ebenso unbeeindruckt wie eindringlich fort: »Das Kat hilft ihm dabei. So einfach ist das. Ich hätte es dir vielleicht sagen sollen. Das war mein Fehler.«

»Und nicht der erste«, schnaubte Abu Dun. Seine Augen funkelten noch immer kampflustig, aber Andrej spürte, dass jetzt nicht mehr die Gefahr bestand, dass er sich auf den Hauptmann stürzte – oder den Nächstbesten, der das Pech hatte, ihm vor die Fäuste zu geraten. Aber er war alles andere als beruhigt. Abu Duns Reizbarkeit hatte eine neue Qualität angenommen, und das machte ihm fast noch mehr Angst als Sharif und all seine Männer und selbst der Machdi.

Sharif überging die Bemerkung jedoch. »In weniger als einer Stunde gehen wir vor Anker«, sagte er, »und dann ist das Schlimmste vorbei. Wenn wir die Insel hinter uns haben, wird der Fluss wieder tiefer. Also beruhige dich, schwarzer Mann. Morgen um diese Zeit haben wir alle wieder festen Boden unter den Füßen. Ich muss gestehen, dass mir diese Vorstellung auch nicht gerade zuwider ist.«

»Und Ihr seid sicher, dass der Lotse weiß, was er tut?«, fragte Fernandes. Er zumindest schien daran zu zweifeln.

»Sagen wir: Ich bin ziemlich sicher, dass er genauso an seinem Leben hängt wie Ihr und ich, *Capitan«,* antwortete Sharif, was weder die Antwort war, die Andrej hatte hören wollen, noch Abu Dun und Fernandes zufriedenstellte. »Und immerhin muss er Euer Schiff auch wieder heil bis hierher zurückbringen, also wird es wohl auch in seinem Sinne sein, nicht allzu viele Beschädigungen daran zu verursachen.« Ein bemühtes Lächeln erschien auf seinem Gesicht, das nicht länger als einen Lidschlag dauerte. »Wie ich Euch einschätze, *Capitan*, müsste er sonst mit der einen oder anderen … Beschädigung … seiner eigenen Person rechnen.«

Fernandes sah ihn mit ausdruckslosem Gesicht an, blickte dann lange zum Bug und genauso lange zum Heck des Schiffes und starrte schließlich wieder Sharif an. Er schwieg.

»Ich schlage vor, dass wir uns jetzt alle ein wenig beruhigen und abwarten, bis wir die Insel erreicht haben«, sagte Sharif.

Abu Dun funkelte ihn an. Fernandes presste die Lippen zu einem fast blutleeren Strich zusammen, und auch Andrej blickte ihn schweigend an, und obwohl Sharif zweifellos ein äußerst willensstarker Mann war, vergingen nur wenige Augenblicke, bis er sich mit einem Ruck herumdrehte und nach vorne sah, zum Bug des Schiffes hin, dem Lotsen, der seinen Platz wieder eingenommen hatte, und der bewaldeten Insel, die ihr Ziel war.

Kapitel 13

Gut die Hälfte der Stundenfrist, von der Sharif gesprochen hatte, verstrich, ohne dass auf dem Achterdeck auch nur ein einziges Wort gesprochen wurde, sah man von den knappen Anweisungen ab, die Fernandes dem Mann am Ruder gab. Die Sonne sank und stand nur noch zwei Finger breit über dem jenseitigen Ufer des Nil, von dem die Menschen in einer längst vergangenen Zeit geglaubt hatten, es gehörte bereits zum Land der Toten und Wiedergänger. Als Abu Dun schließlich das unbehagliche Schweigen brach, tat er es mit Worten, die Andrej lieber nicht gehört hätte.

»Siehst du es auch?«, fragte der Nubier.

Andrej nickte wortlos. Er hatte die verräterische Bewegung schon vor einer guten Minute wahrgenommen und wunderte sich fast ein bisschen, dass Abu Dun sie erst jetzt zu bemerken schien, denn eigentlich waren die Sinne des Nubiers sogar noch eine Winzigkeit schärfer als seine eigenen. Wieder keimte die Sorge in ihm auf, doch dann sagte er sich, dass sein Misstrauen übertrieben war, und strengte die scharfen Augen an, um weitere Einzelheiten zu erkennen.

Die Männer dort drüben verstanden ihr Geschäft, das musste man ihnen lassen. Es mussten ein Dutzend sein – ein Dutzend, das er gesehen hatte, was rein gar nichts über ihre tatsächliche Anzahl aussagte. Die war, vermutete er, weitaus größer. Selbst er musste sich anstrengen, um sie in ihren dunklen Gewändern zwischen dem dicht wachsenden Schilf zu entdecken. Immerhin konnte er erkennen, dass sie Waffen trugen, und mindestens zwei auch einen Helm anstelle eines Turbans oder einer anderen Kopfbedeckung. Sie hatten dunkle Tücher darumgewickelt, damit sich das Sonnenlicht nicht verräterisch darin spiegelte. Und da war noch etwas, das er nicht genau erkennen konnte, aber es war groß – vermutlich ein Boot.

»Weißt du, was Janitscharen und Krokodile gemein haben, Hexenmeister?«, fuhr Abu Dun fort, gerade so laut, dass Sharif die Worte verstehen musste, ohne sicher zu sein, dass er es auch *sollte*. Eines der Krokodile links von ihnen hob träge den gepanzerten Schädel und sah dem vorübergleitenden Schiff nach, als wäre es ganz gespannt auf die Antwort. Andrej tat Abu Dun den Gefallen und schüttelte den Kopf.

»Sie sind immer da, wenn man sie nicht brauchen kann, und nie, wenn sie mal zu etwas gut wären.«

Den Gefallen, darüber zu lächeln, tat Andrej ihm nicht, doch Fernandes' Mundwinkel zuckten verdächtig, und Sharif schoss einen wütenden Blick in seine Richtung ab, den Abu Dun einige Momente lang ganz unverhohlen genoss. Dann seufzte er sehr tief und deutete auf die Insel, von der sie jetzt vielleicht noch eine Viertelmeile entfernt waren. »Wenn es mir nicht zutiefst zuwider wäre zu sagen: *Ich habe es ja gesagt*, dann würde ich es jetzt tun. Aber es wäre ein kleinlicher Triumph.«

Jetzt sah Sharif noch zorniger aus, aber Fernandes blickte einen Moment lang nach vorn, die Augen angestrengt zusammengekniffen, und streckte dann fordernd die Hand aus.

»Was soll das heißen?«, fragte Sharif, während einer der Matrosen Fernandes wortlos ein bereits auseinandergezogenes Fernglas aus poliertem Messing reichte.

»Dass dort vorne Männer sind«, antwortete Andrej, bevor Abu Dun es mit anderen Worten tun und noch ein bisschen Öl ins Feuer gießen konnte.

Sharif sah einen Moment lang zur Insel hin, aber mit seinen normalen Augen war er im Nachteil und konnte dort nichts weiter als grüne und braune Schatten wahrnehmen.

»Der Schwarze hat recht«, sagte Fernandes, indem er das Fernrohr mit einem mehrfachen metallischen Klicken wieder zusammenschob und es Sharif reichte. »Da sind Männer im Schilf, die uns beobachten.«

»Würdet Ihr das nicht auch tun, an ihrer Stelle?«, fragte Sharif. Er brach sich fast die Fingernägel ab in dem Bemühen, das Fernrohr wieder auseinanderzuziehen. »Vermutlich haben sie noch nie ein Schiff wie dieses gesehen.«

»Vor allem nicht hier«, sagte Fernandes mit besorgter Miene. »Aber sie scheinen bewaffnet zu sein.«

»Hier ist jeder bewaffnet«, antwortete Sharif. Endlich konnte er das Messingrohr ans Auge setzen und sah nun ebenfalls zur Insel hin. Andrej versuchte in seinem Gesicht zu lesen, doch es gelang ihm nicht.

»Ja, da scheinen tatsächlich ein paar Männer zu sein«, sagte er schließlich. »Wahrscheinlich nur ein paar Fischer.«

»Und warum verstecken sie sich, wenn es nur ein paar harmlose Fischer sind?«, fragte Abu Dun.

»Sie werden dich wohl gesehen haben«, knurrte Sharif. Er setzte das Fernrohr ab und schob es ebenso ungeschickt zusammen, wie er es gerade auseinandergezogen hatte. Fernandes nahm ihm das kostbare Instrument ab, bevor er es vollkommen ruinieren konnte.

»Mir gefällt das trotzdem nicht«, sagte er. »Vielleicht sollten wir hier ankern und die Nacht abwarten.«

»Das kann ich nicht zulassen, *Capitan«,* sagte Sharif ernst.

»Das mag sein, aber dies hier ist immer noch mein Schiff – «

»Auf dem sich einhundert bewaffnete Männer befinden«, erinnerte ihn Sharif. »Es gibt keinen Grund, ein paar verirrte Fischer mit rostigen Schwertern und ein paar alten Flinten zu fürchten.«

» – und ich bin immer noch der Kapitän, ganz gleich, ob Ihr es nun gemietet oder mich mit Gewalt gezwungen habt, Eure Soldaten zu transportieren«, schloss Fernandes unbeeindruckt.

In Sharifs Augen blitzte es für einen kurzen Moment wütend auf, doch statt des erwarteten Zornausbruchs zwang er sich – nicht nur zu Andrejs Überraschung – zu einem widerwilligen Nicken. »Ein wenig Vorsicht hat noch niemandem geschadet«, sagte er. »Ich werde mit dem Lotsen reden. Vielleicht kann er uns sagen, wer diese Männer sind.«

Er gab einem der Soldaten, die noch immer unten an der Treppe standen, einen Wink. Sofort eilte der zum Bug, um den Lotsen zu holen. Sharif wartete, bis er außer Hörweite war, dann fragte er: »Weiß Eure Mannschaft eigentlich, dass ihr Kapitän ein Feigling ist, *Capitan?«*

»Ja«, antwortete Fernandes. »Aber sie weiß auch, dass es sehr viel mehr lebendige Feiglinge als lebende Helden gibt.«

Abu Dun lachte, doch Andrej wandte sich nur kopfschüttelnd um und sah noch einmal zu der kleinen Insel hin. Das Schiff hatte inzwischen noch weiter an Schwung verloren und war fast zum Stillstand gekommen, obwohl Fernandes nicht den Befehl dazu gegeben hatte. Dieses Schiff schien wirklich über eine ausgezeichnete Mannschaft zu verfügen.

Er sah zum Ufer hin, dann zur Flussmitte und anschließend noch einmal zum Ufer … und schließlich fragte er sich, wie lange er schon mit Blindheit geschlagen war und ob die Machdiji vielleicht doch über finstere Zauberkräfte geboten, die seinen Verstand benebelten und seinen Blick für das Offensichtliche trübten.

»Vielleicht wäre jetzt der richtige Moment, Eure Männer eine kleine Übung abhalten zu lassen, Hauptmann«, sagte er.

Sharif unterbrach sein albernes Gezänk mit dem Kapitän und wandte sich dem neuen, dankbareren Opfer zu, das sich noch dazu freiwillig gemeldet hatte. Doch dann schien er etwas in Andrejs Gesicht zu erkennen und wurde ernst.

»Wo?«, fragte er knapp.

Andrej deutete auf die Kamelreiter, die im Lauf der zurückliegenden halben Stunde herangekommen waren und in einer langen Reihe am Ufer Aufstellung genommen hatten, von wo aus sie das Schiff reglos anzustarren schienen. »Dort.« Er drehte sich halb um, um auf das gute Dutzend kleiner Daus zu deuten, das dem Schiff nach wie vor folgte, wie ein Rudel Haie einem verletzten Wal, der zum Sterben an die Wasseroberfläche gekommen ist. Dann machte er noch eine Kopfbewegung nach vorne. »Und dort.«

Es gab zweifellos eine Menge, was man gegen Sharif sagen konnte, aber dass er dumm war, gehörte nicht dazu. Einmal darauf aufmerksam gemacht, konnte auch er nicht mehr übersehen, dass die Falle, von der Abu Dun schon vor einer Stunde geunkt hatte, längst zugeschnappt war. Schrecken malte sich auf seinem Gesicht, dann fuhr er auf dem Absatz herum, beugte sich über die Reling und machte eine befehlende Geste zu den Männern unten auf Deck.

»Aber das ergibt doch überhaupt keinen Sinn«, murmelte Fernandes.

»Das muss es auch nicht«, sagte Sharif grimmig, machte aber keinerlei Anstalten, diese Bemerkung zu erklären, sondern nickte Andrej anerkennend zu. »Ihr habt gute Augen, Andrej, mein Kompliment. Und Ihr, Kapitän, solltet vielleicht diese Kanone laden, die Ihr da habt. Möglicherweise brauchen wir sie.«

Fernandes bedeutete zwar dem Mann, der ihm das Fernrohr gegeben hatte, mit einer knappen Geste, zu tun, was Sharif verlangte, schüttelte aber zugleich den Kopf und sagte noch einmal: »Das ergibt keinen Sinn! Wie wollen sie uns denn hier angreifen?«

Bevor Sharif antworten konnte, begannen unter ihnen auf dem Deck hektische Aktivität und Lärm auszubrechen, als mehr und mehr Janitscharen aus ihren Quartieren in den Laderäumen der *Elisa* auftauchten und an der Reling in Stellung gingen. Mäntel wurden zurückgeschlagen und Musketen schussbereit gemacht, und das alles mit einer solchen Präzision und Schnelligkeit, dass Andrej plötzlich ein bisschen besser verstand, woher der legendäre Ruf dieser Soldaten kam.

Aber er verstand auch Fernandes' Verwirrung. Die *Elisa* war kein Kriegsschiff, doch allein ihre Größe und ihre Position auf dem krokodilverseuchten Fluss machten sie praktisch unangreifbar, von den hundert Musketen und zwei Kanonen gar nicht zu reden.

Das Schiff kam endgültig zum Stillstand, auch jetzt wieder, ohne dass Fernandes den Befehl dazu gegeben hätte, und Andrej spürte, wie sich die Ruder gerade fest genug gegen die Strömung stemmten, damit es nicht zurückgetrieben wurde oder sich gar zu drehen begann, was in der schmalen Fahrrinne nur in einer Katastrophe enden konnte.

Der Lotse kam angelaufen, und er schäumte vor Wut. »Was soll das?«, fuhr er Sharif an, noch bevor er die letzte Stufe überwunden hatte. »Wie soll ich meine Arbeit tun, wenn ich ständig weggezerrt werde? Habt Ihr überhaupt eine Vorstellung, in welche Gefahr Ihr das Schiff und jeden Mann an Bord bringt, mich ausgerechnet jetzt –«

»Das ist eine gute Frage«, unterbrach ihn Sharif. »*Was soll das?,* meine ich. Wenn du am Leben bleiben willst, dann solltest du uns jetzt besser sagen, was hier vorgeht.«

»Ich verstehe nicht, was –«, begann der Lotse, doch Sharif schlug ihm so hart mit dem Handrücken ins Gesicht, dass er zurückstolperte und vermutlich gestürzt wäre, wäre er nicht so hart gegen die Reling geprallt, dass Andrej *hören* konnte, wie eine seiner Rippen brach.

Trotzdem zeigte sein Gesicht nicht einmal eine Spur von Schmerz, als er sein Gleichgewicht wiederfand und sich erneut an Sharif wandte. »Warum schlagt Ihr mich?«, fragte er. »Ich tue nur das, was Ihr von mir verlangt habt! Ich habe Euch gewarnt, dass es gefährlich ist, ein solches Schiff –«

»Die Männer dort auf der Insel«, unterbrach ihn Sharif. »Wer sind sie?«

Ein Gefühl vager Beunruhigung von gänzlich anderer Art ergriff von Andrej Besitz. Es ging von Abu Dun aus und wurde zu etwas anderem und sehr viel Schlimmerem, kaum dass er seinen Blick vom bleichen Gesicht des Lotsen losgerissen und den Nubier angesehen hatte. Abu Dun stand stocksteif da, und seine Hand hatte sich so fest um den Schwertgriff geschlossen, dass das Blut unter seinen Fingernägeln wich und sie zu weißen Halbmonden wurden. Sein Gesicht war starr, doch es war eine Art von Starre, die Andrej kannte und die ihm Angst machte, und seine Nasenflügel waren gebläht, wie bei einem Bluthund, der Witterung aufgenommen hatte.

Andrej versuchte, möglichst unauffällig neben ihn zu treten, doch er sah, dass Fernandes es bemerkte hatte. »Beherrsch dich, Pirat«, flüsterte er. »Das ist jetzt nicht der richtige Moment.«

Abu Dun deutete ein Nicken an, das so knapp ausfiel, dass selbst Andrej es fast nur erriet. Nervös fuhr er sich mit der Zungenspitze über die Lippen, den Körper bis aufs Äußerste gespannt.

»Wahrscheinlich sind es nur ein paar Fischer, die darauf warten, dass dieses Ungetüm von Schiff aufläuft, um den Anblick zu genießen«, sagte der Lotse trotzig, »oder das Wrack zu plündern, sobald es gekentert ist.« Fernandes' Augenbrauen hoben sich ein wenig. »Aber das wird nicht geschehen, keine Angst. Es sei denn, Ihr hindert mich noch länger daran, meine Arbeit zu tun.«

»Gehörst du zu ihnen?«, fragte Sharif ruhig.

Der Lotse fuhr sich mit dem Handrücken über das Kinn, um das Blut wegzuwischen, das aus seinen aufgeplatzten Lippen lief. Sharifs Schlag war eindeutig mehr als nur eine Warnung gewesen. Dennoch las Andrej weder Schmerz noch Furcht in dem Mann, sondern etwas anderes und viel Erschreckenderes.

Abu Duns Atem ging schneller, und auch Andrej spürte, wie sich tief in ihm etwas zu regen begann, eine Gier, die ebenso unersättlich und grausam war wie die Abu Duns, aber noch unendlich älter und verheerender. Aber er gestattete ihr nicht, weiter zu erwachen und am Ende gar Macht über ihn zu erlangen. Manchmal – viel zu oft in seinem unendlichen Leben – musste er es, sosehr er sich auch selbst dafür hasste – aber es war genau so, wie er gerade zu Abu Dun gesagt hatte: Jetzt war nicht der richtige Moment dafür. Abu Duns Atem ging angestrengt.

Andrej zog sein Schwert. »Gehörst du zu ihnen?«, fragte er.

Der Lotse maß ihn mit einem Blick, in dem sich Verachtung mit etwas mischte, das Andrej auf schreckliche Weise vertraut war. »Ich rede nicht mit einem Ungläubigen«, sagte er.

»Das ist löblich«, sagte Sharif. »Aber es bringt mich natürlich zu der Frage, woran *du* glaubst, mein Freund.«

»An den einzigen wahren Gott, Allah, und seinen einzigen wahren Propheten«, antwortete der Mann. *»Den Machdi!«*

Und damit riss er einen Dolch aus dem Gürtel und stürzte sich auf Sharif.

Der Angriff war ebenso beeindruckend wie dumm und auch vollkommen aussichtslos. Sharif musste ihn erwartet haben, denn er trat zwar schnell, zugleich aber auch fast gelassen zur Seite, sodass der wütende Dolchhieb des Mannes nicht nur ins Leere ging, sondern er auch haltlos an ihm vorüberstolperte und ihm auf diese Weise Gelegenheit gab, ihm einen wuchtigen Tritt in die Kniekehle zu versetzen. Praktisch gleichzeitig stieß Andrej mit dem Saif zu, doch die Bewegung des Mannes war selbst für ihn zu überraschend gekommen, sodass er dessen Herz verfehlte und ihm nur eine harmlose Fleischwunde an der Seite zufügte. Auch Fernandes ließ es sich nicht nehmen, sein Fernrohr zu schwingen und ihm einen wuchtigen Schlag über den Schädel zu versetzen, und als wäre das alles noch nicht genug, wehte von Deck ein einzelner, peitschender Knall herauf, und in der Schulter des Machdiji erschien plötzlich ein rauchendes Loch, das sich augenblicklich mit dunkelrotem Blut füllte.

Trotzdem fiel er nicht. Er wankte, das Gesicht blutüberströmt, der Kaftan rotgetränkt, die Augen glasig. Helleres Blut quoll über seine Lippen, doch er riss den Dolch in die Höhe und drang abermals auf Sharif ein.

Ein zweiter Musketenschuss krachte und riss einen blutigen

Fetzen aus seiner Seite, doch der gekrümmte Dolch des Machdiji beschrieb dennoch einen rasend schnellen Bogen aus flirrendem Silber und Tod, an dessen Ende sich Sharifs Kehle befand. Es war Abu Dun, der dem Janitscharenhauptmann das Leben rettete.

Schnell wie ein Schatten in einem tobenden Gewitter sprang er vor, entwaffnete den Machdiji, indem er ihm kurzerhand den Arm brach und mit der anderen Hand in die Höhe riss. Kaum weniger schnell und mit der ganzen Kraft seines gewaltigen Körpers schmetterte er ihn auf das Deck, rammte ihm das Knie mit Knochen zersplitternder Wucht in den Leib und griff mit der anderen Hand nach seiner Kehle, als gäbe es da noch etwas an dem zerschlagenen Körper, was er zerstören könnte.

Aber das war es auch nicht, was er wollte.

Andrej begriff es gerade noch rechtzeitig, um loszustürmen und Abu Dun so heftig zu rammen, dass er von seinem sterbenden Opfer herunterkippte, und bevor er auf die Seite fiel, packte Andrej den Machdiji, riss ihn hoch über den Kopf und schleuderte ihn in hohem Bogen über Bord.

Abu Dun war wieder auf den Beinen, noch bevor das helle Platschen zu ihnen heraufdrang, und für einen unendlich kurzen Moment las Andrej nichts als schiere, mörderische Wut in seinen Augen, ein Lodern aus blankem Hass und Gier, das Ungeheuer in Abu Dun, das erwacht war und nach Blut schrie, nach einem Leben, das es seinem Besitzer entreißen und verschlingen konnte, und sei es das seine. Und als wäre das allein nicht schon schlimm genug, regte sich nun auch tief in Andrej etwas, wild und mächtig, wie eine lautlos trotzige Herausforderung an den Vampyr in Abu Dun, den finalen Kampf der Götter zu beginnen.

Aber jetzt war nicht der Moment. Nicht. Jetzt.

Abu Dun machte einen tapsenden Schritt auf ihn zu, und

das Feuer in seinen Augen loderte noch heißer. Er begann sein Schwert zu ziehen, mit einer Bewegung, die gerade durch ihre Langsamkeit nur noch bedrohlicher wirkte, und Andrej war mit einem einzigen Schritt bei ihm, umklammerte sein Handgelenk mit aller Kraft und hielt zugleich seinen Blick fest.

Abu Duns Blick flackerte. Seine Hand zog das Schwert weiter aus der Scheide, ganz egal, wie verzweifelt er ihn auch daran zu hindern versuchte, während seine andere Hand sich um Andrejs Kehle schloss und ihm mit der Kraft eines Schraubstocks den Atem abschnürte.

Und dann wich der Irrsinn wieder aus seinen Augen, so schnell, wie er gekommen war, und machte einem Ausdruck des Erschreckens Platz.

»Andrej?«, murmelte er, fast als hätte er Mühe, ihn zu erkennen. »Aber was – ?«

Andrej deutete auf Abu Duns Hand, die immer noch seine Kehle umklammerte. Der Nubier ließ ihn hastig los und prallte entsetzt zurück. »Aber was … was habe ich …?«

»Schon gut«, unterbrach ihn Andrej mit rauer Stimme. Abu Duns Griff war so hart gewesen, dass er immer noch Mühe hatte zu atmen. In Abu Duns Augen las er, dass ganz und gar *nichts gut* war, wandte sich jedoch nur rasch um und stellte zu seiner Erleichterung fest, dass keiner der anderen etwas von der kurzen Szene mitbekommen hatte. Jedermann auf dem Achterdeck – einschließlich des Steuermannes – war zur Reling geeilt und sah dem Mann nach, den er ins Wasser geworfen hatte, auch wenn sie eigentlich wissen sollten, wie vergeblich es war. Selbst wenn der Mann noch einmal auftauchen würde: Aus dem Schilf glitten bereits zwei, drei geschuppte grüngraue Kolosse nahezu lautlos ins Wasser.

»Wenigstens die Krokodile werden heute satt«, sagte er, was ebenso geschmacklos war, wie es seinen Zweck erfüllte, denn niemand beachtete Abu Dun, alle Blicke richteten sich auf ihn. Selbst Sharif wirkte schockiert. Trotzdem nickte er. »Ich muss wohl bei Eurem Freund und Euch Abbitte leisten«, sagte er. »Wenn Ihr mich das nächste Mal vor einem Verräter warnt – «

»Und Euch das Leben rettet.«

»– dann höre ich vielleicht schneller auf euch«, schloss Sharif unbeirrt. »Dennoch wäre es vielleicht besser gewesen, ihn zuerst noch zu verhören.«

»Ich werde daran denken, wenn das nächste Mal ein Verrückter mit einem Dolch auf Euch losgeht«, sagte Abu Dun.

Er hatte sich abgewandt, wohl damit niemand sein Gesicht sah, auf dem noch immer ein Sturm widerstreitender Gefühle tobte. In seiner Stimme lag auch noch immer ein angespannter Ton, doch Andrej tröstete sich damit, dass er wohl der Einzige war, der den wahren Grund dafür kannte. Doch Sharif maß den Nubier bei diesen Worten mit gerunzelter Stirn.

»Und wenn Ihr noch Fragen habt, Hauptmann«, fuhr Abu Dun nach einer Pause fort, zum Bug deutend, »dann fragt doch *die da.*«

Andrejs Blick folgte seiner ausgestreckten Hand, und er sah, dass er recht gehabt und sich zugleich getäuscht hatte.

Der Umriss im Schilf *war* ein Boot, dessen Mast in diesem Augenblick aufgerichtet wurde. Aber es war nicht allein. Aus der Deckung des Uferbewuchses tauchte ein zweites Boot auf, dann ein drittes, viertes und fünftes, und Andrej musste sich nicht herumdrehen, um zu wissen, dass auch die Schiffe auf dem Fluss ihren Kurs änderten und nun direkt auf die *Elisa* zuhielten.

Ein Rauchwölkchen stieg über dem Bug einer der Daus auf, und kurz darauf erreichte das Peitschende des Musketenschusses sein Ohr. Noch bevor sie dem Schiff nahe kommen konnte, fiel die Kugel harmlos ins Wasser. Sharif verzog geringschätzig die Lippen.

»Wartet ab, bis sie auf dreißig Schritte heran sind!«, wies er die Männer unten hinter der Reling an, dann sah er über die Schulter zu Fernandes zurück. »Wie groß ist die Reichweite dieser Kanonen, *Capitan*?«

»Groß genug«, antwortete Fernandes. »Aber Ihr wollt doch nicht etwa, dass ich auf –«

Der entfernte Knall eines weiteren Schusses schnitt ihm das Wort ab. Auch dieses Geschoss traf das Schiff nicht, ließ das Wasser aber schon deutlich näher an der *Elisa* aufspritzen. Sharif ging in die Knie, hob den Dolch auf, den der Lotse hatte fallen lassen und reichte ihn Fernandes mit dem Griff voran.

»Das ist ein schönes Stück, *Capitan*. Warum behaltet Ihr es nicht als Andenken? Auch wenn ich fürchte, dass Ihr bald eine große Auswahl an Erinnerungsstücken haben werdet.«

Fernandes nahm den Dolch tatsächlich entgegen, steckte ihn aber nicht ein, sondern sah noch einmal zu der näher kommenden Flotte aus Daus hin. Dann fuhr er auf dem Absatz herum, ging zum Heck und schwenkte höchstpersönlich die mehr als armlange Karronade herum.

Andrej trat ein deutlich größeres Stück zur Seite, als notwendig gewesen wäre. Die bloße Nähe des Kanonenrohrs erfüllte ihn mit großem Unbehagen. Er hatte nur die halbe Wahrheit gesagt, als er Sharif gegenüber behauptet hatte, dass er Schusswaffen hasste. Tatsache war, dass er sie mindestens im gleichen Maße auch fürchtete, denn tief in sich war er davon überzeugt, dass es eine Feuerwaffe war, die seinem Leben eines Tages ein Ende bereiten würde.

Aber vielleicht ja noch nicht heute.

Die Kanone entlud sich mit einem gewaltigen Knall, der in Andrejs Ohren widerhallte, und einer armlangen Feuerzunge, und noch bevor sich das Achterdeck mit beißendem Qualm füllte, entlud sich auch die zweite Karronade am Bug. Beide Schüsse gingen fehl und stanzten nur harmlose Löcher in den Fluss. Dennoch war es für die näher kommenden Machdiji wohl so etwas wie ein Signal, denn nun fielen immer mehr Schüsse und in immer rascherer Folge. Neben der *Elisa* spritzte das Wasser auf, als hätte jemand eine Handvoll Kieselsteine über Bord geworfen. Fernandes und einer seiner Matrosen begannen bereits die Kanone nachzuladen, und Sharif machte erneut eine Geste zum Deck hinab.

»Noch nicht! Wartet!«

Etwas prallte mit einem Geräusch wie ein Fingernagelschnippen dicht neben seiner Hand von der Reling ab, und Andrej zog den Arm mit einiger Verspätung zurück, dafür aber umso hastiger.

»Vielleicht solltet ihr irgendwo in Deckung gehen«, riet Sharif. »Ich brauche euch noch, beide, und ich möchte dem Sultan nicht erklären müssen, dass ihr von einer verirrten Kugel getroffen worden seid.«

Andrej bedachte ihn mit einem geradezu vernichtenden Blick (Abu Duns schadenfrohes Grienen machte es auch nicht unbedingt besser), trat aber trotzdem von der Reling zurück und ging zur anderen Seite des Achterdecks. Fast gelang es ihm sogar, sich einzureden, dass er es nur tat, um das diesseitige Ufer im Auge zu behalten.

Auch wenn es nicht im Mindesten seine Absicht gewesen war. Aber vielleicht hätte er es tun sollen.

Die Kamelreiter waren abgesessen, und auch die Zahl der vermeintlich Neugierigen war deutlich größer, als er bisher angenommen hatte. Nun stürmten nahezu alle diese Männer auf das Ufer zu, was Andrej angesichts der zahllosen hungrigen Krokodile, die nur darauf warteten, dass ihnen eine Mahlzeit vor die Mäuler lief, wie reiner Irrsinn vorkam. Doch schnell erkannte er seinen Irrtum.

Denn längst nicht alle der dunklen Schatten im Schilf waren Krokodile. Es waren Boote, die umgedreht und gut verborgen in den Uferpflanzen lagen und vermutlich schon vor Tagen hier deponiert worden waren. Diese Falle war nicht improvisiert, sondern von langer Hand geplant und vorbereitet worden, vielleicht schon bevor sie Konstantinopel verlassen hatten. Wenn das hier vorbei war, dann würde er ein längeres Gespräch mit Sharif führen müssen.

Vorausgesetzt natürlich, sie überlebten *das hier.*

Zum allerersten Mal kam Andrej der Gedanke, dass dieser Angriff vielleicht doch nicht so dilettantisch geplant war, wie Sharif behauptete – und vielleicht auch nicht so aussichtslos, wie Fernandes sich einzureden versuchte.

»Sharif!«

Mit zwei schnellen Schritten war der Janitscharenhauptmann bei ihm, und es bedurfte auch keines weiteren Wortes der Erklärung. Er erschrak, wandte sich dann sofort wieder zum Deck um und machte eine befehlende Geste. Daraufhin verließ ein Gutteil seiner Leute ihre Posten an der Reling und eilte auf die andere Seite des Schiffes, und dreißig Schritte entfernt wurden die ersten Boote herumgedreht und ins Wasser geschoben.

Vom Fluss her wehten noch immer vereinzelte Schüsse herüber, und etwas flog mit einem sonderbar zwitschernden Laut an seinem Gesicht vorbei. Andrej zwang sich, es zu ignorieren.

»Und Feuer!«, schrie Sharif.

Einhundert Musketen entluden sich in einer einzigen, krachenden Explosion aus Mündungsfeuer und Pulverdampf, die vom Heck bis zum Bug des Schiffes und wieder zurück zu laufen schien.

Die Wirkung war schlichtweg verheerend. Überall rings um die kleinen Boote spritzte das Wasser auf, doch die meisten Geschosse trafen ihr Ziel. Holzsplitter und Blut vermischten sich mit gischtendem Wasser und den Schreien der Getroffenen, und Männer stürzten über Bord oder prallten gegen ihre Kameraden, um sie mit sich von den Beinen zu reißen. Andrej schätzte, dass allein auf dieser Seite des Schiffes mindestens ein halbes Dutzend Angreifer schon dieser ersten Salve zum Opfer fielen. Kurz darauf krachte auch schon das Heckgeschütz der *Elisa* zum zweiten Mal, und diesmal war der Schuss besser gezielt ... auch wenn seine Wirkung nicht annähernd so groß war, wie man hätte erwarten können: Die Kugel riss ein faustgroßes Loch in die Bordwand der Dau, fetzte dem Mann dahinter ein Stück Fleisch aus der Wade und zerschmetterte auch die dahinterliegende Wand, um ein gutes Stück weiter eine Furche ins Schilf zu graben, an deren Ende zerrissenes Grün und schlammiges Wasser aufspritzten.

Der zweite Kanonenschuss, ebenfalls auf die kleinen Boote auf dieser Seite gezielt, ging vollkommen fehl und ließ lediglich eine Fontäne aus Wasser und Dreckklumpen am Ufer aufspritzen.

»Das ist doch Wahnsinn!«, murmelte Abu Dun neben ihm. »Was tun die da? Außer sich umbringen zu lassen, meine ich?«

Andrej glaubte nicht, dass es so einfach war. Die Machdiji waren zweifellos Fanatiker, bei denen man prinzipiell mit allem rechnen musste, aber er war mit jedem Augenblick mehr davon überzeugt, dass dieser Angriff weder so chaotisch noch so planlos war, wie es immer noch den Anschein zu haben schien.

Die Janitscharen gaben keine weiteren Salven mehr ab, sondern schossen nun, was ihre Musketen hergaben und so schnell sie sie nachladen konnten. Binnen weniger Augenblicke wurde die Sicht schlechter und das Atmen schwer in der von Schießpulver geschwängerten Luft.

Dennoch sah Andrej, dass dem ersten, spektakulären Erfolg der Musketensalve kein zweiter folgte – ganz im Gegenteil. Sharifs Männer schossen weiter, und sie taten es auch mit genau der Zielsicherheit, die er erwartet hatte, doch die Machdiji hatten aus der ersten Salve gelernt und duckten sich jetzt hinter den niedrigen Bordwänden ihrer Boote oder hielten große Schilde aus Metall oder Holz in die Höhe, manche davon hastig zusammengezimmert und einige sogar nur aus Schilf improvisiert, das sie vermutlich an Ort und Stelle ausgerissen und zusammengeflochten hatten. Dennoch hielt dieser so lächerlich anmutende Schutz den allergrößten Teil der Geschosse ab. Ein Mann stürzte nach hinten und krümmte sich schreiend zwischen den Füßen der anderen. Aus einem zweiten Boot kippte ein Machdiji ins Wasser und tauchte nicht mehr auf, der Rest der Bleigeschosse jedoch blieb in Schilden und geflochtenen Schilfmatten stecken oder riss nur ein paar Splitter aus den Bootsrümpfen.

Zugleich schossen die Angreifer zurück. Zwar war es denen, die in den schwankenden Booten knieten, fast unmöglich, selbst ein Ziel von der Größe der *Elisa* zu treffen, doch auch vom Ufer aus wurde auf sie gefeuert, und auch wenn nur die wenigsten dieser Kugeln das Schiff erreichten, nötigten sie Sharifs Janitscharen doch, sich hastig hinter das Schanzkleid (oder auch einen ihrer Kameraden) zu ducken und hinderten sie auf diese Weise daran, sich so präzise auf die näher kommende Armada aus kleinen Booten einzuschießen, wie ihr Hauptmann es von ihnen verlangte.

Erneut flog etwas so dicht an Andrej vorbei, dass er es nicht nur hören, sondern sogar den Luftzug spüren konnte, und nur einen Augenblick später explodierte ein kleines Staubwölkchen auf Abu Duns Mantel. Der Nubier wankte nicht einmal, duckte sich aber hastig, und Andrej hielt es nun doch für klüger, dasselbe zu tun.

»Bist du verletzt?«, fragte er.

Abu Dun blickte ihn auf eine Weise an, als verstünde er die Frage nicht, nähme sie aber trotzdem zum Anlass, vorsorglich beleidigt zu sein. Stirnrunzelnd sah er an sich herab. Einen Moment später grub er mit spitzen Fingern eine fast einen Zoll messende platt gedrückte Bleikugel in Brusthöhe aus. Das Geschoss hatte den schweren Stoff seines Mantels nicht einmal durchschlagen.

»Allmählich beginne ich deine Abneigung gegen Schusswaffen zu verstehen, Hexenmeister«, sagte er, warf die Kugel mit angewidertem Gesicht von sich. »Obwohl ich überlege, unseren neuen Wohltäter auch um eines dieser Dinger zu bitten.« Er deutete mit dem Kopf auf Sharif, der auf der anderen Seite des Achterdecks kniete und von irgendwoher eine Muskete bekommen hatte, mit der er auf die Schiffe dort draußen schoss. Kaum hatte er abgedrückt, gab er die leere Waffe an einen Mann neben sich weiter, der ihm sofort eine frisch geladene Muskete reichte und sich unverzüglich daranmachte, die erste Waffe nachzuladen.

»Wieso?«, wollte Andrej wissen. Abu Dun verachtete Schusswaffen mindestens im gleichen Maße wie er, das wusste er. Nicht nur, weil er sie ebenso sehr fürchtete, sondern weil er es auch, wie er oft genug erklärte, *eines Kriegers für unwürdig hielt, eine Waffe zu benutzen, deren Abzug jeder Dummkopf und jedes zahnlose alte Weib betätigen konnte.* Ein Argument, das sicherlich in seiner Glaubwürdigkeit schwankte, je nachdem, an welchem Ende dieser Waffe man gerade war. Dennoch hätte der Nubier niemals ein Gewehr in die Hand genommen.

Abu Dun schnaubte und wollte mit dem Kopf hinter sich zeigen, was jedoch damit endete, dass er mit einem hörbaren Knall gegen das Holz schlug. »Weil ich es hasse, einfach nur dazusitzen und darauf zu warten, dass ich getroffen werde«, antwortete er.

Andrej lugte vorsichtig über den Rand des Schanzkleides hinaus, auf sein Glück vertrauend, nicht zufällig von einer verirrten Kugel getroffen zu werden. Trotz seiner scharfen Augen, konnte er kaum noch etwas erkennen. Das Schiff war in eine Wolke aus beißendem grauem Pulverdampf gehüllt, in der es ununterbrochen aufblitzte und -loderte. Schreie und ein gewaltiges Platschen und Krachen drangen an sein Ohr. Die Schiffe waren zu bloßen Schemen geworden, die inmitten des unwirklichen grauen Nebels wogten, und als er geduckt zur anderen Seite lief, um sich neben Sharif zu knien, bot sich ihm dort der gleiche Anblick.

Wieder krachte eine der Kanonen des Schiffes, doch es war unmöglich zu sagen, ob der Schuss traf oder gar eines der angreifenden Boote versenkte. Was ihm jedoch immer klarer wurde, war, wie selbstmörderisch dieser Angriff war.

Einige der kleinen Daus kamen immer noch näher, und die meisten Männer fanden hinter ihren Schilden und aus Brettern zusammengezimmerten Pavesen selbst aus der Nähe hinlänglich Deckung vor den Kugeln, die die Janitscharen auf sie abschossen. Doch er begriff nicht, was die Machdiji vorhatten. Die *Elisa* ragte mindestens fünfzehn Fuß weit aus dem Wasser, und selbstverständlich hatten Fernandes' Männer die Ruder eingezogen, sodass niemand sie benutzen konnte, um über sie nach oben zu klettern. Und selbst wenn: Sharifs Männer hatten nicht nur ihre Musketen, sondern auch Schwerter und Speere, mit denen sie genauso hervorragend umzugehen verstanden.

Wie um ihm den allerletzten Zweifel zu nehmen, prallte in diesem Moment die erste Dau nur ein Stück weit neben und unter ihnen gegen die Flanke des Schiffes.

Wie Andrej es erwartet hatte, ließen fünf oder sechs von Sharifs Männern ihre Musketen sinken und zogen stattdessen ihre Säbel, um die vermeintlichen Angreifer zu empfangen, sobald sie das Deck erreichten. Doch dann geschah etwas, womit er nicht gerechnet hatte und wohl auch sonst niemand.

Ein halbes Dutzend Enterhaken flog zu ihnen herauf, nicht mehr als grob gebogene Eisenstücke, die an einen Strick geknotet waren, doch keiner der Machdiji kletterte daran in die Höhe. Stattdessen zogen sie ihre Dau mit einem Geschick, als hätten sie es lange und präzise eingeübt, längs des größeren Schiffes, dann begann einer, kurz darauf auch noch ein zweiter von ihnen an dem kurzen Mast emporzuklettern.

Die Janitscharen schossen auf sie. Einer der beiden Angreifer stürzte mit weit ausgebreiteten Armen vom Mast und versank im Wasser, der zweite jedoch setzte seinen Weg unbeeindruckt fort, obwohl Andrej sah, dass er mindestens dreimal getroffen wurde – und vermutlich öfter –, und sofort nahm ein zweiter Mann in einem schwarzen Kaftan den Platz des Getöteten ein.

Doch noch bevor Sharifs Männer auf ihn feuern konnten, glomm irgendwo unten in der Dau ein grellgelber Funke auf, wuchs zu einer Flamme heran und dann zu einer prasselnden Lohe, die binnen einer einzigen Sekunde nicht nur den gesamten Mast, sondern auch die beiden Männer einhüllte. Weißes Licht blendete seine Augen, und selbst über die Entfernung hinweg war die Hitze so gewaltig, dass Andrej instinktiv die Hand vor das Gesicht hob, um sich zu schützen. Schreie gellten über das Deck, nicht nur die Schmerzensschreie der beiden Männer, die von den tobenden Flammen eingehüllt wurden, sondern auch die Schreckensrufe der Janitscharen und Seeleute. Etliche von Sharifs Männern prallten erschrocken von der Reling zurück, von dem furchtbaren Anblick zu entsetzt, um auf den Gedanken zu kommen, ihre Waffen zu benutzen, obwohl die beiden brennenden Männer unbeirrt und beinahe sogar noch schneller weiterkletterten.

Einen von ihnen verließ die Kraft, bevor er sein Ziel erreichte. Brennend und mit wirbelnden Armen stürzte er in das Boot zurück, das daraufhin mit einem dumpfen *Wusch* zur Gänze Feuer fing. Der Zweite jedoch kletterte weiter und weiter, unaufhaltsam, ein zuckender Schatten inmitten der weißen Flammenhölle, schreiend vor Schmerz und kaum noch als etwas Lebendiges zu erkennen. Nur einen Augenblick später erreichte er die Reling, schwang sich herüber und versuchte sich mit weit ausgebreiteten Armen auf einen der Janitscharen zu stürzen, um ihn in Brand zu setzen und mit sich in den Tod zu reißen.

Zwei, drei, vier Musketen krachten gleichzeitig, und die lodernde Gestalt wurde von der Wucht der aus unmittelbarer Nähe abgegebenen Schüsse zurück- und wieder über Bord geschleudert. Aus der Tiefe wehte eine dumpfe Explosion zu ihnen herauf, gefolgt von einem Chor gellender Schreie und einem Laut, als bräche etwas sehr Großes langsam in Stücke. Und dann hörten sie, wie schrille Stimmen ein einzelnes Wort intonierten:

»Machdi!«

Auch auf der anderen Seite des Schiffes schlugen nun Flammen in die Höhe, und auch von dort erscholl jener schreckliche Ruf, in den mehr und mehr Stimmen einfielen, bis der Lärm der Schlacht in dem immer lauter werdenden Chor fast unterzugehen schien, mit dem die Machdiji den Namen ihres Propheten riefen.

Hinter ihm entlud sich das Heckgeschütz der *Elisa* zum dritten Mal und jetzt mit schier trommelfellzerreißender Lautstärke, doch fast im gleichen Augenblick hörte Andrej einen gellenden Schrei. Als er herumfuhr, sah er, wie der Kanonier in die Knie brach, die Hände vor das Gesicht geschlagen. Dunkelrotes Blut quoll zwischen seinen Fingern hervor. Seine Schultern und seine Kopfbedeckung schienen zu schwelen. Wo das hintere Ende der kleinen Karronade gewesen war, erblickte er jetzt nur noch glühendes Metall und Rauch.

Fernandes ließ sich fluchend neben dem schreienden Mann auf die Knie fallen und versuchte seine Hände herunterzudrücken, um nach dessen Verletzungen zu sehen. Nur ein kleines Stück neben dem brennenden Schiff prallte eine zweite Dau gegen die Flanke der *Elisa*, an deren Mast sich bereits drei Männer klammerten.

Sharifs Janitscharen schossen einen herunter, die beiden anderen jedoch setzten mit gewagten Sprüngen auf das Deck über und griffen unverzüglich an. Einer von ihnen starb, noch bevor er seine Waffe ziehen konnte, von gleich zwei Speeren und einem Schwert durchbohrt, der andere jedoch schwang seinen Säbel mit solcher Gewalt, dass er einen Janitscharen glattweg enthauptete und noch einen zweiten an der Schulter verletzte, bevor auch er überwältigt und seine Leiche wieder über Bord geworfen wurde. Und schon prallte eine dritte Dau – diesmal auf der anderen Seite – gegen die *Elisa*, und weitere Machdiji kletterten am Mast empor oder schleuderten Enterhaken, um auf das Schiff zu gelangen.

Dennoch wäre auch dieser Angriff hoffnungslos zum Scheitern

verurteilt gewesen, denn der Vorteil der Überraschung war dahin, und die Janitscharen wussten nun, mit was für entschlossenen Gegnern sie es zu tun hatten, und reagierten entsprechend. Etliche von ihnen verschwanden wieder unter Deck und begannen durch die Ruderöffnungen auf die Daus zu schießen, andere nahmen jetzt gezielt jene Boote unter Feuer, die der *Elisa* nahe gekommen waren, und aus so unmittelbarer Nähe boten nur noch die wenigen metallenen Schilde der Angreifer Schutz vor den schweren Bleikugeln der Musketen, kein dünnes Holz und schon gar nicht die selbst gebastelten Schilde aus Schilf. Andrej gewahrte mehr als nur ein Boot, das nur noch mit Leichen und Sterbenden beladen war. Und noch etwas sah er, das ihm einen eisigen Schauer über den Rücken laufen ließ: Überall zwischen den kleinen Booten schien das Wasser zu kochen, nicht nur durch Kugeln oder brennende Trümmerstücke aufgewühlt. Leichen und Verwundete waren über Bord gefallen und trieben reglos auf den Fluten, Männer versuchten mit verzweifelten Schwimmbewegungen, die Boote zu erreichen, aus denen sie gestürzt waren, und zwischen ihnen bewegten sich riesige geschuppte Körper durch die schlammigen Fluten, starrten gierige Reptilienaugen und schnappten grässliche Gebisse. Auch in diesem Punkt hatte er recht behalten, dachte er schaudernd: Zumindest die Krokodile bekamen an diesem Tag ein Festmahl.

Geduckt eilte Andrej wieder zur anderen Seite des Schiffes, wo ihn ein Anblick erwartete, der ihm auf so grässliche Weise absurd erschien, dass er im ersten Moment seinen Augen nicht traute: Ungeachtet sowohl des wütenden Musketenfeuers als auch der gefräßigen Krokodile, die noch immer in großer Zahl gut verborgen im Schilf lauerten, stürmten die Machdiji, die in den wenigen Booten auf dieser Seite keinen Platz gefunden hatten, vom Ufer ins Wasser und versuchten das Schiff watend oder schwimmend zu erreichen. Die allermeisten von ihnen bezahlten es mit dem Leben, bevor sie dem Schiff auch nur nahe kamen, erschossen von Sharifs Janitscharen oder von einem der gnadenlosen Ungeheuer unter Wasser gezerrt, die sich dieses unerwartete Festmahl nicht entgehen ließen, einige wurden auch von den Booten ihrer Kameraden überfahren, die so in den Rausch des Angriffs verfallen waren, dass sie weder auf sich noch auf andere Rücksicht nahmen.

Neben ihm knurrte Abu Dun wie ein gereizter Wolf, sprang in die Höhe und riss noch im Loslaufen das Schwert aus dem Gürtel, bevor er mit einem einzigen Satz auf dem Deck und zwischen den Kämpfenden landete – ohne den Umweg über die Treppe gemacht zu haben. Einer von Sharifs Männern hatte das Pech, ihn zu spät zu bemerken und wurde einfach über den Haufen gerannt, die anderen wichen hastig vor dem tobenden Koloss zurück. Abu Dun erreichte die Reling gerade im richtigen Moment, um ein weiteres Schiff in Empfang zu nehmen, dessen Mast wie eine improvisierte Leiter aussah – und es tatsächlich auch war.

Andrej sah erst jetzt, dass man lange Nägel und hölzerne Dübel hineingetrieben hatte, um den Männern das Klettern zu erleichtern. Abu Duns gewaltiger Krummsäbel kappte den Mast zusammen mit dem rechten Arm eines Machdiji, der gerade daran in die Höhe kletterte, und der Stürzende riss zwei weitere mit sich, die ihm gefolgt waren.

Wieder erscholl ein Krachen, das Andrej im ersten Moment für das Geräusch der zweiten Kanone am Bug hielt. Doch als er hinsah, erblickte er Flammen, die den kurzen Bugspriet und das Vorderkastell des Schiffes einhüllten. Eine schattenhafte Gestalt tauchte für einen Moment inmitten des Feuers auf und schien mal auf ein Mehrfaches ihrer Größe anzuwachsen, mal sich auf vollkommen unmögliche Weise zu verbiegen, um sich gleich darauf in dem gleißendem Ozean aus Licht aufzulösen und in neuer und schrecklicherer Form wieder zusammenzusetzen, bevor sie endgültig nach hinten kippte und verschwand.

Sofort eilten Fernandes' Matrosen mit Sand- und Wassereimern herbei, um den Brand zu löschen. Einer von ihnen griff sich plötzlich an den Hals und kippte zur Seite, doch die anderen verstanden ihr Handwerk und brachten die Flammen binnen weniger Augenblicke unter Kontrolle.

Aber es nutzte nichts. Eine zweite, lichterloh brennende Dau prallte nur wenige Schritte neben der ersten gegen den Bug der *Elisa*, und wieder schlugen Flammen über die Reling, und eine weitere, brennende Gestalt hangelte sich auf ebenso unmögliche Weise an Deck, wie es ihre Vorgänger getan hatten. Der Mann schrie vor Schmerz, so laut, dass es selbst über das Toben der Flammen und den Schlachtenlärm und die Schüsse hinweg zu hören war, torkelte aber trotzdem mit brennenden Kleidern weiter und griff mit schwelenden Händen nach der Takelage, um darin in die Höhe zu klettern.

Zwei krachende Musketenschüsse schleuderten ihn zurück und über Bord, doch das brennende Öl, mit dem seine Kleider und sein Leib getränkt gewesen waren, hatte bereits einen Teil des Tauwerks in Brand gesetzt, die Flammen rasten weiter, erreichten das Segel und setzten das schwere Tuch in Brand.

Fernandes schrie ein Kommando, das Andrej nicht verstand, und weitere Männer stürzten nach vorne, um diesen neuerlichen Brand zu löschen, ohne auf die Kugeln, Pfeile und andere Wurfgeschosse zu achten, die ihnen um die Ohren flogen. Zwei von ihnen stürzten getroffen zu Boden, noch bevor sie ihr Ziel überhaupt erreichten, ein dritter fand sich mit einem Male in der tödlichen Umarmung einer brennenden Gestalt wieder, die wie aus dem Nichts über der Reling erschien und ihn rücklings mit sich in die Tiefe riss.

Praktisch gleichzeitig kollidierte eine weitere Dau mit der *Elisa*, nicht brennend, aber mit gleich vier Männern, die sich an den dünnen Mast klammerten, der sich unter ihrem Gewicht sichtbar durchbog. Zwei von ihnen wurden erschossen, noch bevor sie das Schiff erreichen konnten, die beiden anderen jedoch sprangen auf das Deck herab. Sharifs Männer spießten einen Machdiji mit ihren Schwertern auf, und Andrej rechnete fest damit, dass sich der andere in seiner Raserei der Übermacht unverzüglich entgegenwarf.

Stattdessen jedoch fuhr er herum und rannte geradewegs auf den brennenden Bug zu. Als Andrej begriff, was er unter seinem Mantel trug, war es zu spät.

Tatsächlich schrie er Fernandes' Männern noch eine Warnung zu, doch seine Stimme ging ebenso wie jedes andere Geräusch in dem gewaltigen Dröhnen unter, mit dem der mit Schießpulver gefüllte Sack explodierte, den der Machdiji an den Leib gepresst hatte.

Die Explosion löste ihn buchstäblich in nichts auf, riss zwei Matrosen in Stücke und schleuderte die anderen schwer verletzt und schreiend zu Boden. Die vereinzelten Flämmchen, die bisher am vorderen Segel der *Elisa* geleckt hatten, wurden zu einer orange glühenden Lohe, die binnen einer einzigen Sekunde bis weit über die Mastspitze hinaufschoss. Hitze und Druck rissen weitere Männer von den Beinen, und das gesamte Schiff erbebte wie unter dem Hammerschlag eines zornigen Riesen.

Wie nahezu jeder an Bord wurde Andrej durch die Erschütterung von den Füßen gerissen, kam mit einer Rolle wieder in die Höhe und beendete die Bewegung, indem er mit einem einzigen Satz auf das schwankende Deck sprang. Sein Blick suchte Abu Dun und fand den Nubier auf der anderen Seite des Schiffes. Auch er war wie alle anderen gestürzt und hatte einen Machdiji und zwei Soldaten des Sultans unter sich begraben. Noch im Aufspringen sorgte er mit einem harten Ellbogenstoß dafür, dass der Angreifer für immer liegen blieb, schenkte den beiden Janitscharen dafür umso weniger Beachtung und schwang seinen Säbel, um sich auf die Angreifer zu stürzen, die plötzlich in Scharen über die Reling stürmten.

Andrej sah sich mit wachsender Bestürzung um. Das vordere Viertel des Schiffes brannte, und wenn dort überhaupt noch jemand am Leben war, so würde er sich wünschen, es nicht zu sein. Mehr und mehr der kleinen Daus prallten wie dumpfe Faustschläge gegen die Flanke des größeren Schiffes, und nun wurden auch mitgebrachte Leitern und andere Kletterhilfen angelegt. Sie alle hatten sich verschätzt, was die Anzahl der Angreifer anging. Obgleich so viele dem wütenden Abwehrfeuer der Janitscharen (und den Krokodilen) zum Opfer gefallen waren, stürmten sie weiter in dicht aufeinanderfolgenden Wellen heran.

Da begriff Andrej, dass sie alle, Sharif eingeschlossen, einen fatalen Fehler gemacht hatten.

Kapitel 14

Unter normalen Umständen hätten die Janitscharen leichtes Spiel mit Männern wie ihnen gehabt, einfachen Handwerkern, Bauern und Kaufleuten, die mehr schlecht als recht gelernt hatten, mit Waffen umzugehen. Doch sie schienen keinen Schmerz zu kennen, keine Erschöpfung und schon gar keine Angst. Andrej sah, wie zwei Janitscharen einen einzelnen Angreifer regelrecht in Stücke hackten und er trotzdem noch einen von ihnen mit sich in den Tod riss, indem er sich einfach nach vorne warf und den Mann mit der Spitze des Säbels aufspießte, den ihm sein Kamerad in den Rücken gerammt hatte. Andere hatten Hände oder gar einen Arm verloren und wüteten unbeeindruckt weiter, ohne dass sich auf ihren Gesichtern auch nur Schmerz gezeigt hätte.

Er sprang auf, wehrte einen Angreifer ab, der seine Waffe verloren (oder vielleicht nie eine besessen) hatte und sich mit bloßen Händen auf ihn stürzte, trat einem zweiten Mann die Beine unter dem Leib weg und hackte und schlug sich mit zunehmendem Entsetzen zu Abu Dun durch. Er hätte nicht sagen können, was ihn mehr erschreckte: Die Besessenheit und der Wahnsinn, mit denen die Angreifer heranstürmten, oder die Hemmungslosigkeit, mit der Abu Dun tobte. Die Klinge seines gewaltigen Säbels war längst nicht mehr silbern, sondern rot, und er schlug, hackte und schlachtete sich mit solchem Ungestüm durch die Menge, dass Freund und Feind entsetzt vor ihm zurückwichen … oder doch zumindest *Freund*. Abu Dun kannte keine Rücksicht und keinen Unterschied mehr und tötete und verstümmelte alles und jeden, der ihm vor das Schwert geriet, und zumindest die Janitscharen versuchten sich vor seinem Wüten in Sicherheit zu bringen.

Die angreifenden Machdiji jedoch schienen auch jetzt keine Furcht zu kennen, so wenig wie den Wunsch, weiter am Leben zu bleiben. Andrej sah, wie Abu Duns monströser Säbel einen Mann glattweg spaltete und auch dem Machdiji neben ihm noch eine tiefe Fleischwunde im Oberschenkel zufügte, an der er verbluten musste, doch die anderen rannten einfach weiter heran und drohten den nubischen Riesen allein durch ihre schiere Masse zu überrollen.

Abermals erbebte das Schiff wie unter einem Hammerschlag. Andrej wehrte einen Schwerthieb ab, fast ohne sich der Bewegung bewusst zu sein, fuhr auf dem Absatz herum, um sich Rücken an Rücken mit Abu Dun aufzustellen. Er suchte nach einer weiteren Flammensäule, die das Schiff bedrohte, und gewahrte sie nur ein paar Schritte entfernt inmitten der kämpfenden Krieger. Da blitzte es an der gegenüberliegenden Reling abermals rot und orangefarben auf, und ein neuerlicher Chor aus Schmerzens- und Todesschreien zerriss den Kampflärm. Der erste Wahnsinnige, der sich mit einem Beutel voller Schießpulver und dem Namen seines vermeintlichen Propheten auf den Lippen selbst in die Luft gesprengt hatte, war nicht der einzige geblieben.

Zum allerersten Mal begann sich Andrej ernsthaft zu fragen, ob sie diesen Kampf vielleicht verlieren würden.

Abu Dun wütete weiter wie ein Berserker unter den Angreifern, aber er war schon ein paarmal getroffen worden, und auch Andrej spürte warmes Blut, das an seinen Oberarmen und dem Rücken hinablief. Er konnte nicht sagen, wie viele Männer er schon getötet hatte – zwei, fünf oder ein Dutzend –, doch es war wie in einem Albtraum: Für jeden erschlagenen Gegner schienen zwei neue aufzutauchen. Und anders als Abu Dun und er waren die Janitscharen keine Unsterblichen, die Verletzungen kaum zur Kenntnis nahmen, die für andere den sicheren Tod bedeutet hätten.

Wieder erbebte die *Elisa*, jetzt jedoch auf andere, nachhaltigere Art, und Andrej schwang zwar unbeeindruckt weiter seinen Saif, sah sich aber trotzdem beunruhigt um, doch durch die Flammen und den Rauch erkannte er nichts als reines Chaos und tobende Gewalt. Er glaubte Sharifs Stimme zu hören, die irgendetwas schrie, vielleicht auch Fernandes, dann erregte etwas auf dem Achterkastell seine Aufmerksamkeit, ohne dass er hätte sagen können, was es war. Auch dort oben wurde gekämpft. Männer in Schwarz kämpften gegen Männer in Schwarz, ohne dass der Unterschied auf den ersten Blick zu erkennen gewesen wäre, dann sah er, wie einer von Fernandes' Matrosen von einem Schwertstreich durchbohrt über Bord fiel und identifizierte anhand seines Mörders Freund und Feind – soweit dieser Unterschied überhaupt noch eine Rolle spielte.

»Dort oben!«, keuchte er. »Das Ruder!«

Abu Dun führte einen weiteren gewaltigen Schwerthieb aus, mit dem er auch jetzt wieder gleich zwei Angreifer zu Boden streckte, signalisierte ihm aber auch mit einem knappen Nicken, dass er ihn verstanden hatte, und sie versuchten sich ihren Weg über das Deck zurück zu kämpfen.

Es war zu spät. Fernandes' Matrosen leisteten tapferen Widerstand, doch sie waren keine Soldaten und hatten nicht den Hauch einer Chance gegen die vom Kat berauschten Krieger. Binnen weniger Augenblicke wurden sie niedergemacht, und eine schmale Gestalt in einem schwarzen Umhang ergriff das Ruder der *Elisa* und warf es mit einem kraftvollen Ruck herum.

Waidwund oder nicht, das tapfere Schiff gehorchte sofort mit einem angestrengten Ächzen, das durch den gesamten Rumpf lief, als das Heck des Seglers herumschwenkte. Gleichzeitig war etwas wie ein lautes Schaben und Knarren zu hören, dann folgte ein berstender Schlag, als das Schiff aus der schmalen Fahrrinne geriet und sein Kiel gegen etwas ungemein Hartes und Widerstandsfähiges prallte, das im Schlamm des Flussgrundes verborgen lauerte. Holz splitterte. Andrej konnte *spüren*, wie die Planken unter seinen Füßen barsten und schäumendes Wasser in den Rumpf strömte. Irgendwo hoch über ihnen zerbrach etwas mit einem peitschenden Knall wie ein zu straff gespannter Bogen, und brennender Stoff und schwelendes Holz regneten auf die kämpfenden Männer herab.

Ein weiterer Fanatiker sprengte sich mit einem Beutel voller Schießpulver in die Luft und riss etliche Janitscharen, aber auch mehr als nur einen seiner eigenen Kameraden mit sich in den Tod. Das Schiff schwenkte weiter herum, mit einer schwerfälligen, unendlich *mühsamen* Bewegung, aber auch der Unaufhaltsamkeit einer Naturgewalt. Andrej meinte mit der Intensität körperlichen Schmerzes zu spüren, wie sich das Schiff in seiner Gänze verbog und mit einem ungeheuerlichen Getöse in Stücke zu brechen begann.

Einer der beiden Maste zersplitterte und neigte sich wie ein gefällter tausendjähriger Baum zur Flussmitte, um in einem Chaos aus Splittern, Stofffetzen und Flammen über Bord zu stürzen, wobei zahlreiche Männer beider Seiten mitgerissen wurden, erschlagen von zerberstendem Holz oder hilflos verstrickt in brennendes Tauwerk und lodernden Stoff. Leben erloschen, so zahlreich, brutal und schnell, dass Andrej es nicht nur tief in sich spürte, sondern auch das Ungeheuer, das er in sich trug, gellend aufheulte. Er konnte nur hoffen, dass es Abu Dun nicht ebenso erging, und wenn, dass er des Ungeheuers in sich genauso Herr wurde.

Mit einem gewaltigen Schwertstreich verschaffte er sich Luft (erst hinterher wurde ihm klar, dass er nicht einmal wirklich gesehen hatte, wen er traf), stürmte der Treppe entgegen und wurde noch einmal aufgehalten, als gleich ein halbes Dutzend Machdiji versuchten, Abu Dun und ihm den Weg zu vertreten. Sie brauchten nur wenige Augenblicke, um sich dieses neuerlichen Angriffes zu erwehren, eine Spur aus Blut und Leichen hinterlassend, doch es reichte, das Schicksal der *Elisa* endgültig zu besiegeln.

Die Gestalt hinter dem Ruder warf das große geschnitzte Rad noch weiter herum, und Andrej spürte, wie ein neuerlicher, noch härterer Schlag den Rumpf des geschundenen Schiffes traf. Vielleicht nicht einmal sehr weit, aber im entscheidenden tödlichen Winkel zur Strömung des Flusses stehend, bäumte sich das Schiff auf, krängte zur Seite und schien sich dann noch einmal mit verzweifelter Kraft gegen das Unausweichliche zu stemmen, wie ein Sterbender, der sich wider jede Vernunft gegen den Tod auflehnt.

Dann begann es zu kentern.

Mit der Schwerfälligkeit eines stürzenden Berges legte sich die *Elisa* auf die linke Seite, verharrte wider jede Möglichkeit noch einmal und für eine allerletzte, zitternde Sekunde und kippte dann weiter. Männer schrien und stürzten über Bord. Brennendes Segelzeug regnete vom Himmel. Schreie gellten, und Schmerz und Furcht erfüllten die Luft, legten sich um ihn wie übel riechender dicker Sirup, der seine Seele in ein Netz aus widerwärtigen schleimigen Fäden einspann.

Hinterher hätte Andrej nicht sagen können, in welcher Reihenfolge die Dinge geschahen oder ob überhaupt nacheinander und nicht auf finstere magische Weise gleichzeitig, als hätten die Mächte des Schicksals es darauf angelegt, ihm vielleicht nicht die Schuld an dem zu geben, was geschah, ihn aber auch ganz gewiss nicht davon freizusprechen. Vielleicht erreichte Abu Dun das Achterkastell als Erster, vielleicht auch er, möglich, dass sie gleichzeitig die schmale Treppe hinaufgerannt kamen und ihre Schwerter im gleichen Moment niederfuhren, um Gestalten in schwarzen Mänteln niederzustrecken – aber es war eindeutig *sein* Schwert, das im letzten Moment vorzuckte und Abu Duns Krummsäbel beiseiteschlug.

Der Aufprall war so gewaltig, dass ihm der Saif aus der Hand gerissen wurde und in hohem Bogen davonflog. Schmerz schoss durch seine Arme bis in die Schultern und die Nackenmuskeln hinauf, so heftig, dass es ihm die Tränen in die Augen trieb und die Welt vor seinen Augen für einen einzigen Moment in waberndes Rot getaucht war. Er brach in die Knie, sah aber trotzdem, dass Abu Duns Säbel sein Ziel verfehlte: Die gewaltige Waffe zertrümmerte das Ruder und ließ die schmale Gestalt dahinter mit einem schrillen Schrei zurücktorkeln. Er fühlte brennenden Schmerz und roch Blut, als der Machdiji ebenfalls auf die Knie fiel und sich krümmte, aber er *lebte*, und das war in diesem Moment alles, was zählte, denn als die schmale Gestalt den Kopf zurückwarf und ihre Kapuze dabei verrutschte, kamen ein schmal geschnittenes Gesicht und glattes schwarzes Haar darunter zum Vorschein. Die so sanften Augen, an die er sich erinnerte, hatten ihren verwundbaren Ausdruck verloren und waren von nichts als Fanatismus und brennender Überzeugung erfüllt, das Gesicht jedoch war das Muridas, und für einen kurzen, aber schrecklichen Moment empfand er nichts als Hass auf Abu Dun, der ihr diesen Schmerz zugefügt hatte.

Doch das Gefühl verblasste so schnell, wie es gekommen war, und Andrej sprang auf, warf sich schützend über das Mädchen und empfing Abu Dun mit einem harten Fußtritt gegen das Knie, als er sich auf sie stürzen wollte.

Es gelang ihm nicht, den Nubier tatsächlich aufzuhalten, er brachte ihn aber immerhin mit seinem Tritt so aus dem Gleichgewicht, dass sein Schwerthieb das Mädchen verfehlte, wenn auch nur um Haaresbreite. Die gewaltige Klinge grub sich anderthalb Handbreit durch das zollstarke Holz der Decksplanken und verkantete sich, sodass es Abu Dun nicht gelang, sie sofort wieder herauszureißen, um vielleicht noch einmal zuzuschlagen. Andrej trat aus seiner liegenden Position heraus noch einmal zu und zielte jetzt auf Abu Duns Handgelenk.

Der Nubier ließ die Waffe los, taumelte mit einem schmerzerfüllten Grunzen zurück und umklammerte sein geprelltes Handgelenk, während Andrej sich, den Schwung seines eigenen Trittes nutzend, auf die Füße rollte und das Mädchen mit sich in die Höhe zerrte.

Im nächsten Moment musste er wieder um sein Gleichgewicht kämpfen, als sich das Schiff noch weiter neigte. Etliche Männer stürzten über Bord, und alle anderen fielen einfach über- und nebeneinander. Irgendwie schaffte es Andrej nicht nur, auf den Beinen zu bleiben, sondern auch, Murida festzuhalten. Zum Dank versuchte das Mädchen ihm die Knie zwischen die Beine zu rammen. Andrej fing den Angriff mit dem Oberschenkel ab (was fast genauso wehtat, als hätte sie getroffen), packte sie mit beiden Händen und schüttelte sie so derb, dass ihr Kopf in den Nacken flog und ihre Zähne aufeinanderschlugen. Murida versuchte nicht noch einmal, ihn zu treten, doch als er ihr Handgelenk losließ, fuhr sie ihm mit Fingernägeln scharf wie Messerklingen durch das Gesicht, um ihm die Augen auszukratzen. Andrej ohrfeigte sie, und sie stellte auch diesen Angriff ein, doch ihre Augen sprühten vor Hass.

»Verdammt noch mal, was soll der Unsinn?«, schrie er über das Toben der Flammen und die Schreie der sterbenden Männer hinweg. »Ich stehe auf deiner Seite! Ich will dir helfen!« Vermutlich war sie einfach von Sinnen vor Angst, weil Abu Dun sie angegriffen hatte. Andrej konnte es ihr nicht verdenken. Er hatte schon ausgewachsene Männer gesehen, die bei diesem Anblick die Nerven verloren hatten. »Ich stehe auf deiner Seite!«, sagte er noch einmal.

Aber Murida offensichtlich nicht auf seiner. Sie spuckte ihn an. »Verdammter Ungläubiger!«, schrie sie. »Was mischst du dich ein? Verschwinde wieder dorthin, wo du hergekommen bist!«

Die *Elisa* legte sich noch weiter auf die Seite, sodass Andrej sich nun hastig an der Reling festklammern musste, um nicht zu stürzen. Murida nutzte die Gelegenheit zu einem neuerlichen Versuch, sich loszureißen, den er aber vereitelte. Auch der zweite Mast zerbrach und begrub nicht nur Dutzende von Männern unter sich, sondern zertrümmerte auch die Reling und riss das Schiff noch mehr auf die Seite. Nirgendwo wurde noch gekämpft. Wer überhaupt noch an Deck und am Leben war, versuchte sich verzweifelt irgendwo festzuklammern, um nicht über Bord und in den sicheren Tod gerissen zu werden. Andrej spürte, wie die Reling, an die er sich klammerte, zu zerbrechen begann, hielt

Murida mit der anderen Hand und solcher Kraft fest, dass sie vor Schmerz aufstöhnte, und suchte mit fliegendem Blick nach einem Fluchtweg. Die Schräglage des Schiffes hatte längst den Punkt überschritten, an dem ein Kentern noch zu vermeiden gewesen wäre, und aus dem schrecklichen Geräusch von berstendem Holz war ein gewaltiges Grollen und Splittern geworden, wie der Todesschrei eines riesigen sterbenden Tieres. Das Heck schwenkte weiter herum und geriet endgültig in den Sog der Strömung, und er sah, wie die winzigen Daus hastig zu wenden versuchten, um nicht unter dem umschlagenden Schiff begraben zu werden.

Nur wenigen gelang es, und Andrej verschwendete keine Zeit mehr, über sein irrsinniges Vorhaben weiter nachzudenken, sondern presste das Mädchen eng an sich und sprang.

Um Haaresbreite erreichte er das flüchtende Boot, das seinerseits nur knapp von einem Teil des zerbrechenden Achterkastells verfehlt wurde, das wie ein riesiges Wurfgeschoss hinter ihm ins Wasser fiel und eine halbmeterhohe Flutwelle verursachte, die das Boot beinahe zum Kentern brachte. Er schlug mit solcher Gewalt auf, dass sein Fuß durch das dünne Holz des Rumpfes stieß und er fast gestürzt wäre. Jemand schlug mit einem Ruder nach ihm, doch Andrej hatte keine Hand frei, um den Hieb abzuwehren und nahm ihn mit zusammengebissenen Zähnen hin. Das Ruderblatt zerbrach unter der Wucht des Schlages auf seinem Rücken, und Andrej fiel auf das linke Knie herab, einen Schmerzensschrei unterdrückend, als sich sein anderes Bein verdrehte, das noch immer im zerborstenen Bootsrumpf festgeklemmt war. Murida entglitt seinem Griff und stürzte zwischen die Männer, und statt mit dem zerbrochenen Ruder zielte der Machdiji jetzt mit einem Messer auf ihn.

Andrej entriss ihm die Waffe, rammte sie ihm in die Wade und versetzte dem Mann mit der anderen Hand einen Stoß, der ihn rücklings aus dem Boot schleuderte. Die kleine Dau hüpfte so wild hin und her, dass er drei Anläufe brauchte, um seinen Fuß loszureißen und aufzuspringen. Zuerst konnte er Murida nirgendwo sehen, denn ein halbes Dutzend Gestalten war im vorderen Teil des Bootes übereinandergefallen, und überall war Blut. Dann gewahrte er sie doch, machte einen raschen Schritt und stürzte schon wieder, als das winzige Boot wie von der Hand eines unsichtbaren Riesen gepackt und in die Höhe gehoben wurde.

Die *Elisa* fiel endgültig auf die Seite, und die ganze Welt versank in einem Chaos aus Lärm und brodelndem Wasser. Die Dau wurde von der Flutwelle hoch- und herumgerissen, kippte seitlich, und von einem Augenblick auf den nächsten war die Hälfte der Männer einfach nicht mehr da. Dann drehte sie sich einmal komplett um ihre Achse, bevor sie mit einem gewaltigen Schlag ins Wasser zurückstürzte. Wie alle anderen wurde auch Andrej in die Höhe geschleudert und fiel mit solcher Wucht zurück, dass er beinahe das Bewusstsein verloren hätte. Vielleicht war es nur die Angst um Murida, die ihn wach hielt.

Mit zusammengebissenen Zähnen stemmte er sich hoch, entdeckte Muridas Gestalt als verschwommenen Schemen vor sich und kroch blindlings los. Als er sich auf die Knie stemmte und die Hand nach ihr ausstrecken wollte, erzitterte das Boot unter dem Anprall einer weiteren Woge, und Murida kippte mit wirbelnden Armen und einem lautlosen Schrei auf den Lippen nach hinten und verschwand im Wasser.

Mit einer einzigen Bewegung war Andrej dort, wo Murida gerade noch gekniet hatte, zog sich an der niedrigen Bordwand hoch und suchte die Wasseroberfläche inmitten der verzweifelt schwimmenden Gestalten, dem spritzenden Schaum und treibenden Trümmerstücken nach ihr ab. Hier und da schien sogar das Wasser selbst zu brennen. Das Ufer war weniger als zehn Meter entfernt, aber es hätten ebenso gut auch tausend Meilen sein können. Selbst der beste Schwimmer der Welt hätte kaum eine Chance gehabt, dieser kochenden Hölle zu entkommen.

Endlich entdeckte er Murida und gestattete sich einen flüchtigen Funken von Hoffnung, denn die Wellen hatten sie bereits den halben Weg zum Ufer getragen. Sie hatte auch nicht das Bewusstsein verloren, sondern kämpfte mit verzweifelten Schwimmbewegungen um ihr Leben.

Dann sah er etwas, das ihm schier das Blut in den Adern gefrieren ließ: große Körper, geschuppt und gepanzert und mit Klauen und langen, peitschenden Drachenschwänzen.

Statt Atem für einen Schrei zu verschwenden, den das Mädchen ohnehin nicht gehört hätte, sprang Andrej in die Höhe und warf sich mit einem verzweifelten Hechtsprung ins Wasser. Unmittelbar neben Murida tauchte er wieder auf, schlang den Arm um ihre Hüfte und suchte mit aller Kraft das nahe Ufer doch noch zu erreichen. Aber auch das gepanzerte Urzeitungeheuer kam näher, pflügte durch das schäumende Wasser, die anderen strampelnden Körper ringsum nicht beachtend, als wäre es von einer finsteren Macht eigens geschickt worden, um ihn zu bestrafen – oder als wäre es etwas Persönliches. Andrej wusste, dass sie es nicht schaffen würden. Neben ihnen brannte das Wasser auf einer Fläche von guten zwei mal drei Metern, von vorne raste das Krokodil heran, und hinter ihnen regneten noch immer brennende Trümmer von der gekenterten *Elisa.*

Plötzlich spürte er unter seinen Füßen den schlammigen Flussgrund, doch im selben Augenblick, in dem er sich aufzurichten versuchte, war das Krokodil da und riss das gewaltige Maul auf, um nach Murida zu schnappen.

Statt aufzuspringen, drückte Andrej das Mädchen nur wieder tiefer unter Wasser und warf sich schützend auf sie. Etwas Riesiges und unvorstellbar Starkes schrammte über seinen Rücken, riss sein Hemd und die Haut darunter auf und drückte ihn noch weiter in die Tiefe und den weichen Schlamm. Murida begann zu strampeln, und obwohl er wusste, dass es unmöglich war, glaubte er sie schreien zu hören. Der gewaltige Schatten glitt weiter über ihn hinweg, schien einfach kein Ende zu nehmen, und als der unerträgliche Druck endlich verschwand und er aufzustehen versuchte, traf ihn der peitschende Schwanz der Bestie an der Brust und presste ihm auch noch das letzte bisschen Luft aus der Lunge. Mehr instinktiv als noch zu einem klaren Gedanken fähig stemmte er sich hoch, riss Muridas Kopf und Schultern über die Wasseroberfläche und wurde mit einem gequälten Keuchen und Husten und nach Luft Ringen belohnt.

Aber es war nicht vorbei. Das Ungeheuer warf sich mit einer blitzartigen Bewegung herum, vollführte eine halbe Drehung und schien sich regelrecht aus dem Wasser herauszukatapultieren, um des Mädchens doch noch habhaft zu werden. Es *war* etwas Persönliches, begriff Andrej, wie immer das auch möglich sein mochte. Er wusste, er würde nicht schnell genug sein, um Murida noch einmal aus der Reichweite der schnappenden Kiefer zu bringen.

Deshalb versuchte er es erst gar nicht, sondern warf sich der Bestie mit weit ausgebreiteten Armen entgegen. Im allerletzten Moment drehte er Kopf und Schultern weg und entging so den schnappenden Zähnen, so lang wie Abu Duns Daumen, aber um etliches breiter. Das Ungeheuer begrub ihn mit seiner schieren Masse unter sich und presste ihn erneut in den weichen Schlamm des Flussgrundes. Doch im letzten Moment warf es sich herum, und es gelang Andrej tatsächlich, die Bestie zu überraschen. Ohne das heftig zappelnde Krokodil loszulassen, stemmte er die Füße in den Morast, richtete sich auf und mobilisierte jedes bisschen seiner gewaltigen Kraft, um das Ungeheuer hochzureißen.

Nicht einmal seine übermenschliche Stärke reichte aus, um es mit einer solchen Bestie aufzunehmen, aber das musste er auch nicht. Die Überraschung des Ungeheuers hielt nur einen halben Atemzug lang an, dann warf es sich abermals herum und jagte mit seiner ganzen monströsen Kraft auf die freche Beute zu, die es gewagt hatte, sich zu widersetzen. Statt diesen aussichtslosen Kampf aufzunehmen, warf sich Andrej zurück und herum und unterstützte den gewaltigen Satz des Krokodils auf diese Weise noch. Das Ungeheuer schoss an ihm vorbei und aus dem Wasser heraus und versetzte ihm einen weiteren gewaltigen Hieb mit seinem peitschenden Schwanz, doch für den Moment hatte seine Wut über seine Instinkte gesiegt, und mehr hatte Andrej nicht gewollt. Die gepanzerte Bestie landete genau in der Lache aus brennendem Öl und ging in einer gewaltigen Woge aus schlammigem Wasser und spritzenden Flammen unter.

Taumelnd vor Schwäche wankte Andrej zurück, musste sich plötzlich anstrengen, um auch nur die Füße aus dem schlammigen Morast zu ziehen und hätte um ein Haar laut aufgeschrien, als er nur wenige Schritte neben sich Murida entdeckte, die mit dem Gesicht nach unten im Wasser lag und sich nicht rührte. Schwäche und Schmerz und das brennende Schiff hinter ihm waren vergessen. Mit einem einzigen Satz war er bei ihr, drehte sie auf den Rücken und hob sie weit genug aus dem Wasser, um ihren Arm über seine Schulter legen zu können. Murida war zu schwach, um zu gehen, aber ihr Herz schlug, sie war wach, und sie atmete, wenn auch in flachen, hektischen Zügen, die kaum genug Sauerstoff in ihre Lungen pumpen konnten, um sie bei Bewusstsein oder wenigstens am Leben zu erhalten.

Andrej lud sie sich auf die Arme und watete weiter. Als er das Ufer fast erreicht hatte und ihm das Wasser nur noch bis zu den Hüften ging, ließ ihn ein Gefühl innehalten und über die Schulter zurücksehen.

Hinter ihm raste ein Albtraum heran. Es *war* eine persönliche Angelegenheit, dessen war er nun gewiss, eine Fehde, die das Schicksal ganz allein mit ihm austrug. Das Krokodil brannte. Ein Auge war erloschen, und aus seinem weit aufgerissenen Maul züngelten Flammen, wie um es endgültig zu dem Feuer speienden Ungeheuer aus der Legende zu machen.

Ihm blieb keine Wahl. Er hatte keine Waffe mehr, und selbst wenn es anders gewesen wäre, wäre ihm nicht die Zeit geblieben, sie zu ziehen. Ihm blieb nur, das Mädchen in hohem Bogen in Richtung des Ufers zu werfen, wo es sich im Schilf mehrmals überschlug, bevor es reglos liegen blieb. Dann stellte er sich dem Ungeheuer mit weit ausgebreiteten Armen entgegen.

Im letzten Moment tauchte das Krokodil und schoss unter Wasser weiter auf ihn zu. Sein Maul klappte noch weiter auf, und es kostete Andrej nun all seine Schnelligkeit und jedes bisschen Kraft, dem gewaltigen Zuschnappen ein zweites Mal zu entgehen. Prompt warf sich das Ungeheuer herum und rammte ihn nicht nur mit seiner gepanzerten Flanke, sondern versetzte Andrej zusätzlich einen Schlag mit seinem Hinterlauf, der ihn nur deshalb nicht von den Beinen riss, weil er noch immer fast hüfttief im Wasser stand, aber eine heftig blutende Wunde in seinem Knie hinterließ. Andrej wankte, entging durch mehr Glück als Verstand einem weiteren Peitschen des geschuppten Schwanzes, das heftig genug gewesen wäre, ihm mehrere Knochen zu brechen, und musste schon wieder einen ungeschickten Stolperschritt zur Seite machen, als das Krokodil mit fast unmöglicher Behändigkeit herumwirbelte und nach ihm schnappte.

Diesmal war er nicht schnell genug. Irgendwie gelang es ihm zwar, den schnappenden Zähnen noch einmal zu entgehen, doch allein der Anprall des gepanzerten Ungeheuers riss ihn endgültig von den Füßen. Hilflos stürzte er ins Wasser, bemühte sich, sofort wieder aufzutauchen, und konnte es nicht, denn das Ungetüm versuchte kein drittes Mal, ihm den Kopf abzubeißen, sondern verlegte sich auf eine andere Taktik, indem es ihn einfach unter Wasser drückte und dort niederhielt.

Verzweifelt stemmte sich Andrej gegen die Zentner des gepanzerten Kolosses. Beinahe sofort stellte sich Atemnot ein, denn alles war viel zu schnell gegangen, als dass er Zeit für ein letztes Luftholen gefunden hätte. Mit schrecklicher Klarheit sah er voraus, was nun geschehen würde.

Denn anders als die meisten wusste Andrej, dass Krokodile ihre Beute meist nicht mit ihren beeindruckenden Fängen töteten, sondern unter Wasser drückten, um sie zu ertränken, und genau das würde geschehen, wenn er nicht binnen weniger Augenblicke an die Wasseroberfläche kam. Sein Herz pochte schon jetzt, als wollte es aus seiner Brust springen, und seine Gedanken begannen sich zu verwirren. Seine Lungen schrien nach Luft, und seine Muskeln brannten, und er spürte nicht einmal, wie die Krallen und schartigen Panzerplatten des Ungeheuers seine Kleider zerfetzten und ihm weitere, tiefe Wunden beibrachten.

Er hatte keine Angst vor dem Ertrinken. Es war ein qualvoller Tod, wie er aus nur zu leidvoller eigener Erfahrung wusste, aber das war es nicht, was ihn erschreckte. Nach all den ungezählten

Jahren, nach all den unglaublichen Gefahren, die er überstanden, den übermenschlichen Herausforderungen, die er bewältigt hatte, wollte er einfach nicht glauben, dass es *so* enden sollte: kein heroischer Kampf, an dessen Ende er nicht siegen würde, kein Preis, der das Opfer seines eigenen Lebens wert war, sondern gefressen von einem hirnlosen Ungeheuer, das weder einen bewussten Gedanken fassen konnte noch an irgendetwas glaubte, sondern nur geboren war, um zu töten und zu verschlingen.

Ihm schwanden die Sinne. Mit dem letzten bisschen Kraft, das er noch hatte, presste er die Kiefer aufeinander, um den Moment noch einmal hinauszuzögern, in dem er dem immer qualvoller werdenden Verlangen nachgeben und versuchen würde, Wasser zu atmen.

Doch gerade als der Moment da war, verschwand das entsetzliche Gewicht von seiner Brust. Nur sein Überlebensinstinkt brachte ihn dazu, noch einmal den entscheidenden Sekundenbruchteil durchzuhalten und sich in die Höhe zu katapultieren. Flackerndes Licht drang durch seine geschlossenen Lider. Der erste Atemzug schien seine Lungen nicht mit Luft zu füllen, sondern mit flüssigem Feuer, und er schrie nur deshalb nicht in reiner Qual auf, weil ihm der Atem dazu fehlte. Er taumelte zurück, hörte Schreie und ein ungeheuerliches, monströses Brüllen und spürte etwas Gewaltiges, Wildes in seiner unmittelbaren Nähe.

Der zweite Atemzug brachte Linderung. Seine Lungen standen immer noch in Brand, aber er konnte wieder denken. Irgendwo neben ihm war etwas Riesiges und Gewalttätiges, als wären zwei Naturgewalten aufeinandergeprallt, doch es verging noch ein weiterer endloser Moment, bis er begriff, was es war: Der Fluss hatte ein noch riesigeres, schwarzes Ungeheuer ausgespien, das das Krokodil gepackt hatte und es mit ausgestreckten Armen in die Höhe riss. Das Tier knurrte, wild und gefährlich, und der gepanzerte Schwanz peitschte wie der einer wütenden Raubkatze, bereit, alles zu zerschmettern, was in seinen Weg geriet.

Abu Dun ließ ihm keine Gelegenheit dazu. Mit einem Brüllen, welches das des Krokodils noch übertönte, warf er es in hohem Bogen durch die Luft und ans Ufer, und die gepanzerte Bestie fand sich plötzlich in der Situation wieder, die berüchtigte Todesrolle ihrer Art auf trockenem Land zu vollführen, ohne eine Beute zwischen den Zähnen. Sie überschlug sich ein halbes Dutzend Mal – wobei sie nicht nur das Schilf platt walzte, sondern auch über einen Machdiji hinwegrollte, der sich ans Ufer gerettet hatte und gerade benommen in die Höhe zu kommen versuchte –, blieb kurz reglos auf dem Rücken liegen und fuhr dann schnell wieder herum. Mit zwei raschen Schritten war Abu Dun bei ihr und schlug ihr mit seinem gewaltigen Säbel den Schädel ein. Das Krokodil erschlaffte.

Seelenruhig riss der Nubier eine Handvoll Schilf aus, um seine Klinge damit zu reinigen, bevor er zu Andrej zurückkam, um ihm aufzuhelfen.

»Wie soll man das jetzt nennen, Hexenmeister?«, fragte er. »Wahre Liebe oder wahrer Irrsinn – falls das überhaupt ein Unterschied ist, meine ich?«

Andrej griff zwar nach seiner ausgestreckten Hand und ließ sich von ihm in die Höhe und die wenigen Schritte das Ufer hinaufziehen, riss sich dann aber los und bedachte ihn mit dem verächtlichsten Blick, den er in diesem Moment zustande brachte. Vielleicht war er auch einfach nur müde.

»Wieso hat das so lange gedauert?«, fragte er. »Wolltest du es spannend machen, oder warst du mit etwas Wichtigerem beschäftigt?«

»Du hast meine Frage nicht beantwortet«, erwiderte Abu Dun.

Andrej tat es auch jetzt nicht. Stattdessen musterte er Abu Dun, der aus mehreren Wunden blutete, die nur oberflächlich zu sein schienen. Doch zumindest eine davon hatte Andrej schon vorhin auf dem Schiff gesehen, und das hätte nicht sein sollen. Außerdem war da etwas im Blick des Nubiers, das ihm nicht gefiel. Er konnte es nicht definieren, aber es war nichts Gutes, und es war nicht das erste Mal, dass er es sah.

Statt es jedoch auszusprechen, fuhr er sich mit beiden Händen über die Brust, wie um das Wasser aus seiner Kleidung zu drücken, machte einen unnötig großen Schritt um das erschlagene Krokodil herum und ging dann zu Murida.

Sie hatte sich auf Hände und Knie hochgestemmt, und das schwarze Haar hing ihr in verklebten nassen Strähnen ins Gesicht. Blut lief aus einer hässlichen Platzwunde an ihrer Stirn und färbte die eine Seite ihres Gesichtes rosa, was die unnatürliche Blässe der anderen noch betonte. Ihre Augen waren trüb. Obwohl sie direkt in seine Richtung blickte, schien sie ihn nicht zu erkennen. Andrejs Besorgnis nahm noch einmal zu.

Mit wenigen Schritten war er bei ihr, ließ sich auf ein Knie sinken und streckte die Hand aus, und jetzt reagierte das Mädchen, wenn auch anders, als er sich gewünscht hätte: Sie zuckte erschrocken zusammen, und eine Mischung aus Angst und blankem Hass erschien in ihrem Blick.

»Bist du verletzt?«, fragte er.

Murida wich vor ihm zurück, und aus der Furcht in ihren dunklen Augen wurde etwas anderes, das sich wie eine Dolchklinge in sein Herz grub. »Rühr mich nicht an!«, stammelte sie. »Du – «

»Aber ich bin nicht dein Feind! Ich helfe dir! Verdammt, Murida – erkennst du mich denn nicht?«

Erneut griff er nach ihr, bekam ihren Arm zu fassen und zog sie mit nicht nur sanfter Gewalt an sich heran. Da griff Murida mit der freien Hand unter ihren Mantel, holte etwas Winziges und Blitzendes hervor und rammte es in sein Handgelenk. Die Dolchklinge war kaum länger als sein kleiner Finger, aber so scharf wie ein Rasiermesser und durchbohrte seinen Arm nahezu widerstandslos.

Andrej schrie vor Schmerz und Überraschung auf, ließ ihre Hand los, und Murida sprang blitzartig auf die Füße und rannte davon, noch bevor er abermals nach ihr greifen konnte. Fluchend riss er das Messer aus seinem Arm und stürzte hinter ihr her, blieb aber schon nach zwei Schritten wieder stehen.

Haken schlagend rannte Murida die Uferböschung hinauf. Von oben kamen ihr fast ein Dutzend Männer auf Kamelen entgegen, die schwarze Mäntel und gleichfarbige Turbane trugen und Schwerter, Speere und andere Waffen schwangen. Einer von ihnen feuerte gar eine Muskete ab. Der Schuss ging nicht einmal in ihre Richtung – der Rückstoß der plumpen Waffe hätte den Reiter dafür fast aus dem Sattel geschleudert –, aber er erinnerte Andrej daran, dass es noch nicht vorbei war. Hinter ihnen hielt das feurige Sterben des Schiffes noch immer an, und von den zahlreichen Männern, die auf die eine oder andere Weise das Ufer erreicht hatten, blieben nur sehr wenige erschöpft liegen oder suchten ihr Heil in der Flucht. Kaum der einen Gefahr entronnen, griffen die meisten sofort wieder nach ihren Waffen und stürzten sich erneut in den Kampf – wobei sich Andrej mit wachsender Verwirrung fragte, wie die Soldaten und Machdiji eigentlich Freund und Feind auseinanderhielten. Beide Seiten waren von Kopf bis Fuß in Schwarz gekleidet, und selbst ihre Bewaffnung unterschied sich kaum, auch wenn die der Janitscharen professioneller war.

Die Kamelreiter jedenfalls, die auf Abu Dun und ihn lossprengten, schienen sie sicher als Feind identifiziert zu haben. Einige wenige hielten weiter gerade auf sie zu, ein anderer Trupp aber schwenkte nach links und der letzte nach rechts, um Abu Dun und ihn in die Zange zu nehmen. Anscheinend wussten die Machdiji genau, wer sie waren.

»Soll ich das jetzt als Kompliment ansehen?«, knurrte Abu Dun, indem er seinen Säbel hob und ihn den heransprengenden Kamelreitern wie zur Begrüßung entgegenstreckte.

Andrej sparte sich eine Antwort und griff unter den Mantel, ertastete aber nichts als die leere Schwertscheide und erinnerte sich erst dann wieder daran, dass er den kostbaren Saif auf dem Achterdeck der *Elisa* verloren hatte.

Abu Dun war mit zwei Schritten bei dem Machdiji, den das Krokodil überrollt hatte, versetzte ihm vorsorglich eine Kopfnuss, damit er auch weiter liegen blieb, und zog das Schwert aus seinem Gürtel, um es Andrej mit dem Griff voran zuzuwerfen.

Kapitel 15

Der Kampf dauerte noch fast eine Stunde, und obwohl ihn Sharifs Männer am Schluss gewannen, war die Bilanz doch verheerend. Die Hälfte von Fernandes' Schiffsbesatzung und ein gutes Viertel der Janitscharen waren tot oder verschwunden, und von den Überlebenden war kaum einer ohne Verletzungen davongekommen. Noch bis lange nach Sonnenuntergang hatten Sharifs Soldaten und die überlebenden Besatzungsmitglieder der *Elisa* das Ufer und den breiten Schilfstreifen abgesucht und auch tatsächlich noch einige wenige Überlebende gefunden. Aber die meisten der Männer, die es nicht an Land geschafft hatten, blieben verschwunden, ertrunken und von der Strömung davongetragen, eingeklemmt im immer noch brennenden Wrack des Schiffes oder von den Krokodilen gefressen, die in immer größerer Zahl aufgetaucht waren, als hätte sich die Nachricht von dem unerwarteten Festmahl am Ufer des Nil herumgesprochen. Schließlich waren es so viele geworden, dass Sharif seinen Männern befohlen hatte, ihre Musketen zu nehmen und auf die gefräßigen Krokodile zu schießen.

Natürlich prallten die meisten Kugeln einfach vom Schuppenpanzer der Ungeheuer ab, ohne mehr anzurichten, als sie zu erschrecken oder allerhöchstens ein bisschen zu ärgern. Aber vielleicht tat es wenigstens den Männern gut, dachte Andrej, die auf diese Weise zumindest das *Gefühl* hatten, jemanden für das bezahlen zu lassen, was ihnen widerfahren war.

Noch in Sichtweite des Ufers und des brennenden Schiffes, aber an einem Platz, dessen Umgebung sie in alle Richtungen überblicken konnten, um sicher zu sein, nicht noch einmal aus dem Hinterhalt angegriffen zu werden, ließ Sharif die überlebenden Männer ein provisorisches Nachtlager aufschlagen. Ihre gesamte Ausrüstung war verloren, aber es gelang ihnen zumindest, einige kleine Feuer zu entzünden, die weder der Dunkelheit oder der Kälte noch der hereinbrechenden Nacht Einhalt gebieten konnten, ihnen aber wenigstens die Illusion von Sicherheit gaben.

Andrej hatte eine Zeit lang geholfen, die am schwersten Verwundeten zu versorgen, bei denen es sich fast ausschließlich um Männer handelte, die an Land verletzt worden waren, wo der Kampf mit unerbittlicher Härte weitergetobt hatte. Es waren nicht einmal besonders viele – nicht, wenn er bedachte, dass praktisch zwei kleine Armeen aufeinandergeprallt waren. Die Machdiji hatten ihre Verwundeten und – soweit ihnen die Zeit dafür geblieben war – selbst ihre Toten mitgenommen.

Nachdem die Janitscharen den ersten Schock über die selbstmörderischen Angriffe der Machdiji einmal überwunden und sich wieder zu einer koordinierten Verteidigung zusammengefunden hatten, war es beinahe leichtgefallen, die schlecht bewaffneten und noch schlechter ausgebildeten Angreifer zurückzuschlagen. Dennoch war der Blutzoll gewaltig, den dieser Abend von Sharif und Fernandes gefordert hatte. Es sollte Andrej nicht wundern, wenn der Hauptmann am nächsten Morgen das Ende dieses so katastrophal fehlgeschlagenen Unternehmens verkündete und sie den Rückmarsch antraten.

Sie hatten keinen Arzt dabei, doch zur Ausbildung der Janitscharen musste es wohl auch gehören, die typischen Verletzungen zu behandeln, die sich Männer auf dem Schlachtfeld zuzogen. Andrejs Hilfe wurde nur selten benötigt, und wenn man es genau nahm, sogar nur ein einziges Mal, als er in einen Mann hineinlauschte und feststellte, dass sein Leben nicht mehr zu retten war, obwohl er nur ein paar oberflächliche Wunden aufzuweisen schien. Nachdem er kurz mit ihm gesprochen und sein Einverständnis eingeholt hatte, erlöste er ihn von seinen Qualen.

»Das wäre nicht nötig gewesen, Andrej«, sagte eine Stimme hinter ihm, als er seinen Dolch am Gewand des Toten abwischte und sich wieder erhob. Andrej drehte sich betont langsam herum und sah ins Gesicht des sehr müden Sharif, der offenbar schon seit einer geraumen Weile hinter ihm gestanden hatte.

»Was?«, fragte Andrej.

»Ich kann Euren Zorn verstehen, Andrej. Der Mann war unser Feind, und ich hätte ihn wahrscheinlich auch getötet. Aber wir hätten ihn vorher verhören können.«

»Ich habe ihn nicht getötet«, antwortete Andrej. Er hatte nicht gemerkt, dass er mit einem verwundeten Feind gesprochen hatte. »Ich habe ihn erlöst. Er hatte große Schmerzen. Und er hätte sich nicht mehr erholt, sondern wäre unter Qualen gestorben. Vielleicht erst morgen. Oder noch später.«

Sharif sah ihm nachdenklich ins Gesicht, ging dann an ihm vorbei und ließ sich neben dem Toten in die Hocke sinken. Er berührte ihn nicht, musterte ihn aber sehr lange und aufmerksam. Schließlich stand er wieder auf, drehte sich langsam zu Andrej herum und maß ihn mit einem neuerlichen, auf unangenehme Weise forschenden Blick. »Er sieht gar nicht so schlimm verletzt aus«, sagte er.

»In seincm Inneren war etwas zerbrochen«, antwortete Andrej. »Nicht alle Verletzungen sind von außen sichtbar.«

»Und das erkennt Ihr, indem Ihr ihm einfach nur in die Augen seht?«, fragte Sharif.

Andrej nickte nur. Ihm stand nicht der Sinn nach dieser Art von Diskussion. Nicht nach einem Tag wie heute.

Zu seiner Erleichterung ging der Janitscharenhauptmann jedoch auch nicht weiter auf das Thema ein, sondern sah nur noch einmal auf den toten Machdiji hinab und drehte sich dann mit einem leisen Seufzen weg. »Es war ein schlimmer Tag, Andrej«, sagte er. »Lasst uns ein paar Schritte gehen und reden.«

Reden konnten sie eigentlich auch hier, dachte Andrej. Der Gedanke, die Sicherheit des kleinen Kreises aus flackerndem rotem und gelbem Licht zu verlassen, erfüllte ihn mit Unbehagen, aber er wollte vor Sharif nicht als Feigling dastehen. Auch nicht vor sich selbst.

Sie gingen nur ein paar Schritte weit, bevor Sharif wieder stehen blieb und auf den Fluss hinaussah. Mehr als zwei Stunden waren vergangen, seit der bizarre Angriff begonnen hatte, und nicht sehr viel weniger Zeit, seit die *Elisa* Feuer gefangen hatte und gekentert war. Trotzdem brannte das, was sich von dem ehemals stolzen Schiff über der Wasseroberfläche befand, noch immer, und auch wenn der Wind in die entgegengesetzte Richtung blies, war der Geruch von brennendem Holz, verbranntem Segeltuch und verschmortem Fleisch auch hier deutlich wahrzunehmen. Das rote Licht der Flammen überzog den Fluss mit flüssigem Blut.

»Habt Ihr das Mädchen gefunden?«, fragte er.

Andrej schüttelte stumm den Kopf, doch Sharif schien die Bewegung zu spüren und reagierte mit einem angedeuteten Nicken darauf.

»Sie hat uns alle getäuscht«, sagte er. Ein ganz sachter Unterton von Bitterkeit war in seiner Stimme zu hören, doch sein Gesicht blieb ausdruckslos, trotzdem spürte Andrej die Anspannung, unter der der Mann stand. Wahrscheinlich hatte er noch nie eine Niederlage wie diese erlebt.

»Ich habe mich noch gar nicht bei Euch bedankt, Andrej«, fuhr er fort.

»Bedankt?«

»Wenn Ihr meinen Männern nicht gezeigt hättet, wie sie das Ufer erreichen können, dann wären noch viel mehr von ihnen ertrunken oder von diesen verdammten Ungeheuern gefressen worden … und wer weiß, vielleicht sogar auch ich.«

Es dauerte einen Moment, bis Andrej verstand, was Sharif meinte. Tatsächlich waren etliche Janitscharen seinem Beispiel gefolgt und kurzerhand in die Boote der Angreifer hinabgesprungen, um sie ihren ursprünglichen Besitzern streitig zu machen. Er überlegte, ob er ihn aufklären sollte, dass er lediglich in das Boot gesprungen war, um das Mädchen zu retten, verwarf diesen Gedanken aber gleich wieder.

Sharif deutete sein Schweigen wohl falsch und riss sich mit einiger Anstrengung vom Anblick des brennenden Schiffes los, um ihn jetzt direkt anzusehen. »Ich war bis jetzt nicht ganz sicher, auf welcher Seite Ihr und Euer Freund steht, Andrej. Ich muss mich wohl bei Euch entschuldigen.«

»Und trotzdem habt Ihr uns mitgenommen?«

»Es war der Befehl des Sultans.«

»Den Ihr natürlich nicht hinterfragt habt.«

»Er ist mein Sultan, und ich habe ihm Treue geschworen. Und wie gesagt: Ich habe mich in Euch getäuscht.« Er sah Andrej an, als erwartete er augenblickliche Absolution von ihm, bekam aber nur einen ausdruckslosen Blick zur Antwort, woraufhin er sich in ein verunglücktes Lächeln rettete. »Offensichtlich ist es mit meiner Menschenkenntnis doch nicht so weit her, wie ich bisher geglaubt habe.«

»Wenn Ihr auf Murida anspielt«, antwortete Andrej, »ich habe mich ebenfalls von ihr täuschen lassen, wie es aussieht. Und ich behaupte nach wie vor, über eine gute Menschenkenntnis zu verfügen.«

»Vielleicht überschätzt Ihr Euch ja genauso wie ich mich.«

»Oder sie ist besser, als wir beide geglaubt haben. Immerhin hatte sie einen guten Lehrmeister.«

Sharif sah ihn argwöhnisch, aber auch verwirrt an. »Redet Ihr von –?«

»Sultan Süleyman«, sagte Andrej rasch und nun mit der Andeutung eines Lächelns. »Kennt Ihr einen größeren … *Diplomaten?«*

Das Zögern, bevor er das letzte Wort aussprach, musste Sharif klarmachen, dass er eigentlich etwas ganz anderes hatte sagen wollen, und tat es wohl auch. Aber der Hauptmann wurde nicht zornig, sondern zuckte nur mit den Schultern, obgleich es tief in seinen Augen ganz kurz amüsiert aufblitzte. Trotzdem schüttelte er den Kopf.

»So einfach ist es nicht, fürchte ich«, sagte er. »Sie hatte einen guten Lehrmeister, aber nicht Sultan Süleyman, sondern mich.«

»Euch?«

»Ich kenne dieses Mädchen seit dem Tag seiner Geburt«, antwortete Sharif. »Ich habe nie ein Weib genommen, und Allah hat mir auch keine Kinder geschenkt. Vielleicht ist das der Grund, warum ich sie geliebt habe wie eine eigene Tochter. Aber ich habe auch früh ihr Talent erkannt. Fast alles, was sie weiß, hat sie von mir gelernt, und auch wenn es vollkommen unmöglich ist, weil sie eine Frau ist und noch dazu unehelich, habe ich sie doch so ausgebildet, dass sie eines Tages meine Nachfolge hätte antreten können.«

Andrej fragte sich, worauf Sharif eigentlich hinauswollte. Er hatte das sichere Gefühl, dass er ihn nicht nur hierher gebracht hatte, um ein wenig zu plaudern. »Dann solltet Ihr eigentlich stolz auf sie sein«, sagte er vorsichtig. »Anscheinend habt Ihr sie noch besser ausgebildet, als Ihr geglaubt habt. Ich jedenfalls habe ihr geglaubt.«

Ein Schatten huschte über Sharifs Gesicht und verschwand wieder. »Ja, es wäre einfach, das zu glauben«, sagte er.

»Aber?«

»Vielleicht ist die Wahrheit schlimmer.« Sharif wollte noch mehr sagen, das war überdeutlich, doch dann beließ er es nur bei einem Schulterzucken und gab sich sichtbar einen Ruck. »Ich stelle es Euch frei zu gehen«, sagte er dann und scheinbar unvermittelt.

Im ersten Augenblick verstand Andrej nicht, was er meinte. »Gehen? Wohin?«

»Keiner von uns wird von dieser Reise zurückkehren, Andrej, das ist Euch doch klar, oder?«, fragte Sharif. »Ich dachte, es wäre eine einfache Aufgabe. Die Jagd auf ein paar Fanatiker, die auf schöne Worte hereingefallen oder einfach nur unzufrieden sind. Aber auch in diesem Punkt habe ich mich getäuscht. Es ist ein Krieg, und wir werden ihn verlieren. Aber es ist nicht Euer Krieg. Ich habe nicht das Recht, Euch in etwas hineinzuziehen, mit dem Ihr nichts zu tun habt.«

»Das wird dem Sultan nicht gefallen.«

»Ich glaube nicht, dass er es erfahren würde«, erwiderte Sharif. »So wenig, wie ich glaube, dass er überhaupt noch einmal etwas von uns hört, wenn wir unseren Weg fortsetzen.«

»Dann tut es nicht«, schlug Andrej vor.

»Ich fürchte, diese Wahl bleibt mir nicht, mein Freund«, antwortete Sharif mit einem leisen, bitteren Lachen. »Sultan Süleyman ist kein Mann, der ein Scheitern akzeptiert. Meine Männer und ich dürfen mit dem Kopf des Machdi zurückkommen oder gar nicht.«

»Warum sagt Ihr mir das alles?«, fragte Andrej geradeheraus.

Sharif sah noch einmal – lange – zum brennenden Wrack der *Elisa* hin, und er antwortete, ohne ihn anzusehen. »Vielleicht weil ich der Meinung war, es Euch schuldig zu sein«, sagte er schließlich. Er lachte, ganz leise, und ohne die mindeste Spur von echtem Humor. »Außerdem möchte ich keine Vorhaltungen von Euch hören, solltet Ihr Euch entscheiden, weiter mit uns zu gehen. Geht Eurer Wege, oder begleitet uns. Aber die Entscheidung ist endgültig.«

Andrej schluckte die bissige Antwort herunter, die ihm auf der Zunge lag. Als ob sie die Wahl gehabt hätten! »Murida«, sagte er stattdessen.

Sharif nickte. Er hatte die Frage erwartet. »Ihr mögt das Mädchen.«

Es war keine Frage, und Andrej hatte das sichere Gefühl, sich lächerlich zu machen, wenn er es leugnete. Auch sich selbst gegenüber. »Habt Ihr ein Problem damit?«

»Weil ich Euch gerade anvertraut habe, dass ich sie wie eine Tochter liebe?« Sharif lachte leise. Diesmal klang es ehrlich. »Oh nein! Sie ist kein Kind mehr, und ich habe kein Recht, mich noch weiter in ihr Leben einzumischen, als ich es sowieso schon getan habe. Und außerdem … «

Er sah ihn nun doch und jetzt eindeutig amüsiert, vielleicht sogar ein bisschen schadenfroh an. » … hatte ich persönlich nicht den Eindruck, dass sie Eure Gefühle unbedingt erwidert.«

Andrej konnte gerade noch den Impuls unterdrücken, die Finger auf das Handgelenk zu legen, das Murida mit ihrem Dolch durchbohrt hatte. Sharif sah trotzdem kurz hin. Andrej musste seine Gedanken nicht lesen, um zu wissen, was hinter seiner Stirn vorging. Die Wunde war verschwunden, kaum dass er das Messer aus dem Arm gerissen hatte, aber der Stoff war zerrissen, und sein Blut hatte hässliche dunkle Flecken darauf hinterlassen. Nicht, dass das etwas Besonderes gewesen wäre – Andrej trug kein Kleidungsstück mehr am Leib, das nicht zerrissen, zerschnitten, zerfetzt und mit Blut und Schmutz oder etwas anderem besudelt war. In diesem Punkt unterschied er sich kaum von den anderen Männern. Doch die Haut unter den Rissen und Schnitten war unversehrt, selbst die tiefe Fleischwunde, die das Krokodil ihm zugefügt hatte, war kaum noch zu sehen. Sharif hätte blind sein müssen, um es nicht zu bemerken, oder doch zumindest dumm. Und er war weder das eine noch das andere.

»Wenigstens müssen wir jetzt nicht mehr nach ihr suchen«, sagte er.

Sharifs Blick wanderte von seiner Hand zu dem zerrissenen Stoff über seiner Brust und wieder zurück. »Wahrscheinlich hätten wir das nie gemusst«, sagte er dann jedoch nur. »Ich glaube inzwischen nicht mehr, dass wir sie verfolgt haben, sondern die Machdiji uns.«

»Ja, dieser Gedanke ist mir auch schon gekommen«, sagte Andrej. »Die Falle war gut vorbereitet. Ich würde den, der sie gestellt hat, ja gebührend bewundern, wenn ich nicht auch zu denen gehören würde, die hineingetappt sind.« Er hob die Schultern. »Ich verstehe nur nicht, warum.«

»Aber liegt das denn nicht auf der Hand?«, fragte Sharif.

»Nicht für mich.« Schritte näherten sich ihnen. Wie ein biblischer Racheengel trat Fernandes aus der Dunkelheit heraus auf Sharif zu, auf dem Gesicht eine Mischung aus Bestürzung und kaum noch beherrschter mörderischer Wut, die linke Hand auf dem Schwertgriff, was ihm ein seltsam unbeholfenes Aussehen verlieh. Sein rechter Arm hing in einer Schlinge, die er aus einem Stoffstreifen improvisiert hatte. »Aber *ich* würde es gerne verstehen!«

»Sie haben uns nur zeigen wollen was passiert, wenn wir an ihnen vorbeiwollen«, antwortete Sharif, der sich nicht im Mindesten von Fernandes' Auftauchen überrascht zeigte. »Das ist alles.«

»Aber sie haben mehr Männer verloren als Ihr!«

»Umso besser für den Machdi und seine Anhänger«, antwortete Sharif.

»Was soll das heißen?«, fragte Fernandes.

»Nichts anderes als das, was ich sage. Es ist eine Botschaft an den Sultan, *Capitan*. Noch bevor die Sonne das nächste Mal untergeht, wird er erfahren, was hier geschehen ist, und er wird es verstehen. Und wenn nicht er, dann alle anderen in seinem Reich. Er hat seinen besten Mann losgeschickt und seine besten Soldaten, und der Machdi hat sie ausgelöscht.« Ein dünnes, sehr bitteres Lächeln huschte über seine Lippen und verschwand wieder. »Was glaubt Ihr, was das für Sultan Süleyman bedeutet und für seine Macht über das Volk?«

»Und Ihr habt gewusst, dass man uns eine Falle stellen würde?« Fernandes' Stimme war mit einem Male so flach, dass sie kaum noch lebendig klang, und seine Hand schloss sich fester um den Schwertgriff.

Wären wir dann hier, du Narr? Sharif machte sich nicht einmal die Mühe, die Worte auszusprechen, sondern wandte sich wieder dem brennenden Schiff zu. Die Flammen hätten sich längst selbst verzehren sollen, aber sie schienen immer nur noch höher zu schlagen, und mit dem Gestank von brennendem nassem Holz und verschmorendem Fleisch wehte noch ein anderer, süßlicher Geruch zu ihnen, den Andrej weder genau benennen konnte noch wollte.

»Aber das ist doch Wahnsinn«, murmelte Fernandes. »So ein Angriff ohne Rücksicht auf eigene Verluste … so etwas tut doch kein … kein normaler Mensch!«

»Deshalb habt Ihr sie ja auch gerade als Wahnsinnige bezeichnet, *Capitan*, nicht wahr?«, fragte Sharif.

»Und ich fürchte, dass das Unternehmen vielleicht noch nicht einmal ganz so wahnsinnig war, wie es den Anschein hat«, warf Andrej ein. »Zumindest nicht, wenn man bereit ist, sein eigenes Leben in die Waagschale zu werfen.«

»Sie haben mindestens doppelt so viele Männer verloren wie wir!«, protestierte Fernandes.

»Und ich habe allein zwei von ihnen gesehen, die sich selbst in die Luft gesprengt haben, nur um einige unserer Männer mit in den Tod zu reißen«, fügte Andrej hinzu.

»Wer ist dieser Machdi, dass er Menschen dazu bringt, so etwas zu tun?«, fragte Fernandes erschüttert.

»Um das herauszufinden, sind wir hier, mein Freund«, erwiderte Sharif.

»Und die Hälfte meiner Besatzung ist dafür gestorben«, sagte Fernandes bitter. »Nicht zu reden von meinem Schiff! Ist Euch klar, dass ich ruiniert bin, Hauptmann?«

»Ist das nicht das Risiko eines jeden Seefahrers, *Capitan*? Schiffe pflegen dann und wann unterzugehen.«

»Die *Elisa* war ein Handelsschiff«, erwiderte Fernandes aufgebracht. »Ich sollte Euch und Eure Männer hierher bringen, nicht in einen Krieg ziehen!«

»Glaubt mir, *Capitan*, das lag auch nicht in meiner Absicht«, antwortete Sharif. »Manchmal richtet sich das Schicksal nun einmal nicht nach unseren Plänen, sondern geht eigene Wege.« Er wandte sich vollends zu Fernandes um, sah ihm in die Augen und dann – deutlich länger – die linke Hand des Kapitäns an, die noch immer fest um den Schwertgriff geschlossen war. »Vielleicht solltet Ihr froh sein, mit dem Leben davongekommen zu sein, *Capitan.*«

Fernandes hätte schon taub sein müssen, um die Drohung nicht zu hören, die in diesen Worten mitschwang, aber in seinem Gesicht war nur Trotz. »Und mein Schiff?«, fragte er. »Und die Familien der Männer, die getötet wurden?«

»Es steht Euch selbstverständlich frei, zu Sultan Süleyman zu gehen und ihm Euer Problem vorzutragen«, antwortete Sharif. »Wer weiß, vielleicht zahlt er Euch ja Schadenersatz … in irgendeiner Form.«

Fernandes wollte auffahren. »Vielleicht sollten wir uns alle erst einmal beruhigen«, sagte Andrej rasch, um ihn zum Schweigen zu bringen, wenn es seine eigene Vernunft (oder sein Selbsterhaltungstrieb) schon nicht taten. Dass Sharif bisher so ruhig geblieben war, war ihm ohnehin ein Rätsel. Wie zufällig trat er zwischen ihn und den Janitscharenhauptmann. »Es war für uns alle ein anstrengender Tag, nicht nur für Euch und Eure Männer, *Capitan.* Ich schlage vor, dass wir uns alle erst einmal ausruhen und morgen früh entscheiden, was wir weiter unternehmen.«

»Eine ausgezeichnete Idee«, sagte Sharif, dessen Überlegungen offensichtlich in dieselbe Richtung gingen. »Schickt mir ein paar Freiwillige aus Eurer Mannschaft, *Capitan.*«

»Gibt es irgendwo noch ein kleines Scharmützel, das Ihr vergessen habt, oder ein paar Piraten, die auf eine Aufforderung warten, uns zu überfallen?«, fragte Fernandes.

»Wenn die Existenz dieser Fanatiker überhaupt etwas Gutes hat«, antwortete Sharif ungerührt, »dann das, dass es gewiss keine Piraten mehr hier gibt.«

»Vermutlich weil sie klüger waren als wir und gar nicht erst hierhergekommen sind«, antwortete Fernandes.

Sharif überging auch diese weitere Spitze und deutete nur mit dem Kopf auf den Fluss. »Ich habe meine Männer angewiesen, die Boote der Machdiji sicherzustellen, soweit sie nicht zu schwer beschädigt sind.«

Ein trockener Knall erscholl, gefolgt von einem schrillen Schrei und gleich zwei weiteren Musketenschüssen, ohne dass Andrej genau sagen konnte, aus welcher Richtung es kam. Mit unbewegtem Gesicht fuhr Sharif fort: »Und es niemand sonst gibt, der Anspruch darauf erhebt, natürlich. Aber es wäre hilfreich, wenn ihnen ein paar Eurer erfahrenen Matrosen dabei behilflich wären. Wir sind keine Seeleute.«

Fernandes schluckte die bissige Antwort hinunter, die ihm deutlich sichtbar auf der Zunge lag, funkelte Sharif zornig an und fuhr dann mit einem Ruck herum, um in Richtung des improvisierten Lagers davonzustürmen.

»Er hat Glück, dass an diesem Tag schon genug Blut geflossen ist«, sagte Sharif.

»Weil Ihr sonst seines vergossen hättet?«, fragte Andrej.

»Solange er so etwas nicht in Hörweite meiner Männer sagt, wohl eher nicht«, erwiderte Sharif.

»Der Mann ist kein Soldat, Hauptmann«, antwortete Andrej ernst. »Er ist wenig mehr als ein Krämer, auch wenn sein Kaufmannsladen zufällig auf dem Wasser schwimmt … oder es bis vor einer Stunde getan hat. Ihr solltet ihn vielleicht mit etwas weniger Strenge beurteilen als die Männer unter Eurem Kommando.«

Sharif erstaunte ihn wieder, indem er auch darauf nur mit einem fast amüsierten Blick reagierte. »Wie viele Krämer kennt Ihr, deren Läden mit zwei Kanonen bewaffnet sind?«

»Nicht viele«, gestand Andrej. »Aber ich bin auch kein Kaufmann.«

»Aber möglicherweise ein wenig naiv, scheint mir. Habt Ihr Euren Freund denn gar nicht gefragt, warum er sich ausgerechnet dieses Schiff ausgesucht hat?«

Andrej schüttelte stumm den Kopf – warum hätte er das tun sollen? Als hätte er die Frage laut ausgesprochen, fuhr Sharif fort: »Dann seid Ihr entweder naiv, Eurem schwarzen Freund vorbehaltlos zu vertrauen, oder er ist naiver, als es ein Mann in Zeiten wie diesen sein sollte. Ich kenne *Capitan* Fernandes und die *Elisa*. Er und sein Schiff genießen einen gewissen Ruf … oder was glaubt Ihr, warum ich ausgerechnet dieses Schiff ausgesucht habe? Er mag ein Kaufmann sein, aber er ist auch ein Pirat, wenn es sich gerade ergibt. Es hätte mich nicht weiter überrascht, wenn Euer Freund und Ihr Euch am ersten Morgen Eurer Passage in Ketten wiedergefunden hättet.«

Der Einzige, der wirklich überrascht gewesen wäre, hätte er tatsächlich etwas so Dummes versucht, wäre Fernandes selbst gewesen, dachte Andrej. Sharifs Behauptung mochte grotesk klingen, und der Janitscharenhauptmann war ganz gewiss niemand, dem er einfach so glaubte, doch irgendetwas, und sei es nur die Erfahrung eines sehr langen Lebens, die ihn gelehrt hatte, dass die Dinge selten so waren, wie sie aussahen, sagte ihm, dass diese Worte vielleicht nicht aller Wahrheit entbehrten.

»Ich werde vielleicht meinen eigenen Rat beherzigen und mich ein wenig ausruhen«, sagte er. »Und mit Abu Dun Euer Angebot beratschlagen.«

»Ich dachte, Ihr hättet Euch schon entschieden?«

»Das dachte ich auch«, antwortete Andrej. »Aber vielleicht sollte ich doch zuerst mit Abu Dun reden, statt seine Antwort einfach vorauszusetzen. Alles andere wäre naiv.«

Und damit ließ er Sharif einfach stehen und ging.

Kapitel 16

Abu Dun zu finden, erwies sich als nicht sonderlich schwer. Schon von Weitem hörte er sein Gebrüll, und als er den Kreis aus kleinen Feuern endlich erreichte, verstand er auch den Grund.

Der Nubier hockte mit untergeschlagenen Beinen da und ließ eine beständige Schimpfkanonade auf einen etwas kleineren Mann hinabregnen, der vor ihm kniete und sich an seiner rechten Hand zu schaffen machte, von der die Fetzen eines blutgetränkten Verbandes herabhingen. Noch mehr blutiges Verbandszeug lag neben ihm auf dem Boden. »Was ist mit deiner Hand?« fragte Andrej besorgt.

»Ein Kratzer«, grollte Abu Dun. »Ich würde es nicht einmal fühlen, wenn dieser Hund nicht sein Bestes täte, um mir das Fleisch von den Knochen zu reißen!« Prompt versetzte er dem *Hund* einen Stoß mit der unversehrten Hand, der ihn aus dem Gleichgewicht brachte und auf den Rücken fallen ließ. Einige wenige Männer in ihrer Umgebung lachten, aber die meisten blickten nur verärgert oder auch betroffen und murrten unwillig.

Andrej ignorierte es, denn nun gesellte sich auch wachsende Bestürzung zu seiner Sorge. Abu Duns Ärger war ebenso echt wie das Blut auf seiner Hand.

Es wäre nicht das erste Mal, dass Abu Dun oder auch er Verletzungen vortäuschten oder sich sogar selbst zugefügt hätten, um den Schein zu wahren. Sterbliche Menschen reagierten manchmal irritiert, wenn Männer, die gerade noch heftig geblutet hatten, mit einem Male wieder vollkommen unversehrt vor ihnen standen. Aber das hier war anders, das spürte er.

»Du weißt, was ich meine«, sagte Andrej, bugsierte den unglückseligen Sanitäter, der sich gerade wieder hochrappeln und erneut nach Abu Duns Hand greifen wollte, kaum weniger unsanft aus dem Weg als der Nubier zuvor und griff dann auch nicht unbedingt sanfter zu.

Abu Duns Reaktion überraschte und erschreckte ihn zugleich. Die Mundwinkel des Nubiers zuckten vor Schmerz, der nicht geschauspielert war. Zugleich loderten seine Augen in so jäher Wut auf, dass Andrej sich nicht nur instinktiv spannte, sondern um ein Haar auch in eine Abwehrposition gegangen wäre. »Verdammt, Pirat«, zischte er. »Noch einmal: Was ist los mit dir?«

Abu Dun stieß ihn nun tatsächlich ein kleines Stück von sich, hart genug, um ihn das Gleichgewicht verlieren und auf dem Hosenboden landen zu lassen. Gleichzeitig wölbten sich die gewaltigen Muskeln des Nubiers unter seinem Gewand, und seine Augen loderten in schierem Jähzorn. Für den Bruchteil eines Lidschlages war Andrej sicher, dass er ihn schlagen würde, doch dann ballte er nur die durchbohrte Hand zur Faust und schüttelte sie dicht vor seinem Gesicht.

»Ich kann dir sagen, was mit mir los ist, Hexenmeister!«, grollte er. »*Das hier* ist los mit mir. Es tut *weh!*«

Er hatte auf Deutsch geantwortet, derselben Sprache, in der Andrej seine Frage gestellt hatte, aber wenn die Männer die Worte schon nicht verstanden, so konnte ihnen ihr Tonfall doch umso weniger entgehen. Andrej wünschte sich, er hätte ein wenig besonnener reagiert. Doch er ließ sich nichts von seinen wahren Gefühlen anmerken, sondern stand betont langsam wieder auf und zwang ein leicht spöttisches Lächeln auf seine Züge. »Das tut mir leid«, sagte er. »Zeig deine Hand. Ich verbinde sie.«

Aba Dun schnaubte nur zur Antwort, gab sich dann aber einen Ruck, stand auf und öffnete die Faust wieder. Hellrotes Blut, so dünnflüssig wie Wasser, lief aus der Wunde und versickerte in seinem Gewand. Andrej erschrak, als er sah, dass Abu Duns grobe Bewegung die Wunde tatsächlich erneut hatte aufbrechen lassen.

Was vollkommen unmöglich war.

»*Das* ist los, Hexenmeister«, sagte Abu Dun noch einmal. »Verstehst du mich jetzt?«

Andrej starrte die Hand an und versuchte vergeblich zu begreifen, was er sah. Sehr viel behutsamer als beim ersten Mal griff er nach Abu Duns Arm, aber er tat nur so, als betrachtete er aufmerksam die Wunde, die die Schwertklinge durch seine Hand gestanzt hatte. In Wahrheit nutzte er die Berührung, um in den Nubier hineinzulauschen. Aber da war nichts Außergewöhnliches, nur die latente Wut und die unbezwingbare Kraft, die so selbstverständlich zu dem nubischen Riesen gehörten wie sein schwarzes Gesicht und der gewaltige Turban.

»Was ist los mit dir, Abu Dun?«, fragte er noch einmal, und jetzt in besorgtem Ton. »Was ist das?«

»Nichts«, fauchte Abu Dun. »Ein Kratzer, das ist alles«.

»Ich bin zwar kein Medicus, aber ich behaupte trotzdem, dass das da alles andere als ein *Kratzer* ist.« Hauptmann Sharif war ihm gefolgt und hatte die kurze Szene beobachtet, wenn nicht sogar jedes Wort verstanden, das sie gesprochen hatten. Jetzt ergriff er Abu Duns Handgelenk und betrachtete lange und stirnrunzelnd die tiefe Wunde. »Du solltest auf deinen Freund hören, schwarzer Mann. Es sei denn, du willst das Schicksal vieler starker Männer teilen.«

Abu Dun riss sich los. »Und welches wäre das?«, polterte er – allerdings erst, nachdem er sich nach dem blutigen Verbandsstoff gebückt und die Faust darum geschlossen hatte. Andrej roch das neue Blut, das noch immer aus der Wunde floss, und ganz tief in ihm antwortete eine uralte Gier auf diese unendlich süße Verlockung. Hastig brachte er ihr lautloses Flüstern zum Verstummen, auch wenn er nur zu gut wusste, dass es nicht für immer sein würde, vielleicht nicht einmal für lange.

»Dass sie sich überschätzen, mein Freund«, antwortete Sharif. »Sie sind manchmal stärker, als gut für sie ist. So stark, dass sie sich nicht nur für unbesiegbar halten, sondern irgendwann glauben, sie wären auch unverwundbar.«

»An Euch ist ein Philosoph verloren gegangen, Hauptmann«, murrte Abu Dun.

»Und an dir wird ein tapferer Krieger verloren gehen, wenn du nicht auf deinen Freund hörst und die Wunde versorgen lässt«, antwortete Sharif ernst. »Ich habe schon Männer an vermeintlich harmloseren Verletzungen sterben sehen. Stärkere Männer als dich.«

»Das bezweifle ich«, schnaubte Abu Dun.

Sharif ließ seine Hand los und schüttelte seufzend den Kopf, wie ein besorgter Vater, der mit einem uneinsichtigen Kind spricht. »Du weißt nicht, wo dieses Messer war, bevor der Machdiji es dir in die Hand gestochen hat.«

»Hör auf ihn«, sagte Andrej. »Komm! Gehen wir zum Fluss. Lass mich die Wunde auswaschen. Vielleicht treffen wir ja auch das eine oder andere Krokodil, das du verprügeln kannst.«

Abu Dun funkelte ihn nur noch feindseliger an, ließ dann aber doch den blutigen Fetzen fallen und fuhr wütend herum, um zum Fluss hinunterzugehen. Andrej folgte ihm, und zu seiner Beunruhigung machte auch Sharif Anstalten, sich ihnen anzuschließen, ließ jedoch wieder davon ab, als Andrej ihm einen fast flehenden Blick zuwarf.

Abu Dun hatte das Ufer erreicht und ließ sich gerade inmitten des hüfthohen Schilfes in die Hocke sinken, als Andrej ihn einholte. Er trat nicht ganz an seine Seite, sondern blieb in zwei oder drei Schritten Abstand stehen und sah zu, wie er die verletzte Hand ins Wasser tauchte und die Wunde gründlich auswusch, wobei er sich alles andere als geschickt anstellte. In diesem Punkt war Sharif der Wahrheit näher gekommen, als er selbst vermutlich ahnte. Weder Abu Dun noch er hatten besonders viel Übung darin, Verletzungen zu versorgen und Wunden zu verbinden, jedenfalls nicht die eigenen – ganz einfach, weil es bisher selten notwendig gewesen war.

Während er dastand und Abu Dun beobachtete, behielt er zugleich auch das Schilf und die schwarzen Schatten am Ufer im Auge, und seine Hand ruhte auf dem Schwertgriff. »Du musst nicht auf mich aufpassen, Hexenmeister«, sagte Abu Dun. »Niemand tut mir etwas. Und sollte es doch jemand versuchen, dann treibt sich hier irgendwo bestimmt mein guter Freund mit den langen Zähnen herum, der mich beschützt. Falls er nicht zu nachtragend ist, heißt das.«

Andrej zog es vor, gar nichts dazu zu sagen. Aus Angst um Abu Dun klopfte sein Herz so laut, dass man es eigentlich bis zum Lager hinauf hören musste. »Was ist mit deiner Hand?«

»Ist noch dran«, grollte er, hob aber trotzdem den Arm und drehte die Hand mit gespreizten Finger ein paarmal vor dem

Gesicht hin und her, als müsste er sich davon überzeugen. »Und sie blutet auch kaum noch.«

»Aber *kaum noch* bedeutet nicht *nicht.*«

Abu Dun warf ihm wieder einen zornigen Blick zu und tauchte dann, die Lippen zu einem blutleeren Strich zusammengepresst, die Hand noch einmal ins Wasser. Bevor er sie wieder herauszog, griff er unter seinen Mantel und förderte einen schwarzen Stoffstreifen zutage, den er zu einem notdürftigen Verband zusammenstümperte. Andrej behielt ihn aufmerksam im Auge, kam ihm aber nicht zu Hilfe, auch dann nicht, als Abu Dun plötzlich wankte, in die Knie brach und sich gerade noch mit dem unversehrten Arm abstützen konnte, um nicht ganz zu fallen. Erst nach einer Weile stemmte er sich wieder hoch. Obwohl es ihn Überwindung kostete, rührte sich Andrej nicht, um ihn zu stützen.

Abu Dun zitterte am ganzen Leib. Gekrümmt, die verbundene Hand gegen den Leib gepresst und mit verzerrter Miene stand er da. Mit der anderen Hand grub er einen halb aufgeweichten Beutel aus der Tasche, nestelte ihn ungeschickt auf und stopfte sich drei oder vier Kat-Blätter in den Mund, die er nahezu unzerkaut hinunterschluckte.

Die Wirkung setzte fast augenblicklich ein, wie jedes Mal, wenn er die berauschenden Blätter nahm. Abu Duns Hände hörten auf zu zittern, der Schweiß verschwand von seiner Stirn, und Andrej konnte regelrecht sehen, wie die Kraft in seinen Körper zurückkehrte. Nach kaum einer Minute stieß er ein unendlich erleichtert klingendes Seufzen aus, richtete sich wieder ganz auf und begann den Verband abzunehmen, den er sich gerade erst selbst angelegt hatte. Andrej war nicht im Geringsten überrascht zu sehen, dass die Wunde nicht nur aufgehört hatte zu bluten, sondern auch schon zu heilen begann.

Abu Dun nahm noch zwei Blätter aus dem Beutel (der damit fast leer war) und kaute jetzt bedächtig darauf herum, während er weiter mit distanziertem Interesse seine Hand betrachtete und zusah, wie sich die Wunde schloss. In längstens einer Stunde würde nur noch eine unbedeutende Narbe davon zurückgeblieben sein und spätestens morgen früh nicht einmal mehr das.

»Du solltest sie trotzdem verbinden, bevor die Männer anfangen, sonderbare Geschichten über dich zu erzählen«, sagte Andrej.

»Und du meinst, das täten sie nicht schon längst?«, fragte Abu Dun, machte sich aber trotzdem unverzüglich daran, Andrejs Rat zu folgen. Da seine Hände jetzt nicht mehr zitterten, fiel das Ergebnis zwar um einiges ansehnlicher aus als bei seinem ersten Versuch – aber immer noch nicht *gut*.

Abu Dun nahm noch ein weiteres Blatt, kaute es genüsslich schmatzend und betrachtete abwechselnd Andrej, seine bandagierte Rechte und den fast leeren Beutel in seiner anderen Hand. »Ich weiß, was du jetzt sagen willst, Hexenmeister. Ich an deiner Stelle würde wahrscheinlich dasselbe sagen. Spar es dir trotzdem!«

»Wie wäre es mit –?«

»Einer Entschuldigung?«, fiel ihm Abu Dun ins Wort. Seine Augen blitzten schon wieder kampflustig, auch wenn es nun ein ganz anderes Funkeln war, das Andrej kannte. »Es tut mir leid. Es ist dieses verdammte Zeug, das mir das antut. Ich werde unleidlich, wenn ich es zu spät nehme.«

»Bist du sicher, dass es das Einzige ist, was es dir antut?«, fragte Andrej. Als ob er die Antwort nicht wüsste.

Abu Dun schmatzte, schluckte die Blätter glucksend herunter und rülpste dann so laut, dass Andrej demonstrativ angewidert das Gesicht verzog. »Was soll das?«, fragte er scharf. »Seit wann gefällt es dir, dich wie ein Tier zu benehmen?«

»Seit ich mich so fühle«, antwortete Abu Dun und rülpste noch einmal, und sogar noch lauter, und diesmal verzog Andrej nicht nur angeekelt die Lippen, sondern wich einen Schritt vor ihm zurück, als er spürte, wie schlecht sein Atem roch. Außerdem litt er unter heftigen Blähungen, wie man deutlich hören konnte.

»Abu Dun!«, sagte Andrej. »Ich bitte dich!«

»Verdammt, glaubst du etwa, das macht mir Spaß?«, fauchte Abu Dun. Seine Mundwinkel zuckten, und er presste die Hand flach auf den Leib. Stöhnend krümmte er sich, kramte mit zitternden Fingern die letzten drei oder vier Kat-Blätter aus dem Beutel und schlang sie gierig hinunter.

Diesmal dauerte es länger, bis die Wirkung einsetzte, wie Andrej mit Schrecken beobachtete. Erst nach einer vermeintlichen Ewigkeit nahm er die Hand vom Leib, straffte die Schultern und ließ ein tiefes Seufzen hören.

Andrej konnte regelrecht sehen, wie sich eine große Last von ihm hob.

Abu Dun hielt die verbundene Hand vor den Mund, um ein letztes Aufstoßen zu kaschieren, wich Andrejs Blick aus und wandte sich schließlich ganz ab. Seine Schultern sanken wieder herab, und seine Stimme war plötzlich fast nur noch ein Flüstern, in dem etwas mitschwang, das schlimmer war als Schmerz.

»Denkst du, es bereitet mir Freude, allmählich zu einem … *Vieh* zu verkommen?«, fragte er noch einmal. »Bestimmt nicht. Ich will so nicht leben.«

»Es ist nicht deine Schuld«, antwortete Andrej. »Es ist dieses verdammte Zeug, das dich von innen heraus auffrisst.« Er hörte selbst, wie hilflos, fast erbärmlich das klang.

»Glaubst du, das wüsste ich nicht?«, schnaubte Abu Dun. »Oder es würde es besser machen?«

»Du bist wirklich nicht mehr du selbst, Pirat. Seit wann bereitet es dir Freude, dich in Selbstmitleid zu suhlen?«

»Eine interessante Wortwahl«, sinnierte der Nubier. »Auch wenn ich zugeben muss, dass sie passt.«

»Und seit wann spaltest du lieber Haare als Köpfe?«, fauchte Andrej. »Du weißt genau, was ich meine!«

»Und du, dass ich recht habe«, erwiderte Abu Dun mit enervierender Ruhe. »Willst du mir wirklich gegenüberstehen, wenn ich vollends zu einem Machdiji geworden bin?«

Andrej zwang sich zu einem Lachen, obwohl ihn die Worte des Nubiers mit kaltem Entsetzen erfüllten. »Wenn dieser Machdi wirklich dumm genug ist, dich herauszufordern, dann werden seine Jünger danach wohl einen neuen Anführer haben«, sagte er.

»Und wäre das nicht noch schlimmer?«, fragte Abu Dun ernst.

Zweifellos. Andrej versuchte sich vorzustellen, was eine Armee von Fanatikern wie den Machdiji anrichten könnte, angeführt von einem Mann wie Abu Dun, aber es war ein Gedanke, den er lieber nicht zu Ende dachte. Er war nicht sicher, ob die Welt es überstehen würde.

»Nein«, antwortete er, »und das wird auch nicht passieren. Hör auf, dir die Zukunft in schwärzeren Farben auszumalen als die deiner schwarzen Seele, Pirat, das ist sowieso nicht möglich. Morgen früh ziehen wir weiter und finden den Machdi.«

»Bist du sicher, dass wir das tun sollten?«

Andrej deutete auf den leeren Beutel, der sich allmählich mit Wasser vollzusaugen und unterzugehen begann. »Es ist nicht mehr viel davon da.«

»Sharif hat noch einen kleinen Vorrat«, antwortete Abu Dun. »Seine Männer haben die Toten durchsucht und genug für die

Reise eingesammelt. Und dort, wo wir hingehen, finden wir sicher noch mehr. Ich frage mich nur, ob wir es wirklich tun sollten.«

»Weil du –«

»Weil *du*«, unterbrach ihn Abu Dun betont, »anscheinend das Denken verlernt hast, Hexenmeister. Bist du wirklich so naiv, oder willst du die Wahrheit nicht sehen?«

»Dass du Hilfe brauchst? Dass du vielleicht stirbst, wenn dein Vorrat an Kat erschöpft ist?«

»Wer von uns nimmt hier eigentlich dieses verdammte Zeug, das die Sinne benebelt?«, schnaubte Abu Dun. »Bist du blind? Hast du nicht *gesehen*, was gerade passiert ist? Sie hätten uns beinahe besiegt, Andrej! Wären du und ich nicht dabei gewesen, dann *hätten* sie gesiegt!«

Das war zweifellos wahr, dachte Andrej – aber was interessierte es Abu Dun? Oder ihn? Es gelang ihm noch immer nicht, Sharif so zu verachten, wie er es eigentlich wollte, aber das bedeutete nicht, dass er ihn ins Herz geschlossen hätte. Sharif war kein guter Mensch, und die Welt wäre ohne Männer wie ihn und seine Janitscharen vermutlich besser dran. Er sah den Nubier nur fragend an.

»Einhundert der besten Soldaten, die die Welt kennt«, fuhr Abu Dun fort. »Und dazu noch einmal die gleiche Anzahl von Fernandes' Männern, die alles sind, nur bestimmt keine friedlichen Seeleute. Und zwei Kanonen.« Er machte ein anerkennendes Gesicht. »Eine wahrlich beeindruckende Armee … und ohne dein und mein Schwert wäre sie von einer Bande dahergelaufener Bauern und Kameltreiber geschlagen worden. Gibt dir das nicht zu denken, o großer Krieger?«

»Es war das Kat«, antwortete Andrej. »Worauf willst du hinaus? Das weißt du doch besser als ich!«

»Und Sharif weiß es auch«, sagte Abu Dun. »Ich an seiner Stelle würde mich fragen, was diese Blätter für meine Soldaten tun können. Erzähl mir nicht, der Gedanke wäre dir noch nicht gekommen!«

»Nein«, antwortete Andrej. Das war die Wahrheit – so absurd es ihm auch selbst vorkam.

»Mir wäre er gekommen, an Sharifs Stelle«, sagte Abu Dun. »Stell dir eine Armee von Janitscharen vor, die vom Kat berauscht sind. Und dann sag mir, welcher Feind ihr wohl standhalten könnte.«

»Das ist Unsinn«, erwiderte Andrej, indem er versuchte, fehlende Überzeugung mit Lautstärke wettzumachen. »So verrückt ist nicht einmal Sharif.«

»Nein, er vielleicht nicht.« Abu Dun stieß schnaubend die Luft durch die Nase aus, und Andrej musste sich beherrschen, um nicht vor ihm zurückzuweichen. Abu Duns Atems roch schlecht. »Aber sein Herr ganz bestimmt!«

»Du meinst –«

»Was Euer Freund meint, Andrej«, erklang eine Stimme hinter ihm, »ist der Umstand, dass Sultan Süleyman seine Seele verkaufen würde, bekäme er dafür eine Armee solcher Krieger.«

Abu Dun zog nur die Augenbrauen zusammen und rülpste, und nun war Andrej sehr dankbar, sich hastig aufrichten und herumdrehen zu können, so sauer roch sein Atem. »Hat er denn eine Seele?«, fragte er.

Hauptmann Sharif trat heran. »Als Hauptmann seiner Wache und jemand, der dem Sultan die Treue geschworen hat, müsste ich Euch eigentlich schon für diese Frage töten, Christenhund«, sagte er.

»Und als alles andere?«, erkundigte sich Abu Dun.

»Bin ich sehr sicher, dass kein verantwortungsvoller Heerführer auf der Welt den Gedanken auch nur in Betracht ziehen würde, die Lebenszeit seiner Soldaten gegen eine höhere Schlagkraft einzutauschen«, antwortete Sharif – was genau genommen keine Antwort war ... oder eben auch die, die Andrej hatte hören wollen, das kam ganz auf den Standpunkt an.

»Wären Heerführer verantwortungsbewusste Menschen, dann wären sie nicht Heerführer geworden«, sagte Abu Dun. »Insofern –«

»Ich bin nicht hergekommen, um mit euch zu philosophieren«, unterbrach ihn Sharif, zwar in scharfem Ton, aber auch mit einem leicht amüsierten Funkeln in den Augen. »Wie geht es deiner Hand?«

»Sie ist noch da«, erwiderte Abu Dun.

Sharif blieb ernst. »Kannst du damit kämpfen?«

Abu Dun wirkte leicht überrascht, nickte aber dann zögernd. »Wenn Ihr darauf besteht, Hauptmann. Doch ich muss Euch warnen. Wenn Ihr glaubt, leichtes Spiel mit mir zu haben, nur weil ich verletzt bin, dann werdet Ihr –«

»Dann kommt mit mir«, unterbrach ihn Sharif. »Und Ihr auch, Andrej. Da gibt es etwas, das ich mit euch besprechen will.«

»Nur zu«, sagte Andrej, doch Sharif schüttelte nur den Kopf und machte eine unbestimmte Geste hinter sich.

»Nicht hier. Lasst uns ein paar Schritte gehen. Ich möchte euch etwas zeigen.«

Kapitel 17

Der nächste Angriff erfolgte zwei Stunden vor Sonnenaufgang und war so dilettantisch geplant und durchgeführt, dass Andrej ihn allein hätte zurückschlagen können. Er war nicht mehr als ein Nadelstich, der die Machdiji drei und sie keinen einzigen Mann kostete, aber er schreckte die Männer auf und erfüllte seinen eigentlichen Zweck sehr wohl, nämlich die ohnehin brüchige Illusion von Sicherheit zu zerstören, in der sich die Überlebenden vielleicht gewähnt hatten.

Es war schon vorbei, als Abu Dun und er das andere Ende des Lagers erreichten, angelockt durch aufgeregtes Geschrei und ein Schlachtengetümmel, das ihn einen zehnmal so heftigen Kampf hätte erwarten lassen. Alles, was sie jedoch noch sahen, waren zwei flüchtende Machdiji, die einen verwundeten Kameraden zwischen sich schleppten. Ein paar von Sharifs Männern sowie einer der überlebenden Matrosen setzten sogar dazu an, sie zu verfolgen, wurden jedoch von Sharif mit einem scharfen Befehl zurückgerufen, dem zumindest die Janitscharen auch gehorchten. Der Matrose jedoch stürmte weiter und verschwand hinter den Machdiji in der Nacht, um nie wieder gesehen zu werden.

Auch Abu Dun machte zwei – wenn auch wohl eher symbolisch gemeinte – Schritte in die entsprechende Richtung, blieb aber stehen, noch bevor Andrej ihn zurückrufen konnte. Offensichtlich enttäuscht ließ er den gewaltigen Krummsäbel sinken, schüttelte aber noch einmal drohend die Faust hinter den flüchtenden Männern her. Andrej ging rasch zu Sharif.

Der Janitscharenhauptmann hatte sich nicht einmal die Mühe gemacht, seine Waffe zu ziehen, und er sah auch nicht wirklich besorgt aus, sondern nur erschöpft. Niemand hatte in der zurückliegenden Nacht besonders viel Schlaf gefunden, und er vermutlich gar keinen.

»Verluste?«, fragte Andrej knapp.

Sharif schüttelte müde den Kopf. »Nicht auf unserer Seite«, sagte er. »Sie wollten uns wohl nur wissen lassen, dass sie noch da sind.«

»Wie überaus zuvorkommend. Ich hatte es schon fast vergessen.«

»Sie werden schon dafür sorgen, dass das nicht geschieht«, sagte Sharif mit einem freudlosen Lächeln und fuhr sich mit dem Handrücken durch das Gesicht, wie um nicht vorhandenen Schweiß wegzuwischen. Die Geste verriet Andrej weit mehr über seine wahre Verfassung, als Sharif ahnen mochte. Er war in jenem Zustand der Erschöpfung angekommen, in dem es einem unmöglich ist, auch nur einen halben Atemzug lang stillzustehen, und der oft dem endgültigen Zusammenbruch vorausgeht. Dass Sharif zusammenbrechen würde, glaubte er nicht, aber vielleicht war er gut beraten, nicht alle seine Entscheidungen vorbehaltlos hinzunehmen, bevor der Mann nicht wenigstens ein paar Stunden geschlafen hatte.

»Was soll dieser Wahnsinn?«, murmelte er. »Sie verlieren nur sinnlos weitere Männer.«

»Von denen sie genug haben, ganz im Gegensatz zu uns«, fügte

Sharif hinzu, nun wieder mit ernsterem Gesicht. »Und sie zermürben uns … nicht, dass das noch nötig wäre. Keiner von uns hat in dieser Nacht viel geschlafen. Wenn das so weitergeht, brauchen sie keine Waffen mehr, um uns zu besiegen.«

Andrej fragte sich, ob das wirklich noch derselbe Sharif war, mit dem er vor wenigen Stunden gesprochen hatte, Sultan Süleymans treuester Gefolgsmann und Herr über noch immer beinahe hundert der besten Soldaten, die es in diesem Teil der Welt gab.

»Was hat Eure Meinung geändert, Hauptmann?«, fragte er geradeheraus.

»Nichts.« Sharif lächelte knapp und fast ein wenig wehleidig und nickte zu Abu Dun. »Was macht Euer Freund da, Andrej?«

Der Nubier war neben einem der toten Machdiji in die Hocke gegangen und durchwühlte dessen Kleider. Andrej ging hin, sah ihm einen Moment lang stirnrunzelnd zu und fragte schließlich: »Wann bist du unter die Leichenfledderer gegangen, Pirat?«

Abu Dun würdigte ihn nicht einmal eines Blickes, sondern grub weiter in den blutigen Kleidern des Toten, bis er schließlich ein Leinensäckchen von der Größe einer Kinderfaust zutage förderte, das er kommentarlos einsteckte. Andrej musste nicht fragen, um zu wissen, was es enthielt.

Er geduldete sich, bis Abu Dun auch das Kat der beiden anderen Toten an sich genommen hatte, doch als er sich aufrichtete und zu den anderen zurückgehen wollte, ergriff er ihn am Arm und raunte ihm zu: »Das wird den Männern nicht gefallen.«

Abu Dun versuchte sich loszureißen, doch das ließ Andrej nicht zu. »Was soll der Unsinn?«, fauchte er. »Du benimmst dich wie ein Süchtiger!«

»Was vielleicht daran liegt, dass ich es bin?«, gab Abu Dun gereizt zurück. Er versuchte noch einmal, sich loszumachen, und als

Andrej ihn losließ, öffnete er eines der erbeuteten Kat-Säckchen und nahm gleich vier oder fünf der zartgrünen Blätter heraus, um sie sich einzuverleiben. An einem klebte frisches Blut, was ihn aber nicht weiter zu stören schien.

»Ich verstehe nicht, worüber du dich aufregst, Hexenmeister«, fuhr er schmatzend fort. »Unser tapferer Hauptmann da hat selbst seine Leute die Toten durchsuchen lassen, damit sie mir alles Kat geben, das sie finden.«

»Das ist ein Unterschied, und das weißt du verdammt gut«, antwortete Andrej. »Also hör gefälligst damit auf!«

»Und ihr solltet aufhören, euch ständig gegenseitig an die Kehlen zu gehen«, mischte sich Sharif ein. »Vor allem nicht vor aller Augen und Ohren. Das ist nicht gut für die Moral der Männer.«

Abu Dun schob sich ein weiteres rot besudeltes Blatt zwischen die Zähne und richtete sich zu seiner vollen Große von annähernd sieben Fuß (ohne Turban) auf, um auf den Janitscharenhauptmann hinabzusehen. Andrej kannte nicht sehr viele Menschen, auf die dieser Anblick nicht einschüchternd wirkte, doch Sharif schien dazuzugehören. Er schüttelte nur müde den Kopf, sog dann scharf die Luft zwischen den Zähnen ein und setzte zu einer Antwort an, die Abu Dun vermutlich zum Anlass nehmen würde, alles nur noch schlimmer zu machen. Deshalb sagte Andrej rasch: »Ihr wolltet uns etwas zeigen, oder nicht?«

Der Janitscharenhauptmann wandte sich betont langsam in seine Richtung und zog die rechte Augenbraue so hoch, dass sie unter dem Rand seines Turbans verschwand. Andrej musste seine Gedanken nicht lesen können, um zu wissen, dass er enttäuscht war. Wäre die Situation nur ein bisschen anders gewesen, dann hätte Andrej vielleicht sogar Gefallen an der Vorstellung gefunden, welch gewaltige Überraschung der Janitscharenhauptmann erleben würde, wenn es ihm endlich gelang, Abu Dun zu dem Kräftemessen zu provozieren, nach dem ihm schon so lange gelüstete.

Unglückseligerweise war die Lage aber nun einmal so, wie sie war, und nicht anders.

»Ja, das wollte ich«, antwortete Sharif, indem er einen weiteren halben Schritt zurück machte und zugleich in die Hände klatschte. Wie aus dem Nichts erschienen zwei seiner Männer. Abu Dun spannte sich unwillkürlich, bevor auch er begriff, dass die Soldaten nicht seinetwegen gekommen waren. Vielmehr schleiften sie eine dritte, reglose Gestalt zwischen sich, die Andrej für tot gehalten hätte, hätte er nicht das Schlagen ihres Herzens gehört, so mühsam, als versuchte es Lava durch Adern aus Stein zu pumpen. Ihm blieb vielleicht noch die Kraft für ein Dutzend Schläge, wenn überhaupt.

»Ein toter Machdiji«, sagte Abu Dun. »Interessant ... aber so etwas habe ich schon gesehen.«

»So etwas«, wiederholte Sharif betont, »vermutlich noch nicht.« Er machte eine knappe, kaum sichtbare Geste, und die Männer ließen ihren Gefangenen auf den Boden fallen. Andrej hatte ihn für bewusstlos gehalten, doch jetzt entrang sich seinen Lippen ein gequälter Laut, der in einem noch qualvolleren Würgen endete. In der nächsten Sekunde übergab er sich auf den Boden, auch wenn er nicht mehr als einige Fäden zähflüssiger grüner Galle herausbrachte. Dann kippte er auf die Seite, schlang die Arme um den Leib und zog die Beine an. Andrej konnte hören, wie sich sein Herz zu einem letzten mühsamen Schlag zwang und dann stillstand.

»Und?«, fragte Abu Dun unbeeindruckt.

Sharif bedeutete den beiden Janitscharen mit einer weiteren dieser kaum sichtbaren befehlenden Gesten, sie allein zu lassen, und wartete auch, bis sie gegangen waren, ehe er fortfuhr: »Seht ihn euch genauer an!«

Abu Dun verzog nur geringschätzig die Lippen, doch Andrej ließ sich nach einem letzten unmerklichen Zögern neben dem toten Machdiji in die Hocke sinken, überwand seinen Widerwillen vor dessen Gestank und Anblick und drehte ihn mit spitzen Fingern auf den Rücken. Der Mann war tot, man musste nicht über die scharfen Sinne eines Unsterblichen verfügen, um das zu erkennen. Vielmehr fiel es Andrej schwer zu glauben, dass er vor wenigen Augenblicken noch am Leben gewesen sein sollte.

Sein Gesicht war grau und hatte die Farbe eines Leichnams, die Wangen waren eingefallen und die Haut trocken und rissig wie altes Pergament, das ein Menschenleben lang unter der heißen Wüstensonne gelegen hatte. Obgleich fast so groß wie er, konnte er allerhöchstens noch hundert Pfund wiegen, und noch im Tode schien sein Antlitz vor unsäglicher Pein zu zucken. Andrej wusste sehr wohl, dass ihm seine Nerven nur einen bösen Streich spielten, aber für einen Moment glaubte er seine gequälten Schreie tief am Grunde seiner Seele widerhallen zu hören.

»Was ist mit diesem Mann geschehen?«, fragte er.

»Er ist tot?«, schlug Abu Dun vor.

»Was habt Ihr ihm angetan?«, beharrte Andrej.

»Angetan?« Sharif schüttelte den Kopf. »Nichts. Das hat er sich selbst *angetan*. Oder sein Herr, der Machdi, das kommt auf den Standpunkt an.« Sein Blick tastete kurz über Abu Duns Gesicht und kehrte dann zu dem des Toten zurück. »Kat.«

»Kat?«, wiederholte Abu Dun. Wenn auch mit schlecht geschauspielertem Widerwillen, so zwang er sich nun doch, den Toten genauer in Augenschein zu nehmen.

»Kat«, wiederholte Sharif noch einmal. Er versetzte dem Leichnam einen Tritt, was Andrej als ebenso unangemessen wie überflüssig empfand. »Wir haben ihn gefangen genommen, als er versucht hat, sich an Bord des Schiffes zu schleichen.«

»Und ihn mit der zu Gebote stehenden Rücksichtnahme verhört«, vermutete Abu Dun. Auch Andrej waren die Schnitte und Brandwunden am Körper des Toten nicht entgangen, doch anders als Abu Dun zog er es vor, nichts dazu zu sagen. Auch Sharifs Reaktion beschränkte sich auf ein desinteressiertes Achselzucken.

»Er wusste nichts«, sagte er. »Aber seht ihn euch an. Wir haben ihm sein Kat weggenommen, und es brauchte drei meiner kräftigsten Männer, um ihn festzuhalten und zu binden. Am Schluss haben wir ihn in Ketten gelegt, und ich war ganz und gar nicht sicher, dass sie halten.«

»Und dann?«, fragte Andrej.

»Gar nichts, dann«, erwiderte Sharif. »Nach einem Tag hat er aufgehört zu schreien, und nach dem zweiten, an seinen Ketten zu zerren. Ich hätte erwartet, dass es schneller geht, doch der Busche war entweder außergewöhnlich stark, oder das Kat verliert seine Wirkung nicht so rasch, wie ich angenommen habe.« Ein neuerliches beiläufiges Heben der Schultern. »Vielleicht ist die Wirkung auch bei jedem anders.«

Andrej hätte nicht sagen können, was ihn mehr entsetzte: Der Anblick des toten Machdiji und das, was diesem Mann widerfahren war, oder die vollkommene Teilnahmslosigkeit in Sharifs Stimme. Zweifellos war dieser Mann ihr Feind gewesen, und ebenso zweifellos hätte er jeden von ihnen getötet, ohne auch nur einen Atemzug lang zu zögern … aber Sharif hatte dennoch kein Recht, über einen Menschen wie über ein *Ding* zu sprechen. Leben war heilig, denn es war das Einzige auf dieser Welt, das nicht ersetzt werden konnte.

»Das ist es, was Kat einem Menschen antut?«, vergewisserte sich Abu Dun. Seine Stimme klang belegt.

»Nein«, antwortete Sharif. »Das geschieht einem Menschen, der *kein* Kat mehr bekommt. Sieh ihn dir an! Das ist es, was der Machdi seinen Jüngern am Ende gibt.«

Abu Duns Lippen wurden zu einem dünnen, blutleeren Strich, der sein nachtschwarzes Gesicht wie eine Narbe teilte. Seine Kiefer mahlten, und Andrej konnte sehen, wie es hinter seiner Stirn zu arbeiten begann. Eine kleine Ewigkeit lang stand er einfach so da und starrte den Toten an, dann fuhr er auf dem Absatz herum und stürmte aus dem Zelt.

Sharif sah ihm mit gerunzelter Stirn nach, und auch Andrej wartete, bis er sicher war, aus der Hörweite von Abu Duns scharfem Gehör zu sein.

»War das nötig?«, fragte er dann.

»Deinem Freund zu zeigen, was ihm bevorsteht?« Sharif nickte. »Er ist nicht dumm, Andrej. Er wusste es sowieso. Aber es ist ein Unterschied, etwas zu wissen und es mit eigenen Augen zu sehen.«

»Ihr wolltet Abu Dun nur ein wenig motivieren«, sagte Andrej böse.

»Wäre das denn nötig?«

»Nein«, antwortete Andrej. »Es war unnötig, und es war auch nicht besonders klug. Abu Dun ist kein Mann, der leicht vergisst.«

»Und jetzt wollt Ihr mir sagen, dass ich es bereuen werde und Euer Freund gefährlicher ist, als ich glaube.« Sharif lächelte, und Andrej fragte sich, was er an seinen eigenen Worten so komisch fand, spürte aber, wie sich doch Furcht in dem Janitscharenhauptmann regte.

»Aber vielleicht ist es auch ganz gut so«, fuhr er mit veränderter

Stimme und Mimik fort. »Ich wollte ohnehin noch allein mit Euch sprechen, Andrej.«

»Um mich ein bisschen zu erschrecken?«

»Damit?« Sharif versetzte dem Toten einen weiteren Tritt, und dessen Hand bewegte sich, wie um sich ob der groben Behandlung zu beschweren. »Wohl kaum, Andrej. Es sei denn, ich hätte mich in Euch noch sehr viel mehr getäuscht als in Eurem Freund.«

»Und warum dann?«

»Weil das hier –« Ein dritter Tritt, nach dem es Andrej merklich schwerfiel, noch an sich zu halten. »– zugleich auch unsere beste Chance ist.«

»Ihr wollt sie alle einfangen und so lange in Ketten legen, bis sie am Kat-Entzug sterben«, vermutete Andrej.

»Leider haben wir kein Schiff mehr, in dem wir so viele Gefangene unterbringen könnten«, antwortete Sharif scheinbar vollkommen ernst, »sonst würde ich Euren Vorschlag ernsthaft in Erwägung ziehen. Aber auch so gibt mir der Anblick Hoffnung. Seht Ihr nicht, wieso?«

Selbstverständlich wusste Andrej, worauf Sharif hinauswollte, aber er schüttelte trotzdem den Kopf und antwortete: »Verratet Ihr es mir?«

Sharif sah beinahe enttäuscht aus. »Ihr habt gesehen, wozu diese Männer fähig sind, solange sie Kat nehmen. Aber auch nur genau so lange. Nehmt es ihnen oder wartet ab, bis es verbraucht ist, und sie werden wieder zu dem, was sie im Grunde sind: Diebsgesindel und Bauernpack. Ihre Vorräte sind nicht unbegrenzt. Und selbst wenn sie es wären, hätten wir eine gute Chance. Das Kat zerstört sie. Dieser Mann ist gestorben, weil er kein Kat mehr bekommen hat, aber sein Schicksal wäre nicht anders gewesen, hätte er es bekommen. Nur später. Alle Kat-Süchtigen sterben. Manche nach

Wochen, andere nach Monaten, aber das Ende ist immer dasselbe. Und es kommt schneller, je mehr sie nehmen.«

Andrej dachte an die Unmengen von Kat, die Abu Dun in sich hineinstopfte, und schwieg.

»Wenn wir sie lange genug aufhalten, haben wir eine gute Chance«, fuhr Sharif fort. »Sie mögen stärker sein als jeder einzelne meiner Männer, aber genau das macht sie auch verwundbar, denn sie bleiben trotzdem, was sie sind.«

»Ich verstehe«, sagte Andrej. »Ihr wollt, dass wir ihr Kat finden und vernichten.«

»Ein verlockender Gedanke«, gestand Sharif, »aber nein. Dennoch … folgt mir in mein Zelt, Andrej. Um das Kat werden sich andere kümmern, aber vielleicht habe ich eine Lösung für unser beider Probleme.«

Andrej bezweifelte das – es sei denn, Sharif hatte vor, sich in sein Schwert zu stürzen oder eine Runde zwischen den Krokodilen zu schwimmen, die nahe am Ufer im Wasser lauerten –, folgte ihm aber ohne Widerspruch. Ihm war nicht wohl dabei, Abu Dun allein zu lassen, doch er tröstete sich damit, dass der Nubier wohl nichts allzu Schlimmes anstellen würde, solange er noch genügend Kat besaß. Und wenn doch, dann würde wohl nicht einmal er ihn daran hindern können.

Sharifs Zelt war winzig und nicht wirklich ein Zelt, sondern ein besserer Unterstand, der aus dem Mast einer aufgebrachten Dau und dem dazugehörigen Segel improvisiert und dergestalt platziert worden war, dass er zumindest Schutz vor dem eisigen Wind bot, wenn schon nicht vor der Kälte, die mit der Nacht gekommen war. Im Inneren roch es muffig, und Sharifs Männer hatten, woher auch immer, einen niedrigen Tisch und zwei dazu passende Stühle aufgetrieben, die Andrej vage bekannt vorkamen.

Noch bevor sie ganz eingetreten waren, erinnerte er sich, sie in der Offiziersmesse der *Elisa* gesehen zu haben. Sharif bot ihm mit einer stummen Bewegung einen Platz an, doch Andrej lehnte ab, ebenfalls wortlos. Sharifs Männer hatten ihr Leben riskiert, um durch das krokodilverseuchte Wasser zu schwimmen und diese *Möbel* zu bergen? Er wäre sich wie das vorgekommen, was er Abu Dun gerade vorgeworfen hatte, hätte er auf einem dieser Stühle Platz genommen: ein Leichenfledderer.

Sharif blieb ebenfalls stehen und deutete ein verlegenes Schulterzucken an. Fast als hätte er Andrejs Gedanken gelesen, sagte er: »Es war nicht meine Idee. Die Männer haben vorher dem Sultan persönlich gedient.«

Als Andrej auch dazu schwieg, erlosch Sharifs Lächeln wie eine Kerzenflamme in starkem Wind. Er deutete auf den Tisch, auf dem – selbstverständlich – auch ein silbernes Teekännchen und zwei zierliche Tassen aus demselben Material standen, und Andrej fragte sich, wie viele Männer wohl für dieses Geschirr gestorben waren oder ob sie die hungrigen Krokodile vielleicht mit einer Hand, einem Fuß oder irgendeinem anderen Körperteil bestochen hatten. Erst dann fiel ihm auf, dass Sharif ihn vermutlich nicht hergebracht hatte, um ihn auf eine Tasse Tee einzuladen. Vielmehr hatte er das Geschirr zweckentfremdet, um die Ecken einer halb aufgeweichten Landkarte zu beschweren, die darunter auf dem Tisch lag.

»So ist die Situation«, begann Sharif übergangslos. »Uns sind noch sechsundsiebzig kampffähige Männer geblieben, Fernandes' Matrosen sowie Euch und Euren Freund nicht mitgerechnet.«

»Warum?«

»Die spanischen Matrosen werden bei der ersten Gelegenheit fliehen«, antwortete Sharif. »Und warum auch nicht. Es ist nicht ihr Kampf. Sie sind uns nichts schuldig. Und für Euch und Euren Freund habe ich andere Pläne.«

»Und … dürfen Abu Dun und ich sie erfahren, oder wäre das zu viel verlangt, Hauptmann?«, erkundigte sich Andrej mit sanftem Spott.

Er hatte nicht wirklich damit gerechnet, eine Antwort zu bekommen, ärgerte sich – absurderweise – aber dennoch maßlos darüber, recht zu behalten, als Sharif ihm nur einen schrägen Blick zuwarf und sich dann umwandte, um das improvisierte Zelt auf der anderen Seite zu verlassen. Er schwieg auch beharrlich weiter, bis Andrej ihm nachging und neben ihm stehen blieb. Er sah nach Osten, weiter den Fluss entlang und in Richtung der endlosen Wüsten, die hinter dem schmalen grünen Streifen lauerten, um jeden zu verschlingen, der wagemutig oder dumm (was zumeist ohnehin dasselbe war) genug war, sie zu betreten. Doch als Andrej seinem Blick folgte, erkannte er drei gewaltige dreieckige Schatten, die sich gegen den Nachthimmel erhoben, im Grunde nur daran zu erkennen, dass sie die Sterne an dieser Stelle verdeckten. Und jetzt, einmal darauf aufmerksam geworden, fiel ihm ein, dass sie die drei steinernen Giganten auch schon am zurückliegenden Tag gesehen hatten, doch Andrej hatte ihnen keine große Beachtung geschenkt, abgelenkt durch die eine oder andere Kleinigkeit. Dennoch wusste er natürlich, was er da sah.

»Das sind die großen Pyramiden, nicht wahr?«, fragte er.

»Ich bin ganz in der Nähe geboren, wusstet Ihr das?« Sharif machte eine Kopfbewegung zu den drei dreieckigen Schatten am Horizont und ließ sie in einem Nicken enden, mit dem er seine eigene Frage gleich beantwortete, da Andrej es ja schwerlich konnte. »In einem kleinen Ort namens Giza, nur einen Steinwurf entfernt. Sie sind eines der sieben Weltwunder … aber wenn Ihr mich fragt, das einzige, das diese Bezeichnung wirklich verdient.«

»Man sagt, es wären nicht mehr als gewaltige Grabsteine.«

Sharif bedachte ihn mit einem Blick, als wäre er erstaunt, diese Worte aus seinem Mund zu hören. »Ja, das glauben die meisten«, sagte er lächelnd. »Aber sie sind so viel mehr.«

»Und was?«

»Ich erzähle Euch das nicht, um in Erinnerungen zu schwelgen, Andrej«, sagte Sharif. »Ich kenne mich hier aus und weiß um Dinge, deren Existenz die meisten nicht einmal ahnen. Dieses Land war einmal ein mächtiges Reich, Andrej Delãny. Das gewaltigste, das jemals existiert hat, und das über Jahrtausende.«

»Und doch ist es verschwunden.«

»Die Wüste hat es verschlungen, und die Menschen haben es vergessen, das ist wahr«, bestätigte Sharif. »Und dennoch ist das meiste noch da, begraben unter Sand und Vergessen.« Er deutete auf einen imaginären Punkt ein kleines Stück rechts der zyklopischen Schatten. »Einst gab es dort eine ganze Stadt und einen mächtigen Hafen, über den all die Menschen und das Material herangeschafft worden sind. Die meisten Gebäude sind verschwunden, aber ein Teil der Hafenanlagen ist noch immer da. Man sieht ihn nicht sofort. Ihr würdet vermutlich darüber stolpern, ohne ihn überhaupt zu bemerken, aber für den, der sich dort auskennt, sind die Überreste unübersehbar.«

»Warum erzählt Ihr mir das?«, fragte Andrej.

»Weil wir verlieren werden«, antwortete Sharif. »Ich hätte damit gerechnet, dass sie schon heute Nacht erneut angreifen, aber vielleicht brauchen sie diese Zeit, um sich zu sammeln, oder sie warten auf Verstärkung … gleichwie, sie werden erneut angreifen, und ich zweifle nicht daran, dass der nächste Angriff nicht so glimpflich für uns ausgeht.«

Bei passender Gelegenheit, dachte Andrej, würde er sich mit Sharif über die genaue Bedeutung des Wortes *glimpflich* unterhalten müssen. Stattdessen sagte er: »Vor ein paar Stunden hat sich das aber noch ganz anders angehört. Was hat Euch bewogen, Eure Meinung zu ändern, Hauptmann?«

»Diese Worte waren für Fernandes bestimmt und alle anderen neugierigen Ohren, die uns vielleicht noch zugehört haben. Was hätte ich sagen sollen? Dass ich nicht glaube, dass auch nur einer von uns den nächsten Sonnenaufgang erlebt?«

»Kaum«, gestand Andrej.

»Ich habe ein paar Männer mit Booten losgeschickt, um Hilfe herbeizurufen«, fuhr Sharif fort. »Ich weiß nicht, ob sie überhaupt eine Chance haben durchzukommen, und ob sie rechtzeitig zurück sind, ist fraglich.«

Sie *hatten* keine Chance, dachte Andrej, und das wussten sie beide. Ebenso gut hätte er den Männern gleich selbst die Kehlen durchschneiden können.

»Ich bringe die Männer dorthin«, sagte Sharif. »In den Ruinen können wir uns besser verteidigen. Ich weiß nicht, wie lange, aber auf jeden Fall länger als hier.«

»Und was sollen Abu Dun und ich tun?«, fragte Andrej, der sich selbst dabei ertappte, dass ihm eine ehrliche Antwort auf diese Frage unangenehm gewesen wäre.

»Offiziell werdet ihr aufbrechen, um das Lager der Machdiji auszukundschaften. Man sagt, Ihr und Euer Freund hättet außergewöhnlich scharfe Sinne, und ihr wärt unübertroffen darin, euch lautlos zu bewegen … auch wenn es schwerfallen mag, das zu glauben, wenn man sich Abu Dun so ansieht.«

Andrej entging die unausgesprochene Frage keineswegs, die sich hinter diesen Worten verbarg, und er beantwortete sie genauso, wie er mit all den anderen entsprechenden Anspielungen verfahren war, die Sharif in den zurückliegenden Tagen gemacht hatte, nämlich gar nicht. »Und was erwartet Ihr wirklich von uns?«, fragte er.

»Dasselbe«, antwortete Sharif. »Geht und findet das Lager der Machdiji. Es kann nicht sehr weit entfernt sein. Sie hatten Verwundete, um die sie sich kümmern müssen, Kat hin oder her, und sie müssen genauso erschöpft sein wie wir.« Er sah ihn einen schier endlosen Moment lang durchdringend an und senkte die Stimme, bevor er weitersprach. »Aber ich möchte nicht, dass ihr zurückkommt.«

Kapitel 18

Sharifs Vermutung erwies sich als richtig: Das Lager der Machdiji befand sich nicht einmal eine Meile von der flachen Uferdüne entfernt. Sie hatten, das war offensichtlich, eine Menge Verwundeter zu beklagen, tatsächlich sogar deutlich mehr, als Andrej erwartet hatte. Dazu kam eine unerwartet große Anzahl von Toten. Die Angreifer hatten ihre Gefallenen mitgenommen, sodass es schwer gewesen war, die Höhe ihrer Verluste zu schätzen, doch sie mussten gewaltig gewesen sein.

»Es müssen hundert sein, wenn nicht mehr.«

Im ersten Moment glaubte Andrej, Abu Dun spräche von den Machdiji, die zum Schutz vor der bitterkalten Wüstennacht in ihre Mäntel gehüllt an den kleinen Feuerstellen saßen, die die Sandebene vor ihnen sprenkelten, oder eng aneinandergeschmiegt schliefen. Dann folgte sein Blick Abu Duns deutender Hand, und er begriff, dass die Überlegungen des Nubiers wohl in dieselbe Richtung zu gehen schienen wie seine. Nicht weit von ihnen entfernt lagen die Toten der Machdiji säuberlich in Reih und Glied nebeneinander und in weiße Tücher gewickelt oder auch in ihre eigenen Mäntel, wo keine Tücher zur Hand gewesen waren. Dahinter und selbst für seine scharfen Augen nur schemenhaft zu erkennen, bewegten sich weitere Gestalten, und er hörte auch emsiges Hantieren und gedämpfte Stimmen. Andrej nahm an, dass die Belagerer ihre Toten noch vor dem nächsten Angriff beerdigen würden, schon um der muslimischen Sitte Genüge zu tun, nach der der Körper eines Toten so schnell wie möglich beigesetzt werden musste. Vielleicht gab es auch einen anderen Grund, den sie nie erfahren würden – so oder so erschreckte Andrej die große Zahl der Leichen, stellten sie doch nur einen Bruchteil der Opfer dar, die die Schlacht gefordert hatte. Dass die Verluste der Machdiji ungleich größer gewesen waren als die der Verteidiger hatte er gewusst; aber nicht, um *wie* vieles.

»Sie muss irgendwo dort sein.« Abu Duns ausgestreckte Hand wies in das aufweichende Grau der Dämmerung hinein, in dem selbst Andrejs scharfe Augen wenig mehr als ineinanderfließende Schatten wahrnahmen, zwischen denen sich schwarz gekleidete Gestalten bewegten.

»Murida?«

»Ich habe ihre Stimme gehört …«, sagte Abu Dun, »… glaube ich.«

Schon auf der *Elisa* war es verwirrend gewesen, sich Abu Dun in gleich hundertfacher Ausführung gegenüberzusehen, doch hier war es noch ungleich irritierender – und auch gefährlicher, denn während auf dem Schiff eine Verwechslung allenfalls zu einer peinlichen Situation führen mochte, konnte hier die kleinste Unaufmerksamkeit tödlich enden.

»Warum gehst du dann nicht hin und holst sie?«, fragte Andrej, um die Worte schon zu bedauern, noch bevor er sie ganz ausgesprochen hatte. Unter normalen Umständen hätte Abu Dun wohl nur mit einer flapsigen Bemerkung oder einem abfälligen Blick reagiert, aber der Mann, der neben ihm im Sand lag, war schon lange nicht mehr der Abu Dun, den er kannte. Andrej war regelrecht erleichtert, als Abu Dun keinerlei Anstalten machte, sich zu erheben und einfach zu dem Mädchen hinunterzugehen. Falls es tatsächlich Murida war, die er unter all den schwarzen Schemen entdeckt hatte.

Eine ganze Weile verging, in der sie dalagen und darauf warteten, dass es hell wurde, und schließlich räusperte sich Abu Dun übertrieben und sagte: »Ich will ja nicht drängeln, Hexenmeister, aber sollten wir nicht … na ja … *irgendetwas* tun?«

Jetzt war es Andrej, der mit einem ärgerlichen Blick reagierte, auch wenn Abu Dun zweifellos recht hatte – oder vielleicht gerade *weil* es so war. Davon unbeeindruckt stemmte Abu Dun sich auf Hände und Knie hoch und verschwand geduckt in der Dämmerung. Andrej schluckte im letzten Moment einen Fluch hinunter, der ihn vermutlich verraten hätte.

Nicht, dass er daran zweifelte, dass Abu Dun das auch ohne Hilfe ganz gut erledigte.

Zu seiner Erleichterung kam Abu Dun jedoch schon nach wenigen Augenblicken zurück, einen zusammengeknüllten Mantel unter dem linken Arm und etwas Kleineres und Helles in der anderen Hand.

»Zieh das an!«, sagte er und warf Andrej den Mantel zu. »Es wird gleich hell. Besser, sie erkennen dich dann nicht gleich als das, was du bist.«

Andrej griff widerstrebend (und ein bisschen zornig auf sich selbst, nicht von sich aus auf diese naheliegende Idee gekommen zu sein) nach dem schwarzen Mantel und wickelte sich hinein. Er roch nach Blut und anderen, noch übleren Dingen, sodass Andrej nicht fragen musste, woher das Kleidungsstück kam.

Abu Dun reichte ihm einen weiteren Streifen aus grobem schwarzem Stoff, sah ihm eine Weile mit unverhohlener Missbilligung dabei zu, wie er einen Turban daraus zu binden versuchte, und nahm die Sache schließlich selbst in die Hand. Seinem Gesichtsausdruck nach zu schließen, schien er auch mit dem Ergebnis seiner eigenen Bemühungen alles andere als zufrieden zu sein, aber er beließ es trotzdem bei einem breiten Grinsen.

»Wenigstens haben sie etwas zu lachen, wenn sie uns aufknüpfen«, sagte er.

»Wieso?« Andrej griff mit spitzen Fingen nach oben und ertastete etwas, das ebenso groß und ausladend war wie das Monstrum von Turban, das Abu Dun zu tragen pflegte. »Ich finde, ich sehe aus wie du.«

»Ist das wahr?«, erkundigte sich Abu Dun. Andrej nickte, und der Nubier fuhr in nachdenklichem Ton fort: »Dann werde ich mir wohl Gedanken darüber machen müssen, mich in Zukunft anders zu kleiden.«

Andrej warf einen schrägen Blick auf die beiden kleineren Beutel, die Abu Dun ebenfalls mitgebracht hatte, der dem Nubier keineswegs entging. Doch der schwarzgesichtige Riese reagierte nur mit einem breiten Feixen, griff mit spitzen Fingern in eines der Säckchen und fischte ein halbes Dutzend zartgrüner Blätter heraus, die er zwischen den Zähnen verschwinden ließ.

»Wie viel von dem Dreckszeug nimmst du eigentlich mittlerweile?«, fragte Andrej.

»So viel ich brauche, um mich halbwegs wie ein Mensch zu fühlen.«

»Nur falls du es vergessen hast«, erinnerte ihn Andrej, »du bist schon lange kein Mensch mehr. Und wenn du noch ein bisschen mehr von diesem Zeug nimmst und dich noch etwas mehr gehen lässt, dann kommt auch niemand mehr auf die Idee, dich dafür zu halten.«

»Jetzt verletzt Ihr mich, Sahib«, sagte Abu Dun verschnupft. »Warum seid Ihr so hart zu Eurem Mohren? Glaubt Ihr, er hätte keine empfindsame Seele, nur weil er schwarz ist?«

»Hätten wir einen Spiegel, in den du blicken könntest, dann müsste ich diese Aufgabe nicht übernehmen«, sagte Andrej ernst. »Und jetzt genug von dem Unsinn. Hör auf, diesen Dreck in dich hineinzustopfen.«

»Und was soll ich deiner Meinung nach tun?«, fragte Abu Dun, doch er schnitt ihm mit einer Geste das Wort ab, bevor er etwas sagen konnte. Andrej hätte auch nicht gewusst, was. »Nein, ich meine das ernst, Andrej. Sag mir, was ich tun soll! Warten, bis ich mich in Krämpfen winde und fühlen kann, wie meine Eingeweide zerreißen, um dann am Ende an meiner eigenen Scheiße zu ersticken?«

Damit hatte er recht, aber Andrej schüttelte trotzdem nur den Kopf. »Und die Alternative?«

»Dass ich zu einem sabbernden Idioten werde, der auf alles losgeht, was sich bewegt?«

»Ich meinte eher, dass du dich veränderst«, erwiderte Andrej lächelnd. Abu Duns Zähne blitzten strahlend weiß und mit wenigen grünen Flecken gesprenkelt auf, als er dieses Grinsen erwiderte, doch für einen unendlich kurzen Moment loderte auch blanker Hass in seinen schwarzen Augen auf. Er verschwand im gleichen Moment, als sich Abu Dun seiner bewusst wurde, aber er war da gewesen.

»*Das* habe ich gemeint, sagte er.

»Ich weiß«, antwortete Abu Dun, mit einem Mal vollkommen ernst. »Und du hast recht. Aber so schnell geht das nun auch wieder nicht. Und wenn doch, dann habe ich ja immer noch einen guten Freund, der mich schlimmstenfalls vor mir selbst beschützt, nicht wahr? Oder die Welt vor mir, wenn du damit besser leben kannst«

»Wenn mir das Wohl der Menschen am Herzen läge, dann hätte ich dich schon vor dreihundert Jahren ertränkt«, sagte Andrej.

Abu Dun grinste nur breit und rülpste dann lautstark, aber tief unter diesem Grinsen war auch etwas, das Andrej einen eisigen Schauer über den Rücken jagte. Jeden Tag brauchte Abu Dun mehr Kat und in immer kürzeren Abstanden. Ein Gutteil des Kat, das er den beiden toten Machdiji in der Nacht abgenommen hatte, war bereits verbraucht, und der Moment war abzusehen, in dem er die berauschenden Blätter ununterbrochen kauen würde.

»He, ihr da! Was steht ihr herum, als hättet ihr nichts zu tun?«

Andrej schluckte die scharfe Antwort herunter, die ihm auf der Zunge lag, und wandte sich rasch ab, doch nicht zu rasch, um nicht durch seine Hast aufzufallen. Es war unwahrscheinlich, dass sich die Machdiji alle untereinander kannten, doch mit seinem helleren Teint und den markanten, leicht slawischen Zügen lief er eher Gefahr aufzufallen als Abu Dun, trotz seiner enormen Größe. Besser, er überließ dem Nubier das Reden.

Oder auch nicht.

Nachdem der Machdiji die beiden vermeintlichen Faulenzer zurechtgewiesen hatte, blaffte Abu Dun den überraschten Mann derart an, dass er erschrocken ein gutes Stück zurückwich, doch Andrej wandte sich nicht um, um sich nicht durch seine Reaktion doch noch zu verraten.

Schon um sich abzulenken, suchte sein Blick noch einmal die Silhouette des improvisierten Zeltes, in dem er Murida vermutete, doch das Licht der beginnenden Morgendämmerung reichte nicht einmal seinen scharfen Augen, um sie zu entdecken. Aber er spürte, dass Murida irgendwo dort oben war, und es war ein sehr angenehmes Gefühl … aber da war auch noch mehr. Etwas anderes und auf sonderbare Weise Fremdes, das ihn mit einem irritierenden Gefühl erfüllte, das beinahe an Furcht grenzte, ohne indes wirklich dazu zu werden.

Abu Dun polterte noch eine Antwort, trat schließlich wieder an seine Seite und schlug ihm so freundschaftlich die flache Hand auf die Schulter, dass er einen normalen Menschen damit zumindest verkrüppelt hätte, wenn nicht umgebracht, und selbst Andrej mit einem hörbaren Ächzen in die Knie ging.

»Unser Bruder hat recht«, sagte er, laut genug, um auch von besagtem *Bruder* noch gehört zu werden. »Es geziemt sich nicht, tatenlos herumzustehen, während alle unsere Brüder ihren Teil beitragen.«

»Wohl wahr«, seufzte Andrej. »Wobei?«

»Unserer Pflicht als gute Muslime nachzukommen und denen ein angemessenes Begräbnis zu gewähren, die ihre Leben im Namen des einzig wahren Propheten gegeben haben«, salbaderte Abu Dun in Deutsch. »Ein ungläubiger Christenhund wie du weiß es sicherlich nicht, aber der Prophet verlangt von uns, die Körper unserer gestorbenen Brüder und Schwestern so rasch wie nur irgend möglich beizusetzen.«

»Welcher Prophet?«, gab Andrej in der gleichen Sprache zurück.

Statt einer Antwort streckte Abu Dun die Hand aus, um den improvisierten Schleier vor Andrejs Gesicht noch etwas höher zu ziehen, sodass nun tatsächlich lediglich ein kaum zwei Finger breiter Streifen über seinen Augen unbedeckt blieb, wandte sich dann wortlos um und verschwand, um schon nach einem Augenblick mit zwei grobschlächtig zusammengezimmerten hölzernen Schaufeln zurückzukehren, von denen er eine Andrej fest genug gegen die Brust rammte, um ihn fast aus dem Gleichgewicht zu bringen. »Hör auf zu reden, und spar dir deine Kraft, um zu graben.«

Andrej hatte nicht übel Lust, seinem nubischen Freund genau die Antwort zukommen zu lassen, die ihm ob einer solchen Unverschämtheit zustand, doch dann sah er das warnende Funkeln in Abu Duns Augen und erst danach das knappe Dutzend Männer, das sich ihnen aus Richtung des Flusses näherte, ebenfalls ausgerüstet mit Schaufeln oder anderen, zum größten Teil hastig improvisierten Grabwerkzeugen. Statt aufzufahren, bedankte er sich mit einem stummen Nicken, auf das Abu Dun mit einem ebenso wortlosen, dafür aber umso breiteren Grinsen reagierte, dann schlossen sie sich wortlos dem Beerdigungskommando an, um die Männer bei ihrer grausigen Arbeit zu unterstützen.

Schon bald wurde ihm klar, wie umsichtig Abu Duns Idee gewesen war. Es wurde jetzt rasch hell, und sie konnten sehen, dass das Lager noch deutlich größer war, als Sharif angenommen und Andrej befürchtet hatte. Es mussten Hunderte von Kriegern sein, Männer wie Frauen, die der *Elisa* hier aufgelauert hatten, und noch während die Sonne aufging, stießen weitere Krieger auf Pferden und Kamelen oder auch in langen Kolonnen zu Fuß zu ihnen. Sharif hatte sich nicht geirrt, dachte er finster: Das war keine hastig zusammengewürfelte Truppe, um eine günstige Gelegenheit zu nutzen, sondern eine komplette Armee, die einem wohlüberlegten Plan folgte. Doch die große Menge an Menschen verlieh ihnen auch Anonymität und Sicherheit, und hinzu kam, dass niemand gern eine Arbeit wie diese verrichtete. Ganz gleich, wie freudig die Machdiji ihre Leben auch in die Waagschale werfen mochten, es war eine schreckliche Aufgabe, gefallene Kameraden zu beerdigen. Keinem der Männer war nach Reden zumute, und keinem der anderen danach, sie bei ihrer Arbeit zu stören oder auch nur zu genau hinzusehen. Es fiel Abu Dun und ihnen nicht schwer, sich unbehelligt über das riesige Gräberfeld zu bewegen und dabei unauffällig alles an Informationen zu sammeln, was sie brauchten. Sharif und seine Janitscharen, das wurde Andrej mit erschreckender Deutlichkeit klar, hatten nicht einmal den Hauch einer Chance, ganz egal, wie gut sich der Hauptmann auch in der Nähe seiner alten Heimat auskennen mochte und welch gute Deckung oder Verstecke sie auch fanden. Die Übermacht war zu gewaltig.

Je mehr Krieger eintrafen, desto überzeugter war Andrej davon, dass die Hauptaufgabe dieses Heeres nicht darin bestand, Sharifs kleines Häuflein auszulöschen. Vielleicht war es überhaupt nie Sinn dieses Aufmarsches gewesen, und vielleicht hatte die unglückselige *Elisa* einfach das Pech gehabt, im falschen Moment am falschen Ort zu sein.

Abu Dun schien wohl zum gleichen Schluss gelangt zu sein, denn sie waren noch nicht lange mit ihrer grausigen Tätigkeit beschäftigt, und er bemühte sich gerade mit wenig Erfolg, so zu tun, als bräuchte er all seine Kraft, um allein einen der reglosen Körper in ein flaches Grab zu legen. »Das wird deinem neuen Freund, dem Hauptmann, gar nicht gefallen«, ächzte er. »Wir sollten möglichst unauffällig von hier verschwinden und ihm die frohe Kunde bringen, bevor sie es selbst tun.«

Andrej schüttelte zur Antwort nur stumm den Kopf und versuchte unauffällig, alle Einzelheiten der Umgebung aufzusaugen. Es war nicht ihre Aufgabe, die gegnerischen Truppen auszuspionieren, aber er war viel zu lange und viel zu sehr Krieger, um aus seiner Haut zu können. Und das, was er sah, bestätigte ihm nur:

Sharif und alle, die bei ihm waren, waren bereits tot. Sie wussten es nur noch nicht.

Und es ging Abu Dun und ihn auch nichts mehr an. Sharif hatte sie aus einem anderen Grund hierher geschickt.

Die Sonne ging endgültig auf, und als sie zum Morgengebet niederknieten und die Gesichter nach Mekka wandten, hatten sie das jenseitige Ende des improvisierten Gräberfeldes fast erreicht und waren nur einen Steinwurf von Muridas Zelt entfernt. Andrej hütete sich, zu genau hinzusehen, aber er kam dennoch nicht umhin zu bemerken, dass das dunkelhaarige Mädchen nicht die einzige Frau war, die sich den Aufständischen angeschlossen hatte. Das allein war nichts Besonderes, wie er schon in Konstantinopel festgestellt hatte, doch er war erstaunt, dass Murida auch nicht die einzige Frau war, an deren Gürtel ein Schwert hing. Abu Dun und er waren schon mehr als einer Frau begegnet, die besser mit der Klinge umzugehen wusste als die allermeisten Männer … aber hier, ganz offen und vor aller Augen? Er war immer gespannter darauf, den Machdi persönlich kennenzulernen und ihm die eine oder andere Frage zu stellen. Vielleicht auch mehr als nur eine.

Der Mann, der die Aufgabe des Muezin übernommen hatte, beendete das Morgengebet mit einem Laut, der Andrej Anlass zu der Vermutung gab, er litte unter enormen Schmerzen, woraufhin die Männer und Frauen sich erhoben und ihre Tätigkeiten wieder aufnahmen, als wäre nichts geschehen. Auch Abu Dun ging zu einem der einfachen zweirädrigen Karren, auf denen die Machdiji ihre Toten hergebracht hatten, und lud sich einen weiteren Leichnam auf die Arme. Wie schon zuvor schüttelte er nur den Kopf, als Andrej ihm helfen wollte, und wie schon zuvor gab er sich redlich Mühe, den Eindruck zu erwecken, das Gewicht des leblosen Körpers lastete schwer auf ihm.

Als Abu Dun den Toten in das flache Grab legte und ihn kurzerhand mit den bloßen Händen mit Erdreich und Sand zu bedecken begann, beobachtete Andrej, wie seine Finger fast unbemerkt unter dessen Kleidung und in dessen Taschen glitten und sie gründlich durchsuchten. Er hütete sich, ihn zur Rede zu stellen – sie hielten sich so weit abseits der anderen Männer, wie es ihm gerade noch möglich schien, ohne aufzufallen, aber man konnte nie wissen –, warf ihm aber einen so zornigen Blick zu, dass Abu Dun sich zu einem dümmlichen Grinsen und einem Schulterzucken genötigt sah. Andrej nahm sich vor, ihn später darauf anzusprechen, auch wenn es Abu Dun ganz gewiss nicht gefallen würde.

»Es wird Zeit, dass wir von hier verschwinden«, raunte Abu Dun, als Andrej neben ihm niederkniete und damit begann, ihm bei seiner morbiden Tätigkeit zu helfen. »Wir haben genug gesehen.«

Andrej nickte leicht, sah darüber hinaus aber nur aus halb zusammengepressten Augen nach Osten, wo die Sonne bereits als lodernd roter Dreiviertelkreis über dem Horizont zu sehen war.

»Vielleicht finden wir ja heraus, wo sie ihr Schießpulver lagern«, plapperte Abu Dun weiter. »Ich meine: So ein kleines Feuerwerk am Morgen sorgt doch bestimmt für einen fröhlichen Start in den Tag – und unserem Freund Sharif würde es auch gefallen, glaubst du nicht?«

»Deshalb sind wir nicht hier«, antwortete Andrej. Sein Blick ließ den Horizont los und suchte das improvisierte Zelt, in dem Murida nach dem Gebet verschwunden war, ein Keil aus vollkommener Schwärze gegen das grelle Licht des Sonnenaufgangs.

»Sind wir nicht?«, vergewisserte sich Abu Dun. Er hörte auf, trockene Erde und Sand auf den Leichnam zu schaufeln.

»Und auch nicht, um uns weiter im Leichenfleddern zu üben«, bestätigte Andrej. Irgendwo schrie ein Vogel. Andrej horchte auf. Eine Möwe? Hier?

Abu Dun war viel zu sehr damit beschäftigt, ihn finster anzufunkeln, als dass ihm diese Besonderheit aufgefallen wäre, doch das galt nicht für alle hier. Mehr als einer ihrer vermeintlichen Kameraden unterbrach seine grausige Tätigkeit, um nach Osten zu blicken, mehr als eine Stirn wurde gerunzelt, und mehr als eine Hand tastete nach einem Schwert, einem Dolch oder schloss sich fester um einen Speer.

»Leider ist nicht jeder in der glücklichen Lage –«, begann Abu Dun scharf und so laut, dass ihn die Männer in ihrer Nähe verstehen mussten, und bevor er den Satz zu Ende bringen und ihre ohnehin alles andere als überzeugende Tarnung vollends ruinieren konnte, erscholl auf der anderen Seite des Hügels ein einzelner peitschender Knall, fast unmittelbar gefolgt von einem gellenden Schrei, der wiederum von einer ganzen Salve krachender Musketenschüsse abgeschnitten wurde.

Abu Dun riss verblüfft die Augen auf. »Was … ist denn das?«

»Jemand, der zu spät kommt«, antwortete Andrej. Eigentlich schrie er es, um das immer noch anhaltende Krachen der Musketensalven zu übertönen. »Aber nur ein paar Momente. Komm!«

Eine Gestalt rannte auf den Hügelkamm, kam nach zwei weiteren Schritten ins Stolpern und fiel, und während sie sich überschlagend weiterrollte, brach rings um sie herum das Chaos los. Männer schrien und hoben ihre Waffen, fuhren herum und stürmten los oder erstarrten auch einfach in der Bewegung, und mindestens einer hob seine Muskete an die Schulter und drückte ab, obwohl es dort oben auf dem Hügel rein gar nichts gab, auf das zu schießen sich gelohnt hätte.

»Los jetzt!«

Als Abu Dun ihn nur verständnislos ansah, packte Andrej ihn an der Schulter, wirbelte ihn herum und versetzte ihm einen Stoß mit der flachen Hand, der ihn haltlos nach vorne stolpern ließ – und vielleicht keinen Moment zu früh, denn da, wo er gerade noch gestanden hatte, spritzte mit einem Mal der Sand auf, und auch Andrej hörte ein Geräusch wie eine zornige Wespe, die direkt an seinem Ohr vorbeisummte.

»Weiter!«, brüllte er.

Zu seiner Erleichterung verschwendete Abu Dun keine weitere Zeit mit sinnlosen Protesten, sondern stürmte den Hügel hinauf, auf dem das Zelt der Frauen stand. Etwas zupfte an seiner Schulter und riss einen handgroßen Fetzen schwarzen Stoff aus seinem Mantel, und auch neben ihm stoben winzige Sandgeysire aus dem Boden. Das war nun einmal das Schicksal besonders großer Männer, dachte Andrej. Sie gaben auch besonders große Zielscheiben ab.

Hinter ihnen wurden Schreie laut, noch mehr Musketenschüsse und das Klirren von Waffen, doch Andrej sah nicht einmal hin, sondern rannte nur weiter, an Abu Dun vorbei, und versuchte sogar noch einmal schneller zu werden, um das Zelt zu erreichen. Eine Gestalt stolperte daraus hervor, schlank und mit wehendem langem Haar und nur als schwarzer Umriss auszumachen, aber zu groß für Murida. Andrej stieß sie zu Boden und registrierte fast beiläufig, wie sie noch im Fallen von etwas Unsichtbarem getroffen wurde, das mit rasender Geschwindigkeit und ungeheuerlicher Kraft herangeflogen kam, setzte über den zusammenbrechenden Körper hinweg und rannte eine zweite Frau über den Haufen, als er geduckt in das Zelt stürmte. Dann stand Murida vor ihm, und Andrej war nicht im Mindesten überrascht, das Messer in ihrer Hand zu erblicken, mit dem sie unverzüglich nach seinem Gesicht zu stochern begann, ohne dass sie sich vorher die Mühe gemacht hätte, es erkennen zu wollen.

Er kam nicht in die Verlegenheit, sie entwaffnen zu müssen, denn in diesem Moment raste auch Abu Dun herein, und das auf seine ganz eigene Art, indem er nämlich kurzerhand durch die Zeltplane brach. Murida, er selbst und zwei weitere Frauen gingen in einem Knäuel zu Boden. Diese Gelegenheit nutzte Andrej, um die junge Frau hoch- und herumzureißen und ihr den Dolch zu entringen – und vorsichtshalber auch das Schwert aus ihrem Gürtel zu ziehen und wegzuwerfen.

»Lass mich los!«, schrie Murida. *»Du verdammter Christenhund! Lass mich!«*

Immerhin hatte sie ihn erkannt, dachte Andrej, jedoch ohne sie loszulassen. Stattdessen drückte er sie fester an sich und stolperte rückwärts aus dem, was von dem Zelt übrig geblieben war. In dem schmalen Tal unter ihnen war mittlerweile eine regelrechte Schlacht ausgebrochen, und obwohl Andrej kaum richtig hinsah, wusste er, dass an ihrem Ausgang nicht der geringste Zweifel bestand. Auf dem gegenüberliegenden Hügelkamm war eine Reihe schwarz gekleideter Janitscharen aufgetaucht, die so ruhig und methodisch wie Maschinen auf die Machdiji unter sich schossen und einen nach dem anderen niederstreckten. Doch es war einzig der Vorteil der Überraschung. Sobald die Machdiji sich organisiert hätten, würden sie die Angreifer ohne Mühe in die Flucht schlagen.

Doch noch breitete sich die Panik aus wie Wellen, wenn ein Stein die Wasseroberfläche durchbricht. Andrej fuhr herum, registrierte aus den Augenwinkeln, dass sich auch Abu Dun irgendwie aus dem Chaos befreite, das er selbst angerichtet hatte, und rannte einfach los, das zappelnde Mädchen mit einem Arm an sich gepresst.

Murida schrie etwas, dem er keine Beachtung schenkte, strampelte und schlug um sich und versetzte ihm einen Tritt an eine Stelle, an der auch Unsterbliche ganz besonders empfindlich waren. Andrej grunzte vor Schmerz, presste sie aber nur umso fester an sich und stürmte den Hang hinab und auf die aus Seilen und in den Boden gerammten Pflöcken improvisierte Pferdekoppel zu. Jemand schrie – hatte er seinen Namen gehört? –, und ein Pfeil zischte so dicht an ihm vorbei, dass er sich einbildete, die sachte Berührung seiner Federn auf der Wange zu spüren.

Er rannte nur noch einmal schneller, zerfetzte die Umzäunung, ohne langsamer zu werden, und steuerte das erstbeste Pferd an, auf dessen Rücken er noch einen Sattel gewahrte. Als er die schreiende und strampelnde Murida zu Boden setzte, um auf das Pferd zu steigen, riss sie eine Hand los und versuchte ihm die ausgestreckten Zeige- und Mittelfinger in die Augen zu rammen. Sie hatte wirklich einen guten Lehrmeister gehabt, dachte Andrej grimmig.

Bevor er herausfinden konnte, *wie* gut ihr Lehrmeister gewesen war, versetzte er ihr einen Hieb mit der flachen Hand gegen die Schläfe, der sie bewusstlos in seinen Armen zusammensinken ließ, sprang in den Sattel und zog sie vor sich auf den Pferderücken. Neben ihm wieherte ein zweites Tier protestierend, als Abu Dun sein Bestes tat, ihm das Kreuz zu brechen, indem er in vollem Lauf auf seinen Rücken sprang, und der Nubier tat noch ein Übriges, als er seinen Säbel schwang und die flache Seite der gewaltigen Klinge wuchtig auf das Hinterteil des Pferdes neben sich klatschen ließ.

Das Ergebnis war möglicherweise sogar spektakulärer, als er

sich selbst hätte träumen lassen. Das Pferd kreischte, keilte mit den Hinterläufen aus und traf damit ein weiteres Tier, das prompt ebenfalls in Panik geriet und um sich zu beißen und auszutreten begann, woraufhin gut hundert Pferde und eine erkleckliche Anzahl Kamele und Esel in alle Richtungen auseinanderspritzten, sodass Andrej sein Tier gar nicht mehr anfeuern musste, damit es in vollem Galopp lospreschte.

Kapitel 19

Im Nachhinein war er selbst überrascht, wie leicht sie entkommen waren. Niemand hatte auch nur versucht, sie zu verfolgen. Zwei oder drei Männer waren kurz in ihre Richtung geritten, dann aber abgeschwenkt oder schlichtweg zurückgefallen, sodass Andrej schließlich annahm, dass sie von der allgemeinen Panik aus dem Lager gespült worden waren, nicht, um sie zu verfolgen.

Nach einer Weile nahm der Kampflärm hinter ihnen ab. Es fielen nur noch vereinzelte Schüsse, und auch diese verstummten nach wenigen weiteren Atemzügen ganz. Wie Sharif es vorausgesagt hatte, hatten seine Männer den Angriff schon nach einigen wenigen Augenblicken wieder abgebrochen, nachdem sie für genügend Ablenkung gesorgt hatten. Spätestens jetzt würden die Machdiji anfangen, ihre Wunden zu lecken und sich zu fragen, was hinter diesem selbstmörderischen Angriff steckte. Es konnte nur noch einige wenige Augenblicke dauern, bis ihnen aufging, dass einer aus ihren Reihen fehlte. Sie brauchten ein Versteck, und das schnell.

Abu Dun musste wohl zu demselben Ergebnis gekommen sein. Obwohl das bedauernswerte Pferd unter seinem Gewicht torkelte und immer wieder ins Straucheln geriet, ritt er ein gutes Stück voraus und hätte seinen Vorsprung vielleicht sogar noch vergrößert, hätte er sein Tier nicht plötzlich und mit einem so brutalen Ruck zum Stehenbleiben gezwungen, dass es nun endgültig das Gleichgewicht verlor und nur deshalb nicht stürzte, weil er es sofort wieder in die Höhe riss.

»Dort hinten!« Abu Duns ausgestreckte Hand deutete auf einen kantigen Umriss am Horizont, der sich trotz der noch frühen Stunde bereits im Sonnenglast aufzulösen schien. Auf den ersten Blick (und auch auf den zweiten oder dritten) hätte er natürlichen Ursprungs sein können, aber Andrej vertraute Abu Duns Instinkt und lenkte sein Pferd ohne eine überflüssige Frage in die angegebene Richtung. Doch auch als sie näher kamen, sah der Hügel eher wie ein natürliches Gebilde aus und nicht wie etwas von Menschenhand Geschaffenes, ein Wust zyklopischer Felsen, von der Witterung und der Natur und den Jahrtausenden übereinandergeworfen wie das liegen gelassene Spielzeug eines Riesenkindes, das das Interesse daran verloren hatte und einfach weggegangen war.

Erst als sie fast auf Steinwurfweite herangekommen waren, fiel Andrej die eine oder andere Linie auf, die ihm zu regelmäßig erschien, eine Bruchkante, die zu gerade war oder eine Ansammlung vermeintlicher Trümmer, die sich eine Winzigkeit zu sehr in Größe und Form ähnelten. Es war eine Ruine, doch sie musste jahrtausendealt sein, und nicht einmal seine Fantasie reichte aus, sich vorzustellen, was dieses Gebäude einstmals gewesen war.

»Warte hier«, beschied ihm Abu Dun, während er sich bereits aus dem Sattel schwang. Noch bevor seine Füße den Boden ganz berührt hatten, stieß sein Pferd ein erleichtertes Schnauben aus und sprengte davon, als wären sämtliche Dämonen der Hölle hinter ihm her.

Andrei verdrehte die Augen und saß ebenfalls ab. Während Abu Dun mit weit ausgreifenden Schritten das restliche Stück zur Ruine zurücklegte, lud er sich das noch immer bewusstlose Mädchen auf die Schulter und versetzte dem Pferd einen herzhaften Schlag auf das Hinterteil, woraufhin es ebenfalls davongaloppierte. Nicht ganz so schnell wie Abu Dun, aber auch alles andere als langsam folgte er ihm und kam gerade oben an, als der Nubier den ersten Rundgang um das verfallene Bauwerk beendet hatte.

Abu Dun blickte finster den Pferden nach. »Warum hast du das getan?«, fragte er schmatzend. Von Pflanzensaft grüner Speichel lief aus seinem Mundwinkel, aber er machte sich nicht die Mühe, ihn wegzuwischen.

»Weil dein Pferd weggelaufen ist«, antwortete Andrej. »Ich nehme an, das arme Tier hatte Angst, von deiner übergroßen Liebe und Fürsorge erdrückt zu werden.«

Abu Dun nickte. »Ich kann so schnell laufen wie ein Pferd«, gab er zu bedenken, und das entsprach sogar durchaus der Wahrheit, wenn auch nur für kurze Zeit. Trotzdem schüttelte Andrej den Kopf.

»Wir verstecken uns besser, bis es dunkel wird«, sagte er.

»Eine gute Idee«, antwortete Abu Dun in einem Tonfall, der das genaue Gegenteil ausdrückte. »Aber nur, falls es deiner Aufmerksamkeit entgangen sein sollte, Sahib: Es ist gerade erst hell geworden.«

Andrej legte demonstrativ den Kopf in den Nacken und blinzelte aus zusammengekniffenen Augen zur Sonne hoch. »Tatsächlich«, sagte er dann. »Nun, umso mehr Zeit bleibt uns, uns richtig auszuruhen und einen guten Plan zu ersinnen, bevor es wieder dunkel wird. Gibt es hier ein Versteck?«

»Ein hübsches Gasthaus, gleich auf der anderen Seite«, bestätigte Abu Dun. »Die Auswahl an Getränken ist bescheiden, das Essen schlecht und die Bedienung hässlich wie die Nacht, aber sie sind auf Flüchtlinge spezialisiert, denen der Ärger auf dem Fuß folgt, und sie verkaufen auch Fluchtpläne.« Seine Miene verdüsterte sich noch mehr. »Verdammt, Hexenmeister, was hast du eigentlich vor?«

»Gibt es ein Versteck oder nicht?«, fragte Andrej kühl.

Abu Dun setzte zu einer vermutlich noch geharnischteren Antwort an, stülpte dann aber nur trotzig die Unterlippe vor und fuhr auf dem Absatz herum, um so schnell davonzustürmen, dass Andrej fast Mühe hatte, nicht den Anschluss zu verlieren.

Kurz bevor es außer Sicht kam, sah Andrej noch einmal zu dem Feldlager der Machdiji zurück. Blasse Staubwolken stiegen in mehr oder weniger regelmäßigen Mustern auf. Vielleicht versuchten die Machdiji nur, ihre entlaufenen Tiere wieder einzufangen, oder machten Jagd auf versprengte Janitscharen, die den Anschluss an den Haupttrupp verloren hatten. Aber genauso gut konnte es auch sein, dass sie bereits die Jagd auf Abu Dun und ihn eröffnet hatten.

Auch auf der anderen Seite bot die Ruine eher den Anblick einer zufälligen Anhäufung von Felsbrocken und Trümmern, mit einem einzigen Unterschied: Gleich vor Abu Dun erhob sich ein von der Last der Jahrtausende auf die Seite gedrückter steinerner Türsturz, bis in Brusthöhe mit Trümmern und felsenhart zusammengebackenem Staub verstopft. Dennoch war zu erkennen, dass dahinter ein schmaler Gang tiefer in das Gebäude hineinführte.

Abu Dun beantwortete seine Frage, bevor er sie überhaupt aussprechen konnte. »Muss in eine Art Keller oder so führen«, sagte er. »Ich war nicht unten, aber es sieht gut aus.«

Dieser Meinung war Andrej ganz und gar nicht, aber die Auswahl war nicht besonders groß, sodass er sich die Mühe sparte zu widersprechen. Er lud sich das bewusstlose Mädchen wieder auf die Arme, bückte sich unter dem tonnenschweren Sturz durch und schloss für einen Moment die Augen, damit sie sich an die veränderten Lichtverhältnisse gewöhnten. Viel gab es allerdings nicht zu sehen. Der Gang war halb verschüttet und endete nach einem Dutzend Schritte vor einer undurchdringlichen Barriere aus heruntergefallenen Steinen und Geröll. Auf halber Strecke aber gab es tatsächlich eine Treppe, deren steinerne Stufen sich in vollkommener Schwärze verloren.

»Bring sie nach unten«, sagte Abu Dun. »Ich kann mich doch auf deine Ehrbarkeit verlassen, oder? Ich meine: Ein Mann zweifelhaften Rufs wie du, noch dazu ein Ungläubiger, mit einem hilflosen jungen Mädchen ganz allein in einem dunklen Keller …?«

»Und was machst du?«, wollte Andrej wissen. Abu Dun war schon unter normalen Umständen für die eine oder andere Dämlichkeit gut, aber in seinem augenblicklichen Zustand traute er ihm buchstäblich alles zu.

»Ich komme gleich nach«, antwortete Abu Dun, »also beeil dich lieber, womit auch immer. Ich schließe nur rasch die Tür.«

Andrej warf ihm einen schrägen Blick über die Schulter zurück zu und sah, dass der Nubier den frei gebliebenen Teil des Eingangs mit Felsbrocken zu verbarrikadieren begann, von denen der Leichteste nicht einmal von drei normal gewachsenen Männern angehoben werden konnte. Blieb nur zu hoffen, dass es keinen zweiten Zugang zu diesem Keller gab.

Um sich ganz auf seinen Tastsinn zu konzentrieren, schloss Andrej die hier unten ohnehin nutzlosen Augen und folgte den ausgetretenen Stufen in die Tiefe. Es waren mehr als ein Dutzend, eine erstaunliche Tiefe angesichts der Tatsache, dass der Boden an dieser Stelle hart wie Stein war, und des unübersehbaren Alters dieses Kellers, der aus einer Zeit stammen musste, in der es weder eiserne Werkzeuge noch Maschinen gegeben hatte. Unten angekommen, war er vollkommen blind, hatte aber ein so intensives Gefühl von Weite und Alter, dass es ihm fast den Atem nahm.

Abu Dun rumorte noch eine kurze Weile oben und folgte ihm dann, wobei er sich mit den flachen Händen an beiden Seiten des steilen Treppenschachtes abstützte, um auf den gefährlich schmalen Stufen nicht den Halt zu verlieren. Vorsichtshalber wich Andrej, der ihn kommen hörte, ein paar Schritte von der Treppe zurück. Er konnte sich Angenehmeres vorstellen, als unter einem stürzenden Abu Dun begraben zu werden.

»Was immer ihr zwei Turteltäubchen auch vorhattet, ich hoffe, ihr wart erfolgreich, aber jetzt bin ich hier und habe ein Auge auf euch. Also benimm dich anständig, Ungläubiger!«

»Hör mit dem Unsinn auf«, sagte Andrej. »Ich mag es nicht, wenn du so redest.«

»Ich weiß«, sagte Abu Dun.

»Was zweifellos der Grund ist, warum du es tust.«

Abu Duns Antwort bestand nur aus einem kehligen Lachen, und Andrej hörte, wie er in dem niedrigen Raum auf und ab zu gehen begann. Sein Turban scharrte wie Sandpapier an der Decke entlang, und irgendetwas zerbrach knirschend unter seinen Stiefeln. Das Gefühl von Weite, das Andrej gehabt hatte, musste ihn wohl getäuscht haben, denn Abu Dun stieß schon nach wenigen Schritten und in jeder Richtung auf Widerstand. Andrej lauschte, als seine Fingerspitzen über den rauen Stein der Wände tasteten.

»Das ist ein seltsamer Ort«, sagte er schmatzend. »Andererseits ... was erwarte ich? Du scheinst dich mit deiner Herzallerliebsten ja wohl immer in finsteren Kellern zu treffen. Irgendwann musst du mir verraten, wo darin der besondere Reiz liegt.«

Andrej sagte das Einzige dazu, was ihm sinnvoll erschien – nämlich nichts –, und nach einer Weile hielt Abu Dun auch in seinem ruhelosen Auf und Ab inne und setzte sich raschelnd. Was natürlich nicht hieß, dass er die Klappe hielt.

»Eine Frage hätte ich da allerdings noch, Hexenmeister. Was *tun* wir hier eigentlich?«

»Wir warten ab, bis die Sonne untergeht und es dunkel geworden ist.«

»Und warum?«

»Weil wir dann leichter entkommen?«

»Das meine ich nicht.« Stoff raschelte, als Abu Dun unter seinen Mantel griff. Dann schmatzte er genüsslich. »Hatte unser Freund Sharif uns nicht eigentlich aufgetragen, Informationen zu sammeln und dabei möglichst unauffällig zu bleiben?«

»Mir nicht«, antwortete Andrej. Behutsam legte er Murida auf den Boden, versuchte sie in eine halbwegs bequeme Lage zu bringen, soweit es auf dem mit Trümmern und Schutt übersäten Boden überhaupt möglich war, und lauschte in sie hinein. Ihr Atem ging flach, und ihr Herz schlug ebenso ruhig wie gleichmäßig. Sie würde noch eine ganze Weile bewusstlos bleiben, und Andrej begann sich zu fragen, ob er zu hart zugeschlagen hatte. Menschen waren so zerbrechlich.

»Ich verstehe«, seufzte Abu Dun. »Und wann wolltest du mir das sagen?«

»Du weißt es jetzt. Reicht das nicht?«

Abu Dun grummelte eine Antwort, die er vermutlich gar nicht verstehen sollte, und wieder folgte ein Rascheln, dann ein Schmatzen. »Ich bin ein bisschen enttäuscht von dir, Hexenmeister«, sagte er. »Ich dachte, wir wären Freunde und würden einander vertrauen.«

Seine Worte versetzten Andrej einen dünnen Stich, denn er sprach genau das aus, was Andrej nicht erst seit diesem Tag quälte. War der Mann, dessen Stimme er in dieser vollkommenen Dunkelheit lauschte, wirklich noch sein Freund?

»Du hättest mir doch sagen können, dass sich dein Herz zu diesem holden Geschöpf hingezogen fühlt«, fuhr Abu Dun kauend fort und fügte mit einem anzüglichen Kichern hinzu: »Oder irgendein beliebiges anderes Körperteil.«

»Hör damit auf«, sagte Andrej

Er konnte Abu Duns Nicken hören. » Magst du es nicht, wenn ich so rede, oder magst du es nur nicht, wenn ich so über dieses Mädchen rede?«

Andrej schwieg, schon weil Abu Duns Worte der Wahrheit vielleicht näher kamen, als er sich selbst eingestehen wollte. Als er auf Muridas gleichmäßige Atemzüge lauschte, stieg ihm ihr Geruch in die Nase, weiblich und verlockend, zugleich aber auch von einer Frische und Jugendlichkeit durchdrungen, die ihn mit einem fast schmerzhaften Sehnen erfüllte, stellte sie doch das Einzige dar, das er verloren hatte und trotz all seiner Macht niemals zurückerlangen konnte.

War es vielleicht einfach nur ihre *Jugend*, die ihn anzog?

Fast wünschte sich Andrej sogar, dass es so wäre, denn es hätte sehr vieles sehr viel leichter gemacht. Aber zugleich wusste er auch, dass es nicht so einfach war. Leicht hatte es ihm das Schicksal noch nie gemacht, und die Regeln dieses grausamen Spieles würden sich, dessen war er sich sicher, nicht ändern. Es war so, wie Abu Dun gesagt hatte: Im Vergleich mit ihm waren alle Frauen jung, auf die er traf, und ein jahrhundertelanges Leben hatte ihn auch gelehrt, die Vorzüge einer reifen Frau zu schätzen, die glatte Haut und einen jugendlich straffen Körper allemal aufwogen, und dabei noch um so vieles mehr zu bieten hatten. Aber mit diesem Mädchen war es … anders. Ja, es waren auch ihre Frische und sprudelnde Energie, die ihn von der ersten Sekunde an in ihren Bann geschlagen hatten, doch da war auch noch mehr. Tief, ganz tief in Murida meinte er etwas zu spüren, das ihn gleichermaßen erschreckte wie faszinierte, etwas Vertrautes und zugleich Fremdes.

Aber vielleicht spürte er auch all das ja nur, weil er es spüren wollte.

Abu Dun räusperte sich ein paarmal übertrieben, gefolgt von einem Schmatzen, und Andrej wurde plötzlich klar, dass er schon eine ganze Weile seinen eigenen Gedanken nachhing. Er wollte irgendetwas Unverfängliches sagen, aber ihm fiel nichts ein.

Abu Dun stellte auch keine weitere Frage mehr, sondern kramte und hantierte eine Weile unruhig in der Dunkelheit herum. Schließlich klickte es, Funken sprühten aus einem Feuerstein und wurden zu einer winzigen rauchenden Flamme, die rasch zu einem (kaum nennenswert größeren) Feuer heranwuchs.

»Anscheinend sind wir nicht die Ersten, die an diesem lauschigen Plätzchen Unterschlupf suchen«, sagte Abu Dun, während er behutsam in die winzige Flamme blies, um sie weiter anzufachen. »Ich hätte nie gedacht, mich das eines Tages selbst sagen zu hören, aber ich bin froh, dass meine Landsleute nicht zum ordentlichsten Volk der Welt gehören. Das Zeug hier reicht bestimmt für ein paar Stunden.«

Wenn nicht gar den ganzen Tag, verbesserte ihn Andrej in Gedanken. Was Abu Dun als Zeug bezeichnet hatte, das waren Holz- und Reisigreste, Stoff und anderes brennbares Material, das Abu Dun unter Zuhilfenahme seines Tast- und Geruchssinnes zusammengesucht hatte und das nur einen Bruchteil alles Brennbaren darstellte, das er im tanzenden Licht der kaum daumengroßen Flamme erkannte. Sie waren ganz offensichtlich nicht die ersten, die in diesem uralten Keller Unterschlupf suchten, wovor auch immer. Zurückgelassen hatten ihre Vorgänger allerdings außer ein wenig Brennmaterial nichts Nützliches. In einer Ecke lag ein Haufen zerrissener Kleider, die Abu Dun zweifellos schon für später eingeplant hatte, ein zerbrochenes Werkzeug, über dessen ursprünglichen Sinn er gar nicht erst nachzudenken versuchte, und eine Anzahl Dinge, die er der Einfachheit halber kurzerhand unter dem Sammelbegriff *Unrat* zusammenfasste.

Immerhin konnte er im blassen Licht Muridas Gesicht erkennen.

Und ihre Augen, die weit offen standen und ihn anstarrten.

»Du bist wach?«, fragte er ehrlich überrascht.

»Schon seit einer ganzen Weile«, antwortete Murida. »Und ich kann dir versichern, dass meine Brüder diesen Ort kennen und hier nach mir suchen werden.«

»Kaum«, sagte Abu Dun, und auch Andrej bezweifelte das, war aber noch viel zu perplex, dass ihm Muridas Aufwachen entgangen war, um etwas zu sagen.

»Wenn ihr mich gehen lasst, lege ich ein gutes Wort für euch ein«, fuhr Murida fort. »Wir haben nichts gegen euch. Der Machdi weiß um die Schwächen der Menschen und gibt jedem die Gelegenheit, seine Fehler wiedergutzumachen. Lasst mich gehen, und ich rede mit ihnen. Sie werden euch am Leben lassen.«

»Das ist beruhigend«, sagte Abu Dun.

»Ich meine es ernst«, beharrte Murida. Sie stemmte sich auf die Ellbogen hoch und drehte den Kopf nach rechts, nach links und wieder zurück, fast als hätte sie Mühe, Andrej zu sehen, obwohl er doch unmittelbar neben ihr saß, und erst dann wurde ihm klar, dass das tatsächlich so war. Abu Dun und ihm reichte das winzige Flämmchen, um zu sehen, ihren normalen Augen offenbar nicht. Vermutlich war er nicht mehr als ein Schatten für sie, der ihre Angst nur noch schürte. Trotzdem fuhr sie mit weit aufgerissenen Augen und an seinen Umriss gewandt fort: »Euch wird nichts geschehen, wenn ihr mich auf der Stelle freilasst. Ich habe Einfluss. Sie werden auf mich hören, und ihr könntet euch uns anschließen.«

»Es ist gut, Mädchen«, sagte Andrej, doch Murida schüttelte nur den Kopf und fuhr beinahe beschwörend fort: »Ich weiß, dass du ein Ungläubiger bist und ein Mann, dem unsere Sache nichts bedeutet. Aber das ist gleich. Der Machdi fragt nicht, wer ein Mann ist –«

»Oder eine Frau«, spöttelte Abu Dun.

»– oder wo er herkommt und was er getan hat«, fuhr Murida unbeeindruckt fort. Ihre Stimme hatte etwas fast schon Missionarisches, fand Andrej, und etwas, das ihm ganz und gar nicht gefiel. »Wenn es euch nicht um unsere Sache geht, dann verstehe ich das. Wir haben Geld. Wir können euch bezahlen, wenn es euch nur darum geht.«

»Was soll das?«, fragte Andrej scharf. Muridas Worte waren gar nicht so weit von der Wahrheit entfernt. Tatsächlich hatten sie einen Gutteil ihres Lebens als Söldner verbracht, und auch wenn sich die Zeiten änderten und die Nachfrage nach Schwertern, die man mieten konnte, sank, so würde es wohl noch eine Weile dauern, bis sie sich tatsächlich eine neue Einkommensquelle suchen mussten. Aber in diesem Moment und aus Muridas Mund verletzten ihn die Worte.

»Du kannst mit dem Theater aufhören, Mädchen«, grummelte

Abu Dun. »Wir sind hier ganz allein. Niemand hört dir zu. Und Andrej verrät dich ganz bestimmt nicht.« Offenbar schon wissend, dass er keine Antwort bekommen würde (oder gar nicht daran interessiert), schüttelte er mit einem sehr tiefen Seufzen den Kopf, stand auf und trat an die jenseitige Wand, wodurch er selbst für Andrejs scharfe Augen zu einem bloßen Schatten wurde.

»Es war kein Theater, habe ich recht?«, fragte Andrej.

»Nur das, was ich euch in Konstantinopel vorgespielt habe«, sagte Murida trotzig.

»Und das nicht schlecht«, gestand Andrej. Abu Dun murmelte etwas, dem er keine Beachtung schenkte. Seine Hände fuhren scharrend über den rauen Stein. »Wie lange gehörst du schon zu ihnen?«

»Zum Machdi?« Murida setzte sich weiter auf, zog die Knie an und umschlang sie mit den Armen. Ihr Haar knisterte wie das Fell einer Katze, das man gegen den Strich streichelte, und Andrej musste sich eines Gefühls vollkommen unpassenden Begehrens erwehren, das weder in diesen Moment noch an diesen Ort gehörte. »Von Anfang an. Vielleicht war ich sogar die Erste … wer weiß?« Sie richtete sich um eine Winzigkeit weiter auf und funkelte ihn auf eine sonderbar müde Art zornig an. »Warum bin ich wirklich hier? Wieso hast du mich entführt?«

Das Wort gefiel ihm nicht. Vermutlich antwortete er deshalb deutlich schärfer, als er es eigentlich wollte: »Vielleicht, um dir meine Enttäuschung zum Ausdruck zu bringen, dass du uns so belogen hast? Oder meinen Unmut darüber, dass deine Freunde ein Schiff versenkt haben, auf dem sich Abu Dun gerade befand?«

»Jetzt übertreibt er«, sagte Abu Dun. »Ich habe nichts gegen eine zünftige Prügelei dann und wann.« Er machte eine Kopfbewegung auf Andrej. »*Er* ist derjenige von uns, der Schiffe hasst.«

»Also?«, wiederholte Andrej ungerührt.

»Warum tust du das, Andrej?«, erwiderte Murida. Sie klang auf eine unbestimmte Art traurig, aber da war auch noch etwas in ihrer Stimme, das ihn alarmierte. »Warum arbeitest du für einen Mann wie Süleyman?

»Du sprichst von deinem Vater?«

»Ich spreche von dem Mann, der meiner Mutter Gewalt angetan und sie dann weggeworfen hat wie ein Kind ein Spielzeug, an dem es das Interesse verloren hat, ja«, bestätigte Murida kalt. »Ich spreche von dem Mann, der auch schon ein Auge auf mich geworfen und nur von mir abgelassen hat, weil Sharif ihn überzeugen konnte, dass ich ihm dabei behilflich sein könnte, den Machdi zu finden. Ich spreche von dem Mann, der das Volk verachtet, mit dessen Blut er seine Macht und seinen Reichtum erkauft, und dem ein Menschenleben weniger gilt als der Schmutz unter seinen Fußsohlen. Ja, Andrej Delãny, von genau diesem Mann spreche ich.«

»Er bleibt trotzdem dein Vater«, erwiderte Andrej ruhig.

Murida machte eine zornige Handbewegung, aber ihre Stimme blieb ruhig. »Du willst wissen, warum ihr noch am Leben seid, Ungläubiger? Ginge es nach den Männern in meiner Begleitung, dann wärt ihr schon tot, beide. Aber ich konnte sie überzeugen, dass es sich lohnt, zumindest mit euch zu reden. Also sag mir ganz ehrlich, Ungläubiger: Warum wollt ihr den Machdi finden?«

Abu Dun stopfte sich eine weitere Handvoll Kat-Blätter in den Mund. »Er scheint ein interessanter Mann zu sein«, schmatzte er undeutlich.

»Ich glaube, du weißt, warum«, sagte Andrej.

»Abgesehen von der Belohnung, die uns Sultan Süleyman versprochen hat, wenn wir ihm den Kopf des Machdi bringen?« Abu

Dun nickte heftig. »All die Berge von Gold und Edelsteinen und die zweiundsiebzig Jungfrauen?«

»Ihr werdet nichts davon bekommen«, sagte Murida

»Und ich hätte es auch gar nicht gewollt.« Abu Dun machte ein betrübtes Gesicht. »Auch wenn mir deine Worte schmeicheln, schönes Kind: Du überschätzt mich. Ich bin ein alter Mann. Was soll ich mit zweiundsiebzig Jungfrauen? Vierzig, gut. Vielleicht auch fünfzig … aber *zweiundsiebzig?«*

»Und das ist wirklich der einzige Grund?«, fragte Murida beharrlich. Hinter sich spürte Andrej eine vage Bewegung, auch wenn er sie nicht sehen konnte. Doch Leben nahm er nicht wahr, nichts, das die Gier in ihm weckte.

»Und wenn es so wäre?«

»Der Machdi hat von dir gehört, Andrej«, antwortete Murida. »Er ist bereit, dich und deinen schwarzen Freund zu treffen. Ich sollte euch zu ihm bringen, bevor du und dein schwarzer Freund mich verschleppt habt … aber ich bin nicht sicher, ob ich es auch will.«

»Ich schon«, antwortete Abu Dun. »Du wirst uns zu ihm bringen, Mädchen, glaub mir. So oder so.«

»Kann ich euch trauen, Andrej Delãny?«, fragte Murida ernst.

»Das weiß ich nicht«, erwiderte Andrej. »Ich kenne deinen Herrn doch gar nicht.«

»Der Machdi ist nicht mein *Herr*«, sagte Murida unerwartet scharf. »Er ist niemandes Herr!«

»Ja, das haben wir gesehen«, pflichtete ihr Abu Dun bei. »Vor allem gestern, als sie sich für den Mann in die Luft gesprengt haben, der nicht ihr Herr ist.«

Murida antwortete, sehr ernst, aber ohne dass ihr Blick Andrejs Augen losließ. »Der Machdi verlangt von niemandem Gehorsam, und er lehrt uns, dass das Leben das wertvollste Geschenk ist, das Allah uns gemacht hat.«

»Das sah gestern aber anders aus«, beharrte Abu Dun.

»All diese Männer haben ihr Leben freiwillig und mit Freuden geopfert. Sie glauben an unsere Sache, und sie haben das größte Opfer dafür gebracht.«

»Und Allah wird sie im Jenseits dafür belohnen, nehme ich an. Mit zweiundsiebzig Jungfrauen?«

Die Bewegung kam näher. Andrej konnte sie nun schon fast sehen, ein unsicheres Flackern, das sich gerade jenseits der Grenze des Wahrnehmbaren zu bewegen schien, wie einer jener Schatten, die man nur aus den Augenwinkeln wahrnimmt und die stets verschwinden, wenn man genauer hinzusehen versucht. Er versuchte den Gedanken als unsinnig abzutun, als wäre es nichts als ein böser Streich, den ihm seine Nerven spielten. Was erwartete er auch, an einem Ort wie diesem? Aber es gelang ihm nicht.

»Wir müssen Süleyman aufhalten«, beharrte Murida. »Er wird unendliches Leid über unser Volk und die ganze Welt bringen!«

»Und das weißt du, weil du den Sultan so gut kennst«, grummelte Abu Dun. »Er ist dein Vater, Mädchen, hast du das schon vergessen?«

»Was heißt das schon?«, antwortete Murida trotzig. »Jeder ist irgendjemandes Tochter oder Sohn! Wer außer mir sollte besser wissen, wozu dieses Ungeheuer wirklich imstande ist?«

»Die Männer, die in seinem Namen in den Krieg ziehen und ihr Leben opfern?«, hielt ihr der Nubier entgegen.

»Das ist gar nichts!«, rief Murida. »Glaub mir, schwarzer Mann, niemand kennt Süleyman besser als ich! Er ist kein Mensch, sondern ein Ungeheuer, dem das Leid und das Schicksal anderer vollkommen egal sind! Ich schäme mich, seine Tochter zu sein.«

»Ja«, seufzte Abu Dun, »und ich danke Allah wieder einmal dafür, dass er mich nicht mit Kindern gestraft hat. Vor allem nicht mit Töchtern … Sieh dir das an, Hexenmeister!«

Gehorsam stand Andrej auf und trat an seine Seite. Aus den Augenwinkeln sah er, wie Murida kurz zögerte und sich dann aufrappelte, um zur Treppe zu eilen, tat jedoch so, als hätte er nichts gemerkt, und ging zu Abu Dun. Der Nubier hatte einen Teil der Wand von Schmutz und jahrtausendealtem Staub befreit und betrachtete die exotischen Linien und Symbole, die ein unbekannter Handwerker vor Urzeiten in den Stein gemeißelt hatte. »Das ist erstaunlich«, murmelte er. »Hast du so etwas schon einmal gesehen?«

Andrej tat Abu Dun den Gefallen, angemessen beeindruckt den Kopf zu schütteln, und versuchte zu erkennen, was Abu Dun anscheinend so in Erstaunen versetzte. Es waren Hieroglyphen, Symbole einer Schrift, die seit Jahrtausenden kein Mensch mehr zu lesen imstande war. »Und?«, fragte er schließlich.

»Ich dachte, ich kenne alle alten Schriften«, antwortete Abu Dun. »Nicht, dass ich sie lesen könnte. Das kann niemand mehr, aber ich war der Meinung, sie wenigstens alle schon einmal *gesehen* zu haben. Die hier sind mir vollkommen fremd. Warum hast du sie gehen lassen?«

»Der Ausgang ist verschlossen, oder?«

»Da kommt nicht einmal eine Maus durch«, erklärte Abu Dun mit einem flüchtigen Lächeln, wurde aber sofort wieder ernst und hob die Hand, um auf eine Doppelreihe sonderbar klobiger Zeichen zu deuten. Andrej kam es vor, als würde der Schatten, den seine Hand warf, vor den uralten Symbolen zurückschrecken. »Das ist unheimlich.«

Andrej konnte nicht anders, als Abu Dun mit einem wortlosen

Nicken zuzustimmen. Vielleicht reichte *unheimlich* nicht einmal aus, um das Gefühl zu beschreiben, das ihn beschlich. Er fragte sich, was es wohl für ein Volk gewesen war, das eine Schrift erfand, deren bloßer Anblick allein ihnen Unbehagen bereitete.

Er wollte sich schon abwenden, als ihm etwas anderes auffiel. Statt zu seinem Platz zurückzugehen und auf Muridas Rückkehr zu warten, zog er den Nubier mit sich und näher an das winzige Feuer und damit das Licht. »Was?«, knurrte Abu Dun und versuchte sich loszureißen.

Andrej schlug seine Hand grob beiseite und zog ihn noch näher ans Licht. Über Abu Duns Schulter prangte ein fast handgroßes Loch in seinem schwarzen Mantel, wo ihn die Kugel eines Janitscharen getroffen hatte. Darunter war die Spur zu sehen, die die Musketenkugel in seine Haut gegraben hatte, nur ein Streifschuss und für einen Mann von Abu Duns Größe kaum mehr als ein Kratzer.

Doch statt der erwarteten harmlosen Narbe erblickte er eine gut fingerlange, nässende Wunde, die aussah, als wäre sie mehrere Tage alt und entzündet.

»Was ist das?«, fragte er.

Abu Dun verrenkte sich fast den Hals, um auf seine eigene Schulter hinabsehen zu können. »Ach das«, erklärte er dann. »Glaubst du, du bist der Einzige mit einer Freundin? Es gibt da diese Rothaarige, weißt du? Sie hat Feuer, und du weißt ja, dass ich es etwas härter mag. Nur ihre Fingernägel sind vielleicht ein wenig –«

»Abu Dun!«, unterbrach ihn Andrej, gleichermaßen zornig wie zutiefst erschrocken.

»Verdammt, was soll es schon sein?« Abu Dun schlug seine Hand zur Seite. »Ein Kratzer, mehr nicht! Ich werde es überleben!« Zornig griff er unter seinen Mantel, nahm ein grünes Blatt heraus und kaute darauf, bevor er es wieder aus dem Mund nahm, sorgfältig auf dem Handrücken glatt strich und es dann schwungvoll auf seinen Bizeps klatschte. Andrej bildete sich ein, ein leises Zischen zu hören. Die Vorstellung jagte ihm einen eisigen Schauer über den Rücken.

»Siehst du?«, feixte Abu Dun. »Besser als jeder Verband.«

Andrej blieb ernst. »Seit wann brauchen wir Verbände?«

»Es war nicht meine Idee! Ich habe die Schramme nicht einmal bemerkt, aber ich will dein empfindsames Wesen auch nicht mit diesem hässlichen Anblick verletzen!«

»Mir ist nicht nach Scherzen zumute, Pirat. Was um alles in der Welt –«

»Und mir nicht danach, von dir bemuttert zu werden«, unterbrach ihn Abu Dun. Seine Augen blitzten vor Zorn, und da war mit einem Mal eine neue Härte in seiner Stimme, die Andrej davon abhielt weiterzusprechen. »Also lass mich verdammt noch mal in Ruhe, bevor ich dafür sorge, dass du still bist!«

Und er würde es tun, das spürte Andrej. Er konnte dem Nubier ansehen, wie nahe er daran war, die Kontrolle zu verlieren, schlimmer noch, sich gar nicht mehr beherrschen zu *wollen*. Wortlos trat er einen Schritt zurück und ließ sich im Schneidersitz neben dem winzigen Feuerchen nieder.

Schwer atmend starrte Abu Dun ihn finster an, bevor er herumfuhr und wieder zur gegenüberliegenden Wand ging, um seine unterbrochenen Studien der uralten Schrift fortzusetzen. Seine Hand glitt raschelnd unter den Mantel und zog weitere Kat-Blätter hervor, die er sich in den Mund stopfte.

Vorsichtige Schritte näherten sich. Murida stieg genauso behutsam die Treppe herunter wie Abu Dun vorhin. Als er ihre

Stimme hörte, konnte er sich gut das finstere Gesicht vorstellen, das sie dabei machte.

»Jemand hat den Eingang versperrt«, sagte sie.

Weder Andrej noch Abu Dun reagierten.

»Mit Steinen, die kein Mensch bewegen kann.«

Abu Dun schwieg beharrlich weiter, und Andrej drehte sich nun halb herum und sah zu Murida hoch. Sie sah so zornig aus, wie ihre Stimme klang, aber auch ein bisschen nervös.

»Und wie kommen wir hier jetzt wieder raus?«, wollte Murida wissen. Jetzt versuchte sie erst gar nicht mehr, ihre Nervosität zu verhehlen.

»Gar nicht«, knurrte Abu Dun, und Andrej beeilte sich hinzuzufügen: »Jedenfalls nicht, bevor es dunkel ist. Dann brechen wir auf.«

»Aha«, sagte Murida. Sie schien darauf zu warten, dass Abu Dun oder er etwas sagten, setzte sich schließlich mit angezogenen Knien und so weit von ihm entfernt hin, wie es gerade noch ging, ohne die kleine Insel aus blasser Helligkeit ganz zu verlassen, und fragte schließlich: »Wohin?«

Sie bekam auch darauf keine Antwort. »Ich werde fliehen«, sagte sie. »Bei der ersten Gelegenheit, die sich mir bietet.«

»Nur zu.« Abu Dun machte eine Kopfbewegung zur Treppe. »Geh ruhig. Niemand wird versuchen, dich aufzuhalten.«

»Ja, das war komisch«, sagte Murida finster. »Aber ihr könnt nicht für immer hier unten bleiben.«

»Nein?«, fragte Abu Dun. »Können wir das nicht?« Er drehte sich nun doch zu ihr herum und maß sie mit einem Blick, der ihr das Blut in den Adern hätte gerinnen lassen, hätte sie ihn gesehen. »Bist du da ganz sicher?

Kapitel 20

Die Zeit bis zum Sonnenuntergang wurde ihm lang, zumal sich sowohl Abu Dun als auch Murida für den Rest des Tages in beharrliches Schweigen hüllten. Doch irgendwann endet auch der längste Tag, und schließlich machte sich Abu Dun kommentarlos auf den Weg nach oben, um den Eingang wieder frei zu räumen.

Andrej wartete, bis das Scharren und Poltern zentnerschwerer Felsbrocken verklungen war und er einen kühlen Luftzug auf dem Gesicht spürte, bevor er ihm folgte. Es war nicht notwendig, Murida noch mehr zu verunsichern, indem sie sah, wie der Nubier mit Felsbrocken hantierte, die mehr wogen als ein junges Kamel.

Es war dunkel und damit bitterkalt geworden, als sie ihr Versteck verließen. Auch wenn sie kein Wort darüber verlor, so konnte Andrej Murida doch ansehen, dass sie sich ihren Teil dachte, als sie die zyklopischen Steine betrachtete. Überhaupt verhielt sie sich unerwartet ruhig, dachte Andrej. Er hatte zwar nicht damit gerechnet, dass sie auf der Stelle davonzulaufen versuchte – dazu war sie zu klug –, aber sie wirkte auf sonderbare Weise teilnahmslos, fast wie betäubt oder hoffnungslos übermüdet.

Er nahm sich vor, das Mädchen auf jeden Fall im Auge zu

behalten. Doch im Moment hatte er ein beinahe noch größeres Problem.

»Wir brauchen ein Beförderungsmittel«, sagte Abu Dun, »nachdem du ja so umsichtig warst, unsere Pferde davonzujagen. Jemand sollte zum Fluss hinuntergehen und die Einheimischen freundlich bitten, uns ein Boot zur Verfügung zu stellen.«

Andrej sah nur wortlos in die Richtung des Lagers der Machdiji und erschrak, als er sah, wie nahe sie ihm im Grunde noch waren. Allerdings schien es verlassen zu sein, denn es brannte kein Feuer. Ein gutes Stück dahinter meinte er einen blassroten Schimmer am Himmel wahrzunehmen – vielleicht der Ort, von dem Sharif behauptet hatte, er wäre dort geboren. Der Wind stand ungünstig, sodass nicht einmal sein scharfes Gehör etwas wahrnahm.

Immerhin sah er, dass jemand hier gewesen war: Neben ihren eigenen Spuren und denen des Mädchens entdeckte er auch noch andere und frischere Abdrücke und nur ein kleines Stück entfernt die gespaltenen Hufabdrücke, wie sie typisch für Kamele waren. Viele Kamele, mindestens ein halbes Dutzend, schätzte Andrej, die auch noch von etlichen Pferden mit beschlagenen Hufen begleitet worden waren. So viel zu seiner im Geheimen gehegten Hoffnung, den Machdiji könnte Muridas Verschwinden gar nicht aufgefallen sein oder sie würden wenigstens darauf verzichten, nach ihr zu suchen.

»Das waren mindestens ein Dutzend, wenn nicht mehr«, sagte Abu Dun, nachdem er die Spuren einer etwas eingehenderen Inspektion unterzogen hatte. »Du musst deinen Brüdern ja eine Menge wert sein, Mädchen.«

»*Jeder* ist uns eine Menge wert«, belehrte ihn Murida. »Der Machdi kümmert sich auch um den Geringsten seiner Anhänger. Sie suchen so lange nach mir, bis sie mich gefunden haben.«

»Wenn das so ist, dann sollten wir dich vielleicht zu deinen Brüdern und Schwestern zurückschicken«, sagte Abu Dun ernsthaft. »Und auf ihren Großmut und den deines Herrn hoffen.«

»Der Machdi ist niemandes *Herr«,* antwortete Murida heftig. »Wann begreift ihr das endlich?«

»Ist er nicht?«, fragte Abu Dun mit gespielter Überraschung.

»Wir alle folgen ihm freiwillig«, antwortete Murida. »Der Machdi verlangt nichts von uns, schon gar kein blindes Vertrauen. Alles, was die Menschen für ihn tun, tun sie vollkommen freiwillig.«

»Ach ja, tun sie das?« Abu Dun stopfte sich eine weitere Handvoll grüne Blätter in den Mund und begann genüsslich zu schmatzen. »Warum hast du das nicht gleich gesagt? Es hätte uns wirklich eine Menge Unbehagen erspart, weißt du? Und sicherlich hätten wir dem armen Machdi nicht so sehr Unrecht getan.«

»Verspotte ihn nicht«, sagte Murida, wenn auch in eher traurigem Ton. Müde wandte sie sich an Andrej. »Ich würde euch gerne zu ihm bringen, damit ihr ihn kennenlernt und selbst mit ihm reden könnt. Vielleicht würdet ihr dann begreifen, wie sehr ihr euch täuscht.«

»Weißt du denn, wo er ist?«, fragte Abu Dun.

Murida nickte. »Ich bringe euch zu ihm, wenn ihr es wollt. Ihr könnt selbst mit ihm reden. Und ich verspreche Euch freies Geleit.«

»Du? Kannst du das denn?«

»Ja«, behauptete Murida. »Redet mit ihm. Und wenn euch nicht gefällt, was er sagt, oder er euch nicht zu überzeugen vermag, dann geht einfach eurer Wege. Niemand wird euch aufhalten.«

»Und du kommst weiter mit uns, als wäre gar nichts gewesen?«, fragte Abu Dun. Als Murida ihn keiner Antwort würdigte, kratzte Abu Dun sich schmatzend am Schädel und zog dann ein bedauerndes Gesicht. »Ich fürchte, das passt nicht ganz zu unseren eigentlichen Plänen.« Er warf Andrej einen fragenden Blick zu. »Oder?«

Andrej wusste keine Antwort. Sharif hatte ihn gebeten, das Mädchen in Sicherheit zu bringen, und es hatte keiner großen Überredungskunst bedurft, ihn dieses Versprechen ablegen zu lassen. Aber nun fragte er sich, wo Murida noch sicher war. An Süleymans Hof in Konstantinopel? Kaum. Selbst wenn der Sultan nicht längst wusste, auf welcher Seite seine Tochter wirklich stand – und sie beide vorsichtshalber gleich umbringen ließ –, würde sie zweifellos die nächstbeste Gelegenheit nutzen, um erneut zu fliehen und sich den aufständischen Machdiji anzuschließen. Falls sie nicht noch etwas sehr viel Dümmeres tat.

»Vielleicht sollten wir zu Sharif und seinen Männern zurückgehen«, überlegte er laut. »Ich kann mir vorstellen, dass er die eine oder andere Frage an sie hat.«

»Zurück?«, wiederholte Abu Dun verdutzt.

»Und du meinst, ich würde sie beantworten?«, fragte Murida.

»Wie meinst du das: Wir gehen zurück?«, rief Abu Dun alarmiert.

»Du täuschst dich, Mädchen«, sagte Andrej. »Sharif ist ein guter Mann, und er ist ganz bestimmt nicht dein Feind, glaub mir. Im Gegenteil. Er ist vielleicht der beste Freund, den du je hattest.«

»Deshalb hat er dich und deinen Freund auch geschickt, um mich zu entführen, nicht wahr?«

»Nur, damit ich das richtig verstehe«, sagte Abu Dun. »Du willst zurück zu Sharif und seiner Handvoll Männer, die vermutlich genau in diesem Moment niedergemetzelt werden – falls sie nicht schon längst tot sind?«

Andrej ignorierte ihn geflissentlich weiter. »Er hat Abu Dun und mich geschickt –«

»Also eigentlich nur ihn«, sagte Abu Dun.

»– um dich in Sicherheit zu bringen. Ich habe ihm mein Wort gegeben, dass dir nichts geschieht, und das werde ich auch halten.«

Murida rieb sich mit dem Handballen über die Schläfe, an der sie Andrejs Schlag getroffen hatte, und schwieg vielsagend.

»Du meinst es ernst?«, vergewisserte sich Abu Dun. »Du willst zurück?«

Nein, das wollte er ganz gewiss nicht. Andrej fielen auf Anhieb mindestens hundert Orte ein, an denen er lieber gewesen wäre – aber wohin sollten sie gehen? Tatsache war, dass er es nicht wusste. Vielleicht hatte er es sich zu einfach vorgestellt: Murida entführen und nötigenfalls mit Gewalt zurück nach Konstantinopel und an den Hof ihres Vaters bringen und darauf vertrauen, dass sie schon wieder zur Vernunft käme, wenn sie erst einmal aus dem unmittelbaren Einfluss dieser Fanatiker heraus war.

»Sei ehrlich, du wirst versuchen wegzulaufen, sobald du es kannst, nicht wahr?« fragte er sie.

»Sogar wenn ich es nicht kann«, bestätigte Murida.

»Gibst du mir dein Wort, vernünftig zu sein, wenn wir dich nicht zurück nach Konstantinopel bringen?«

»Sondern zurück zu meinen Brüdern?«

»Zu Sharif.« Andrej sah, dass sowohl Abu Dun als auch das Mädchen auffahren wollten, und schnitt beiden mit einer harschen Geste das Wort ab. »Rede mit ihm. Vielleicht gelingt es ihm ja, dich zur Vernunft zu bringen.«

»Ich war in meinem ganzen Leben noch niemals vernünftiger«, sagte Murida.

»Umso besser«, antwortete er. »Dann gelingt es ja vielleicht dir, *ihn* zu überzeugen.« Er nickte zu Abu Dun. »Es ist deine Entscheidung. Ich kann dich fesseln und knebeln, und Abu Dun trägt dich nach Konstantinopel zurück –«

»Tatsächlich?«, fragte Abu Dun. »Tut er das?«

»– oder du gibst mir dein Wort, nicht zu fliehen, und wir gehen zu Sharif. Ich bin sicher, dass er dich gehen lässt, wenn du mit ihm sprichst und es danach immer noch willst.«

»Warum hat er dich dann überhaupt erst geschickt?«

»Weil er nicht will, dass dir etwas passiert, Mädchen!«, polterte Abu Dun. »Du willst doch erwachsen sein, oder? Dazu gehört auch, dass man erkennt, wer seine Freunde sind und wer nicht.«

Andrej fragte sich, ob der schräge Blick, mit dem Abu Dun ihn dabei maß, etwas zu bedeuten hatte, doch der Nubier fuhr auch schon fort: »Und dieser Machdi ist *nicht* dein Freund, glaub mir.«

Immerhin fuhr Murida Abu Dun nicht gleich wieder an, sondern dachte einen Moment lang angestrengt nach – und nickte schließlich. »Ich werde nicht fliehen«, sagte sie. »Jedenfalls nicht bevor ich mit Sharif gesprochen habe.«

»Dann sollten wir keine Zeit mehr verlieren.« Abu Dun zeigte mit dem Kopf in die Richtung, aus der sie am Morgen gekommen waren, und wollte auch sofort losgehen, doch Murida hielt ihn zurück. »Auf diesem Weg würdet ihr meinen Brüdern direkt in die Arme laufen«, sagte sie. »Sie haben den Hafen sicher längst umstellt.«

»Ihr wisst von Sharifs Versteck?«

»Meine Brüder nicht, aber ich schon«, antwortete sie, offenbar amüsiert über sein Erschrecken. »Sharif hatte keine Geheimnisse vor mir, und er hat gerne von seiner Heimat und ihren Geheimnissen erzählt.«

»Und du hast es dem Machdi verraten?«, fragte Abu Dun. Er

verdrehte die Augen. »Habe ich Allah heute schon dafür gedankt, dass ich keine Kinder habe?«

»Mehrmals«, sagte Andrej.

»Manche Dinge kann man nicht oft genug sagen«, erwiderte Abu Dun.

»Sharif hat mir wirklich eine Menge über seine Heimat erzählt«, sagte Murida, die anscheinend zu demselben Schluss gekommen war wie Andrej, nämlich dass es das Beste war, den Nubier einfach zu ignorieren. »Ich weiß von diesem alten Hafen, und ich kenne auch einen Weg, auf dem wir unbemerkt dorthin gelangen. Ich zeige ihn euch, wenn ihr wollt.«

»Ja, und dafür müssten wir dir nur vertrauen, nicht wahr?«, fragte Abu Dun spöttisch.

Andrej war Murida im Stillen dankbar dafür, dass sie das sinnlose Gezänk nicht fortsetzte. Stattdessen deutete sie zum Fluss, den sie zwar nicht sehen, in der klaren Nacht dafür aber riechen konnten. »Boote gibt es bei den freundlichen Eingeborenen dort unten nicht, aber ich weiß, wo wir vielleicht Pferde finden.«

»Flusspferde?«, erkundigte sich Abu Dun feixend.

»Ich werde sehen, was ich tun kann«, erwiderte sie. »Also?«

Andrej tauschte noch einen langen Blick mit Abu Dun und nickte schließlich. Es war nicht nur die mögliche Nähe der Machdiji, die ihn beunruhigte. Er musste wieder an die sonderbaren Schriftzeichen denken, die sie gesehen hatten, ohne dass er sagen konnte, warum, und mit einem Male hatte er das bizarre Gefühl, nicht mehr allein zu sein, sondern die Gegenwart von etwas unsichtbar Lauerndem zu spüren, das ihnen aus der Tiefe des Kellers herauf gefolgt war. Als hätten sie etwas geweckt.

»Ich habe dein Wort?«, fragte er an Murida gewandt.

»Was immer das wert sein mag«, fügte Abu Dun hinzu, doch

Murida nickte, und das genügte ihm als Antwort. »Dann geh voraus.« Abu Dun machte keinen Hehl daraus, wie wenig ihm diese Entscheidung gefiel, widersprach aber nicht. Andrej meinte ihm anzusehen, wie schwer es ihm fiel, nicht immer wieder hinter sich zu blicken. Konnte es sein, dass auch er die Schatten spürte? Hastig verscheuchte er den Gedanken.

Zu Pferde hatten sie nur wenige Augenblicke gebraucht, um die Ruine zu erreichen, für den Rückweg zu Fuß benötigten sie eine halbe Stunde. Schließlich war Andrej sich nicht mehr so sicher, dass es tatsächlich eine gute Idee gewesen war, Murida zu vertrauen. Doch da war etwas in ihm, das ihr vorbehaltlos glauben *wollte* und sich fast empört gegen die bloße Vorstellung wehrte, sie könnte ihn belügen. Aber wahrscheinlich hatte Sharif bis vor wenigen Tagen genauso gedacht.

Er hatte mit einer Fischerhütte gerechnet oder einem kleinen Dorf, wie sie typisch für diese Gegend waren, aber was sie schließlich hinter einer schmalen Baumreihe gewahrten, das war ein halb im Schilf verborgenes Boot, an dessen Deck eine nur unzureichend abgeschirmte Sturmlaterne brannte. Gedämpfte Stimmen wehten an ihr Ohr, zu weit entfernt, um die Worte zu verstehen, aber entspannt. Ein Pferd schnaubte. Vielleicht war es auch ein Kamel.

»Sind das deine Leute?«, fragte Abu Dun, wartete aber nicht auf eine Antwort, sondern zog gleich seine Waffe. »Vielleicht frage ich sie besser selbst.«

»Aber lass sie wenigstens lange genug am Leben, um zu antworten«, bat ihn Murida.

»Wenn sie schnell genug sprechen.« Abu Dun schwang sich die Klinge des gewaltigen Krummsäbels über die Schulter und schenkte ihr ein so strahlendes Lächeln, dass Andrej sich fragte, ob sie vielleicht allein das Blitzen seiner weißen Zähne verriet. Einen Moment später war er verschwunden, und Murida blickte ihm mit einer Mischung aus Sorge und nur mühsam beherrschtem Zorn nach.

»Das meint er nicht so, keine Angst«, sagte Andrej rasch.

»Bist du da sicher?«, fragte Murida.

Nein, sicher war Andrej ganz und gar nicht. Noch vor wenigen Tagen hätte er keinen Zweifel gehabt, aber nun … Trotzdem nickte er nach kurzem Zögern und sagte: »Er ist sonst nicht so, glaub mir.«

»Ich muss gestehen, dass mir das einigermaßen schwerfällt«, sagte Murida, während sie vergeblich versuchte, die Dunkelheit vor sich mit Blicken zu durchdringen.

»Aber es ist die Wahrheit! Es ist das Kat, das ihn so verändert.«

»Ja, es ist schlimm, was es einem Menschen antun kann«, sagte Murida. Sie nickte, um ihre Worte noch zu bekräftigen, aber es klang fast ein wenig zu überzeugt. Andrej versuchte ihren Blick einzufangen, doch es gelang ihm nicht.

»Und das, was das Kat deinen Brüdern antut, findest du in Ordnung?«, fragte er geradeheraus.

»Dass es ihnen Kraft gibt?« Murida winkte unwillig ab. »Wir zwingen niemanden, es zu nehmen.«

»Aber euer Machdi sagt auch niemandem, welchen Preis er am Ende für diese Kraft bezahlen muss.«

»Was für ein Preis sollte das sein? Es macht sie stark, und es verleiht ihnen die Kraft, die wir für unseren Kampf brauchen«, antwortete Murida. »Was soll daran falsch sein?«

Konnte es sein, dass sie es wirklich nicht wusste?, dachte Andrej. Sosehr er sich auch bemühte, das zu glauben, es gelang ihm nicht.

»Es ist erst ein paar Stunden her, da habe ich gesehen, was Kat mit einem Menschen macht«, sagte er. »Es tötet, Murida.«

»Das tut ein Schwert auch«, versetzte Murida aufgebracht.

»Aber ein Schwert kann man weglegen, wenn die Arbeit getan ist«, antwortete Andrej. »Das Kat nicht.«

»Unsinn!«, widersprach sie. »Der Machdi –«

»Belügt euch, Murida«, unterbrach sie Andrej. »Vielleicht sogar in bester Absicht, aber er tut es. Ich habe gesehen, was dieses Teufelszeug einem Menschen antut.«

»Du siehst vor allem, was es *deinem Freund* antut«, sagte Murida mit einer Handbewegung in die Richtung, in die Abu Dun verschwand. »Vielleicht hast du ja sogar recht, und es ist das Kat. Aber vielleicht bringt es ja auch nur das zum Vorschein, was wirklich in uns ist, hast du schon einmal daran gedacht?«

Ja, das hatte er und nicht nur einmal. Der unflätige rücksichtslose Barbar, als der sich Abu Dun jetzt präsentierte, gehörte ebenso zum Wesen des Nubiers wie alles andere – aber es war eben nur ein Teil seines Charakters, wenn auch nicht der beste. Vielleicht kam ihre Vermutung der Wahrheit sogar nahe ... aber was war das für eine Waffe, die nur das Schlimmste im Menschen zum Vorschein brachte?

»Lass uns nicht über das Kat reden, Andrej«, sagte Murida. Vielleicht deutete sie sein Schweigen falsch. »Vielleicht hast du sogar recht, vielleicht auch nicht, aber da ... ist noch etwas, das ich tun muss, bevor dein Freund zurückkommt. Ich hätte es schon viel eher tun sollen, das weiß ich.«

»Was?«, fragte Andrej verwirrt.

»Mich bei dir bedanken, dass du mir das Leben gerettet hast«, sagte sie.

»Das Leben ...?« Andrej brauchte einen Moment, um zu begreifen, wovon Murida sprach, und dann schüttelte er fast erschrocken den Kopf. »Du sprichst von dem Krokodil«, sagte er. »Aber das war Abu Dun. Wenn du dich bei jemandem bedanken willst, dann bei ihm.«

»Du bist zu bescheiden«, erwiderte Murida. »Er hat uns beide gerettet, das ist wahr … aber bist du auch sicher, dass er mit bloßen Händen ein Krokodil angegriffen hätte, um *mich* zu verteidigen?«

»Sollte ich so etwas tatsächlich getan haben, dann wäre das wohl eher ein Beweis für meine Dummheit, nicht für meinen Mut.«

»Dann gilt es da, wo du herkommst also als ein Zeichen von Dummheit, einer Frau zu Hilfe zu eilen?« Murida gab sich alle Mühe, ihn vorwurfsvoll anzusehen, aber tief in ihren Augen sah Andrej ein verräterisches Funkeln.

»Das kommt ganz auf die Art und Weise an, auf die man es tut«, sagte er. »Und wenn ich es nicht besser wüsste, dann würde ich dich jetzt ganz geradeheraus fragen, ob du mit mir flirtest.«

»Und wenn?«

»Ich bin fremd hier und kenne mich mit den Gepflogenheiten deines Volkes nicht aus – aber gilt es bei euch nicht als unschicklich, wenn die Initiative von der Frau ausgeht?«

»Es gilt auch als unschicklich zu lügen«, sagte Murida. Sie kam näher und hielt gerade an jener unsichtbaren Grenze an, jenseits derer ihre Nähe etwas anderes bedeutet hätte. Und vielleicht hätte sie auch noch den letzten Schritt getan, wäre in diesem Moment nicht Abu Dun zurückgekommen, gleich drei Pferde am Zaumzeug.

»Du hattest recht, o holde Rose des Orients«, flötete er. »Die Einheimischen hier sind überaus freundlich. Ich musste nur ein ganz kleines bisschen grob werden, damit sie mir diese drei prachtvollen Tiere überlassen haben.«

Hastig wich Murida einen Schritt von Andrej zurück, räusperte sich übertrieben laut und vermied es so auffällig in seine Richtung zu sehen, dass ein anzügliches Grinsen auf Abu Duns Gesicht erschien.

»Wenn ich ungelegen komme, dann müsst ihr es nur sagen«, sagte er. »Ich kann noch ein wenig spazieren gehen.«

Andrej saß wortlos auf und beugte sich mit ausgestrecktem Arm zur Seite, um Murida in den Sattel des zweiten Tieres zu helfen, die ihn natürlich ignorierte und sich aus eigener Kraft auf das Pferd schwang, auch wenn ihre Bewegung nicht mehr ganz so flüssig ausfiel, wie Andrej es erwartet hatte. Die zurückliegenden Tage schienen auch an ihr nicht spurlos vorübergegangen zu sein.

Ohne ein weiteres Wort ritten sie los. Murida übernahm die Führung, so wie sie es ausgemacht hatten, und für eine geraume Weile umgaben sie nur der Sand und die beißende Kälte der nächtlichen Wüste, die jeden so sehr überraschte, der sie noch nie selbst erlebt hatte. Irgendwo im Süden kämpfte ein blasser rötlicher Schein gegen das Licht des Mondes und der Sterne an – vermutlich die Ortschaft, von der Sharif erzählt hatte –, und wenn man genau hinhörte, konnte man ein feines Wispern und Rascheln vernehmen, das aus allen Richtungen zugleich zu kommen schien, die Stimme der Wüste, in der die Fantasie nur zu leicht das Flüstern geisterhafter Stimmen und das Wehklagen der ruhelosen Seelen all derer zu erkennen glaubte, die dieses Land im Laufe der Jahrtausende verschlungen hatte.

Was sie nicht hörten, waren Menschen. Andrej hatte fest damit gerechnet, zumindest auf einen einsamen Wächter zu treffen, den die Machdiji zurückgelassen hatten. Oder dass Murida sie doch in einen Hinterhalt gelockt hatte und sie sich den Weg frei kämpfen mussten. Doch alles, was sie fanden, war eine Spur aus schon lange kalt gewordenem Kameldung. Wenn es einen Kundschafter gegeben hatte, dann hatte er seinen Posten schon lange verlassen. Nach allem, was sie bisher mit den Anhängern des selbst ernannten Propheten erlebt hatten, fiel es Andrej schwer, ihnen einen solchen Leichtsinn zu unterstellen, aber so angestrengt Abu Dun und er auch lauschten, sie hörten nichts. Weder der Nubier noch er verlor auch nur ein Wort darüber, doch das war auch nicht nötig. Sie spürten beide, dass hier etwas nicht stimmte.

Der rote Lichtschein am Himmel wies ihnen die Richtung, und schon nach einer kurzen Weile war Andrej sicher, dass sie richtig war, denn dann und wann tauchten die Umrisse der Pyramiden wie flackernde Gespenster aus der Nacht auf, um die Sterne zu verdunkeln. Falls es außer ihnen noch menschliches Leben im Umkreis vieler Meilen gab, dann schlief es entweder oder hielt sich verborgen.

Weder die eine noch die andere Möglichkeit behagte ihm sonderlich, aber er schüttelte diesen Gedanken fast schuldbewusst ab und ritt nur umso schneller. Abu Dun gefiel sich zwar weiter in beharrlichem Schweigen, das er seit geraumer Zeit wie einen Schutzschild vor sich hergetragen hatte, warf ihm aber dann und wann einen missmutigen Blick zu, so als könnte er nicht nur seine Gedanken lesen, sondern hätte darin auch etwas entdeckt, das ihm Anlass zu der Vermutung gab, dass er nicht nur schuld an den Ereignissen des zurückliegenden Tages war, sondern an allen Katastrophen seit dem biblischen Sündenfall.

Sie waren erst eine gute halbe Stunde unterwegs, auch wenn es Andrej vorkam, als wäre es ein Mehrfaches dieser Zeit gewesen, als Abu Dun unter den Mantel griff und eine ganze Handvoll Kat-Blätter hervorzog, die er sich auf einmal in den Mund stopfte. Andrej bedachte ihn mit einem Blick, doch Abu Dun feixte breit und grub ein weiteres grünes Blatt aus, das er zwischen Daumen und Zeigefinger zerrieb, um dann an dem grünen Brei zu schnuppern. »He, dieser Gedanke ist mir noch gar nicht gekommen!«, sagte er. »Wieso ist dir das eigentlich nicht eingefallen? Du bist doch der Schlauere von uns, Hexenmeister!«

»Welcher Gedanke?«, fragte Andrej. Murida lenkte ihr Pferd näher an ihn heran und bedachte Abu Dun und die grüne Schmiere auf seinen Fingerspitzen mit einem vorwurfsvollen Blick. Sie schwieg. Abu Dun zog ein weiteres grünes Blatt aus der Tasche, zerrieb es ebenfalls zwischen Daumen und Zeigefinger und kostete schließlich mit der Zungenspitze. Dann schnupperte er mit nachdenklicher Miene daran. »Es könnte tatsächlich gehen!«

»*Was* könnte tatsächlich gehen?«, fragte Andrej ungeduldig.

»Einen Tee daraus zuzubereiten«, antwortete Abu Dun. »Das Zeug schmeckt auf die Dauer doch ein wenig eintönig, weißt du? Aber als Tee könnte man es sicher verfeinern ... oder vielleicht kann man es ja trocknen und unter das Mehl mischen, um Brot daraus zu backen oder auch kleine Plätzchen.«

Andrej musste sich nun wirklich beherrschen, um nicht auf eine Weise zu antworten, die nicht einmal mehr Abu Dun witzig finden würde, aber trotz seines Zorns wuchs auch seine Sorge. Er hatte nie endgültig entscheiden können, was nun schwärzer war – Abu Duns Gesicht oder sein Sinn für Humor –, aber das war nicht einmal mehr albern, sondern einfach nur noch dumm. Murida verzog leicht angewidert die Lippen, als Abu Dun nun genüsslich seine Finger ableckte und dann noch genüsslicher rülpste.

Andrej ließ sein Pferd ein wenig schneller ausgreifen und registrierte mit unverhohlener Schadenfreude, wie Abu Dun es ihm gleichzutun versuchte und sein bedauernswertes Pferd einen überraschten Schritt seitwärts machte, um nicht unter seinem enormen Gewicht zusammenzubrechen.

»Ich hoffe, es ist wirklich nicht allzu weit«, knurrte der Nubier.

»Vielleicht hättest du doch besser nach einem Nilpferd Ausschau halten sollen«, stichelte Andrej.

Abu Dun zog eine Grimasse. »Und ich dachte, wir sind hier in dem Land, in dem die besten Pferde der Welt gezüchtet werden.«

»Du hast dich im Kontinent vertan, schwarzer Mann«, sagte Murida. »Elefanten gibt es in Indien, wenn du ein passendes Reittier suchst.«

Abu Dun rutschte in dem viel zu kleinen Sattel in eine halbwegs bequeme Stellung, woraufhin das Pferd protestierend wieherte, und bedachte sie mit einem lauernden Blick. Andrej sah ihm an, dass er zu einer weiteren patzigen Antwort ansetzte, doch Murida beendete den albernen Streit, indem sie ihr Pferd zu einem kurzen Zwischenspurt zwang, den sie jedoch wieder abbrach, noch bevor aus Andrejs Überraschung wirklich Misstrauen werden konnte.

Als Abu Dun und er rasch zu ihr aufschlossen, bemerkte er, wie sich hinter ihnen, eine Handbreit tief in der Dunkelheit verborgen, etwas bewegte. Andrej hatte es ein paarmal ganz dem Pferd überlassen, seinen Weg zu finden, und sich mit all seinen Sinnen darauf konzentriert, diese unbekannte Präsenz zu erkunden, aber es war ihm nicht gelungen. Da war etwas, ganz unzweifelhaft, aber es war, als versuchte er Nebel zu greifen. Nebel, der dichter wurde.

»Wohin reiten wir?«, fragte Abu Dun nach einer Weile. Er musste es genauso gut wissen wie Andrej, aber vielleicht hielt er ja die Stille einfach nicht mehr aus.

»Es ist nicht mehr weit.« Murida deutete nach vorne, auf den größten der drei gewaltigen dreieckigen Schatten, die den Sternenhimmel vor ihnen verdeckten. »Aber jetzt sei still! Wir sind vielleicht nicht allein.«

Andrej hätte ihr sagen können, dass sie das sehr wohl waren, und zwar in weitem Umkreis, hob aber als Antwort nur die Schultern. Vielleicht war es besser, doch noch das eine oder andere kleine Geheimnis für sich zu behalten, vor allem jetzt, wo Murida offenbar die Seiten gewechselt hatte. Er lenkte sein Pferd dichter neben das Muridas, sodass sich ihre Oberschenkel fast berührten. »Würdest du mir ein Geheimnis verraten?«, fragte er.

Murida maß ihn mit einem spöttischen Blick. »Aber wenn ich das täte, dann wäre es doch keines mehr, oder?«

»Wann hast du die Seiten gewechselt?«, fragte Andrej.

»Und wer sagt dir denn, dass ich das überhaupt getan habe?«, gab Murida zurück. Ihre Augen glitzerten spöttisch.

»So lange gibt es den Machdi noch gar nicht«, antwortete Andrej ernst. »Oder hast du schon zu seinen Anhängern gehört, bevor er selbst gewusst hat, dass Allah ihn ausgesucht hat, um den Menschen das ewige Heil zu bringen?«

Murida ignorierte seinen Sarkasmus. »Vielleicht wäre mir jeder recht gewesen, der nicht auf Süleymans Seite steht«, sagte sie. »Ihr habt diesen Mann erlebt, Andrej.«

»Dann hättest du dich jedem angeschlossen, der gegen den Sultan ist?«

»Wer weiß?«, erwiderte Murida erstaunlich offen. »Vielleicht wäre jeder Dummkopf besser gewesen als Sultan Süleyman der Zweite.« Sie lachte, ganz leise. »Was für ein Glück, dass der Machdi kein Dummkopf ist, nicht wahr?«

»Das weiß ich nicht«, antwortete Andrej. »Ich bin ihm nie begegnet. Du?«

Murida schüttelte den Kopf. »Nein. Ich habe ihn ein- oder

zweimal gesehen, aber nur von Weitem, und ich bin ihm nie nahe genug gekommen, um mit ihm zu reden oder ihm in die Augen zu blicken.«

»Und trotzdem bist du bereit, dein Leben für ihn zu riskieren? Einen Mann, den du noch nicht einmal wirklich gesehen hast?«

»Und zu opfern, wenn es sein muss«, bestätigte Murida. Ihre Augen leuchteten. »Ich weiß, was du jetzt sagen willst, Andrej, und noch vor zwei Jahren hätte ich dasselbe gesagt. Aber du wirst deine Meinung ändern, sobald du dem Machdi begegnet bist, glaub mir!«

»Weil er so überzeugend ist?«

»Das muss er nicht sein«, behauptete Murida inbrünstig. »Schon aus der Ferne spürt man die Weisheit dieses Mannes, und die, die das Glück haben, ihm direkt zu begegnen, berichten von seiner Aufrichtigkeit und seiner Güte. Es ist nicht seine Art, einen Mann oder eine Frau zu irgendetwas zu überreden oder sie gar zu etwas zu zwingen, was sie nicht wollen!«

»Wenn man dich so hört, dann könnte man meinen, der Prophet selbst wäre wiedergeboren worden«, antwortete Andrej spöttisch.

»Manche glauben das tatsächlich«, erwiderte Murida ernst.

»Und du?«

Andrej spürte, dass er sich auf dünnem Eis bewegte, doch Muridas Lächeln änderte sich nicht, und auch ihre Stimme blieb ruhig. »Nein«, sagte sie. »Warum auch? Der Machdi ist kein Prediger, Andrej. Er behauptet nicht, im Namen Allahs zu sprechen, und gewiss will er keinen neuen Koran schreiben oder gar eine neue Religion gründen. Er spricht den Menschen aus dem Herzen, das ist sein Geheimnis. Er verspricht ihnen nichts, und er verlangt nichts von ihnen. Vielleicht lieben die Menschen ihn deshalb so sehr.«

»Ja, das habe ich gestern gesehen«, mischte sich Abu Dun ein. »Wie viele Männer habt ihr verloren? Zweihundert?«

»Und noch mehr werden sterben, bevor unser Kampf vorüber ist. Manchmal muss die Freiheit mit Blut erkauft werden. Selbst mit dem Unschuldiger.«

»Sind das die Worte des Machdi?«, fragte Andrej.

»Es sind *meine* Worte«, erwiderte Murida, plötzlich heftig. »Hörst du mir nicht zu, Andrej, oder haben Süleymans Worte schon deine Seele vergiftet? Es ist nicht der Krieg des Machdi! Er ist ein Mann des Friedens, dem ein Menschenleben mehr gilt als alle Reichtümer der Welt! Er würde niemals zum Krieg aufrufen! Es sind die Menschen, die sich gegen die Tyrannei des Sultans auflehnen, nicht er. Er gibt uns nur die Kraft, diesen Kampf zu kämpfen. Und zu gewinnen.«

»Ach ja?«, erkundigte sich Abu Dun und schob sich eine weitere Handvoll fleischiger grüner Blätter in den Mund. »Wie?«

»Nicht so«, antwortete Murida feindselig, ließ ihr Pferd ein paar weit ausgreifende Schritte machen und fiel erst in gehörigem Abstand wieder in ihr vorheriges Tempo zurück.

»Das war deutlich«, sagte Andrej.

»Das war vor allem ziemlich wirres Zeug«, fügte Abu Dun hinzu, klaubte ein weiteres Blatt unter seinem Mantel hervor und drehte es nachdenklich vor dem Gesicht hin und her. »Er gibt ihnen die Kraft, ihren Kampf zu kämpfen. Ja, das klingt gut. Solange man genug von diesem Zeug hat, nicht wahr?«

Andrej sagte nichts. Abu Dun hatte natürlich vollkommen recht: Muridas Worte klangen wirr, wie die einer Fanatikerin, die viel zu indoktriniert war, um noch klar denken zu können, aber da war auch noch mehr. Er wurde einfach nicht schlau aus diesem Mädchen.

Kapitel 21

Den Rest des Weges legten sie schweigend zurück. Er hatte ganz instinktiv vorausgesetzt, dass ihr Ziel die Pyramiden waren, doch ein gutes Stück davor schwenkte Murida nach rechts, näherte sich wieder dem Fluss und stieg schließlich aus dem Sattel und bedeutete ihnen mit einer wortlosen Geste, ihr zu folgen. Wieder spürte Andrej, wie sich die Dunkelheit hinter ihnen bewegte, doch er sah sich nicht um.

»Wohin bringst du uns, schönes Kind?«, erkundigte sich Abu Dun.

Murida würdigte ihn nicht einmal einer Antwort, sondern eilte nur so rasch voraus, dass sie fast schon Mühe hatten, nicht zurückzufallen. Der Boden war hier nicht steinig, wie im übrigen Teil der Wüste, die den schmalen grünen Streifen am Ufer des Nils seit Menschengedenken bestürmte, sondern von fast staubfeinem Sand bedeckt, in dem sie bei jedem Schritt bis an die Knöchel einsanken. Wind kam auf und blies ihnen feinen Sand ins Gesicht. Und da waren noch andere Dinge, die sich im Schutz dieser staubfarbenen Schwaden bewegten und sie belauerten.

»Wohin bringst du uns, o du holde Rose des Orients?«, fragte Abu Dun noch einmal und in einem Ton, der die spöttische Wahl seiner Worte Lügen strafte. »Nichts gegen deine Gesellschaft, schönes Kind, aber das scheint mir doch nicht der richtige Moment für einen lauschigen Spaziergang zu sein.«

Doch Murida wies nur nach vorn. Sie hatten ihr Ziel fast erreicht – auch wenn Andrej es immer noch nicht richtig erkennen konnte, denn es hatte dieselbe Farbe wie die Wüste und war zum Großteil von Sand bedeckt, der vielleicht ein Jahrtausend Zeit gehabt hatte, es unter sich zu begraben, und an dieser Aufgabe dennoch gescheitert war. Der Gedanke hatte etwas Beruhigendes, fand Andrej, bewies er doch, dass Menschen imstande waren, Dinge zu erschaffen, die selbst den Kräften der Natur standhalten konnten.

»Beeindruckend«, sagte Abu Dun, obwohl er kaum mehr erkennen konnte als Andrej. »Was ist das?«

»Niemand weiß, wie seine Erbauer es genannt haben, oder welchem Zweck es gedient hat, außer dem vielleicht, einfach da zu sein«, antwortete Murida mit einer Stimme, die fast ehrfürchtig klang. »Die Menschen heute nennen es Sphinx und halten es für ein Sinnbild der Zerstörung und des Unheils – was der Wahrheit wahrscheinlich nahekommt.«

»Das ist beeindruckend«, sagte Abu Dun. »Ja, was für ein Glück für uns, dich dabeizuhaben. Ich habe schon immer davon geträumt, in der Nacht nach einer Seeschlacht durch die Wüste zu marschieren und mir Geschichtsunterricht geben zu lassen.«

Murida zog knapp die Brauen in die Höhe und ging los.

Der Wind hatte sich mittlerweile zu einem ausgewachsenen Staubsturm gemausert, dessen graue Schwaden alles verschlangen, was weiter als zehn oder zwölf Schritte entfernt war, und mindestens die Hälfte der riesigen Steinskulptur war schon vor einer Ewigkeit von Sand begraben worden. Was Andrej aus der Nähe erkennen konnte, war jedoch kolossal. Die Sphinx hatte die Form eines gewaltigen liegenden Löwen mit einem menschlichen Gesicht, dem nicht einmal der seit hundert Generationen schmirgelnde Wind etwas hatte anhaben können. Sie war von einer zeitlosen Schönheit, und die Augen, die in gut zehn Metern Höhe über Andrej hinweg zum anderen Ufer des Flusses blickten, hatten etwas an sich, das Menschen dazu brachte, vor Ehrfurcht auf die Knie zu fallen.

»Wusstet ihr, dass Ramses der Große angeblich über zweihundert Jahre lang über dieses Land geherrscht hat?«, fragte Murida unvermittelt.

Andrej hatte nicht einmal gewusst, dass es einen Herrscher dieses Namens gegeben hatte und zuckte nur die Schultern, doch Abu Dun fragte kichernd: »Und was ist mit Ramses dem Kleinen?«

Murida funkelte ihn nur an. Andrej spürte ihren Ärger, und auch ihm selbst fiel es immer schwerer, Abu Duns kindisches Betragen mit genau der Missachtung zu bedenken, die es verdiente. Es wurde schlimmer, begriff er. Abu Dun benahm sich, als wäre er betrunken. Und das auf eine besonders unangenehme Art.

Natürlich lag es am Kat, aber diese Erkenntnis machte es nicht besser.

»Lass das«, sagte er nur.

»Ganz wie Ihr es befehlt, Massa«, griente Abu Dun. »Wenn Ihr Eurem unwürdigen Diener nur noch verraten würdet, *was* er lassen soll?«

»Atmen?«, schlug Murida vor. Abu Dun machte ein nachdenkliches Gesicht, und Andrej wappnete sich innerlich gegen eine weitere kindische Antwort des Nubiers, doch nun sprang ihm Murida bei, indem sie zum Fluss hindeutete und sagte: »Folgt mir, und seid in Allahs Namen leise. Ihr seid nicht die einzigen mit guten Ohren!«

Fast unnötig zu erwähnen, dass Abu Dun ein dümmliches Gesicht machte und mit dem kleinen Finger im Ohr bohrte, um dann einen Moment lang lauschend den Kopf auf die Seite zu legen. Aber wenigstens sagte er nichts mehr, sondern schloss sich ihnen nur Grimassen schneidend an.

Murida führte sie immer tiefer in die Dunkelheit hinein. Sie ging zwar schnell, doch ihre Bewegungen hatten merklich an Eleganz verloren. Glitt sie normalerweise so mühe- und lautlos wie ein Schatten dahin, so sah Andrej ihr jetzt an, welche Anstrengung sie jeder einzelne Schritt kostete. Sie war zu Tode erschöpft, aber viel zu stolz, um es zuzugeben. Er würde sie im Auge behalten müssen.

Zuerst aber galt es, ihr Ziel zu erreichen und dabei nach Möglichkeit am Leben und in Freiheit zu bleiben.

Vor ihnen in der Ferne flackerte das rote Licht. Einmal stieß Muridas Fuß gegen etwas Hartes und Glattes, das mit einem Geräusch wie Seide durch den Sand davonschlitterte. Wieder spürte er eine Präsenz. Vielleicht Menschen. Vielleicht aber auch etwas anderes, feindselig Gesonnenes.

Abu Dun griente unverdrossen weiter wie ein zehnjähriger Knabe, dem ein Blick durch das Schlüsselloch des Frauenbadehauses gelungen war, aber seine Hand lag auf dem Schwertgriff, und seine Haltung verriet Anspannung. Er spürte es auch.

Der Gedanke hätte Andrej beruhigen sollen, aber er tat es nicht.

»Sie haben etwas vergessen«, murrte er nach einer Weile, und jetzt wieder auf Deutsch.

»Was?«, fragte Andrej. »Und wer?«

»Muridas Freunde«, antwortete der Nubier. »Sie hätten noch ein Schild aufstellen sollen, auf dem *Achtung, Falle!* steht, hübsch beleuchtet und mit einem roten Pfeil, damit wir die Richtung nicht verfehlen.« Doch Andrej war sich ganz und gar nicht sicher, dass Abu Dun mit seiner Vermutung, es könnte sich um eine Falle handeln, recht hatte.

Aus einem ihm unbekannten Grund (der sein Unbehagen dennoch weiter schürte) war das Ufer an dieser Stelle frei von Vegetation, als hätte die Wüste einen Kundschafter vorausgeschickt, um dem Leben auch noch dieses Stück Land abzuringen. Hier und da ragte ein Felsbrocken aus dem Wasser, vielleicht auch ein Mauerrest, den die Jahrtausende so glatt geschliffen hatten, dass der Unterschied nicht einmal mehr dann auszumachen war, wenn man wusste, wonach man suchte. Sharif hatte von einer alten Hafenanlage gesprochen, und wenn er die Lage der Pyramidengräber und ihres steinernen Wächters bedachte, dann war dies eigentlich der einzig vorstellbare Ort, doch wenn, dann hatten die Jahrtausende nichts davon übrig gelassen. Flacher Sand erstreckte sich bis an den Fluss, nur hier und da unterbrochen von einem kniehohen Felsen oder einem zerschundenen Steinbuckel, die darauf warteten, von kommenden Jahrtausenden ebenfalls zu Staub zermahlen zu werden. Andrejs Verwirrung wuchs mit jedem Schritt, den sie sich dem Fluss näherten. Sharif hatte gesagt, dass er seine Männer an einen Ort bringen würde, an dem sie sich besser verteidigen konnten. Er hätte kaum einen schlechteren Platz dafür finden können.

»Wohin führst du uns eigentlich, Mädchen?«, fragte Abu Dun, dem wohl die gleichen Gedanken durch den Kopf gingen.

»Es ist nicht mehr weit«, antwortete Murida, ohne zu ihm zurückzusehen, mit leiser, sonderbar schleppender Stimme. »Nur noch ein paar Schritte.«

Zwei oder drei davon tat sie auch noch, dann geriet sie ins Stolpern, ruderte einen Moment lang hilflos mit den Armen und fiel dann so schwer auf Hände und Knie, dass sie vor Schmerz keuchte.

Andrej war mit einem einzigen Satz bei ihr. Murida zitterte. Obwohl er so behutsam zugriff, wie er nur konnte, wimmerte sie vor Schmerz, als er sie auf die Füße zog. Andrej erschrak bis ins Mark, als er in ihr Gesicht sah. Selbst im farbenverzehrenden Licht des Mondes konnte er erkennen, wie blass und eingefallen ihr Gesicht war, als wäre es in den zurückliegenden fünf Minuten um dieselbe Anzahl von Jahrzehnten gealtert.

»Murida! Was hast du?« Um ein Haar hätte er sie geschüttelt, um eine Antwort zu bekommen, wäre Abu Dun nicht in diesem Moment neben ihm aufgetaucht, um ihm das Mädchen alles andere als sanft aus den Armen zu reißen und dann umso behutsamer in den Sand zu legen.

»Lass das, du Dummkopf!«, fauchte er. »Macht es dir Spaß, sie zu quälen? Ich dachte, dir liegt etwas an der Kleinen!«

»Wie?«, murmelte Andrej verständnislos. Abu Dun tat ihm auch nicht den Gefallen, eine Erklärung folgen zu lassen, sondern versetzte ihm im Gegenteil einen derben Stoß, der ihn zur Seite stolpern ließ. Dann fiel er neben dem Mädchen auf die Knie und grub eine Handvoll Kat-Blätter aus dem Mantel. Murida begann lauter zu stöhnen, schlang die Arme um den Leib und krümmte sich wie unter Krämpfen. Schaumiger Speichel lief aus ihren Mundwinkeln, und Andrej konnte riechen, wie ihr schlagartig am ganzen Leib kalter Schweiß ausbrach.

»Was…?«, stammelte er hilflos und streckte die Hand aus, um Abu Dun von dem Mädchen wegzureißen. Doch der nubische Riese stieß ihn so grob zur Seite, dass er um ein Haar das Gleichgewicht verloren hätte, und beugte sich noch tiefer über Murida. Während er mit der linken Hand und reichlich unsanft ihre Kiefer auseinanderzwang, zerquetschte er die Blätter in der anderen Faust und tröpfelte ihr den Saft in den Mund.

»Verdammt, was tust du da, Pirat?«

»Das, was *du* eigentlich tun solltest!« Abu Duns Finger glitten grob über Muridas Kehle und zwangen sie zu schlucken.

Andrej versuchte ihn erneut von dem Mädchen wegzureißen, doch Abu Dun stieß ihn nur abermals von sich, und dieses Mal hart genug, um ihn wirklich das Gleichgewicht verlieren und auf den Rücken fallen zu lassen. Als er sich aufrappelte, hatte Abu Dun bereits den Großteil des Saftes in Muridas Mund geträufelt und machte sich gerade daran, ihr auch den zerquetschten Brei zwischen die Zähne zu drücken.

Andrej rappelte sich abermals auf, wollte sich wieder auf Abu Dun stürzen, hielt dann jedoch jäh inne, denn Murida erwachte mit einen qualvollen Keuchen aus ihrer Ohnmacht und versuchte auch Abu Duns Hand wegzuschieben. Vermutlich bereitete ihr seine grobe Behandlung Schmerzen. Sie hustete und rang krampfhaft nach Atem … aber sie versuchte zu Andrejs Entsetzen nicht einmal, den Pflanzenbrei auszuspucken, sondern zwang sich ganz im Gegenteil, ihn hinunterzuschlucken.

»Was hast du getan?«, rief Andrej noch einmal. Als ob er das nicht wüsste!

»Das, was eigentlich deine Aufgabe gewesen wäre!«, fauchte der Nubier. Als Murida erneut seine Hand wegschieben wollte, schlug Abu Dun ihren Arm so grob zur Seite, dass Andrej einen kurzen Stich reiner Wut empfand.

»Halt sie fest!«, befahl er. »Es sei denn, du willst, dass ich ihr noch mehr wehtue.«

Rasch griff Andrej nach Muridas Handgelenken und drückte ihre Arme mit gerade genügend Kraft auf den Boden, um sie niederzuhalten, ohne sie zu verletzen. Es würde sie umbringen, dachte er voller Angst, genau so zuverlässig wie ein Dolch, nur langsamer und unendlich qualvoller. Dennoch widersprach er nicht, sondern hielt Muridas Hände nur noch fester und versuchte zugleich auf einem anderen Weg, wenigstens ihren schlimmsten Schmerz zu lindern. Mit Sinnen, die außer Abu Dun und ihm nur sehr wenigen anderen zur Verfügung standen, tastete er nach der Quelle ihrer Pein und versuchte sie zu isolieren, als würde er die Hitze einer glühenden Kohle mit der Hand abschirmen, machte ihren Schmerz zu seinem eigenen, und ihr rasender Herzschlag beruhigte sich zusehends. Aber da war auch noch etwas anderes, eine zweite, fremde Kraft. Schnell und lautlos breitete sie sich in ihrer Seele aus wie eine Wolke aus schwarzer Tinte in klarem Wasser und trübte sie. Was er in Abu Dun nur geahnt hatte, das spürte er in Murida so deutlich, als läse er es auf den Seiten eines aufgeschlagenen Buches: Das Kat mochte ihr Kraft geben, aber es pflanzte auch den Keim des Todes in ihre Seele.

Endlich hörte Murida auf, sich mit aller Gewalt gegen seinen Griff zu stemmen. Ihr Blick klärte sich, und das erste Mal seit endlosen Minuten schien sie ihn wieder zu erkennen. Aber was er in ihren Augen las, das erschreckte ihn beinahe noch mehr als die Dunkelheit, die er gerade in ihr gespürt hatte. Da war eine Wildheit, beinahe unmenschlich. Erschrocken ließ er sie los und sprang auf. »Was hast du getan?«, fuhr er Abu Dun zornig an. »Hast du jetzt völlig den Verstand verloren?

Abu Dun maß ihn mit einem langen und ausnahmsweise einmal ernsten Blick von Kopf bis Fuß. »Und?«, fragte er. »Fühlst du dich jetzt besser?«

»Du weißt, was dieses Teufelszeug anrichtet!«, fuhr Andrej fort, unfähig, die Worte zurückzuhalten, obgleich er selbst wusste, dass sie nichts ausrichten würden.

Murida versuchte sich aufzurichten, doch ihre Arme gaben unter dem Gewicht ihres Körpers nach, und sie wäre beinahe gestürzt. Mit einem raschen Schritt war Abu Dun bei ihr, schüttelte aber auch befehlend den Kopf und legte ihr eine seiner gewaltigen Pranken auf die Schulter, als sie ganz aufstehen wollte. Mit der anderen Hand zog er ein weiteres zartgrünes Blatt aus der Manteltasche. Gierig riss Murida es ihm aus den Fingern und hätte es wohl gleich hinuntergeschlungen, hätte Abu Dun ihre Hände nicht festgehalten. »Nicht so hastig«, sagte er. »Sonst wird dir nur übel.«

Murida signalisierte ihm mit einem fahrigen Nicken, dass sie verstanden hatte und kaute auch anstandshalber zweimal, schluckte das Blatt dann aber sofort hinunter. Abu Dun seufzte nur leise und stand mit knackenden Kniegelenken auf.

»Wir Süchtigen erkennen eben einander« feixte Abu Dun. Aber seine Augen blieben ernst, und als er weitersprach, war es seine Stimme auch. »Ich dachte, dass du es weißt ... aber Liebe macht wohl tatsächlich blind.« Damit verschwand er in der Dunkelheit.

Andrej sah auf Murida hinab. Ganz wie er es schon von Abu Dun kannte, setzte die Wirkung des Kat mit unheimlicher Schnelligkeit ein. Er meinte regelrecht dabei zusehen zu können, wie die Kraft in ihre Glieder zurückströmte und der Ausdruck mörderischer Wut im gleichen Maße aus ihren Augen wich. Nicht, dass ihm das, was ihre Stelle einnahm, tatsächlich besser gefallen hätte.

»Das hättest du mir sagen müssen«, sagte er.

»Warum?« Murida schien einen Moment lang in sich hineinzulauschen und stand dann mit einer so geschmeidigen Bewegung auf, das Gesicht straff und vor Kraft glühend, dass Andrej um ein Haar erschrocken vor ihr zurückgeprallt wäre.

Doch dann sah er das Gesicht des Machdiji vor sich, der vor Sharifs Zelt gestorben war, und erinnerte sich an die verzehrende Düsternis, die er tief am Grunde seiner Seele gespürt hatte, dieselbe schwärende Schwärze, die ihn auch gerade berührt hatte. Wie lange noch, bis sie genauso vor ihm liegen würde?

»Du hättest es mir sagen müssen«, sagte er noch einmal.

»Ich bin dir keine Erklärung schuldig, Ungläubiger«, sagte sie. »Und eine Rechtfertigung schon gar nicht.« Sie wollte ihn aus dem Weg schieben, doch Andrej hielt ihren Arm fest und zwang sie mit der anderen Hand, ihn anzusehen.

»Gibt es sonst noch etwas, das du uns verschwiegen hast?«, fragte er.

Murida machte sich mit überraschendem Geschick los, das nicht allein auf die Wirkung des Kat zurückzuführen war. »Auf jeden Fall mehr, als ich euch verraten habe, Ungläubiger«, sagte sie.

»Das kann ich nur unterschreiben«, drang Abu Duns Stimme aus der Nacht. Einen Moment später kam er zurück und maß Murida mit einem wenig freundlichen Blick. Muridas Augen verengten sich misstrauisch, doch sie schwieg. Abu Dun warf ihr ansatzlos ein kleines Ledersäckchen zu, das sie ebenso instinktiv wie geschickt auffing. »Das ist für dich, meine Schöne«, sagte er fröhlich. »Du wirst es brauchen, also pass gut darauf auf.« Murida ließ den Beutel unter ihrem Mantel verschwinden, ohne hineinzusehen, und das musste sie auch nicht. Andrej wusste auch so, was darin war.

»Seit wann bist du so großzügig, Pirat?«, fragte er mit vor verhaltenem Ärger bebender Stimme.

»Das bin ich nicht«, erwiderte Abu Dun fröhlich. »Du kennst mich doch, Hexenmeister. Ich teile nicht. Schon gar nicht mit verlogenen kleinen Wüstenspringmäusen, die keinen Respekt vor dem Alter haben.« Er zog einen zweiten, dritten und sogar noch einen weiteren Beutel mit Kat unter dem Mantel hervor, die er Murida so rasch hintereinander zuwarf, dass sie den letzten tatsächlich verfehlte. »Es sei denn, ich habe wirklich genug.«

Murida bückte sich hastig nach dem Beutel, der zu Boden gefallen und aufgeplatzt war und begann die im Sand verstreuten Blätter aufzusammeln. Andrej fragte: »Woher hast du das?«

»Und ich dachte schon, du fragst gar nicht mehr«, sagte Abu Dun, zog noch einen fünften Beutel mit Kat unter dem Mantel hervor und setzte dazu an, ihn ebenfalls in Muridas Richtung zu werfen, betrachtete ihn dann jedoch nur einen Moment lang nachdenklich und steckte ihn mit einem Achselzucken wieder ein.

»Gefunden.« Er blickte zurück. »Dort hinten liegt noch jede Menge davon. Man muss sie nur unter dem einen oder anderen toten Machdiji hervorziehen.«

»Tote Machdiji?«, wiederholte Andrej beunruhigt.

»Jedenfalls nehme ich an, dass es Machdiji sind«, sagte Abu Dun treuherzig. »Es ist ein bisschen schwer zu sagen, weil sie ja alle denselben Schneider zu haben scheinen. Aber die meisten sind erschossen worden, und ich kann mir nicht vorstellen, dass so etwas zur normalen Verpflegung der Janitscharen gehört. Dein Freund Sharif kommt mir nicht so vor wie jemand, der seinen Soldaten ein bisschen Spaß gönnt.« Er wandte sich mit einem breiten Lächeln an Murida. »Wann genau wolltest du uns sagen, dass deine Brüder hier auf uns warten?«

»Gar nicht?«, fragte Murida lächelnd.

»Wenigstens bist du ehrlich«, sagte Abu Dun.

»Du hast uns verraten?«, fragte Andrej, beinahe selbst ein wenig erstaunt über den verletzten Ton in seiner Stimme.

»Es hätte sowieso nicht funktioniert«, sagte Abu Dun. »Also nimm es ihr nicht zu übel. Du weißt doch, wie die Frauen sind. Immer versuchen sie, ihren Kopf durchzusetzen.«

»Und das mit allen Mitteln«, bestätigte Murida und versetzte ihm ansatzlos einen Tritt zwischen die Beine, der nach Andrejs Dafürhalten gereicht hätte, um ein Kamel zu fällen. Abu Dun zuckte nicht einmal mit der Wimper, sondern sagte nur ganz ruhig: »Au.«

Murida gab einen deutlich heftigeren Schmerzenslaut von sich, humpelte zurück und funkelte den Nubier hasserfüllt an, der in unverändertem Ton fortfuhr: »Du kannst gerne versuchen wegzulaufen, Kleines, aber glaub mir, nicht einmal mit allem Kat der Welt in dir könntest du so schnell laufen wie ein liebeskranker Transsilvanier, der dich zurückhaben will.« Er gab Andrej einen Wink. »Komm mit!«

Andrej war so verstört, dass er ganz automatisch gehorchte, als Abu Dun sich herumdrehte und losging, langsam und mit sonderbar steifen Schritten, wie ihm keineswegs entging.

»Wie hast du mich gerade genannt?«, erkundigte sich Andrej.

»Jeder bekommt den Namen, den er verdient«, antwortete Abu Dun. Jetzt, wo sie aus Muridas Hörweite waren, klang seine Stimme doch ein wenig gepresst, und auch sein Humpeln wurde stärker. »Sieh mich an, zum Beispiel. Ich war nicht immer unter dem Namen Abu Dun bekannt, und ich habe ihn mir auch nicht selbst ausgesucht. Vielmehr –«

Andrej fiel ihm ins Wort. »Was genau wolltest du mir zeigen?«

Abu Dun hüllte sich in beleidigtes Schweigen, doch sie hatten ihr Ziel auch schon erreicht. Der Sand war zerwühlt, mit Waffen und zerfetzten Kleidern übersät und auch dem einen oder anderen reglosen Körper. Genau wie Abu Dun gesagt hatte, waren sie ausnahmslos in schwarze Mäntel gehüllt und trugen gleichfarbige Turbane oder andere Kopfbedeckungen, und etliche waren auch mit erbeuteten Musketen ausgerüstet. Dennoch sah er sofort, dass es sich nicht um Sharifs Janitscharen handelte. Er war lange genug Krieger, um zu wissen, dass ein schwarzer Mantel und eine erbeutete Waffe nicht ausreichten, um aus einem bunt zusammengewürfelten Haufen von Bauern und Möchtegernrevolutionären eine Armee zu machen.

»Ja, das sieht mir ganz nach Muridas Freunden aus«, sagte er. Aber wie kamen sie hierher?

»Das sieht mir ganz danach aus, als hätte deine kleine Freundin uns belogen«, antwortete Abu Dun. »Frag mich nicht, wie, aber irgendwie hat sie es geschafft, ihnen zu verraten, wohin sich Sharif zurückgezogen hat … nachdem *du* es *ihr* verraten hast.«

»Unsinn«, widersprach Andrej, wenn auch mehr aus einem Reflex als wirklicher Überzeugung heraus.

»Nur scheint es ihnen nicht besonders gut bekommen zu sein«, fuhr Abu Dun fort, als hätte er gar nichts gesagt. »Weißt du, woran mich das hier erinnert? An unseren Freund Sharif.«

»Wieso?«

»Es passt zu seiner heimtückischen Art«, behauptete Abu Dun. »Hier gibt es keinen Hafen, und in weitem Umkreis auch nichts, wo sich auch nur eine Maus verstecken könnte. Wenn Sharif und seine Scharfschützen ihnen hier aufgelauert haben, dann hatten sie keine Chance.«

»Aber dazu hätte er wissen müssen, dass sie kommen!«, widersprach Andrej.

»Das wussten sie«, antwortete Abu Dun. »Schließlich hat er uns ja extra losgeschickt, um es ihnen zu sagen … na ja, eigentlich nur dich, aber wir wissen ja beide, was passiert, wenn ich dich allein irgendwohin gehen lasse, nicht wahr?«

Rasch sah sich Andrej die schwarz gekleideten Leichname an. Alle drei waren erschossen worden, und jemand hatte offensichtlich ihre Kleidung durchsucht. Andrej hatte eine recht konkrete Vorstellung, wer es gewesen war und warum. »Wie viele sind es?«, fragte er.

»Das ist schwer zu sagen«, antwortete Abu Dun. Er deutete auf eine Schleifspur, die nur ein kleines Stück neben ihnen im Sand begann und zum Wasser hinunterführte. »Aber eine ganze Menge, denke ich. Ein paar scheinen auch entkommen zu sein. Die Spuren führen zum Fluss hinunter, aber mehr weiß ich nicht.«

Für die wenigen Momente, die er nur weg gewesen war, war das schon eine ganz erstaunliche Menge an Erkenntnissen, dachte Andrej. Und er hätte nicht sagen können, was von alledem ihn zorniger machte: Der Gedanke, von Sharif benutzt worden zu sein wie ein Bauer auf dem Schachbrett, oder die Erkenntnis, wie leicht Murida ihn hinters Licht hatte führen können. Wahrscheinlich beides.

»Geh und hol Murida«, bat er. »Und dann suchen wir Sharifs Spuren. Es gibt da die eine oder andere Frage, die ich ihm stellen möchte.«

»Dann solltet Ihr das tun, Andrej Delãny«, sagte Sharif. Lautlos wie ein Gespenst trat er aus der Dunkelheit. »Ich werde mich redlich bemühen, sie zu beantworten.«

Abu Dun sah nicht einmal sonderlich überrascht aus, sondern genehmigte sich nur eine weitere großzügige Portion Kat. Andrej brauchte dafür umso länger, um seine Verblüffung zu überwinden, dann aber war er mit einem einzigen großen Schritt bei Sharif und packte ihn so wütend, dass er ihn eine gute Handbreit in die Höhe hob, ohne es überhaupt zu bemerken.

»Du verdammter –!«

Abu Dun legte ihm beruhigend die Hand auf die Schulter und sagte: »Andrej!«, und hinter Sharif tauchten zwei Janitscharen aus der Dunkelheit auf, die mit ihren Musketen auf ihn anlegten. Andrej hielt den Hauptmann trotzdem noch weitere zwei oder drei Herzschläge lang fest, bevor er ihn unsanft wieder absetzte und einen Schritt zurücktrat.

Sharif betrachtete zuerst stirnrunzelnd ihn, dann seine Stiefel, die jetzt wieder Kontakt zum Boden hatten. Er hob die Hand, woraufhin die beiden Soldaten ihre Waffen sinken ließen. »Ich nehme Euch das nicht übel, Andrej«, sagte er. »Ich an Eurer Stelle hätte wahrscheinlich genauso reagiert.«

»Ich an seiner Stelle hätte dir den Kopf abgerissen«, sagte Abu Dun schmatzend. »Wie gut für dich, dass ich nicht er bin.«

Hinter ihm erscholl ein Schrei, schrill und wütend, dann ein Klatschen und der gedämpfte Schmerzenslaut einer anderen Stimme.

»Passt auf, dass sie nicht davonläuft«, sagte Sharif laut. »Fesselt sie, wenn es nötig ist, und bringt sie in mein Zelt. Aber gebt acht, dass ihr nichts geschieht!«

Wieder an Andrej gewandt fuhr er fort: »Ich kann Euren Zorn verstehen, Andrej. Aber es gab einen guten Grund für das, was ich tun musste. Lasst Ihr es mich erklären?«

»Warum Ihr mich wie einen dummen Jungen behandelt habt, statt mir reinen Wein einzuschenken?«, fragte Andrej. »Ja, das wäre nett. Ich bin gespannt, welche Geschichte Ihr Euch jetzt wieder einfallen lasst.«

»Keine Geschichte«, antwortete Sharif, »sondern die Wahrheit. Es ist nicht mehr nötig zu lügen.«

»Jetzt sind wir aber gespannt«, höhnte Abu Dun. »Lass uns deine famose Wahrheit hören.«

»Nicht hier«, sagte Sharif. Er machte eine einladende Geste. »In einem Punkt hast du dich getäuscht, mein nubischer Freund. Es gibt den Hafen, und es ist nicht einmal besonders weit bis dorthin. Kommt, ich zeige es euch.«

Kapitel 22

Sharif hatte nicht übertrieben. Es waren tatsächlich nur noch wenige Dutzend Schritte, bis sie die Reste des ehemaligen Hafens erreichten, doch selbst als sie wortwörtlich darauf standen, sah Andrej nichts außer Sand und dem einen oder anderen glatt geschliffenen Steinbuckel, von dem er nicht einmal jetzt sagen konnte, ob er natürlichen Ursprungs oder von Menschenhand geschaffen war. Sie hatten noch mehr Tote gefunden, und Abu Dun hatte es sich natürlich nicht nehmen lassen, auch sie zu fleddern und ihre Kat-Vorräte an sich zu nehmen, bis unter seinem Mantel schließlich kein Platz mehr für weitere Leder- und Leinensäckchen war. Weder Andrej noch der Janitscharenhauptmann verlor auch nur ein einziges Wort darüber, doch der Ausdruck auf Sharifs Gesicht überraschte Andrej. Er beobachtete Abu Dun sehr aufmerksam, und statt zornig oder wenigstens missgestimmt zu wirken, kam er Andrej zufrieden vor. Er nahm sich vor, ihn später darauf anzusprechen. Im Augenblick gab es etwas, das ihn weit mehr interessierte.

»Wo ist jetzt Euer famoser Hafen?«, fragte er.

»Nur Geduld.« Sharif machte noch ein gutes Dutzend weiterer Schritte, blieb dann stehen und klatschte in die Hände, und wie aus dem Boden gewachsen erschien eine Anzahl Janitscharen rings um sie herum, jeder mit einer Muskete in der Hand, deren Läufe allerdings auf den Boden gerichtet waren.

»Beeindruckend«, sagte Abu Dun, ohne beeindruckt zu klingen. Doch er war es. Wenn Sharif die Machdiji auf dieselbe Weise überrascht hatte, dann hatten sie keine Chance gehabt.

»Und?«, fuhr Abu Dun schmatzend fort. »Wie viele habt ihr erwischt?«

»Nicht genug«, antwortete Sharif gelassen. »Mehr als die Hälfte ist uns entkommen, aber wir wissen, wohin sie sich gewandt haben. Sobald es hell wird, beginnen wir mit der Verfolgung.« Er deutete mit dem Kopf in die Dunkelheit hinein – vollkommen willkürlich, da war Andrej sicher – und bemühte sich dann um ein möglichst nachdenkliches Gesicht. Was das anging, dachte Andrej, war er ein ebenso schlechter Schauspieler wie Abu Dun. »Gerade wollte ich Euch fragen, ob Ihr und Euer Freund uns begleitet, aber da fällt mir etwas ein … hatte ich Euch nicht befohlen, Murida zurück nach Konstantinopel zu bringen?«

»Befohlen?«, grummelte Abu Dun. »Eine interessante Wortwahl. Wann genau sind wir noch einmal in deine Dienste getreten?«

Sharifs Blick ließ Andrejs Gesicht nicht los, als er jetzt sagte: »Ich hatte Euch darum gebeten, das Mädchen in Sicherheit zu bringen, Andrej.« Er klang enttäuscht.

Auch wenn Andrej wusste, dass Sharifs Worte nichts als Kalkül waren, verfehlten sie ihre Wirkung nicht. Sein schlechtes Gewissen meldete sich. Was ihn wiederum über die Maßen ärgerte.

»Das muss ich wohl falsch verstanden haben«, sagte er kalt. »Genauso, wie ich wohl falsch verstanden habe, dass Ihr uns eigentlich losgeschickt habt, um die Machdiji in eine Falle zu locken.«

»Und diesen Auftrag habt ihr auch zu meiner vollen Zufriedenheit ausgeführt«, erklärte Sharif ungerührt.

»Obwohl doch so viele von ihnen entkommen sind?« Er hatte sarkastisch klingen wollen, aber er hörte selbst, wie kläglich es misslang. Sharif machte eine wegwerfende Handbewegung. »Wir wissen, wohin sie unterwegs sind, und holen sie ein«, sagte er. »In ein paar Tagen ist der Spuk endgültig vorbei.«

»Und du kannst noch ein paar Hundert Männer niedermetzeln«, sagte Abu Dun. »Sag, Hauptmann: Wie viele Tote muss ein Tag haben, damit Ihr ihn mit einem zufriedenen Gefühl abschließen könnt?«

»Sag *du* mir, schwarzer Mann, wie alt ich werden muss, um so viele Leben auszulöschen wie du?«, gab Sharif gelassen zurück.

Abu Duns Augen wurden schmal. Er legte den Kopf auf die Seite und kaute zweimal schmatzend, bevor er antwortete: »Älter, als du dir auch nur vorstellen kannst. Aber es gibt da einen Unterschied, weißt du?« Er hob den Arm und ballte die Hand vor Sharifs Gesicht so fest zur Faust, dass seine Knöchel knackten. »Ich habe jeden Einzelnen selbst getötet.«

»Hört auf, beide«, sagte Andrej, alarmiert, aber dennoch müde. Weder Abu Dun noch der Janitscharenhauptmann beachteten ihn.

»Und das macht es besser?«, fragte Sharif. Er fuhr auf dem Absatz herum. »Komm mit!«

Sie gingen nur wenige Schritt zurück, wo Sharif neben einem Toten in die Hocke ging. Erst als er seinen Mantel zurückschlug, sah Andrej, dass es sich nicht um einen Machdiji handelte, sondern einen seiner Soldaten. »Diesen Mann haben die Machdiji getötet«, sagte er. »Und trotzdem klebt sein Blut an meinen Händen. Ich kannte ihn nicht. Weder seinen Namen noch irgendetwas über seine Herkunft oder seine Familie, aber ich bin sicher, dass er Pläne hatte, eine Zukunft, vielleicht eine Frau, mit der er später eine Familie gründen wollte.«

»Ist das den Janitscharen nicht verboten?«, schnaubte Abu Dun.

Sharif überging den Einwand. »Dieser Mann hat sein Leben geopfert, weil ich es so wollte«, sagte er. »Ebenso gut hätte ich ihm selbst die Kehle durchschneiden können. Er ist tot, weil ich ihm befohlen habe, seine Waffe zu nehmen und gegen Männer zu kämpfen, die er nicht einmal kannte, und deren Pläne und Beweggründe ihm auch vollkommen gleichgültig waren. Und ich würde es wieder tun. Und willst du auch wissen, warum?«

Er stand auf. Abu Dun schüttelte den Kopf und sagte schlürfend: »Nein«, und Sharif fuhr fort:

»Weil er mit seinem Tod zahllose andere Leben gerettet hat. Weil der Machdi dieses ganze Land ins Chaos stürzen würde, in einen Krieg, in dem Bruder gegen Bruder kämpfen würde, Väter gegen Söhne. Manchmal muss man Blut vergießen, um größeres Blutvergießen zu vermeiden.«

Andrej war verwirrt. War das wirklich derselbe Sharif, der noch vor wenigen Tagen fast wortwörtlich das genaue Gegenteil gepredigt hatte? »Das klang vor wenigen Tagen aber noch … ein wenig anders«, sagte er vorsichtig.

»Ich weiß.« Immerhin gehörte Sharif nicht zu den Männern, da ein Problem damit hatten, einen Fehler einzugestehen. »Aber da wusste ich noch nicht, gegen wen wir wirklich kämpfen.« Mit zwei schnellen Schritten war er bei einem weiteren Toten – diesmal einem Machdiji –, bückte sich und zerrte das obligate Säckchen mit Kat-Blättern unter dessen Mantel hervor. Abu Dun streckte ganz automatisch die Hand aus und wollte danach greifen, ließ den Arm aber dann enttäuscht wieder sinken, als Sharif den Beutel aufriss und sich dessen Inhalt in die geöffnete Linke schüttelte, kaum eine Handvoll schon halb vertrockneter grüner Blätter.

»Das hier ist unser wirklicher Feind, Andrej«, sagte er, die Blätter langsam in der Faust zerquetschend. Abu Dun machte ein enttäuschtes Gesicht und begann zu sabbern. »Ich wusste nicht, wie schlimm es ist. Du hast gesehen, was mit denen passiert, die es nehmen.«

Ja, das hatte er. Und er wusste auch, was mit Murida geschehen würde.

Er sagte nichts. Sharif deutete seine Betroffenheit offenbar falsch, denn er fuhr in beschwörendem Ton fort: »Wir haben die Toten durchsucht. Es ist nicht einer unter ihnen, der kein Kat nimmt. Sie alle werden sterben.« Jetzt sah er Abu Dun an. »Wenn man es genau nimmt, dann haben wir schon gegen Tote gekämpft. Sie wussten es nur noch nicht.«

»Streng genommen hast du ihnen sogar einen Gefallen getan«, spöttelte Abu Dun. »Du hast ihnen das Sterben erleichtert, nicht wahr? Wie überaus großzügig von dir!«

»Wenn du es so sehen willst«, sagte Sharif ernst.

»Dann bin ich ja beruhigt«, fuhr Abu Dun fort. »Wenn es bei mir so weit ist, dann werde ich mich vertrauensvoll an dich wenden. Du wirst mir doch gewiss denselben Freundschaftsdienst erweisen, oder?«

»Warum so lange warten?«, fragte Sharif, warf dem Nubier aber das fast leere Säckchen zu, das er dem Toten abgenommen hatte. »Nimm das. Und wenn du noch einen Rat von mir annehmen willst, dann geh lieber etwas sparsamer damit um. Es kann eine Weile dauern, bis du deine Vorräte wieder auffüllen kannst.«

»Wieso?«, fragte Abu Dun misstrauisch.

»Aus demselben Grund, aus dem ich auch guten Mutes bin, den nächsten Kampf mit den Machdiji ebenfalls zu gewinnen«, antwortete Sharif. »Falls sie tatsächlich so dumm sind, sich noch einmal zum Kampf zu stellen. Kommt, Andrej!«

Obwohl er Abu Dun mit diesen Worten praktisch ausgeladen hatte, schloss sich ihnen der Nubier an, genau wie vier von Sharifs Janitscharen. Der Hauptmann musste so gut wissen wie Andrej, wie wenig es ihm nutzen würde, wenn sich Abu Dun zu einer Unbesonnenheit hinreißen ließ. Seine Geste würde Abu Dun ganz gewiss zum Anlass nehmen, sich noch aggressiver zu verhalten. Allmählich verstand Andrej nicht mehr, was in die beiden so unterschiedlichen Männer gefahren war. Abu Duns Benehmen konnte er – zumindest zum Teil – mit der verderblichen Wirkung des Kat erklären … aber Sharif? Ganz egal, was er auch gegen den Mann haben oder vorbringen mochte, dumm war er nicht. Er musste wissen, wie schädlich es in einer Lage wie ihrer war, den Nubier gegen sich aufzubringen. Und wie gefährlich. Wenn ihm auch nur der mindeste Grund dafür eingefallen wäre, er hätte geschworen, dass es Sharif einfach Spaß machte, ihn zu provozieren.

Sharif bedeutete ihnen mit einer knappen Geste, vorsichtig zu sein. Als er einen Schritt zur Seite machte, gewahrte Andrej die ersten Stufen einer steinernen Treppe, die mit halsbrecherischem Gefälle in der Tiefe verschwand. Frisch aufgeworfener Sand verriet ihm, dass sie offensichtlich erst vor Kurzem ausgegraben worden war, und ein sonderbarer Geruch schlug ihm entgegen, fremdartig und alt und unmöglich zu beschreiben, aber unangenehm.

»Und das ist also dein geheimer Hafen?«, murrte Abu Dun, nachdem er sich das zweite Mal den Schädel an der niedrigen Decke gestoßen hatte.

»Er gehört nicht mir«, antwortete Sharif. Einer der Männer reichte ihm eine brennende Fackel, in deren unstetem Licht Andrej noch weniger zu erkennen meinte als zuvor. »Auch wenn man mich in gewissem Sinne vermutlich mit Fug und Recht als seinen Entdecker bezeichnen könnte. Er ist sehr alt. Vermutlich älter als die Königsgräber selbst. Kaum jemand weiß, dass es ihn überhaupt einmal gegeben hat, und noch weniger, dass er noch existiert.«

»Wundert mich kein bisschen«, grummelte Abu Dun.

Zu Andrejs Erleichterung verzichtete Sharif auf jedwede Erwiderung, sondern ging das letzte halbe Dutzend Stufen hinab und bückte sich durch eine niedrige Tür, die noch dazu so deformiert und von der Last der Jahrtausende niedergedrückt worden war, dass schon ihr bloßer Anblick reichte, ein vages Unbehagen in Andrej zu wecken. Er folgte ihm trotzdem, richtete sich auf der anderen Seite wieder auf und schlug sich prompt den Kopf an der niedrigen Decke an. Zu seinem Ärger folgte ihm Abu Dun weitaus behutsamer und dachte auch nicht daran, sich ganz aufzurichten. Nicht einmal sein Turban berührte die niedrige Decke. Andrej warf seinem Freund einen missmutigen Blick zu, behielt aber jeden Kommentar für sich und sah sich stattdessen mit wachsendem Erstaunen um. Es war unmöglich zu sagen, welchem Zweck dieser Raum einmal gedient hatte, denn er war fast zur Hälfte mit Sand und Schutt gefüllt und in ebenso unwirkliche Schrägen gedrückt wie die Tür, durch die sie hereingekommen waren. Eine Handvoll halb heruntergebrannter Fackeln war in den Boden gerammt worden, die alles in blutfarbene Schatten tauchten und die Luft mit beißendem Qualm füllten, der augenblicklich zum Husten reizte und sich unter der Decke zu braunschwarzen Schwaden sammelte, als zöge ein Gewitter in dem unterirdischen Verlies auf. Die Luft war schon jetzt so schlecht, dass man sie kaum noch atmen konnte und jeder, der sich lange genug hier aufhielt, Gefahr lief, qualvoll zu ersticken.

Und vielleicht war das ja auch beabsichtigt, dachte Andrej, als er die gefesselten Männer sah, die auf der anderen Seite der Kammer aufgereiht waren, nur von einem einzigen Mann bewacht, der seine Muskete nachlässig gegen die Wand gelehnt hatte, es aber bei Sharifs Eintreten eilig hatte, sie wieder aufzunehmen.

Sharif schien jedoch in großmütiger Laune zu sein, denn er winkte nur beiläufig ab und wirkte auch nicht verstimmt. Vermutlich genoss er immer noch seinen Sieg. Aber mehr als dieser eine Mann war auch gar nicht nötig, um die Gefangenen zu bewachen und vielleicht nicht einmal der. Allen waren die Hände auf dem Rücken zusammengebunden, und jeden, der dazu noch in der Lage war – weniger als die Hälfte –, hatte man gezwungen, sich in einer mehr als unbequemen Haltung hinzuknien, was in Andrejs Augen nichts als ein Akt überflüssiger Grausamkeit war. Niemand hatte sich die Mühe gemacht, ihre Wunden zu versorgen. Der Raum stank nicht nur nach Qualm, sondern auch nach Krankheit und Leid und Tod, und auch und vor allem so durchdringend nach Blut, dass Andrej instinktiv stockte und eine uralte und unwillkommene Gier tief in sich spürte.

Viel mehr als das erschreckte ihn der Anblick der Gesichter. Er hatte Furcht erwartet, vielleicht Verzweiflung und Trotz oder ein fatalistisches Fügen in das Unvermeidliche, aber da war kein menschliches Empfinden mehr, nichts … Lebendiges. Tief in ihren Augen schien ein verzehrendes schwarzes Feuer zu brennen, aber vielleicht sah er auch das ja nur, weil er es erwartete.

»Was ist mit diesen Männern passiert?«, fragte er.

»Hast du sie gefoltert?«, fügte Abu Dun hinzu.

»Ich hätte es getan, wäre es nötig gewesen«, gab Sharif unumwunden zu. »Aber das war es nicht. Ich empfinde kein Vergnügen daran, Menschen ohne Grund Schmerzen zuzufügen.«

»Und mit Grund?«, fragte Abu Dun.

»Was haben sie Euch erzählt?«, fragte Andrej rasch. Aus den Augenwinkeln sah er, wie auch Abu Dun näher kam und sich vor einem der Gefangenen in die Hocke sinken ließ. Schon fast brutal legte er ihm die Hand unter das Kinn und zwang ihn, ihn anzusehen, schüttelte aber dann beinahe unmerklich den Kopf und stand wieder auf.

Er spürte es auch, dachte Andrej. Es war nicht nur das Kat oder die Wunden, die Sharifs Männer ihnen zugefügt hatten. Da war etwas Verdorbenes in ihnen, etwas, das ihre Seelen vergiftete.

»Nicht sehr viel mehr, als wir schon wussten«, antwortete Sharif. »Und einiges, das ich nicht wusste, aber gehofft habe.« Er stupste einen der Männer mit dem Fuß an, woraufhin dieser zurück- und mit dem Hinterkopf gegen die Wand prallte. »Ihr Kat geht zur Neige. Sie scheinen immer mehr davon zu brauchen, und je mehr Kraft es ihnen verleiht, desto rascher verzehrt es sie auch.« Flüchtig streifte sein Blick Abu Dun, und Andrej hatte das Gefühl, dass er nur mühsam ein zufriedenes Nicken zurückhielt. »Aber das wusste ich bereits.«

»Seit wann?«, fragte Abu Dun. Sharif ignorierte ihn.

»Viel wichtiger ist etwas anderes«, fuhr er fort. »Ich hatte gehofft, dass es so ist, aber sie haben es bestätigt.«

»So wie sie aussehen, würden sie dir alles sagen, was du hören willst«, sagte Abu Dun. Sharif ignorierte ihn weiter.

»Der Machdi«, sagte er. »Er ist bei ihnen.«

»Er ist hier?«, wiederholte Abu Dun überrascht, und dieses Mal schenkte ihm Sharif immerhin einen – leicht verächtlichen – Blick.

»Nicht unter den Toten oder den Gefangenen«, sagte er. »So viel Glück hatten wir leider nicht. Er ist bei denen, die entkommen sind. Aber wir kennen ihr Ziel, und wir werden sie rasch aufspüren. Mach dir keine Sorgen, mein Freund.« Er zeigte auf den halb bewusstlosen Mann. »Sieh ihn dir an! Die meisten sind in kaum besserem Zustand. Was glaubst du, wie lange sie noch durchhalten?«

»Du weißt, dass dieser Kerl da draußen ist, und vertreibst dir die Zeit damit, wehrlose Gefangene zu verprügeln?«, fragte Abu Dun.

»Du kennst die Wüste, mein Freund«, antwortete Sharif. »Am Tage ist sie grausam, aber bei Nacht tödlich. Sie wird die Hälfte von ihnen umbringen, noch bevor die Sonne das nächste Mal aufgeht. Lass sie ihre Kräfte vergeuden. Morgen früh, wenn es hell wird, nehmen wir ihre Spur auf, und wahrscheinlich haben wir sie eingeholt, bevor es wieder dunkel wird.«

So einfach würde es nicht werden, das wusste Andrej, und Sharif zweifellos auch. Aber er fragte: »Wie lange wisst Ihr das schon?«

»Seit einer Stunde oder zwei«, antwortete Sharif, kam Andrejs ärgerlicher Antwort aber sofort zuvor. »Ich bitte Euch, Andrej – habt Ihr wirklich geglaubt, ich würde mit einer ganzen Armee losziehen, um ein paar Fanatiker zu jagen? Er war die ganze Zeit bei ihnen.«

»Und woher wusstet Ihr das?«

»Er ist nicht der Einzige, dem es gelungen ist, ein Paar aufmerksamer Augen und Ohren in die Reihen seiner Gegner einzuschleusen«, erwiderte Sharif.

»Du hast einen Spion in den Reihen des Machdi?«, fragte Abu Dun aufgeregt. »Wer ist es?«

Sharif bedachte ihn nur mit einem mitleidigen Blick.

Abu Dun machte eine unwillige Geste. »Nicht dein Spion, der interessiert mich nicht. Der Machdi! Kennen wir ihn?«

»Noch nicht«, antwortete Sharif – wenn auch erst nach einem

fast unmerklichen Zögern, das Andrej erneut misstrauisch stimmte. »Doch wir wissen, dass er bei ihnen war, und ich bin sicher, dass ich ihn erkennen werde, wenn ich ihm gegenüberstehe. Und wenn nicht ich, dann ihr.«

Andrej war nicht sicher, ob es sich dabei um eine Frage oder eine Feststellung handelte, und überging die Bemerkung kurzerhand. Sharif ließ noch eine weitere Sekunde verstreichen, ehe er mit einem enttäuschten Schulterzucken fortfuhr: »Und wenn nicht, dann töten wir sie eben alle.«

»Du ganz allein, nehme ich an«, spöttelte Abu Dun.

Sharif sah auf die knienden Gefangenen hinab. »Wenn sie sich alle in so einem erbärmlichen Zustand befinden.«

»Dann wäre es kein Kampf mehr, sondern Mord«, sagte Abu Dun, fuhr übertrieben zusammen und machte ein schuldbewusstes Gesicht. »Aber verzeih! Wie du mir ganz richtig erklärt hast, wäre es kein Mord, sondern eine Erlösung.«

»Für ein Leiden, das nicht ich über sie gebracht habe«, erwiderte Sharif. Andrej sah, wie Abu Dun zu einer weiteren Antwort ansetzte (nachdem er sich eine neue Handvoll Kat-Blätter genehmigt hatte), und sagte rasch: »Wie viele Gefangene habt Ihr gemacht?«

»Nur diese hier«, erwiderte Sharif. »Was immer man auch gegen diese Fanatiker sagen will, sie sind tapfere Krieger, die nicht aufgeben. Die meisten sind zwar geflohen, als sie begriffen haben, in welcher Lage sie sich befinden. Ihr Vertrauen in die Kraft, die ihnen das Wort ihres neuen Propheten verleiht, war am Ende wohl doch nicht so groß. Aber die, die nicht fliehen konnten, haben bis zum bitteren Ende gekämpft. Keiner hat sich freiwillig ergeben.«

Der Zynismus in seiner Stimme widerte Andrej an, doch er

schluckte die Antwort hinunter, die ihm auf der Zunge lag, und warf auch Abu Dun einen fast beschwörenden Blick zu. Ganz gegen seine sonstigen Gewohnheiten verzichtete Abu Dun auf die günstige Gelegenheit und gab nur einen halb schmatzenden, halb rülpsenden Laut von sich. Jetzt war es Sharif, der ihm einen ärgerlichen Blick zuwarf.

»Aber Ihr habt uns nicht nur hierher geführt, um uns Eure Gefangenen zu zeigen«, vermutete Andrej.

»Nein«, gestand Sharif freimütig. »Kommt mit!«

Der Weg war nicht besonders weit, vielleicht ein oder zwei Dutzend Schritte, und endete vor einem gewaltigen Berg aus Schutt, Erde und zerborstenem Stein, wo ein Teil der Decke eingestürzt war. In dem unheimlichen roten Fackelschein war das wahre Ausmaß der Zerstörung nicht zu erkennen, doch Andrej nahm an, dass es ebenso zyklopisch war wie alles hier. Der Einsturz musste lange zurückliegen, denn selbst der Staub zwischen den zerborstenen Felsen war wieder versteinert. Wie viele Jahrtausende dauerte so etwas?

»Durch diesen Spalt bin ich damals hereingekommen, als ich das erste Mal hier war«, sagte Sharif.

»Da durch?«, vergewisserte sich Abu Dun. Sein Tonfall ließ keinen Zweifel daran aufkommen, was er von dieser Behauptung hielt.

»Es ist lange her«, antwortete Sharif. »So lange, dass ich manchmal vergesse, wie lange wirklich … ändert sich das jemals?«

»Was?«, fragte Abu Dun schmatzend.

»Die Jahre«, erwiderte Sharif. »Hört man irgendwann auf, sie zu zählen?«

»Das kommt ganz darauf an, wie weit du zählen kannst«, erwiderte Abu Dun. Andrej wusste nicht genau, worüber er sich mehr wundern sollte: dass Sharif diese Frage überhaupt stellte oder wie unverblümt Abu Dun sie beantwortete.

»Ich war noch ein Kind«, sagte Sharif. »Vielleicht sieben oder acht Jahre alt … obwohl ich mich frage, ob ich nicht noch viel jünger gewesen sein muss, wenn ich sehe, wie schmal dieser Spalt ist.«

»Vielleicht warst du ja ein ganz besonders zartes Kind«, schlug Abu Dun vor und rülpste.

»Eher nicht«, erwiderte Sharif amüsiert. »Vielleicht ist es ja doch länger her, als mich meine Erinnerung glauben machen will.«

Andrej war klar, worauf er hinauswollte. Es war nicht die erste Andeutung dieser Art. »Wie habt Ihr diesen Ort gefunden?«

»Ich bin nicht weit von hier geboren«, erinnerte Sharif. »Ihr wisst, wie Kinder sind. Uns war verboten, in der Nähe des Flusses oder der Königsgräber zu spielen, aber das Verbotene wird für Kinder nur umso interessanter, je strenger das Verbot ist.«

»Nicht nur für Kinder«, sagte Abu Dun.

Statt zu antworten, ließ sich Sharif vor dem Spalt in die Hocke sinken und streckte die Hand aus, wie um die Erinnerung nun tatsächlich zu ergreifen. »Ich bin im Schatten dieser Pyramiden aufgewachsen. Mein Vater war … « Er suchte einen Moment nach Worten, und schließlich schlug Andrej vor: »Grabräuber?«

»Manche würden ihn zweifellos so nennen«, gestand Sharif. Er klang nicht verletzt. »Und das vermutlich sogar mit Recht, von einem gewissen Standpunkt aus.«

»Und von einem anderen?«

Sharif stand wieder auf und hob die Hand, aber er tat es auf eine Art, dass in Andrej leiser Zweifel aufkam, ob es nicht ein Befehl gewesen war – ein Befehl an etwas, das in der Dunkelheit und hinter dem roten Licht der Fackeln verborgen lauerte. »Auch wenn man es beim Anblick dieser jämmerlichen Ruinen vielleicht nicht mehr glauben mag, aber dies war einmal ein sehr mächtiges Land, Andrej. Das gewaltigste Reich, das diese Welt je gesehen hat, und es hat Jahrtausende überdauert. Kein anderes Reich hat auch nur annähernd so lange existiert, und keines wird jemals so lange existieren wie das der Pharaonen. Manche behaupten, sie seien Götter gewesen, die für eine Weile unter den Menschen gelebt hätten.«

»Und Ihr?«, fragte Andrej.

»Ich weiß es nicht«, antwortete Sharif. »Ihr habt meinen Vater einen Grabräuber genannt, und viele würden Euch damit vermutlich recht geben ... aber ist es Diebstahl, wenn wir uns nehmen, was unseren Vorfahren gestohlen worden ist? Die Pharaonen haben sich als Götter verehren lassen. Ein Menschenleben galt ihnen nichts, und der Reichtum ihres Landes war nur ihr Reichtum, nicht der ihres Volkes, und Freiheit war für sie wohl nur ein Wort, ohne Bedeutung ... « Andrej meinte zu spüren, wie sich der Blick unsichtbarer Augen auf sein Gesicht richtete. »Kommt Euch diese Beschreibung irgendwie bekannt vor, Andrej?«

»Wahrscheinlich trifft sie auf die meisten zu, die über allumfassende Macht gebieten«, antwortete Andrej. »Ich weiß, Ihr wollt jetzt den Namen Süleyman von mir hören, und zweifellos zu Recht – aber glaubt mir, nur sehr wenige sind stark genug, der Verlockung zu widerstehen, die von absoluter Macht ausgeht.«

»Und jetzt fragt Ihr Euch, ob ich zu diesen wenigen gehöre?«, überlegte Sharif laut.

»Tut Ihr es?«

»Entscheidet Ihr«, sagte Sharif.

»Im Augenblick frage ich mich, mit wem ich überhaupt rede«, gestand Andrej. »Mit dem Befehlshaber von Süleymans Janitscharen und seinem obersten Spion oder dem Machdi.«

»Und jetzt überlegt Ihr, ob das überhaupt ein Unterschied ist«, antwortete Sharif lächelnd.

»Seit wann lest Ihr unsere Gedanken?«, fragte Abu Dun schmatzend.

»Das ist nun wirklich kein Kunststück, wenn man sie so deutlich auf euren Gesichtern ablesen kann«, antwortete Sharif. »*Ich* würde mir diese Frage an Eurer Stelle stellen. Und ich halte Euren Freund für einen sehr klugen Mann.«

»Und jetzt erwartest du von uns, dass wir dich für mindestens genauso klug halten«, vermutete Abu Dun. »Du bist mutig, das muss man dir lassen. Hast du gar keine Angst, dass wir den Auftrag ausführen könnten, den dein Herr uns gegeben hat?«

Statt auf die Provokation zu reagieren, machte Sharif eine ausholende Geste und sagte: »Ich habe Euch nicht nur hierher gebracht, um Euch die Gefangenen zu zeigen, Andrej. Ich wollte, dass Ihr das hier seht.«

»Einen vergessenen Keller«, bemerkte Abu Dun. »Wie spannend.«

»Ich war noch ein Kind, als ich es entdeckt habe«, sagte Sharif unbeeindruckt und so direkt an Andrej gewandt, als wäre der nubische Riese neben ihm gar nicht da. »Viel zu jung und viel zu ängstlich, um auch nur einen Bruchteil von alledem hier zu erkunden. Diese Gänge ziehen sich über Meilen, und schon in dem kleinen Teil, den ich kenne, könnte ich Euch Wunder zeigen, die ihr Euch nicht einmal in Euren kühnsten Träumen vorstellen könntet. Wäre ich nur ein wenig älter gewesen, oder wären die Dinge nur ein wenig anders gekommen ... « Er zuckte demonstrativ mit den Achseln. »Vielleicht hättet Ihr dann sogar recht, und ich wäre es jetzt, hinter dem Ihr her wäret.«

»Ihr verteidigt also den Machdi?«

»Nicht ihn und schon gar nicht seine Methoden«, antwortete Sharif. »Aber ich verstehe, warum er es tut.«

»Und warum?«, wollte Abu Dun wissen.

»Weil er das hier gesehen haben muss. Nicht diesen vergessenen Hafen oder die großen Steinhaufen über uns. Aber ich bin sicher, dass er die Vergangenheit dieses Landes kennt und um seine einstige Größe weiß.«

»Oh, jetzt verstehe ich«, spottete Abu Dun. »Es geht deinem Machdi nur darum, das altägyptische Reich wiederauferstehen zu lassen. Warum hast du das denn nicht gleich gesagt? Bei einem so noblen Vorhaben hätten wir dir doch geholfen!«

»Weiß Süleyman, dass Ihr so denkt, Hauptmann?«, fragte Andrej.

»Er weiß, dass ich ihm die Treue geschworen habe und dass ich ein Mann bin, der zu seinem Wort steht«, sagte Sharif ausweichend. Dann machte er eine Kopfbewegung auf die gefangenen Machdiji zu. »Dass ich verstehen kann, was der Machdi will und mit vielem davon einverstanden bin, bedeutet nicht, dass ich mit der Art einverstanden wäre, wie er diese Ziele verfolgt oder es ihm gar verzeihen würde. Ich werde keine Gnade walten lassen, wenn es das ist, was Ihr fürchtet, Andrej. Aber kann man einen Feind nicht auch respektieren?«

»Das sollte man sogar, wenn man seine Aussichten verbessern will, ihn zu besiegen«, erwiderte Andrej, aber die Worte klangen selbst in seinen eigenen Ohren hohl, wie etwas Formelhaftes, das er nur sagte, weil es ihm in diesem Moment angemessen schien.

Aber galt dasselbe nicht genau genommen auch für das, was Sharif gerade gesagt hatte?

Seltsam … aber er hatte immer mehr das Gefühl, dass ihre Worte und das, worüber sie *wirklich* sprachen, zwei grundverschiedene Dinge waren. Mit einem Mal spürte er etwas Neugieriges, Lauerndes in ihrer Nähe, und ihn überkam das Gefühl, dass von seinen nächsten Worten vielleicht mehr abhing, als ihm selbst klar war.

»Was soll das?«, fragte er, schärfer, als er beabsichtigt hatte. »Werbt Ihr bei mir um Sympathien für den Machdi?«

»Vielleicht will ich nur, dass Ihr keine falschen Schlüsse zieht«, sagte Sharif ernst. »Dass ich manches von dem, was er sagt, billige, bedeutet nicht, dass ich meine Pflicht vernachlässige. Ich werde den Machdi, ohne zu zögern, töten.«

Abu Dun klaubte ein Blatt aus einem seiner zahlreichen Beutel, betrachtete es einen Moment lang und knabberte dann schon fast zaghaft daran. »Wenn ich dich lasse.«

Sharif sah ihn verwirrt an. »Weil du ebenfalls willst, dass das Reich der Pharaonen wiederaufersteht?« Er versuchte zu lachen, doch es misslang.

»Weil es da zwischen uns noch etwas zu klären gibt«, sagte Abu Dun. Andrej beeilte sich, Sharifs Aufmerksamkeit mit einem lauten Räuspern wieder auf sich zu lenken. »Als wir das erste Mal über das Kat gesprochen haben«, erinnerte er ihn, »da habt Ihr uns erzählt, dass es da diese Geschichte gibt. Dass der Machdi die treuesten seiner Jünger belohnt, indem er sie vom Fluch dieser Blätter befreit.«

»Ja, das erzählt man sich«, antwortete Sharif, »aber …« Er brach ab, drehte den Kopf, um Abu Dun nachdenklich zu mustern, und wandte sich dann wieder zu Andrej um. Wenn der Ausdruck von

Bedauern auf seinem Gerecht geschauspielert war, dann perfekt. »Ich verstehe. Aber ich fürchte, dass es wirklich nicht mehr als eine Geschichte ist. Es tut mir leid.«

»Nicht einmal annähernd so sehr wie mir«, sagte Abu Dun.

»Willst du, dass ich dich belüge?«, fragte Sharif. »Also gut, wenn du dich dann besser fühlt: Sobald wir den Machdi gefangen haben, überlasse ich ihn euch, und vielleicht könnt ihr ihn ja dazu bringen, dich vom Kat zu befreien.«

»Es geht nicht um mich«, sagte Abu Dun gelassen.

»Aber bis dahin solltest du auf meinen Rat hören und ein wenig sparsamer mit dem umgehen, was du noch hast«, fuhr Sharif fort, legte die Stirn in Falten und fragte dann: »Und was soll das heißen, es geht nicht um dich?«

»Du weißt es wirklich nicht? Und ich dachte, du liebst das Mädchen wie eine Tochter. Solltest du da nicht alles über sie wissen?«

»Welches –?«, begann Sharif, fuhr dann wie von einem Peitschenhieb getroffen zusammen und starrte Andrej an. Für einen unendlich kurzen Moment, doch trotzdem unübersehbar, loderte blankes Entsetzen in seinen Augen. Dann aber gewann seine gewohnte Selbstbeherrschung wieder die Oberhand. »Das glaube ich nicht.«

»Dann geh hin und frag sie selbst«, sagte Abu Dun. »Aber nimm das hier mit. Sie wird es brauchen.«

Er warf Sharif ein Säckchen mit Kat zu, doch der Hauptmann sah nicht in seine Richtung, und es fiel zu Boden und platzte auf. »Ist das wahr?«, fragte Sharif. Andrej nickte nur, und Sharif schwieg für eine kleine Ewigkeit. Schließlich nickte er grimmig. »Dann haben wir jetzt noch einen Grund mehr, den Machdi zu finden«, sagte er.

Kapitel 23

Er hatte noch dreimal versucht, mit Murida zu sprechen, und nachdem er die beiden ersten Male an den Wachen gescheitert war, die Sharif vor ihrem Zelt postiert hatte, wurde er beim dritten Anlauf durchgelassen – vermutlich nachdem Sharif selbst ihnen einen entsprechenden Befehl erteilt hatte.

Nicht, dass es irgendetwas nutzte.

Murida blieb keine andere Wahl, als ihn zu empfangen und sich anzuhören, was er zu sagen (und ihr vorzuhalten) hatte, doch sie schwieg so beharrlich, dass er sich schließlich närrisch vorkam und ging, um eine unruhige kurze Nacht in einem Zelt zuzubringen, in dem Abu Dun laut genug schnarchte, um vermutlich noch in Konstantinopel gehört zu werden.

Als er erwachte, müder als zuvor, trug das, was er sah, auch nicht gerade dazu bei, seine Stimmung zu heben: Obwohl die Sonne noch nicht einmal ganz aufgegangen war, war die durchgelegene Pritsche neben ihm leer und Abu Dun offenbar schon aufgewacht und gegangen (was ihn eher erleichterte), und durch den dünnen Stoff des Zeltes drangen aufgeregte Rufe. Andrej warf noch einen nachdenklichen Blick auf den leeren Schlafplatz neben sich und fragte sich, ob er nicht froh sein sollte, dass Abu Dun nicht mehr da war, schob den Gedanken dann aber beiseite.

Stattdessen verließ er das Zelt und erblickte genau das, was er nach dem Stimmengewirr erwartet hatte, auch wenn es deutlich friedlicher zuging, als er befürchtet hatte. Was vielleicht auch daran lag, dass Abu Dun nicht in Sichtweite war. Überall waren Männer in schwarzen Mänteln damit beschäftigt, Zelte abzubauen und das wenige an Ausrüstung zusammenzupacken, das ihnen geblieben war. Im aufweichenden Grau der kurzen Dämmerung sah er eine Anzahl dreieckiger Segel auf dem Fluss.

Sein nächster Gedanke galt Murida, doch als er nach Sharifs Zelt Ausschau hielt, war es bereits verschwunden. Immerhin gewahrte er Sharif selbst unweit des Ufers, der gerade damit beschäftigt war, seinen Männern gestenreich Anweisungen zu erteilen. Mit schnellen Schritten ging er zu ihm. Sharif wirkte wenig begeistert, ihn zu erblicken – Andrej sah ihm an, dass er einen Moment lang ernsthaft überlegte, ihn einfach zu ignorieren, sich dann aber doch dagegen entschied und stirnrunzelnd zu ihm wandte.

»Wohin habt Ihr das Mädchen gebracht?«, fuhr ihn Andrej an.

Sharif zog die Mundwinkel nach unten. »Ja, ich freue mich auch, Euch zu sehen, Andrej«, sagte er. »Ich hoffe, Ihr habt einigermaßen gut geschlafen?«

»Mit Abu Dun in einem Zelt? Wo ist das Mädchen?«

»In Sicherheit«, sagte Sharif. »Vier meiner besten Männer bewachen sie, keine Sorge.« Er machte eine Kopfbewegung zum Fluss hin. »Ihr könnt mit ihr sprechen, wenn Ihr wollt. Vielleicht freut sie sich ja mehr, Euch zu sehen, als es bei mir der Fall war.«

Andrej verspürte Erleichterung, versuchte aber, sich nichts anmerken zu lassen. »Habt Ihr die Spur der Machdiji gefunden?«

»Das war nicht besonders schwierig.« Sharif wirkte überrascht von der Frage, schickte aber die beiden Janitscharen weg, mit denen er zuvor geredet hatte, und lud Andrej dann mit einer Geste ein, ihm zu folgen. Langsamer als notwendig schlenderten sie zum Fluss hinab, während Sharif in die entgegengesetzte Richtung wies, nach Osten und damit dem bevorstehenden Sonnenaufgang entgegen. Im grauen Zwielicht der Dämmerung erkannte Andrej die Umrisse der drei gewaltigen Pyramiden, als wären sie groß (und alt) genug, dass sie kein Licht benötigten, um einen Schatten zu werfen.

»Sie haben sich nach Süden gewandt, wie ich erwartet habe«, fuhr Sharif in angeregtem Plauderton fort. »Wenn sie die ganze Nacht durchmarschiert sind, dann dürften sie schon einen gehörigen Vorsprung haben. Aber der Marsch hat sie auch Kraft gekostet, die sie später noch bitter nötig haben werden.« Er deutete ein Achselzucken an. »Dieser Machdi mag ein charismatischer Mann sein, aber er ist kein sehr erfahrener Soldat, Allah sei Dank!«

Andrej war auch jetzt nicht ganz sicher, was er von dieser Antwort halten sollte, beschloss aber, dass es klüger war zu schweigen. Er war nicht hier, um die Absichten des Janitscharenhauptmanns gutzuheißen oder gar Freundschaft mit ihm zu schließen.

Doch Sharif schien in seinem Gesicht gelesen zu haben. »Nur dass uns das allein nicht viel nutzen wird, fürchte ich.« Wie so oft, wenn er mit Sharif sprach, hatte Andrej auch jetzt wieder das Gefühl, dass sich hinter dem offensichtlichen noch ein anderer, tieferer Sinn verbarg, vielleicht sogar eine Frage, die er nicht beantworten konnte. Er beließ es dennoch bei einem nichtssagenden Schulterzucken.

»Wir könnten sie bis zum Abend einholen«, fuhr Sharif fort, während sie weiter in Richtung Fluss schlenderten. Andrej ließ ihn reden. Die Erfahrung hatte ihn gelehrt, dass man so am meisten erfuhr. »Aber ich denke es ist besser, wenn wir sie ein paar

Tage in Ruhe ziehen lassen. Soll die Sonne doch die Arbeit für uns tun.«

»Die Sonne oder das Kat?«

»Jeder wird seinen Teil beitragen«, erwiderte Sharif gelassen, und nun musste sich Andrej sehr beherrschen, um nicht etwas zu sagen, das dem Janitscharenhauptmann ganz gewiss nicht gefallen würde. Er wandte sich brüsk um und ging die wenigen Schritte bis zum Wasser hinab. Der Fluss roch schlecht, ohne dass er sagen konnte, wieso, und es kam ihm vor, als wäre überall Bewegung, nicht nur auf, sondern auch in und unter dem Wasser. Die Anzahl der Boote hatte zugenommen, aber er sparte sich die Frage, woher sie kamen. Nur sehr wenige der Antworten, die er jemals von Sharif bekommen hatte, hatten ihm gefallen.

Lautes Stimmengewirr riss ihn aus seinen Überlegungen. Neugierig und beunruhigt zugleich blickte er zurück und entdeckte Murida, die in einen von heftigem Gestikulieren begleiteten Disput mit einigen von Sharifs Janitscharen verstrickt war. Sie war leicht zu erkennen. Wohl genau aus diesem Grund hatte man ihr ihre schwarze Kleidung weggenommen und durch einen sandfarbenen Kaftan nebst dazu passendem Mantel ersetzt, und Andrej war nicht wenig überrascht, an ihrem Gürtel sogar einen zierlichen Dolch in einer verzierten Scheide zu entdecken. Sharif hatte wirklich eine eigenwillige Art, mit seinen Gefangenen umzugehen.

Aber schließlich war Murida auch nicht irgendeine Gefangene.

Er ging hin und war kein bisschen überrascht, als Murida damit aufhörte, die unglückseligen Janitscharen zu beschimpfen, und sich ihm zuwandte, da sie in ihm ein dankbareres Opfer vermutete. »Ungläubiger! Bist du gekommen, um mir wieder Gewalt anzutun?«

Einer der Janitscharen zuckte fast unmerklich zusammen, und

in den Blicken der anderen änderte sich etwas. Er konnte nicht anders, als ihr innerlich Anerkennung zu zollen. Wären die Dinge nur ein wenig anders gewesen, er hätte dieses Mädchen nicht zum Feind haben wollen.

»Ich hoffe, man hat dich gut behandelt«, sagte er, ohne auf die Spitze einzugehen.

»Immerhin war ich bei gläubigen Moslems«, antwortete Murida, »nicht in der Gesellschaft eines Christenhunds.«

Andrej wollte antworten, doch nun mischte sich Sharif ein, der bisher schweigend neben ihm hergegangen war. Andrej hatte ihn schon fast vergessen. »Das reicht jetzt!«, sagte er scharf. »Du ...«

Andrej sah ihm an, wie schwer es ihm fiel, sich zur Ruhe zu zwingen. Dann wandte er sich an die drei Janitscharen, die Murida bewachten. »Lasst uns allein!«

Die Männer gehorchten nicht nur, sondern waren sichtlich froh, aus der Reichweite von Muridas Zorn zu gelangen, und Sharif musste sich noch einmal unübersehbar innerlich zur Ruhe gemahnen, bevor er an Murida gewandt fortfuhr: »Du kannst jetzt damit aufhören, Murida. Andrej genießt mein uneingeschränktes Vertrauen.« Überrascht sah Andrej ihn an. Er fragte sich, ob die Behauptung wahr oder nur Taktik war.

»Dann hast du dich also nicht nur mit Süleyman verbündet, sondern auch mit diesem Ungläubigen«, sagte Murida verächtlich. »Ich weiß nicht, was schlimmer ist!«

»Den schwarzen Barbaren nicht zu vergessen«, sagte eine schmatzende Stimme hinter ihnen. Andrej drehte sich nicht einmal um, gewahrte aber einen kolossalen Schatten, der sich zwischen den von Sharif und seinen eigenen legte.

»Du kannst jetzt wirklich damit aufhören, Murida«, sagte Sharif. Er klang beunruhigt, fand Andrej. »Wir sind allein.«

»Und du willst nicht verstehen!« Muridas Augen blitzten vor Zorn, und Andrej spannte sich fast unmerklich an, als er die winzigen Veränderungen in ihrer Körpersprache registrierte und ihren wachsenden Zorn. »Ich habe nichts gespielt! Der Machdi hat mir die Augen geöffnet, das ist die Wahrheit!«

»Und was siehst du nun?«, erkundigte sich Abu Dun.

»Mehr, als mir lieb ist, schwarzer Mann!«, fauchte Murida. »Ich sehe ein Land, das ausgebeutet wird, und ein Volk, das schon so lange von fremden Herrschern geknechtet wird, dass es verlernt hat, um seine Freiheit zu kämpfen!«

»Amen«, fügte Abu Dun hinzu.

»Du weißt nicht, was du da sagst«, sagte Sharif traurig. »Du solltest dich selbst hören!«

»Mir war noch nie so klar, was ich rede«, erwiderte Murida kopfschüttelnd. Ihre Hand klatschte auf den Dolchgriff an ihrem Gürtel, und Andrej spannte sich nicht nur weiter, sondern fragte sich auch, warum Sharif ihr gestattete, eine Waffe zu tragen. Dass er das Mädchen liebte, als wäre es seine eigene Tochter, sollte ihn nicht dazu verleiten, leichtsinnig zu werden. Schließlich war er kein Dummkopf. »Macht euch ruhig lustig über uns. Am Ende wird er obsiegen, und dieses Land wird wieder den Platz in der Welt einnehmen, der ihm zusteht!«

»Obsiegen«, wiederholte Abu Dun, während er genüsslich ein weiteres grünes Blatt mampfte. Er nickte anerkennend. »Ich wusste ja gar nicht, dass du so komplizierte Worte kennst.«

»Spotte du nur«, grollte Murida. »Du wirst schon sehen, was du am Ende davon hast.«

»Ein gutes Gefühl«, feixte Abu Dun. »Ganz im Gegensatz zu deinem Machdi, Mädchen, denn wenn wir erst einmal –«

»Das ist genug«, unterbrach ihn Sharif. »Wir haben keine Zeit für solche Albernheiten.« Er bekräftigte seine Worte mit einem ärgerlichen Blick in Abu Duns Richtung, bevor er sich wieder an Murida wandte. »Du kennst den Machdi also. Persönlich, meine ich.«

»Genau wie du«, antwortete Murida. »Und ihr auch, Andrej und Abu Dun. Ihr seid ihm schon begegnet.«

»Wer ist es?«, fragte Sharif scharf.

Murida schüttelte nur den Kopf. Und Abu Dun fügte hinzu: »Er war auf dem Schiff, habe ich recht?«

»Und kaum weiter entfernt von euch als ich jetzt, bestätigte Murida. »Du hast sogar die Klinge mit ihm gekreuzt. Er hat es vorgezogen, dich am Leben zu lassen. Ich weiß zwar nicht, warum, doch ich respektiere seine Entscheidung.«

»Ja, und gleich wirst du uns noch erzählen, dass –«, begann Abu Dun, und wieder brachte Sharif ihn mit einer unwilligen Geste zum Verstummen. »Wirst du uns zu ihm bringen?«, fragte er Murida.

Murida lehnte dieses Ansinnen natürlich nicht nur ab, sondern tat es auch mit Worten von geradezu erlesener Spitzfindigkeit. Andrej hatte nicht damit gerechnet, dass sie sich anders als feindselig ihnen gegenüber verhalten würde. Doch tief unter dem Zorn und der Enttäuschung über ihre Gefangennahme und die verheerende Niederlage ihrer Verbündeten war noch etwas, etwas Schlimmes, das sie von der alten Murida unterschied, die er aus Konstantinopel kannte. Ihre Augen waren schwarz vor Wut, und auch wenn er spürte, dass sie das Messer nicht ziehen würde, hatte sich ihre Hand doch fest genug um den Dolchgriff geschlossen, dass die Knöchel wie weiße Narben durch die Haut stachen. Ihr Blick flackerte, und ihre Bewegungen waren so ruckartig und fahrig wie die einer Betrunkenen, doch zugleich hatte er das

Gefühl, dass sie all ihre Kraft brauchte, um nicht Abu Dun, Sharif oder ihm an die Kehle zu gehen.

Wortlos nahm er Abu Dun den Beutel mit Kat aus der Hand, hielt ihn Murida hin und machte eine auffordernd-befehlende Geste. »Nimm etwas davon!«

Abu Dun grunzte mit gespielter Empörung und tat so, als wollte er ihm den Beutel wieder entreißen, und Sharif musterte ihn verblüfft. Einzig Murida zeigte keine Reaktion, sah man von einem verächtlichen Hochziehen der Augenbraue ab. »Wie kommst du darauf, dass ich so etwas Dummes tun könnte?«, fragte sie.

»Weil du es brauchst?«, schlug Abu Dun vor.

Murida ignorierte ihn. »Und wenn nicht?«

Andrej schloss die Faust zwar ein wenig fester um das Säckchen, zog den Arm aber nicht zurück. »Du hast gesehen, was passiert, wenn du dein Kat nicht rechtzeitig nimmst. Gestern hattest du Glück und bist einfach nur ohnmächtig geworden, aber es könnte dir auch so ergehen wie Abu Dun am Hofe deines Vaters … und das vor all diesen Männern hier. Wäre das nicht ein wenig peinlich?«

Abu Dan rülpste zustimmend, und Murida ließ nur noch einen Anstandsaugenblick verstreichen, ehe sie ihm den Beutel aus der Hard riss. Allerdings macht sie keine Anstalten, ein Blatt herauszunehmen, stieß ihn so zornig in die Tasche ihres Mantels, dass Andrej beinahe auf das Geräusch von reißenden Nähten wartete.

»Das ändert gar nichts!«, fauchte sie.

»Nicht für dich, Mädchen«, pflichtete ihr Abu Dun mit vollem Mund kauend bei. Dann schnüffelte er laut. »Aber für unsere Nasen, glaub mir.« Er ließ noch einen Laut folgen, mit dem er wohl demonstrieren wollte, was genau er meinte, schenkte Murida ein grün gesprenkeltes Grinsen und wandte sich dann ab, um zum Fluss hinunterzuschlurfen. Sharif verdrehte die Augen und nahm zu Andrejs Erleichterung den Faden wieder auf, als wäre gar nichts gewesen.

»Du könntest eine Menge Menschenleben retten, Murida.«

»Menschenleben – oder die deiner Janitscharen?«

»Die der Männer und Frauen in deiner Begleitung«, antwortete Sharif ernst. »Bring mich zu diesem Machdi! Lass mich mit ihm reden. Vielleicht finden wir eine Lösung, und es muss nicht noch mehr Blut vergossen werden.«

»Das ist deine Entscheidung«, erwiderte Murida kalt. Ihre Augen blitzten herausfordernd, und sie gab sich alle Mühe, auch eine entsprechende Haltung anzunehmen. Die meisten anderen hätte sie damit vermutlich sogar getäuscht, aber Andrej erkannte nur umso deutlicher, wie es unter der gespielten Ruhe aussah. Ihr Herz raste, und seine feinen Sinne verrieten ihm auch, was die Droge – oder eben gerade deren Abwesenheit – in ihrem Körper anrichtete. Er konnte nicht anders, als die Willensstärke dieser so zerbrechlich aussehenden jungen Frau zu bewundern, doch sah er jetzt auch immer mehr Alarmzeichen. Muridas Hände zitterten ganz sacht, sie schien Krämpfe zu haben, und das Netz aus feinen Schweißperlen auf ihrer Stirn war nicht nur eine Folge der Sonne, die allmählich an Kraft gewann. Wenn sie nicht bald Kat nahm, dann waren peinliche Geräusche ihr kleinstes Problem.

»Geh zum Boot«, sagte Sharif. Anscheinend war er zu demselben Schluss gekommen. »Ich komme nach, sobald ich noch ein paar Dinge mit Andrej besprochen habe.«

»Einfach so?« Murida schauspielerte perfekt Überraschung. »Du bestehst nicht mehr darauf, dass ich den Machdi an dich ausliefere? Ich habe mich schon gefragt, auf welche Art du mich foltern wirst und ob du es selbst tust oder es deinen Männern überlässt.«

Sharif wollte auffahren, presste aber dann nur die Lippen zusammen. Vielleicht war ihm ebenfalls nicht entgangen, dass Muridas Stimme zunehmend schleppender wurde, und ihre zornigen Augen einen fiebrigen Glanz hatten.

Vielleicht wäre sie auch jetzt noch nicht gegangen, doch die beiden Janitscharen, die Sharif gerade weggeschickt hatte, tauchten plötzlich wie aus dem Nichts wieder auf und nahmen das Mädchen in die Mitte. Keiner von ihnen wagte es, sie anzurühren, doch Murida gab ihren kindischen Widerstand endlich auf, warf trotzig den Kopf in den Nacken und eilte zum Ufer. Nur wenn man ganz genau hinsah, konnte man erkennen, wie schwer es ihr fiel, aufrecht und gerade zu gehen und nicht zu torkeln.

Sowohl Sharif als auch Andrej sahen wortlos zu, wie sie in eines der erbeuteten Boote kletterte und unter der Zeltplane verschwand, die über ihrem Heck aufgespannt war. Erst dann wandte sich Sharif mit einem leicht verunglückten Lächeln wieder zu ihm um. In seinem Blick lag Sorge. »Sie wollte, dass ich sie zwinge, an Bord zu gehen … habt Ihr Kinder, Andrej?«

»Nein«, antwortete Andrei. »Jedenfalls nicht, dass ich wüsste. Und Ihr?«

»An manchen Tagen wünschte ich es mir wie nichts anderes«, sagte Sharif. »Aber es gibt auch Tage, da bin ich Allah dankbar, dass er mir diese Prüfung nicht auferlegt hat.«

Andrej warf einen schiefen Blick auf die Zeltplane, unter der Murida verschwunden war. »Ich glaube, ich verstehe, was Ihr meint.«

Sharif reagierte zwar mit einem pflichtschuldigen Lachen, wurde aber gleich darauf nur umso ernster. »Auch wenn es mir gewiss nicht gefällt, muss ich mich schon wieder bei Euch bedanken«, sagte er. »Ich hätte es merken müssen.«

»Das Kat?« Andrej schüttelte mit einer Vehemenz den Kopf, die ihn selbst überraschte. »Diesen Vorwurf könntet Ihr mir ebenfalls machen. Immerhin habe ich bei Abu Dun gesehen, was dieses Teufelszeug anrichtet.«

»Aber ich kenne Murida wie kein anderer«, beharrte Sharif, der nicht davon abzubringen war, sich selbst zu kasteien. »Ich kenne sie besser als jeder andere. Besser als ihr eigener Vater – «

»Was nun wirklich kein Kunststück ist.«

» – und wahrscheinlich sogar besser als sie sich selbst«, fuhr Sharif so unbeeindruckt fort, als hätte Andrej nichts gesagt. »Jedenfalls dachte ich das bis vor wenigen Stunden.«

»Vielleicht hatte sie einfach einen zu guten Lehrer«, sagte Andrej.

»Wohl eher einen ganz besonders schlechten«, sagte Sharif bitter. »Ich dachte, ich hätte sie den Unterschied zwischen richtig und falsch gelehrt. Aber das ist wohl nicht der Fall. Wie konnte sie auf die Lügen dieses Wahnsinnigen hereinfallen?«

Die Lügen dieses Wahnsinnigen? Andrej versuchte gar nicht, seine Überraschung zu verhehlen. »Der Machdi? Täusche ich mich, oder ist es gerade einmal einen Tag her, dass Ihr noch ganz anders über diesen Mann und seine Ziele gesprochen habt, Hauptmann?«

»Ihr täuscht Euch nicht, Andrej Delãny«, antwortete Sharif grimmig. »Aber die Dinge ändern sich nun einmal. Und es gehört zu meinen Aufgaben, angemessen darauf zu reagieren.« Er blickte zu dem Boot, in dem Murida verschwunden war. »Ab jetzt ist es etwas Persönliches.«

Kapitel 24

Sie brachen noch in derselben Stunde auf. Sharif hatte seine zusammengeschmolzene Streitmacht aufgeteilt: Der so katastrophal fehlgeschlagene Hinterhalt der Machdiji hatte Abu Dun nicht nur einen Zweijahresvorrat an Kat eingebracht, sondern Sharifs Männern auch gute anderthalb Dutzend Pferde, auf denen ihnen dieselbe Anzahl Männer am Ufer folgten, um die kleine Flotte vor einem neuen Hinterhalt zu schützen. Drei weitere Männer (aus Fernandes' Mannschaft) hatte Sharif zurück nach Cairo geschickt, um dort Verstärkung anzufordern, ein glattes Todesurteil, sowohl nach Andrejs Dafürhalten als auch Fernandes', denn der Spanier hatte lautstark gegen diese Entscheidung protestiert. Selbstverständlich hatte Sharif den Protest lediglich zur Kenntnis genommen, ohne eine Miene zu verziehen, und so war schließlich das kleinste Schiff ihrer requirierten Flotte aus der Formation ausgeschert und in die Flussmitte hinausgesegelt, um sich von der Strömung erfassen zu lassen. Andrej war sehr sicher, dass sie die Männer nicht wiedersehen würden, so oder so.

Er war in die kleine Dau geklettert, in die sich auch Murida zurückgezogen hatte, um unter ihrer Zeltplane zu schmollen. Eigentlich hatte er vorgehabt, noch einmal in aller Ruhe mit dem Mädchen zu reden, ohne dass Sharif oder gar Abu Dun dabei waren. Die geplante Unterhaltung hatte sich jedoch auf ein paar erlesene Unfreundlichkeiten beschränkt, die Murida ihm an den Kopf geworfen hatte, sodass er sich schließlich allein im Bug des kleinen Schiffchens sitzend wiederfand, äußerlich ungerührt und die unverhohlen schadenfrohen Blicke der Bootsbesatzung ignorierend, unter dieser Maske aber beunruhigt und aufgewühlt wie schon lange nicht mehr. Er hatte das Gefühl, dass ihm alles unter den Händen zerbrach. Nichts hatte sich so entwickelt, wie er es vorausgesehen (oder gar geplant) hatte, und er hatte das unbehagliche Gefühl, dass es nur schlimmer werden konnte, je weiter sie nach Süden kamen.

Sie hatten mit einem ihrer ehernen Prinzipien gebrochen – vielleicht dem wichtigsten überhaupt –, und er hatte das Gefühl, dass sie für diesen Fehler noch teuer bezahlen würden. Wenn man so lange lebte wie Abu Dun und er, dann bekam man Gelegenheit, jeden Fehler zu begehen, den man sich nur vorstellen konnte (und auch den einen oder anderen, den er sich zuvor *nicht* hätte vorstellen können), eines aber hatten Abu Dun und er stets gemieden wie der Teufel das Weihwasser: Sie mischten sich nicht ein.

Trotzdem war es manchmal nicht ausgeblieben, denn das Schicksal nahm nicht immer Rücksicht auf die Bedürfnisse oder gar Wünsche der Menschen, und Andrej mutmaßte (zu Recht), dass die Geschichte ohne das Eingreifen von Männern wie Abu Dun und ihm bei der einen oder anderen Gelegenheit eine andere Wendung genommen hätte. Vielleicht würden zukünftige Historiker die Spuren identifizieren, die sie hinterlassen hatten, ohne wirklich zu wissen, was sie da sahen. Niemals jedoch hatten sie die Macht, die ihnen ein unberechenbares Schicksal geschenkt hatte, genutzt, um sich in die Geschicke der Völker einzumischen oder gar *Politik* zu machen. Zu oft waren sie Zeuge geworden, welch schreckliche Folgen eine solche Einmischung haben konnte. Manchmal hatte er sogar das Gefühl, dass die Folgen dieser Einmischung umso katastrophaler wurden, je besser die Absicht gewesen war, die dahintersteckte. Schon vor sehr langer Zeit hatten sie entschieden, ihren eigenen Weg zu gehen und die großen Entscheidungen der Weltgeschichte den Menschen zu überlassen.

Was sie jetzt taten, war anders, und es würde, dessen war er sich sicher, nicht ohne Folgen bleiben. Es war ihm, als würden sie mit jeder winzigen Welle, die sich klatschend am Rumpf der Dau brach und ihn mit Wasser bespritzte, näher auf das Unheil zugleiten, das auf Abu Dun und ihn wartete. Warum hatte er sich überhaupt auf diesen Irrsinn eingelassen?

Ein Schatten legte sich über den niedrigen Bootsrand neben ihm, und als Andrej hochsah, blickte er in ein Gesicht, das die Antwort auf seine Frage war.

»Darf ich?« Murida blickte fragend auf den Platz neben ihm, wartete seine Erlaubnis nicht ab, sondern ließ sich mit einer anmutigen Bewegung neben ihm nieder – und das so dicht, dass er sich beherrschen musste, um nicht unwillkürlich vor ihr zurückzuweichen. Was Murida keineswegs entging, wie er an dem spöttischen Aufblitzen in ihren Augen erkannte, aber sie tat, als hätte sie nichts bemerkt (und das ganz bewusst so, dass ihm dieses Bemühen nicht entgehen konnte), zog die Knie an und umschlang sie mit den Armen. Für einen kurzen Moment stützte sie das Kinn auf die Knie, dann richtete sie sich wieder auf, legte den Kopf in den Nacken und drehte das Gesicht mit geschlossenen Augen in die Sonne, wie um ihre Wärme zu genießen.

Andrej, dem der Sinn dieser ebenso naiven wie unbeholfenen

Pantomime natürlich klar war, wusste nicht, ob er sich ärgern oder amüsieren sollte. Vielleicht beides.

Aber sie waren nicht allein, und obwohl sich die Männer ringsum beinahe krampfhaft bemühten, nicht in ihre Richtung zu sehen, konnte er ihre Neugier fast körperlich spüren.

Statt die junge Frau jedoch zur Ordnung zu rufen, fragte Andrej: »Geht es dir besser?«

»Jetzt ja«, antwortete Murida, ohne in seine Richtung zu sehen oder die Augen zu öffnen. Ganz im Gegenteil legte sie den Kopf noch weiter in den Nacken, sodass sich ihr Gewand über der Brust spannte, und Andrej reagierte nun tatsächlich auf den Anblick – wenn auch vollkommen anders, als sie vermutlich annahm. »Lass das«, sagte er, leise, aber trotzdem barsch.

»Was?« Murida nahm zwar eine etwas züchtigere Haltung ein, sah ihn zugleich aber auch auf eine Art an, die klarmachte, dass sie gerade erst anfing. Womit auch immer.

»Wir sind nicht allein, Mädchen«, antwortete Andrej. »Und du bist mir zu jung.« Natürlich war ihm klar, wie diese Worte auf sie wirken mussten, noch bevor er sie ganz ausgesprochen hatte. Murida sah ihn auch prompt genauso verwirrt an, wie es jede andere in diesem Moment wohl auch getan hätte.

»Zu jung?«, wiederholte sie schließlich in einem nachdenklichen Ton, den Andrej nur zu gut kannte. Er wusste, was jetzt kam. »Wie alt bist du, Andrej Delãny? Fünfundzwanzig? Achtundzwanzig? Keinen Tag älter als dreißig!«

Damit war sie nicht einmal auf ein Zehntel an die Wahrheit herangekommen, aber das konnte er ihr unmöglich sagen, nicht einmal, wenn sie allein an Bord gewesen wären und nicht von einem Dutzend neugieriger Ohrenpaare umgeben. »Ich habe mich gut gehalten«, sagte er.

»Keinen Tag älter als dreißig. Und selbst wenn – allen anderen Männern, die ich kenne, können die Mädchen gar nicht jung genug sein. Ich werde zwanzig, und du siehst mir nicht aus wie ein Mann, der sich in Wahrheit noch immer nach seiner Mutter zurücksehnt und nur behauptet, er würde reifere Frauen bevorzugen. Was also gefällt dir nicht an mir? Bin ich dir nicht hübsch genug? Das hat mir noch keiner gesagt, nebenbei bemerkt.«

Es wäre auch gelogen gewesen. Andrej rutschte so weit von ihr weg, wie es auf dem begrenzten Platz im Bug der Dau möglich war, und auch jetzt wieder aus einem ganz anderen Grund, als sie annehmen mochte. Dass er ihre kleine Posse durchschaut hatte, bedeutete nicht, dass sie die beabsichtigte Wirkung verfehlte. Sie *war* eine wunderschöne junge Frau, und er war ein Mann und schon viel zu lange allein. Beinahe erschrocken verscheuchte er den Gedanken. »Es hat … andere Gründe«, sagte er ausweichend.

»Andere Gründe?«, wiederholte Murida, sah ihn lange durchdringend an, wandte den Kopf und ließ den Blick über den Fluss gleiten, als erwartete sie von den schmutzigen Wellen die Antwort, die er ihr schuldig blieb. Einen Moment später nickte sie, als wäre auch ganz genau das geschehen. »Ich verstehe. Dein schwarzer Freund und du … ihr seid mehr als nur Freunde?«

Einer der Männer hinter ihnen begann zu lachen und verstummte erschrocken, als Andrej eine Kopfbewegung andeutete. »Ich habe nicht gesagt, dass du mir zu jung bist, um dich übers Knie zu legen und dir den Hintern zu versohlen«, sagte er ernst.

»Wenn es das ist, was Euch Freude bereitet, Effendi«, sagte Murida demütig.

Diesmal war es mehr als nur ein Mann, der ein Lachen nicht mehr ganz unterdrücken konnte.

Andrej verbot es sich jedoch aufzufahren, sondern zwang sich zu einem verzeihenden Lächeln. »Was soll der Unsinn, Kind?«, fragte er. »Wenn es dir nur darum geht, mich in Verlegenheit zu bringen, dann versuch dir bitte vorzustellen, was Sharif von deinem Benehmen halten würde, wenn er dich jetzt hören könnte.«

»Oh, das wird er, keine Sorge«, versicherte Murida und blickte vielsagend zu den Männern. »Sie werden sich darum prügeln, wer als Erster zu Sharif laufen und mich bei ihm anschwärzen darf, glaub mir.«

Seltsamerweise lachte jetzt niemand mehr, aber Andrej hörte die Schritte gleich mehrerer Männer, die sich hastig entfernten. »Warum tust du das?«, fragte er und fügte rasch und mit leicht erhobener Stimme hinzu: »Und frag erst gar nicht, was ich meine.«

Murida zuckte mit den Schultern und drehte sich dann halb zur Seite, scheinbar um die beiden Daus in Augenschein zu nehmen, die die Spitze ihrer kleinen Flotte bildeten, in Wahrheit aber wohl eher, um Zeit zu gewinnen, in der sie sich eine plausible Antwort ausdenken konnte. Andrej tat dasselbe und wäre um ein Haar alarmiert zusammengefahren, als er ein weiteres dreieckiges Segel gewahrte, das sich ihnen näherte, langsam und in einem wackeligen Zickzackkurs sowohl gegen den Wind als auch die Strömung kreuzend. Dann erinnerte er sich an Sharifs Ankündigung, ein weiteres Boot vorauszuschicken, um auch die zahllosen kleinen Inselchen und Sandbänke auf ihrem Kurs zu kontrollieren. Fernandes war nicht begeistert gewesen.

»Ich weiß es nicht.« Murida wandte den Blick von dem näher kommenden Segel ab und sah nun wenigstens ungefähr in seine Richtung, auch wenn sie seinem direkten Blick immer noch auswich.

»Das war dumm von mir, verzeih! Ich wollte dich nicht in

Verlegenheit bringen. Ich hätte auf dich hören und das Kat eher nehmen sollen.«

»Du hättest es besser von Anfang an gar nicht erst angerührt.«

»Ja, jetzt klingst du wirklich, als wärst du mindestens hundert Jahre älter als ich«, erwiderte Murida mit einem schelmischen Blitzen in den Augen, wurde gleich darauf aber ernst. Ihre Hand berührte leicht wie eine Feder Andrejs Arm und blieb darauf liegen. »Es war der einzige Weg, um ihr Vertrauen zu erringen.«

»Aber du hast nicht gewusst, was für Folgen es haben würde.«

»Es hätte keinen Unterschied gemacht«, beteuerte Murida. »Und es macht auch jetzt keinen Unterschied. Ich habe es ihm gleich am ersten Tag gesagt, und niemand musste mich dazu zwingen.«

»Was hast du wem gesagt?«

»Dem Machdi. Dass Sharif mich geschickt hat, um ihn und seine Jünger auszuspionieren«, antwortete Murida. »Der Machdi ist kein Mann, den man belügen kann. Er wusste es in dem Moment, in dem er mir das erste Mal in die Augen gesehen hat, und ich wusste, dass alles falsch war, woran ich bisher geglaubt hatte.«

»Und alles, was Sharif dich gelehrt hat?«

»Er hat mich vor allem gelehrt, ehrlich zu mir selbst zu sein«, erwiderte sie, aufgebracht, wie es Andrej vorkam. »Die Sache des Machdi ist gerecht, Andrej. Ich weiß, du hältst ihn für einen Verbrecher, aber das stimmt nicht. Ich werde ihm helfen, dieses Land von der Tyrannei zu befreien, und viele andere werden dasselbe tun. Wir sind viele. Sehr viel mehr, als du glaubst. Sogar mehr, als Sharif glaubt.«

»Warum?«, fragte Andrej. Er versuchte ihre Hand wegzuschieben, doch sie leistete so viel Widerstand, dass er schon Gewalt hätte anwenden müssen, und das wollte er nicht.

»Warum *was?*«

»Warum willst du ihm helfen? Du bist bereit, dein Leben zu opfern, nur um Süleyman zu stürzen –«

»Gibt es einen besseren Grund?«

»– und einen Tyrannen gegen einen anderen zu tauschen?«

Jetzt zog Murida ihre Hand so abrupt zurück, dass er sie wohl nicht einmal gewaltsam hätte festhalten können. Ihre Augen blitzten. »Der Machdi ist kein Tyrann!«, rief sie. »Er wird den Menschen in diesem Land die Freiheit bringen! Muss ich ausgerechnet dir das erklären, *Ungläubiger?* Wie viele deines Volkes sind in den Kriegen gestorben, mit denen Süleyman deine Heimat überzogen hat? Und wie viele werden noch sterben, in den Kriegen, die noch kommen, wenn ihn niemand aufhält?«

Mehr, als sie sich wahrscheinlich auch nur *vorstellen* konnte, dachte Andrej traurig – und trotzdem hatte der tiefe Schrecken, den er bei ihren Worten empfand, einen ganz anderen und schlimmeren Grund. »Und du glaubst, der Machdi wäre der Mann, der das alles beendet?«, fragte er.

Murida wollte antworten, doch Andrej kam ihr zuvor, indem er rasch die Hand ausstreckte und unter ihren Mantel griff, um das Säckchen mit Kat an sich zu nehmen, das Abu Dun ihr am Morgen gegeben hatte. »Nur damit ich dich richtig verstehe … wir reden von demselben Machdi, der sein Anhänger mit *Gift* gefügig macht?«

Murida versuchte ihm den Beutel wieder wegzunehmen, doch Andrej schloss die Finger darum, und sie gab ihre Bemühungen wieder auf, als sie spürte, wie unendlich viel stärker er war. »Es ist kein Gift!«, protestierte sie. »Das Kat gibt uns die Kraft, die wir für unseren Kampf brauchen!«

»Und zum Ausgleich bringt es euch um.«

Murida sah ihn nur noch trotziger an, doch die scharfe Antwort, mit der er fest rechnete, kam nicht. Sie warf nur noch einen wehmütigen Blick auf das kleine Säckchen in seiner Hand und deutete dann auf das Schwert, das er am Gürtel trug. »Wie viele Menschen sterben, weil sie sich Kraft *davon* leihen?«

»Sehr viele«, antwortete Andrej. »Sogar die meisten ... aber ich glaube, das weißt du so gut wie ich.«

»Und du verfluchst zweifellos jeden Waffenschmied ... oder bewunderst du am Ende gar ihre Kunstfertigkeit?«

Andrej musste fast gegen seinen Willen lächeln. Ein Gefühl tiefer Trauer überkam ihn, als er Murida den Beutel mit Kat zurückgab. »Es gibt da einen Unterschied, weißt du? Schwerter töten niemanden, der sich irgendwann entschließt, sie nicht mehr zu benutzen.«

»Wie philosophisch!« Murida riss ihm den Beutel regelrecht aus der Hand, steckte ihn ein und zog ihn praktisch sofort wieder heraus, um ihn aufzuknoten und eines der filigranen Blätter herauszunehmen, das sie gierig hinunterschlang. Andrej fuhr fast unmerklich zusammen, sah aber diskret zur Seite, auch wenn er bezweifelte, dass Murida seinen Blick überhaupt bemerkt hätte.

Weit davon entfernt, in ein so unflätiges Verhalten zu verfallen wie Abu Dun, begann sie sich bereits zu verändern. Vermutlich würde sie sich niemals so gehen lassen, wie der Nubier es tat, aber sie war auch schon lange nicht mehr die Murida, die er aus Konstantinopel kannte. Aber vielleicht hatte er die wirkliche Murida ja auch niemals kennengelernt.

»Geh sparsam damit um«, sagte er mit einer Geste auf das kleine Ledersäckchen in ihrer Hand. »Wenn es aufgebraucht ist, stirbst du.«

»Ich weiß«, antwortete Murida und nahm sich gleich drei weitere grüne Blätter, um sie dem ersten folgen zu lassen.

Andrej seufzte. »Hast du jemals dabei zugesehen, wie ein Mann stirbt, der kein Kat mehr bekommt?«

»Nein.«

»Dann sei froh, denn es ist kein schöner Anblick.

»Ich bin kein Mann«, antwortete Murida spöttisch. »Und was das Kat angeht, kann ich dich beruhigen. Sharif hat die Toten noch einmal plündern lassen und auch Männer zu unserem ehemaligen Lager geschickt, um nach Kat zu suchen. Wir haben eine halbe Schiffsladung. Für deinen Freund und mich reicht es mindestens einen Monat … trotz der Unmengen, die er in sich hineinstopft.«

»Irgendwann wird es aufgebraucht sein«, sagte Andrej ernst, »und dann wirst du sterben.«

Murida nahm sich noch ein weiteres Blatt aus dem Beutel; zweifellos aus keinem anderen Grund als dem, ihn zu provozieren. Was ihr gelang. »Wohl kaum«, sagte sie. »Der Machdi wird kommen und mich retten. So lange haben dein Freund und du noch Zeit, euch für die richtige Seite zu entscheiden. Ich weiß, dass er nicht euer Feind ist. Im Gegenteil.«

Ein weiteres grünes Blatt verschwand zwischen ihren Zähnen, die ihr strahlendes Weiß mehr und mehr verloren und ihn jetzt zu seinem Schrecken an Abu Duns Kat-fleckiges Grinsen erinnerten, sosehr er sich auch dagegen wehrte. Ihre Bewegungen waren hektisch, ihr Lachen eine Spur zu schrill, und ihre Augen hatten einen sonderbaren Glanz, den er nur zu gut aus Abu Duns Blick kannte.

»Abu Dun und ich mischen uns nicht in solche Dinge ein«, sagte er lahm.

»Unsinn! Jeder mischt sich ständig in alles ein, und sei es nur, weil er da ist. Und dein Freund und du tut weitaus mehr.«

»Wer ist jetzt philosophisch?«, fragte Andrej.

Murida lächelte zwar, aber ihre Augen blieben ernst. Und fiebrig. »Du solltest noch einmal mit deinem Freund reden, Andrej. Ihr steht auf der falschen Seite. Hört euch wenigstens an, was der Machdi zu sagen hat, und entscheidet dann. Er wird euch zu nichts zwingen, darauf gebe ich dir mein Wort.«

»Bist du so vertraut mit ihm, dass du schon für ihn entscheiden kannst?«, fragte Andrej.

»Zumindest weiß ich genug über ihn, um ihn einschätzen zu können«, sagte Murida unbeeindruckt. »Ihr habt nichts zu befürchten, solange ihr euch früh genug entscheidet.«

»Dein Vertrauen in deine neuen Freunde in allen Ehren, Murida«, sagte Andrej, »aber im Moment sind sie auf der Flucht, und ich nehme an, dass du besser weißt als ich, wozu Sharifs Soldaten imstande sind.«

Murida schnaubte abfällig und nahm sich ein weiteres Blatt. Wie es aussah, nahm sie das Kat schon genauso lange wie Abu Dun, wenn nicht länger. »Du täuschst dich, Andrej«, sagte sie. »Sie sind nicht auf der Flucht. Alles ist genau so, wie der Machdi es geplant hat. Glaubst du wirklich, ihr wärt so weit gekommen, wenn der Machdi es nicht gewollt hätte?«

Andrej wusste, dass sie die Wahrheit sagte. Bei allen vermeintlichen Erfolgen der Machdiji waren sie doch keine Gegner für Sharifs Janitscharen. Ein zweites Mal würde es ihnen kaum gelingen, die Elitekrieger des Sultans zu übertölpeln. »Sharif war wie ein Vater für dich«, sagte er. »Warum tust du ihm das an? Kannst du dir nicht denken, wie sehr du ihn damit verletzt?«

»Er war der Vater für mich, den ich nie hatte«, bestätigte Murida. »Aber er hat sich entschieden, für Süleyman und gegen sein eigenes Volk.«

»Er hat einen Eid geleistet, und er hält sich an diesen Schwur«, erwiderte Andrej. »Er ist ein Mann von großer Ehre. Es gibt nicht mehr viele solche Männer.«

»Ehre!« Murida spie das Wort heraus wie einen Fluch. »Ihr Männer und eure Ehre! Wie viele Menschen sind schon gestorben, nur wegen dieses verdammten Wortes?«

Es hätte vieles gegeben, was Andrej antworten könnte, aber er schwieg und sah das dunkelhaarige Mädchen nur traurig an. Es war nicht Murida, mit der er gerade sprach, sondern der Machdi, begriff er – vielleicht auch das Kat. Sie war hilflos dagegen.

»Und du glaubst wirklich, Süleyman mit all seiner Grausamkeit und seinem Blutdurst wäre schlimmer als ein Mann, der seinen Anhängern die Freiheit verspricht und ihnen mit denselben Worten ihren freien Willen nimmt?«

Als er eine Bewegung aus den Augenwinkeln bemerkte, sah er auf, noch bevor Muridas trotziger Miene die dazu passenden Worte folgen konnten. Eine der Daus war näher gekommen. In ihrem Bug stand hoch aufgerichtet Abu Dun und gestikulierte abwechselnd in seine Richtung und zu dem Flusssegler hin. Andrejs Blick folgte den aufgeregten Gesten des Nubiers, und er sah sofort, was er meinte: Das kleine Schiffchen hatte Probleme. Flussabwärts und im Sog der beträchtlichen Strömung fahrend hätte es deutlich schneller sein müssen, doch die Besatzung stellte sich so ungeschickt an, dass die Dau hin und her schwankte wie ein schlecht ausbalanciertes Spielzeugboot. Es war noch zu weit entfernt, um Einzelheiten zu erkennen, doch Andrej sah, wie die Männer hektisch hantierten, was ihn erstaunte. Fernandes hatte die überlebenden Männer der *Elisa* auf die kleine Flotte verteilt, es waren erfahrene Seeleute, für die die winzigen Daus nicht mehr waren als Spielzeuge.

Andrej stand auf und zog Murida mit sich in die Höhe, ohne um Erlaubnis zu fragen. Zugleich winkte er einen der spanischen Seeleute herbei. »Bring sie in ihr Quartier«, sagte er mit einer Kopfbewegung auf das improvisierte Zelt in der Muttersprache des Mannes. »Und pass auf, dass sie nicht zu viel von diesem verfluchten Zeug nimmt. Sei auf der Hut! Ich traue ihr nicht.«

Der Mann sah einigermaßen überrascht aus und alles andere als begeistert, doch Andrej gab ihm keine Gelegenheit zu protestieren, sondern drückte ihm das sich sträubende Mädchen kurzerhand in die Arme und wartete, dass Abu Duns Schiff heran war, bevor er sich mit einem kraftvollen Ruck abstieß und so schwer neben dem Nubier landete, dass das gesamte Boot schwankte. Zwei oder drei Janitscharen wichen erschrocken vor ihm zurück, und Abu Dun runzelte mit geschauspielerter Missbilligung die Stirn.

»Du hast gerade einen Zwanzig-Fuß-Satz gemacht, Hexenmeister, und das ohne Anlauf«, grollte er. »Gib acht, was du tust. Die Männer könnten anfangen zu reden.«

Immerhin war er umsichtig genug gewesen, Deutsch zu sprechen, aber Andrej hätte auch nicht geantwortet, hätte er Arabisch gesprochen, das all die Männer in ihrer Umgebung verstanden. Die Männer redeten ohnehin. Auch wenn ihm noch nichts Konkretes zu Ohren gekommen war, so war ihm doch klar, dass sie Abu Dun und ihn spätestens seit der Schlacht auf dem Fluss für so etwas wie Dämonen halten mussten. »Was ist da los?«, fragte er und blickte zu der näher kommenden Dau.

Abu Dun wirkte ein bisschen enttäuscht, dass er sich auf keine Diskussion einließ, deutete dann aber mit der Rechten auf das kleine Schiff. »Irgendetwas stimmt da nicht, das ist los«, sagte er auf Kat-Blättern kauend. »Es gefällt mir nicht.«

Andrej, der schon vor sehr langer Zeit gelernt hatte, im Zweifelsfall eher auf sein Gefühl als auf seinen Verstand zu hören, erging es ganz genauso. Trotzdem fragte er: »Und was genau gefällt dir daran nicht?«

»Dass es *ihm* nicht gefällt.« Abu Dun nickte zu einem der anderen Boote hin, in dessen Bug der spanische Piratenkapitän Aufstellung genommen hatte. Seine Haltung verriet Anspannung, und auf seinem Gesicht lag ein Ausdruck irgendwo zwischen verhaltenem Ärger und Sorge.

Mehr brauchte er nicht.

»Gib den anderen Bescheid, dass sie zurückfallen sollen«, wandte er sich an einen der spanischen Matrosen, auch jetzt wieder in dessen Muttersprache und vollkommen akzentfrei. »Abu Dun und ich sehen uns das an.« Vollends neben Abu Dun tretend, sah er der näher kommenden Dau entgegen. Abu Dun hatte recht: Mit dem Boot stimmte etwas nicht. Wie betrunken schwankte es hin und her und kam auch nicht so schnell näher, wie er erwartet hatte. Eine Anzahl schwarz gekleideter Gestalten drängte sich an Deck des kleinen Segelbootes, doch er hielt vergeblich nach den Männern Ausschau, die Fernandes den Kundschaftern mitgegeben hatte. Seine Hand legte sich auf den Schwertgriff, und er spürte, wie sich auch Abu Dun anspannte.

Schneller als erwartet fielen die anderen Daus zurück, und ihr eigenes Schiff nahm spürbar an Fahrt auf. Kommandos auf Spanisch und Arabisch hallten über das Wasser, und Abu Dun und er waren womöglich nicht die Einzigen, denen der Anblick des nahenden Bootes Unbehagen bereitete. Schwerter wurden gezogen, und Andrej hörte die typischen Geräusche, mit denen die Janitscharen ihre gefürchteten Musketen luden. Andrej meinte die Falle regelrecht riechen zu können. Aber er *sah* sie nicht.

Abu Dun berührte ihn an der Schulter und deutete nach links, zum östlichen Ufer des Nil, der wieder nur von saftigem Grün und fast mannshohem Schilf gesäumt wurde. Ein knappes Dutzend Reiter in schwarzen Mänteln war zwischen den Büschen aufgetaucht und blickte in ihre Richtung, die Männer, die Sharif vorausgeschickt hatte, um das Ufer zu sichern. Wenigstens hatte er das bisher geglaubt. Jetzt war er nicht mehr ganz sicher.

Aber das war Sharifs Problem.

Das Boot kam näher, schwankte noch einmal so heftig, dass Andrej nicht überrascht gewesen wäre, es im nächsten Moment kentern zu sehen, und drehte sich dann schwerfällig aus der Strömung, bis es quer vor ihnen lag wie ein Kriegsschiff, das einer gegnerischen Fregatte die Breitseite zuwendet.

Und vielleicht war dieser Vergleich nicht einmal so falsch, denn als Abu Dun und er sich bereit machten, auf das andere Schiff überzusetzen, erschien ein gutes Dutzend Musketenläufe über dessen Reling.

Andrej blieb nicht einmal Zeit zu erschrecken, geschweige denn zu reagieren.

Aus so unmittelbarer Nähe abgefeuert, krachte die Musketensalve tatsächlich mit der Lautstärke einer Breitseite aus Zwölfpfündern, und die Dau verschwand einfach hinter einer Wand aus grauem und schwarzem Pulverdampf, aus der orangerote Flammenzungen in ihre Richtung stachen. Abu Dun brüllte vor Schmerz und Wut, von zwei oder drei Geschossen gleichzeitig getroffen, und auch Andrej spürte einen brennenden Schmerz an Hüfte und Oberarm, gefolgt von einem heftigen Brennen, das sich wie die Spur eines rot glühenden Drahtes quer durch sein Gesicht zog. Überall rings um sie herum schlugen Geschosse in Holz und Fleisch und Kleider, Schreie gellten und gingen im nicht enden wollenden Krachen der Musketensalven und dem Splittern von Holz und dem schrecklichen nassen Laut von reißendem Fleisch unter. Wenigstens einem von Sharifs Janitscharen gelang es zurückzuschießen, aber er hatte zu hastig gezielt oder auch gar nicht. Eine orangerote Flamme züngelte in Abu Duns Richtung, und Andrej sah mit schon fast unwirklicher Deutlichkeit, wie das Geschoss Abu Dun zwischen den Schulterblättern traf und mit solcher Wucht herumwirbelte, dass er sich um seine eigene Achse drehte, ehe er mit hochgerissenen Armen nach hinten und über Bord fiel.

Obwohl ihm der Schmerz die Tränen in die Augen trieb, riss er den Saif aus dem Gürtel und stieß sich ab, um in die Wolke aus brodelndem Pulverdampf und tanzenden Schatten hineinzuspringen. Genau in der Mitte der gut zwanzig Fuß, die die beiden Boote voneinander trennten, schlug ihm eine zweite und beinahe noch verheerendere Salve entgegen.

Ein Chor gellender Schreie stieg vom Deck der Dau hinter ihm auf, und ein weiterer sengender Schmerz grub sich in Andrejs Schulter und riss ihn herum. Statt zwischen den angreifenden Machdiji zu landen, schlug er so hart mit Schulter und Gesicht auf dem Bootsrand auf, dass er Sterne sah, griff unbeholfen nach irgendeinem Halt und stürzte endgültig ins Wasser zurück, als ihn ein Gewehrkolben an der Schläfe traf.

Kapitel 25

Er musste wohl kurz das Bewusstsein verloren haben. Seine nächsten Eindrücke waren die von reinem Chaos. Er konnte nicht atmen, denn er war unter Wasser, mindestens anderthalb oder zwei Meter tief. Um ihn herum tanzte ein Ballett tollwütiger Derwische, und mit seinem Gleichgewichtssinn stimmte etwas nicht. Er wusste nicht, wo oben und unten war, bis er über sich die Wasseroberfläche sah. Anstelle von brackigem Nilwasser schmeckte er Blut. Drei Kugeln hatten ihn getroffen, und sein Schädel pochte und dröhnte. Der Schmerz vernebelte ihm die Sinne, und seine Lungen schrien in schierer Agonie nach Luft. Doch er durfte nicht zulassen, dass er ertrank und hilflos an die Wasseroberfläche trieb. Denn dann würde ihm seine Beinahe-Unverwundbarkeit vielleicht nicht mehr viel nutzen, wenn die Machdiji etwa auf die Idee kamen, ein gemeinsames Zielschießen auf ihn zu veranstalten.

Mit einer bewussten Anstrengung drängte Andrej den Schmerz in einen Winkel seines Bewusstseins, in dem er sein Denken nicht weiter beeinträchtigte, arbeitete sich mit zwei kräftigen Schwimmbewegungen in Richtung des Lichtes, dorthin, wo er, auch wenn ihm seine Sinne es immer noch nicht bestätigten, oben vermutete. Im letzten Moment tauchte er noch einmal nach unten. Das protestierende Aufbegehren seiner Lungen ignorierend, schwamm er unter der gekaperten Dau hindurch und tauchte erst dann wieder auf. Wasser spritzte unmittelbar neben seinem Gesicht bis auf Armeshöhe hoch, und irgendetwas schrammte über seine Wange und fügte ihm einen blutigen Kratzer zu.

Andrej schenkte sich selbst eine einzige, köstliche Sekunde, in der er nichts anderes tat, als zu atmen und sein Herz wieder in einen ruhigeren Takt zu zwingen, bevor er die Hand nach oben streckte, um sich in die Dau zu ziehen. Das Musketenfeuer hielt nach wie vor an, nun aber nicht mehr in vernichtenden Salven, sondern so schnell, wie die Männer ihre Waffen nachladen konnten. Niemand nahm Notiz von ihm, und das wäre auch kaum möglich gewesen, denn nahezu das gesamte Deck war unter einer dichten Wolke von Pulverdampf verschwunden, in der selbst seine scharfen Augen nur verschwommene Schatten wahrnahmen.

Einer der Machdiji war auf ihn aufmerksam geworden und sprang ihn mit hochgerissenem Säbel an. Andrej schlug ihm die Waffe aus der Hand, schickte ihn mit einem Fausthieb zu Boden und packte den Saif dann mit beiden Händen, um unter die Machdiji zu fahren und ihnen eine böse Überraschung zu bereiten, besann sich dann aber eines Besseren und steckte den Saif wieder ein. Er war nicht so größenwahnsinnig zu glauben, es ganz allein mit einem Dutzend bewaffneter Gegner aufnehmen zu können – ganz egal ob mit oder ohne eine Waffe –, aber vielleicht war das ja auch gar nicht nötig.

Mit einem einzigen wuchtigen Stoß zwischen die Schulterblätter schleuderte er einen Machdiji über Bord, nahm einem zweiten die Muskete weg und rammte dem dritten den Kolben in den Leib, was ihn – vergeblich – nach Luft japsend zusammenbrechen ließ, und spätestens in diesem Moment begriffen auch die übrigen Angreifer, dass sie nicht mehr allein waren und stellten ihr Feuer ein. Vielleicht die Hälfte war ohnehin damit beschäftigt, ebenso ungeschickt wie hektisch die erbeuteten Waffen nachzuladen, und durch die auseinandertreibende Wolke aus Pulverdampf sah Andrej einen monströsen Schatten näher kommen; eine weitere Dau, die herumgeschwenkt und auf Kollisionskurs gegangen war, um es dem frechen Angreifer mit gleicher Münze heimzuzahlen. Schüsse krachten, aber die meisten wurden jetzt auf den anderen Schiffen abgegeben, Andrej hätte das helle Vogelzwitscher-Geräusch einer vorbeifliegenden Kugel nicht hören müssen, um zu wissen, dass er sich noch immer in Gefahr befand. Wenn Sharifs Musketenschützen überhaupt mehr sahen als eine brodelnde Rauchwolke, dann machten sie sich nicht die Mühe, überhaupt zu zielen, sondern feuerten einfach blindlings hinein.

Ein weiterer Mann ging zu Boden, als er in Andrejs hochgerissenes Knie lief, dann wurde er von gleich drei schwarz gekleideten Kriegern attackiert, die mit Säbeln und Messern auf ihn eindrangen. Andrej wich einem wütenden Schwertstreich aus, der wuchtig genug gewesen wäre, ihn zu enthaupten, nutzte den Rückschwung seiner eigenen Bewegung, um einen zweiten Mann ins Wasser zu stoßen, und der Kopf des dritten flog in einer Wolke aus Knochensplittern und Blut auseinander, als einer der Janitscharen einen Glückstreffer landete. Andrej duckte sich instinktiv, um nicht von fliegenden Knochensplittern verletzt zu werden, und entging so durch puren Zufall einer Dolchklinge, die nach seiner Kehle gezielt war. Andrej versetzte dem Besitzer des Dolches einen Stoß, der ihn ebenfalls ins Wasser expedierte, und wurde mit einem gellenden Todesschrei belohnt, als die beiden Schiffe zusammenstießen und der unglückselige Machdiji zwischen ihnen zerquetscht wurde. Irgendwie gelang es ihm, trotz der gewaltigen Erschütterung auf den Beinen zu bleiben, auch wenn es dazu eines schon fast grotesk anmutenden Tanzes mit wirbelnden Armen bedurfte. In der nächsten Sekunde wurde er dann doch von den Füßen gerissen, als die Dau ein zweites Mal erbebte und sich in die entgegengesetzte Richtung neigte, nicht von einem weiteren Schiff gerammt, wie er im allerersten Moment annahm, sondern unter dem Gewicht eines triefenden schwarzen Kolosses, der sich über die Bordwand zog.

Abu Duns linke Pranke krallte sich fest genug in das morsche Holz, um es zu zermalmen, mit der anderen wehrte er einen Machdiji ab, der das Pech hatte, vor den anderen wieder auf die Beine zu kommen. Falls der Mann noch lebte, als er ins Wasser fiel, dann bedauerte er diesen Umstand vermutlich zutiefst.

Andrej registrierte eine Bewegung aus den Augenwinkeln, stemmte sich hoch und entrang einem weiteren Machdiji die Waffe, mit der er sich auf ihn stürzen wollte, beließ es aber auch jetzt wieder dabei, ihn niederzuschlagen. Für einen Tag waren genug Leben ausgelöscht worden.

Jemand an Deck der anderen Dau war anderer Meinung. Ein Schuss krachte, und der Mann sackte mit durchschossener Kehle in seinen Armen zusammen. Dann brach auf dem kleinen Schiffchen endgültig das Chaos aus, als mindestens ein Dutzend Janitscharen mit gezückten Säbeln auf das Deck strömten.

Irgendwo inmitten des Getümmels meinte er auch Sharifs hoch aufgeschossene Gestalt zu erkennen, die sich mit gewaltigen beidhändig geführten Hieben durch die auseinanderbrechenden Reihen der Verteidiger hackte. Etwas traf seinen Rücken und zerbrach, ohne ihn zu verletzen. Ohne sich umzusehen, schlug Andrej den Mann nieder, fuhr nun aber doch herum, als er Abu Dun zornig aufschreien hörte.

Der Nubier wurde von gleich fünf Machdiji attackiert, nahezu der Hälfte aller Angreifer, die noch aufrecht standen. Noch bevor Andrej ihn erreichte, hatte er einem von ihnen das Genick gebrochen und einem zweiten einen Stoß mit der flachen Hand versetzt, der ihn mit eingedrücktem Brustkorb rücklings über Bord schleuderte. Andrej schickte einen dritten Mann mit einem Hieb gegen die Schläfe zu Boden und versuchte noch einem weiteren Machdiji – zumindest vorübergehend – das Leben zu retten, doch Abu Dun war schneller. Sein Ellbogen zertrümmerte dem vorletzten Machdiji den Schädel, und der letzte, offensichtlich entschlossen, ihn mit in den Tod zu reißen, sprang blindlings in den tödlichen Schlag hinein, mit dem Abu Dun ihn empfing und versenkte mit dem allerletzten bisschen Kraft, das er noch aufbringen konnte, seinen Dolch bis zum Heft in seiner Brust.

Vor Schmerz brüllend wie ein waidwunder Löwe, schloss Abu Dun den Mann in die Arme und kippte rücklings über Bord, um wie ein Stein im aufgewühlten Wasser zu versinken.

Andrej war mit einem Satz an der Bordwand, zögerte kurz und sprang dann hinterher. Der Fluss schien zu kochen. Tote und Trümmer trieben im Wasser. Die Geräusche des Kampfes waren verzerrt und durch das Wasser aller Höhen beraubt, und irgendjemand schoss auf ihn – oder vielleicht auf alles, was sich im Wasser bewegte. Eine schnurgerade Kette winziger silberglänzender Luftbläschen tanzte neben ihm hoch zur Wasseroberfläche und verlor sich auf halbem Weg in der Dunkelheit. Wo war Abu Dun?

Wie zur Antwort auf diese Frage entdeckte er den Nubier ein gutes Stück weiter unter sich. Wenn es darauf ankam, schwamm Abu Dun schnell und geschickt genug, um einen Fisch neidisch zu machen, jetzt aber sank er wie ein Stein in die Tiefe. Den sterbenden Machdiji hielt er immer noch mit beiden Armen umklammert. Andrej war nicht einmal sicher, ob in Abu Dun noch Leben war.

Seine Lungen verlangten nach Luft, aber Andrej ignorierte das Pochen und verdoppelte im Gegenteil seine Anstrengungen, ihm zu folgen.

Der Fluss war an dieser Stelle nicht besonders tief, vielleicht vier oder fünf Meter, doch sein Grund war so dick mit Schlamm bedeckt, dass Abu Dun und sein regloses Opfer in einer braunen Wolke verschwanden. Für eine schreckliche Sekunde drohte Andrej in Panik zu geraten, bevor er sich wieder zusammenriss. Hier unten nutzten ihm seine scharfen Sinne wenig, und er hatte nicht alle Zeit der Welt. Abu Dun und er konnten länger die Luft anhalten als die meisten anderen, aber irgendwann musste auch der Nubier atmen.

Andrejs Lungen schmerzten, und auf seinen Ohren lastete ein Druck, der dünne heiße Pfeile in seinen Schädel schoss. Trotzdem schwamm er noch schneller, tastete blind in der Wolke aus wirbelndem braunem Nilschlamm umher und bekam etwas zu fassen, von dem er nur hoffen konnte, dass es Abu Dun war. Für einen zweiten Versuch blieb ihm nicht mehr genug Luft.

Andrej griff auch mit der anderen Hand zu, warf sich herum und starrte entsetzt auf die Kette silberner Luftblasen, die vor seinem Gesicht in die Höhe stieg. Ganz davon abgesehen, dass Ertrinken ein weitaus qualvollerer Tod war, als die meisten annahmen, konnte er es sich nicht leisten, hier und jetzt zu sterben oder Abu Dun sterben zu lassen. Nicht einmal Sharif würde seine Männer davon abhalten können, Abu Dun und ihn bei lebendigem Leib zu verbrennen, wenn sie ihre Leichen aus dem Wasser zogen und sie ein paar Minuten später die Augen aufschlugen.

Bis zum allerletzten Moment war er nicht sicher, es zu schaffen. Vielleicht überschritt er tatsächlich für einen Moment die unsichtbare Grenze tief in seinem Inneren – oder verlor zumindest das Bewusstsein –, denn das Nächste, was er wahrnahm, war spritzendes Wasser und Schmerz und das Köstlichste, das er jemals geschmeckt hatte: Luft, die seine Lungen füllte und die Schwärze aus seinen Gedanken vertrieb. Instinktiv hatte er sich nicht nur auf den Rücken gedreht, sondern auch den bewusstlosen Abu Dun auf sich gezogen. Selbst wenn Abu Dun bereits ertrunken war, würde es in dem allgemeinen Chaos wahrscheinlich niemand bemerken.

Es gab nur ein Problem: Der Nubier schleppte seinerseits einen reglosen Körper mit sich: Den Machdiji, der ihn angegriffen und den er mit sich über Bord gerissen hatte. Der Mann war längst tot, die Hand immer noch an dem Dolch, den er in Abu Duns Flanke gestoßen hatte. Abu Duns Linke presste den Toten weiter unerbittlich an sich, während die gespreizten Finger seiner rechten Hand auf dem Gesicht des Mannes lagen, als hätte er ihm mit letzter Kraft die Augen ausdrücken wollen.

Andrej begriff nur zu gut, was das bedeutete, und obwohl er es im Grunde längst gewusst hatte, erfüllte ihn der Gedanke mit blankem Entsetzen.

Noch immer fielen Schüsse. Jemand rief seinen Namen, und etwas Großes bewegte sich auf ihn zu. Wasser tretend warf er sich herum, um Abu Dun und seinen unfreiwilligen Passagier vor allzu neugierigen Blicken abzuschirmen, und riss den Dolch aus Abu Duns Seite. Erschrocken sah er den Schwall von hellrotem Blut, der sich in hellrosa Schlieren im Wasser verteilte. Abu Duns Augenlider flatterten, begleitet von einem dumpfen Stöhnen und einer Folge von Krämpfen, die noch Andrej mit fast schmerzhafter Intensität spürte. Abu Dun hielt den Toten immer noch weiter fest, wie ein störrisches Kind, das sich weigert, ein kaputtes Spielzeug herzugeben. Andrej brauchte fast seine ganze Kraft, um seinen Griff zu sprengen und den Leichnam wegzuschieben.

Hände griffen nach Abu Dun und ihm, und aufgeregte Stimmen umschwirrten sie wie eine Wolke zorniger Insekten. Die Schüsse waren nun weniger und weiter weg. Er roch Blut, verschmortes Fleisch, brennendes Segeltuch und Holz. Man zerrte sie aus dem Wasser und in eines der kleinen Boote, und Andrej musste sich hastig zur Seite rollen, um nicht unter fünf Zentner reglosem Nubier begraben zu werden. Nichts hätte er lieber getan, als einfach die Augen zu schließen und wenigstens für ein paar Momente auszuruhen, doch stattdessen rappelte er sich auf die Knie, beugte sich über Abu Dun und schlug ein paar vorwitzige Hände zur Seite, die nach dem Nubier greifen wollten,

Als er Abu Dun mühsam auf den Rücken drehte, färbten sich seine Hände rot. Frisches Blut. Abu Duns gequältes Stöhnen war nicht nur der Atemnot und dem brackigem Wasser geschuldet, das er geschluckt hatte. Aus der Stichwunde an seiner Seite quoll Blut, und als er die Hand darauf presste, um die Blutung zu stillen (und allzu neugierige Blicke abzuwehren), spürte er, wie schnell und ungleichmäßig sein Herz schlug.

»Er ist noch am Leben?«

Andrej entging weder der überraschte Ton in Sharifs Worten noch das unruhige Murren und Raunen, das sich unter den anderen Männern breitmachte. Abu Dun verlor viel zu viel Blut. Das Wasser unter ihm färbte sich rosa, und sicherlich hatten die Männer auch gesehen, dass er von ihren Musketenschüssen getroffen worden war, wenn auch vermutlich nicht, wie oft.

»Ja«, knurrte er mit einiger Verspätung. »Ich hoffe doch, Ihr seid jetzt nicht zu sehr enttäuscht, Hauptmann.« Blitzschnell streckte er die Hand nach einem der Männer aus, riss ihm den Turban vom Kopf und versuchte so etwas wie einen Verband daraus zu improvisieren, ohne dass es wirklich viel nutzte. Allenfalls wurde Abu Duns Stöhnen noch etwas lauter.

»Gebt ihm Kat«, sagte Sharif. »Es wird ihn nicht retten, aber vielleicht seine Schmerzen lindern.«

Andrej schenkte ihm nur einen bösen Blick, doch Abu Dun tastete unbeholfen unter seinen Mantel. Andrej half ihm und zog den aufgeweichten Beutel mit seinem Vorrat an Kat-Blättern heraus. Er war zerrissen, vielleicht von einer der zahlreichen Kugeln gestreift, die den Nubier getroffen hatten, und Abu Duns Finger zitterten so stark, dass er die Hälfte der Blätter verlor. Während er sich den Rest zwischen die Zähne schob und mit halb offenem Mund schmatzend zu kauen begann, tastete er mit der anderen Hand nach den fallen gelassenen Blättern, zerquetschte sie zu einem nassen Brei und versuchte sie unter den improvisierten Turban-Verband zu schieben, was ihm aber erst mit Andrejs Hilfe gelang. Und die Blutung ließ nach.

»Es tut mir wirklich leid, Andrej«, sagte Sharif, während er sich – wohlweislich gerade außerhalb seiner Reichweite – in die Hocke sinken ließ. »Euer Freund hat tapfer gekämpft.«

»Und das wird er auch weiter«, sagte Andrej scharf. Wenigstens hoffte er es, aber ganz sicher war er nicht mehr. Abu Duns Herz begann zu rasen, und an seinem Hals pochte eine dicke Ader. Trotzdem fuhr er fort: »Freut Euch nicht zu früh, Hauptmann. Nicht, dass Ihr genauso enttäuscht werdet wie in Konstantinopel.«

Die Worte taten ihm schon leid, bevor er sie ganz ausgesprochen hatte, zumal er sah, wie sehr sie Sharif trafen. Er hatte nicht den mindesten Grund, auch nur die geringste Rücksicht auf den Janitscharenhauptmann zu nehmen, doch es widerstrebte ihm, ihn unnötig zu verletzen. Sharifs Antwort war dann auch scharf, vom gerechten Zorn eines Mannes erfüllt, der sich ungerecht behandelt fühlt. »Ich will nicht, dass er stirbt«, sagte er. »Jetzt so wenig wie in Konstantinopel. Im Gegenteil. Der Verlust eines solchen Kämpfers ist ein schwerer Schlag für unser Unternehmen. Aber er ist zu …« Er brach ab, und ein Ausdruck irgendwo zwischen Erstaunen und nur der Logik geschuldetem Zweifel erschien auf seinem Gesicht. Zögernd, fast als rechnete er damit, von Andrej gewaltsam daran gehindert zu werden, streckte er den Arm aus und hob Abu Duns nassen Mantel an, sodass ein kreisrundes daumendickes Loch darin sichtbar wurde, wo ihn eine Musketenkugel getroffen hatte. Verwirrt suchte er nach der Wunde in Abu Duns Brust und sah dann bestürzt aus, als er sie nicht fand.

Dann blickte er auf und starrte Andrej an, und aus der Bestürzung wurde blankes Entsetzen. Andrej musste sich beherrschen, um nicht die Hand zu heben und seine Wange zu bedecken, die längst wieder genauso unversehrt war wie Abu Duns ebenholzfarbene Haut. Hatte Sharif gesehen, wie die Kugel sein Gesicht gestreift hatte?

Ein einziger Blick in Sharifs Augen beantwortete diese Frage mit einem klaren *Ja*.

»Abu Dun ist stark«, sagte er rasch, fast schon hastig. »Und er hat seit jeher das Glück gepachtet. Macht Euch keine Sorgen.«

Sharif wollte etwas ganz anderes sagen, das sah nicht nur Andrej ihm an. Doch dann gewann wohl im letzten Moment noch einmal die Vernunft die Oberhand, und er nickte abgehackt. »So könnte man es nennen«, sagte er. »Auch wenn mir scheint, dass er ein ganz besonderes Abkommen mit Allah getroffen haben muss, so viel Glück, wie er hat.«

»Vielleicht haben wir ja alle Glück gehabt, und die Machdiji sind einfach nur noch schlechtere Schützen, als wir dachten«, sagte Andrej.

Sharifs Blick machte klar, was er von dieser Antwort hielt. Dennoch nickte er. »Oder ihre Gewehre sind noch schlechter, als ich gehofft habe.« Beide Hände auf den Oberschenkeln stemmte er sich hoch, wollte noch mehr sagen, da peitschte ein Knall über das Wasser.

Die Schüsse kamen vom Ufer, wie Andrej feststellte, im ersten Moment verwirrt, denn dort wurde nicht gekämpft. Die Reiter feuerten einfach nur in die Luft, wie um den vermeintlichen Sieg zu feiern. Aber ein solches Benehmen – und eine solche Verschwendung kostbarer Munition – war ganz und gar nicht die Art der Janitscharen. Dann registrierte er, dass die Männer aufgeregt auf den Fluss hinausdeuteten, fuhr herum und sog im gleichen Moment wie Sharif hörbar die Luft zwischen den Zähnen ein.

Sie waren nicht mehr allein. Nur noch ein kleines Stück hinter ihnen und vom anderen Ufer kommend schossen gleich drei schlanke Boote mit geblähten dreieckigen Segeln und von zusätzlichen Rudern angetrieben auf Sharifs kleine Flotte zu. Ein graues Rauchwölkchen stieg über dem Bug des vorderen Schiffes hoch, erst danach wehte der Knall des Schusses über den Fluss heran. Die Kugel überwand nicht einmal die halbe Entfernung bis zu ihrem Ziel, bevor sie ins Wasser klatschte. Er hatte sich nicht geirrt: Die Machdiji waren tatsächlich miserable Schützen.

Und wieder bewiesen sie, dass ihnen ihr eigenes Leben nichts wert war.

Sharif hob beide Hände zu einem Trichter vor dem Mund, um einen Befehl zu schreien, doch das war gar nicht mehr nötig. Zuerst eines, dann zwei weitere ihrer Schiffe wechselten den Kurs, und die Männer an Bord eröffneten mit ihren Musketen das

Feuer, wobei sie sich als ebenso hervorragende Schützen erwiesen wie die Machdiji als miserable. Schon der ersten Salve fielen zwei Gestalten in den schwarzen Mänteln der Aufständischen zum Opfer, trotz der noch großen Entfernung. Und – Zufall oder nicht – eine zweite krachende Salve riss das Segel der vordersten Dau in Fetzen, sodass sie augenblicklich langsamer wurde. »Aber was … soll denn das?«, murmelte Sharif. »Das … das ist doch Selbstmord!«

Andrej konnte ihm nicht widersprechen. Wenigstens war nun klar, dass der Angriff, den Abu Dun und er gerade zurückgeschlagen hatten, ein reines Ablenkungsmanöver gewesen war, damit sie den eigentlichen Hinterhalt so spät wie nur möglich bemerkten. Was allerdings nichts daran änderte, dass auch dieser eigentliche Angriff nichts als der reine …

»Ihr habt recht, Hauptmann«, sagte er. Wie hatte er nur so blind seine können? »Es *ist* Selbstmord. Und genau das soll es auch sein.«

Sharif sah ihn verständnislos an, fuhr dann zusammen, wirbelte auf dem Absatz herum und riss die Hände abermals vor den Mund. »Zieht euch zurück!«, schrie er. »Lasst sie nicht herankommen!«

Selbst wenn seine Worte nicht im Krachen der anhaltenden Musketensalven untergegangen wären, wäre es viel zu spät gewesen.

Die beiden ungleichen Flotten näherten sich immer rascher. Eine der angreifenden Daus brannte, und auch von den Decks der anderen stieg grauer Rauch auf; Pulverdampf oder Rauch von schwelendem Holz, wo ganze Salven der glühend heißen Geschosse eingeschlagen waren. Nur noch sehr wenige Machdiji waren noch am Leben, und je mehr sich die Schiffe einander annäherten, desto zielsicherer trafen die Salven der Janitscharen.

Doch das würde sie nicht mehr retten. Andrej wusste, was kam, und das war vielleicht das Schlimmste überhaupt: Das Unglück und den sinnlosen Tod so vieler Männer kommen zu sehen, ohne auch nur das Geringste dagegen tun zu können. Die brennende Dau schob sich zwischen zwei ihrer Schiffe und explodierte. Ein roter Feuerball verschlang das gesamte hintere Drittel des Bootes, schickte lodernde Flammenarme in alle Richtungen und wurde zu wirbelndem schwarzem Rauch, noch während sich die beiden Daus von der Druckwelle wie vom Faustschlag eines unsichtbaren Riesen getroffen auf die Seite legten und ihre Besatzungen abschüttelten. Brennende Gestalten stürzten ins Wasser, schreiend und in Agonie um sich schlagend oder reglos, von fliegenden Splittern oder der puren Hitze getötet.

Noch bevor das Grollen der Explosion ganz verklungen war, kollidierte ein zweites Schiff der Angreifer mit einer weiteren Dau. Eine Gestalt in einem schwarzen Mantel richtete sich in ihrem Heck auf und sprang auf das andere Boot, ein bauchiges Fass unter dem Arm und eine brennende Lunte in der Hand. Ein halbes Dutzend Schüsse traf den Mann, noch bevor sein Fuß das Deck berührte, doch seine Mörder überlebten ihn nicht einmal so lange, wie sein Körper brauchte, um zusammenzubrechen. Das Pulverfass in seinen Armen explodierte und riss das komplette Heck des Schiffes in Stücke. Als wäre das dem in Raserei verfallenen Schicksal noch nicht genug, flog der Mast wie ein brennender Speer davon, durchbohrte den Rumpf eines weiteren Schiffes und setzte dessen Segel und zwei Männer in Brand.

»Allah«, flüsterte Sharif entsetzt.

Doch falls Allah von der Szene überhaupt Notiz nahm, dann zog er es vor, sich nicht einzumischen.

Auch die dritte Dau rammte eines ihrer Schiffe und setzte es in Brand. Die vierte brach im letzten Moment auseinander, von Hunderten kieselsteingroßer Kugeln buchstäblich in Stücke geschossen. Nur ein einzelner Mann ihrer Besatzung überlebte und arbeitete sich mit den mühsamen Schwimmbewegungen eines zu Tode Erschöpften auf eine weitere Dau zu. Er trug etwas auf dem Rücken, das Andrej nicht genau erkennen konnte, doch als er sein Ziel erreichte, explodierte es, und dieses Mal war es, als hätte der ganze Fluss Feuer gefangen.

Kapitel 26

Selbst als sie schon lange wieder am Ufer waren, standen ölige schwarze Wolken über dem Fluss. Es stank nach brennendem Holz und kochendem Öl und versengtem menschlichem Fleisch und Schießpulver. Andrej glaubte immer noch die Schreie der Männer zu hören, die dort draußen bei lebendigem Leib verbrannt waren. Sharif hatte eines der Schiffe zurückgeschickt, um nach Überlebenden zu suchen, doch Andrej wusste, dass sie nichts finden würden. Selbst wenn irgendjemand das Inferno überlebt hatte, das die Machdiji dort draußen entfesselt hatten, so hatte er keine Chance, das Ufer zu erreichen. Zwischen den brennenden Wracks lauerte eine andere, eine lebendige Gefahr unter der Wasseroberfläche, hungrig und gierig.

Er half den Männern, Abu Dun an Land zu bringen und im Schatten eines der wenigen Bäume, die dem Ansturm der Wüste trotzten, abzulegen. Ob der Nubier den Bewusstlosen nur spielte, konnte er im Moment nicht beurteilen, also eilte er zum Ufer zurück und suchte Murida.

Sharif hatte darauf bestanden, sie erst an Land zu lassen, nachdem das Ufer in weitem Umkreis gesichert worden war, und schien sie wohl vergessen zu haben, denn Andrej kam gerade noch rechtzeitig, um sie davon abzuhalten, zwei unglückseligen

Janitscharen die Augen auszukratzen, die sie am Verlassen des Bootes zu hindern versuchten.

»Es ist gut«, sagte er. »Ich kümmere mich um sie.«

Keiner der beiden Männer widersprach oder zog seine Autorität in Zweifel. Beide hatten es sehr eilig, das Mädchen in seine Obhut zu übergeben und verschwanden dann schnellen Schrittes. Andrej blickte ihnen irritiert nach.

»Um unser Gespräch von vorhin fortzusetzen, Ungläubiger«, sagte Murida, die ihm die Hand entgegenstreckte, damit er ihr von Bord half. Doch Andrej ignorierte sie. »Glaubst du mir vielleicht jetzt, dass der Machdi seine treuen Anhänger nicht im Stich lässt?« Eigentlich hätte Andrej zornig reagieren müssen oder doch wenigstens angemessen empört, aber das einzige Zeichen von Missbilligung, dass er sich gestattete, war ein halblautes resigniertes Seufzen. »Weißt du, wie viele seiner *treuen Anhänger* gerade dort draußen gestorben sind?«, fragte er. »Ich habe nicht mitgezählt, aber es waren viele. Du?«

»Nein«, antwortete Murida. »Und sie sind nicht umsonst gestorben. Das hier ist ein Krieg, Andrej, hast du das immer noch nicht begriffen? Und in einem Krieg sterben Menschen.«

»Nicht so«, antwortete Andrej. Wieder reichte Murida ihm die Hand und sah fast vorwurfsvoll auf die gut anderthalb Meter Wasser hinab, die die Dau noch vom Ufer trennten – erwartete sie vielleicht, dass er den Kavalier spielte und ins Wasser watete, um sie trockenen Fußes an Land zu tragen? –, hob dann trotzig die Schultern und sprang in das kniehohe Wasser hinab, dass es nur so spritzte.

Andrej wich nur um zwei Schritte zurück und ignorierte das zornige Aufblitzen ihrer Augen. Er sollte wütend auf sie sein. Er *wollte* wütend auf sie sein, aber es gelang ihm einfach nicht. »Wenn ich dir mein Wort gebe, mit deinem Machdi zu reden, versprichst du mir dann, dass dieses sinnlose Töten aufhört?«, fragte er.

»Es ist nicht *mein* Machdi«, antwortete Murida betont, »und wer bin ich, in seinem Namen zu reden? Keiner dieser Männer dort ist *sinnlos* gestorben. Manchmal muss man wenige töten, um das Leben vieler zu retten.«

Andrej spürte einer Bewegung im Wasser hinter ihr und griff nun doch zu, um sie so derb auf das Ufer heraufzuziehen, dass sie das Gleichgewicht verlor und gegen ihn stolperte. Unwillkürlich hielt sie sich mit beiden Händen an seinen Schultern fest, und ihr Kopftuch verrutschte, sodass sich ihr Haar über seine Schultern und sein Gesicht ergoss. Ein unerwartet heftiges Prickeln durchlief ihn, durchaus angenehm, aber in diesem Moment alles andere als willkommen.

Murida schien auch noch weiter um ihr Gleichgewicht zu fürchten, denn sie ließ ihn nicht nur nicht los, sondern klammerte sich ganz im Gegenteil sogar noch fester an ihn. Ihr Gesicht war ihm so nahe, dass er für eine Sekunde vollkommen hilflos war und nicht wusste, wie er reagieren sollte. Wenigstens so lange, bis ihm klar wurde, was sie da tat. »Lass das«, sagte er schroff.

Murida blinzelte ein paarmal übertrieben. »Was?« Sie war eine miserable Schauspielerin.

»Du weißt genau, was ich meine.« Andrej schob sie beinahe grob auf Armeslänge von sich weg und wich vorsichtshalber ihrem Blick aus. »Für so etwas haben wir jetzt keine Zeit.«

»Was genau meinst du mit *so etwas*, Ungläubiger?«, wollte Murida wissen. »Du bildest dir doch nicht etwa ein, dass –?«

Andrej packte sie ganz bewusst fest genug am Arm, um ihr ein bisschen (nicht sehr) wehzutun und schleifte sie hinter sich her die Uferböschung hinauf und zu Sharif. Er war nicht schwer zu finden, obwohl der schmale bewachsene Streifen am Ufer von Männern wimmelte, die das ohnehin kärgliche Grün zertrampelten, denn er war in einen heftigen Streit mit Fernandes verwickelt. Allerdings unterbrach er sich sofort, als er Murida und ihn sah, und brachte den Spanier mit einer rüden Handbewegung zum Verstummen. »Es ist gut, *Capitan*. Wir besprechen die Angelegenheit später.«

»Aber Ihr könnt nicht –«

Die Geste, mit der Sharif ihn jetzt unterbrach, wirkte drohend. Aber er sagte nichts mehr, sondern sah zuerst Andrej und dann eine Winzigkeit länger Murida an, bevor er nickte und mit einem Fingerschnippen zwei Janitscharen herbeibefahl. Andrej konnte sich einer gewissen Schadenfreude nicht erwehren, als er sah, dass es dieselben Männer waren, die Murida schon auf dem Schiff bewacht hatten. »Kümmert euch um die Tochter des Sultans«, sagte er. »Schlagt ein Zelt für sie auf. Und achtet diesmal darauf. dass sie es wirklich nicht verlässt!«

»Hauptmann!«, polterte Fernandes, »ich bestehe darauf, dass Ihr –«

»Und bringt dem *Capitan* etwas zu essen und einen kräftigen Schluck Wein«, fuhr Sharif mit leicht erhobener Stimme fort, ohne Fernandes anzusehen. »Mir scheint, er kann ihn brauchen.«

Fernandes presste die Kiefer so fest aufeinander, dass Andrej sich zumindest einbildete, seine Zähne knirschen zu hören, und stürmte davon. Sharif musste nur einen ungeduldigen Blick auf Murida werfen, damit die beiden Janitscharen sie in die Mitte nahmen und das heftig protestierende Mädchen wegführten. »Danke, dass Ihr Euch um sie gekümmert habt, Andrej«, sagte Sharif. Unmöglich zu entscheiden, ob diese Worte spöttisch gemeint waren oder nicht. »Und es ist auch gut, dass Ihr kommt.«

»Was ist mit Fernandes?«, fragte Andrej. Der Spanier war längst außer Sichtweite, aber Andrej konnte ihn immer noch hören – auch wenn er es vorzog, seine Worte nicht zu verstehen.

»Es gab da nur eine kleine Meinungsverschiedenheit, was den Umfang unseres Kontraktes angeht«, antwortete Sharif, »und seiner Laufzeit. Aber ich glaube, im Moment habe ich noch die besseren Argumente. Und«, fuhr er deutlich lauter fort, als Andrej etwas sagen wollte, »im Augenblick auch ein größeres Problem. Mit Eurem Freund, Andrej.«

»Abu Dun? Was ist mit ihm?«

Sharif machte eine Geste, die Andrej zu seinen Gunsten als einladend auslegte, nicht als Befehl, und ging los, bevor er antwortete. »Es geht ihm besser.«

»Und das macht Euch Sorgen?«

»Es macht vor allem den Männern Angst.« In Sharifs Augen blitzte es kurz und ärgerlich auf. »Sie beginnen zu reden, Andrej. Über Euch und Euren Freund.«

»Tun sie das nicht schon die ganze Zeit?« Andrej lachte humorlos. »Ich dachte immer, reden wäre die Lieblingsbeschäftigung aller Soldaten.«

»Ja«, bestätigte Sharif, »aber jetzt reden sie lauter. Und was sie sagen, das beunruhigt mich.«

Und das offensichtlich mehr, als er selbst zugeben mochte, dachte Andrej, denn er kannte Sharif eigentlich nicht als einen Mann, der zum Herumdrucksen neigte. »Es sind Eure Männer, Hauptmann«, sagte er. »Vielleicht solltet Ihr ihnen einfach befehlen, mit dem Reden aufzuhören.«

»Das könnte ich. Ich kann ihnen das Reden verbieten, aber nicht das Denken. Noch reden sie nur, aber noch ein Tag wie heute, und sie werden anfangen, Fragen zu stellen.«

»Noch einen Tag wie heute überstehen wir nicht, Hauptmann«, sagte Andrej. »Wie viele Männer habt Ihr verloren?«

Sharifs Antwort bestand nur aus einem bösen Blick, aber mehr war auch nicht nötig. Sie hatten ihre Verluste noch nicht gezählt, doch sie waren schrecklich. Fast ein Drittel ihrer kleinen Flotte war zerstört, und sie konnten vermutlich von Glück reden, wenn die Verluste an Männern nicht noch größer waren. Faktisch hatten sie auch diese Schlacht gewonnen, aber einen weiteren solchen Sieg konnten sie sich nicht mehr leisten.

»Ich werde abstreiten, das jemals gesagt zu haben«, fuhr Sharif in sonderbarem Ton fort, »aber allmählich beginnt mir dieser Machdi Angst zu machen.«

»Weil er Euch geschlagen hat?«

»Es ist nicht die erste Schlacht, die ich verliere«, versetzte Sharif. »Ich kann einen Feind achten, der mich besiegt. Aber dieser Mann kämpft nicht fair. In dieser Art zu kämpfen liegt keine Ehre.«

Andrej verstand, was er meinte, und insgeheim stimmte er ihm auch zu, aber er schüttelte trotzdem den Kopf und sagte: »Weil sie nicht nach Euren Regeln kämpfen? Aber dann würden sie verlieren.«

»Sie kämpfen nach gar keinen Regeln!«, protestierte Sharif. »Wie soll ich gegen einen Feind gewinnen –«

»– der sein eigenes Leben als Waffe einsetzt?«, fiel ihm Andrej ins Wort. »Aber es ist die einzige, die sie haben.«

»Es ist trotzdem nicht richtig«, beharrte Sharif. Andrej hatte das Gefühl, dass er eigentlich mit sich selbst sprach und weniger mit ihm. »Zeigt mir ein Heer, und ich schlage es! Zeigt mir eine Stadt, und ich erobere sie! Aber das ist …« Er suchte nach passenden Worten und fand sie nicht.

»Dann solltet Ihr vielleicht den Gedanken erwägen aufzugeben«, sagte Andrej vorsichtig. »Es liegt auch keine Ehre darin, einen Kampf zu kämpfen, den man nicht gewinnen kann. Eure Männer sind Euch Gehorsam schuldig, aber Ihr schuldet es ihnen auch, ihre Leben nicht sinnlos zu opfern.«

Sharif blieb stehen, und Andrej fragte sich, ob er nicht zu weit gegangen war, denn in den Augen des Janitscharenhauptmannes erschien ein Ausdruck, der ihm ganz und gar nicht gefiel. Aber nur für einen Moment, dann wandte er sich ab und ging weiter. »Mein Befehl lautet, den Machdi zu fangen, nicht, mit leeren Händen zurückzukehren.«

»Lautet er auch, *mit* dem Machdi zurückzukehren oder *gar nicht?«,* fragte Andrej.

Sharif zog es vor, so zu tun, als hätte er die Frage nicht gehört. Er blieb stehen und blickte zum Fluss. Sie hatten eine kleine Anhöhe erklommen, die sich wie der Buckel einer Schildkröte über dem Umland erhob, sodass sie sowohl das Ufer als auch den Fluss in weitem Umkreis überblicken konnten. Für alle anderen mochte es aussehen, als wären sie genau aus diesem Grund hierherauf gekommen, doch spätestens als Sharif weitersprach, wurde Andrej der wirkliche Grund klar. Sie waren außer Hörweite aller anderen.

»Ich bin nicht dumm, Andrej, und auch nicht blind. Sagt Ihr mir, was Ihr wirklich seid?«

Er hatte gefragt *was*, nicht *wer*, und dieser Unterschied war weder Zufall, noch war er Andrej entgangen. Trotzdem antwortete er: »Ein Ungläubiger, Hauptmann. Nur ein Mann, der irgendwie versucht, sein Leben zu leben ... oh ja, und der von Eurem Herrn gezwungen wurde, sich in einen Kampf einzumischen, der ihn nichts angeht.«

»Und der kugelfest ist.« Sharif sah ihn nicht an, und es war auch keine Frage.

»Ich wünschte, es wäre so«, erwiderte Andrej. »Allerdings wären Abu Dun und ich dann wohl kaum hier, meint Ihr nicht auch?«

Sharif machte sich nicht einmal die Mühe, darauf zu antworten. »Ich habe von … «, er warf ihm einen sonderbaren Blick zu, »… von Männern wie euch gehört. Aber ich hätte nicht gedacht, dass es sie wirklich gibt.«

»Ungläubige?« Andrej nickte. »Es gibt sie. Es gibt sogar ganze Länder, die voll von ihnen sind. Ihr wärt überrascht, glaubt mir.«

»Dabei weiß nahezu jeder, dass es euch gibt«, fuhr Sharif unbeirrt fort. »Sie erzählen von euch, abends an den Lagerfeuern und in kalten Winternächten und natürlich, um ihre Kinder zu erschrecken. Aber die meisten glauben nicht wirklich daran. Bis vor wenigen Tagen habe ich auch zu ihnen gehört.«

»Und jetzt?«

Sharif sah ihn immer noch nicht an, sondern blickte weiter auf den Fluss hinaus, und in Wahrheit wohl ins Nichts. »Jetzt frage ich mich vor allem, was ihr wirklich seid: Engel oder Dämonen.«

»Weder das eine noch das andere, Hauptmann«, antwortete Andrej. »Ich glaub nicht an Engel. Und wenn der Teufel tatsächlich über eine Armee von Dämonen gebieten würde, meint Ihr nicht, dass er die Welt dann schon längst erobert hätte?«

»Und wer sagt Euch, dass das nicht schon der Fall ist, und wir es nur nicht wahrhaben wollen?«, gab Sharif zurück.

»Hauptmann, bitte!« Andrej seufzte. »Was soll das? Mir steht nicht der Sinn nach solchen Spielchen.«

»Spielchen?« Sharif riss seinen Blick nun doch von der Leere jenseits des Flusses los, drehte sich betont langsam zu ihm herum und sah ihm fest in die Augen. »Ist es das für Euch, Andrej? Ist das Leben meiner Männer nur ein *Spiel* für Euch?«

»Wenn es so wäre, meint Ihr wirklich, ich würde diese Frage ehrlich beantworten?«

»Nein«, sagte Sharif. Aber sagt mir trotzdem eines, Andrej: Ihr und Euer Freund, was seid Ihr? Dämonen oder Engel?«

»Keines von beiden«, sagte Andrej. »Vielleicht sind wir einfach nur zwei Männer, die ein sonderbares Schicksal ereilt hat.«

»Einfach so?«

»Manche Dinge geschehen vielleicht einfach so«, bestätigte Andrej. »Auch ohne dass man dazu Gott oder den Teufel bemühen muss. «

»Ihr glaubt nicht an sie?«

»Wenn es dort draußen jemanden gibt, dann scheint er sich nicht sonderlich für das zu interessieren, was hier geschieht«, antwortete Andrej.

»Ich habe einmal einen heiligen Mann aus deiner Heimat getroffen, Andrej«, sagte Sharif. »Einen weisen Mann, der mir etwas sehr Kluges gesagt hat. Er war der Meinung, dass es der größte Erfolg des Teufels war, uns glauben zu machen, dass es ihn nicht gibt.«

»Und was hat er über den anderen gesagt?«

Sharif griff nach dem Schwert an seiner Seite, führte die Bewegung aber nicht zu Ende, als er die Stimme als die Abu Duns erkannte, der sich ihnen trotz seiner enormen Größe lautlos genähert hatte. Nicht einmal Andrej hatte ihn kommen gehört.

»Du hast dich … rasch erholt«, sagte Sharif, nachdem er seine Fassung zurückerlangt hatte. »Das freut mich.«

»Was ich bezweifle«, erwiderte der nubische Riese schmatzend. »Und du hast meine Frage nicht beantwortet. Was hat der weise Mann über den anderen gesagt?«

Sharifs Miene verriet nichts. Abu Dun griff unter seinen nassen

Mantel, zog eine ganze Handvoll halb aufgeweichter Kat-Blätter heraus und stopfte sie sich in den Mund, sodass seine Worte kaum noch zu verstehen waren, als er fortfuhr: »Ich für meinen Teil habe jedenfalls mit beiden nichts zu schaffen. Dem einen habe ich meine Dienste angeboten, und er wollte sie nicht, und der andere hat sich nie bei mir gemeldet.«

»Hüte deine Zunge, schwarzer Mann«, sagte Sharif, »bevor ich sie dir herausreiße. Und Ihr, Andrej«, fuhr er in eisigem Ton an Andrej gewandt fort, »passt besser auf Euren Weggefährten auf. Noch reden die Männer nur, aber bald werden sie anfangen, Fragen zu stellen. Und ich weiß nicht, was sie tun werden, wenn ich ihnen die falschen Antworten gebe.« Damit fuhr er herum und verschwand im Sturmschritt. Stirnrunzelnd sah Abu Dun ihm nach und fragte dann: »War das eine Drohung?«

»Ich glaube schon.«

»Dann sollte ich jetzt wohl Angst haben, oder?«

»Ich an deiner Stelle hätte es«, erwiderte Andrej ernst. »Er hat recht, weißt du? Die Männer reden über uns.«

»Das ist mein Spruch!«, beschwerte sich Abu Dun.

»Nur, dass du ihn nicht beherzigst«, antwortete Andrej, dem es schwerfiel, ruhig zu bleiben. »Was sollte dieser Irrsinn vorhin?«

»Auf dem Schiff?« Abu Dun machte ein schuldbewusstes Gesicht. »Oh verzeiht, Massa! Dein unwürdiger Diener hat vergessen, dich um Erlaubnis zu fragen, ob er auf sich schießen lassen darf!«

»Du weißt genau, wovon ich rede!«, zischte Andrej. »Der Mann im Wasser! Du hast seine Lebenskraft genommen!«

»Was noch davon da war.« Abu Dun rülpste. »Nur ein Appetithappen. Eigentlich gerade genug, um mich erst richtig hungrig zu machen … und nur falls es dir nicht aufgefallen sein sollte, Hexenmeister: Der Kerl hat zuvor versucht, mich umzubringen.«

Wider besseres Wissen versuchte Andrej es noch einmal mit Vernunft. »Was Hauptmann Sharif sagt, stimmt. Die Männer reden. Nicht erst seit heute, das ist wahr, und wir können sie nicht daran hindern, Dinge zu sehen, die sie besser nicht sehen sollten.«

Abu Dun rülpste zur Bestätigung, schluckte dann kaum weniger laut und grub eine weitere Handvoll Kat aus seinem Mantel. Sein Vorrat schien unerschöpflich zu sein. »Wenn du es sagst«, nuschelte er. »Was regt Ihr Euch also auf, Sahib?«

»Ich kann die Männer nicht daran hindern zu sehen, dass uns Kugeln und Klingen anscheinend nichts anhaben können«, antwortete Andrej ernst. »Wahrscheinlich halten sie uns längst für Dämonen oder böse Geister.«

»Dschinn«, sagte Abu Dun. »In dieser Gegend nennt man so etwas Dschinn.« Ein weiterer, blubbernder Rülpser. »Glaube ich.«

»Aber immerhin halten sie uns für Dämonen, die auf ihrer Seite sind«, fuhr Andrej fort. »Und auch wenn sie es niemals zugeben würden, sind die meisten wahrscheinlich insgeheim froh, dass wir bei ihnen sind.«

»Vielleicht glauben sie ja, Allah hätte uns geschickt, um ihnen gegen den falschen Propheten beizustehen«, witzelte Abu Dun, aber Andrej nahm den scherzhaften Ton nicht auf. »Das werden sie ganz gewiss nicht mehr, wenn sie sehen, wie du einem Mann das Leben aussaugst. Wahrscheinlich werden sie dich dann eher für einen Vampir halten.«

»Was ja irgendwie auch stimmt, nicht wahr?«, fragte Abu Dun. Wenigstens nahm Andrej an, dass er das sagte, denn er hatte sich den Mund so mit Kat vollgestopft, dass er kaum noch zu verstehen war.

»Sie werden dich töten, Abu Dun, und mich gleich mit«, sagte Andrej ernst. »Und ich meine wirklich töten. Du weißt, wie Menschen sind, wenn sie etwas fürchten.« Er wedelte mit der Hand. »Vierteilen, enthaupten, in Stücke hacken und verbrennen, und das nicht unbedingt in dieser Reihenfolge.«

»Ja, und um ganz sicherzugehen, werden sie unsere Asche vermutlich an die Krokodile verfüttern«, stimmte ihm Abu Dun zu. Die Vorstellung schien ihn zu amüsieren.

»Nicht einmal Sharif könnte uns dann noch retten«, sagte Andrej. »Falls er es überhaupt will.«

»Mach dir keine Sorgen, Hexenmeister«, beruhigte ihn Abu Dun. »Ich passe schon auf dich auf.«

Er lachte, und das vielleicht ein wenig zu heftig, denn er verschluckte sich prompt, begann zu husten und rang keuchend nach Luft. Doch statt das Vernünftigere zu tun und das Kat auszuspucken, schluckte er es mühsam hinunter. Und es wurde nicht besser. Er hustete und würgte immer qualvoller, und seine Atemzüge wurden von einem schrecklichen nassen Röcheln begleitet. Schließlich machte er einen tollpatschigen Schritt zur Seite, fiel auf ein Knie herab und presste die Hand auf den Leib. Andrej sah diskret und ein wenig angewidert weg, als er sich vorbeugte, um sich ausgiebig ins hohe Gras zu übergeben.

Erst als die unangenehmen Geräusche aufhörten und sich Abu Duns keuchende Atemzüge wieder einigermaßen beruhigt hatten, sah er mit sehr wenig Mitleid auf den Nubier hinab.

»Schade um das schöne Kat«, sagte er mit einer Kopfbewegung auf die übel riechende Pfütze im Gras.

Abu Dun richtete sich auf, fuhr sich angewidert mit dem Handrücken über den Mund und bedachte ihn mit einem vorwurfsvollen Blick. »Es tut doch immer wieder gut zu wissen, dass man

Freunde hat«, sagte er, wischte sich die besudelte Hand im Gras ab, griff unter den Mantel und zog eine weitere Portion Kat hervor.

»Das kann nicht dein Ernst sein. Lass das, nimm das nicht«, sagte Andrej und wollte seine Hand zurückhalten. Doch der Nubier stieß ihn brutal fort. »Lass mich«, keuchte er, steckte sich hastig die Blätter in den Mund und kroch auf Hände und Füßen weiter, um Andrejs Griff zu entkommen.

»Du machst mir Angst, Abu Dun.«

»Jetzt erst?« Abu Dun zog eine Schnute. »Dann habe ich mich in den letzten dreihundert Jahren nicht genug angestrengt.«

»Du bist nicht mehr der Mann, der in dieser Zeit an meiner Seite war«, antwortete Andrej.

»Nein?« Abu Dun grinste dümmlich, richtete sich auf und sah an sich hinunter. »Also mir fällt kein großer Unterschied auf. Vielleicht habe ich ein paar Pfund zugelegt, aber ansonsten habe ich mich gut gehalten, finde ich.« Er nickte bekräftigend, schlug sich mit der flachen Hand auf den Bauch und rülpste laut.

»Genau das meine ich«, sagte Andrej. »Ich weiß, du spielst gerne den ungehobelten Barbaren und Dummkopf, und du spielst diese Rolle gut. Aber ich bin allmählich nicht mehr sicher, ob du es tatsächlich nur spielst.«

»Euch gefallen meine Manieren nicht, Sahib?«, feixte Abu Dun. »Ich bitte um Vergebung, Massa.«

»Wann hast du das letzte Mal einen Mann getötet, nur um dich an ihm zu nähren?«, fragte Andrej. Als er sah, dass Abu Dun zu einer weiteren kindischen Entgegnung ansetzte, kam er ihm zuvor. »Noch nie. Das ist nicht unsere Art, Abu Dun, denn dann wären wir nicht anders als die, die wir bekämpfen.«

»Amen«, sagte der Nubier spöttisch. Süffisant grinsend zog er ein weiteres Blatt heraus und hielt es ihm hin. Andrej musste seine ganze Selbstbeherrschung aufbieten, um es ihm nicht aus der Hand zu schlagen. »Dieses verdammte Zeug bringt dich so oder so um, Pirat«, sagte er. »Wie lange willst du noch warten? Bis es dich zu genau dem gemacht hast, was wir bekämpfen?«

Abu Dun begann mit gezierten Bewegungen an dem einzelnen Blatt zu knabbern, unbeirrt weiterfeixend, doch seine Augen wurden plötzlich ernst. »Du meinst, ich sollte es nicht noch länger hinauszögern und mich in mein Schicksal fügen?«

»Es wäre zumindest leichter für alle anderen«, sagte Andrej. Auch für ihn.

»Ich könnte sterben«, gab Abu Dun zu bedenken.

»Zum wie vielten Mal?«

»Jetzt verstehe ich, was Ihr meint, Sahib«, sagte Abu Dun. »Ich könnte in Kauf nehmen, dass mich dieses Teufelszeug qualvoll krepieren lässt, um auf diese Weise davon loszukommen. Weil Männer wie wir zwar auch sterben, aber zumeist nicht lange tot bleiben, nicht wahr?« Er schlug sich mit der flachen Hand so fest vor die Stirn, dass es klatschte. »Das hätte ich jetzt beinahe vergessen. Gut, dass Ihr Euren dummen Mohren daran erinnert habt, Massa«.

»Ich weiß, dass es wahrscheinlich schlimm wird«, sagte Andrej. »Ich habe gesehen, wie es dir ergeht und wie es den Männern ergangen ist, die Sharif gefangen genommen hat. Es wird schlimm, das weiß ich.«

»Schlimm?« Abu Dun wiederholte das Wort auf eine Art, die Andrej nicht richtig deuten konnte. Schließlich nickte er und knabberte weiter an dem einzelnen Blatt. »Ja, es könnte in der Tat schlimm werden.«

»Ich weiß, aber –«

»Ich könnte sterben, Hexenmeister«, unterbrach ihn Abu Dun.

»Ich könnte sterben, und ich bin ganz und gar nicht mehr sicher, ob ich danach wieder aufwachen würde – und wenn ja, als was.«

Er schob sich den Rest des hellgrünen Blattes zwischen die Lippen, und auch noch die allerletzte Spur von Erheiterung verschwand aus seinem Gesicht. »Was denkst du dir, Hexenmeister? Glaubst du wirklich, ich hätte dieselbe Idee nicht schon ein dutzendmal selbst gehabt? Oder ich hätte Angst davor, dass es *schlimm* werden könnte?« Er schnaubte abfällig. »Ich habe schon Schlimmeres überstanden, verdammt noch mal, und es macht mir sehr wohl etwas aus, zu einem … einem *Vieh* zu verkommen, bei dessen Anblick sich die Menschen abwenden. Aber ich bin nicht sicher, ob es noch möglich ist.«

»Was?«

Statt zu antworten, schlug Abu Dun seinen Mantel zurück, sodass Andrej den improvisierten Verband sehen konnte, den er ihm selbst vor weniger als einer Stunde angelegt hatte. Er war verrutscht und aufrissen und bedeckte die Wunde nicht mehr ganz. Sie sah nicht mehr so schlimm aus wie am Anfang, war nun nur noch eine tiefe Schramme, nicht mehr der tödliche Stich, den ihm die fünfzehn Zentimeter lange Messerklinge des Machdiji zugefügt hatte. Aber sie hätte gar nicht da sein sollen.

»Das Kat«, vermutete er. Eigentlich vermutete er es nicht. Spätestens seit Konstantinopel wussten sie es beide.

»Es frisst mich auf«, sagte Abu Dun. »Es verzehrt mein Blut, Andrej, das, was mich stark macht. Ich weiß es schon lange, aber ich wollte es nicht wissen. Aber es wird schlimmer, mit jedem Tag, und immer schneller.«

Er rückte den Verband wieder zurecht, und zu Andrejs Entsetzen quoll ein hellroter Blutstropfen aus der Wunde und wurde von dem nassen Stoff aufgesogen. »Du hast mich gefragt, warum ich das Leben des Mannes genommen habe. Ich hatte keine andere Wahl, Andrej. Als wir unter Wasser waren und er mir das Messer in den Leib gerammt hat, da wäre ich gestorben. Ich *bin* gestorben. Aber es war anders als sonst. Da war plötzlich nur noch Dunkelheit, nichts als Leere, aus der es kein Zurück mehr gibt. Ich hätte es nicht geschafft, hätte ich nicht das wenige genommen, was von seiner Lebenskraft noch übrig war.«

»Das tut mir leid«, sagte Andrej. »Wirklich.«

»Ich weiß nicht einmal, wovor ich mehr Angst habe«, sagte Abu Dun. »Davor, dass ich tatsächlich sterben könnte, oder davor, wieder aufzuwachen und das zu sein, wofür mich die meisten ohnehin halten.«

»Das würde ich nicht zulassen«, versprach Andrej.

Abu Dun lachte leise. »Das ehrt dich, Hexenmeister, aber ich glaube nicht, dass du das könntest.«

»Wir haben es nie ausprobiert«, antwortete Andrej. »Und ich habe dich schon einmal getötet, auch wenn du es gerne vergisst.«

»Alte Geschichten«, sagte Abu Dun abfällig. »Ja, ich weiß. Und sollte es tatsächlich zum Schlimmsten kommen, dann verlasse ich mich darauf, einen Freund zu haben, der weiß, was er tun muss … aber wenn ich ganz ehrlich sein soll, dann würde ich eine andere Lösung vorziehen. Eine, bei der ich hinterher noch am Leben bin, wenn es sich irgendwie einrichten lässt.«

»Es war schon immer ein Fehler, dich nach deinen Wünschen zu fragen, Pirat«, sagte Andrej. »Du neigst zur Unverschämtheit. Aber ich will sehen, was ich tun kann. Ich werde mit Sharif reden. Vielleicht weiß er ja, was zu tun ist.«

Abu Dan starrte ihn finster an und stopfte sich eine weitere Handvoll grüne Blätter in den Mund.

Kapitel 27

Sie hatten ihr Lager gleich dort aufgeschlagen, wo sie an Land gegangen waren, und den Rest des Tages damit zugebracht, ihre Wunden zu lecken und das wenige an Treibgut zu bergen, das der Fluss und die Krokodile freiwillig wieder hergaben. Andrej hatte sich früh zurückgezogen und war entgegen seiner Erwartung nahezu augenblicklich eingeschlafen. Noch überraschender war, dass er sich nicht einmal an üble Träume erinnerte, als er eine Stunde vor Sonnenaufgang von Geschrei … geweckt werde.

Als er sich aufsetzte und auf den entfernten Lärm und die gedämpften Stimmen lauschte, stellte er fest, dass er nicht mehr allein in dem winzigen Zelt war, das Sharif ihm zugewiesen hatte. Jetzt wurde ihm auch klar, dass es dieser Umstand gewesen war, der ihn geweckt hatte, nicht die Stimmen. So abrupt, dass die Gestalt neben ihm erschrocken zurückprallte, setzte er sich auf und griff nach seinem Schwert, zog die Hand aber dann zurück, als er das Schimmern von Mondlicht auf glattem schwarzem Haar sah und ihren Geruch erkannte. »Murida? Was tust du hier?«

»Habe ich dich erschreckt?«, stammelte Murida. Andrej hörte, wie ihr Herz raste. »Das wollte ich nicht!«

»Nein«, antwortete Andrej, verbesserte sich jedoch gleich darauf: »Doch.«

»Es tut mir leid«, sagte Murida noch einmal. Andrej schüttelte müde den Kopf und schlug die Decke zurück, sodass sie das Schwert sehen konnte, das griffbereit neben ihm lag. »Das sollte es auch«, sagte er. »Und so etwas solltest du auch besser nicht noch einmal tun. Das könnte gefährlich werden.«

Murida starrte die Waffe gerade lange genug an, um ihm zu signalisieren, dass sie seine Worte verstanden hatte, doch dann sagte sie: »Ich kann schon auf mich aufpassen. Und du würdest doch nie einer Frau etwas antun, oder?«

»Was willst du hier?«, fragte Andrej. »Und was ist das für ein Lärm?« Dass es kein Kampf war, hatte ihm sein Gehör schon verraten. Aber es klang auch nicht gerade nach einer freundschaftlichen Unterhaltung. Als Murida nicht sofort antwortete, fügte er noch hinzu: »Es ist mitten in der Nacht. Wenn Sharif dich hier erwischt, dann bringt er uns beide um. Oder wenigstens mich.«

»Sharif ist nicht mein Vater«, sagte Murida patzig. »Und außerdem hat er mich selbst zu dir geschickt.«

»Sharif hat dich – ?«

»Nicht aus diesem Grund«, fiel ihm Murida ins Wort. »Ich soll dich holen. Deshalb.« Sie machte eine Kopfbewegung in die Richtung, aus der der Lärm kam, und jetzt, einmal darauf aufmerksam geworden, identifizierte Andrej auch Sharifs Stimme und nur einen Moment später auch noch eine andere. »Er scheint eine kleine Meinungsverschiedenheit mit Fernandes zu haben«, sagte er.

»Sie streiten schon den ganzen Tag«, bestätigte Murida, womit sie Andrej ganz und gar nichts Neues erzählte. »Dieser spanische Pirat muss entweder ganz besonders mutig sein, oder er ist außergewöhnlich dumm … oder er weiß nicht, wer Sharif ist. Vielleicht solltest du besser mit mir kommen, bevor am Ende noch ein Unglück geschieht.«

Das klang nicht wirklich überzeugend, aber er stand trotzdem auf, soweit das in dem niedrigen Zelt möglich war, band sich seinen Waffengurt um und suchte nach seinem Mantel.

»Warte«, sagte Murida. »Nur einen Moment.«

Andrej ließ sich gehorsam wieder in die Hocke sinken und sah sie auffordernd an. Murida wich auch seinem Blick aus, ehe sie weitersprach. Andrej sah seine erste Einschätzung bestätigt: Sie war eine ganz miserable Schauspielerin. »Ich wäre auch so gekommen«, fuhr sie fort. »Ich … wollte mit dir sprechen. Allein.«

Andrej schluckte die spöttische Antwort hinunter, die ihm auf der Zunge lag, und sah sie nur weiter fragend an.

»Ich habe alles gehört.«

»Aha«, sagte Andrej. Zwei oder drei weitere Atemzüge folgten, in denen Murida ihn nur weiter aus großen Augen ansah, dann fügte er hinzu: »Was?«

»Heute Morgen am Ufer«, antwortete Murida. »Ich war auf der Suche nach Sharif, aber er war schon weg, als ich angekommen bin, und dann habe ich dich und deinen Freund gesehen und mich im Gebüsch versteckt, und da habe ich alles gehört, was er gesagt hat und auch du.«

»Was hast du gehört?«, fragte Andrej. Es fiel ihm nicht leicht, Murida zu glauben. Nur sehr wenigen Sterblichen war es je gelungen, sich an Abu Dun und ihn anzuschleichen oder sie gar zu belauschen. Aber andererseits war Murida immer für eine Überraschung gut.

»Alles, was ihr gesprochen habt«, sagte das Mädchen. »Das mit dem Tod und … und seiner Angst, als etwas anderes aufzuwachen. Und noch mehr, das ich nicht verstanden habe.«

»Kein Wunder«, antwortete Andrej. »Abu Dun redet ständig Unsinn. Aber seit er Kat nimmt, wird es immer schlimmer. Ich verstehe ihn manchmal selbst nicht mehr. »

«Obwohl du ihn schon so lange kennst?«, fragte Murida. »Schon mehr als dreihundert Jahre?«

Sie *hatte* sie belauscht. Andrejs Vernunft riet ihm, mit einer Ausflucht zu antworten – oder am besten gar nicht –, aber aus irgendeinem Grund widerstrebte es ihm, das Mädchen anzulügen. »Und wenn es so wäre?«, fragte er stattdessen.

Murida antwortete nicht gleich, sondern sah ihn eine kleine Ewigkeit lang aus Augen an, die ihm mit einem Male um so vieles größer vorkamen und so endlos tief, dass er sich darin zu verlieren glaubte. Dann streckte sie die Hand aus und legte sie auf seine Finger. Um ein Haar hätte Andrej den Arm hastig zurückgezogen, wenn auch ganz bestimmt nicht, weil ihm ihre Berührung unangenehm gewesen wäre.

»Dann hätte ich nur eine einzige Frage«, sagte sie.

»Und welche wäre das?« Andrej fragte sich, ob er eigentlich verrückt geworden war – ausgerechnet jetzt! –, trotzdem löste er sich nicht aus ihrem Griff, sondern erwiderte ihn sogar. Es fühlte sich gut an.

»Muss ich Angst vor euch haben?«

Die ehrliche Antwort wäre gewesen: *Ich weiß es nicht*. Doch Andrej zog nun doch behutsam die Hand zurück und stand auf. »Nein«, sagte er. »Ich würde dir nie etwas antun. Und Abu Dun auch nicht. Glaub mir, ich kenne ihn wirklich lange genug. Er hat großen Spaß daran, den tumben Dummkopf zu spielen, aber er ist alles andere als das. Ich würde ihm mein Leben anvertrauen.« Er schlug die Zeltplane zurück und machte eine auffordernde Geste. »Um genau zu sein, habe ich es schon oft genug getan.«

»Ungefähr dreihundertmal?«, fragte Murida. Sie wirkte ein bisschen enttäuscht, auch wenn ihm der Grund nicht ganz klar war, folgte aber seiner Aufforderung und trat gebückt vor ihm aus dem Zelt. Die Stimmen wurden lauter. Zwei Janitscharen eilten im Laufschritt zum Ufer. Vielleicht hatte Murida ja recht, und er sollte besser hingehen, bevor noch ein Unglück geschah.

»Wir reden darüber«, sagte er. »Ich erzähle dir alles, das verspreche ich. Aber nicht jetzt.«

»Alles oder alles, was ich wissen muss?«, fragte Murida spitz. »Ich meine: Sagt ein Mann wie du das nicht immer in so einem Moment?« Ohne ein weiteres Wort ging Andrej los, den Stimmen entgegen. Mit seinen anderen Sinnen spürte er Zorn. Aber da war auch noch etwas anderes. Wie schon so oft in den letzten Tagen hatte er das Gefühl, nicht mehr allein zu sein, auf eine unmöglich in Worte zu fassende, körperlose Weise. Da war etwas, etwas Unsichtbares und Uraltes, das ihn aus den Schatten zwischen den Realitäten heraus belauerte.

Murida redete weiter, doch Andrej schenkte ihr keine Beachtung mehr, sondern stürmte los und kam gerade noch rechtzeitig am Ufer an, um zu sehen, wie Fernandes auf dem Absatz herumfuhr und durch das aufspritzende Wasser auf eines der kleinen Schiffe zustürmte, auf dessen Deck sich Schatten bewegten. Jemand hatte eine Laterne entzündet, die gelbe Irrlichter im Wasser zu kurzem Leben erweckte.

Irgendjemand schrie etwas, das Andrej nicht verstand, und er roch Schießpulver. Nicht einer des guten Dutzends Janitscharen, das hier am Ufer zusammengelaufen war, hatte seine Waffe angelegt, aber die meisten Musketen waren offensichtlich schon geladen. »Was geht hier vor?«, begann Andrej, noch bevor er Sharif ganz erreicht hatte.

Der Janitscharenhauptmann fuhr herum, und im allerersten Moment war Andrej sicher, dass sich sein Zorn nun auf ihn entladen würde, doch dann beließ er es bei einem trotzigen Schulterzucken und einem verächtlichen Schnauben.

»Dieser Narr!«, fauchte er. »Ich wusste, dass ihm nicht zu trauen ist, aber ich hätte ihn nicht für einen Feigling gehalten!«

Andrej sah fragend zu dem Spanier hin, der in die Dau kletterte. Zwei seiner Männer streckten ihm die Hände entgegen, um ihm zu helfen, doch er schlug sie wütend zur Seite und kletterte aus eigener Kraft an Deck, wenn auch ein wenig ungelenk.

»Ein Feigling?«

»Und ein Dummkopf dazu!«, polterte Sharif. »Er weigert sich, uns weiter zu begleiten!«

»Das kann ich verstehen«, sagte Andrej

»Ich auch!«, sagte Sharif. »Aber dieser Narr glaubt allen Ernstes, sie hätten eine Chance, lebendig zurück nach Cairo zu kommen! Er wollte, dass ich ihnen die Hälfte der Schiffe überlasse!«

»Und warum tut Ihr es nicht?«, fragt Abu Dun, der von dem Lärm angelockt ebenfalls herankam. »Ein unzuverlässiger Verbündeter ist kein Verbündeter, sondern eine Gefahr.«

»Und ihm die Hälfte der Vorräte und Munition überlassen?«

»Für die zwei Tage bis Cairo werden sie nicht viel brauchen«, erwiderte Abu Dun.

»Ja, und als Nächstes gehen dann meine Männer«, versetzte Sharif. Er schüttelte den Kopf und fuhr mit der Hand durch die Luft, um die Endgültigkeit seiner Entscheidung zu unterstreichen. »Niemand geht, und dabei bleibt es!«

»Vielleicht hat der schwarze Mann recht, und du solltest sie gehen lassen.« Murida trat demonstrativ neben Andrej und deutete zum Fluss hinab. »Sie bringen keinen Nutzen mehr.«

Andrej hätte nicht sagen können, wer erstaunter über Muridas plötzlichen Sinneswandel war, Sharif, Abu Dun oder er selbst. Sharif machte ein wütendes Gesicht, beherrschte sich aber, sodass sich Andrej schließlich nicht einmal mehr sicher war, wem das zornige Aufblitzen in seinen Augen tatsächlich gegolten hatte: Abu Dun oder Murida, die sich an Andrejs Schulter schmiegte, und das mit – wie ihm jetzt erst auffiel – leicht derangierten Kleidern und zerzaustem Haar. Und nur für den Fall, dass es bisher noch nicht alle gesehen hatten, begann sie nun auch noch unauffällig an ihrem Gewand zu zupfen.

Da wehte vom Fluss ein zorniger Schrei heran, dann platschte es laut, gefolgt von einem kurzen schadenfrohen Lachen aus zahlreichen Kehlen, das fast augenblicklich wieder verstummte. Eine Gestalt versuchte mit hektischen Bewegungen wieder an Bord des Schiffes zu klettern, aus dem sie offensichtlich gerade gefallen war. Hinter ihr war noch etwas im Wasser, etwas Glitzerndes, das nach ihr schnappte. Es gelang dem Mann, sich in Sicherheit zu bringen, bevor das Krokodil heran war, aber es war sehr knapp.

»Wir fahren weiter, sobald die Sonne aufgegangen ist«, fuhr Sharif in bestimmtem Ton fort. »In zwei Tagen erreichen wir die Katarakte. Dann reden wir noch einmal darüber, aber für den Moment bleiben sie bei uns!«

»Ihr wisst, wie man sich Freunde macht, Hauptmann«, sagte Abu Dun spöttisch.

Sharifs Antwort bestand lediglich aus einem bösen Blick. Er hob die Hände an den Mund und rief: »Macht die Schiffe fertig, *Capitan!* Wir brechen in einer Stunde auf!« Sie hörten eine auf Spanisch geblaffte Beleidigung, die, dachte Andrej, Fernandes noch bitter bereuen würde, aber auf dem Schiff war sofort reges Treiben zu beobachten, als die Matrosen Taue zu lösen und Segel aufzuziehen begannen. Zugleich verteilten sie sich auf den Schiffen der kleinen Flotte, wobei sie es vermieden, tatsächlich ins Wasser zu gehen oder ihm auch nur zu nahe zu kommen. Aus der Ferne konnte Andrej es nicht entdecken, aber er nahm an, dass das Krokodil immer noch dort lauerte.

Eine ganze Weile sahen sie schweigend zu, wie sich die Männer mit der Selbstverständlichkeit erfahrener Seeleute auf der kleinen Flotte verteilten. In der Dunkelheit über dem Fluss wirkten sie wie Gespenster. Etwas platschte, und Abu Dun legte die Stirn in Falten, doch dann grinste er schadenfroh.

Das Platschen wiederholte sich, und ein sonderbarer und nicht unbedingt angenehmer Geruch stieg Andrej in die Nase, den er im ersten Moment nicht einordnen konnte. Abu Dun legte den Kopf auf die Seite, wie um zu lauschen, und sein Grinsen wurde breiter.

»Was tun sie da?«, murmelte Murida.

»Spanische Seeleute scheinen ein sehr reinliches Völkchen zu sein«, antwortete Abu Dun fröhlich. »Sie werfen Abfälle über Bord … oder war es Fleisch?«

Murida guckte verständnislos, aber Sharif sah den Nubier entsetzt an und watete dann wie von der berühmten Tarantel gestochen ins Wasser, dass es nur so spritzte.

»Capitan!«, brüllte er. »Kommen Sie zu –« Er keuchte überrascht auf, als Abu Dun den Arm ausstreckte und ihn mit schon fast brutaler Kraft zurückriss. Ein dumpfer Knall ertönte, als ein gewaltiges Kiefernpaar genau dort zusammenschlug, wo sich eben noch sein Unterschenkel befunden hatte.

Das Krokodil, einmal seiner Deckung beraubt, setzte seiner vermeintlichen Beute nach und hätte sie wahrscheinlich sogar eingeholt, hätte Abu Dun ihm nicht einen Tritt vor die Schnauze versetzt, der es ins Wasser zurückschleuderte.

»Verdammte Biester!«, schimpfte Sharif, ohne sich auch nur mit einem Blick bei Abu Dun zu bedanken. Er stürmte wieder vor, blieb aber in respektvollen Abstand vom Wasser stehen und brüllte aus Leibeskräften: »Kapitän Fernandes! Ich warne Euch! Kommt zurück, oder Ihr werdet es bereuen!«

Die erste Dau löste sich aus der kleinen Flotte und begann sich nahezu auf der Stelle zu drehen, als sie in den Sog der Strömung geriet. Das Segel spannte sich mit einem Knall, als die Seeleute es mit einer Geschicklichkeit ausrichteten, die selbst Andrej eine gewisse Bewunderung abnötigte. Sharif gab ein Knurren wie ein zorniger Hund von sich und streckte fordernd den Arm aus. Einer der Janitscharen reichte ihm eine langläufige Muskete.

»Hauptmann!«, sagte Andrej scharf.

Sharif schoss in der Luft und wartete gerade, bis der peitschende Knall verklungen war, bevor er empört schrie: »*Capitan*, das ist die letzte Warnung!«

Die Dau bewegte sich weiter zur Flussmitte hin und damit in die Strömung herein, und zwei weitere Boote teilten sich knarrend von dem kleinen Verband. Die Männer duckten sich hinter den niedrigen Bordwänden oder einer anderen improvisierten Deckung (die auch schon einmal aus einem Kameraden bestehen konnte), und Sharif ließ sich eine zweite Muskete reichen. Als er rasch und fast ohne zu zielen anlegte, war Abu Dun mit einem einzigen schnellen Schritt neben ihm und schlug die Waffe zur Seite. Der Schuss löste sich dennoch, aber die Kugel ließ nur eine harmlose Fontäne aus dem Wasser weit hinter den Schiffen aufspritzen. Wütend fuhr Sharif zu ihnen herum. Aus den Augenwinkeln sah Andrej, wie sich mindestens ein halbes Dutzend Musketenläufe auf den Nubier richteten.

»Hauptmann, bitte!« sagte Andrej rasch. »Abu Dun hat recht!

Wollt Ihr wirklich auf diese Männer schießen? Sie sind nicht unsere Feinde!«

Sharifs Blick machte klar, dass er nichts mehr wollte als ganz genau das. Eine Sekunde lang las Andrej nichts als puren Hass in seinen Augen, doch dann hob er die Hand, und der Großteil der Musketenläufe senkte sich, wenn auch nicht alle.

»Auf welcher Seite steht Ihr eigentlich?«, fauchte Sharif.

»Auf der Seite derer, die überleben wollen«, antwortete Andrej an Abu Duns Stelle. »Wollt Ihr wirklich, dass die Machdiji dabei zusehen, wie wir uns gegenseitig umbringen?«

Sharif sah ganz so aus, als würde er jetzt erst recht aus der Haut fahren, doch dann nickte er nur abgehackt und wandte sich mit grimmiger Miene an Abu Dun. »Und das ist wirklich dein Ernst, schwarzer Mann?«, fragte er.

»So wahr ich hier stehe, kleiner Mann«, erwiderte Abu Dun. »Gib deinen Männern den Befehl, das Feuer zu eröffnen, und unsere Wege trennen sich auf der Stelle.«

Sharif reagierte ... seltsam. Einen Moment lang versuchte er noch, den Nubier niederzustarren, doch ohne Erfolg. Dann sah er über die Schulter zu der in Auflösung begriffenen Flotte aus Daus hin und schließlich wieder zu Abu Dun. »Wenn das sein Wunsch ist.« Er hob demonstrativ die Schultern. »Aber beschwer dich nicht bei mir. Und gib mir nicht die Schuld.«

»Schuld? Woran?«

Statt zu antworten, drehte sich Sharif wieder zum Fluss und sah zu, wie sich die kleine Flotte immer schneller auflöste. Wer immer es konnte, blieb weiter in Deckung. Glitzernde Schemen trieben zwischen den Booten im Wasser oder balgten sich um die Lebensmittel und Fleischstücke, die die Männer über Bord geworfen hatten, um die hungrigen Krokodile anzulocken. Nur wenige Minuten vergingen, bis sich die meisten Boote außer Schussweite befanden.

»Wir sagen in Cairo Bescheid, was hier geschehen ist!«, wehte Fernandes' Stimme über das Wasser. »Sie werden euch Verstärkung schicken! Doch das hier ist nicht unser Kampf! Es tut mir leid!«

»Ja, darauf wette ich«, grollte Sharif.

»Er wird Bescheid sagen«, sagte Andrej. »Ich glaube ihm. Fernandes ist ein Mann von Ehre.«

»Der seine Verbündeten im Stich lässt«, schnaubte Sharif.

»Vielleicht habt ihr ja nur unterschiedliche Auffassungen von der Bedeutung des Wortes *Verbündete*«, spöttelte Abu Dun.

Sharif funkelte ihn an, doch dann hob er nur die Schultern und wandte sich wieder den Schiffen zu, die so schnell in der Nacht verschwanden, dass es schon beinahe unheimlich war. Erst als nur noch das Knochenweiß ihrer Segel in der Dunkelheit zu erkennen war, sprach er weiter. »Ich hoffe für dich, dass dein Freund recht hat und dieser verräterische Hund uns wirklich Hilfe schickt, schwarzer Mann«, sagte er. »Und dass sie schnell genug hier sind – oh ja, und dass sie einen Hellseher bei sich haben, der ihnen rät, genug Kat mitzubringen.«

»Kat?« Abu Dun runzelte die Stirn. »Was soll das heißen?«

»Ihr braucht es doch, oder?«, erkundigte sich Sharif schadenfroh. Abu Dan starrte ihn zur Antwort nur böse an, und der Hauptmann fuhr fort: »Wir haben alles eingesammelt, was wir finden konnten. Es war mehr, als ich erwartet habe. Dieser Machdi muss ein wirklich großzügiger Mann sein.«

»Aber?«, fragte Abu Dun, als Sharif nicht weitersprach, sondern ihn nur lauernd ansah.

»Wie gesagt, es war viel«, antwortete Sharif. »Eine ganze Kiste voll. Und nun ratet mal, wo diese Kiste jetzt ist.«

Kapitel 28

Bis Sonnenaufgang war noch mindestens eine Stunde Zeit, doch weder Andrej noch irgendeinem anderen war noch nach Schlaf zumute. So brachen sie auf, um ihren Weg zu Fuß fortzusetzen. Sharifs Kundschafter hatten ein kleines Dorf nur wenige Meilen flussaufwärts entdeckt und ihre Ankunft für den nächsten Tag angekündigt. Jetzt würden sie nicht mit Schiffen, dafür aber zu Fuß und vermutlich sogar noch eher als geplant dort eintreffen – ein Umstand, mutmaßte Andrej, der Sharif gar nicht einmal so unlieb war. Zwar hatten seine Späher keine Spur irgendwelcher Verfolger gefunden, aber Sharif traute dem Frieden ebenso wenig wie Andrej. Ein kleines Dorf mitten im Nichts eignete sich hervorragend für einen Hinterhalt.

Murida und Andrej bildeten den Abschluss der lang auseinandergezogenen Kolonne, in der ihre auf weniger als fünfzig Mann zusammengeschmolzene Armee am Ufer entlangzog. Andrej war nicht wohl dabei. Seine feinen Sinne würden ihn rechtzeitig warnen, sollte sich ein Feind nähern, und er traute sich durchaus zu, das Mädchen zu beschützen (falls es denn Schutz brauchte), aber er war ganz und gar nicht sicher, ob er sich auch zutraute, *sich selbst* vor ihr zu beschützen.

Bis Sonnenaufgang und noch gute zwei Stunden länger marschierten sie schweigend nebeneinanderher. Dann und wann hielt Andrej an und drehte sich herum, um das Land hinter ihnen aufmerksam mit Blicken abzusuchen, aber da war rein gar nichts: Keine verräterische Bewegung, keine Staubwolken über der Wüste und keine aufgescheuchten Vögel, die zornig am Himmel kreisten. Und dasselbe galt auch für den Fluss, der so verlassen und still dalag wie all die Jahrhunderttausende, die er dahingeströmt war, bevor es Menschen auf der Welt gab.

»Es ist dir also endlich auch aufgefallen«, sagte Murida, nachdem er sich wieder umgedreht hatte, um weiterzugehen.

»Ja, selbstverständlich«, antwortete Andrej. »Was?«

Muridas Miene blieb ausdruckslos, aber in ihren Augen blitzte es kurz amüsiert auf. Sie deutete auf den Fluss. »Der Nil.«

»Ja, er ist mir aufgefallen«, antwortete Andrej. »Er ist auch schwer zu übersehen.«

»Und er ist vor allem leer«, sagte Murida.

»Führt er sonst mehr Wasser oder mehr Krokodile?«

»Das weiß ich nicht«, antwortete Murida ernsthaft. »Aber was ich weiß ist, dass der Nil die Lebensader dieses Landes ist. Wenn man es genau nimmt, dann besteht ganz Ägypten praktisch nur aus diesem Fluss.«

Andrej blieb abermals stehen, um den gewaltigen Strom zu betrachten, der an dieser Stelle so breit war, dass man das gegenüberliegende Ufer mehr erahnen als sehen konnte. »Ich verstehe«, murmelte er. »Du meinst, er ist zu still.«

»Ich will nicht sagen, dass er von Schiffen wimmeln sollte«, erwiderte Murida. »Aber man sollte doch meinen, dass auf einem Fluss dieser Größe und Bedeutung wenigstens ein einziges kleines Boot zu sehen ist. Oder?«

Andrej ließ noch einmal die Tage an Bord der *Elisa* in Gedanken Revue passieren, ehe er antwortete. Tatsächlich war kein Augenblick vergangen, in dem nicht gleich mehrere Schiffe auf dem Fluss unterwegs gewesen waren, auch wenn sie die unmittelbare Nähe des großen Schiffes gemieden hatten. Jetzt lag der Nil wie ausgestorben da, und im Nachhinein wurde ihm auch klar, dass es auch in der zurückliegenden Nacht und an dem Tag davor so gewesen war. »Ich verstehe. Du meinst, dass hier etwas nicht stimmt.«

Murida schüttelte heftig den Kopf. »Im Gegenteil. Ich finde, dass alles ganz genau so ist, wie es sein soll … aber das kommt natürlich ganz auf den Standpunkt an.«

Eine Zeit lang schritten sie schweigend nebeneinanderher, dann fragte Andrej: »Warum sagst du mir das?«

»Weil es nichts ändern würde, wenn ich es nicht täte«, antwortete sie freimütig. »Und weil ich ehrlich gesagt erwartet habe, dass du es ohnehin schon weißt.«

Wenn sie ihn mit dieser Bemerkung ärgern wollte, dann hatte sie ihr Ziel erreicht, doch Andrej hoffte, dass er sich gut genug in der Gewalt hatte, um es sich nicht anmerken zu lassen. »Das ist keine Antwort auf meine Frage.«

Murida maß ihn mit einem seltsamen Blick und hob die Hand, um auf die vor ihnen gehenden Männer zu deuten. Die Kolonne hielt sich weiter auseinandergezogen und maß jetzt fast eine Viertelmeile von einem Ende zum anderen. Man musste kein so guter Beobachter wie er sein, um zu sehen, wie müde und erschöpft die schwarz gekleideten Soldaten waren. »Alle diese Männer werden sterben«, sagte sie. »Und eigentlich sind sie schon tot. Sie bewegen sich nur noch, aber das tut ein Fisch, der am Angelhaken zappelt, auch. Frag mich nicht, warum es so ist, aber aus irgendeinem Grund missfällt mir die Vorstellung, dass du sterben könntest.«

»Mir auch«, sagte Andrej.

Murida bedachte ihn mit einem strafenden Blick, und Andrej fuhr mit einem schmallippigen Lächeln fort: »Hast du nicht vor ein paar Stunden erst selbst behauptet, dass ich gar nicht sterben könnte?«

»Kannst du es, Andrej?«, fragte Murida. Als Andrej schwieg, nickte sie. »Ja, das habe ich mir gedacht.«

»Was soll das?«, fragte Andrej ärgerlich. »Wenn du mir etwas sagen willst, dann tu es, und hör mit diesem Unsinn auf!«

»Weil du darin so viel besser bist als ich?«

»Ich hatte mehr Zeit zum Üben«, versetzte Andrej scharf. »Also?«

»Ich würde es wirklich begrüßen, wenn du auf die richtige Seite wechselst«, sagte Murida. »Nicht nur, weil du und dein Freund wertvolle Verbündete für uns wärt.«

»Mit *uns* meinst du den Machdi?« In einer Imitation ihrer Geste deutete Andrej auf den Rücken des ersten Mannes vor ihnen. »Ist dir das Leben all dieser Männer wirklich so gleichgültig? Ich weiß, wie du über Süleyman denkst, und du hast vollkommen recht, aber diese Soldaten –«

»Tun nur ihre Pflicht?«, fiel ihm Murida höhnisch ins Wort.

Andrej nickte. »Ich glaube nicht, dass man ihnen die Wahl gelassen hat.«

»Das weiß ich besser als du«, bestätigte Murida. »Aber was ändert es? Soll man sich nicht mehr gegen einen Tyrannen wehren, weil seinen Handlangern keine andere Wahl gelassen worden ist?«

»Du machst es dir ein bisschen leicht, Mädchen«, antwortete Andrej. Er sah das Aufblitzen in Muridas Augen und fuhr mit leicht erhobener, schärferer Stimme fort: »Ich möchte nicht mit dir darüber diskutieren. Vielleicht später, wenn du …« Er suchte nach den richtigen Worten und fand sie nicht. »Wenn alles vorbei ist.«

»Wenn ich *was?«*, hakte Murida nach.

»Wenn du wieder die bist, die ich kennengelernt habe«, antwortete Andrej.

»Zwei Wochen jünger?«, spottete Murida.

Andrej fragte sich erneut, ob das Mädchen ihnen vom ersten Moment an etwas vorgemacht hatte der ob er vielleicht etwas in ihr hatte sehen wollen, das niemals da gewesen war. Murida wartete auf eine Antwort und sah schließlich ein, dass sie sie nicht bekommen würde. Sie maß ihn mit einem Blick, der etwas in ihm berührte, von dem er nicht wollte, dass es angetastet wurde. Er sah ihr an, wie ihre Stimmung binnen eines einzigen Augenblickes umschlug. Jetzt, da er wusste, was mit ihr los war, verstand er ihre Sprunghaftigkeit besser, denn es war nichts anderes als das Kat, das nicht nur ihren Körper zerstörte, sondern auch ihre Seele fraß.

»Beantwortest du mir eine Frage, Ungläubiger?«, fragte sie geradeheraus.

»Tue ich das nicht schon die ganze Zeit?«

»Wie ist es, wenn man stirbt?«

Andrej hätte nicht sagen können, was ihn mehr überraschte: die Direktheit ihrer Frage oder wie viel sie offensichtlich über Abu Dun und ihn wusste. Er fragte sich, wie viel Sharif wirklich über sie wissen mochte. Und vielleicht nicht nur er. »Ziemlich endgültig«, erwiderte er lahm. Mit einem nervösen und unglaubwürdigen Lächeln fügte er noch hinzu: »Jedenfalls vermute ich das.«

Murida drehte das Gesicht hoch und sah ihn schon wieder auf eine Weise an, die ein süß prickelndes Gefühl in ihm weckte. Das konnte er im Augenblick gar nicht brauchen.

»Aber es geht weiter, irgendwie?«, fragte sie. Fast hörte es sich an wie ein Flehen. Zugleich verringerte sich wie zufällig der Abstand zwischen ihnen, und die harten Linien ihre Silhouette gegen das Sonnenlicht schienen an Schärfe zu verlieren.

»Das weiß ich nicht«, antwortete Andrej vorsichtig. »Diese Frage solltest du vielleicht besser einem Geistlichen stellen oder einem Philosophen.«

»Du willst nicht darauf antworten«, sagte Murida traurig.

»Weil ich es nicht kann.« Andrej versuchte so ehrlich zu klingen wie möglich. »Wenn ich die Antwort auf diese Frage wüsste, dann würde ich jetzt nicht hier neben dir hergehen, sondern auf einem vergoldeten Stuhl in Rom sitzen oder auch in Mekka.«

»Aber du bist doch –«

»Nimm an, es gäbe Menschen, die der Grenze nahe gekommen sind«, antwortete Andrej vorsichtig. »Vielleicht ein winziges bisschen näher als die meisten anderen.« Etwas warnte ihn, nicht weiterzusprechen, aber einmal angefangen, konnte er auch nicht aufhören, so wenig wie sich Wasser wieder hinter die Tore einer einmal geöffneten Schleuse zurückdrängen lässt. »Hätten sie etwas Besseres dahinter gefunden, meinst du wirklich, sie wären zurückgekommen?«

Murida sah ihn aus großen Augen an, in denen sich Hoffnung und Furcht einen lautlosen Kampf lieferten. Dann erwachte ein Ausdruck so unendlich tiefer Enttäuschung darin, dass Andrej gegen das Bedürfnis ankämpfen musste, sie tröstend in die Arme zu schließen.

»Aber das ist nur eine Idee«, fuhr er fort. »Und vielleicht nicht einmal eine besonders gute.«

Murida nickte. »Wenn du diesen Gedanken zu laut und vor den falschen Ohren äußerst, wirst du dich nicht auf einem goldenen

Stuhl wiederfinden, Ungläubiger, sondern auf einem Scheiterhaufen.«

»Da war ich schon«, erinnerte er. »Gleich neben dir.«

Das Mädchen lachte pflichtschuldig, doch die Dunkelheit in ihren Augen nahm noch zu. Andrej empfand eine sachte Überraschung, als sich sein schlechtes Gewissen meldete. Das Letzte, was er wollte, war, ihr wehzutun.

Als hätte sie seine Gedanken gelesen, stieß Murida ein fast mädchenhaftes Lachen aus und hakte sich bei ihm unter. Die Bewegung kam so überraschend, dass er erst gar nicht reagierte, sie dann aber nur umso heftiger, beinahe grob von sich schob.

Murida wirkte bestürzt. »Aber was habe ich –?«

»Entschuldige«, sagte Andrej rasch. »Das war ... dumm. Ich wollte das nicht.«

»Was?«, fragte Murida verwirrt.

Andrej antwortete erst nach einer geraumen Weile und in einem Ton, als versuchte er einem enttäuschten Kind klarzumachen, warum sein Herzenswunsch nicht erfüllt wurde. »Wenn das hier vorbei ist, dann gehen wir fort, Murida«, sagte er.

»Ihr und ich?«, fragte Murida und machte große Augen.

Andrej blieb ernst. »Abu Dun und ich gehören nicht hierher.«

Das Mädchen blieb stehen. Ob es ihm seinen väterlichen Ton oder die Worte übel nahm, konnte er nicht entscheiden, doch irgendetwas machte sie zornig. »Wohin gehört ihr denn, dein schwarzer Freund und du?«

»Vielleicht nirgendwohin«, antwortete Andrej ehrlich. Es lag ihm nach wie vor fern, dem Mädchen wehtun zu wollen, auch wenn er allmählich das Gefühl bekam, sie legte es darauf an, als sie nun schnippisch versetzte: »Und auf gar keinen Fall in meine Nähe, nicht wahr?«

Jetzt benahm sie sich wirklich wie ein verstocktes Kind. Seine Gefühle mussten sich wohl deutlich auf seinem Gesicht widergespiegelt haben, denn Muridas Blick wurde weich. Aus Zorn und kindlichem Trotz wurde Mitgefühl, so tief wie der Abgrund aus Verzweiflung, in den er vor einem Atemzug noch geblickt hatte. »Jetzt verstehe ich erst«, sagte sie. »Wie konnte ich nur so blind sein? Hat sie dir sehr wehgetan?«

»So sehr, wie es nur geht«, erwiderte Andrej, für einen Moment hin- und hergerissen zwischen dem Schmerz einer wieder aufbrechenden alten Wunde und schierem Zorn. »Sie war rücksichtslos genug zu sterben.«

»Oh«, flüsterte Murida betroffen. »Das ... das tut mir leid.«

Andrej schwieg, schon weil er in diesem Moment gar nicht hätte antworten können. Erinnerungen strömten wie Gift in seine Gedanken, Gefühle drohten ihn zu übermannen. War es wirklich erst ein Jahr her, dass sein Leben in einer brennenden Glasmanufaktur auf Murano einen so radikalen Wandel genommen hatte? Ihm kam es vor, als wäre es gestern gewesen, und vermutlich würde sich das auch in weiteren Hundert Jahren nicht ändern.

»Es tut mir wirklich leid, Andrej«, sagte Murida noch einmal. Hatte sie ihn eigentlich zuvor schon einmal mit seinem Namen angesprochen, statt ihn wie üblich nur *Ungläubiger* zu nennen? Er erinnerte sich nicht. »Ich wollte dir keinen Schmerz zufügen.«

»Das hast du auch nicht«, log Andrej wenig überzeugend und bekam als Antwort nur ein verständnisvolles Lächeln. »Aber jemand anders hat es getan«, sagte sie. »Was ist passiert? Was hat sie dir angetan?«

Andrej wollte nicht antworten und musste es auch nicht, denn in diesem Moment registrierte er eine Bewegung am vorderen Ende der Kolonne. Zwei, drei und gleich darauf noch ein vierter

Reiter lösten sich aus der Formation und hielten in einem flachen und sehr schnellen Bogen auf sie zu. Einer von ihnen bot auf den ersten Blick ein fast schon komisches Bild, denn er schien ein viel zu kleines Pferd zu reiten, doch dann sah er, dass es Abu Dun war. Das Tier tat ihm leid.

»Ich verstehe.« Murida war seinem Blick gefolgt. Sie legte die Hand auf seinen Unterarm, und schon diese sachte Berührung, kaum heftiger als der Schlag eines Schmetterlingsflügels, schien fast mehr zu sein, als er in diesem Augenblick ertragen konnte. »Heute Abend«, sagte sie. »Wenn es dunkel geworden ist, komme ich in dein Zelt, und dann kannst du mir alles erzählen.« Damit stellte sie sich auf die Zehenspitzen und hauchte ihm einen Kuss auf die Wange, ehe er begriff, was sie vorhatte.

»Ich störe euch Turteltäubchen ja nur ungern, aber ich brauche Euch, Delãny.«

Sharifs Gesichtsausdruck stand in krassem Gegensatz zur Wahl seiner Worte. Seine Augen schossen kleine zornige Blitze in Muridas und in seine Richtung, und seine Hände umklammerten das Zaumzeug viel zu fest. Seine Gereiztheit schien sich auf das Pferd zu übertragen, denn das Tier tänzelte unruhig auf der Stelle. Abu Dun hatte sein bemitleidenswertes Reittier neben ihn gelenkt und grinste grünfleckig und mit halb offen stehendem Mund schmatzend.

»Und wobei?« Andrej widerstand dem Impuls, einen Schritt zurückzuweichen und betreten den Blick zu senken, und Murida sah den Hauptmann ebenso trotzig wie herausfordernd an. Andrej wünschte sich, sie hätte es nicht getan.

»Es ist nicht mehr weit bis zum Dorf«, antwortete Sharif. »Vielleicht eine halbe Stunde oder weniger. Sie müssten unsere Annäherung schon bald bemerken. Ich reite mit ein paar Männern voraus, um alles vorzubereiten, und jemand muss den Rest führen. Ich möchte, dass Ihr das übernehmt.«

»Ich?«, fragte Andrej überrascht.

»Wisst Ihr einen Besseren?«, fragte Sharif. Statt seine Antwort abzuwarten, drehte er sich halb im Sattel um und machte eine befehlende Geste, woraufhin ein Janitschar ein weiteres Pferd mit einem leeren Sattel brachte. »Du kommst mit uns«, fuhr er an Murida gewandt fort.

»Warum sollte ich das wohl –?«, begann Murida, doch Sharif unterbrach sie mit mühsam beherrschter Stimme: »Du steigst sofort auf, oder ich zwinge dich dazu!«

»Tatsächlich?«, erkundigte sich Murida. »Und wie?«

»Geh ruhig mit ihm«, mischte sich Andrej ein. »Er kann besser auf dich aufpassen als ich.«

»Und zur Not bin ich ja auch noch da«, fügte Abu Dun schmatzend hinzu. »Mach dir keine Sorgen, mein Täubchen.«

»Euer Freund begleitet mich«, bestätigte Sharif.

»Falls ihr jemanden braucht, um kleine Kinder zu erschrecken?«, fragte Murida. Abu Dun feixte nur. Sharif deutete mit dem Kopf auf das reiterlose Pferd neben sich. Er schwieg, bis Murida aufgesessen war, demonstrativ an ihr vorbei zum Fluss hinabstarrend. Mit trotziger Miene griff sie nach den Zügeln und zwang ihr Pferd grob herum. Erst als sie ein gutes Stück entfernt und sicher außer Hörweite war, wandte er sich wieder an Andrej. »Ihr solltet nicht vergessen, wer dieses Mädchen ist, Andrej.«

»Jedenfalls nicht Eure Tochter, Hauptmann«, sagte Andrej. »Auch wenn man meinen könnte, sie wäre es, so wie Ihr Euch aufführt.«

»Ihr versteht es immer noch nicht«, fragte Sharif. »Ich liebe dieses Mädchen, als wäre es meine eigene Tochter, aber ich bin nicht blind, und ich bin auch nicht dumm.«

»Warum führt Ihr Euch dann auf wie eine eifersüchtige Glucke?«

»Tue ich das?« Sharif schnaubte abfällig. »Das täte mir leid. Murida ist eine erwachsene Frau. Selbst wenn sie meine Tochter wäre, ginge es mich nichts an, was sie tut und mit wem. Ihr scheint es zu sein, der etwas vergessen hat, Andrej. Murida ist nicht mehr die Frau, die wir beide gekannt haben. Sie steht unter dem Einfluss des Machdi. Was immer sie Euch gesagt hat –«

»Wir haben nur geredet.«

»Ihr solltet Euch fragen, mit wem Ihr geredet habt«, fuhr Sharif unbeirrt fort, während er bereits damit begann, sein noch immer nervös tänzelndes Pferd auf der Stelle zu wenden. »Mit der Tochter des Sultans oder der Stimme und dem Auge und Ohr des Machdi. Vielleicht will ich ja gar nicht sie vor Euch schützen, sondern Euch vor ihr.«

»Das ist wirklich zu nett von Euch, Hauptmann.«

»Ja, ich weiß«, seufzte Sharif. »Das war schon immer mein größter Fehler. Ich bin einfach zu nett. Aber ich kann auch nicht aus meiner Haut. Wenn Ihr Euch dafür erkenntlich zeigen wollt, dann tut, worum ich Euch gebeten habe, und übernehmt für den Rest des Weges die Führung. Der Ort liegt nur ein paar Meilen entfernt am Ufer, Ihr könnt ihn gar nicht verfehlen.«

»Ihr überlasst mir Eure Männer? Ich gehöre nicht einmal zu Euch.«

»Die Männer wissen Bescheid. Sie werden Euch gehorchen. Und bevor Ihr fragt, warum ich das tue, Andrej – ich weiß, dass Ihr nicht mein Freund seid, aber bei Euch weiß ich wenigstens, woran ich bin.«

Was Andrej eine Menge über das Verhältnis zwischen Sharif und seinen Männern sagte. Er glaubte ihm, fragte aber dennoch: »Was sollte mich daran hindern zu verschwinden, kaum dass Ihr weg seid?«

»Ungefähr vierzig Musketen, deren Besitzer darauf brennen, mir ihre Treffsicherheit unter Beweis zu stellen«, antwortete Sharif. »Und außerdem habe ich Murida bei mir. Ihr würdet nie ohne sie gehen, habe ich recht?«

Andrej funkelte ihn nur zornig an, und das schien genau die Reaktion zu sein, die Sharif erwartet hatte, denn er lachte und sprengte los, um zu Murida aufzuschließen. Abu Dun schob sich ein grünes Blatt zwischen die Lippen und sagte: »Mach dir keine Sorgen, Hexenmeister! Ich passe auf, dass deiner Herzallerliebsten kein Haar gekrümmt wird.« Er schien auf eine Antwort zu warten, die ihm Anlass zu einer weiteren gehässigen Bemerkung gegeben hätte, hob schließlich fast enttäuscht die Schultern und wendete sein Pferd, um als Letzter zu verschwinden.

Missmutig sah Andrej ihm nach und machte sich dann auf den Weg zur Spitze der Marschkolonne. Sharifs Entscheidung, ihm das Kommando über den Rest ihrer zusammengeschmolzenen Armee zu übertragen, hatte ihn überrascht, und nun plagte ihn die Frage, was er eigentlich tun sollte, um die Soldaten zu kommandieren.

Zumindest diese Entscheidung wurde ihm abgenommen. Zwar machten ihm die Männer ausnahmslos Platz und sahen ihn auf eine Art an, von der er sich vergeblich einzureden versuchte, dass sie respektvoll war, doch niemand versuchte sich ihm zu widersetzen oder stellte auch nur eine Frage. Offensichtlich hatte Sharif die Männer sorgfältig instruiert, bevor er sie in seine Obhut übergeben hatte. Er setzte sich einfach an die Spitze des

Trupps, sah stur nach vorne und redete sich ein, ganz allein zu sein. Auf diese Weise hatte er wenigstens etwas zu tun. Und dass er das Gefühl hatte, die Blicke aus vierzig Augenpaaren wie dieselbe Anzahl glühender Messerklingen zwischen den Schulterblättern zu spüren, störte ihn dabei nur wenig.

Aufmerksam hielt er nicht nur die nähere Umgebung im Blick, sondern sah auch immer wieder über den Fluss und zum anderen Ufer hin. Zumindest aus großer Entfernung schien sich das Land dort nicht von dem auf dieser Seite zu unterscheiden: Ein schmaler Streifen aus üppig wucherndem Grün, der die Eintönigkeit der Wüste nur noch betonte. Alles, was dahinterlag, verschwand in einem wabernden Schimmern, als hätte eine Fata Morgana vom Rest der Welt Besitz ergriffen. Er meinte Schatten zu sehen, wie die Schemen weit entfernter Berge oder vielleicht auch die Mauern einer Stadt irgendwo am Horizont, doch als er zum zweiten Mal hinsah, waren sie verschwunden und dann wieder da. Vielleicht spielten ihm seine Nerven einen Streich, aber vielleicht stimmte es auch, was sich die Menschen über dieses Land erzählten, wenn sie behaupteten, es sei das Land der Toten.

Es verging tatsächlich kaum mehr als eine halbe Stunde, bis sie das Dorf erreichten, von dem Sharif gesprochen hatte. Es war größer als erwartet, beinahe schon eine kleine Stadt, und lag nicht direkt am Fluss, sondern ein gutes Stück entfernt auf einer Anhöhe. Der Anblick erinnerte Andrej an viele kleinere Städte, die er aus seiner Heimat kannte, nur dass die Häuser eine andere Farbe hatten und es weder einen Kirchturm noch eine Stadtmauer gab. Und noch etwas stimmte nicht. Andrej hatte nicht erwartet, von einer Horde neugieriger Kinder und freundlicher Einheimischer begrüßt zu werden, die ihnen lachend entgegenkamen und sie freundlich empfingen, doch sie sahen absolut niemanden, als sie sich den sandfarbenen, niedrigen Gebäuden näherten. Die Stadt lag wie ausgestorben da, und zumindest im allerersten Moment hörte er auch keinen Laut, der auf die Anwesenheit von Menschen hinwies.

Er ritt bis auf zwanzig Schritte an die ersten Häuser heran, dann blieb er stehen und hob die Hand. »Wartet hier«, sagte er. »Ich gehe allein voraus und sehe nach dem Rechten.«

Niemand widersprach. Nur ein einzelner Mann schloss zu ihm auf und nahm die Muskete von der Schulter. Andrej wies ihn nicht zurecht. Wenn er ganz ehrlich war, dann war ihm wohler dabei, nicht allein weitergehen zu müssen.

»Also gut«, sagte er. »Die anderen bleiben hier, bis ich sie rufe. Oder ihr Schüsse hört. Komm!«

Der Soldat setzte sich gehorsam in Bewegung, die Muskete so fest umklammernd, als wollte er sie in Stücke brechen. Als sie die schmale, ungepflasterte Straße betraten, die zwischen den ersten Häusern hindurchführte, nahm seine Nervosität noch zu. Andrej spürte, wie sich sein Atem beschleunigte und wie schnell sein Herz schlug. Er konnte ihn verstehen. Andrej selbst war weit davon entfernt, Angst zu haben, aber auch ihm bereitete diese Umgebung Unbehagen, und mit jedem Schritt, den sie taten, nahm es zu.

Dieser Ort war nicht so ausgestorben, wie es auf den ersten Blick den Anschein hatte. Er hörte Atemzüge und verstohlene Geräusche, und er konnte die misstrauischen Blicke zahlloser Augenpaare körperlich spüren, die ihn durch Fensterritzen und aus den Schatten heraus beobachteten. Nichts davon war ihm fremd. Es war gewiss nicht die erste Stadt, in die er als möglicher oder auch ganz offen erklärter Feind kam, und auch nicht das erste Mal, dass er misstrauisch oder feindselig belauert wurde. Aber hier kam noch etwas dazu, das er nicht greifen konnte und das ihn schon allein deswegen noch nervöser machte. Ein enervierendes Gefühl, als würde er trotz der unheimlichen Stille das Flüstern verschwörerischer Stimmen hören, deren Worte nicht zu verstehen waren, die sich aber allein durch ihren Tonfall verrieten.

»Dieser Ort ist unheimlich, Herr«, sagte der Janitschar.

»Ja, das ist er«, bestätigte Andrej. »Und vergiss den Herrn. Mein Name ist Andrej.« Der Janitschar nickte nur, und sein Blick tastete aufmerksam über die sandfarbenen Wände und geschlossenen Fensterläden.

Schließlich hörte Andrej doch Stimmen, weit entfernt, aber erregt. Eine davon gehörte Sharif.

Sie gingen schneller und erreichten einen großen Platz in der Mitte des Ortes, der von den ersten zweistöckigen Gebäuden gesäumt wurde, die er hier zu Gesicht bekam, eines davon ein wahrer Palast, den er in einem Ort wie diesem niemals erwartet hätte. Dann gewahrte er Abu Dun, Sharif und die anderen und vergaß die architektonischen Feinheiten der namenlosen Ortschaft.

Ein Einwohner des Dorfes, ein alter Mann in einem zerschlissenen Gewand, der neben Sharifs und Abu Duns hoch aufgeschossenen Gestalten zwar wie ein Kind wirkte, aber große Würde ausstrahlte, gestikulierte aufgebracht mit beiden Armen und sprach mit der dünnen Fistelstimme des Alters, aber auch im Ton eines Menschen, der es gewohnt war, Befehle zu erteilen, denen nicht widersprochen wurde.

»Andrej, da seid Ihr ja.« Sharif drehte sich lächelnd zu ihm herum, obwohl der Alte noch immer aufgeregt auf ihn einredete. »Pünktlich, wie ich erwartet habe. Wo sind die anderen?«

»Sie warten vor der Stadt«, antwortete Andrej. »Man kann ja nie wissen.«

»Ja, ich dachte mir, dass Ihr so umsichtig seid.« Sharif wandte sich mit einer knappen Geste an den Janitscharen. »Geh und hol sie, und sag ihnen, dass die Leute hier harmlos sind, wenn auch etwas nervös. Ich möchte nicht, dass etwas passiert. Diese Menschen sind unsere Verbündeten.«

Der Mann zog sich hastig zurück, und Sharif deutete auf den kahlköpfigen Alten, der mittlerweile aufgehört hatte zu lamentieren und ihn aus Augen anstarrte, die trüb vom Alter waren, aber auch vor Zorn loderten. »Das ist Muhamad, der Dorfälteste. Ich habe ihn um seine Gastfreundschaft gebeten, und ich glaube, dass er sie uns auch gewähren wird. Die Menschen in diesem Land sind berühmt für ihre Gastfreundschaft.«

Der Dorfälteste spie nicht vor ihm aus, doch sein Blick gab Andrej das Gefühl, er hätte es getan. »Ja, das hätte ich mir denken sollen!«, stieß er verächtlich hervor. »Ein Ungläubiger! Hat er dich vorausgeschickt, um seine schmutzige Arbeit zu tun?«

»Muhamad, ich bitte Euch.« Sharif schüttelte seufzend den Kopf. »Ich kann Euch ja verstehen, aber Andrej Delãny ist nicht nur ein guter Freund, sondern auch ein zuverlässiger Verbündeter.«

»Ein Ungläubiger und ein Dieb!«, sagte der Alte verächtlich. »Ja, Ihr seid wahrlich ein Paar, das einander verdient!«

»Muhamad, bitte«, sagte Sharif. »Ich achte Eure Position, und ich habe großen Respekt vor Eurem Alter, doch vergesst bitte nicht, mit wem Ihr sprecht.«

»Einem Dieb?«, fragte Muhamad. Abu Dun lachte leise.

»Einem Mann, der im Auftrag des Sultans unterwegs ist«, erwiderte Sharif. »Wenn Ihr Euch mir widersetzt, dann ist es genauso, als würdet Ihr Euch den Befehlen des Sultans widersetzen. Und Ihr wisst, welche Strafe darauf steht.«

»Wenn das wahr ist, dann ist Euer Sultan auch nicht besser!«, erwiderte der Alte. »Ist ihm das Leben seiner Untertanen so wenig wert? Wir haben ihm stets gehorcht! Wir haben alle seine Befehle befolgt, immer unsere Steuern bezahlt und unsere besten jungen Männer geschickt, um in seiner verdammten Armee zu sterben, und jetzt verlangt er –«

»Nichts als ein wenig Gastfreundschaft und etwas Wasser und Essen für meine Männer«, unterbrach ihn Sharif, noch immer mit fast bedauernder Miene, aber auch schneidend harter Stimme. »Zwingt mich nicht, mir mit Gewalt zu nehmen, was Ihr uns auch zum Geschenk machen könntet, alter Mann!«

Auch darauf reagierte der Alte nur mit einem verächtlichen Laut, doch er war auch klug genug, nicht noch einmal offen zu widersprechen. Vielleicht sah er Sharif auch an, dass er nahe daran war, die Beherrschung zu verlieren. Mit stolzgerecktem Haupt und so schnell, wie es sein hohes Alter zuließ, stürmte er davon.

»In der Tat, Hauptmann, du weißt, wie man sich Freunde macht«, spöttelte Abu Dun. »Ich bin sicher, dass man sich in diesem Ort noch lange an deinen Besuch erinnern wird.«

Sharif beließ es bei einem zornigen Blick und bedeutete einem seiner Männer, dem Alten zu folgen. Dann wandte er sich an Murida, die in ein paar Schritten Entfernung dastand und der hässlichen Szene mit unbewegtem Gesicht gefolgt war. »Wir bleiben eine Stunde hier, vielleicht auch zwei. Such dir irgendwo ein kühles Zimmer, und ruh dich aus! Der Rest des Tages könnte anstrengend werden.«

»Vielleicht finde ich ja eine arme Familie, die ich aus ihrem Haus werfen kann, nachdem ich ihnen all ihr Hab und Gut gestohlen habe, versteht sich. Ich werde ihnen die besten Wünsche des Sultans ausrichten.«

Sharif sah aus, als müsste er nicht nur im übertragenen, sondern auch wortwörtlichen Sinn eine Kröte schlucken, blieb aber erstaunlich ruhig. »Die Männer brauchen Wasser und Essen«, sagte er. »Dieser spanische Feigling hat fast unsere gesamten Vorräte mitgenommen, das weißt du … und wüsste ich es nicht besser, dann könnte ich sogar auf die Idee kommen, dass du es ihm geraten hast.«

»Weißt du es denn besser?«, fragte Murida spitz.

Sharif sog scharf die Luft zwischen den Zähnen ein, aber er setzte das sinnlose Wortgeplänkel nicht fort, sondern deutete auf den palastähnlichen Bau auf der anderen Seite des Platzes. »Delãny und sein Freund begleiten dich dorthin. Ruh dich aus, bis wir die Vorräte zusammenhaben. Für den Rest des Tages legen wir keine Rast mehr ein, und wir können auch keine Rücksicht auf dich nehmen.«

»Dann lasst mich doch hier«, schlug Murida vor. »Ich gebe dir mein Wort, hier zu warten, bis du zurück bist.«

Sharif gab Andrej nur einen unwilligen Wink und drehte sich dann zu einem seiner Janitscharen um, um seine schlechte Laune an ihm auszulassen. Abu Dun genehmigte sich nicht nur ein weiteres hellgrünes Blatt, sondern hielt den Beutel auch Murida hin, die zwar zögerte, dann aber fast hastig zugriff und sich bediente. »Dann geht voraus, holde Dame«, sagte Abu Dun spöttisch. »Eure unwürdigen Diener folgen Euch wie die Schatten.«

In Ermangelung einer anderen Zielscheibe versuchte Murida nun, ihn mit Blicken aufzuspießen, was das Feixen des Nubiers aber nur noch breiter werden ließ. Schließlich ging sie los, und Abu Dun fuhr in einer anderen Sprache an Andrej gewandt fort: »Hast du mich hinter meinem Rücken an Sharif verkauft, oder wie kommt er auf die Idee, mich herumkommandieren zu können?«

»Sharif ist es gewohnt zu befehlen, statt zu bitten«, sagte Murida, bevor Andrej antworten konnte – was er im Übrigen auch gar nicht vorgehabt hatte. Beinahe hätte er gelächelt, doch als er Abu Duns erstauntes Gesicht sah, ging ihm auf, dass der Nubier Deutsch gesprochen hatte, eine Sprache, die in diesem Teil der Welt nun wirklich nicht weit verbreitet war. »Wie kommt es, dass du Deutsch sprichst?«, fragte er.

Murida sah spöttisch über die Schulter zu ihm zurück. »Tue ich das?«, fragte sie. Auf Deutsch und mit einem leichten hessischen Akzent.

»Ganz eindeutig«, sagte Abu Dun auf Portugiesisch.

»An Süleymans Hof werden eine Menge Sprachen gesprochen«, erwiderte Murida, nun wieder in ihrer Muttersprache. »Und ich bin eine aufmerksame Zuhörerin.«

»Deutsch ist eine sehr komplizierte Sprache«, sagte Abu Dun.

»Und ich bin ein sehr kluges Mädchen«, stichelte Murida. »Und *soo* unglaublich schwer ist es nun auch wieder nicht. Schließlich sprichst du es auch.«

Abu Dun machte ein beleidigtes Gesicht. Andrej musste lächeln, aber er war verwirrt. Abu Dun hatte recht: Deutsch war vielleicht nicht die komplizierteste Sprache, die im fernen Europa gesprochen wurde, aber es war auch ganz gewiss nicht durch bloßes Zuhören zu erlernen. Schon gar nicht in solcher Perfektion.

Als sie schließlich das Gebäude erreicht hatten, sah Andrej den ersten Eindruck, den er von Weitem gewonnen hatte, nicht bestätigt. Vor langer Zeit einmal mochte es so etwas wie ein Palast gewesen sein, jetzt aber war es kaum mehr als eine Ruine und verlassen dazu. Vor den einst prachtvollen Fenstern waren hölzerne Läden anbracht worden, und von den Wänden bröckelte der Putz. Die mit kunstvollen Schnitzereien verzierte Tür war von

Wind und Sand nahezu glatt geschliffen und hing so verzogen in ihren geschmiedeten Angeln, dass Abu Dun so tat, als müsste er sich anstrengen, um sie aufzuschieben. Ein Schwall trockener und leicht nach Moder riechender Luft schlug ihnen entgegen, als sie eintraten. Es war so dunkel, dass man wenig mehr als Schatten erkennen konnte, doch die hallenden Echos verrieten auch, dass es ohnehin nicht viel zu sehen gegeben hätte.

»Wartet hier«, sagte Abu Dun, plötzlich in ganz und gar nicht mehr amüsiertem Ton. »Ich sehe mich um.« Damit verschmolz er mit der Dunkelheit vor ihnen, während Andrej Murida unauffällig, aber auch sehr aufmerksam im Auge behielt. Wenn ihr auffiel, dass sich der nubische Riese mit einer für einen Mann seiner Größe eigentlich unmöglichen Leichtigkeit bewegte, dann ließ sie es sich zumindest nicht anmerken.

»Du bist wirklich immer für eine Überraschung gut«, sagte er und kam sich selbst ein wenig albern dabei vor.

»Ist das nicht die Aufgabe von uns Frauen?«, fragte Murida. »Euch Männer immer wieder neu zu überraschen, meine ich?«

Andrej blieb ernst. Er wollte es nicht, aber sein Misstrauen war geweckt. Es war ihm unmöglich, das beharrliche Flüstern seiner inneren Stimme zu ignorieren. Dass diese Frau ihnen etwas verheimlichte, war ihm schon lange klar, doch nun fragte er sich, ob ihr Geheimnis vielleicht noch viel größer war, als er angenommen hatte. Und schlimmer.

»Man lernt diese Sprache nicht, indem man nur ein paarmal aufmerksam zuhört«, sagte er schließlich geradeheraus. Muridas Gesicht lag im Schatten, sodass er ihre Reaktion nicht erkennen konnte, aber er meinte das spöttische Aufblitzen ihrer Augen regelrecht spüren zu können. Doch dann schüttelte sie heftig den Kopf. Ihr Haar flog. »Sharif hat es mich gelehrt«, sagte sie.

»Sharif spricht Deutsch?« Leicht bestürzt fragte Andrej sich, was Abu Dun und er in dieser Sprache miteinander in Sharifs Gegenwart beredet hatten. Er wusste es nicht mehr, aber gewiss mehr, als gut war.

»Und außerdem Englisch, Spanisch und ein wenig Französisch«, bestätigte Murida, wobei sie jedes Wort in der jeweiligen Landessprache aussprach. »Er hat es mich gelehrt. Er war der Meinung, dass es nie schaden könne, Dinge zu lernen.«

Andrej starrte sie nur an. Murida deutete sein Schweigen falsch, denn sie fuhr mit einem leisen Lachen fort: »Er hat mir auch beigebracht, dass es immer gut ist, ein bisschen unterschätzt zu werden.«

»Dann hattest du ... einen wirklich guten Lehrer«, sagte er stockend. »Gibt es sonst noch etwas, was ich wissen sollte?«

»Eine Menge«, antwortete Murida lachend. »Aber ist das nicht die zweite Eigenschaft, die ihr Männer an uns Frauen liebt? Dass wir immer ein bisschen geheimnisvoll bleiben?«

Andrej seufzte nur lautlos. Wenn die junge Frau sich vorgenommen hatte, ihn weiter zu ärgern und mit ihm zu spielen, so hatte sie eines der beiden Ziele längst erreicht. Die Genugtuung, auch das zweite zu erreichen, würde er ihr nicht gönnen.

Jedenfalls noch nicht.

Abu Dun kam zurück, laut polternd und mit einem anzüglichen Grinsen, als er abwechselnd ihn und Muridas schlanke Silhouette ansah. »Hinten gibt es noch eingerichtete Zimmer«, sagte er. »Sie sind sogar erstaunlich sauber, jedenfalls wenn man nicht zu anspruchsvoll ist. Das hier war einmal ein ansehnliches Haus – auch wenn seine besten Zeiten schon lang vorbei sind.«

»So lange liegen sie noch gar nicht zurück«, erwiderte Murida. »Die guten Zeiten dieses ganzen Landes sind vorbei, seit Süleyman es mit seinem verdammten Krieg ausblutet.« Sie zeigte in die Dunkelheit hinein. »Seht euch nur um. Noch zwanzig Jahre, und es wird überall im Land so aussehen, wenn ihn niemand aufhält. Vielleicht wird Sultan Süleyman ja wirklich die ganze Welt erobern, doch wenn, dann wird es eine Welt aus Hungerleidern und Ruinen sein, über die er herrscht!«

Abu Dan wollte etwas darauf erwidern, doch Andrej brachte ihn mit einem mahnenden Blick zum Schweigen. Er verstand jetzt, was Sharif vorhin gemeint hatte. Im Augenblick sprach er nicht mit Murida, sondern einer Marionette des Machdi. Besser, er ließ sich erst gar nicht erneut auf diese Art von Diskussion ein.

So leicht gab das Mädchen jedoch nicht auf. Sie schoss noch einen wütenden Blick in Abu Duns Richtung ab, wandte sich dann jedoch in fast beschwörendem Ton an Andrej. »Wenn dem Schwarzen sein eigenes Volk schon gleichgültig ist, dann denk du doch wenigstens an deines! Sieh dich um! Willst du, dass deine Heimat bald genauso aussieht? Willst du, dass die Städte und Häuser deiner Landsleute in Trümmer sinken und dass eure Kinder und deren Kinder in Sklaverei und Not aufwachsen?«

»Wir haben keine Kinder«, sagte Abu Dun schmatzend.

»Und was die Tyrannei angeht, so ist der Unterschied nicht so groß, wie du vielleicht glaubst, Mädchen«, fügte Andrej hinzu.

»Aber ihr könnt doch nicht –«

»Hinter der zweiten Tür gibt es ein Zimmer mit einem halbwegs sauberen Bett«, fiel ihr Abu Dun ins Wort. »Das Fenster ist vergittert, und Andrej und ich halten hier draußen Wache. Du solltest dich ausruhen. Wir haben noch einen anstrengenden Tag vor uns.«

Murida ballte die schmalen Hände zu Fäusten, als wollte sie sich auf den Nubier stürzen, lief dann aber in die Dunkelheit hinein.

Etwas klapperte, dann hörten sie einen Fluch und schließlich das Quietschen rostiger Angeln, gefolgt von einem dumpfen Knall.

»Du weißt, wie man das Herz einer Frau erobert«, sagte Andrej.

»Ich bin im ganzen Land berühmt als Herzensbrecher«, bestätigte Abu Dun, legte die Stirn in Falten und fügte leiser und in nachdenklichem Ton hinzu: »Oder war es Knochenbrecher?«

Andrej tat ihm nicht den Gefallen, auf diesen lahmen Scherz zu reagieren, doch Abu Dun dachte ebenso wenig daran aufzuhören. »Das Bett dort hinten ist wirklich noch überraschend sauber, Hexenmeister«, sagte er. »Und auch breit genug für zwei, wenn man ein bisschen zusammenrückt.«

»Das reicht«, sagte Andrej mit warnendem Blick. Abu Dun wurde wieder ernst. »Dann mach es dir gemütlich, und ich sehe draußen nach dem Rechten«, sagte er. »Gib auf sie acht!«

»Und du meinst, das wäre nötig?«

»Du nicht?« Abu Duns Hand fiel mit einem hörbaren Klatschen auf den Griff des gewaltigen Krummsäbels, den er am Gürtel trug. »Erzähl mir nicht, dass dir dieser freundliche Ort mit seinen liebenswerten Eingeborenen kein Unbehagen bereitet. Ich mache meine Augen am Hinterkopf erst wieder zu, wenn wir möglichst weit weg sind.«

»Du fürchtest einen Hinterhalt?«

»Ich fürchte prinzipiell gar nichts«, behauptete der Nubier. »Ich wundere mich allenfalls, dass die guten Leute noch nichts getan haben, das Sharif gar nicht gefällt.«

Andrej sah zur Tür hin, durch die nur ein kleiner Ausschnitt des großen Platzes zu erkennen war. Niemand war zu sehen, nicht einmal Sharif und seine Männer. »Sie werden sich kaum mit einem halben Hundert Janitscharen anlegen, nur um ein paar Lebensmittel zu verteidigen.«

»Vielleicht hättest du doch mitkommen sollen«, sagte Abu Dun in plötzlich sehr ernstem Tonfall. »Dann hättest du auch gehört, was Sharif wirklich will.«

»Wasser und Nahrungsmittel.«

»Vorräte für fünfzig Männer und zwei Wochen«, präzisierte Abu Dun. »Der Alte sagt, das wäre alles, was sie für den Rest des Jahres haben, und ich glaube ihm. Außerdem verlangt Sharif fünfzig Pferde, alle, die die guten Leute hier besitzen. Er bringt das Dorf um. Vielleicht nicht mit Kugeln und Schwertern, aber das Ergebnis ist dasselbe. Die Hälfte der Leute wird vor der nächsten Ernte verhungern. Falls sie bis dahin überhaupt noch die Kraft haben, sie einzubringen, heißt das.« Er lachte kurz und hart. »Wie ich schon einmal gesagt habe: Er weiß, wie man sich Freunde macht. Und er hat deinen und meinen Namen oft genug erwähnt, damit sich der Dorfälteste auch ganz bestimmt daran erinnert.«

»Warum sollte er das tun?«

Abu Dun hob die Schultern. »Warum fragst du ihn das nicht selbst?«

»Das werde ich«, antwortete Andrej. »Und zwar sofort.«

Kapitel 29

Als er wieder ins Freie trat, hatten die restlichen Männer das Dorfzentrum ebenfalls erreicht und begannen bereits damit, die von Sharif beanspruchten Vorräte zu requirieren, zwar schnell und ohne übermäßige Gewaltanwendung, aber zugleich auch so rücksichtslos und ohne Erbarmen, dass Andrej sich fragte, was sie noch von gemeinen Plünderern unterschied.

Jetzt sah er auch die ersten Einheimischen, fast ausnahmslos Frauen und Kinder und einige wenige und zumeist alte Männer, die sich verzweifelt an ihre ärmliche Habe klammerten, bettelten und weinten oder ihren Besitz mit schwächlicher Gewalt zu verteidigen versuchten. Ohne Erfolg. Doch zumindest schien Sharif seinen Männern eingeschärft zu haben, niemanden zu töten.

Andrej ergriff eine kalte Wut auf den Janitscharenhauptmann. Wie weit war es eigentlich schon mit ihnen gekommen, wenn er es schon positiv vermerkte, dass die Männer niemanden umgebracht hatten, sondern den Menschen lediglich die Vorräte stahlen, ohne die sie vor der nächsten Ernte verhungern mussten?

Er kam nicht dazu, Sharif diese Frage zu stellen, denn er fand ihn nicht, obwohl er jede einzelne Straße des kleinen Dorfes nach ihm absuchte. Die Mehrzahl der Häuser stand leer und begann bereits zu verfallen, und die wenigen Menschen, die er traf, flohen entweder vor ihm oder hielten seinem Blick mit dem mit Angst gemischten Trotz der Besiegten stand, der im Bruchteil eines Atemzuges zu Hass und Aggression werden konnte, wenn sich die äußeren Umstände auch nur um eine Winzigkeit änderten.

Schließlich führte ihn sein Weg zum Fluss hinab, wo er zwar nicht den Hauptmann fand, aber einen kleinen Hafen, in dem fünf Boote vertäut waren – zwei der ihnen schon hinlänglich bekannten Daus und drei kleinere Boote in ihm unbekannter und fremdartiger Bauart. Zwei von Sharifs Männern machten sich in ihrer Nähe am Ufer zu schaffen, einer mit einer brennenden Fackel bewehrt, der andere mit zwei bauchigen Tonkrügen in den Armen. Andrej erreichte sie gerade in dem Moment, als sie die erste Dau betreten wollten.

»Der Hauptmann sucht nach euch«, begann er übergangslos. »Ihr sollt zu ihm kommen, sofort.«

Der Soldat mit der Fackel drehte sich halb zu ihm herum und sah ihn mit kaum verhohlener Verachtung an, und sein Kamerad blaffte: »Hauptmann Sharif hat uns hergeschickt, um die Schiffe zu verbrennen.«

»Davon weiß ich nichts. Vielleicht glaubt er ja, ihr würdet schneller arbeiten. Oder er hat es sich anders überlegt und ist zu dem Schluss gekommen, die Boote doch noch zu brauchen. Ich habe es euch jedenfalls ausgerichtet.« Er hob demonstrativ desinteressiert die Schultern, wandte sich um und sah aus den Augenwinkeln, wie der eine Soldat seine Krüge abstellte, während der zweite die Fackel kurzerhand ins Wasser warf. Gerade langsam genug, um sich auf halber Strecke von den beiden Janitscharen überholen zu lassen, ging Andrej zum Dorf zurück und schloss sich ihnen dann an.

Ganz wie er es gehofft hatte, führten sie ihn geradewegs zu Sharif. Der Kommandant der kleinen Janitscharenarmee war wieder auf den zentralen Platz in der Mitte des Dorfes zurückgekehrt. Auch der Dorfälteste war wieder da und redete unter heftigem Gestikulieren und Grimassenschneiden auf ihn ein. »… flehe Euch an, Hauptmann«, verstand Andrej gerade, als er in Hörweite kam. »Nehmt uns nicht auch noch die Tiere weg! Ohne sie muss die Hälfte der Menschen verhungern! Das kann nicht der Wille des Sultans sein!«

»Wenn wir die Aufständischen nicht einholen und unschädlich machen, dann werden noch hundertmal mehr Menschen sterben, und das ist ganz bestimmt noch sehr viel weniger im Sinne des Sultans«, antwortete Sharif hart. »Ich dachte, das hätte ich dir erklärt. Schreib einen Brief an den Sultan, und man wird dich entschädigen.«

»Du und dein verdammter Sultan!« Der Alte spie vor Sharif auf den Boden. »Der Teufel soll eure Seelen fressen!«

»Überleg dir jetzt lieber genau, was du sagst, alter Mann«, sagte Sharif kalt. »Sultan Süleyman ist unser aller Herr! Auch deiner!«

Die Antwort des Alten bestand nur aus einem abermaligen Ausspucken. »Dann erschieß mich doch! Lass deine Männer ihre Musketen nehmen und uns alle umbringen! Das ist barmherziger, als ein ganzes Dorf verhungern zu lassen!«

»Der Sultan wird euch entschädigen«, sagte Sharif nur. »Ich sorge persönlich dafür, sobald ich wieder in Konstantinopel bin. Und jetzt verschwinde, bevor ich es mir anders überlege und dein Angebot vielleicht doch noch annehme, um meinem Herrn eine Menge Geld zu sparen.«

Der greise Dorfälteste wollte erneut widersprechen, doch Sharif bedeutete einem seiner Männer, ihn wegzubringen, und drehte sich dann mit schlecht geschauspielerter Überraschung zu Andrej um. »Delãny? Wo seid Ihr gewesen? Ich habe Euch –«

»Was soll der Unsinn mit den Booten?«, fiel ihm Andrej ins Wort. »Wieso habt Ihr Euren Männern befohlen, sie in Brand zu stecken?«

»Das habe ich in der Tat«, bestätigte Sharif, warf den beiden Männern einen leicht vorwurfsvollen Blick zu und suchte dann mit verwirrter Miene den Himmel ab. »Allerdings sehe ich keinen Rauch ... ihr *habt* die Schiffe doch angezündet, oder?«

»Der Ungläubige hat –«

»Ich habe sie daran gehindert«, mischte sich Andrej ein. »Und ich werde es auch nicht zulassen.«

»Nein?«, erkundigte sich Sharif. »Werdet Ihr nicht?«

»Bei Gott oder Allah oder an wen immer Ihr auch glaubt, Sharif!«, begehrte Andrej auf. »Habt Ihr den Verstand verloren? Allmählich frage ich mich, ob der alte Mann nicht recht hat und es barmherziger wäre, die Leute hier gleich zu erschießen! Lasst ihnen doch wenigstens die Schiffe, damit sie fischen können!«

»Fische fangen kann man auch vom Ufer aus«, antwortete Sharif. »Aber mit einer Angel kann man nicht losfahren und uns an unsere Feinde verraten.«

»Als ob sie nicht längst wüssten, wo wir sind!«

»Wahrscheinlich«, gestand Sharif. »Aber zwischen *wahrscheinlich* und *gewiss* gibt es immer noch einen Unterschied, auch wenn er in diesem Fall zugegebenermaßen nicht besonders groß ist. Aber ich trage die Verantwortung für das Leben jedes Einzelnen meiner Männer, und ich nehme diese Verantwortung ernst. Auch Ihr wart doch einmal Soldat, Andrej, nicht wahr? Habt Ihr nicht auch alles getan, um die Männer zu beschützen, die unter Eurem Kommando gestanden haben?«

»Man könnte meinen, Ihr legt es darauf an, dem Machdi neue Anhänger zu bescheren. Für wen werden sich die Menschen wohl entscheiden, wenn sie hören, was hier geschehen ist, Hauptmann?«

»Mit Worten könnt Ihr wirklich umgehen, das muss man Euch lassen«, antwortete Sharif kalt. »Wenn das hier vorbei ist und wir beide noch am Leben sind, dann finden wir vielleicht heraus, ob Ihr mit dem Schwert genauso gut seid.«

»Warum warten?«

»Weil jetzt nicht der Moment für persönliche Fehden ist. Und weil ich meine Befehle habe und sie befolgen werde.«

»Auch wenn sie grausam sind?«

»Es spielt keine Rolle, ob mir gefällt, was ich zu tun habe oder nicht. Ich habe einen Eid geschworen, den Befehlen meines Herrn zu gehorchen, und diesen Eid werde ich halten.«

»Dann gibt es wohl doch mindestens einen Punkt, in dem wir uns unterscheiden, Hauptmann«, sagte Andrej eisig. Seine Hand lag auf dem Griff des kostbaren Saif und sein Blick hielt dem Sharifs ruhig stand, aber er war überrascht festzustellen, wie schwer es ihm fiel.

Es gab nicht besonders viele Männer, die seinem Blick länger als einige Momente trotzen konnten, ohne nervös zu werden oder sich abzuwenden. Tatsächlich hatte er schon mehr als einen Kampf vermieden (und vermutlich den einen oder anderen provoziert), indem er sein Gegenüber einfach nur angesehen hatte. Doch bei Sharif funktionierte es nicht. Ganz im Gegenteil. Mit einem Mal war er es, der immer mehr Energie aufwenden musste, um dem Blick dieser durchdringenden Augen nicht auszuweichen. Selten war er einem Mann von größerer Willensstärke begegnet als dem Ägypter.

»Anscheinend haben wir doch mehr gemein, als ich dachte«, sagte Sharif.

Andrej schwieg. Seine Hand schloss sich nur noch fester um den Schwertgriff. Sharifs Blick verharrte für einen Moment darauf, dann nickte er sehr langsam und sagte: »Natürlich können wir uns auch nach Sonnenuntergang treffen und einen Krug Wein zusammen leeren, um herauszufinden, wer zuerst vom Stuhl fällt.«

»Das wäre nicht fair«, antwortete Andrej. »Außerdem verbietet Allah doch den Genuss von Alkohol, oder?«

»Deshalb ja auch nach Dunkelwerden«, sagte Sharif. »Vielleicht schläft er ja und sieht es nicht.«

Gegen seinen Willen musste Andrej lachen, und Sharif sah ihn zwar noch einen Augenblick lang durchdringend an, dann aber breitete sich ein fast jungenhaftes Grinsen auf seinem Gesicht aus und er hob den Arm, wie um Andrej kameradschaftlich auf die Schulter zu schlagen.

Hinter ihnen ertönte ein Poltern, gefolgt von einer schrillen Frauenstimme, die Drohungen und Flüche in gleich mehreren Sprachen schrie, und als sie herumfuhren, gewahrten sie Abu Dun, der auf den Platz heraustrat, eine zappelnde Gestalt über der Schulter.

»Was zum Teufel – ?«, murmelte Sharif, ging dann mit schnellen Schritten auf den Nubier zu und schlug einen schroffen Befehlston an. »Lass sie los! Auf der Stelle!«

»Das wäre nicht besonders klug, fürchte ich«, feixte Abu Dun. Alles andere als sanft stellte er das heftig zappelnde Mädchen auf die Füße, bedeutete Andrej mit einer entsprechenden Geste, auf der Hut zu sein, und drehte rasch das Gesicht weg, als Murida eine Hand losriss und mit scharfen Fingernägeln nach seinen Augen schlug.

»Was hat das zu bedeuten?«, verlangte Sharif zu wissen. »Habt Ihr sie angerührt?«

»Natürlich hat er das!«, fauchte Murida.

»Natürlich habe ich das«, sagte Abu Dun. »Sonst hätte ich sie wohl schwerlich dazu bringen können, mit mir zu kommen. Um genau zu sein, wäre sie jetzt nicht einmal hier.«

Murida versetzte ihm einen Tritt vor die Kniescheibe und riss sich los, doch Abu Dun packte sie mit einer beiläufig anmutenden Bewegung und zog sie wieder an sich, vorsichtshalber so, dass sie ihm nicht mehr – allzu sehr – wehtun konnte.

»Was soll das heißen?«, fragte Andrej.

»Ich habe Lärm gehört«, antwortete Abu Dun. »Um ehrlich zu sein, muss ich zu meiner Schande gestehen, dass ich wohl für einen Moment eingenickt sein muss. Also, ich hörte Lärm. Da ich mir erst nicht ganz sicher war, ob du die Gelegenheit nicht doch genutzt und dich ins Gemach der holden Dame geschlichen hast, wollte ich dich nicht in eine peinliche Situation bringen –«

»Hüte deine Zunge, schwarzer Mann, oder ich reiße sie dir heraus!«, fauchte Murida.

»Jedenfalls kamen mir die Geräusche dann doch ein wenig seltsam vor, sogar für einen Ungläubigen mit so sonderbaren Angewohnheiten wie dich, und da habe ich meine gute Kinderstube überwunden und bin einfach in ihr Zimmer gegangen. Und was soll ich sagen? Ich habe die holde Jungfer tatsächlich in einer verfänglichen Situation überrascht.«

»Was soll dieser Unsinn?« fuhr ihn Sharif an. »Und lass sie los!«

»Das wäre unklug«, antwortete Abu Dan und drückte das Mädchen eher noch fester an sich. »Sie wäre sofort weg, glaubt mir. Die verfängliche Situation bestand darin, dass sie sich in einem halb aufgebrochenen Fenstergitter verfangen hatte.«

Sharif blinzelte überrascht, und Andrej vergewisserte sich: »Sie wollte fliehen?«

»Ich habe nie versprochen, es nicht zu versuchen«, fauchte Murida. Sie versuchte noch einmal, Abu Duns Griff zu sprengen, schaffte es auch jetzt nicht und trat ihm mit der Hacke auf die Zehen. Abu Dun zuckte nicht einmal mit der Wimper.

»Du willst behaupten, sie hätte das Fenstergitter aufgebrochen?«, fragte Andrej zweifelnd.

»Sie hatte ein wenig Hilfe«, erwiderte Abu Dun. »Und das Gitter war alt und schon ein wenig morsch. Zwei oder drei Machdiji waren mehr als genug, um es herauszubrechen – nicht wahr, mein Täubchen?«

Murida verdrehte sich fast den Hals, nur um ihm einen zornigen Blick zuzuwerfen, und trat ihn vor das Schienbein. Dieses Mal zuckte ein Muskel im Gesicht des Nubiers, aber sein Grinsen wurde nur noch breiter.

»Machdiji?«, wiederholte Sharif. »Woher willst du das wissen?«

»Wir Süchtigen erkennen einander«, behauptete Abu Dun. »Sie stinken nach Kat. Aber sie halten nichts aus. Zwei, drei freundschaftliche Tätschler, und sie gehen kaputt.«

»Es sind Machdiji hier?«, fragte Sharif im Tonfall eines Mannes, der einfach nicht glauben will, was er hört. »Wie viele?«

»Auf jeden Fall sind es jetzt drei weniger«, feixte Abu Dun. Murida biss ihn in die Hand, und jetzt erlosch Abu Duns Grinsen wie abgeschaltet. Er versetzte ihr einen Stoß, der sie vorwärts- und direkt in Sharifs Arme stolpern ließ. Sharif fing sie auf, wenn auch nur, um sie mit beinahe noch größerer Kraft zu packen und so heftig zu schütteln, dass ihr Kopf hin und her flog.

»Ist das wahr?«, schrie er. »Sagt der Nubier die Wahrheit? Sind sie hier?«

»Vielleicht könnte sie besser antworten, wenn sie nicht damit beschäftigt ist, nicht in Stücke zu fallen«, merkte Abu Dun an.

Sharif hielt inne, schrie aber nur noch lauter: »Ist das wahr? Hast du uns in eine Falle geführt?«

»Ich habe euch nirgendwohin geführt«, antwortete Murida mit schwerer Zunge. Ihr Blick flackerte, und sie hatte sichtlich Mühe, nicht zu taumeln. Wahrscheinlich wäre sie gestürzt, hätte Sharif sie nicht festgehalten. Andrej trat so unauffällig wie möglich neben den Hauptmann, um ihn zu bremsen, falls er sie noch einmal schütteln sollte. So harmlos es aussehen mochte, so gefährlich war es auch. Ein Mann von Sharifs außergewöhnlichen Körperkräften konnte eine zart gebaute Frau wie Murida damit töten.

»Du hast uns –«, begann Sharif, brach dann mit einem scharfen Zischen ab und zwang sich mit sichtbarer Anstrengung zur Ruhe. Erst nach etlichen Sekunden setzte er neu und ruhiger an: »Sind sie hier?«

»Sie waren nie fort«, antwortete Murida triumphierend. »Wann wirst du endlich begreifen, dass wir überall sind?«

»Und wann wirst du begreifen, dass –« Sharif biss sich auf die Unterlippe, starrte das Mädchen an und stieß es dann grob von sich. Murida stolperte mit rudernden Armen nach hinten, fing sich dann aber wieder, bevor Abu Dun erneut zugreifen konnte.

»Passt auf sie auf!«, befahl Sharif. »Ich rufe die Männer zusammen. Wir rücken ab, so schnell es geht.«

»Ihr habt keine Chance«, sagte Murida. »Gebt auf, und ich verspreche euch, dass ihr am Leben bleibt. Alle. Auch deine Soldaten, Sharif.«

Doch Sharif hörte nicht mehr hin, sondern winkte bereits seine Männer herbei und erteilte halblaute und präzise Befehle. Abu Dun seufzte sehr tief. »Jetzt überschätzt du deine Freunde,

Mädchen«, sagte er. »Wenn dir wirklich etwas an ihnen liegt, dann halt sie von diesem Irrsinn ab. Sharifs Janitscharen werden sie schlachten.«

»Und selbst wenn nicht«, fügte Andrej hinzu. »Ich dachte, er wäre wie ein Vater für dich. Willst du wirklich seinen Tod?«

»Wenn ihm tatsächlich etwas an mir liegen würde, dann würde er sich von Süleyman lossagen«, erwiderte Murida. »Und spar dir gleich den Atem, mich wieder einmal daran zu erinnern, dass ich die Tochter des Sultans bin! Süleyman ist nichts weiter als ein grausamer Schlächter. Und wenn sich Sharif auf seine Seite stellt, dann ist er auch nicht besser.«

»Wir haben dich gewarnt«, sagte Abu Dun.

Murida setzte zu einer Antwort an, als vom Dach des Palasthauses ein peitschender Knall zu ihnen herabwehte. Gute fünf oder sechs Schritte neben Sharif spritzte eine Sandfontäne aus dem Boden, und das Echo des Schusses brach sich in den schmalen Straßen, die den Platz säumten. Mit wehendem Mantel wirbelte Sharif herum und warf den Kopf in den Nacken, er musste nicht einmal einen Befehl erteilen.

In einer synchronen Bewegung hoben die beiden Janitscharen neben ihm ihre Musketen und drückten ab. Einer der beiden Schatten, die hinter der Brustwehr des flachen Daches aufgetaucht waren, riss die Arme hoch und kippte nach hinten. Der andere kam nicht einmal mehr dazu, seine Waffe abzufeuern, sondern fiel mit einem Schrei nach vorne und klatschte auf das Pflaster.

Noch bevor er aufgeschlagen war, flogen mindestens ein Dutzend Fensterläden rings um den Platz auf, und Musketenläufe wurden herausgestreckt. Mehr als einer der Angreifer eröffnete das Feuer auch kurzerhand durch die Ritzen geschlossener Läden. Von einem Atemzug auf den anderen verschwand ein Gutteil der

Fassaden hinter beißendem grauem Pulverdampf. Durch das Krachen der Schüsse hörte Andrej das Zwitschern vorbeifliegender Kugeln, orangerote Flammen stachen aus dem Rauch und spießten nach flüchtenden Männern, Funken und Steinsplitter flogen in alle Richtungen. Alles war reine Bewegung, Lärm und Chaos.

Abu Dun rannte los, wobei er das Mädchen einfach auf die Arme nahm und an sich presste, um sie mit seinem eigenen Körper vor den Geschossen zu schützen, die die Luft wie ein Schwarm zorniger Wespen erfüllten. Andrej sah aus den Augenwinkeln, wie eine Gestalt in einem schwarzen Mantel stolperte, die Waffe fallen ließ und dann wie vom Blitz getroffen zu Boden ging. Ein zweiter Janitschar brach auf die Knie, schlug beide Hände vor das Gesicht und begann schrill zu schreien, als wollte er nie wieder damit aufhören. Eine weitere Gestalt stürzte vom Dach, von einem unsichtbaren Schützen erspäht und getroffen, und irgendetwas explodierte in einer zischenden Stichflamme, die höher als ein Mann aufschoss. Andrej duckte sich, als irgendetwas so dicht an ihm vorbeisauste, dass er die Bugwelle aus heißer Luft spüren konnte, die der Kugel folgte. Fast hätte er gelacht, als ihm die Sinnlosigkeit dieser Bewegung klar wurde. Eine Staubwolke explodierte aus Abu Duns Schulter, und Andrej musste abermals an große Männer und Zielscheiben denken. Der Nubier geriet jedoch nicht einmal ins Taumeln, sondern presste das strampelnde Mädchen nur noch fester an sich und rannte schneller. Andrej hoffte, dass er ihr nicht ganz aus Versehen ein paar Rippen brach.

Das alles geschah in der ersten Sekunde.

In der zweiten brach auf dem Platz die Hölle los.

Eine zweite, womöglich noch heftigere Musketensalve krachte, und die Häuser auf der anderen Seite verschwanden endgültig hinter dem brodelnden blau-grauen Vorhang, als hätte ein magischer Staubsturm die Hälfte der Stadt binnen eines einzelnen Lidschlages verschlungen. Überall rings um sie herum explodierte der Boden, spritzten Funken und Steinsplitter wie winzige gefährliche Schrapnelle und Querschläger heulten durch die Luft.

Dieses Mal sah Andrej, wie Abu Dun in den Oberarm getroffen und von der puren Wucht der Geschosse aus dem Tritt gebracht, aber nicht einmal verlangsamt wurde, und auch an seinem Hosenbein zupfte etwas, riss aber nur einen Stofffetzen aus der ohnehin ramponierten Hose. Unmittelbar hinter ihm fiel ein Mann, von drei Kugeln gleichzeitig getroffen, und ein zweiter sank auf die Knie, stemmte sich aber sofort wieder hoch und rannte mit schmerzverzerrtem Gesicht weiter.

Hätte es noch eine dritte Salve gegeben, wäre es vielleicht um sie alle geschehen gewesen, aber sie kam nicht. Stattdessen flogen Türen und mit Brettern vernagelte Fenster auf, und dreißig oder vierzig Bewaffnete stürmten heraus, manche noch im Laufen damit beschäftigt, ihre Musketen nachzuladen, die meisten aber Schwerter, Speere oder auch einfache Knüppel schwingend und aus Leibeskräften brüllend. Zwei der drei Janitscharen, die Sharif noch geblieben waren, hatten ihre Waffen nachgeladen und schossen, woraufhin erstaunlicherweise gleich drei der Angreifer stürzten. Der Rest aber kam weiter heran und war vielleicht noch fünfundzwanzig oder dreißig Schritte entfernt.

Andrej zog den Saif und sah aus den Augenwinkeln, wie auch Abu Dun seine Waffe zückte und herumfuhr. Mit der anderen Hand stieß er Murida direkt in Sharifs Arme, der unter ihrem Anprall fast gestürzt wäre.

Die Übermacht war einfach zu groß, selbst wenn die Angreifer keine vom Kat beseelten Fanatiker gewesen wären, die mit der Kraft von Berserkern kämpften und keine Rücksicht auf sich selbst nahmen. Andrej empfing die Männer mit einem Hieb, der einen niederstreckte, das Schwert des zweiten zerschmetterte. Abu Duns riesige Klinge wütete noch viel schlimmer unter den Machdiji. Doch es waren einfach zu viele. Abu Dun und er wurden von der schieren Masse der Angreifer zurückgedrängt, und daran änderte es auch nichts, dass sie weitere drei oder vier Männer niederstreckten.

Etwas biss wie ein rot glühender Draht in seinen rechten Oberarm und drang nicht nur glatt bis auf den Knochen, sondern nahm ihm auch alle Kraft. Blitzschnell wechselte Andrej die Waffe von der rechten in die linke Hand und revanchierte sich, indem er die Klinge bis ans Heft in die Brust des Mannes versenkte und damit zugleich auch noch einen hinter ihm stehenden Mann verwundete. Trotzdem wurde er weiter zurückgedrängt. Eine Messerklinge traf sein Bein. Hinter ihm grunzte Abu Dun in jenem Tonfall, der in Wut ertränkten Schmerz verriet. Ein Musketenschuss fiel. Die Kugel zischte so dicht an Andrejs Wange vorbei, dass er ihre Hitze spüren konnte, und das Gesicht des Mannes vor ihm explodierte in einer Wolke aus Blut und Knochensplittern.

Die Welt schien nur noch aus Speerspitzen und hackenden Schwertern zu bestehen. Der verwundete Janitschar verschwand unter der Masse der Gegner, die ihn binnen Sekunden in Stücke rissen, und dann wurde Andrej zum dritten Mal getroffen. Es tat nicht einmal besonders weh, aber er konnte fühlen, wie die Klinge eindrang und auf Knochen traf.

Andrej enthauptete den Angreifer, stieß einen weiteren Mann so wuchtig zurück, dass er gleich mehrere seiner Kameraden mit sich zu Boden riss, und verschaffte sich mit zwei wuchtigen Hieben nach rechts und links Luft. Er musste hier weg, bevor der

Wundschmerz einsetzte und er nicht mehr in der Lage wäre, sich zu verteidigen.

Hätte er noch die dazu nötige Luft gehabt, hätte er vielleicht gelacht, als ihm die Absurdität dieses Gedankens aufging. Es gab nichts mehr, wohin sie fliehen konnten. Die Machdiji hatten sie eingekreist, und für jeden Angreifer, den Abu Dun und er niederschlugen, schienen zwei neue aus dem Nichts aufzutauchen.

Seltsam – er hatte immer gewusst, dass er eines Tages im Kampf sterben würde, aber er hätte sich doch gewünscht, dass es in einer heroischen Schlacht geschähe oder bei der Verteidigung von etwas Wichtigem und Großem, nicht in einem völlig sinnlosen Handgemenge mit ein paar Dutzend berauschter Fanatiker.

Etwas krachte. Das Geräusch war laut und lang anhaltend und kam ihm sonderbar fern und bedeutungslos vor, doch noch während er diesen Gedanken dachte, ging ein prasselnder Hagel aus unsichtbarer Verheerung auf dem Platz nieder. Korn gleich, das unter der Sense eines finsteren Schnitters fiel, stürzte ein halbes Dutzend Machdiji, und noch bevor das Krachen der ersten Salve ganz verklungen war, fielen weitere Schüsse, und zwei Abteilungen von Janitscharen stürmten aus verschiedenen Richtungen auf den Platz. Die, die ihre Munition noch nicht verschossen hatten, feuerten im Laufen und trafen ihre Ziele dennoch mit schon fast unheimlicher Präzision, die anderen ließen ihre Waffen fallen und zogen die Schwerter.

Damit war der Kampf vorbei. Gut die Hälfte der Machdiji lag tot oder schwer verwundet am Boden, und entweder war selbst dem Mut dieser Besessenen eine Grenze gesetzt, oder sie hatten einen geheimen Befehl erhalten, der Andrej im Chaos entgangen war: Wer es noch konnte, wandte sich um und floh. Die Janitscharen schossen auf sie, aber keiner machte ernsthafte Anstalten, sie zu verfolgen.

Abgesehen von einer einzelnen, hünenhaften Gestalt in einem wehenden schwarzen Mantel.

Obgleich er sehr wohl wusste, dass er bestenfalls seinen Atem verschwendete, rief er zwei- oder dreimal Abu Duns Namen und rannte sogar ein paar Schritte hinter ihm her, bevor ihn die Kräfte verließen und er stehen blieb und dann mit zusammengebissenen Zähnen zurückging.

Sein erster Gedanke galt Murida, doch er gewahrte sie sofort, äußerlich unversehrt, wenngleich alles andere als guter Dinge. Gleich zwei von Sharifs Männern mussten ihre ganze Kraft aufwenden, um sie zu bändigen. Andere Soldaten eilten herbei, um nach ihrem Hauptmann zu sehen. Zu seinem nicht geringen Entsetzen beobachtete Andrej einige Männer, die mit gezogenen Schwertern zwischen den gestürzten Feinden entlangschritten und nach Überlebenden suchten, um sie mit präzisen Stichen zu töten. Andrej versuchte weder, sie davon abzuhalten, noch erhob er Einspruch, doch er sah sich immer mehr in seiner Überzeugung bestätigt, dass sie nicht hierher gehörten.

»Ist alles in Ordnung?«, wandte er sich an Sharif. »Seid Ihr verletzt?«

Sharif schüttelte mühsam den Kopf, vermutlich als Antwort auf beide Fragen. »Wie konnte das passieren?«, polterte er los. »Habt Ihr nicht gesagt, ihr würdet jeden Hinterhalt spüren und jeden Machdiji schon auf weite Entfernung wittern wie der Bluthund das Wild?«

Andrej konnte sich nicht erinnern, einen solchen Unsinn gesagt zu haben. Vielleicht war es ja Abu Dun gewesen, der immer für eine unqualifizierte Bemerkung im falschesten aller Momente gut war. Das Schlimme war nur, dass Sharif recht hatte. Abu Dun mochte aufgeschnitten haben, als er behauptet hatte, die Feinde riechen zu können, aber er hätte die Anwesenheit so vieler – noch dazu feindseliger! – Menschen unter allen Umständen spüren müssen. Wieso hatte er es nicht getan?

»Bist du jetzt zufrieden, Ungläubiger?«, zischte Murida. Sie versuchte noch einmal und mit furienhafter Anstrengung sich loszureißen, sodass die beiden Soldaten sie kaum noch bändigen konnten. »Sieh sie dir an! Sind das für deinen Geschmack genug Tote an einem Tag, oder brauchst du noch –?«

Ohne Vorwarnung trat Sharif auf sie zu und schlug ihr den Handrücken über den Mund, so hart, dass ihr Kopf in den Nacken flog und ihre Unterlippe aufplatzte. Andrej verspürte einen kurzen Stich von Zorn und musste gegen den Impuls ankämpfen, ihn zu packen und niederzuschlagen. Erst dann sah er, dass es nicht Muridas Blut war, sondern das des Hauptmanns, das nicht nur seine Hand rot färbte, sondern den Stoff seines Ärmels tränkte.

»Schweig!«, befahl Sharif. »Du bist sofort still, bevor ich mich vergesse! Du hast völlig recht, du dummes, gefährliches Kind! Das war überflüssig und grausam! Und es ist allein deine Schuld!«

»Meine Schuld?«, wiederholte Murida verwirrt. Mit einem Blick bedeutete Sharif den beiden Männern, sie loszulassen, und Murida hob die Hand, um das Blut von ihrem Mund zu wischen. Stirnrunzelnd betrachtete sie ihre rot gefärbten Fingerspitzen und tastete dann noch einmal behutsam über ihre Unterlippe, augenscheinlich verwirrt, keine Verletzung zu fühlen.

»Du hättest mich warnen können!«, antwortete Sharif grimmig. »Wir wollten nur ein paar Pferde und Lebensmittel, mehr nicht! Wir könnten jetzt schon wieder weg sein! Niemand hätte sterben müssen!«

»Indem ich meine Freunde verrate?«

»Deine Freunde?«

»So wie sie auch deine Freunde sind«, behauptete Murida. »Du weißt es nur nicht ... oder noch viel schlimmer – du weißt es, aber du willst es dir einfach nicht eingestehen, nur weil du diesen närrischen Eid abgelegt hast!«

»Dieser Eid ist nicht närrisch«, erwiderte Sharif und fügte noch mehr hinzu, doch Andrej hörte nicht mehr hin. Gespräche wie dieses waren ihm nur allzu bekannt. Ganz davon abgesehen, dass jetzt wirklich nicht der richtige Moment dafür war.

Andrej war beinahe sicher, dass es vergeudete Mühe war, denn Sharifs Männer waren sicher gründlich gewesen. Trotzdem ging er von einem Toten zum anderen und untersuchte sie. Als er sich über den dritten Leichnam beugte, entdeckte er scharf geschliffenen Stahl. Überrascht streckte er die Hand nach der Klinge des monströsen Krummsäbels aus, den der Tote halb unter sich begraben hatte. Es sah Abu Dun gar nicht ähnlich, seine Waffe fallen zu lassen. Doch im nächsten Augenblick fuhr er entsetzt in die Höhe und hätte um ein Haar laut aufgeschrien.

Er hatte sich getäuscht. Abu Dun hatte seine Waffe nicht fallen gelassen. Seine abgeschlagene Rechte hielt noch immer den Griff des gewaltigen Krummsäbels umklammert.

Kapitel 30

Nach allem, was er gerade erlebt hatte, war dies vielleicht das Unheimlichste überhaupt: Er konnte Abu Dun nicht finden. Zu den Besonderheiten ihrer Art gehörte es, dass sie einander nicht nur erkannten, sondern einen anderen Unsterblichen auch spürten, und das manchmal über große Entfernungen hinweg. Er war in die Richtung losgelaufen, in der der Nubier verschwunden war und wie ganz selbstverständlich davon ausgegangen, dass ihn seine übermenschlich scharfen Sinne sicher zu Abu Dun leiten würden. Doch alles, was er spürte, waren Furcht und ein vages Gefühl von Hass, das die ganze Stadt erfüllte – ein übler Geruch, dessen Quelle nicht auszumachen war. Er durchsuchte vier oder fünf Häuser, fand aber nur verängstigte Frauen und Kinder und einen verletzten Machdiji, der bei seinem Anblick hastig das Schwert wegwarf und hinkend davonrannte.

Schließlich fühlte er Schmerz, ein kurzes Aufflackern von Qual und unbeschreiblichem Entsetzen, das dann mit jäher Endgültigkeit erlosch, und drehte sich rasch in die Richtung, aus der es gekommen war. Das lautlose Schreien wiederholte sich nicht, aber einmal darauf aufmerksam geworden, fiel es ihm leicht, seinen Ursprung zu finden: ein kleines Haus ganz am anderen Ende der Straße, das schon fast zu den letzten des Dorfes gehörte. Gleich hinter der Tür stolperte Andrej über einen Toten. Er fiel nicht, war aber nahe daran. Aus einem unbehaglichen Gefühl heraus betrachtete er den Leichnam genauer.

Der Mann lag auf dem Rücken, mit weit geöffneten Augen, in denen der Tod einen Ausdruck von Grauen hinterlassen hatte, wie es kein Mensch jemals erfahren sollte. Auf den ersten Blick konnte er keinerlei äußerliche Verletzungen entdecken und ahnte, dass es auch so bleiben würde, wenn er ihn gründlicher untersuchte. Dennoch klammerte er sich an die Hoffnung, dass Abu Dun ihm vielleicht nur das Genick gebrochen oder vielleicht durch einen harten Schlag sein Herz zum Stillstand gebracht hatte.

Die Hoffnung währte genau so lange, bis er im Zimmer nebenan den zweiten Toten fand. Abu Dun kniete über ihm und wandte Andrej den gekrümmten Rücken zu, richtete sich bei seinem Eintreten aber halb auf und drehte das Gesicht zu ihm hoch, und Andrej wünschte sich für die Dauer eines einzelnen, durch und durch schrecklichen Atemzuges nichts mehr, als dass er es nicht getan hätte.

Abu Duns Zähne waren nicht mehr grün, sondern rot. Blut lief ihm aus dem Mundwinkel und verlieh seinem Gesicht Ähnlichkeit mit einer grässlichen schwarzen Teufelsmaske, und in seinen Augen loderte etwas, das Andrej nicht sehen *wollte*. Nicht bei ihm.

»Andrej ...«, stöhnte er. »Du –«

Andrej versetzte ihm einen Stoß, der ihn gegen die Wand taumeln ließ, wo er schwerfällig zusammenbrach, sank neben dem Toten auf die Knie und untersuchte ihn rasch, obwohl er wusste, dass es nicht mehr viel für ihn zu tun gab. Dass er tot war, hatten ihm seine Sinne schon verraten, bevor er hereingekommen war. Entsetzlich war die Art, wie er gestorben war.

Als er den ersten Toten gefunden hatte, da hatte er sich fast gewünscht, eine Verletzung, egal welche, an ihm zu entdecken. Jetzt wusste er, dass dieser Wunsch vielleicht etwas vorschnell gewesen war.

Die Kehle des Mannes war herausgerissen, als wäre er einem tollwütigen Raubtier zum Opfer gefallen. Auch seine Augenhöhlen waren leer, doch mit einem einzigen Blick erkannte Andrej, dass es nicht diese schrecklichen Wunden gewesen waren, die ihn umgebracht hatten. Jemand hatte ihm das Leben gestohlen.

Langsam richtete er sich auf und zog das Schwert aus dem Gürtel, während er sich zu Abu Dun herumdrehte.

»Noch … nicht, Hexenmeister«, flüsterte der Nubier. »Noch nicht.«

Andrejs Hand schloss sich fester um die Waffe, doch er rührte sich nicht. Vielleicht hatte er nur diese eine Chance. Trotz der beiden Leben, die Abu Dun genommen hatte, musste ihm seine Verletzung so zu schaffen machen, dass er sich kaum auf den Beinen halten konnte. Doch das würde nicht lange so bleiben, vielleicht sogar nur noch für Augenblicke. Und Andrej war ganz und gar nicht überzeugt, gegen einen wirklich entschlossenen Abu Dun bestehen zu können. Nicht einmal, wenn dieser nur eine Hand hatte. Wenn er es zu Ende bringen wollte, dann jetzt.

Aber er rührte sich nicht.

»Warum?«, fragte er nur.

»Weil ich nicht sterben darf«, antwortete der Nubier mit leiser, beinahe brechender Stimme. »Nicht so. Nicht, wenn ich Angst haben muss, als Ungeheuer zurückzukommen.«

»So wie jetzt, meinst du?«

Abu Dun schüttelte schwach den Kopf und drückte die Knie durch, um sich mit dem Rücken an der Wand nach oben zu schieben, was ein unheimliches rasselndes Geräusch verursachte, wie der Panzer eines Rieseninsekts, der über Stein scharrt. Fast anklagend streckte er seinen immer noch blutenden Armstumpf in Andrejs Richtung und musste zweimal ansetzen, bevor er sprechen konnte. »Es ist …«, brachte er mühsam heraus, »… es ist dieses verdammte Zeug. Es frisst mich auf.«

Andrej rührte sich immer noch nicht, ließ aber das Schwert nicht sinken. Er wartete, worauf, wusste er nicht. Vielleicht, dass es irgendwann zu spät sein würde und ihm die Entscheidung abgenommen wurde.

»Nicht jetzt«, sagte Abu Dun noch einmal. »Ich … ich schaffe das. Ganz bestimmt.«

»Bettelst du um dein Leben?«, fragte Andrej. Es *war* zu spät. Abu Duns Armstumpf hörte auf zu bluten, und aus rohem rotem Fleisch wurde etwas anderes, das Ähnlichkeit mit vernarbter nachtschwarzer Haut hatte, aber krank und abstoßend wirkte. Andrej spürte nicht nur, wie der grausige Trunk Leben und Kraft in seinen Körper zurückzwang, er konnte auch dabei zusehen. Sein Atem beruhigte sich, und seine Augen verloren ihren trüben Glanz. Trotzdem fuhr er in unverändertem Ton fort: »Nicht um meines, Hexenmeister. Aber um das vieler anderer, wenn ich jetzt sterbe und als etwas anderes zurückkomme.«

»Du weißt, dass ich das nicht zulassen würde«, sagte Andrej.

»Ja, das weiß ich«, antwortete Abu Dun, fuhr sich mit dem Handrücken über den Mund, um das Blut wegzuwischen, und streckte dann den Arm aus.

Andrej wich zurück, aber nicht schnell genug. So gemächlich Abu Duns Bewegung auch ausgesehen hatte, war sie in Wahrheit doch schnell und von einer übermenschlichen Kraft erfüllt. Ohne die geringste Mühe nahm er Andrej den Säbel weg, drehte ihn einige Augenblicke lang auf eine Art in der Hand, als wüsste er nichts Rechtes damit anzufangen, und warf Andrej die Waffe dann mit dem Griff voran zu.

»Nein«, sagte er. »Ich glaube, du kannst es doch nicht.«

Was von Andrejs Vernunft noch übrig war, das schrie ihm zu, es jetzt zu tun, solange er auch nur noch den Hauch einer Chance dazu hatte. Abu Dun würde immer nur noch stärker werden, mit jedem Leben, das er nahm. Aber er rührte sich nicht. Abu Dun hatte recht – er konnte es nicht. Wenn auch nicht, weil der Nubier stärker gewesen wäre als er.

»Aber du wirst es müssen«, fuhr Abu Dun fort, schon wieder mit deutlich kräftigerer Stimme. »Ich glaube, ich bekomme es in den Griff ... aber wenn nicht, dann verlasse ich mich auf dich.«

Andrej sah das Schwert in seiner Hand an und nickte zwar, wusste aber zugleich, dass es eine Lüge war. Er musste es tun – sie hatten zu oft erlebt, was geschah, wenn einer ihrer Art die Kontrolle über seine Kräfte verlor und die Freude am Töten entdeckte –, aber er wusste auch, dass er es nicht konnte. Sie waren schon zu lange zusammen.

»Dann musst du jemanden suchen, der es tut«, sagte Abu Dun, als könnte er seine Gedanken lesen. Doch Andrej wusste, wenn man so lange zusammen war wie sie, dann wusste man nicht nur, wie, sondern auch was der andere dachte.

Ein Schuss fiel und riss Andrej in die Wirklichkeit zurück. Er wartete darauf, dass eine ganze Salve folgte, hörte aber nur ein mehrfach gebrochenes, leiser werdendes Echo und schob den Saif schließlich in die lederne Scheide an seinem Gürtel zurück. »Lass uns gehen.«

Abu Dun stemmte sich noch weiter in die Höhe und nickte sogar, ließ sich aber im nächsten Moment auch schon wieder in die Hocke sinken und begann in den Kleidern des Toten zu wühlen. Andrej wartete, bis er den Beutel mit Kat gefunden und eingesteckt hatte, dann sagte er: »Deine Hand.«

Abu Dun sah auf den Stumpf an seinem rechten Arm hinab. »Sie ist weg«, bestätigte er.

»Verbinde die Wunde.«

»Aber sie blutete nicht mehr«, gab Abu Dun zu bedenken.

Andrej sah ihn nur finster an, und Abu Dun, schon wieder fast ganz der Alte, machte ein gespielt schuldbewusstes Gesicht und beugte sich dann erneut über den Toten, um einen Streifen aus seinem Hemd zu reißen. Nachdem er ihn gründlich im Blut des Leichnams eingeweicht hatte, wickelte er ihn zu einem Verband um den Armstumpf, oder versuchte es wenigstens, kam aber mit nur einer Hand nicht besonders gut mit dieser Aufgabe zu Rande.

Andrej sah dem Trauerspiel eine Weile zu und erbarmte sich dann, indem er ebenfalls in die Hocke ging und ihm half. Der Stoff war schwer und nass vom Blut des Toten. Auch in ihm regte sich eine düstere Gier, nicht schreiend und mit der Kraft einer ausgehungerten Bestie, wie er es kannte, sondern als verlockendes Flüstern, das ihn dazu bringen wollte, die Finger in das Blut des Toten zu tauchen und von der berauschenden Wärme und Süße zu kosten, enthielt sie doch noch immer die Erinnerung an das Leben, welches das Blut einst transportiert hatte.

»Ja, Hexenmeister, genauso ist es«, sagte Abu Dun. »Und mit jedem Mal verlockender.«

»Liest du jetzt auch schon meine Gedanken?«, fragte Andrej, zornig, aber auch erschrocken über den brüchigen Klang seiner Stimme.

»Das ist im Augenblick nicht besonders schwer«, antwortete Abu Dun. »Sie stehen in Leuchtschrift auf deiner Stirn geschrieben.«

»Wie gut, das sie außer dir niemand sehen kann«, sagte Andrej und stand mit einem Ruck auf. »Das Blut auf deinem Mund sieht allerdings jeder. Wisch es weg, bevor jemand auf die Idee kommt, dumme Fragen zu stellen.«

»Er sollte sich unterstehen. Dafür bin ich hier zuständig«, feixte Abu Dun, gehorchte aber trotzdem und reinigte sein Gesicht, so gut er konnte.

»Eigentlich bist du eher für dumme Antworten gut«, erwiderte Andrej, nicht besonders originell und viel zu spät. Abu Dun grinste breit und wandte sich ohne ein weiteres Wort ab, um zu gehen. Auf dem Weg nach draußen nahm er auch noch das Kat des zweiten Toten an sich. So wie der Beutel des ersten war er schmal und schien nur noch einige wenige Blätter zu enthalten. Andrej fragte sich, ob das Zufall war, und wenn nicht, was es bedeutete.

Als sie das Gebäude verließen, wehten von Weitem Schreie an ihr Ohr, immer wieder unterbrochen von vereinzelten Schüssen. »Es scheint noch nicht ganz vorbei zu sein«, sagte Abu Dun in einem Ton, den Andrej nicht zu deuten wusste.

»Dann beeilen wir uns lieber, bevor Sharif einen Vorwand findet, die ganze Stadt niederzubrennen.« Andrej beschleunigte seine Schritte und wartete, bis Abu Dun sich seinem Tempo angepasst hatte, was ihm beunruhigend leichtfiel. Trotz seiner schweren Verletzung schien der Nubier vor Kraft geradezu zu vibrieren – aber Andrej konnte auch spüren, wie rasend schnell die gestohlene Energie wieder verbrannte. Wie lange noch, bis er die Lebenskraft zweier Menschen aufgebraucht hatte und mehr wollte?

»Und *tu* wenigstens so, als wärst du verletzt«, fügte er noch hinzu, kurz bevor sie auf den Platz einbogen. »Die Männer reden schon genug über uns. Es ist nicht nötig, dass sie auch noch Angst vor uns bekommen.«

»Wer hat schon Angst vorm schwarzen Mann?«, witzelte Abu Dun. Aber er ließ gehorsam die Schultern sinken und presste den Armstumpf mit der Linken an den Leib. Als sie endgültig auf den Platz traten und sich Sharif und den anderen näherten, verfiel er in einen zwar immer noch schnellen, aber mühsam schlurfenden Gang, wie ein Mann, der sich nur noch mit purer Willenskraft überhaupt auf den Beinen halten konnte.

Sharif kam ihnen entgegen und sprudelte los, bevor Andrej auch nur irgendetwas sagen konnte. »Sie kommen! Mindestens hundert Mann von Süden und genauso viele aus der anderen Richtung. Vielleicht mehr.« Er wedelte mit beiden Armen. »Wir müssen uns irgendwo verschanzen. Wenn wir uns in eines der Häuser zurückziehen, können wir sie abschießen, sobald sie sich zeigen.«

Wie um seine Worte zu unterstreichen, fiel ein weiterer Schuss, deutlich näher als die anderen und von einem wütenden Geheul gefolgt. Sharif zuckte erschrocken zusammen, sah aber nicht einmal in die Richtung, aus der der Schuss gekommen war, sondern starrte den blutgetränkten Verband an Abu Duns Arm an. Lange. »Kannst du noch kämpfen, schwarzer Mann?«, fragte er dann.

»Warum sollte ich nicht?«, fragte Abu Dun.

»Du hast eine Hand verloren«, erinnerte ihn Sharif.

Tatsächlich blickte Abu Dun einen Moment lang auf den blutigen Stoff hinab und legte die Stirn in Falten, als müsste er über die Bedeutung dessen nachdenken, was er da sah. »Das stimmt«, sagte er schließlich. Er klang erstaunt. »Aber in seiner unendlichen Weisheit hat Allah mir zwei Hände geschenkt … und wie lange wollt ihr euch hier verbarrikadieren und auf die Anhänger des Machdi schießen, Hauptmann, wenn ich fragen darf? Bis ihm die Männer ausgehen oder euch die Munition?«

»Bis Sonnenuntergang«, antwortete Sharif. Sein Blick hing weiter wie gebannt an Abu Duns Armstumpf. Andrej hätte eine Menge darum gegeben, in diesem Moment seine Gedanken hören zu können.

»Und dann geben wir auf?«, erkundigte sich Abu Dun unschuldig.

»Sobald es dunkel geworden ist, zünden wir die Stadt an und versuchen einen Ausbruch«, antwortete Sharif.

»Versuchen klingt nicht besonders gut«, sagte Abu Dun.

»Sie mögen furchtlos sein und gefährliche Gegner, aber sie sind keine Soldaten. Wenn uns genug Zeit für die Vorbereitung bleibt, dann haben sie keine Chance gegen uns.«

»Ein famoser Plan«, bestätigte Abu Dun. »Wie konnte Süleyman auch nur eine einzige Schlacht verlieren, mit einem solchen Meisterstrategen an seiner Seite?«

Sharif riss seinen Blick nun doch von Abu Duns Arm los und funkelte ihn an. »Habt Ihr einen besseren Plan?«, schnappte er.

»Die Boote«, fuhr Andrej dazwischen. »Unten am Fluss liegt ein halbes Dutzend Schiffe. Es wird eng, aber der Platz wird reichen, uns von hier wegzubringen.«

Sharif starrte ihn an, und diesmal meinte Andrej tatsächlich hinter seine Stirn blicken zu können. Erst nach einigen Sekunden nickte er zögerlich. Trotzdem sagte er: »Wir wären hervorragende Zielscheiben und vollkommen wehrlos.«

»Wohingegen wir hier eine hervorragende Deckung haben«, sagte Abu Dun spöttisch. »Ich meine, wir könnten uns hinter Frauen und Kindern verbergen. Kinder sind vielleicht ein bisschen klein, aber wenn wir sie hoch genug stapeln, dann halten sie schon ein paar Kugeln ab.«

»Also gut«, sagte Sharif. »Ihr bringt die Männer zum Fluss, Andrej. Ich nehme ein Dutzend Männer und halte sie auf, solange ich kann. Aber beeilt Euch besser. Es wird vielleicht nicht sehr lange sein.«

»Wir lassen Euch ein Boot da«, versprach Andrej. »Viel Glück, Hauptmann!«

»Aber wir –«, protestierte Abu Dun, doch Andrej ergriff ihn unsanft (und ganz und gar nicht versehentlich) an seinem verletzten Arm und zog ihn einfach hinter sich her. Erst nach einigen Schritten riss Abu Dun sich los.

Sein Schwert lag noch immer da, wo Andrej es gefunden hatte. Abu Dun hob die Waffe auf und musste die Zähne zu Hilfe nehmen, um den Griff von der Hand, die ihn umklammert hielt, zu befreien, ein Anblick, der nicht einer gewissen morbiden Komik entbehrte, zugleich aber auch unbeschreiblich grauenhaft war.

Nachdem er seiner eigenen Hand einen zornigen Tritt versetzt und den Säbel unter den Mantel geschoben hatte, sah sich Abu Dun auf dem mit Leichen übersäten Platz um und seufzte sehr tief. »Was für eine Schande!«

»Weil es deine Lieblingshand war?«, fragte Andrej.

»Ich meine das da.« Abu Dun deutete mit dem Säbel auf die toten Machdiji. »All das gute Kat. Vielleicht sollte ich es einsammeln, bevor es verkommt.«

»Ja, vielleicht«, sagte Andrej. »Aber beeil dich. Wir sind unten am Fluss. Ich will nicht auf dich warten müssen.«

Kapitel 31

Er musste nicht warten. Abu Dun holte sie ein, noch bevor sie den kleinen Hafen erreicht und die Handvoll völlig überraschter Machdiji vertrieben hatten, die ganz offensichtlich gekommen waren, um die Boote wegzubringen und ihnen auch diesen Fluchtweg abzuschneiden. Die Janitscharen erschossen zwei von ihnen, die anderen ergriffen daraufhin die Flucht – abgesehen von einem ganz besonders mutigen (oder ganz besonders dummen) Mann, der das zurückgelassene Öl zu nutzen versuchte, um die Schiffe in Brand zu setzen – eine außergewöhnlich dumme Idee, die er auch prompt mit dem Leben bezahlte.

Sie waren allein auf dem kurzen Stück hierher dreimal angegriffen worden, und trotz – oder vielleicht auch gerade wegen – ihres selbstmörderischen Vorgehens verloren die Angreifer ein halbes Dutzend Männer und sie keinen einzigen. Doch dieser Umstand machte Andrej keineswegs Mut. Ganz im Gegenteil schürte er seine Sorge noch, führte er ihm doch erneut vor Augen, wie entschlossen die Machdiji waren.

Abu Dun stürmte den Hang herab, im Abstand von kaum zwei Steinwurfweiten gefolgt von Sharif und einem knappen Dutzend Soldaten, die mehr oder weniger wahllos hinter sich feuerten.

Andrej versuchte mit mäßigem Erfolg, die heftig um sich schlagende und tretende Murida an Bord einer der beiden Daus zu bugsieren, ohne ihr mehr als unbedingt nötig wehzutun. Zu seinem Leidwesen ging das Mädchen die Sache mit genau umgekehrten Vorzeichen an, dafür aber umso mehr Erfolg. Wenigstens einer der Tritte, die sie ihm verpasste, wäre hart genug gewesen, einem normalen Mann die Kniescheibe zu zertrümmern, und wäre es möglich gewesen, dann hätte er wohl spätestens am nächsten Morgen eine rekordverdächtige Sammlung blauer Flecken und Schrammen und Kratzern und Prellungen gehabt. Schließlich sah er keine andere Möglichkeit, als sie festzuhalten und Druck auf einen bestimmten Nervenknoten in ihrem Nacken auszuüben, woraufhin sie benommen in seinen Armen zusammensackte, nicht bewusstlos, aber zumindest für die nächsten Minuten nicht mehr in der Lage, sich zu bewegen und vor allem etwas zu sagen.

»Braucht Ihr Hilfe, um diese Wildkatze zu bändigen, Massa?«

Mit einem Satz, der den Boden des kleinen Schiffchens zwar nicht durchschlug, es aber heftig ins Wanken brachte, landete Abu Dun neben ihm. »Ich bin zwar nur ein unwissender Mohr, aber die eine Hand, die ich noch habe, stelle ich Euch gerne zur Verfügung … ganz egal wozu.«

Behutsam ließ Andrej das reglose Mädchen zu Boden sinken und machte Platz, als weitere Männer in die Dau sprangen und sie noch heftiger erschütterten. Schüsse krachten, beantwortet von Schreien und weiteren Schüssen, und noch mehr Männer sprangen in das Boot, bis Andrej schon beinahe fürchtete, dass es wie ein Stein untergehen müsste. Sharif selbst gehörte zu den Letzten, die an Bord kamen, nur noch gefolgt von zwei Janitscharen, die ihre Musketen abfeuerten und die Läufe der leer geschossenen Waffen dann benutzten, um das Schiff vom Steg abzustoßen.

Erstaunlicherweise verzichteten die Verfolger darauf, ihrerseits auf sie zu schießen, was aber nicht bedeutete, dass sie aufgaben. Ein halbes Dutzend Machdiji versuchte die größer werdende Distanz zur Dau zu überspringen. Die meisten landeten im Wasser, zweien jedoch gelang es tatsächlich an Bord zu kommen – woraufhin sie sofort unsanft ins Wasser zurückexpediert wurden. Dann waren sie außer Reichweite, und das Boot dümpelte langsam in Richtung Flussmitte und begann sich in die Strömung zu drehen.

Sharif drängelte sich unsanft zu ihm durch. Mit vor Sorge dunklen Augen sah er das reglose Mädchen in Andrejs Armen.

»Keine Angst«, sagte Andrej rasch und mit einer besänftigenden Geste. »Sie ist nicht verletzt, sondern nur ohnmächtig. Und nicht für lange.«

Sharif ließ sich auf ein Knie sinken und tastete mit den Fingerspitzen nach dem Hals des Mädchens, um seinen Puls zu fühlen. Auch nachdem er ihn gefunden hatte, wurde sein Blick nicht freundlicher. »Was ist passiert?«

Andrej hob die Schultern. »Es muss wohl die Aufregung gewesen sein. Ihr wisst ja, wie diese jungen Frauen sind.«

»Ja, so muss es wohl sein.« Sharifs Blick machte sehr deutlich, was er von dieser Antwort hielt. Er erhob sich jäh und sah zum Ufer. Als Andrej seinem Blick folgte, runzelte er überrascht die Stirn.

Mindestens fünfzig oder sechzig Machdiji bildeten eine schwarze Mauer am Ufer, die allermeisten mit – vermutlich erbeuteten – Musketen bewaffnet, doch nicht ein einziger machte auch nur Anstalten, auf sie anzulegen oder gar zu schießen. Sie starrten ihnen nur hinterher, ein durch und durch unheimlicher Anblick, der seine Wirkung auf die Männer ringsum nicht verfehlte – und auch auf Andrej nicht, wenngleich er es niemals zugegeben hätte.

»Was tun sie da?«, wunderte sich auch Sharif. »Wieso schießen sie nicht?«

Andrej konnte nur mit einem ratlosen Gesicht antworten, doch Abu Dun hob seinen Armstumpf und deutete in die entgegengesetzte Richtung, den Fluss hinab. »Das müssen sie auch nicht.«

Noch ein gutes Stück flussabwärts, aber mit geblähten Segeln und zusätzlicher Ruderunterstützung schnell näher kommend, erblickte Andrej ein gutes halbes Dutzend Daus. Und er war nicht im Mindesten überrascht, als er sich herumdrehte und flussaufwärts eine zweite Flotte der kleinen Schiffe entdeckte, die sich ihnen mit deutlich größerem Tempo näherte.

»Sie wollten uns ganz genau hier haben«, sagte Sharif düster. »Und wir sind ihnen direkt in die Falle getappt!«

»Vielleicht sind sie einfach nur auf alles vorbereitet«, sagte Abu Dun rasch. »Darüber hinaus schlage ich vor, dass wir erst einmal versuchen, die nächsten Minuten zu überleben. Sollte es uns gelingen, können wir hinterher immer noch nach einem Schuldigen suchen.«

Sharif nickte. »So ist es.« Dann wandte er sich zu Andrej um. »Was schlagt Ihr vor?«

»Ich?«, fragte Andrej überrascht.

»Ich fürchte, Ihr seid der Einzige hier, der mit Wasser mehr anzufangen weiß, als es zu trinken«, antwortete Sharif.

»Also eigentlich trinkt er ja nur –«, begann Abu Dun und zog es dann vor, lieber nicht weiterzusprechen, als ihn ein eisiger Blick aus Andrejs Augen traf. Doch so ungern er es zugab, Sharif hatte recht. Seine Janitscharen waren Soldaten, die die Wüste kannten und vielleicht die Mauern stolzer Städte, die sie belagert und geschleift hatten, doch er hatte schon eine ganze Flotte kommandiert, als Sharifs Großvater noch nicht einmal auf der Welt gewesen war.

Wortlos erhob er sich, drängelte sich auf dem überfüllten Deck bis zum Bug und sah noch einmal nach rechts und links, aber es blieb dabei: Sie saßen in der Falle. Die beiden Flotten näherten sich ihnen rasch und mit unterschiedlichem Tempo, aber er hätte eigentlich kein zweites Mal hinsehen müssen, um zu erkennen, dass sie sie auch gerade deshalb zugleich erreichen mussten. Und ihre Übermacht war so groß, dass er kaum wagte, an den ihnen bevorstehenden Kampf zu denken.

Schließlich deutete er zum anderen Ufer, das ihm nun meilenweit entfernt schien, kaum mehr als ein rauchig grüner Strich vor einem Horizont, der sich in flimmernder Hitze und Gelb- und Brauntönen auflöste. »Wenn wir es bis dorthin schaffen, haben wir eine gute Chance.«

Sharif sah ihn an, als mutmaßte er zumindest, dass Andrej kaum mehr getan hatte, als zu raten (womit er der Wahrheit ziemlich nahegekommen wäre), sagte aber trotzdem: »Wenigstens eine größere als auf dem Wasser. Aber ihre Schiffe sind schneller.«

Andrej sah ihn nur schweigend an. Mit grimmigem Gesicht fuhr Sharif fort: »Ihr wollt, dass ich es ausspreche, ich verstehe.«

»Was?«, fragte Andrej.

»Dass man manchmal einen Teil opfern muss, um das Ganze zu retten.« Sharif sah Abu Duns verbundenen Armstumpf an, dann in sein Gesicht. »Nicht wahr?«

»Wie viel Munition habt Ihr noch, Hauptmann?«, fragte Andrej hastig und eigentlich nur, um Abu Dun zuvorzukommen, der den Hauptmann auf eine Art musterte, die ihm gar nicht gefiel.

Möglicherweise dachte er darüber nach, etwas zu tun, was Sharif noch viel weniger gefallen würde.

»Nicht genug«, erwiderte Sharif. »Es ist nie genug.« Damit stieß er dem erstbesten Mann, der das Pech hatte seinem Blick zu begegnen, den Zeigefinger so heftig vor die Brust, dass man es hören konnte. »Du! Gib den anderen Booten Bescheid, dass sie sich zum Angriff bereit machen! Und sorg dafür, dass endlich dieses verdammte Segel gesetzt wird!«

Der Mann hastete davon, soweit es auf dem überfüllten Deck des kaum dreißig Fuß messenden Schiffes möglich war. Sharif wandte sich wieder an Andrej »Und jetzt?«

»Wenn Ihr an Allah glaubt, dann solltet Ihr beten, Hauptmann«, antwortete Andrej.

»Und wenn nicht, auch«, fügte Abu Dun hinzu. »Schaden kann es ja schließlich nicht.«

Sharif setzte zu einer zornigen Antwort an, kam jedoch nicht dazu, denn in diesem Moment spannte sich das Segel mit einem Knall, und das Boot zitterte wie unter dem Fußtritt eines Riesen. Ein Schrei erscholl und endete in einem lautstarken Platschen, als einer der Männer das Gleichgewicht verlor und über Bord fiel. Andrej versuchte erst gar nicht zu helfen. Wenn andere es nicht übernahmen, war auch dieser Mann verloren, denn auf dem hoffnungslos überfüllten Schiff war es praktisch unmöglich, sich zu bewegen. Er vermutete, dass es den Männern gelang, ihren Kameraden wieder an Bord zu ziehen, denn er hörte zwar aufgeregte Stimmen, aber keine Schreckensrufe, wie sie erklangen, wenn Menschen hilflose Zeugen eines Unglücks werden. Lieber konzentrierte er sich darauf, die beiden näher kommenden Flotten zu beobachten und ihre Chancen abzuwägen, das gegenüberliegende Ufer tatsächlich zu erreichen, und das vorzugsweise lebend.

Sie standen nicht gut. Auch die zweite Dau hatte Segel gesetzt und gewann sichtbar an Fahrt, doch das Problem waren die anderen Boote, die über keine Segel verfügten, sondern nur gerudert werden konnten. Allein durch ihre schlanke Bauart wären sie unter normalen Umständen vermutlich genauso schnell gewesen wie die Daus, wenn nicht schneller, doch sie waren so überladen, dass es Andrej beinahe wie ein kleines Wunder vorkam, dass sie nicht untergingen. Zugleich waren sie natürlich auch waffenstarrende schwimmende Festungen, die einen schrecklichen Blutzoll von den angreifenden Machdiji verlangen mussten. Aber das würde nichts am Ausgang der Schlacht ändern – wie auch? Wie sollten sie einen Feind besiegen, der sein eigenes Leben als mächtigste Waffe in den Kampf warf?

Neben ihm begann sich Murida unbeholfen zu regen. Andrej streckte die Hand aus, um ihr aufzuhelfen. Erst starrte sie ihn nur finster und aus immer noch leicht verschleierten Augen an, doch dann klärte sich ihr Blick, und sie opferte ihren Stolz, als sie begriff, dass sie sich auf dem überfüllten Deck aus eigener Kraft vermutlich gar nicht hätte aufrichten können.

Sie zu berühren war … seltsam. Es dauerte nur den Bruchteil eines Augenblickes, denn kaum stand sie wieder auf eigenen Füßen, da zog sie die Hand so hastig zurück, als hätte sie glühendes Eisen berührt oder sich besudelt, doch in diesem winzigen Moment war es mehr als nur eine Berührung. Da war etwas, tief in ihr, das ihm auf fast unheimliche Weise bekannt war. Ein Echo aus einer lange zurückliegenden Zeit, wie die Erinnerung an etwas, das sie selbst niemals erlebt hatte.

Dann war der Moment vorbei, und er meinte, in ihren Augen Verwirrung und Wiedererkennen zu sehen. Dann gewann die Verwirrung die Oberhand. Murida wich vor ihm zurück, prallte jedoch gegen den hinter ihr stehenden Mann. Sie räusperte sich unecht, als hätte sie es darauf angelegt, den Moment noch peinlicher zu machen. Andrej konnte ein nachsichtiges Lächeln nicht ganz unterdrücken. Prompt blitzte es in Muridas Augen wütend auf.

»Wie könnt Ihr es wagen, mich anzurühren, Ungläubiger?«, fuhr sie ihn an, ganz gewiss nicht zufällig laut genug, um von mindestens der Hälfte der Männer an Bord gehört zu werden.

»Lass dieses Spielchen, Kind«, antwortete Andrej müde. »Dafür ist jetzt wirklich nicht der richtige Moment.«

Hasserfüllt starrte sie ihn an, beließ es dann aber dabei, und die zornige Entgegnung, die Andrej erwartete, kam nicht. Sie wäre auch nicht echt gewesen. Andrej spürte, dass unter diesem aufgesetzten Zorn noch mehr war, etwas genau Gegenteiliges, das sie mühsam zurückzuhalten versuchte, ohne dass es ihr wirklich gelang. Konnte es sein, dachte er, dass sie dasselbe spürte wie er? Wenn ja, wäre es schlimm, denn es gab Dinge, die er nie wieder zulassen würde.

Der peitschende Knall eines Schusses wehte über das Wasser zu ihnen. Als Andrej herumfuhr, sah er eine schwarze Gestalt aus einem der Boote kippen. Offensichtlich war es jedoch nur ein Glückstreffer gewesen, den einer der Machdiji erzielt hatte, denn es folgte zwar eine ganze Reihe weiterer krachender Schüsse, die aber nur das Wasser rings um das Schiff aufspritzen ließen, zum größten Teil in gehöriger Entfernung.

Die Antwort der Janitscharen fiel dafür umso massiver aus. Auch eingepfercht auf einem schwankenden, überfüllten Schiff, waren diese Männer die besten Schützen ihres Landes, und sie stellten es auf mörderische Art unter Beweis: Das Boot verschwand hinter einer brodelnden Wolke aus Pulverdampf und orangefarbenen

Mündungsblitzen. Die Wirkung auf ihre Gegner war nicht minder verheerend. Drei, vier, fünf Männer stürzten getroffen über Bord und versanken bis auf einen in den schlammigen Fluten, andere wurden zurück auf das Boot und zwischen ihre Kameraden geschleudert. Faustgroße Löcher erschienen in dem schmutzigen Segel, und verirrte Kugeln sprengten Holzsplitter aus Rumpf und Mast, die zu gefährlichen Geschossen wurden. Andrej schätzte, dass allein der ersten Salve ein Viertel der Besatzung zum Opfer fiel, wenn nicht mehr. Jeder andere Gegner hätte angesichts solcher Verluste beigedreht und sein Heil in der Flucht gesucht.

Die Machdiji taten das Gegenteil.

Das Schiff schwenkte herum, schwerfällig und zitternd und unaufhaltsam, und nahm direkten Kurs auf das überfüllte Ruderboot. Die Janitscharen feuerten weiter, ihre Kugeln zerfetzten Segel, Holz und Fleisch mit derselben beiläufigen Unbarmherzigkeit, doch die Katastrophe war nicht aufzuhalten. Das Ruderboot begann schwerfällig zu beschleunigen, und Sharifs Männern gelang es sogar noch, eine dritte, koordinierte Salve abzufeuern, die den kompletten Bug der Dau in eine Wolke aus zersplitterndem Holz und spritzendem Blut verwandelte, dann prallten die beiden Boote mit vernichtender Wucht zusammen. Statt Schüssen hörte man nun Schreie und das Geräusch von splitterndem Holz, Männer wurden über Bord geschleudert oder von fliegenden Trümmern aufgeschlitzt, und irgendetwas explodierte im Heck der Dau und schleuderte flüssiges Feuer in alle Richtungen. Andrej hätte sich gerne abgewandt oder zumindest die Augen geschlossen, doch der Anblick schlug ihn zugleich auch in seinen Bann. Die brennende Dau war zwar schwer beschädigt, dennoch aber viel größer als das zerbrechliche Ruderboot und um ein Mehrfaches schwerer. Das kleine Boot wurde einfach auf die Seite geworfen und zermalmt, bevor die Dau es wie eine schwimmende Axtklinge spaltete. Trümmerstücke und lodernde Gestalten wurden über Bord geschleudert oder auch unter den Rumpf des größeren Schiffes gedrückt, das sich allmählich auf die Seite legte und binnen Kurzem ebenfalls sinken würde. Die Flammen schlugen hoch, und es waren längst nicht mehr nur die Machdiji, die in schierer Todesangst schrien.

Brennende Trümmerstücke brachten die Fluten des Nil zum Kochen, verzweifelte Männer suchten irgendeinen Halt, an den sie sich klammern konnten, oder versuchten schwimmend eines der anderen Schiffe oder das Ufer zu erreichen. Kaum einem würde es gelingen, begriff Andrej entsetzt. Als wäre das, was sich die Menschen gegenseitig antaten, nicht schlimm genug, waren auch die eigentlichen Herren dieses Flusses wieder aufgetaucht. Hilflos musste Andrej mit ansehen, wie ein Mann in einem schwarzen Mantel (er wusste nicht einmal, zu welcher Seite er gehörte, und es spielte auch nicht die geringste Rolle), der sich gerade noch an eine schwelende Planke geklammert hatte, in einem gewaltigen Geysir aus sprudelndem Schaum und nass glänzenden graugrünen Schuppen und gelben Zähnen unter Wasser gezogen wurde. Nicht einmal eine Sekunde später schlossen sich die Kiefer eines zweiten Krokodils um Kopf und Schulter eines anderen Mannes, um ihn ebenfalls in die Tiefe zu zerren.

Die beiden Krokodile waren nicht die einzigen, sondern allenfalls die Vorhut. Wohin er auch sah, gewahrte Andrej plötzlich gezackte knöcherne Rückenplatten und verräterische Wellenlinien, unter denen gewaltige Schemen dahinschossen. Auf einmal war er sich nicht einmal mehr sicher, von wem die größere Gefahr ausging: den Machdiji, die sie unerbittlich einkreisten, oder den Krokodilen, deren Zahl immer noch weiter anwuchs.

»Das ist doch nicht normal ... «, murmelte Abu Dun, drehte sich zu Murida und ihm herum und fügte noch ein ziemlich hilflos klingendes »Oder?« hinzu.

»Es sind kluge Tiere«, erwiderte Murida. »Sie wittern verdorbenes Fleisch über große Entfernung. Du solltest besser nicht baden gehen.«

»Aber es ist ungewöhnlich?«, setzte Andrej nach.

»Soviel ich weiß, ja.« Es war Sharif, der antwortete, nicht Murida. »Aber ich kenne mich auch nicht besonders gut aus. Jedenfalls sagt man, dass es gelehrige Tiere sein sollen.«

»Wahrscheinlich hat es sich unter ihnen herumgesprochen, dass in der Nähe von Schiffen immer wieder die eine oder andere Leckerei abfällt«, fügte Abu Dun hinzu. Jetzt war es nicht mehr nur Andrej, der ihn ärgerlich ansah.

»Wir müssen schneller werden«, bestimmte Sharif. »Wendet das Schiff in die Strömung! Die anderen sollen uns den Weg freischießen, wenn es nötig ist!«

Unverzüglich machten seine Männer sich daran, seine Befehle auszuführen, und Abu Dun öffnete den Mund, vermutlich um eine weitere ganz und gar nicht komische Bemerkung zum Besten zu geben, und klappte ihn dann wieder zu, ohne auch nur einen Laut geäußert zu haben. Vielleicht lag es ja an dem drohenden Blick, den Andrej ihm zugeworfen hatte.

»Haben wir Ruder an Bord?«, blaffte Sharif. »Wenn nicht, rudert mit irgendetwas, meinetwegen mit den Händen! Wir brauchen Geschwindigkeit!«

»Das ist keine gute Idee«, sagte Abu Dun. Andrej kam es vor, als würde er flüstern. Nach dem ohrenbetäubenden Krachen der Musketensalven und den Schreien der Sterbenden erschienen ihm alle Geräusche sonderbar gedämpft und fast unnatürlich leise, selbst der einzelne Schuss, der in diesem Moment fiel, wie um die Worte des Nubiers noch zu unterstreichen.

»Und wieso nicht?«, wollte Sharif wissen. »Habt Ihr Angst, wir könnten zu schnell werden?«

Abu Dun wollte antworten, doch in diesem Moment erscholl ein erschrockener Ausruf, und einer der Männer zog so hastig den Arm aus dem Wasser, dass er das Gleichgewicht verlor und nach hinten gefallen wäre, hätten ihn seine Kameraden nicht aufgefangen. Ein gewaltiges Kiefernpaar mit Hunderten fingerlanger gelber Zähne schlug mit einem krachenden Laut genau dort zusammen, wo sich nur einen Sekundenbruchteil zuvor noch sein Arm befunden hatte, und das Krokodil fiel in einer Schaumexplosion ins Wasser zurück, die nicht nur die Männer an Deck durchnässte, sondern auch die gesamte Dau erzittern ließ.

»Deshalb«, sagte Abu Dun trocken.

Sharif presste die Kiefer so fest aufeinander, dass seine Zähne knirschten, enthielt sich aber jeden Kommentars und fuhr auf dem Absatz herum, um seinen Zorn an einem anderen unglückseligen Opfer auszulassen. Andrej lachte schadenfroh in sich hinein, dachte aber dasselbe wie Abu Dun: Die Tiere verhielten sich nicht normal. Die geschuppten Bewohner dieses Flusses waren zu Recht gefürchtet, aber es waren zu viele, und er hatte auch noch nie davon gehört, dass Krokodile ein Boot angegriffen hätten oder ihm auch nur nahe gekommen wären.

Vielleicht war es das viele Blut im Wasser, das die Tiere wahnsinnig machte, versuchte er sich selbst zu beruhigen. Auch wenn er im Grunde wusste, dass die Antwort nicht so einfach war.

Wieder fielen Schüsse, gefolgt von einem langen Schrei, der sich bis zu unmenschlicher Lautstärke steigerte, bevor er mit schrecklicher Plötzlichkeit abbrach. Andrej sah sich um, konnte aber seine Herkunft nicht erkennen – nicht, dass besonders viel Fantasie nötig gewesen wäre, sie sich vorzustellen. Dafür begriff er erschrocken, wie sehr sich die Situation in den wenigen Augenblicken, die er abgelenkt gewesen war, geändert hatte.

Auch die anderen Boote waren in Schwierigkeiten. Das Segel der zweiten Dau brannte, und die Männer auf den beiden verbliebenen Ruderbooten lieferten sich eine regelrechte Seeschlacht mit den Machdiji, an deren Ausgang es nicht den geringsten Zweifel gab: Die Musketenkugeln der Janitscharen wüteten fürchterlich unter den Angreifern, aber die Übermacht war einfach zu groß, ganz egal, ob die Männer mit nahezu jedem Schuss trafen oder nicht. Der Fluss schien zu kochen. Überall trieben Wrackteile und brennendes Holz und Öl, Männer kämpften verzweifelt gegen das Ertrinken an oder versuchten vor den gepanzerten Ungeheuern zu fliehen, die in immer größerer Zahl zwischen ihnen auftauchten. Mit jeder Bootslänge, die sich die Machdiji ihren Opfern näherten, verloren sie weitere Männer, doch auch ihre Treffsicherheit nahm zu, ganz einfach, weil die winzigen Boote so hoffnungslos überfüllt waren, dass sie, auch ohne genau zu zielen, mit jedem Schuss einen Mann trafen. Sollte sich hinterher jemand die Mühe machen, die Toten zu zählen, würde die Bilanz schrecklich zuungunsten der Aufständischen ausfallen, dachte Andrej. Aber diese Schlacht würden sie gewinnen.

»Also das ist nun wirklich seltsam«, sagte Abu Dun in fast schon amüsiertem Ton und mit gespitzten Lippen an einem einzelnen hellgrünen Blatt knabbernd.

»Was?«, fragte Murida böse. »Dass eure gedungenen Mörder gegen einfache Bauern und Handwerker unterliegen, die für ihre Freiheit kämpfen?«

»Nein«, antwortete Abu Dun kauend. Er deutete auf eine mit

gut fünfzehn Mann besetzte Dau, die keine hundert Fuß mehr entfernt und damit schon längst in Schussweite war. »Dass sie gar nicht auf uns schießen.«

Sharif legte die Stirn in Falten und sah das Schiff an, als erblickte er ein solches Gebilde zum allerersten Mal. Dann drehte er sich langsam herum und spähte flussabwärts. Sein Gesicht blieb ausdruckslos, doch Andrej sah ihm an, wie schwer es ihm fiel, seinen Schrecken zu verbergen. Allerdings entdeckte er nicht einmal die mindeste Spur von Überraschung in seinem Blick.

Aus der anderen Richtung näherte sich ihnen ein zweites Boot, mit deutlich mehr Männern besetzt, dafür aber langsamer, was jedoch keinen Grund zur Erleichterung gab. Rasch überschlug Andrej in Gedanken Kurs und Geschwindigkeit der drei Schiffe und kam genau zu dem von ihm gefürchteten Ergebnis: Die drei Boote würden irgendwo in der Flussmitte zusammentreffen, und das in wenigen Minuten.

»Sie wollen uns lebend«, sagte Sharif.

»Oder es ist jemand an Bord, den sie auf keinen Fall in Gefahr bringen wollen«, sagte Abu Dun schmatzend.

»Ist das so?«, wandte sich Sharif an das Mädchen.

»Warum gibst du nicht endlich auf?«, fragte Murida, ohne auf die Worte des Nubiers einzugehen. »Ihr könnt nicht gewinnen. Müssen denn noch mehr Männer sinnlos sterben?«

»Würden deine Freunde sie denn am Leben lassen?«, fragte Abu Dun, bevor Sharif antworten konnte.

»Wenn sie sich für die richtige Seite entscheiden.«

»Also nein«, seufzte Abu Dun und griff in den Beutel, den er sich in die Armbeuge geklemmt hatte. Andrej registrierte beiläufig, dass er wieder prall gefüllt war. Abu Duns abschließender kleiner Raubzug schien erfolgreich gewesen zu sein. »Dann wollen wir hoffen, dass deine Soldaten wirklich so gute Schützen sind, wie du behauptest, Hauptmann … und euch die Kugeln nicht ausgehen.«

Andrej sah wieder zu dem näheren der beiden Schiffe hin. Die Entfernung war weiter zusammengeschmolzen und schrumpfte immer noch. Auch die Männer dort drüben waren mit Musketen bewaffnet, doch trotz der mittlerweile sicheren Schussdistanz hatte noch niemand gefeuert. *Sharif hatte recht*, dachte er. *Sie wollen uns lebend*. Nicht, dass ihn diese Vorstellung beruhigte.

Der flackernde Blitz und das Grollen einer weiteren Explosion zerrissen diesen Moment der Ruhe, und Andrej musste nicht hinsehen, um zu wissen, dass sich ein weiterer Machdiji geopfert hatte – vielleicht zusammen mit seinem Schiff –, um möglichst viele Feinde mit sich ins Verderben zu reißen.

Eine plötzliche Welle traf die Dau. Schreie gellten, und es stank nach brennendem Holz und versengtem menschlichem Fleisch. Eine brodelnde schwarze Rauchwolke erhob sich über dem Fluss. Andrej wandte den Blick ab, doch vor den lautlosen Todesschreien weiterer sinnlos erlöschender Leben konnte er seine Sinne nicht verschließen.

»Warum, Murida?«, wandte er sich an das Mädchen. »Warum dieser Hass?«

Murida sah ihn einen Atemzug lang nur an, dann, immer noch schweigend, drehte sie sich halb herum und hob den Arm, um in die Richtung zu deuten, aus der sie gekommen waren, zurück zum Ufer. Andrejs Blick folgte der Bewegung, und im allerersten Moment wusste er nicht, was sie meinte, weil der gesamte Fluss in Flammen zu stehen schien. Doch dann traf ihn die Erkenntnis.

Auch am Ufer brannte es. Die Entfernung war schon zu groß, um Einzelheiten zu erkennen, selbst für ihn, aber das wenige, was er sah, war mehr, als er sehen wollte. Der gesamte Ort stand in Flammen. Wie ein riesiger Schwarm Feuerkäfer hingen die Funken über dem zentralen Platz. Die Entfernung war zu groß, um Schreie zu hören, doch Andrej wusste, dass es sie gab.

Sekundenlang stand er einfach so da, ohne zu atmen, ohne zu denken, ungläubig – dann fuhr er herum und musste sich zusammenreißen, um Sharif nicht zu packen und wild zu schütteln. »Warum?«, brachte er mühsam heraus.

»Als Warnung an alle anderen, die mit dem Gedanken spielen, sich mit den Feinden des Sultans zusammenzutun«, antwortete Sharif kalt. »Sie sollen sehen, was geschieht.«

»Glaubt Ihr denn, sie hätten ihnen eine Wahl gelassen?«, flüsterte Andrej entsetzt.

»Und glaubt Ihr, ich hätte eine Wahl?«, erwiderte Sharif. Er schnaubte abfällig, wie als Reaktion auf eine Antwort, die Andrej ihm gar nicht gegeben hatte, drehte sich halb zu einem seiner Männer herum und machte eine Kopfbewegung auf dessen Waffe zu. Doch noch bevor er etwas sagen konnte, mischte sich Abu Dun ein.

»Wenn Ihr auf sie schießen lasst, werden sie zurückfeuern«, sagte er.

»So etwas soll im Krieg vorkommen«, erwiderte Sharif, bedeutete dem Mann aber trotzdem mit einer Geste, noch einen Moment zu warten, und wandte sich dann fragend und fordernd zugleich an Andrej. »Dann habt Ihr doch sicher einen besseren Plan, uns aus dieser misslichen Lage hinauszumanövrieren, Admiral?«

Andrej fand den Spott in seinen Worten dem Moment völlig unangemessen, schluckte aber die Antwort, die ihm auf der Zunge lag, herunter und zwang sich, die näher kommenden Schiffe noch einmal genauer in Augenschein zu nehmen. Ihre Zahl war auf drei angewachsen, und man musste kein Meisterstratege sein, um zu erahnen, dass es auch dabei nicht bleiben würde.

»Abu Dun hat recht«, sagte er, nachdem er eine Zeit lang wenigstens so getan hatte, als hätte er angestrengt nachgedacht. »Haltet Euch bereit, aber die Männer sollen noch nicht feuern. Pirat!«

Abu Dun drängelte und schubste sich zum Ruder am Heck des kleinen Bootes durch, das er auch mit einer Hand noch bedienen konnte, und Andrej trat an den Mast. Er war alles andere als ein meisterhafter Segler, doch die Erfahrung, die Sharifs Männer mit Wasser hatten, beschränkte sich wohl tatsächlich darauf, es zu trinken. Und im Land der Blinden war der Einäugige schon immer König gewesen. Mit einigen wenigen Kommandos, deren Tonfall deutlich mehr Selbstvertrauen ausstrahlte, als er in Wahrheit empfand, wies er die Männer an, die Taue zu straffen und das dreieckige Segel ein wenig zu neigen. Und das Wunder geschah tatsächlich: Die Dau schüttelte sich verärgert, aber sie wurde spürbar schneller. Wahrscheinlich war es nur Glück.

Zumindest Sharif sah ebenso überrascht aus, wie er sich fühlte, beließ es aber auch bei einem angedeuteten spöttischen Verziehen der Lippen und starrte weiter dem feindlichen Schiff entgegen. Sie waren immer noch zu langsam, die Verfolger würden sie jetzt ein Stück jenseits der Flussmitte einholen, doch dass sie sie einholen würden, daran bestand kein Zweifel, und letzten Endes war das alles, was zählte.

»Es ist sinnlos«, sagte er finster, überlegte kurz und riss dem Mann neben sich dann die Muskete aus der Hand. Bevor Andrej begriff, was er tat, hatte er auch schon angelegt und geschossen. Die Mündungsflamme versengte die Wange des Mannes vor ihm, und der peitschende Knall sorgte wahrscheinlich dafür, dass er auf diesem Ohr nie wieder etwas hören würde, doch im gleichen Moment warf auch einer der Machdiji die Arme in die Luft und kippte nach hinten.

Die Antwort ließ nicht lange auf sich warten. Sharif gab die leer geschossene Muskete an ihren eigentlichen Besitzer zurück und ließ sich eine andere Waffe geben. Noch bevor er anlegen konnte, knallte es auf dem anderen Schiff, und ein geradezu lächerlich kleines Rauchwölkchen stieg über den Köpfen der Machdiji auf. Einer von Sharifs Männern keuchte auf, griff sich an den Hals und fiel nach vorne und über Bord. Augenblicklich begann das Wasser zu kochen, aufgepeitscht von graugrün gepanzerten Schwänzen und riesigen schnappenden Kiefern.

»Eins zu eins«, kommentierte Abu Dun von seinem Platz am Ruder aus, laut und in unangemessen fröhlichem Ton, wie betrunken. Andrej fragte sich, wie viel Kat er schon genommen hatte, seit sie an Bord gegangen waren. »Ich bin nicht gut im Zählen, aber ich vermute einfach mal, dass Ihr dieses Spiel verlieren werdet, Hauptmann.«

»Das werden wir sehen«, sagte Sharif, erschoss, praktisch ohne zu zielen, einen weiteren Aufständischen und ließ die Waffe fallen, um nach Murida zu greifen. Mit einer Hand drehte er ihr den Arm auf den Rücken, sodass aus ihrem erschrockenen Schrei ein schmerzerfülltes Keuchen wurde, den anderen Arm schlang er von hinten um ihren Hals und zwang ihren Kopf in den Nacken, während er sie wie ein lebendes Schutzschild vor sich hielt. Mindestens drei oder vier Musketen zielten von der Dau auf das Mädchen und ihn, aber niemand schoss.

»Ja, das dachte ich mir«, sagte Sharif. »Erschießt sie!«

Die beiden letzten Worte galten den Janitscharen, die sich kein zweites Mal bitten ließen, seinen Befehl auszuführen. Fast ein

Dutzend Schüsse krachten gleichzeitig und fällten etliche Machdiji. Wer nicht über Bord und direkt vor die Mäuler der schon gierig wartenden Krokodile fiel, duckte sich hastig hinter die niedrige Bordwand oder benutzte den Körper eines erschossenen Kameraden als Deckung. Nicht ein einziger Machdiji versuchte auch nur zurückzuschießen.

»Das dachte ich mir«, sagte Sharif noch einmal. Murida hatte ihren Schrecken endlich überwunden und begann sich aus Leibeskräften zu wehren und mit den Beinen zu strampeln, doch Sharif schien es nicht einmal zur Kenntnis zu nehmen.

»Geht in Deckung!«, rief er. »Und schießt weiter! Und Ihr, Admiral, bringt uns hier weg!«

Gehorsam ließen sich seine Männer in die Hocke oder auf ein Knie sinken und schossen weiter, so schnell sie ihre Musketen nachladen konnten. Und auch Andrej und Abu Dun taten an Ruder und Segel, was in ihrer Macht stand.

Auch wenn Andrej wusste, dass es nicht reichen würde. Die erste Salve hatte viele Machdiji das Leben gekostet, doch der anfängliche Erfolg setzte sich nicht fort. Die überlebenden Aufständischen, die die Körper ihrer erschossenen Kameraden als Deckung nutzten oder sich fest auf das Deck oder hinter die niedrige Reling drückten, schafften es trotzdem, das Schiff auf Kurs zu halten. Und dasselbe galt auch für die beiden anderen Boote. Strömung und Wind taten ein Übriges, damit ihr Opfer nicht entkommen würde. Und sobald sie erst einmal nahe genug heran waren, um das Schiff zu entern, musste allein ihre Übermacht die Entscheidung herbeizwingen.

Murida gelang es endlich, sich loszureißen, doch nur ein Augenblick verging, bevor Sharif sie abermals packte, sich dieses Mal aber darauf beschränkte, ihre Handgelenke zu umklammern –

und immer wieder die Füße zurückzuziehen, um ihren Stampfattacken auf seine Zehen zu entgehen, was dem Anblick eine unfreiwillig komische Note verlieh.

»Du verdammter Feigling!«, schrie sie. »Ist das deine Vorstellung von Ehre, sich hinter einer wehrlosen Frau zu verstecken?«

»Ob du *wehrlos* bist, darüber ließe sich streiten –« Sharif warf hastig den Kopf in den Nacken, als Murida versuchte, ihm mit der Stirn die Nase zu zertrümmern. » – aber was den Rest angeht, durchaus, ja.«

Auf einer der anderen Daus wurde ein Schuss abgegeben. Die Kugel schlug so weit neben ihnen ins Wasser, dass man das weiße Aufspritzen kaum noch sehen konnte, aber Sharif wirbelte das Mädchen trotzdem zu dem Schiff herum und ließ ihre linke Hand gerade lange genug los, um ihr eine schallende Ohrfeige zu versetzen. Ganz davon abgesehen, dass Andrej wieder das Bedürfnis verspürte, ihn niederzuschlagen, hatten offensichtlich beide recht: Sharifs Taktik war nicht besonders ehrenhaft, und sie funktionierte. Dem ersten Schuss folgte kein zweiter mehr.

Allerdings hatten sie sich auf diese Weise vielleicht eine Minute erkauft oder allerhöchstens zwei. Andrej zog sein Schwert, und auch etliche Janitscharen holten ihre Krummsäbel unter den Mänteln hervor und legten sie griffbereit neben sich auf das Deck, bevor sie die Musketen ein letztes Mal abfeuerten – womit sie im Grunde nur kostbare Munition vergeudeten.

Der erste Zusammenprall war heftig, aber nur kurz, denn Abu Dun riss das Ruder herum, sodass sich die Boote praktisch sofort wieder voneinander lösten und es nur drei Machdiji gelang, das Schiff zu entern. Zwei von ihnen starben, noch bevor sie den Fuß auf das Deck gesetzt hatten, aufgespießt von den Säbeln der Janitscharen, den dritten stieß Abu Dun höchstpersönlich mit seinem Armstumpf ins Wasser, wo bereits ein hungriges Krokodil auf ihn wartete. Wie gepanzerte Haie umkreisten die gefräßigen Bestien die Schiffe, als spürten sie genau, welches Festmahl auf sie wartete.

Indem sie sich in spitzem Winkel von der angreifenden Dau entfernten, näherten sie sich nur umso schneller dem zweiten feindlichen Schiff, dessen Besatzung bereits Schwerter und Speere hob und sich zum Entern bereit machte. Andrej ergriff seinen Säbel fester und überschlug ein letztes Mal ihre Chancen. Selbst mit einem so schwer verletzten Abu Dun an seiner Seite sollte es ihm gelingen, den Angriff zurückzuschlagen … aber nicht schnell genug. Auch das dritte Schiff, das sich der Hetzjagd angeschlossen hatte, war nahezu bei ihnen, und als Andrej rasch über die Schulter zurücksah, korrigierte er die Zahl auf fünf. Wenn die beiden Schiffe sie auch nur für einen einzigen Moment stoppten, war es vorbei. Die Machdiji würden sie schlichtweg überrennen.

Als Abu Dun das Ruder wieder herumwarf, krängte die Dau für einen Moment so bedrohlich nach Backbord, dass ein paar Männer erschrocken aufschrien und alle Mühe hatten, nicht ins Wasser zu fallen. Etwas Großes, Geschupptes mit Panzerplatten und viel zu vielen Zähnen schnappte nach ihnen. Abu Dun beugte sich vor, packte das Krokodil am Schwanz und riss es mit einer einzigen kreisenden Bewegung nicht nur aus dem Wasser, sondern nutzte den Schwung des zuschnappenden Tieres auch, um es noch weiter zu beschleunigen und in hohem Bogen auf das Deck der heranjagenden Dau zu werfen. Für einen kurzen Moment war Andrej, als würde er einen verdutzten Ausdruck in den Augen des Krokodils sehen.

Noch sehr viel verdutzter waren vermutlich die Machdiji, auf denen das Ungeheuer landete. Es war kein besonders großes Krokodil. Vom Schwanz bis zur Schnauze maß es vielleicht sieben Fuß, allerhöchstens acht, aber es war immerhin ein Krokodil, und es war nicht sonderlich begeistert davon, als Wurfgeschoss missbraucht zu werden. Andrej verlor es aus den Augen, als es zwischen den Männern landete, doch er hörte ein zorniges Brüllen und eine Folge dumpfer Schläge und berstender Laute, die in einem Chor gellender Schreie untergingen.

Dennoch war es für eine Sekunde, als wäre die Zeit stehen geblieben. Alle an Deck – Andrej eingeschlossen – starrten Abu Dun mit offenem Mund an, Andrej vielleicht sogar mit der größten Fassungslosigkeit. Die Männer hielten Abu Dun vermutlich schon länger für … *irgendetwas* eben, nur keinen normalen Menschen. Andrej wusste zwar, wie unvorstellbar stark der Nubier war, selbst für einen Unsterblichen, aber das hier war … unmöglich. Und trotzdem hatte er es mit eigenen Augen gesehen.

»Was?«, fragte Abu Dun.

Ein gellender Schrei ließ Andrej zum Deck der anderen Dau sehen, gerade im richtigen Moment, um zu beobachten, wie ein Machdiji zurück- und über Bord stolperte, Gesicht und Brust vom peitschenden Schwanz des Krokodils zu Brei geschlagen, und kurz darauf ein zweiter Mann kreischte und zusammenbrach, als ihm das um sich schnappende Krokodil die Hände abbiss.

»Los!«, befahl Sharif. »Entern!«

Andrej war immer noch wie benommen von dem, was er gerade gesehen hatte, doch Sharifs Soldaten reagierten so präzise und schnell, wie man es erwarten konnte. Mit einer krachenden Salve streckten sie zahlreiche Machdiji nieder, die in schierer Panik vor dem tobenden Krokodil flohen und sprangen fast gleichzeitig auf das Deck der höher gelegenen Dau hinauf. Kaum einer der Aufständischen versuchte, Widerstand zu leisten. Wer nicht vom peitschenden Schwanz oder den schnappenden Kiefern des Krokodils verletzt oder gleich getötet worden war, der schien zu schockiert, um sich ernsthaft zu verteidigen. Sharifs Männer überrannten sie schlichtweg, abgesehen von einem einzelnen Machdiji, der es absurderweise vorzog, über Bord zu springen und dort von zwei weiteren Krokodilen in Empfang genommen zu werden. Abu Dun selbst übernahm es, das Krokodil mit einem Fußtritt ins Wasser zurückzubefördern, der kaum weniger kraftvoll war als der Wurf, mit der er es auf das Deck geschleudert hatte. Allmählich begann der Nubier Andrej ein wenig unheimlich zu werden, und er ertappte sich bei der Frage, ob er vielleicht gut daran täte, Angst vor dem zu haben, was aus Abu Dun geworden war.

Andrej – dicht gefolgt von Sharif, der Murida immer noch mit einem eisernen Griff festhielt – war der Letzte, der auf das Schiff übersetzte, als ihm endlich aufging, dass die Janitscharen weder zurückkommen würden noch sollten. Das Boot schoss an der plötzlich verwaisten Dau vorbei, auf die es gerade noch Jagd gemacht hatte. Sharifs Männer hatten anscheinend Befehle erhalten, von denen Andrej nichts wusste, oder sie waren tatsächlich so gut, wie ihr Hauptmann immer behauptete: Praktisch ohne in der Bewegung innezuhalten, schwenkten sie ihre Waffen herum und feuerten auf das andere Schiff, dessen Besatzung dem bizarren Geschehen fassungslos gefolgt war.

Die Salve richtete nicht einmal besonders viel Schaden an, wenigstens nicht auf den ersten Blick. Die meisten Kugeln verfehlten ihr Ziel und rissen nur Splitter aus dem Holz oder zerfetzten das Segel. Aber der Kugelhagel versetzte die Machdiji in Panik, und das war es, was ihnen zum Verhängnis wurde. Eine (vermutlich nur scheinbar) verirrte Kugel traf den Mann im

Heck und ließ ihn über dem Ruder zusammenbrechen, das Schiff schwenkte um die entscheidende Winzigkeit herum und rammte die leere Dau im ungünstigsten aller nur vorstellbaren Winkel. Der Zusammenprall war nicht hart genug, um die Boote ernsthaft zu beschädigen, aber er riss jedermann an Deck von den Füßen und schleuderte nicht nur zwei Männer über Bord, sondern verkeilte die beiden Schiffe auch hoffnungslos ineinander, sodass an eine Verfolgung nicht mehr zu denken war. Und als wäre das allein noch nicht genug, begannen sich die beiden verhakten Wracks in den Kurs der Schiffe zu drehen, die sie verfolgten. Zwar viel zu langsam und vorhersehbar, um eine echte Gefahr darzustellen, doch sie zwangen sie, ihren Kurs zu ändern – und mehr war nicht nötig. Die Distanz zu ihren Verfolgern nahm wieder zu, langsam, aber stetig. Mit einem Mal hatten sie wieder eine Chance.

»Ich nehme alles zurück, was ich über Euch gedacht habe, Ungläubiger«, sagte Sharif. »Ihr seid wahrlich ein hervorragender Seemann. Das war eine Meisterleistung.«

»Ich habe nichts damit zu tun«, sagte Andrej.

»Ich weiß«, antwortete Sharif und blinzelte ihm fast verschwörerisch, aber auch mit einem spöttischen Funkeln in den Augen zu. Andrej fragte sich vergeblich, was er an der Situation eigentlich so amüsant fand. »Aber keine Angst. Ich verrate es niemandem.«

»Dazu wirst du auch keine Gelegenheit mehr bekommen!«, versprach Murida. »Was ist nur aus dir geworden? Du warst einmal ein Mann von Ehre, und jetzt versteckst du dich hinter einer Frau! Man wird dich als Feigling in Erinnerung behalten!«

»Nicht, wenn niemand mehr da ist, um davon zu berichten, mein Täubchen«, antwortete Sharif. Mit sanfter Gewalt drehte er die junge Frau herum, sodass sie ihm ins Gesicht sehen musste, drückte ihr einen flüchtigen Kuss auf die Stirn und gab sie dann in die Obhut eines seiner Janitscharen.

»Und jetzt lasst uns von hier verschwinden!« Er deutete auf den verwaschenen grünen Strich des gegenüberliegenden Ufers. »Dorthin!«

Kapitel 32

Wenn es so etwas wie eine lenkende Macht des Schicksals gibt, dann stand sie entweder ausnahmsweise einmal auf ihrer Seite oder hatte Sinn für Humor, denn sie erreichten nicht nur entgegen jeder Wahrscheinlichkeit das andere Ufer, sondern schlugen auch noch einen weiteren Angriff der Machdiji zurück, wenngleich halbherzig vorgetragen und allerhöchstens der Pflicht geschuldet und nicht der Begeisterung.

Natürlich war es nur eine Atempause, der der nächste Angriff mit umso größerer Wucht folgen würde, und ob sie den überstehen würden, war mehr als fraglich. Oder den folgenden. Oder den, der darauf folgen würde. Oder den nächsten. Ihre Gegner würden nicht aufgeben. Wenn Andrej an diesem Tag eines begriffen hatte, dann das.

Sie hatten in den Ruinen eines uralten Gebäudes, die so verfallen waren, dass man ihren ursprünglichen Zweck nicht mehr erraten konnte, Zuflucht gesucht – verwitterte und von den Jahrhunderten glatt geschmirgelte Mauerreste, die halb aus dem Wasser ragten und vielleicht ebenfalls zu einer längst vergessenen Hafenanlage gehörten, ebenso gut aber auch vor ungezählten Jahrhunderten an Land gestanden haben mochten, als das Ufer des Nil noch einem anderen Verlauf gefolgt war. Sharifs Männer hatten sich zwischen den halb überfluteten Mauern verteilt und ihre Verfolger mit einem Kugelhagel empfangen, der selbst die Hartnäckigsten unter ihnen davon überzeugt hatte, dass dieser Angriff keine besonders gute Idee war.

Und wahrscheinlich würde diese tausend Jahre alte Ruine auch ihr aller Grab werden.

»Bereut Ihr es schon, mich begleitet zu haben, Andrej?«

Überrascht, dass er seine Annäherung weder gehört noch auf anderem Weg bemerkt hatte, antwortete Andrej: »Das habe ich schon getan, bevor wir überhaupt aufgebrochen sind.«

»Ein einfaches Ja oder Nein hätte auch ausgereicht.« Sharif trat neben ihn und sah auf den Fluss hinab. »Aber dann hätte ich Euch nicht fragen können, warum Ihr uns trotzdem begleitet habt, nicht wahr?«

Andrej lächelte und dachte wieder, wie schon so oft in den zurückliegenden Tagen: Wären die Umstände ihres Kennenlernens nur etwas anders gewesen, hätte dieser Mann gut sein Freund werden können. »Ich kann mich nicht erinnern, dass Ihr uns die Wahl gelassen habt«, antwortete er.

Sharif maß ihn mit einem sonderbaren Blick, machte einen weiteren Schritt und ging unmittelbar vor dem Wasser in die Hocke, bevor er antwortete. »Mit Verlaub, Andrej – aber der Mann, der Euch zu etwas zwingen kann, ist noch nicht geboren.«

»Warum hätte ich Euch dann begleiten sollen, Hauptmann?«

»Sagt Ihr es mir, Andrej.« Sharif deutete ein Schulterzucken an. Es wirkte, als würde ihm die Bewegung Schmerzen bereiten. Statt weiterzusprechen, ließ er sich auf das linke Knie sinken und schob den Ärmel hoch, sodass Andrej den blutverkrusteten Handrücken und den rot getränkten Stoff des Hemdsärmels sah. Bei all der Gewalt und dem Morden und Sterben, dessen Zeuge er heute geworden war, hatte er ganz vergessen, dass auch Sharif verletzt worden war. Da der Hauptmann jedoch nicht von sich aus darauf einging, hielt auch Andrej es nicht für notwendig.

»Es ging um Euren Freund und sein Problem mit dem Kat«, fuhr Sharif fort, während er damit begann, behutsam seine Hand zu säubern. Er hatte sich einen üblen Schnitt am Handballen eingehandelt, und die behutsame Art, auf die er den Arm bewegte, ließ Andrej mutmaßen, dass das nicht seine einzige Verletzung war. »Oh ja, und natürlich um das Mädchen.«

»Welches Mädchen?«, hörte sich Andrej selbst fragen. Er kam sich selbst albern vor. Sharif überging die Frage einfach und fuhr fort: »Ich wünschte, Ihr hättet getan, worum ich Euch gebeten habe und sie weggebracht.«

»Wenn man es genau nimmt, dann habe ich das getan, worum Ihr mich gebeten habt und die Machdiji vor Eure Musketenläufe geführt«, antwortete Andrej. »Oder etwa nicht?«

»Ja«, gestand Sharif. »Aber vielleicht hatte ich einfach gehofft, dass Ihr meinen Befehl missachtet und sie wegbringt.«

»Es wäre ihr sicherer Tod gewesen.«

»Das ist wahr. Aber weder ich noch Ihr konntet es wissen.« Sharif ballte die Finger prüfend zur Faust und stand auf. »Gut, dass Ihr es nicht getan habt. Aber beantwortet Ihr mir eine Frage, Andrej, ganz ehrlich?«

»Das kommt auf die Frage an.« Andrej zögerte einen Moment und verbesserte sich dann: »Ja.«

»Empfindet Ihr etwas für Murida?«

»Ich wäre nicht hier, wenn es nicht so wäre«, antwortete Andrej wahrheitsgemäß, »aber ich kann auch nicht –«

»Ihr jedenfalls seid ihr umgekehrt nicht gleichgültig«, fiel ihm Sharif ins Wort. »Das Mädchen mag Euch.«

»Sie ist ganz wild nach meinen Augen«, bestätigte Andrej. »Ich nehme an, deswegen will sie sie mir auskratzen.«

Sharif blieb ernst. »Sie mag Euch, Andrej. Wahrscheinlich sogar mehr als nur das.«

Als ob er das nicht wüsste! Trotzdem antwortete er: »Sie hat eine sonderbare Art, das auszudrücken.«

»Aber es ist so«, beharrte Sharif. »Ihr solltet in ihre Augen sehen, wenn sie über Euch redet.«

»Sprühen sie Funken?«, fragte Andrej.

Sharif ignorierte auch das. »Und Ihr solltet hören, wie sie über Euch spricht. Glaubt mir, ich kenne mich aus. So redet eine Frau nicht über einen Mann, der ihr gleichgültig ist.«

»Gut, dass Ihr es mir sagt«, erwiderte Andrej. »Sobald ich wieder in Konstantinopel bin, werde ich beim Sultan um ihre Hand anhalten. Und bis dahin habt Ihr mein Wort als ehrbarer Ungläubiger, dass die Tugend der holden Jungfer nicht in Gefahr ist.«

Sharif lächelte dünn, aber seine Augen blieben ernst. »Euer einfaches Wort als Mann würde mir reichen, dass Ihr auf sie aufpasst«, antwortete er. »Und Ihr werdet Konstantinopel nicht wiedersehen, keiner von uns wird das, fürchte ich.«

»Ich dachte, Ihr wärt Soldat, Hauptmann«, antwortete Andrej. »Hat Euch niemand gesagt, wie gefährlich eine solche Einstellung ist? Manche glauben, sie wäre der sicherste Weg, einen Kampf zu verlieren, noch bevor der erste Schuss gefallen ist.«

»Ich bin sogar ein guter Soldat«, erwiderte Sharif, »aber ich bin auch nicht dumm und weiß, wann es vorbei ist.« Er wandte sich wieder dem Fluss zu. Andrej tat es ihm gleich, auch wenn er bezweifelte, dass sie tatsächlich das gleiche sahen.

Sharifs Blick taxierte das knappe Dutzend Boote, das ihren Verfolgern noch geblieben war. Nach der blutigen Nase, die sie sich gerade geholt hatten, blieben sie in respektvollem Abstand, aber das würde gewiss nicht mehr lange so bleiben. Vermutlich wog Sharif ihre Chancen ab, einen zweiten Angriff der Machdiji zurückzuschlagen. Andrej blickte zu der brennenden Stadt am anderen Ufer.

Sie waren viel zu weit entfernt, um irgendwelche Einzelheiten zu erkennen, aber die schwarzen Rauchwolken waren eher mehr geworden, und Andrej hatte genug ähnlicher Katastrophen erlebt, um zu wissen, dass von der namenlosen Ortschaft nichts mehr übrig bleiben würde, was des Erinnerns wert war.

»Ich will Euch um etwas bitten, Andrej«, sagte Sharif. »Ich weiß, ich habe kein Recht dazu, aber ich tue es trotzdem.«

Andrej wusste sehr wohl, wovon er sprach, fragte aber trotzdem: »Worum?«

»Ihr habt gesagt, ich sei ein Soldat, und damit habt Ihr recht«, sagte Sharif, statt direkt zu antworten. »Ich bin ein guter Soldat, der auch erkennt, wenn er einen Gegner nicht besiegen kann.«

»Ihr meint diese aufgehetzten Bauern und Tagediebe, über die Ihr noch vor ein paar Tagen gelacht habt?«

»Sie haben dreimal so hohe Verluste erlitten wie wir«, fuhr Sharif unbeeindruckt fort. »Aber sie sind auch hundertmal so viele.«

Andrej deutete auf den schwarzen Rauch, der über dem anderen Ufer in die Höhe stieg. »Und mit solchen Aktionen sorgt Ihr dafür, dass sie immer nur noch mehr werden.«

Sharif tat, als hätte er ihn nicht gehört. »Sie werden spätestens heute Abend wieder angreifen«, sagte er. »Man muss kein Meisterstratege sein, um zu wissen, was geschehen wird. Sie werden außer Schussweite an Land gehen und uns im Schutze der Dunkelheit aus drei Richtungen angreifen. Vielleicht vier, wenn sie es zugleich noch einmal vom Fluss aus probieren … obwohl ich das bezweifle nach dem kleinen Kunststück, das Euer Freund vorhin aufgeführt hat.«

Andrej blickte demonstrativ nach rechts und links. »Hier gibt es keine Krokodile.«

»Das wird ihn gewiss nicht davon abhalten, mit irgendetwas zu werfen«, antwortete Sharif. »Im Zweifelsfall sogar mit Pyramiden, nehme ich an. Aber es wird nichts mehr nutzen. Unser Weg endet hier, Andrej.«

»Ja, das ist wohl so«, sagte Andrej bewusst kühl. Was erwartete Sharif von ihm? Dass er ihn tröstend in die Arme schloss und ihm ins Ohr flüsterte, dass schon alles gut werden würde? Das eine würde er gewiss nicht tun, und das andere würde nicht wahr sein.

»Was genau wollt Ihr?«, frage er geradeheraus.

Sharif bewegte prüfend den rechten Arm und zog eine Grimasse. »Ich bin verletzt, Andrej. Genau wie fast jeder meiner Männer. Wir haben nicht mehr viel Munition, und die meisten Männer sind so erschöpft, dass sie sich kaum noch auf den Beinen halten können. Und selbst wenn es nicht so wäre, würde das nichts mehr ändern. Sie werden uns überrennen. Ihr sprecht mit einem toten Mann, Andrej.«

Hinter ihnen raschelte es im Schilf, und Abu Dun sagte: »Das ist er gewohnt, Hauptmann. Allerdings reden sie zumeist nicht einen solchen Unsinn.« Der Nubier trat gebückt aus dem dichten Schilf und stampfte dabei so hart auf, dass sich die Erschütterungen in rasch aufeinanderfolgenden Wellen im Wasser fortsetzten. »Worauf wollt Ihr hinaus, Hauptmann? Dass wir bei dem Sultan im Wort stehen und unsere Leben gefälligst für ihn zu opfern haben? Tut mir leid, aber solche Ehrenmänner sind wir nun auch nicht.«

»Was soll das?«, fragte Andrej scharf. »Seit wann belauschst du mich?«

»Seit du laut genug redest, dass es im Grunde gar nicht mehr nötig ist zu lauschen. Deine Stimme ist ohnehin bis Wien zu hören«, antwortete Abu Dun, fischte mit einer geübten Bewegung ein zartgrünes Blatt unter seinem Mantel hervor und schob es sich zwischen die Lippen, bevor er kauend und zu Sharif gewandt fortfuhr: »Aber eigentlich bin ich hier, um dich zu rufen. Deine Männer verlangen nach dir … um ehrlich zu sein, sind es weniger deine Männer als vielmehr diese kleine Wildkatze, nach der ihr sehen solltet.«

»Murida?«

»Wenn sie deine Männer weiter so zurichtet, wie sie es momentan tut, dann braucht es keine Machdiji mehr, um sie zu besiegen«, grinste Abu Dun.

»Ja, sie hat sich noch nie gern etwas vorschreiben lassen«, antwortete Sharif mit einem ebenso flüchtigen wie warmen Lächeln, wurde dann jedoch umso ernster. »Aber es trifft sich gut, dass du da bist, schwarzer Mann. Was ich mit deinem Freund zu besprechen habe, das geht dich genauso an.«

»Und was wäre das«, erkundigte sich Abu Dun schmatzend, »kleiner Mann?«

Zu Andrejs Erstaunen blieb Sharif ruhig und lächelte sogar flüchtig. Sein Blick jedoch war traurig. »Wir werden den heutigen Tag nicht überleben«, sagte er. »Und wenn doch, dann nicht die kommende Nacht. Es ist vorbei.«

Abu Dun schmatzte bewusst ordinär und mit offenem Mund, sodass ihm wieder grün gefärbter Speichel über das Kinn lief. Er wischte ihn mit dem blutigen Verband an seinem Armstumpf weg. »Du bist wirklich ein großer Soldat«, sagte er. »Du weißt, wie du deine Leute motivierst.«

»Abu Dun«, sagte Andrej müde.

Der Nubier schenkte nun ihm ein breites grünes Grienen, doch bevor er antworten konnte, hob Sharif mit einer unendlich erschöpften Bewegung die Hand und fuhr mit dazu passender Stimme fort: »Jetzt ist nicht der Moment dafür.«

»Wofür?«, erkundigte sich Abu Dun mit bewusst dümmlicher Miene.

Weder Sharif noch Andrej machten sich die Mühe, darauf zu reagieren. Andrej schoss aus reiner Gewohnheit noch einen ärgerlichen Blick in seine Richtung ab, wandte sich dann aber fragend an den Janitscharenhauptmann. Sharif griff unter seinen Mantel und zog zwei prall gefüllte Lederbeutel von der Größe kräftiger Männerfäuste hervor. Einen davon gab er Abu Dun, den zweiten reichte er Andrej. »Das ist alles Kat, das wir noch bei den Toten gefunden haben«, sagte er. »Gebt Murida so viel davon, wie sie braucht, und Eurem Freund so viel, wie nötig ist, um ihn bei Kräften zu halten.« Sein Blick streifte kurz und fast scheu den schmutzigen Verband an Abu Duns Armstumpf. »Meine Männer und ich bleiben hier und versuchen sie aufzuhalten, solange es uns möglich ist.«

Abu Dun ließ den Beutel mit Kat so schnell unter seinem Mantel verschwinden, dass es fast an Zauberei grenzte, und fragte dann unüberhörbar höhnisch: »Und ich nehme an, deine Soldaten sind mit dieser Entscheidung einverstanden?«

»Sie sind Janitscharen«, antwortete Sharif auf eine Art, als wäre diese Feststellung allein Antwort genug. Für ihn war es vermutlich auch so.

»Was also erwartet Ihr von uns?«, fragte Andrej, obwohl er die Antwort längst kannte.

»Nicht mehr als das, worum ich Euch schon einmal gebeten habe, Andrej«, antwortete Sharif. »Rettet das Mädchen!«

Abu Dun zog eine Grimasse, und Andrej sah Sharif noch einen Moment durchdringend an und fragte dann: »Ihr meint Eure Tochter?«

Abu Dun riss die Augen auf, doch Sharif sah kein bisschen überrascht aus. Er sah ihn direkt an. »Wie lange wisst Ihr es schon?«

»Das ist nicht die Frage«, sagte Andrej.

»Seine Tochter?«, wiederholte Abu Dun ungläubig.

»Die Frage ist«, fuhr Andrej fort, »ob sie es weiß.«

Sharif zögerte gerade lange genug, um seine Antwort der Glaubwürdigkeit zu berauben, und hob die Schultern. »Nein«, sagte er. »Und sie darf es auch nie erfahren.«

»Warum nicht?«, wollte Abu Dun wissen. Er sah Andrej fast Hilfe suchend an, doch dieser ignorierte ihn geflissentlich.

»Sie hat schon einen Vater, den sie hasst«, antwortete Sharif. »Zwei davon sind nicht nötig.«

Andrej sah aus den Augenwinkeln, wie Abu Dun Luft holte, und bedeutete ihm mit einer ärgerlichen Geste zu schweigen, bevor er sich kopfschüttelnd wieder an den Janitscharenhauptmann wandte. »Ich nehme an, dass Süleyman nichts davon weiß?«

»Sie wäre längst tot, ahnte er es auch nur«, antwortete Sharif mit einem kurzen, vollkommen humorlosen Lachen. Es klang eher wie ein Bellen. »Und ihre Mutter und ich auch.«

Andrej erinnerte sich an eine Bemerkung, die Sharif vor einer Weile gemacht hatte. »Ihre Mutter ist noch am Leben?«

Sharif nickte. »An einem sicheren Ort und unter einem anderen Namen«, bestätigte er. »Wenn Ihr schon keine Rücksicht auf mich und Murida nehmen wollt, dann wenigstens auf sie. Süleyman würde sie und jeden umbringen lassen, der auch nur einmal mit ihr gesprochen hat, wenn er die Wahrheit erfährt.«

»Wie herzergreifend«, sagte Abu Dun abfällig und mit einem

demonstrativen Blick zum anderen Ufer hin, wo die Stadt immer noch brannte. Natürlich war es unmöglich, selbst für ihr scharfes Gehör, und dennoch glaubte Andrej für einen winzigen Moment, die Schreie der Sterbenden über das Wasser heranwehen zu hören. »Ja, man hat mir erzählt, dass du zu denen gehörst, denen ein Menschenleben heilig ist.«

Sharif ließ sich auch von dieser neuerlichen Provokation nicht aus der Ruhe bringen, sondern maß den nubischen Riesen mit einem langen, undeutbaren Blick. »Ich wollte, die Zeit würde noch ausreichen, um dir alles zu erklären, mein Freund«, sagte er. »Aber leider reicht sie nicht. Ich wollte auch, sie würde ausreichen, um dir und deinem Freund wenigstens ein paar der vielen Fragen zu stellen, die ich euch stellen möchte, aber auch das ist nicht der Fall. Jeder Moment, den wir weiter mit Reden vergeuden, macht euren Vorsprung kleiner.«

»Welchen Vorsprung?«, fragte Abu Dun, der sich in den Kopf gesetzt zu haben schien, den Narren zu spielen.

»Der, den meine Soldaten und ich mit unserem Leben für euch erkaufen«, antwortete Sharif. »Und je länger wir reden, desto vergeblicher wird dieses Opfer sein.«

Abu Dun machte ein gebührend beeindrucktes Gesicht. »Ich muss bei dir Abbitte leisten, Hauptmann«, sagte er. »Wie es aussieht, habe ich mich in dir getäuscht. Ich werde dafür sorgen, dass man dir ein Denkmal setzt. Bevorzugst du ein bestimmtes Material? Bronze oder lieber Granit? Ich persönlich mag ja am liebsten –«

»Gibt es einen bestimmten Ort, wohin ich sie bringen soll?«, fragte Andrej. »Vielleicht zu ihrer Mutter?«

»Ich weiß nicht, wo sie ist«, antwortete Sharif. »Und auch nicht, welchen Namen sie heute führt.«

»Die Frau, die die Mutter deiner Tochter ist?«, fragte Abu Dun zweifelnd. »Wer soll dir das glauben?«

»Was er nicht weiß, kann er auch niemandem verraten«, sagte Andrej. »Nicht einmal den Folterknechten des Sultans, nicht wahr?«

»Ihr seid ein kluger Mann, Andrej«, sagte Sharif.

»Und Ihr seid ein sehr dummer Mann, Sharif«, gab Andrej zurück, wenn auch mit einem verzeihenden Lächeln. »Hätte ich all das eher gewusst …«

»Hätte es nichts geändert«, behauptete Sharif. »Ich habe Süleymans Vater einen Eid geschworen, Andrej. Ich werde ihn nicht brechen.«

»Selbst wenn es das Leben Eurer Tochter kostet?«

Sharifs Schweigen war Andrej Antwort genug. »Und wohin sollen wir sie also bringen?«, fragte er.

»Möglichst weit weg von Sultan Süleyman, nehme ich an.« Abu Dun genehmigte sich mit einem genüsslichen Schmatzen ein weiteres Blatt. »Nichts dagegen.«

»Wenn es so einfach wäre, dann hätte ich es längst getan, meinst du nicht auch?« Sharif gelang das Kunststück, nicht annähernd so abfällig zu klingen, wie seine Wortwahl erwarten ließ. »Süleyman der Zweite ist kein Mann, der vergisst oder gar vergibt. Der einzige Feind, den er nicht mehr verfolgen lässt, ist ein toter Feind. Was mich angeht, werde ich ihm diesen Wunsch wohl erfüllen, aber Murida …«

»Paris wird ihr gefallen«, sagte Abu Dun. »Oder London.« Er wandte sich mit gerunzelter Stirn an Andrej. »Was meinst du, Hexenmeister, ob sie es schon wieder aufgebaut haben?«

»Es ist das Kat.« Sharif machte eine Kopfbewegung auf den Beutel in Andrejs Hand. »Es wird sie töten, wenn Ihr keine Lösung findet, Andrej. Und ich fürchte, das heißt – «

»Dass sich nichts geändert hat«, fiel ihm Abu Dun ins Wort. »Wir müssen den Machdi finden.«

»Und hoffen, dass es wahr ist, was man sich über ihn und sein ganz besonderes Kat erzählt, ja«, sagte Sharif. »Es heißt, wer sich sein Vertrauen wirklich verdient hat, den belohnt er mit der wahren Macht des Kat.«

»Und welche sollte das sein?«, fragte Andrej.

»Unsterblichkeit«, antwortete Sharif. »Es heißt, wer sich seiner wirklich würdig erweist, dem verleiht er Unsterblichkeit.«

»Unsterblichkeit«, wiederholte Abu Dun mit vollem Mund. »Was für ein Unsinn!«, fügte er nach einem lautstarken Rülpser hinzu.

Sharif maß ihn mit einem nachdenklichen Blick. »Ich hoffe für dich, dass es mehr als das ist, mein Freund. Denn wenn es so sein sollte, dann bedeutet das nicht nur Muridas Tod, sondern auch deinen.«

Abu Dun hörte auf zu kauen und starrte Sharif mit offenem Mund an. Andrej hörte, wie es in seinen Eingeweiden rumorte. Schließlich schluckte er laut und fragte: »Also zum Machdi … wieso habe ich nur plötzlich das Gefühl, die Pest gegen die Cholera eintauschen zu sollen?«

»Weil man die Cholera überleben kann«, antwortete Sharif.

»Ich kann beides«, behauptete Abu Dun, rülpste wieder und überraschte nicht nur Sharif, indem er – wenn auch zu spät – die Hand vor den Mund hielt. Oder den Teil des Armes, an dem man seine Hand erwartet hätte. »'tschuldigung«, nuschelte er. »Ich weiß gar nicht, wo meine guten Manieren geblieben sind.«

»Ich nehme an, Ihr habt sie verloren, als Ihr das Fundament der großen Pyramide ausgehoben habt«, vermutete Sharif.

»Zu viel der Ehre«, antwortete Abu Dun. Sein Magen grummelte zustimmend, und Andrej stellte leicht beunruhigt fest, wie schlecht sein Atem jetzt wieder roch; nicht nur nach den zweifelhaften Dingen, die Abu Dun gerne und in unglaublichen Mengen in sich hineinzustopfen pflegte, sondern säuerlich und … ja, krank.

»Da wäre nur noch eine Frage zu klären, du tapferster aller Hauptleute«, fuhr der Nubier fort. »Ich verstehe es nicht, aber vielleicht besitzt du ja die Großzügigkeit, einen dummen Mohren aufzuklären.«

Andrej verdrehte die Augen, und Sharif fragte: »Und worüber?«

»Wenn wir deine Tochter doch jetzt zum Machdi bringen, warum sind wir dann eigentlich so weit und lange vor ihm und seinen Männern davongelaufen und haben dabei das halbe Land in Schutt und Asche gelegt und den Nil rot gefärbt, statt uns gleich zu ergeben? Eine Menge Menschen könnten noch am Leben sein.«

Weil es ein Unterschied ist, ob man als Beute kommt oder als Jäger, dachte Andrej. Sharif sagte nichts.

»Dann solltest du jetzt gehen und deine Tochter reisefertig machen«, fuhr Abu Dun mit einem leisen albernen Kichern fort. »Du weißt schon. Noch ein paar freundliche Worte mit auf den Weg geben, frische Socken und was eben so anliegt. Andrej und ich haben noch etwas zu besprechen, aber wir kommen gleich nach.«

Als Sharif zu einer Antwort ansetzte, unterbrach Abu Dun ihn rüde: »Und beeile dich lieber, Hauptmann! Ich hasse wehmütige Abschiede. Und du hast es ja gerade selbst gesagt: Mit jedem Augenblick, den wir mit Reden vertrödeln, wird das Opfer deiner Männer weniger wert.«

Sharif sah ihn noch eine weitere Sekunde auf dieselbe sonderbare Art an, dann marschierte er ohne ein weiteres Wort davon.

Andrej wartete, bis er sicher außer Hörweite war, wechselte aber vorsichtshalber trotzdem in eine andere Sprache, von der er hoffte, dass der Janitscharenhauptmann sie nicht verstand. »Was sollte das?«

Abu Duns Antwort bestand nur aus einem Grienen. Blattreste klebten ihm zwischen den Zähnen. Er wollte etwas sagen, doch sein Magen machte ihm laut grollend einen Strich durch die Rechnung. Abu Dun legte die gespreizten Finger der Linken auf den Leib und zog eine Grimasse. Er gab sich nicht die Blöße, sich vor Schmerz zu krümmen, doch Andrej sah ihm an, wie gerne er es getan hätte.

»Ist alles in Ordnung?«, fragte er.

Abu Dun nahm die Hand vom Leib und griff unter seinen Mantel, und sein Magen grummelte noch lauter. »Natürlich ist alles in Ordnung«, antwortete er gepresst. Sein übel riechender Atem wehte zu Andrej herüber. »Abgesehen davon, dass du mir meinen Rang streitig machst. Ich dachte immer, ich wäre derjenige von uns beiden, der für dumme Fragen zuständig ist.«

Ungeschickt versuchte er mit nur einer Hand den Beutel zu öffnen, den Sharif ihm gerade gegeben hatte, aber seine Finger zitterten so stark, dass er ihn fallen gelassen hätte, hätte Andrej ihm nicht geholfen. Hastig stopfte er sich eine ganze Handvoll grüner Blätter in den Mund und kaute so gierig, dass schaumiger grüner Speichel aus seinen Mundwinkeln lief. In seinen Gedärmen rumorte es jetzt so laut, dass Andrej unwillkürlich einen Schritt zurückwich.

»Jetzt übertreib es nicht, Hexenmeister«, brachte Abu Dun mühsam heraus. »Noch dauert es ein bisschen.«

»Bis wann?«

»Bis ich erfahre, was genau Sharif gemeint hat, als er vom Verlust der Kontrolle über sämtliche Körperfunktionen gesprochen hat«, erwiderte Abu Dun. Er schluckte, kämpfte einen Würgereiz nieder und atmete dann so laut ein, dass es beinahe wie ein leiser Schrei klang. »Wenn auch nicht mehr allzu lange, fürchte ich.«

»Was ist los mit dir?«, fragte Andrej besorgt.

Statt zu antworten, wandte sich Abu Dun mit einem Ruck ab, platschte zwei Schritte weit ins Wasser hinein und beugte sich nach vorne, um sich qualvoll zu übergeben. Erst nach einer geraumen Weile und nachdem sein Magen nichts mehr als grün gefärbte Galle von sich geben konnte, beugte er sich weiter vor, schöpfte eine Handvoll Wasser und spülte sich den Mund aus. Andrej sah ihm mit wachsender Sorge, aber schweigend zu.

»Was für eine Verschwendung! Schade um das schöne Kat.« Abu Dun kam zurück, streckte fordernd die Hand aus und nahm sich eine – deutlich kleinere – Portion Kat-Blätter aus dem geöffneten Beutel in Andrejs Hand. Kauend, aber diesmal sichtbar darauf bedacht, die Lippen geschlossen und seinen Speichel und den Saft der grünen Blätter im Mund zu halten, fuhr er fort: »Und, ja, ich gebe mich geschlagen. Das war eine dumme Frage, Hexenmeister. Ich glaube nicht, dass ich sie so schnell übertreffen kann.«

»Du weißt genau, was ich meine!«, antwortete Andrej mit einem nur der Sorge um seinen Freund geschuldeten Unterton von verhaltenem Zorn in der Stimme.

»Ach ja? Weiß ich das?« Abu Dun schluckte lautstark und sah ärgerlich an sich herab, als seine Innereien mit einem beinahe noch lauteren Gluckern und Rumoren darauf reagierten. Als Andrej ihm den Beutel hinhielt, schüttelte er jedoch den Kopf, watete wieder ganz ans Ufer hinauf und ließ sich mit dem erschöpften Ächzen eines uralten, müden Mannes auf eine graubraune Erhebung sinken, der nicht mehr anzusehen war, ob sie von der

Hand der Natur erschaffen oder ein jahrtausendealter Mauerrest war. Andrej folgte ihm, hielt sich aber zurück und wartete darauf, dass Abu Dun von sich aus das Wort ergriff. Er tat es auch, aber es dauerte lange, endlose Minuten, in denen er nur dasaß, bedächtig kaute und aus zu schmalen Schlitzen zusammengepressten Augen ins Leere starrte.

»Weißt du, Hexenmeister«, begann er schließlich mit fast amüsierter Stimme, in der allerdings noch ein anderer Ton mitschwang, der Andrej Angst machte. »Auf diese Weise bekommen wir wenigstens die Antwort auf eine Frage, die uns beide schon sehr lange quält. Man muss immer das Positive sehen.«

»Und welche sollte das sein?«, fragte Andrej gehorsam.

Der Nubier hob den bandagierten Arm vor das Gesicht, betrachtete ihn ausgiebig aus allen Richtungen und wickelte dann den blutigen Verband ab, um ihn in hohem Bogen ins Wasser zu werfen. Der Armstumpf, der darunter zum Vorschein kam, sah schrecklich aus: Angeschwollen und rot und brandig schien die Wunde zu pulsieren, als bewegten sich kleine, gierige Tierchen darunter, die das Fleisch des Nubiers von innen heraus verzehrten. Der Gestank, den sie verströmte, ließ ein leises Ekelgefühl in Andrejs Kehle aufsteigen, dessen er sich sofort schämte.

Dennoch zwang er sich, näher heranzutreten und Abu Duns Arm aufmerksam in Augenschein zu nehmen. Es war nicht nur der grässliche Geruch. Die Wunde war entzündet, und ihr bloßer Anblick gab Andrejs Entsetzen neue Nahrung. In den unzähligen Schlachten, die er erlebt hatte, hatte er ungleich Schlimmeres gesehen, und dennoch … so hätte es nicht sein dürfen. Nicht bei Abu Dun, einem Mann ihrer Art.

»Was geschieht mit dir?«, flüsterte er mit leiser, beinahe brechender Stimme.

»Ich habe doch gesagt, dass ich mich geschlagen gebe«, erwiderte Abu Dun. »Du musst nicht noch mehr dumme Fragen stellen.«

»Es war keine dumme Frage.«

»Doch!«, behauptete Abu Dun heftig, ließ den Arm dann sinken und schüttelte den Kopf. Seine Lippen bewegten sich. »Oder auch nicht. Welche Rolle spielt das schon? Um einmal deinen neuen Freund, den Hauptmann, zu zitieren: Es ist vorbei.« Er lachte, ganz leise und sehr bitter. »Aber willst du denn gar nicht wissen, auf welche Frage dieses Prachtstück hier die Antwort ist?«

Er wedelte auffordernd mit seinem Armstumpf, und Andrej musste sich nun beherrschen, um ihn nicht zu packen und so lange zu schütteln, bis er endlich Vernunft annahm. Stattdessen sagte er: »Doch.«

»Wir haben uns stets gefragt, was passiert, wenn wir ein Körperteil verlieren«, sagte Abu Dun. »Vorzugsweise einen Arm, ein Bein oder auch eine Hand und nicht unbedingt den Kopf. Erinnerst du dich, wie viele Fässer Wein wir geleert haben, während wir uns darüber den Kopf zerbrachen? Ob es wohl nachwächst, und wenn ja, wie lange es dauert, wie, und ob es wehtut?«

Es war bizarr – doch plötzlich wurden seine Augen heiß, und es brauchte seine ganze Willenskraft, um die Tränen zurückzuhalten. So ruhig, wie er nur konnte, sagte er: »Nun ja, bald wissen wir es. Ich an deiner Stelle hätte es allerdings nur bei einem Finger oder einem Ohr bewenden lassen und nicht gleich eine Hand riskiert. Das war schon immer dein größter Fehler, Pirat. Du handelst erst und denkst dann.« Er musste einen Moment innehalten, um die Gewalt über seine Stimme zurückzuerlangen. »Wenn es schiefgeht, dann verspreche ich, dir einen wunderschönen Haken zu besorgen. Dann bleiben mir wenigstens die ständigen Erklärungen erspart, wenn man mich fragt, warum ich dich Pirat nenne.«

Abu Dun ließ seinen verstümmelten Arm in den Schoß sinken und sah ihn ernst an. Es war eine der wenigen Gelegenheiten, bei denen er zu Andrej aufblicken musste. »Vielleicht muss ich dich enttäuschen.«

»Du willst keinen Haken?«

Abu Dun lächelte zwar flüchtig, doch statt zu antworten, streckte er fordernd die unversehrte Hand aus. Andrej reichte ihm den Beutel mit Kat, und Abu Dun zog den Lederriemen mit der linken Hand und den Zähnen zu und warf ihn ihm zurück. Andrej war so überrascht, dass er um ein Haar danebengegriffen hätte.

»Was soll das?«, fragte er.

»Ich brauche es nicht mehr«, antwortete Abu Dun.

»Was soll das heißen, du brauchst es nicht mehr? Du willst –«

»Es ist ein weiter Weg bis Karthoum«, unterbrach ihn Abu Dun. »Das Mädchen wird mehr als den einen Beutel brauchen, den Sharif dir gegeben hat. Gib acht, dass sie nicht zu viel davon nimmt. Man gewöhnt sich rasch daran, und je mehr man nimmt, desto mehr braucht man.«

»Ich verstehe überhaupt nichts«, sagte Andrej, was eine Lüge war.

»Ich bleibe hier«, sagte Abu Dun.

Andrej war nicht überrascht. Tief in sich hatte er es gewusst, schon, als der Nubier vorhin aufgetaucht war. Vielleicht schon eher. Doch es gab Dinge, die *wollte* man nicht wissen. Und obwohl er auch die Antwort auf diese Frage nur zu genau kannte, fragte er: »Warum?«

»Ich würde euch nur aufhalten«, antwortete Abu Dun, »und hier bin ich von größerem Nutzen. Mit jeder Minute, die ich

Muridas Freunde aufhalte, steigen eure Chancen zu entkommen. Und ich kann noch ein paar Schädel einschlagen. So kann ich das Angenehme mit dem Nützlichen verbinden.«

»Das ist Unsinn!« Andrej kam sich vor wie ein Kind, das angesichts eines schrecklichen Unglücks die Augen schließt und hofft, dass nichts geschieht, solange es nur nicht hinsieht. »Wir werden diesen Machdi finden, das verspreche ich dir. Ich verspreche dir sogar, dass ich dir das Vergnügen überlasse, alle Antworten aus ihm herauszuprügeln, die du hören willst.«

Abu Duns Magen grollte. Es hörte sich an, als wäre etwas darin, etwas Bösartiges und Lebendiges, das ihn von innen zerriss und hinauswollte. »Es ist nicht nur das Kat«, sagte Abu Dun, mit einem Male sehr ernst und so leise, dass Andrej sich anstrengen musste, um die Worte zu verstehen. »Vielleicht stimmt es ja sogar, und es verleiht denen Unsterblichkeit, die es überleben. Aber solche wie uns tötet es.« Er wedelte demonstrativ mit seinem Armstumpf, und ein intensiver Schwall von Fäulnisgeruch schlug Andrej ins Gesicht. Er beherrschte sich und zuckte weder zurück, noch zog er eine Grimasse, doch er sah Abu Dun an, dass er seinen Ekel spürte. Scham überkam ihn.

»Ich bleibe hier und kämpfe meinen letzten Kampf«, sagte Abu Dun. »Wir werden sehen, ob ich wieder aufwache und als was.«

»Unsinn!«, antwortete Andrej heftig. »Das lasse ich nicht zu! Du willst –«

Abu Dun war mit einer so blitzartigen Bewegung auf den Beinen und bei ihm, dass er sie erst registrierte, als der nubische Hüne ihn mit der unversehrten Hand an der Kehle packte und so mühelos hochhob wie ein Erwachsener ein neugeborenes Kind. »Da gibt es nicht viel, was du dagegen unternehmen könntest, Hexenmeister!«, sagte er scharf. »Du kannst gehen und das Mädchen retten, oder du bestehst darauf, den Helden zu spielen, und ich breche dir das Kreuz und werfe dich ins Wasser. Die Strömung ist stark genug. Bis du wieder zu dir kommst und zurück bist, ist so oder so alles vorbei. Aber dann hat die Kleine gar keine Chance mehr.«

Andrej strampelte mit den Beinen und versuchte mit aller Kraft, Abu Duns Griff zu sprengen, aber ebenso gut hätte er versuchen können, eine hundertjährige Eiche mit bloßen Händen aus dem Boden zu reißen. Der Nubier war um so vieles stärker als er, und was immer auch gerade mit ihm geschah, es verlieh ihm noch mehr Kraft.

Er bekam keine Luft mehr. Seine Lungen schrien bereits nach Sauerstoff, und er fühlte eine wohlvertraute Schwärze in sich erwachen. Abu Dun hatte ihn gerade fest genug gepackt, um ihm nicht den Kehlkopf zu zerquetschen, aber Andrej zweifelte keine Sekunde lang daran, dass er es tun würde, genau wie alles andere, was er ihm gerade angedroht hatte. Schließlich bedeutete er ihm mit einem kraftlosen Nicken, verstanden zu haben, und Abu Dun ließ ihn los – genauer gesagt, warf er ihn gute fünf oder sechs Schritte weit durch die Luft und war schon wieder über ihm, als sich die blutigen Schleier vor Andrejs Augen lichteten und er den ersten, qualvollen Atemzug nahm.

»Wie gesagt: Ich hasse melodramatische Abschiedsszenen«, sagte Abu Dun. An seinem Hals pochte eine Ader, und in seinen Augen war ein Ausdruck erschienen, den Andrej nie wieder wirklich vergessen sollte. »Also verschwinde! Jetzt weißt du, wozu ich wirklich fähig bin. Ich zähle darauf, dass du es nicht vergisst, sollten wir uns wiedersehen und ich etwas anderes sein als jetzt.«

Nach Luft ringend stand Andrej auf. Er schmeckte Blut. Seine Stimme war nur ein Krächzen. »Ich vergesse es nicht«, versprach er.

Sie umarmten sich, flüchtig und wie zwei Männer, die sich nur für eine kurze Weile verabschieden, um ihren Geschäften nachzugehen. Andrej wollte noch etwas sagen, doch Abu Dun schüttelte nur den Kopf, machte einen halben Schritt zurück und versetzte ihm zugleich einen Stoß, der ihn in die andere Richtung stolpern ließ. »Und jetzt *geh!*«

Kapitel 33

Ohne ein weiteres Wort waren sie aufgebrochen, Andrej beladen mit Wasser und genug Lebensmitteln für drei Tage und Murida missmutig und feindselig, aber ohne Widerstand zu leisten. Sharif hatte zu seiner Erleichterung nicht gefragt, was mit Abu Dun war, und Andrej hatte im Gegenzug darauf verzichtet, ihn zu fragen, was er gesagt oder getan hatte, um das Mädchen zum Mitkommen zu bewegen.

Sie hatten das Lager in östlicher Richtung verlassen und den schmalen Streifen Grün, der den Fluss säumte, rasch durchquert, ohne auf Menschen oder auch nur Anzeichen für deren Anwesenheit zu stoßen, und nach kaum einer halben Stunde begann der Boden unter ihren Füßen steiniger zu werden. Aus Palmen und wucherndem Gestrüpp mit fleischigen Blättern, die ihn auf unangenehme Weise an aufgedunsenes Kat erinnerten, wurden verkrüppelte Kiefern und von der Sonne verbrannte Pinien und dürres Gebüsch, das eher mit Stacheln bewehrtem Draht glich als etwas Lebendigem. Dann betraten sie die Wüste, die auch hier nicht dem Klischee entsprach, an das die meisten bei diesem Wort dachten. Es gab kaum Sand, sondern harten Erdboden von der Farbe rostigen Eisens, der mit Steinen übersät war, manche nicht größer als eine Kinderfaust, andere so groß wie Häuser.

Und wiederum eine halbe Stunde später meinte er, das ferne Echo von Schüssen, vielleicht Schreien zu hören. Murida blickte nicht einmal auf, was ihn erstaunte – doch wenn er es recht bedachte, dann hatte sie bisher auf rein gar nichts reagiert. Vielleicht hatte sie sich tatsächlich so gut in der Gewalt, vielleicht bildete er sich den entfernen Schlachtenlärm auch nur ein. Und vielleicht hatte Murida ja auch nur entschieden, ihn mit beharrlichem Schweigen zu bestrafen – wofür auch immer.

Andrej hatte nicht vergessen, was Sharif ihm heute Morgen über das Mädchen und seine angeblichen Gefühle für ihn verraten hatte, und insgeheim vielleicht sogar gehofft, im Laufe des Tages wenigstens ein paar Steine aus der Mauer zu brechen, die Murida um sich herum errichtet hatte. Doch seine mannigfaltigen Versuche, ein Gespräch in Gang zu bringen, hatten nichts gefruchtet. Während des gesamten Weges hatte sie nur einen einzigen Satz gesagt, am späten Nachmittag, als sie eine Rast eingelegt hatten. Sie hatte eine geraume Weile und mit konzentriertem Gesichtsausdruck in die Richtung zurückgeblickt, aus der sie gekommen waren, und dann gesagt: »Jetzt müssten sie eigentlich alle tot sein, dein Freund eingeschlossen.«

Daraufhin versuchte er nicht mehr, mit ihr zu reden.

Indem er sie unauffällig stets einen viertel oder allerhöchstens halben Schritt vorausgehen ließ, überließ Andrej es Murida, ihren Kurs zu bestimmen, vermutlich ohne dass es ihr selbst bewusst war. Vielleicht marschierte sie auch einfach aufs Geratewohl ins Ungewisse hinein; in diesem Punkt (und wenn er ehrlich war, nicht nur in diesem) war Sharifs Plan eher vage gewesen. Um nicht zu sagen, es gab keinen. Andrej sollte es recht sein. Er war des Tötens müde und wollte nur weg. Und was Abu Dun anging …

Nein, darüber wollte er nicht nachdenken.

Schweigend marschierten sie, bis die kurze Dämmerung bevorstand und es Zeit wurde, das erste Nachtlager aufzuschlagen. Sharif hatte ihm einen kleinen Vorrat an Feuerholz mitgegeben, den er im letzten Licht des Abends und in den Schatten eines hausgroßen Felsens zu einer Pyramide aufstapelte und mit einem Feuerstein in Brand setzte. Das Holz würde nicht einmal für eine Nacht ausreichen, und Andrej hätte weder seine Wärme noch die Ruhepause gebraucht – aber er wusste, wie eisig die Nächte in der Wüste werden konnten, und Murida trug nur ihr dünnes Gewand und darüber den schwarzen Mantel der Machdiji, der beeindruckend und bedrohlich aussah, aber weder vor Kälte noch dem schneidenden Wüstenwind schützte. Als die Sonne erlosch und die Nacht über die Wüste hinwegrollte, prasselte ein behagliches Feuer zwischen ihnen. Murida hatte eine ganze Weile damit zugebracht, ein wenig abseits und mit leerem Blick und unbewegter Miene in die Ferne zu starren, bis es ihr schließlich zu langweilig wurde und sie sich wenigstens herumdrehte, um ihm zuzusehen. Doch beinahe ebenso rasch wie die Dunkelheit kam auch die Kälte, und ihr Trotz hielt nur noch wenige Minuten vor, ehe sie schließlich aufgab und ein Stück näher rückte, nahe genug, um wenigstens einen Hauch von Wärme einzufangen – oder es sich wenigstens einreden zu können.

Andrej öffnete seinen Beutel und kramte die Lebensmittel heraus, die Sharif ihnen mitgegeben hatte: Datteln, steinhart gebackenes Brot und nicht minder hartes Dörrfleisch, und das in einer Menge, die darauf schließen ließ, dass er nicht mit einer besonders langen Flucht gerechnet hatte.

Schweigend hielt Andrej Murida einen großzügig bemessenen Anteil hin, doch sie schien es nicht einmal zur Kenntnis zu nehmen, sondern starrte ihn nur weiter aus Augen an, in denen etwas zu lesen war, das er nicht deuten konnte. Doch es war sehr intensiv.

»Das ist albern«, sagte Andrej, doch sie nahm es nicht. Schließlich sah er ein, dass er sich selbst kaum weniger kindisch benahm, steckte den Beutel wieder weg, ohne seinen Inhalt auch nur angerührt zu haben, und zog stattdessen das Kat hervor. Muridas Gesicht blieb unbewegt, aber in ihren Augen loderte für einen winzigen Moment Gier auf. Der Anblick traf Andrej wie ein Messerstich ins Herz.

Er setzte dazu an, ihr den Beutel zuzuwerfen, doch dann besann er sich auf Abu Duns Warnung und nahm lediglich zwei der filigranen Blätter heraus, um sie ihr zu reichen. Einen Moment lang glaubte er, sie würde ihn auch weiter mit Missachtung strafen, doch der Ruf der grünen Blätter war offensichtlich stärker. Wie eine Ertrinkende, die nach dem berühmten Strohhalm greift, riss sie ihm die Blätter aus der Hand und schlang sie gierig hinunter. Durch die hastige Bewegung hätte sie um ein Haar in der Hocke das Gleichgewicht verloren, fing sich gerade noch ab und nutzte die Gelegenheit gleich, um unauffällig etwas näher an das Feuer heranzurücken. Andrej musste sich beinahe auf die Zunge beißen, um ein Lächeln zu unterdrücken.

»Genug?«, fragte er.

Als Murida stumm den Kopf schüttelte, gab Andrej ihr ein weiteres Blatt, das sie ebenso gierig vertilgte wie die beiden ersten, nur um gleich darauf erneut fordernd die Hand auszustrecken. Andrej schüttelte jedoch nur den Kopf und steckte den Beutel demonstrativ ein. »Das muss für heute genügen.«

Wenigstens hoffte er, dass es so war. Dass Abu Dun Unmengen von dem Zeug in sich hineinstopfte, bot keinerlei Anhaltspunkt darauf, wie viel Kat ein normaler Süchtiger brauchte – falls es so etwas wie einen normalen Süchtigen denn gab. Murida sah ihn jedenfalls auf eine Art an, die ihn mutmaßen ließ, dass diese Ration zu klein war. Seine Hand wollte ganz ohne sein Zutun unter den Mantel kriechen und nach dem Beutel mit Kat greifen, doch stattdessen fragte er: »Warum nimmst du dieses Dreckszeug?«

»Weil ich es brauche«, antwortete Murida erst nach einer Pause und in feindseligem Ton. Aber immerhin sprach sie mit ihm.

»Das weiß ich«, erwiderte Andrej.

»Warum fragst du dann?«, versetzte Murida schnippisch.

»Eigentlich wollte ich auch eher wissen, warum du überhaupt damit angefangen hast. Du glaubst doch diesen Unsinn von der Unsterblichkeit nicht etwa, oder?«

Muridas Blick saugte sich an der Stelle seines Mantels fest, unter der er das Kat trug. Schließlich sah sie ihm wieder ins Gesicht, und das auf eine Art, die ihn mit wachsendem Unbehagen erfüllte, ohne dass er selbst genau sagen konnte, warum.

»Es war der einzige Weg«, sagte sie schließlich.

»Zur Unsterblichkeit?«, stichelte Andrej und bedauerte diese ebenso überflüssige wie dumme Bemerkung schon, bevor er sie ganz ausgesprochen hatte. Murida schüttelte jedoch nur den Kopf.

»Ihr Vertrauen zu erringen.« Sie deutete auf seinen Mantel. »Nur wer das heilige Kat nimmt, der hat eine Chance, den Machdi selbst zu treffen.«

»Und für diese Ehre mit seinem Leben zu bezahlen?«

In Muridas Augen blitzte es kampflustig auf, doch ihr Zorn erlosch, noch bevor er ganz erwachen konnte, und ihre Stimme wurde leiser. »Glaubst du, sie hätten es mir verraten? Es war viel zu spät, als ich begriffen habe, was es wirklich bedeutet. Und selbst wenn ich es gewusst hätte«, fügte sie in plötzlich wieder scharfem Ton hinzu, »dann hätte das nichts geändert.«

»Weil du …« Beinahe hätte er gesagt: *deinem Vater.* »… Sharif versprochen hast, den Machdi zu finden? Ist dir nie in den Sinn gekommen, wie gefährlich es sein könnte? Dass es dich das Leben kosten könnte?«

»Aber so ist es nicht, Andrej. Du hast mit deinem Freund gesprochen! Hat er dir nicht gesagt, was das Kat für ihn tut?«

»Dass es ihn umbringt?« Andrej nickte. »Doch.«

»Aber das tut es nicht!« Murida schüttelte heftig den Kopf. »Du musst den Weg zu Ende gehen, Andrej! Ich weiß, nicht allen gelingt es. Manche scheitern auf halber Strecke –«

»Du meinst, sie sterben.«

»– doch wer sich als würdig erweist, dem wird die größte aller Belohnungen zuteil«, fuhr Murida so unbeeindruckt fort, als hätte er gar nichts gesagt. »Ich weiß, dass du mir nicht glaubst. Ich selbst habe es auch nicht geglaubt.«

»Ich wünschte, du könntest dich selbst hören«, seufzte Andrej. Trauer ergriff ihn, als er die neu aufflammende Begeisterung in ihren Augen sah, geweckt von der Kraft der drei grünen Blätter, die er ihr gegeben hatte, derselben Kraft, die sie zugleich von innen heraus verzehrte.

Aber auch Zorn auf das Ungeheuer, das ihr das angetan hatte.

»Ich habe genauso gedacht wie du«, sagte Murida noch einmal. »Aber ich habe die gesehen, die den Weg zu Ende gegangen sind!«

»Du redest Unsinn, Mädchen«, sagte er mit rauer Stimme.

»Erinnerst du dich an meinen angeblichen Vater?«

Andrej starrte sie an. Ihr angeblicher Vater? Wusste sie denn, dass …?

»Der alte Mann in Konstantinopel, mit dem ich auf dem Markt aufgetreten bin. Du hast ihn kennengelernt. Was glaubst du, wie alt er war? Über hundert Jahre! Weit über hundert Jahre!«

»Und woher weißt du das?«, fragte Andrej. »Hat es dir seine Mutter gesagt?«

»Spotte ruhig«, erwiderte Murida. »Vielleicht wirst du die Wahrheit doch noch erkennen. Ich hoffe nur für dich, dass es dann nicht zu spät ist.«

Andrej schluckte eine Antwort hinunter. Es gab viel, was er ihr hätte entgegenhalten können, und jedes einzelne Argument wäre stichhaltig und richtig gewesen, zugleich aber auch nicht mehr als verschwendeter Atem, wie er nur zu gut wusste. Er hatte zu oft mit Süchtigen gesprochen, um sich anderes einreden zu können. Statt die sinnlose Diskussion fortzuführen, griff er erneut unter seinen Mantel. Mit gierigem Blick folgte Murida seiner Bewegung, doch dann erschien Enttäuschung auf ihrem Gesicht, als er einen Leinenbeutel mit getrockneten Datteln hervorholte. Nicht unbedingt seine Lieblingsspeise. Ganz im Gegenteil. Er fand, dass Datteln so schmackhaft waren, wie sie aussahen. Aber es war gutes Essen, und Murida brauchte Kraft.

»Nimm«, sagte er, als sie die Hand so hastig zurückzog, als hätte er ihr ein besonders ekelhaftes Insekt angeboten. »Du musst essen. Wir haben morgen einen anstrengenden Tag vor uns.«

»Wohin gehen wir denn?«, fragte Murida, ohne nach der dargebotenen Dattel zu greifen.

»Sag du es mir«, verlangte Andrej.

»Weißt du es denn nicht?« Murida legte fragend den Kopf auf die Seite.

»Nein«, behauptete Andrej. »Sharif hat mich nur gebeten, dich wegzubringen. Wohin, hat er nicht gesagt. Er war wohl der Meinung, du wüsstest es.«

Der letzte Satz war eine dreiste Lüge, doch das konnte Murida nicht wissen. Sie sah ihn ein wenig überrascht, aber ohne das geringste Misstrauen an. Schließlich nickte sie, und ein fast schon verächtliches Lächeln huschte über ihre Lippen. »Ich verstehe. Er glaubt, dass ich dumm genug wäre, dich zum Machdi zu führen, damit du ihn töten kannst.«

»Warum sollte ich das tun?«, fragte Andrej.

»Weil er es dir aufgetragen hat?«, schlug Murida vor und schnaubte. »Und sag mir nicht, es wäre nicht sein letzter Wunsch gewesen, dass er stirbt!«

»Macht es dir denn gar nichts aus?«, fragte Andrej.

»Was?«

»Dass er jetzt schon tot ist«, antwortete Andrej weit heftiger, als er beabsichtigt hatte. Erst in dem Moment, in dem er die Worte aussprach, begriff er, dass es *ihm* etwas ausmachte. Er hatte jeden Grund, Sharif zu verachten, und ganz gewiss würde der Janitscharenhauptmann niemals sein Freund werden, aber er hatte ihm etwas bedeutet. Er wusste nur nicht, was.

»Und dir?«, fragte Murida. »Macht es dir nichts aus, dass dein Freund ebenfalls tot ist?«

»Abu Dun kann auf sich aufpassen«, erwiderte er bewusst grob. »Und es war ganz allein seine Entscheidung.«

»Genau wie die Sharifs.« Murida griff nun doch nach der Dattel und begann daran zu knabbern. Sie hatte den ganzen Tag nichts gegessen und musste mindestens so hungrig sein wie er. Ihrer Grimasse nach zu schließen, mochte sie Datteln genauso gerne wie er, griff aber trotzdem zu, als er ihr eine zweite anbot. Erst als sie auch diese hinuntergewürgt hatte und eine dritte nahm, fuhr sie fort, als wäre nur ein Lidschlag verstrichen: »Glaub nicht, dass es mir gleichgültig ist. Sharif war immer gut zu mir, vielleicht besser, als ich es verdient hatte. Und bevor du dir die Mühe machst, es auszusprechen: Ich weiß, dass ich ihm mehr schulde, als ich jemals wiedergutmachen kann. Sharif war wie der Vater zu mir, den ich nie hatte.«

»Auch wenn du es mir jetzt wahrscheinlich nicht glauben wirst, aber Sharif –«

»Aber er hat sich entschieden«, redete Murida weiter. »Wenn ihm der Eid, den er dem Vater dieses Ungeheuers geschworen hat, wichtiger ist als seine Ehre und die Leben seiner Männer, was könnte ich dann noch tun, um ihn umzustimmen?«

Da war ein sachtes Zittern in ihrer Stimme, und ein Ausdruck von Schmerz in ihren Augen, der ihre Worte Lügen strafte, doch er spürte, wie sinnlos jeder Einwand war. Das Kat hatte sie in seiner Gewalt, und gleichgültig, ob sie genug davon hatte, zu viel oder zu wenig, es würde immer stärker sein als ihr Wille.

Er winkte ihr zu. »Komm näher ans Feuer«, sagte er. »Ganz egal, wie sehr du mich auch hasst, du ärgerst mich nicht, indem du frierst. Es ist kalt, und die Nacht wird noch viel kälter.«

Murida funkelte ihn zornig an. Und kam näher, achtete aber darauf, außerhalb seiner Reichweite zu bleiben, als sie sich mit angezogenen Knien neben dem Feuer niederließ.

»Sharif hätte dir einen wärmeren Mantel mitgeben sollen«, sagte er. »Er sollte eigentlich wissen, wie kalt die Nächte werden.«

Selbstverständlich reagierte sie auch darauf nur mit einem ärgerlichen Blick. Andrej schwieg und wartete darauf, dass die Kälte ihre Wirkung tat. Es geschah auch, aber er musste deutlich länger warten, als er angenommen hatte. Selbst er musste sich beherrschen, um nicht mit den Zähnen zu klappern, als Murida endlich aufgab und noch näher heranrückte. Sie war wirklich sehr willensstark. Oder sehr stur.

»Ich könnte dich zu ihm bringen«, sagte Murida unvermittelt.

»Dem Machdi?«

»Nein, Sultan Süleyman dem Zweiten. Ich bin sicher, er freut sich sehr, uns wiederzusehen, und wird dir eine große Belohnung auszahlen, weil du ihm seine verlorene Tochter zurückgebracht hast. Natürlich dem Machdi! Du wolltest ihn doch kennenlernen, oder?«

»Nicht so. Gibt es einen anderen Ort, an dem du sicher bist? Einen, an dem Süleyman dich nicht findet, meine ich?«

»Mir fallen eine ganze Reihe Orte ein, von denen ich sofort wieder fliehen werde, sobald du weg bist«, antwortete Murida. »Warum tust du das, Andrej?«

»Was?«

Murida machte eine wedelnde Handbewegung in die Dunkelheit hinein. »Das alles hier, Andrej. Ich weiß nicht, was Sharif dir erzählt hat, oder Süleyman, oder warum du und dein Freund überhaupt hier seid, aber nichts davon spielt noch eine Rolle. Sharif und dein Freund sind tot. Süleymans Janitscharen sind geschlagen, und er selbst wird nicht mehr lange auf seinem Thron sitzen und Schrecken und Leid verbreiten, glaub mir. Was immer auch deine Mission war, sie ist gescheitert. Warum also lässt du mich nicht einfach gehen?«

»Weil ich Sharif mein Wort gegeben habe, dich in Sicherheit zu bringen«, antwortete Andrej.

»Oh, das ändert natürlich alles«, sagte Murida. »Ihr Männer und eure Ehrenworte! Hast du denn gar keine Angst, dass ich einfach weglaufe?«

»Ich laufe schneller als du, vertrau mir.«

»Es ist Nacht, und ich bin gut darin, mich leise zu bewegen.«

»Ich kann auch im Dunkeln sehen«, versicherte ihr Andrej. »Und ich habe gute Ohren. Ich höre sogar die Schritte einer Maus.«

»Dann warte ich, bis du eingeschlafen bist.«

»Ich kann eine Woche ohne Schlaf auskommen«, antwortete Andrej wahrheitsgemäß. »Oder auch zwei, wenn es sein muss.«

»Gibt es eigentlich irgendetwas, das du nicht besser kannst als ich?«, fragte Murida schnippisch.

Andrej überlegte einen Moment angestrengt. »Nein.«

»An falscher Bescheidenheit leidest du jedenfalls nicht«, sagte Murida spöttisch.

»Nein«, sage Andrej noch einmal. »Wozu sollte das auch gut sein?«

Erst guckte Murida verwirrt, aber dann lachte sie. Seltsam – ihm war bisher nie aufgefallen, wie schön sie war, wenn sie lachte. Aber das lag vielleicht ja auch daran, dass er sie nur sehr selten lachen gesehen hatte. Wenn er genau darüber nachdachte, noch gar nicht.

»Eigentlich ist es schade, dass wir uns nicht unter anderen Umständen kennengelernt haben«, sagte sie. »Vielleicht wäre dann ja manches anders gekommen.«

»Wären die Umstände anders gewesen, dann hätten wir uns wahrscheinlich gar nicht kennengelernt«, antwortete Andrej.

»Weil euer Leben nur aus Krieg und Schlachten und Töten besteht und was für Heldentaten ihr Männer sonst noch so begeht?«

Wenn er ihr nur sagen könnte, wie recht sie damit hatte und wie sehr er es manchmal hasste. Aber das Schicksal hatte ihn nicht gefragt, ob er das sonderbare Geschenk haben wollte, das es Männern wie Abu Dun und ihm gemacht hatte.

Stattdessen sagte er: »Anders, Murida.«

»Erzählst du mir davon?«, fragte sie. Ihr Atem bildete kleine graue Wölkchen vor ihrem Gesicht.

»Lieber nicht«, antwortete Andrej. »Es würde dich bestenfalls langweilen.«

»Und schlimmstenfalls erschrecken?«

Andrej nickte, und das Mädchen lachte wieder glockenhell. Etwas regte sich in Andrej, etwas schon fast Vergessenes und sonderbar Bittersüßes, das er hastig wieder zum Verstummen brachte. Oder es wenigstens versuchte. Murida zog fröstelnd die Beine an, schlang die Arme um die Unterschenkel und stützte das Kinn auf die Knie.

»Vielleicht ist es ganz passend, dass es hier zu Ende geht«, sagte sie.

»Gar nichts geht zu Ende«, erwiderte Andrej grob. »Und wieso?«

»Weißt du nicht, wo wir hier sind?« Murida machte eine Kopfbewegung in die Nacht hinein. »Die Menschen, die früher hier gelebt haben, haben geglaubt, dass hier das Reich der Toten beginnt. Sharif hat mir davon erzählt. Er hat auch erzählt, dass sie ganze Städte gebaut haben, die nicht für die Lebenden bestimmt waren, sondern nur für die Toten. Heute erinnert sich niemand mehr daran, aber es heißt, sie wären immer noch da, tief unter dem Sand vergraben, und würden auf die Rückkehr derer warten, denen sie von Rechts wegen gehören.«

»Die Menschen erzählen viel«, antwortete Andrej. »Vor allem von Dingen, die niemand mehr überprüfen kann.«

»Sharif hat auch gesagt, dass du ein Skeptiker bist«, erwiderte Murida. »Du glaubst nur an Dinge, die du sehen und anfassen kannst.«

»Nicht einmal daran«, sagte Andrej. Ganz besonders nicht daran.

»Sharif behauptet auch, du wärst dabei gewesen, als sie diese Städte gebaut haben.«

»Sharif übertreibt«, antwortete Andrej.

Murida sah ihn abschätzend an. »Das heißt nicht Nein«, sagte sie schließlich. Andrej zog es vor, nicht zu antworten.

»Wie ist es?«, fragte Murida.

»Was?«

»Tot zu sein«, antwortete sie sehr leise.

»Dunkel«, sagte Andrej. »Und einsam. Kalt. Sehr kalt.«

Murida sah ihn weiter durchdringend und auf eine Art an, die ihm eisiges Frösteln über den Rücken laufen ließ. Andrej zwang sich zu einem Lächeln und fügte hinzu: »Jedenfalls glaube ich das.«

»Du weißt es nicht?«

»Niemand weiß das«, erwiderte Andrej. »Ich weiß nicht, was Sharif über mich zu wissen glaubt oder was er dir erzählt hat, Murida, aber es gibt keine Rückkehr von den Toten. Wer das behauptet, lügt. Vielleicht gibt es ja Menschen, die der Schwelle zum Tod näher kommen als andere, aber wer sie einmal überschreitet, für den gibt es kein Zurück mehr.« Wenigstens hoffte er es. Er dachte an den Ausdruck in Abu Duns Augen.

»Jetzt sollte ich eigentlich enttäuscht sein«, sagte Murida. »Ich dachte, du wärst etwas Besonderes.«

»Das bin ich«, antwortete Andrej. »Jeder Mensch ist etwas Besonderes.«

»Du hättest Prediger werden sollen«, versetzte Murida spöttisch. »Ich glaube, du würdest einen guten Imam abgeben. Und ich glaube, der Machdi und du hättet euch eine Menge zu erzählen.«

Das glaubte Andrej nicht. Wenn er diesen geheimnisvollen Mann jemals treffen sollte, dann gab es nur eine einzige Frage, die er ihm stellen würde, und von der Antwort darauf würde das Leben des Machdi abhängen. Oder auch nicht. Tief in sich war Andrej schon längst entschlossen, ihn so oder so zu töten.

»Du solltest jetzt ein bisschen schlafen«, sagte er. »Wir brechen früh auf, und du wirst jede Minute Schlaf brauchen, die du bekommen kannst.«

Murida wirkte enttäuscht. Sie zog fröstelnd die Schultern zusammen und beugte sich noch weiter vor, bis ihr Gesicht den prasselnden Flammen gefährlich nahe kam.

»Komm her!« Andrej streckte den Am aus und öffnete seinen Mantel. Murida sah ihn mit hoffnungslos übertrieben gespielter Empörung an. »Andrej Delãny! Ihr wollt doch nicht die Notlage einer jungen Frau ausnutzen und –«

»Tatenlos zusehen, wie sie erfriert?«, fiel ihr Andrej kopfschüttelnd ins Wort. »Nein. Aber ich weiß, wie kalt die Nächte in der Wüste werden und dass dieses Feuerchen da in spätestens einer Stunde ausgeht. Also komm schon her! Ich verspreche dir, mich wie ein Ehrenmann zu benehmen.«

»Und wenn es gerade das ist, was ich befürchte?«, fragte Murida, kam aber trotzdem näher und ließ es nicht nur zu, dass er seinen Arm um sie legte und sie mit seinem Mantel zudeckte, sondern kuschelte sich eng an seine Schulter. Durch den dünnen Stoff ihrer Kleidung spürte Andrej, dass sie vor Kälte zitterte. Aber ihr Atem strich warm über seinen Hals, und ihr Haar kitzelte auf seiner Wange. Er versuchte unauffällig, seinen Griff ein bisschen zu lockern, aber Murida schmiegte sich nur noch fester an ihn. Sie roch gut. So lebendig.

»Komm nicht auf dumme Ideen«, murmelte Murida. »Ich will mich nur ein bisschen aufwärmen, das ist alles. Und ich habe einen leichten Schlaf.«

Das letzte Wort hatte sie noch nicht ganz ausgesprochen, da war sie auch schon eingeschlafen und begann leise zu schnarchen. Andrej lächelte. Und schlief ebenfalls ein.

Kapitel 34

Es war schon beinahe zu einfach gewesen. Murida hatte die Schlafende nicht gespielt – und wenn doch, dann so perfekt, dass nicht einmal er diese Scharade durchschaut hatte (was ganz und gar ausgeschlossen war), sondern tatsächlich fest und sehr tief geschlafen. Aber nahezu auf die Sekunde pünktlich um Mitternacht hatte sie die Augen wieder aufgeschlagen, um dann eine Weile still dazuliegen, als wollte sie sich davon überzeugen, dass er schlief.

Andrej sorgte dafür, dass sein Atem flach ging und sein Herz so langsam und regelmäßig schlug, als wäre er in einen erschöpften Tiefschlaf gesunken, aber Murida blieb misstrauisch. So behutsam, dass er nicht aufgewacht wäre, hätte er tatsächlich geschlafen, schlängelte sie sich aus seiner Umarmung und kroch ein kleines Stück rücklings auf Händen und Knien davon, bevor sie es riskierte, sich lautlos aufzurichten. Andrej wagte es nicht, die Augen auch nur einen Spaltbreit zu öffnen, aber er konnte hören, wie ruhig ihr Herz schlug und dass sie angespannt war, aber nicht einmal die Spur von Angst hatte. Leise durchsuchte sie sein Gepäck und nahm Wasser und Lebensmittel an sich, entfernte sich dann und kam zu seiner Überraschung noch einmal zurück, um sich über ihn zu beugen.

Nur für den Fall, dass er sich doch in ihr getäuscht (oder Sharif ihn belogen) haben sollte, spannte er unauffällig die Muskeln und lauschte noch konzentrierter. Doch statt ihm die Kehle durchzuschneiden oder etwas anderes Unfreundliches zu tun, öffnete sie vorsichtig seinen Mantel und nahm den Beutel mit Kat an sich – und zu seiner Überraschung auch die Datteln.

Dann tat sie etwas, das ihn noch sehr viel mehr überraschte: Sie beugte sich noch einmal über ihn und hauchte ihm einen Kuss auf die Stirn.

Andrej zählte in Gedanken langsam bis fünfzig, bevor er es wagte, die Augen zu öffnen und sich umzusehen. Murida war verschwunden und hatte nicht nur das Kat und den Großteil der Vorräte mitgenommen, sondern auch das gesamte Wasser. Ihre Spuren führten nach Westen und verloren sich auf dem steinharten Wüstenboden, bevor die Nacht sie auslöschen konnte.

Er machte wieder kehrt und ging nach Osten, und damit tiefer in die Wüste und das Land der Toten hinein, das Murida doch angeblich gar nicht kannte.

Als er einmal glaubte, ihre Spur verloren zu haben, zeigte sich das Schicksal ausnahmsweise einmal gnädig: Der Wind legte sich und machte einer Stille Platz, wie es sie in solcher Vollkommenheit wohl nur an diesem einsamsten aller Orte auf der Welt gab, und kurz bevor er wieder anhob und die dröhnende Stille in seinen Ohren auslöschte, hörte er das Kollern eines Steins, der von einem unvorsichtigen Fuß angestoßen wurde; aus östlicher Richtung, ganz wie er angenommen hatte, aber ein gutes Stück weiter links, als er vermutet hätte – und deutlich weiter entfernt, sicherlich eine Viertelmeile, wenn nicht mehr. Murida musste zu rennen begonnen haben, kaum dass sie sich ein Stück von ihrem improvisierten Nachtlager entfernt hatte.

Andrej beschleunigte seine Schritte nicht nur ebenfalls, sondern fiel für eine Weile sogar in einen raschen Trab, bis er das Gefühl hatte, ihren Vorsprung weit genug aufgeholt zu haben, und wieder langsamer wurde. Dann und wann blieb er stehen, um zu lauschen, nicht immer mit Erfolg. Der Wind, der mit einem Geräusch wie Seide auf rauer Haut über die Wüste strich, schluckte ihre Schritte, bot Andrej aber gleichzeitig auch einen gewissen Schutz, blies er ihm doch direkt ins Gesicht, sodass sie ihn nicht hörte.

Und nach einer Weile sah er sie auch, nicht als Silhouette oder Schatten vor dem Nachthimmel, sondern nur einen flüchtigen Eindruck von Bewegung, ohne dass es einen dazugehörigen Körper zu geben schien. Überrascht stellte Andrej fest, wie schnell sich das Mädchen bewegte und mit was für einer schon fast unheimlichen Sicherheit. Die Nacht war so sternenklar, wie es hier über der Wüste fast immer der Fall war, aber mondlos, sodass Murida beinahe blind sein musste, hatte sie doch nur das unzulängliche Sehvermögen einer Sterblichen, nicht seine Augen, auf die selbst eine Katze neidisch gewesen wäre. Er hätte erwartet, sie mit tastend vorgestreckten Armen und halb blind durch die versteinerte Einöde stolpern zu sehen, doch nachdem er den Abstand zwischen ihnen behutsam weiter verringerte und sie wirklich sehen konnte, stellte er fest, wie rasch und mit welch natürlicher Geschmeidigkeit sie sich bewegte; kaum langsamer, als es ihm selbst möglich gewesen wäre. Nicht zum ersten – und sicherlich auch nicht zum letzten – Mal gestand er sich ein, dass Murida immer wieder für eine Überraschung gut war. Und ebenfalls nicht zum ersten Mal nahm er sich vor, diesen Umstand im Hinterkopf zu behalten, mochte es sich doch durchaus als fatal erweisen, ihn zu vergessen.

Vielleicht eine Stunde lang folgte er Murida, ohne dass er eine Vorstellung von ihrem Ziel gehabt hätte, geschweige denn davon, wie sie sich in dieser vollkommenen Leere orientierte. Selbst ihm wäre es schwergefallen, eine bestimmte Richtung einzuhalten, denn seine Umgebung bot keinerlei Anhaltspunkte. Vielleicht wiesen ihr ja die Sternbilder den Weg, wie sie es auch für die Seeleute auf dem offenen Meer taten.

Die Nacht war der Morgendämmerung schon deutlich näher als der Mitternacht, als er das Licht sah. Es war nicht mehr als ein blasser rötlicher Hauch, vielleicht der Schein einer oder mehrerer Fackeln, die der Nachthimmel reflektierte, und hätte er sich nicht ganz auf Muridas Silhouette konzentriert, die sich direkt darauf zubewegte, dann hätte er ihn wahrscheinlich nicht einmal bemerkt. Unmöglich zu sagen, wie weit es noch bis zu seinem Ursprung war, doch Andrej schätzte, dass sie mindestens noch eine Stunde brauchen würden, um dorthin zu gelangen.

Es wurden zwei, obwohl das Mädchen am Schluss sogar noch einmal an Tempo zulegte und nun fast rannte, sodass sie erneut zu einem bloßen Umriss wurde, den er nur noch sah, weil er die Sterne verdeckte.

Dann verschwand sie ganz.

Es geschah so plötzlich, als hätte sich der Boden aufgetan, um sie zu verschlingen. Wie angewurzelt blieb Andrej stehen und wartete mit klopfendem Herzen darauf, dass sie wieder auftauchte, begriff dann, dass das nicht geschehen würde, und rannte los, ohne auch nur noch einen Gedanken daran zu verschwenden, dass er sich damit verraten könnte.

Der Boden hatte sie nicht wirklich verschluckt, aber der böse Streich, den ihm seine Fantasie gespielt hatte, kam der Wahrheit doch ziemlich nahe. Andrej lief vielleicht zwei- oder dreihundert schnelle Schritte, registrierte die Gefahr eher instinktiv, als dass er sie wirklich sah, und bremste gerade noch rechtzeitig genug ab, um einen letzten Schritt zu vermeiden, der fatale Folgen gehabt hätte: Wo mit Steinen übersäter Wüstenboden sein sollte, war mit einem Male nichts mehr. Unmittelbar vor ihm und so gerade wie vom Axthieb eines zornigen Gottes getroffen brach die Wüste einfach ab, um sich erst gute zwanzig oder dreißig Meter tiefer fortzusetzen.

Mit klopfendem Herzen ließ sich Andrej an der Kante auf die Knie sinken und beugte sich vor, so weit er es gerade noch wagte, ohne das Gleichgewicht zu verlieren. Der Fels stürzte unter ihm lotrecht in die Tiefe, so glatt und fugenlos wie sorgsam poliertes Glas. Unter ihm lag etwas, etwas Dunkles und Unförmiges, das sich mühsam zu bewegen schien, und sein Herz zog sich zu einem schmerzhaften Krampf zusammen, bevor er erkannte, dass es nur ein Felsen war, der vor unendlich langer Zeit aus der Wand gebrochen war. Murida war nirgends zu sehen, weder tot noch verletzt oder auch lebendig.

Andrej schloss für eine Sekunde die Augen, schalt sich selbst in Gedanken einen Dummkopf, Narren und noch andere, weit unfreundlichere Dinge und zwang sein Herz, wieder langsamer zu schlagen. Der Versuch, das Zittern seiner Hände zu unterdrücken, scheiterte kläglich.

Genau wie der, eine Antwort auf die Frage zu finden, wo sie eigentlich war. Der Erdfall erstreckte sich in beide Richtungen so weit, wie sein Blick reichte, und vermutlich auch noch ein gehöriges Stück darüber hinaus. Der Abgrund unter ihm maß mindestens zwanzig Meter, wenn nicht mehr. Jetzt, wieder zu halbwegs klarem Denken fähig und nicht mehr der Panik nahe, sah er, dass die Wand nicht annähernd so glatt war, wie er es sich im ersten

Moment eingebildet hatte, sondern von Rissen, Spalten und Vorsprüngen übersät, die selbst einem mittelmäßigen Kletterer genug Halt geboten hätten, um sie zu überwinden. Aber sogar ein *hervorragender* Kletterer würde mindestens zehn Minuten brauchen, um nach unten zu kommen (Andrej war nicht sicher, ob selbst *er* das Hindernis in dieser Zeit überwinden könnte), und er hatte nur einen Bruchteil dieser Spanne gebraucht, um hierherzukommen. Wo also *war* sie?

Um nicht doch noch die Balance zu verlieren und herauszufinden, wie lange sämtliche Knochen in einem menschlichen Körper brauchten, um sich wieder zusammenzusetzen, wenn er dort unten aufwachte, ließ sich Andrej auf den Bauch sinken und schob sich behutsam nach vorne, um die Felswand ein zweites Mal und sehr viel aufmerksamer abzusuchen.

Was er entdeckte, versetzte ihn in nicht geringes Erstaunen. Es *gab* einen Pfad. Er war gerade so breit wie zwei nebeneinandergelegte Hände und führte in halsbrecherischem Winkel an der Wand hinab, und – Zufall oder Absicht, wobei ihm Ersteres deutlich lieber gewesen wäre – er war dergestalt aus dem Stein gemeißelt, dass er nur für das Auge dessen sichtbar wurde, der wusste, wonach er suchte.

Die Entdeckung machte das Rätsel um Muridas Verschwinden nicht kleiner, denn diesen Pfad zu benutzen konnte kaum wesentlich schneller gehen und war vermutlich auch nicht viel ungefährlicher, als gleich an der Felswand hinunterzuklettern. Eigentlich hätte die Zeit für Murida nicht reichen dürfen. Aber ganz offensichtlich hatte sie es.

Andrej beschloss, sich später angemessen zu wundern, richtete sich wieder in die Hocke auf und suchte den Bereich jenseits der Steilwand mit Blicken ab. Das Mädchen entdeckte er immer noch nicht, wohl aber den Ursprung des roten Widerscheins, der ihn hierher gebracht hatte. Weit genug von der Felswand entfernt, um nicht von herunterstürzenden Steinen getroffen zu werden, aber nahe genug, sie als Rückendeckung zu nutzen, erhob sich eine Anzahl gedrungener Schatten, die auf den ersten Blick und vor allem in der Nacht durchaus selbst als Felsen durchgehen mochten. Doch die dünnen rot schimmernden Linien verrieten, dass sie von Menschen errichtete Gebäude waren, hinter deren vorgelegten Fensterläden Licht brannte, zu viele für ein einzelnes Haus, aber nicht genug für ein Dorf. Andrej überlegte einen Moment angestrengt. Wieder kam ihm in den Sinn, was Murida und vor ihr auch ihr Vater über dieses Land erzählt hatten, und mit einem Male kamen ihm die Geschichten vom Reich der Toten und den unheimlichen Dingen, die hier ihr Unwesen treiben sollten, gar nicht mehr so albern vor.

Schaudernd sah er sich um und versuchte sich mit mäßigem Erfolg einzureden, dass das eisige Kribbeln zwischen seinen Schulterblättern nur vom kalten Wüstenwind kam, der durch seine Kleidung drang. Vielleicht war dieses Land ja nicht wirklich das Reich der Toten, aber für die Lebenden war es auch nicht gemacht. Andrej suchte den Anfang des Felspfades und machte sich an den Abstieg. Seine Bewunderung für Murida stieg noch einmal gehörig, kaum dass er die ersten Meter hinter sich hatte. Der Pfad war in der Tat nicht einmal breit genug, um beide Füße nebeneinanderstellen zu können, und so glatt, dass er es nur wagte, kleine, vorsichtige Schritte zu machen. In mehr oder weniger regelmäßigen Abständen waren Vertiefungen in den Fels darüber gemeißelt worden, in denen er sicheren Halt fand, doch nach nur ein Dutzend Schritten gab Andrej auf und kletterte kurzerhand an der Felswand hinunter.

Es war einfacher, als es von oben den Anschein gehabt hatte, wenn auch vermutlich nur für jemanden wie ihn, der einen Sturz in die Tiefe nicht wirklich zu fürchten brauchte. Die letzten vier oder auch fünf Meter überwand er mit einem beherzten Sprung, an dessen Ende er sich abrollte und in den Sichtschutz desselben Felsens tauchte, dessen Anblick ihm im ersten Moment einen solchen Schrecken eingejagt hatte.

Aufmerksam lauschte er. Das Zischen des Wüstenwindes kam ihm mit einem Male lauter vor und auf sonderbare Weise verändert, als wäre es nur zu dem einzigen Zweck geschaffen worden, etwas anderes und Seltsames und vielleicht Gefährliches zu verbergen. Und war da nicht eine Bewegung in seinem Augenwinkel, ein Huschen, das sofort verschwand, wenn er es zu fixieren versuchte?

Andrej sagte sich selbst, dass es Unsinn sei, albernes Zeug, mit dem man Kinder erschreckte und das auch nur Kinder erschrecken *sollte* … aber es nutzte nicht viel. Er fühlte sich beobachtet. Alle seine Instinkte, die ihn jahrhundertelang zuverlässig vor vermeintlich unsichtbaren Gefahren gewarnt hatten, waren in Aufruhr, als nähme er etwas mit einem Sinn wahr, von dem er bisher noch gar nicht gewusst hatte, dass er ihn besaß.

Mit sehr viel mehr Mühe, als er sich eingestehen wollte, schüttelte er diesen Gedanken ab und konzentrierte sich wieder auf die Gebäude vor sich.

Gebäude war vielleicht nicht das richtige Wort. Es waren Ruinen, von der Zeit und dem Wüstenwind zu sonderbar organisch wirkenden Formen geschliffen, die ihn in der Dunkelheit an den Umriss eines schlafenden Drachen erinnerten, der beim kleinsten verräterischen Laut hochschrecken und sich auf ihn stürzen konnte, um …

Andrej riss sich zusammen und richtete sich geduckt hinter seiner Deckung auf, um zu einem anderen, den Ruinen näher gelegenen Felsen zu huschen. Eigentlich gab es keinen Grund, sich anzuschleichen. Hier unten war die Nacht beinahe noch dunkler als oben, und wer immer in seine Richtung blickte, konnte nichts als die schwarze Felswand sehen. Trotzdem bewegte er sich so vorsichtig und lautlos weiter, wie er nur konnte. Er hatte in dieser Nacht schon genug Dinge erlebt, mit denen er nicht gerechnet hatte.

Das Licht, so erkannte er nun, drang durch die schmalen Ritzen uralter Läden, die sechs schmale, sehr hohe Fenster, fast schon Schießscharten, verschlossen. Durch das Rauschen des Wüstenwindes waren nun eindeutig andere Laute zu hören, menschliche Stimmen, das leise Scharren von Metall und vielleicht Schritte. Andrej vermochte nicht zu sagen, wessen und wie viele Stimmen sich dort unterhielten, und zu seinem Erstaunen war es ihm auch nicht möglich, die Worte zu verstehen. Aber er war auf dem richtigen Weg. Auch wenn er sie weder sehen noch hören konnte, Murida war dort vorne irgendwo. Das wusste er einfach.

Lautlos huschte er weiter, bewegte sich von Deckung zu Deckung und Schatten zu Schatten und erreichte schließlich das erste Gebäude. Stimmen und Geräusche wurden lauter, gewannen aber nicht an Verständlichkeit, doch immerhin war jetzt klar, dass es mehr als nur zwei Personen waren, die sich dort unterhielten. Andrejs Hand strich über den Schwertgriff, wie um Kraft aus seiner beruhigenden Anwesenheit zu gewinnen, und tastete dann über die raue Wand, an die er sich presste. Das erste Fenster war kaum eine Armeslänge neben ihm, doch der Raum dahinter war leer. Als er lauschte, vernahm er nur das knisternde Prasseln einer Fackel, weder Atemzüge noch das Schlagen eines Herzens. Andrej dachte kurz darüber nach, den Fensterladen aufzubrechen, kam zu dem Schluss, dass er nicht hundertprozentig sicher sein konnte, es auch lautlos zu schaffen und tastete stattdessen prüfend mit beiden Händen über die Wand. Irgendwann einmal hatte sie aus sorgsam geglättetem, fugenlosem Stein bestanden, aber die Zeit hatte auch von ihr Tribut eingefordert. Es gab genug Risse, Löcher und Unebenheiten, an denen er sich in die Höhe ziehen und schon nach wenigen Augenblicken das flache Dach des einstöckigen Gebäudes erreichen konnte.

Er hatte Glück, auch wenn ihm erst im Nachhinein wirklich aufging, wie verwegen die Annahme gewesen war, diese Ruine könnte nach all der Zeit noch ein intaktes Dach haben. Doch die unbekannten Baumeister hatten solide gearbeitet. Das flache Sonnendach war nicht nur noch zur Gänze vorhanden, sondern auch stabil genug, sein Gewicht zu tragen. Andrej äugte zu der rechteckigen Öffnung im Dach, unter der die ersten Stufen einer ebenfalls aus Stein erbauten Treppe sichtbar waren, wandte sich dann aber in die entgegengesetzte Richtung, die, aus der die Stimmen und das Rascheln von Kleidung kamen. Geduckt huschte er über das Dach, legte das letzte Stück auf Händen und Knien zurück und lugte dann vorsichtig in die Tiefe.

Von hier oben aus betrachtet, sah es aus, als wäre das Gebäude vor langer Zeit einmal eine kleine Wüstenfestung gewesen oder eine zu groß geratene Karawanserei: Drei wuchtige Bauten bildeten zusammen mit den Resten einer verfallenen Mauer ein unregelmäßiges Quadrat. Obwohl die Gebäude verfallen und die Wehrmauer zum Großteil eingestürzt war, lag auf dem gepflasterten Hof unter ihm nicht ein einziges Trümmerstück, und auch die Fassaden waren nicht annähernd so verwittert wie auf der Außenseite, als hätte jemand sorgsam darauf geachtet, den

Ansturm der Jahrhunderte zumindest nicht auf den ersten Blick sichtbar werden zu lassen.

Dann entdeckte er Murida ... was erstaunlich genug war, denn sie war nicht allein in dem leicht asymmetrisch geschnittenen Innenhof, sondern von sechs Gestalten umgeben, die genau wie sie die schwarzen Abu-Dun-Kostüme der Machdiji trugen. Dennoch erkannte er sie sofort und ohne ihr Gesicht sehen zu müssen.

Andrej verstand immer noch nicht, was dort unten gesprochen wurde, aber eine freundschaftliche Unterhaltung war es nicht, so viel wusste er. Murida gestikulierte heftig mit beiden Armen in Richtung eines bärtigen Mannes, der ihr zwar schweigend zuhörte, aber auch mit einer Miene, die sich mit jedem Wort ein bisschen mehr verdüsterte. Wenn das hier Muridas Verbündete waren, dachte er, dann empfingen sie sie offenbar nicht annähernd so herzlich, wie sie vielleicht gehofft hatte.

Als er die Schritte auf dem Dach hinter sich hörte, war es bereits zu spät, um zu reagieren. Es gelang ihm noch, in der Hocke herumzufahren und nach dem Schwert an seiner Seite zu greifen, doch dann berührte rasiermesserscharf geschliffener Stahl seine Kehle.

»Eigentlich schade«, sagte Hadschi. »Und ich hatte so gehofft, dass du mir den Gefallen tust.«

Für die Dauer eines einzigen Atemzuges war Andrej in Versuchung, dem Machdiji eine wirklich unangenehme Überraschung zu bereiten, aber ihm wurde auch sofort klar, wie dumm das gewesen wäre und ganz nebenbei auch gefährlich. Hadschi war nicht allein gekommen. Zwei weitere Männer in schwarzen Mänteln standen mit gezückten Säbeln hinter ihm, und noch einmal drei weitere kamen in diesem Moment so lautlos wie Schatten die Treppe herauf.

»Dein Schwert«, verlangte Hadschi. »Leg es auf den Boden, und dann steh auf! Ganz vorsichtig. Oder auch nicht, wenn du mir den Spaß gönnen willst.«

Andrej gönnte ihm zumindest den Spaß, (vorerst) am Leben zu bleiben, indem er sehr behutsam den Saif zog und vor sich auf den Boden legte, bevor er langsam aufstand und die Arme ausstreckte, um zu demonstrieren, dass er waffenlos war. Hadschi ließ es sich trotzdem nicht nehmen, ihm ganz versehentlich einen tiefen Schnitt am Hals beizubringen, der nicht nur ekelhaft wehtat, sondern auch heftig blutete.

»Oh, das tut mir leid«, sagte Hadschi grinsend. »Das wollte ich nicht. Ich bin aber auch manchmal zu ungeschickt.«

Andrej musterte die Gesichter der beiden anderen Männer, die ihn sehr aufmerksam im Auge behielten, aber auch kein Hehl daraus machten, was sie von Hadschis Auftritt hielten. Die drei anderen waren neben dem Treppenaufgang stehen geblieben und hatten nicht einmal ihre Waffen gezogen. Aber das mussten sie auch nicht, um Andrej davon zu überzeugen, dass sie sehr viel gefährlicher waren als Hadschi. Sonderbarerweise spürte Andrej keinerlei Gefahr, die von ihnen ausging. Zweifellos würden sie eingreifen, wenn er Widerstand zu leisten oder zu fliehen versuchte, um ihn darin zu hindern (irgendetwas sagte Andrej, dass sie es durchaus konnten), aber sie waren nicht seine Feinde.

»Geht und sagt Bescheid, dass wir einen Spion gefangen haben«, befahl Hadschi, ohne ihn aus den Augen zu lassen oder das Schwert von seiner Kehle zu nehmen. »Ich bringe ihn runter. Falls er mir nicht doch noch den Gefallen tut und einen Fluchtversuch riskiert, heißt das.«

Einer der beiden Machdiji an der Treppe verschwand, um seinen Befehl auszuführen. Andrej wich – sehr langsam – ein paar

Schritte vor Hadschi zurück, um dem Biss seiner Schwertklinge zu entgehen. Warmes Blut lief an seinem Hals hinab, und er versuchte die Wunde unauffällig mit der Hand zu verdecken. Zu seinem eigenen Glück verzichtete Hadschi darauf, ihm zu folgen, sondern steckte seine Waffe ein und bückte sich dann, um Andrejs Saif aufzuheben.

»Sei vorsichtig damit«, sagte Andrej. »Es ist sehr wertvoll. Und sehr scharf.«

»Das will ich doch hoffen«, feixte Hadschi. Er machte eine auffordernde Geste mit der freien Hand, während sein Blick fast bewundernd über die prachtvolle Klinge strich. Aber auch gierig.

»Und pass auf mein Schwert auf«, fügte Andrej hinzu. »Ich möchte es wiederhaben. Unversehrt, wenn möglich.«

»Es liegt ganz bei dir, ob Blutflecken draufkommen oder nicht«, antwortete Hadschi, ohne zu ahnen, wie recht er damit hatte. Doch Andrej nahm sich fest vor, es ihm bei der nächsten passenden Gelegenheit zu beweisen. Doch jetzt trat er gehorsam an Hadschi und seinen beiden wortkargen Begleitern vorbei und steuerte die Treppe an.

Das Haus war leer, ganz wie er es erwartet hatte. Die Möbel, falls es sie überhaupt einmal gegeben hatte, waren längst zu Staub zerfallen, und das einzige Licht kam von einer halb heruntergebrannten Fackel, die jemand in eine der unzähligen Sandverwehungen gesteckt hatte, die es praktisch in jedem Winkel gab. Das Alter dieses verlassenen Gebäudes war unübersehbar, aber da war noch etwas anderes und vage Unheimliches. Etwas, das sich unter der Staubschicht eines Jahrtausends an den Wänden verbarg und nach Aufmerksamkeit verlangte. Doch Hadschi gab ihm keine Gelegenheit für einen genaueren Blick, sondern trieb ihn in scharfem Tempo vor sich her, und Andrej verspürte wenig

Lust, ihm einen Vorwand zu liefern, die Schärfe des Saif an seinem Rücken zu testen. Fast schon im Laufschritt durchquerten sie das Haus und traten in den Innenhof hinaus. Zwei der schweigsamen Machdiji gingen voraus, alles andere als aufmerksam und so nahe, dass Andrej sie ohne Mühe hätte packen und überwältigen können, eigentlich ein nahezu unverzeihlicher Fehler. Aber vielleicht wollten sie ihm auf diese Weise zeigen, dass sie nicht seine Feinde waren.

Selbstverständlich ließ es sich Hadschi nicht nehmen, ihm noch einmal einen derben Stoß zwischen die Schulterblätter zu versetzen, und Andrej tat ihm den Gefallen, einen ungeschickten Stolperschritt zu schauspielern, fügte aber der Liste der Dinge, über die sie sich später unterhalten würden, noch einen weiteren Punkt hinzu.

»Hadschi, lass den Unsinn«, sagte Murida scharf. Sie wirkte nicht überrascht, Andrej zu sehen, und auch nicht wirklich erschrocken, allerhöchstens ein wenig verärgert. Immerhin verzichtete Hadschi darauf, ihm einen weiteren Stoß zu geben. Vielleicht würde Andrej ihn doch nicht umbringen.

Oder wenn, dann wenigstens schnell.

Murida warf Hadschi dennoch einen abschließenden, warnenden Blick zu und winkte Andrej dann endgültig heran. »Das hättest du einfacher haben können.«

»Was?«

Murida wedelte mit der Hand. »Das hier. Du hättest mich nur zu fragen brauchen. Es wäre einfacher gewesen. Für uns beide.«

»Aber dann wüsste ich jetzt nicht, dass ich mich nicht auf dein Wort verlassen kann«, sagte Andrej. Murida blickte hilflos, und Andrej fügte hinzu: »Nicht wegzulaufen, meine ich.«

»Dieses Wort habe ich dir nie gegeben«, erwiderte Murida.

»Und außerdem«, mischte sich Hadschi ein, bevor Andrej antworten konnte, »wäre uns dann ein interessantes Schauspiel entgangen. Ich habe zugesehen, wie er die Felswand heruntergestiegen ist. Ich hatte gehofft, dass er sich den Hals bricht, aber diesen Gefallen hat er mir nicht getan.«

»Es ist gut, Hadschi«, sagte Murida. »Geh und …« Sie suchte nach Worten und hob dann nur unschlüssig die Schultern. »Tu irgendetwas! Aber tu es woanders!«

Andrej konnte Hadschis Reaktion auf diesen Verweis nicht sehen, doch einer der Männer neben Murida lachte leise, und er hörte, wie Hadschi zornig davonstapfte. Murida schüttelte mit einem resignierten Seufzen den Kopf, und der Mann neben ihr sagte etwas in jener fremden Sprache, die Andrej nicht verstand, obwohl sie ihm bekannt vorkam. Die anderen lachten, verstummten aber schnell, als Murida einen zornigen Blick in jedes einzelne Gesicht warf.

Andrej nutzte die Zeit, um das halbe Dutzend Männer etwas genauer in Augenschein zu nehmen. Niemand schien etwas dagegen zu haben, obwohl er sich nicht die geringste Mühe gab, es verstohlen zu tun. Aber das Ergebnis seiner Musterung war einigermaßen … verwirrend.

Es war nicht etwa so, dass sich die Männer in auffälliger Weise geähnelt hätten oder sonst wie besonders gewesen wären. Sie waren unterschiedlichen, wenn auch allesamt fortgeschrittenen Alters – den Jüngsten schätzte Andrej auf vierzig Jahre, wenn nicht mehr – und von unterschiedlicher Statur, und dennoch gab es eine Art … unsichtbarer Ähnlichkeit … ein besserer Ausdruck fiel Andrej nicht dafür ein. Als würden sie derselben Familie angehören, auch wenn es das ebenfalls nicht wirklich traf. Ein sachter, leicht süßlicher Geruch schlug ihm entgegen, den er im ersten

Moment nicht richtig einordnen konnte, im nächsten dafür umso deutlicher: Kat.

Murida beendete das kurze Intermezzo mit einem scharfen Wort in der unbekannten Sprache und wandte sich dann wieder direkt an ihn. »Bitte verzeih Hadschis Benehmen«, sagte sie. »Er liebt es, den Dummkopf zu spielen … aber das kennst du ja von deinem schwarzen Freund.«

»Abu Dun, ja«, sagte Andrej und legte die Stirn in Falten. Es ärgerte ihn, dass Murida sich nach wie vor weigerte, den Namen des Nubiers auszusprechen. »Aber bei ihm weiß ich, dass er ihn nur spielt.«

»So wie Hadschi«, erwiderte Murida. »Nur ist er leider ein wirklich schlechter Schauspieler. Aber er ist treu, und ich weiß, dass ich mich auf ihn verlassen kann.«

Andrej antwortete nicht darauf. Er war nicht hierhergekommen, um darüber zu streiten, wer der größere Dummkopf war. Stattdessen deutete er auf die Männer neben Murida. »Wer sind deine Freunde?«

»Ich dachte, du wüsstest es schon.« Murida gab sich alle Mühe, Enttäuschung zu zeigen, machte aber auch keine Anstalten, seine Frage zu beantworten.

»Nein«, erwiderte Andrej. »Sollte ich Angst um mein Leben haben?«

»Das sollte man eigentlich immer, nicht wahr?«, erwiderte Murida, schüttelte aber den Kopf. »So wie ich dich erlebt habe, bin ich nicht ganz sicher, wer hier um sein Leben fürchten sollte … aber du bist nicht hergekommen, um zu kämpfen, oder?«

»Selbst wenn … « Andrej legte die Hand auf die leere Schwertscheide an seinem Gürtel und ließ den Satz unbeendet. Murida sah ihn durchdringend an und tat dann etwas Unerwartetes: Sie gab dem Mann hinter ihm einen knappen Wink, und der Machdiji trat neben ihn und hielt ihm den Saif hin, den Hadschi gerade an sich genommen hatte. Andrej war so überrascht, dass es eines zweiten auffordernden Winkens Muridas bedurfte, bis er nach der Waffe griff.

»Das ist … sehr großzügig von dir«, sagte er verwirrt. Murida nickte nur, doch der Mann neben ihr lächelte auf eine ganz besondere Art, die freundlich wirkte, Andrej aber trotzdem nicht gefiel.

»Gib mir keinen Grund, es zu bereuen«, sagte sie.

Andrej schob den Saif in die Scheide und sagte vorsichtshalber gar nichts, aber er ließ die Hand auf dem Schwertgriff liegen.

»Also?«, fragte er schließlich.

»Der Machdi hat von Euch gehört, Andrej«, antwortete Murida. Für einen ganz kurzen Moment war Andrej irritiert, dass sie wieder zu dieser förmlichen Anrede wechselte, doch dann vermutete er, dass dieser Umstand mehr den Männern in ihrer Begleitung galt. »Er ist bereit, Euch zu treffen, Andrej. Ich soll Euch zu ihm bringen … aber ich bin nicht sicher, ob ich es auch will … kann ich Euch trauen?«

»Das weiß ich nicht«, erwiderte Andrej. »Ich kenne deinen Herrn doch gar nicht.«

»Der Machdi ist nicht mein *Herr*«, sagte Murida unerwartet scharf. »Er ist niemandes Herr!«

»Ja, das habe ich gesehen«, pflichtete ihr Andrej bei. »Vor allem gestern, als sie sich für den Mann in die Luft gesprengt haben, der nicht ihr Herr ist.«

Murida antwortete sehr ernst und ohne dass ihr Blick Andrejs Augen losließ: »Der Machdi verlangt von niemandem Gehorsam, und er lehrt uns, dass das Leben das wertvollste Geschenk ist, das Allah uns gemacht hat. All diese Männer haben ihr Leben freiwillig geopfert und mit Freuden. Sie glauben an unsere Sache, und sie haben das größte Opfer dafür gebracht.« Sie wartete einen Moment lang – vergeblich – auf eine Antwort und fragte dann noch einmal: »Kann ich Euch vertrauen, Ungläubiger?«

»Ja«, antwortete Andrej ernst.

»Ich will Euer Wort«, beharrte Murida. »Lasst es mich nicht bereuen, Euch zum Machdi gebracht zu haben. Gebt mir Euer Wort!«

»Das hast du«, sagte Andrej.

»Dann kommt.« Andrej hatte halbwegs damit gerechnet, dass sie das uralte Wüstenfort wieder verließen und ihren Weg durch die Nacht fortsetzten, doch Murida deutete auf dieselbe Tür, durch die er gerade auf den Hof hinausgetreten war. Erstaunt sah Andrej, wie Murida ihre einladende Geste wiederholte und sich auch unverzüglich in Bewegung setzte, jedoch keiner ihrer Begleiter Anstalten machte, sich ihnen anzuschließen, auch nicht, als er selbst ihr folgte und wieder ins Haus trat.

Allerdings waren sie nicht allein. Hadschi stand auf der anderen Seite der rechteckigen Kammer, die Arme herausfordernd vor der Brust verschränkt, und starrte ihn feindselig, ja, beinahe hasserfüllt an. Dabei fiel Andrej kein einziger Grund dafür ein.

Vielleicht war es an der Zeit, ihm einen zu geben.

»Hadschi«, sagte er lächelnd. »Wie schön. Ich hatte schon Angst, wir würden uns gar nicht mehr wiedersehen.«

Hadschi verbiss sich jede Antwort, aber seine Augen loderten in schwarzem Zorn. Murida schüttelte den Kopf und betrachtete abwechselnd Andrej und ihn, als sähe sie zwei kleinen Jungen bei einem sinnlosen Kräftemessen zu. Wenn man es genau nahm, musste Andrej sich eingestehen, dann benahmen sie sich auch so. Oder zumindest er.

»Dort entlang!« Murida deutete auf eine Tür zur Linken, die Andrej bisher ganz entgangen war, und setzte sich auch sofort in Bewegung. Statt ihr zu folgen, schob Hadschi nur trotzig die Unterlippe vor und wartete, bis Andrej sich unter dem niedrigen Türsturz hindurchgebückt hatte. Erst dann schloss er sich ihm an. Seine rechte Hand spielte mit dem Schwertgriff, der aus seinem Gürtel ragte, und wenn er den grimmigen Ausdruck auf seinem Gesicht tatsächlich nur schauspielerte, dann tat er es perfekt. Er folgte Andrej so dichtauf, dass es gerade noch nicht unangenehm war, ihn aber nervös machte.

»Wohin bringst du mich?«, fragte er und rechnete nicht wirklich mit einer Antwort. Umso überraschter war er, sie zu bekommen.

»Zum Machdi«, sagte Murida. Sie hatte die Kammer durchquert, die ebenso leer und kahl war wie jeder andere Raum, den Andrej bisher gesehen hatte, und musste sich trotz ihres kleinen Wuchses bücken, um durch die nächste Tür zu treten. Sie war nicht niedriger als alle anderen, doch der fast pulverfeine Sand hatte sich zu einer mehr als kniehohen Düne aufgetürmt, die einem das Gefühl gab, in einem Haus zu sein, das für Kinder gebaut war oder für Zwerge.

»Dein Herr …« Andrej verbesserte sich hastig. »Der Machdi liebt es wohl, sich zu verstecken?«, fragte er.

»Nein«, antwortete Murida, ohne zu ihm zurückzublicken. »Aber er erwartet uns an einem ganz besonderen Ort. Er möchte dir etwas zeigen.«

Andrej sparte sich die Frage, was. Wenn überhaupt, dann hätte die Antwort ohnehin nur in einem weiteren Rätsel bestanden, und davon hatte er für einen Tag mehr als genug gehört. Mit zwei raschen Schritten und weit nach vorne gebeugt, um nicht gegen die immer niedriger werdende Decke zu stoßen, schloss er zu Murida auf und fragte: »Würdest du mir ein Geheimnis verraten?«

Murida drehte sich nun doch halb zu ihm herum und maß ihn mit spöttischem Blick. »Aber wenn ich das täte, wäre es doch keines mehr, oder?«

»Wann genau hast du die Seiten gewechselt?«, fragte Andrej.

»Und wer sagt dir, dass ich das überhaupt getan habe?«, gab Murida zurück. Ihre Augen funkelten noch spöttischer.

»So lange gibt es den Machdi noch gar nicht«, behauptete Andrej. »Oder hast du etwa schon zu seinen Anhängern gehört, bevor er selbst wusste, dass Allah persönlich ihn ausgesucht hat, um den Menschen das ewige Heil zu bringen?«

Murida ignorierte seinen Sarkasmus. »Wer weiß? Vielleicht wäre mir ja jeder recht gewesen, der nicht auf Süleymans Seite steht. Du hast dieses Ungeheuer erlebt, Andrej.«

»Das heißt, du hättest dich jedem angeschlossen, der nur gegen den Sultan ist?«

»Wer weiß?«, sagte Murida noch einmal und mit erstaunlicher Offenheit. »Möglicherweise wäre jeder Dummkopf besser gewesen als Sultan Süleyman der Zweite.« Sie lachte ganz leise. »Was für ein Glück, dass der Machdi kein Dummkopf ist, nicht wahr?«

»Das weiß ich nicht«, antwortete Andrej. Hinter ihnen ließ Hadschi ein ärgerliches Zischen hören, doch er fuhr unbeeindruckt fort: »Ich bin ihm nie begegnet.«

»Dann warte ab. In seiner Gegenwart wirst du anders denken.«

»Wenn man dich so hört, dann könnte man meinen, der Prophet selbst wäre wiedergeboren worden«, antwortete Andrej spöttisch. Jedenfalls versuchte er, spöttisch zu klingen, aber er hörte sogar selbst, wie kläglich dieser Versuch scheiterte.

Murida nickte sehr ernst. »Manche glauben das tatsächlich.«

»Und du?« Andrej spürte, dass er sich auf dünnem Eis bewegte, doch Murida lächelte weiter, und auch ihre Stimme blieb ruhig. Sie hatte sich verändert, seit sie hierhergekommen waren. Die sonderbare Umgebung, die allen anderen Angst machte (Andrej eingeschlossen), schien ihr Selbstvertrauen nur zu steigern.

»Nein. Warum auch? Der Machdi ist kein Prediger, Andrej. Er behauptet nicht, im Namen Allahs zu sprechen, und gewiss will er keinen neuen Koran schreiben oder gar eine neue Religion ausrufen. Er spricht den Menschen aus dem Herzen, das ist sein Geheimnis. Er verspricht ihnen nichts, und er verlangt nichts von ihnen. Vielleicht lieben sie ihn deshalb so sehr.«

»Ja, das habe ich gesehen«, erwiderte Andrej. »Wie viele Männer habt ihr auf dem Fluss verloren, alles zusammen? Dreihundert? Fünfhundert?«

»Und noch mehr werden sterben, bevor unser Kampf vorüber ist«, sagte Murida mit heiterer Miene. »Manchmal muss die Freiheit mit Blut erkauft werden. Selbst mit dem Unschuldiger.«

»Sind das die Worte des Machdi?«, fragte Andrej.

»Es sind *meine* Worte«, erwiderte Murida, plötzlich heftig. »Hörst du denn gar nicht zu, Andrej, oder haben Süleymans Worte schon deine Seele vergiftet? Es ist nicht der Krieg des Machdi! Er ist ein Mann des Friedens, dem ein Menschenleben mehr gilt als alle Reichtümer der Welt zusammen! Er würde niemals zum Krieg aufrufen! Es sind die Menschen, die sich gegen die Tyrannei des Sultans auflehnen, nicht er. Er gibt uns nur die Kraft, diesen Kampf zu kämpfen. Und zu gewinnen.«

»Und wie?«

»Nicht so, wie du vielleicht denkst, Ungläubiger«, antwortete Murida, plötzlich wieder feindselig. Sie ging ein wenig schneller – nicht sehr, das war in dem mittlerweile fast zur Hälfte mit

Sand gefüllten Raum gar nicht möglich – aber Andrej hatte verstanden.

Den Rest des Weges legten sie schweigend zurück. Es waren ohnehin nur noch einige wenige Schritte, bis sie in einen Raum kamen, in dem es keine Tür mehr gab.

»Hilf mir!«

Das war eindeutig mehr ein Befehl als eine Bitte gewesen, fand Andrej, und noch dazu einer, dessen Sinn ihm zumindest zweifelhaft erschien. Dennoch trat er gehorsam neben die junge Frau und half ihr, als sie mit bloßen Händen im Sand zu graben begann, und sogar Hadschi gesellte sich zu ihnen.

Zuerst kam Andrej das, was sie taten, vollkommen sinnlos vor. Der Sand war so fein, dass es war, als würde er Wasser mit bloßen Händen schöpfen, doch Murida grub wortlos und mit verbissener Miene weiter, und schließlich hatte sie wohl gefunden, wonach sie suchte: Ihre Hand versank bis über das Gelenk in staubfeinem Sand und umklammerte einen schweren eisernen Ring, als sie wieder zum Vorschein kam. Wortlos griff Andrej zu, doch es bedurfte auch noch Hadschis Kraft, um den Widerstand des Sandes zu überwinden, der sich wie bleischweres Wasser verhielt.

Als er schließlich nachgab, geschah es – selbstverständlich – so überraschend, dass sie alle zurückstolperten und der Länge nach auf den Rücken fielen.

Wortlos stemmte Andrej sich hoch, half Murida auf die Füße (Hadschis fordernd ausgestreckte Hand ignorierte er) und beugte sich dann behutsam vor, um in die Tiefe zu blicken. Sehr viel gab es nicht zu sehen. Der eiserne Ring hatte eine aus fingerdicken Brettern bestehende Klappe geöffnet, unter der ein rechteckiger Schacht zum Vorschein kam. Sand rieselte mit einem seidigen Geräusch hinein und zerstob zu staubfeinen Schleiern, sodass es selbst seinen scharfen Augen nicht möglich war, die genaue Tiefe des Schachtes zu erkennen oder gar, was sie darunter erwarten mochte. Uralte, abgestandene Luft schlug ihm entgegen und vielleicht ein ganz sachter Hauch von lange zurückliegendem Tod, aber das mochte ihm auch seine eigene Fantasie vorgaukeln.

»Was ist dort unten?«, fragte er.

»Spring doch hinein und sieh nach«, schlug Hadschi vor.

Andrej machte ein nachdenkliches Gesicht. »Vielleicht ist das nicht einmal die schlechteste Idee. Aber noch besser gefällt mir die Vorstellung, dass du es tust.«

Und damit war er schnell wie ein Gespenst hinter Hadschi und stieß ihm die flache Hand so wuchtig zwischen die Schulterblätter, dass er mit einem überraschten Schrei und rudernden Armen nach vorne kippte und in der Tiefe verschwand. Das Geräusch des Aufpralls war sonderbar weich und erfolgte fast augenblicklich, und es wurde gleich darauf von einer Flut wüster Beschimpfungen und Flüche verschluckt.

»Besonders tief scheint es nicht zu sein«, sagte er.

Murida verdrehte die Augen, sprang aber, ohne zu zögern, ebenfalls in die Tiefe. Andrej ließ gerade genug Zeit verstreichen, um nicht auf sie zu springen, bevor er ihr folgte.

Der Sprung war nicht besonders tief, vielleicht drei oder vier Meter. Er landete mit dem einen Fuß auf weichem Sand und dem anderen auf etwas nicht ganz so Weichem, das ein schmerzerfülltes Zischen und einen Fluch ausstieß. Hadschi lebte noch, ganz ohne Zweifel.

»Einen Moment«, drang Muridas Stimme aus der Dunkelheit. Das Echo ihrer Worte verriet Andrej, dass sie sich in einer rechteckigen Kammer befanden, die kaum hoch genug war, um aufrecht darin zu stehen. »Ich mache Licht.«

Etwas klickte – das Geräusch von Feuersteinen, die aneinanderschlugen –, dann brannte sich ein winziger Funke durch die Schwärze und wurde zur prasselnden Flamme einer kleinen Fackel, die so dicht über Muridas Hand brannte, dass sie Gefahr lief, sich zu versengen. Dafür, dass sie sich hier eigentlich nicht auskennen konnte, dachte Andrej, fand sie sich ziemlich gut zurecht.

Er hörte ein Japsen und kam endlich auf die Idee, den Fuß von Hadschis Brustkorb zu nehmen, richtete sich auf und stellte fest, dass der Raum noch niedriger war, als er angenommen hatte, als er mit dem Kopf gegen die Decke stieß. Wie die Klappe weiter oben bestand sie aus dicken, grob zusammengefügten Brettern, durch die sofort ein wahrer Wolkenbruch aus Sand kam, der ihn zum Husten brachte und unter jeden Fetzen Stoff kroch, den er am Leibe trug.

»Bewegt euch besser nicht zu heftig«, sagte Murida. »Ich bin nicht sicher, wie lange das hier noch hält. Es ist sehr alt.«

Gebückt, um nicht ebenfalls gegen die Decke zu stoßen, ging sie zur gegenüberliegenden Wand der Kammer – der einzigen, die aus sandfarbenem Stein bestand, nicht aus Holz –, ließ sich davor auf die Knie sinken und strich mit der freien Hand über den Fels, offenbar auf der Suche nach etwas.

Etwas klapperte. Erschrocken fuhr Andrej herum und hob gerade rechtzeitig den Kopf, um eine Ladung Sand ins Gesicht zu bekommen, die aus dem Schacht herunterstürzte. Sein gemurmelter Fluch ging fast in dem polternden Geräusch unter, mit dem die Klappe am oberen Ende des Schachtes wieder geschlossen wurde. Dann hörte er ein anderes, weicheres Geräusch, das ihm einen eisigen Schauer über den Rücken laufen ließ: Es war das Geräusch, mit dem Sand auf die hölzerne Klappe geschaufelt wurde.

»Was bedeutet das?«, fragte er beunruhigt.

»Niemand darf diesen Ort finden«, antwortete Murida.

»Ich will ja nicht kleinlich erscheinen«, meldete sich Hadschi zu Wort, »aber hat jemand einen Vorschlag, wie wir hier wieder herauskommen?«

Angesichts der geringen Deckenhöhe war er erst gar nicht aufgestanden, sondern auf den Knien hocken geblieben, hatte aber den Kopf in den Nacken gelegt und sah mit einem Ausdruck leiser Sorge in den Schacht hinauf, durch den sie hierherunter gekommen waren.

Andrej musste ihm recht geben. Der Schacht war deutlich tiefer, als er angenommen hatte – gute vier Meter, wenn nicht mehr –, und seine Wände bestanden aus nichts anderem als Sand, der unter seinem eigenen Gewicht und der Last der Jahrhunderte zu etwas zusammengepresst worden war, das vielleicht wie Stein aussah, dennoch aber Sand blieb. Keine Chance, mit bloßen Händen daran hinaufzuklettern, selbst wenn es die nun wieder geschlossene Klappe nicht gegeben hätte.

»Auf einem anderen Weg, keine Angst«, sagte Murida. Ihre Hand strich weiter über den Stein, der nicht ganz so glatt war, wie es Andrej bisher vorgekommen war. Je nachdem, wie das Licht ihrer Fackel darauf fiel, meinte Andrej fremdartig anmutende Linien und Symbole darin zu erkennen. Ihre Haltung verriet mehr Unsicherheit, als ihr vermutlich selbst bewusst war, und vielleicht sogar eine Spur von Furcht.

Neben ihm rollte sich Hadschi herum und auf Hände und Knie hoch, spuckte Sand und Schleim und stöhnte irgendetwas in seiner Muttersprache, das Andrej gar nicht verstehen wollte, bevor er fortfuhr: »Was ist das hier eigentlich?«

»Etwas sehr Altes«, antwortete Murida, ohne in ihrem konzentrierten Tasten und Suchen innezuhalten. »Komm her. Ich brauche deine Hilfe.«

Andrej ging so weit nach vorne gebeugt zu ihr, dass es schon fast komisch aussah. Trotzdem streifte sein Kopf an der niedrigen Decke entlang und löste einen weiteren Staubregen aus. Neben Murida ließ er sich vollends auf die Knie hinab und sah sie fragend an.

»Hier.« Murida deutete auf eine Stelle an der Wand, an der Andrej rein gar nichts sah, griff nach seiner Hand und legte sie mit gespreizten Fingern auf eine Stelle knapp oberhalb ihres Gesichts.

»Wenn ich dir das Zeichen gebe, drückst du drauf«, sagte sie. »Mit aller Kraft, hast du verstanden?«

»Lieber nicht«, antwortete Andrej. »Ich will doch nicht dein schönes Spielzeug kaputtmachen.«

Aber er sagte es mit einem Lächeln. Sie nickte nur zufrieden und krabbelte zu einer anderen Stelle, nur ein paar Schritte entfernt. Andrej überzeugte sich mit einem raschen Blick davon, dass Hadschi inzwischen das Atmen wieder erlernt hatte, und sah dann aufmerksam zu ihr hin.

Murida hatte ihr Kopftuch abgenommen, einen ledernen Wasserschlauch vom Gürtel gelöst und befeuchtete es mit einem Gutteil seines Inhaltes, um anschließend damit über die Wand vor sich zu fahren. Im allerersten Moment schienen ihre Bemühungen keinerlei Erfolg zu zeitigen, denn der uralte Schmutz auf der Wand war zu Stein erstarrt und wäre allerhöchstens mit Hammer und Meißel zu entfernen gewesen. Dann jedoch musste Andrej ihr Anerkennung zollen.

Das Wasser konnte die jahrhundertealte Schmutzschicht nicht entfernen, aber es brachte die Linien und Zeichnungen zum Vorschein, die den Stein darunter bedeckten, indem es sie in dunklerem Farbton nachzeichnete. Es waren Hieroglyphen, die uralte Bildersprache der einstigen Herrscher dieses Landes. Andrej konnte sie so wenig lesen wie irgend ein anderer Mensch, der jünger war als tausend Jahre, aber wie jedes Mal, wenn er sie sah, überkam ihn ein Gefühl von Ehrfurcht, als spürte er tief in sich, dass sich hinter der verlorenen Bedeutung dieser Symbole noch ein zweites und sehr viel gewaltigeres Geheimnis verbarg.

Murida hatte aufgehört, mit dem Tuch über die Wand zu fahren, und betrachtete angespannt die schattenhaften Hieroglyphen.

»Du kannst das lesen?«, fragte er erstaunt. *War es möglich, dass – ?*

Murida beantwortete sowohl die laut ausgesprochene als auch die nur gedachte Frage mit einem Kopfschütteln. »Nein«, sagte sie. »Aber ich weiß, wonach ich suchen muss.«

»Und was wäre das?«

»Da ist es.« Murida deutete auf ein eckiges Symbol, das nicht recht in das Bild der übrigen Hieroglyphen passte, zog einen Dolch unter dem Mantel hervor und begann den verkrusteten Schmutz von der Wand zu kratzen.

Es dauerte eine geraume Weile und kostete sie sichtlich Kraft, aber schließlich hatte sie eine Kartusche freigelegt, in deren Mitte ein daumendickes kreisrundes Loch prangte. Vorsichtig entfernte sie mit ihrer Messerspitze den Schmutz daraus, hob die Fackel auf und schob ihr Ende behutsam in das Loch. Erst jetzt sah Andrej, dass es eine Halterung war, aus Bronze oder Kupfer und ebenfalls mit Hieroglyphen bedeckt.

Ein weiterer Moment verging, dann klickte es leise, und Murida drehte den als Fackel getarnten Bronzestift mit einem Ruck um neunzig Grad nach rechts.

»Jetzt, Andrej!«, sagte sie.

Andrej drückte auf den Stein, den Murida ihm bedeutet hatte, und rein gar nichts geschah. Er drückte erneut und kräftiger und dann noch einmal mit aller Gewalt, mit dem einzigen Ergebnis, dass die gerade erst verschorfte Wunde wieder aufbrach und warmes Blut an seinem Hals hinunterlief. Murida bedeutete ihm jedoch nur, nicht nachzulassen, und Andrej gehorchte und strengte sich nur noch mehr an, und schließlich wurde er mit einem sachten Ruck und dem Scharren von Stein auf Stein belohnt.

»Weiter!«, feuerte ihn Murida an. »Es ist gleich geschafft!«

Andrej gehorchte, und das Scharren wurde lauter, hörte plötzlich auf und wurde von einem anderen und weit beunruhigenderen Laut abgelöst: einem seidigen Rascheln und Wispern, das Andrej nur zu gut als rieselnden Sand identifizierte. Alarmiert sah er hoch. Zwischen den groben Brettern der Decke wehten noch immer feine Staubfahnen hervor, aber sie waren eher weniger geworden, nicht mehr.

Dann begann der Boden zu zittern.

Es war eher ein Gefühl, etwas, das er mehr spürte als sah; als begänne tief unter seinen Füßen etwas Uraltes und ungeheuer Starkes zu erwachen und sich zu bewegen.

Murida zog den Stift aus der Wand. Das Geräusch von rieselndem Sand wurde noch einmal lauter, und dann begann die gesamte Wand, vor der sie knieten, langsam im Boden zu versinken. Täuschte er sich, oder wirkte Murida erleichtert, als wäre sie insgeheim bis zuletzt nicht sicher gewesen, dass ihr Vorhaben auch funktionierte?

»Schnell jetzt«, sagte sie. »Es wird sich gleich wieder schließen!«

»Wie beruhigend«, maulte Hadschi.

Andrej sah auch beinahe sofort, was Murida gemeint hatte: Sein allererster Eindruck war falsch gewesen. Nicht die gesamte Wand begann im Boden zu versinken, sondern nur ein türbreiter

Teil, hinter dem ein finsterer Gang von vage trapezartiger Form zum Vorschein kam. Allein die Vorstellung, dort hineinzugehen, erfüllte Andrej mit Furcht.

Noch viel mehr Unbehagen aber bereitete ihm der Anblick des fast meterdicken Steinquaders, der sich im gleichen Tempo aus der Decke herabsenkte, in dem der untere Teil der Wand im Boden versank. Die Lücke dazwischen war so schmal, dass er sich besorgt fragte, ob sie überhaupt hindurchpassen würden. Er schätzte, dass ihnen vielleicht zwei oder drei Minuten blieben, bis sich der geheime Eingang wieder schloss.

Trotzdem rührte er sich nicht von der Stelle, sondern fragte: »Wohin führt dieser Gang?«

»Zum Machdi«, antwortete Murida. »Du wolltest ihn doch treffen, oder?«

Kapitel 35

Der Gang führte in sachter Neigung nach unten. Muridas Fackel trieb die vollkommene Dunkelheit immer nur ein kleines Stück vor sich her, wo sie sich sammelte und auf lautlosen Füßchen um sie herumhuschte, nur um ihnen unverzüglich wieder nachzueilen. Ein unheimlicher, wenngleich absurder Gedanke, der aber gerade deshalb zu dieser Umgebung passte. Draußen hatte der geheime Zugang den Eindruck erweckt, jahrhundertealt zu sein; doch dieser unterirdische Gang, das war ihm nach nur wenigen Schritten klar, existierte seit Jahr*tausenden*, wenn nicht länger.

Genau wie Andrej es befürchtet hatte, war ihnen nicht viel Zeit zum Eintreten geblieben. Obwohl sie sich beeilt hatten, hätte er um ein Haar einen Fuß verloren, als sich der von rieselndem Sand angetriebene Mechanismus ohne Vorwarnung entschlossen hatte, einen plötzlichen Endspurt einzulegen, und wie ein steinernes Fallbeil heruntergesaust war. Weder Murida noch er hatten auch nur ein Wort darüber verloren, doch nun bewegte Andrej natürlich vor allem eine Frage: Mechanismen, die auf dem Prinzip von rieselndem Sand und nachrutschenden tonnenschweren Felsquadern beruhten, verfügten über den unbestreitbaren Vorteil, selbst nach Jahrtausenden noch zuverlässig zu arbeiten, wie sie gerade mit eigenen Augen gesehen hatten. Aber sie hatten auch den unbestreitbaren Nachteil, es nur ein einziges Mal zu tun. Ein Zurück auf diesem Weg gab es nicht mehr. Wenn dieser Stollen also zu keinem anderen Ausgang führte, dann würde es ihr Ende bedeuten. Nicht einmal seine übermenschlichen Kräfte reichten aus, ein Hindernis aus dem Weg zu räumen, das mehr wog als ein halbes Dutzend Elefanten.

Dieser erschreckende Gedanke führte Andrej zu dem Schluss: Wenn der uralte Mechanismus nur ein einziges Mal funktionierte, musste wer immer Murida beauftragt hatte, ihn auf diesem Wege zu ihm zu bringen, wirklich gute Gründe dafür haben.

Aber vielleicht waren sie auch längst in eine Falle getappt, aus der es kein Entkommen mehr gab.

»Wohin führst du uns eigentlich?«, fragte Hadschi, nachdem sie schon eine geraume Weile unterwegs waren. Seine Stimme kam Andrej sonderbar deplatziert vor, und das im ursprünglichen Sinne des Wortes. Obgleich dieser Gang zweifellos von Menschen gebaut worden war, schien es ihm doch, dass eine menschliche Stimme hier nicht hergehörte, ja, sie schon beinahe so etwas wie ein Frevel war, denn dieser Ort war … *anderem* geweiht.

»Dieser Gang führt zu einem heiligen Ort«, antwortete Murida. »Mehr weiß ich auch nicht. Der Machdi wartet dort auf uns … oder jemand, der uns zu ihm bringen wird.«

Andrej tauschte einen ebenso verwirrten wie beunruhigten Blick mit Hadschi. Murida hatte gerade, vermutlich ohne es selbst zu ahnen, zugegeben, nicht sehr viel mehr über ihr Ziel zu wissen als sie. Und das war mehr als nur ein bisschen beunruhigend. Flüchtig fragte er sich, warum er so leichtsinnig gewesen war, diesem Mädchen blindlings zu folgen – wenn man es genau nahm, ohne eine einzige Frage zu stellen –, kam aber zu keiner Antwort.

In dieser sonderbaren Umgebung, die ihm mit jedem Schritt mehr wie zwar *von*, aber ganz eindeutig nicht *für* Menschen gemacht schien, konnte er sich nicht mehr auf sein Zeitgefühl verlassen. Der Tunnel konnte unmöglich so lang sein, aber seine innere Uhr zeigte ihm dennoch an, dass Stunden vergangen sein mussten, als Hadschi die nächste Frage stellte: »Warum auf diesem Weg? Gab es keinen bequemeren?«

»Sicher«, antwortete Murida spöttisch. »Aber ich wollte dich nicht beleidigen, indem ich einen so gewaltigen Krieger auf einem zu bequemen Weg zu meinem Herrn führe.«

Von jetzt an schwieg Hadschi, bis sie ihr Ziel erreicht hatten.

Was immer Andrej erwartet hatte, er wurde enttäuscht. Der schmucklose Gang endete in einer ebenso schmucklosen rechteckigen Kammer, an deren Wänden es weder Malereien noch Hieroglyphen oder andere Zeichen gab. Eine aus nur fünf absurd hohen Stufen bestehende Treppe führte am anderen Ende nach oben, aber es gab weder eine Tür noch eine Klappe oder irgendeine andere Art von Ausgang.

»Was für ein beschauliches Plätzchen«, sagte Hadschi. »Wahrlich, eines muss man dem Machdi lassen: Er weiß zu leben.«

»Und wie geht es weiter?«, fragte Andrej, bevor Hadschi richtig in Fahrt kommen und noch mehr Unsinn reden konnte.

Murida warf ihm einen dankbaren Blick zu. Sie wies mit dem kümmerlichen Rest ihrer fast heruntergebrannten Fackel zum oberen Ende der Treppe. »Ich brauche deine Hilfe.«

Das rötliche Licht der Fackel hatte dieselbe Wirkung wie das Wasser, das Murida vorhin auf die Wand aufgetragen hatte: Unter Jahrhunderten von Staub wurden die Umrisse eines rechteckigen Steines sichtbar, der die fugenlose Decke dort durchbrach, wo ein aufrecht stehender Mann mit dem Kopf anstoßen würde, wenn er sich auf der obersten Stufe befand.

»Was mich zu einer anderen Frage bringt«, sagte Hadschi.

»Ja«, nickte Andrej. »Stell sie später!«

Er eilte los, schaffte es irgendwie die grotesk hohen Stufen hinauf, ohne dabei eine allzu lächerliche Figur zu machen, und streckte die Arme aus, um sich mit aller Kraft gegen die Decke zu stemmen. Das Ergebnis entsprach ganz genau seinen Erwartungen: Nichts rührte sich. Ihm war, als würde er unter einem Berg stehen und versuchen, ihn mit bloßen Händen umzuwerfen. Für einen Moment drohte er in Panik zu geraten. Was, wenn es wirklich eine Falle war, und sie –?

Ein Knirschen, mehr zu fühlen als wirklich zu hören, und dann rieselte jahrtausendealter Staub auf sie herab, gefolgt von einer Flut kaum weniger feinen Sands, der rings um sie herum zu einer Wolke aufstob und das Atmen unmöglich machte. Dennoch drückte und schob Andrej weiter mit aller Kraft, strengte sich nur noch mehr an und war nicht ganz sicher, ob er vor Schmerz oder vor Erleichterung aufstöhnte, als das Hindernis über ihm endlich nachgab. Langsam und – wie es ihm vorkam – Millimeter um Millimeter hebelte er den gewaltigen Stein aus seiner Fassung und in die Höhe und wäre um ein Haar gestürzt, als der scheinbar unverrückbare Widerstand von einem Moment auf den anderen einfach verschwunden war und das Dunkel wie etwas Körperliches auf sie herabstürzte.

Taumelnd vor Anstrengung sank er gegen die Wand, schuldete es nur seinem Stolz, nicht auf die Knie zu fallen, und fand sich in plötzlicher Finsternis wieder, als Murida und Hadschi nur einen halben Atemzug später an ihm vorbeistürmten und in der Schwärze verschwanden.

»Ja, gern geschehen«, keuchte er. Sein Atem ging pfeifend. »Bedankt euch nur nicht alle auf einmal, das wäre mir peinlich.« Mit einiger Mühe und die Schmerzen in seinen Armen und Oberschenkeln ignorierend, richtete er sich wieder auf, griff nach den Rändern des rechteckigen Loches und zog sich in die Höhe.

Vollkommene Nacht empfing ihn. Irgendwo zur Linken bemühte sich Muridas Fackel vergeblich, gegen die Finsternis anzukämpfen, alles andere war in so absolute Schwärze getaucht, dass ihm beinahe war, als wären sie lebendig begraben – wäre da nicht zugleich ein Gefühl von Weite gewesen.

»Bleib, wo du bist!«, rief Murida. Seltsamerweise gelang es ihm nicht, die Richtung zu bestimmen, aus der ihre Stimme kam, aber er hatte das verrückte Gefühl, dass es nicht dieselbe war, in der er das Licht sah. »Ich komme gleich zurück!«

Das Echo ihrer Stimme sagte ihm, dass sie sich in einem Saal von gewaltigen Ausmaßen befanden. Unruhe ergriff ihn. Etwas war hier, das spürte er. Behutsam richtete er sich auf, schloss die Augen, um sich ganz auf seine anderen Sinne zu konzentrieren, und spürte Weite, eine gewaltige Leere, die zugleich voller beunruhigender Dinge war. Er konnte das Alter seiner Umgebung fühlen; als hätten all die ungezählten Jahre und Jahrhunderte Substanz gewonnen, indem sie unsichtbar rings um ihn herum kristallisiert waren und ihn nun zu erdrücken drohten.

Etwas scharrte. Andrej fuhr erschrocken herum und starrte aus aufgerissenen Augen in die Finsternis, ohne etwas zu sehen, doch dann hörte er das Rascheln von Kleidung und roch sauren Schweiß und das ganz sachte, aber unverwechselbare Aroma von Kat. Hadschi.

»Bist du hier, Ungläubiger?«

»Wahrscheinlich näher, als dir lieb ist«, antwortete Andrej.

Schlurfende Schritte kamen näher, dann hörte er, wie Hadschi in seinen Mantel griff und etwas herauszog. Als er weitersprach, wurden seine Worte von einem leisen Schlürfen und Schmatzen begleitet, und der Geruch von Kat wurde deutlicher. »Ich glaube, ich muss mich bei dir entschuldigen, Ungläubiger.«

»Wofür?«

»Ich habe dich falsch eingeschätzt«, antwortete Hadschi schmatzend.

»Das passiert vielen«, erwiderte Andrej unwirsch. Er versuchte auf Murida zu lauschen, doch er hörte sie nicht. Sie war irgendwo, aber er konnte weder sagen, in welcher Entfernung, noch, in welcher Richtung. Wo auch immer sie waren, diese unheimliche Umgebung bereitete ihm nicht nur Unbehagen, sie narrte seine Sinne.

»Ich habe dich für einen Aufschneider und ein Großmaul gehalten«, fuhr Hadschi unbeirrt fort. »Das tut mir leid. Ich entschuldige mich dafür.«

»Und jetzt tust du es nicht mehr?«

»Nein.« Andrej konnte Hadschis Kopfschütteln hören. »Dieser Stein. Er muss eine Tonne gewogen haben. Niemand, den ich kenne, hätte ihn auch nur einen Fingerbreit bewegen können.«

»Ich halte mich gut in Form«, antwortete Andrej ausweichend, wusste aber selbst, dass das wenig glaubwürdig klang. Kein normaler Mann hätte dieses Hindernis überwinden können. Selbst seine Kraft hätte beinahe nicht ausgereicht, und er war ungleich stärker als ein Sterblicher. Dieser uralte Mechanismus, das begriff er, war nichts anderes als ein Test gewesen.

Und er war nicht einmal ganz sicher, ihn auch bestanden zu haben.

»Es ist mir trotzdem wichtig –« Andrej unterbrach ihn, scharf und mehr als nur eine Spur zu laut: »Schon gut. Mach dir keine Sorgen, kleiner Mann. Wenn ich jeden umbringen würde, der mich versehentlich beleidigt, dann wäre die Welt mittlerweile ein einsamer Ort.«

Er bereute die Worte schon, bevor er sie ganz ausgesprochen hatte. Sie waren angeberisch und großmäulig – mithin genau das, wofür Hadschi ihn gehalten hatte – und hätten mehr zu Abu Dun gepasst als zu ihm. Aber immerhin taten sie ihren Dienst. Hadschi sagte nichts mehr, sondern beschränkte sich darauf, sein Kat zu kauen und Angst zu haben. In diesem Moment näherten sich auch wieder Muridas rasche, leichte Schritte, und das Licht der Fackel kehrte zurück und war nicht nur heller geworden, sondern hatte sich verdoppelt. Sie hielt jetzt in jeder Hand eine brennende Fackel, die unter beständigem Knacken und Funkensprühen abbrannten, sodass sie sie an den ausgestreckten Armen so weit von sich weghielt, wie es nur ging. Dennoch hatten einige Funken bereits ihr Gewand versengt, und an einer Stelle kräuselte sich ein dünner grauer Rauchfaden aus ihrem Haar. Die Fackel musste uralt sein.

Hadschi trat ihr rasch entgegen, nahm ihr eine Fackel ab und verzog das Gesicht, als prompt ein Funkenregen aufstieg und in sein Gesicht biss.

»Folgt mir.« Murida drehte sich um und zeigte in die Richtung, aus der sie gekommen war.

Andrej rührte sich nicht. Wieder beobachtete er denselben unheimlichen Effekt wie schon im Tunnel: Das Licht der Fackeln riss farbige Splitter aus der Dunkelheit und sonderbare Umrisse, die sich zu schnell wieder in die Dunkelheit zurückzogen, um sie genau zu erkennen. Obwohl ihm alle seine Sinne verrieten, dass Murida, Hadschi und er allein hier unten waren, wusste er mit vollkommener Sicherheit, dass das nicht stimmte. Etwas war hier. Etwas, das ihnen nicht wohlgesonnen war.

»Worauf wartest du?«, fragte Murida unwillig.

Andrej ging ihr nun doch entgegen, nahm ihr schweigend die Fackel aus der Hand und wandte sich um, um die Öffnung im Boden zu betrachten, durch die sie gekommen waren. Sie maß gut einen auf knappe zwei Meter, und die massive Steinplatte, die er beiseitegeschoben hatte, war so dick wie eine gespreizte Männerhand. Sie musste tausend Pfund wiegen, wenn nicht mehr. Keinem sterblichen Menschen wäre es gelungen, diese Platte auch nur einen Fingerbreit anzuheben. Wer immer sie auf diesem Wege hierher bestellt hatte, wusste, was er war.

»Das ist beeindruckend«, sagte Murida, die zumindest einen Teil seiner Gedanken erraten haben musste. Außerdem war sie nicht blind. »Was mein Vater über euch erzählt hat, scheint zu stimmen.«

Es war das erste Mal, dass sie *mein Vater* sagte und nicht *der Sultan*, und irgendetwas daran erschien Andrej ungemein wichtig. Aber der Gedanke entschlüpfte ihm, bevor er ihn richtig greifen konnte. »Was hat er denn erzählt?«, fragte er.

»Dass du sehr stark bist«, antwortete Murida. »Und dein Freund auch.«

»Beeindruckend stark«, fügte Hadschi hinzu. Er klang nervös.

»Ja, das bin ich«, sagte Andrej ruhig. »Und wenn ich es nicht wäre, dann würden wir jetzt dort unten elend zugrunde gehen. Was war das, so eine Art Test?«

»Wenn du nicht wärst, was du bist, dann wären wir jetzt gar nicht hier«, erwiderte Murida gelassen. »Aber all das wird dir der Machdi beantworten. Er wartet auf dich.«

Sie nahm ihm die Fackel wieder aus der Hand und ging auf

eine Art los, die unzweifelhaft deutlich machte, dass sie nicht noch einmal anhalten würde.

Andrej versuchte erneut, mehr von seiner Umgebung zu erkennen, aber es wollte ihm auch jetzt nicht gelingen. Das Licht schien vor der Berührung der Wände zurückzuschrecken, sodass er kaum mehr als Bruchstücke von Impressionen wahrnahm, die sich nicht zu einem Bild zusammenfügen wollten, so angestrengt er es auch versuchte. Es war, als *wollte* etwas in ihm nicht, dass er es erkannte.

Sie gingen eine kurze Treppe hinauf und betraten einen weiteren trapezförmigen Gang, an dessen Ende ein von rotem Licht erfüllter Ausgang lockte. Sonderbare Bilder und Reliefarbeiten bedeckten die Wände, vor denen sein Blick ebenso scheute wie vor den Umrissen bizarrer Statuen, die dann und wann aus der Dunkelheit auftauchten und erschrocken wieder zurückhuschten, bevor sie wirklich Substanz gewinnen konnten. Dann hatten sie den Ausgang erreicht, und es gab keine tröstende Schwärze mehr, in die sein Blick flüchten konnte.

»Was beim *Scheijtan* ist das?«, entfuhr es Hadschi.

»Das Grab eines Pharao?«, fragte Andrej. Seine Stimme erzeugte ein unheimliches Echo in der gewaltigen Halle, die vor ihnen und einige hohe Stufen hinunter lag, und schien noch etwas anderes aus der von einem Wald von Säulen gestützten Weite mitzubringen, wie die Antworten auf Fragen, die er niemals hatte stellen wollen.

Murida schüttelte so heftig den Kopf, dass sich die Bewegung bis in die Fackel an ihrem ausgestreckten Arm fortsetzte, was eine schiere Explosion von Schatten und Bewegung in der Halle unter ihnen auslöste. Dinge erschienen aus dem Nichts und verschwanden wieder, wie körperlose Raubtiere, die sich zum Angriff bereit machten und dann doch davor zurückschreckten.

»Das weiß niemand genau«, antwortete sie. »Wir sind unter der Wüste, das ist alles, was ich dir sagen kann.«

Andrej und Hadschi legten den Kopf in den Nacken und sahen zu der mit Malereien und uralten Steinmetzarbeiten übersäten Decke hoch. Er war wohl nicht der Einzige, dessen Herz schneller zu schlagen begann, als er wirklich begriff, was Muridas Worte bedeuteten.

Wenn sie sich tatsächlich unter der Wüste befanden, wie sie behauptete, dann lasteten unzählige Tonnen Stein auf dieser Decke. Er hörte, wie Hadschis Atem heftiger ging.

»Und du bist sicher, dass es nicht das Grab eines Pharao ist?«, vergewisserte er sich. Nicht, dass es notwendig gewesen wäre. Andrej konnte nicht sagen, was er da sah, aber es war auf jeden Fall *anders.*

»Dieser Ort ist viel älter«, antwortete sie. »Er ist heilig. Du solltest ihm etwas mehr Respekt entgegenbringen.«

»Heilig«, wiederholte Andrej zweifelnd.

»Mehr weiß niemand darüber«, sagte Murida nickend. »Und vielleicht ist das auch gut so.«

»Und vor allem sollte kein Ungläubiger hier sein«, fügte Hadschi hinzu.

»Du weißt, was uns aufgetragen wurde«, erwiderte Murida tadelnd. Hadschi presste trotzig die Lippen zusammen. Er hielt ihrem Blick – mit Mühe – stand, aber immerhin widersprach er nicht mehr. Er machte aber auch keine Anstalten weiterzugehen. Murida deutete mit der brennenden Fackel nach unten.

»Du kommst nicht mit?«, fragte Andrej.

Hadschi schüttelte so heftig den Kopf, dass es schon fast komisch aussah. »Ich sollte euch nur hierher bringen.« Er versuchte möglichst beiläufig zu klingen, erreichte damit aber nur das Gegenteil. Er hatte Angst, aber Andrej war nicht ganz sicher, wovor: vor ihm oder diesem unheimlichen Ort. »Das letzte Stück müsst ihr allein gehen.«

Andrej warf Murida einen verwirrten Blick zu, auf den sie jedoch nur mit einem stummen Kopfnicken reagierte; mehr konnte er nicht erkennen, denn sie hielt die Fackel jetzt so, dass die Flammen ihr Gesicht verdeckten. Andrej glaubte nicht, dass es Zufall war. Dennoch: Ihm war nicht wohl dabei, den Mann hier zurückzulassen. Aber ihm fiel auch kein Grund ein, darauf zu beharren, dass er sie weiter begleitete. So nickte er nur, wenngleich widerwillig, und Murida hob ihre Fackel höher und begann die steile Treppe hinunterzugehen. Andrej folgte ihr.

Er wartete ab, bis er ganz sicher war, von Hadschi nicht mehr gehört zu werden, bevor er fragte: »Was genau tun wir hier?«

»Der Machdi will dich sehen, und –«

»Wir sind jetzt allein, Murida«, fiel ihr Andrej ins Wort, eine Spur schärfer, als er beabsichtigt hatte. »Du kannst mit dem Theater aufhören.«

Murida sah ihn an, als hätte er in einer fremden Sprache mit ihr geredet, drehte den Kopf und sah kurz zu Hadschi zurück, aber dann hob sie nur die Schultern. »Der Machdi will dich sehen. Mehr weiß ich nicht. Aber ich glaube, dass er dir etwas zeigen möchte.«

»Und was?«, fragte Andrej.

Er bekam keine Antwort. Murida versuchte nur schneller zu gehen, was aber kaum möglich war, wollte sie nicht Gefahr laufen, sich den Hals zu brechen. Die Stufen, die in die Halle hinabführten, waren ebenso hoch wie die auf der anderen Seite. Andrej überlegte, ob sie wohl tatsächlich von Menschen erbaut worden waren oder doch zumindest *für* Menschen. Dieser Gedanke mochte verrückt sein, aber es war nicht das erste Mal, dass er ihn dachte. Vorsichtig balancierten sie die Treppe hinunter und betraten die eigentliche Halle.

Die Decke, die mindestens fünf oder sechs Manneslängen über ihnen schwebte, wurde von einem Wald doppelt mannsdicker steinerner Säulen getragen, die über und über mit Hieroglyphen, Bildern und anderen Symbolen, deren Namen Andrej nicht kannte, bedeckt waren. Vieles entsprach durchaus der Ästhetik und Bildersprache der vergangenen Pharaonen, die er ebenso gut oder auch weniger gut kannte wie jeder, der schon einmal mit offenen Augen durch dieses Land gereist war. Manches erschien ihm auch einfacher und älter, auf eine schwer in Worte zu fassende Weise *ursprünglicher*, als betrachtete er das, woraus die Sprache des untergegangenen Pharaonenreiches vor Jahrtausenden hervorgegangen sein mochte. Und manches war auf so erschreckende Art *anders*, dass er es kaum ertrug, die in den Stein gemeißelten Symbole länger als einen Augenblick anzusehen.

»Warum ausgerechnet hier?«, fragte Andrej. Er versuchte spöttisch zu klingen, aber es gelang ihm nicht, vielleicht, weil das Echo seiner eigenen Stimme seine Anstrengungen zunichtemachte, hallte sie doch vielfach gebrochen und verzerrt von den steinernen Säulen zurück.

Weit vor ihnen war ein rötlicher Schein, der den versteinerten unterirdischen Wald in etwas verwandelte, das Andrejs Vorstellung vom christlichen Fegefeuer beunruhigend nahekam. Er spürte die Gegenwart von etwas, von dem er nicht ganz sicher war, ob es lebte.

»Kommt näher! Tretet ins Licht!«

Die Säulen wichen vor ihnen in alle Richtungen ein Stück zurück (wieder musste Andrej an die Millionen Tonnen von behauenem Fels und die Tragfähigkeit der Decke über ihnen denken), sodass eine Art Raum ohne Wände entstand, in dem eine Anzahl Fackeln brannten oder doch zumindest etwas, das man dafür halten konnte, auch wenn sie nicht rußten und keinerlei Wärme abzugeben schienen. In zwei flachen Metallschalen loderten ebenfalls ruß- und wärmelose Flammen. Schatten und Licht lieferten sich einen lautlosen Kampf unablässigen Werdens und Vergehens. Im allerersten Moment meinte er Gestalten zu erkennen, bis ihm sein Irrtum klar wurde: Es waren Statuen, lebensgroß und so perfekt gestaltet, dass man sie in dem unheimlichen roten Schein nur zu leicht für Menschen hätte halten können, hätten sie denn solche dargestellt.

Das taten sie jedoch nicht.

Die meisten (nicht alle) hatten menschliche Körper und Proportionen, aber die Köpfe waren falsch. Er sah einen halb nackten ebenholzhäutigen Krieger, der einen prachtvollen, golden und blau gestreiften Rock trug und den Kopf eines Falken hatte, eine schwarze Frau mit (vier) blanken Brüsten und dem Gesicht einer Katze und eine schlanke Gestalt, die nur einen Lendenschurz trug und die Klauen und die Furcht einflößende Schnauze eines Krokodils hatte. Andere hatten Hunde-, Schildkröten- und Schlangenköpfe, und er erblickte Gestalten von groteskem Aussehen, von denen er noch nie zuvor gehört, geschweige denn etwas Ähnliches gesehen hatte; ein Pantheon der alten ägyptischen Götter, das ungleich größer und vielgestaltiger war, als er bis zu diesem Moment auch nur geahnt hatte. Und zweifellos auch noch sehr viel älter.

Dann sah er, dass sich eine der Gestalten bewegte.

Andrej konnte ihr Gesicht nicht erkennen, denn es war in den Schatten einer spitzen Kapuze verborgen, die zu einem zwar schlicht geschnittenen, dennoch aber mit einem Übermaß an Gold und kostbaren Stickereien verzierten Mantel gehörte. Der Mann war sehr groß – nicht ganz so groß wie Abu Dun, aber doch größer als Andrej –, und er strahlte etwas aus, das die Frage, wem sie gegenüberstanden, überflüssig werden ließ.

»Du bist Andrej.« Es war keine Frage, und Andrej reagierte nicht einmal mit einem Nicken darauf, sondern versuchte nur weiter vergeblich, die Finsternis unter der Kapuze mit Blicken zu durchdringen. Nach einem Moment unguten Schweigens wandte sich die Gestalt an Murida. »Danke, dass du ihn hergebracht hast, mein Kind.«

»Ich wollte nicht mitkommen«, sagte Murida hastig. »Ich weiß, dass ich hier nicht sein dürfte, aber er hat darauf bestanden, und – «

Ein leises, klingendes Lachen drang aus dem Dunkel unter der Kapuze, und eine ebenso besänftigende wie zugleich befehlende Geste unterbrach sie. »Ich werfe dir nichts vor, mein Kind. Im Gegenteil. Es ist gut, dass du mitgekommen bist. Was ich zu sagen habe, das geht auch dich an.«

»Mich?«

»Du bist also der Machdi«, sagte Andrej, bevor er antworten konnte.

»Manche nennen mich so«, bestätigte der Mann in der goldbestickten Robe. Wenn es denn ein Mann war. Andrej tastete mit seinen anderen Sinnen nach der Wahrheit hinter dieser Schwärze. Da war nichts. Nichts Lebendiges. Aber auch nichts, das darauf hindeutete, dass er jemandem seiner Art gegenüberstand. Einen anderen Unsterblichen hätte er erkannt, auch ohne sein Gesicht sehen zu müssen.

»Und die, die dich nicht so nennen?«

»Nennen mich bei einem anderen Namen«, antwortete der

Machdi, ein wenig amüsiert, wie es schien. »Namen bedeuten nichts. Oder alles.«

»Warum sind wir hier?«, fragte Andrej geradeheraus. »Um lustige Ratespielchen zu spielen oder dafür zu bezahlen, dass wir deine Soldaten getötet haben?«

Wieder vernahm Andrej das leise Lachen. »Wir sind allein, mein Freund«, sagte der Machdi. »Du musst nicht den Unwissenden spielen. Ich weiß, dass du es nicht bist. Aber bezahlen trifft es vielleicht sogar ganz gut, wenn auch sicher nicht so, wie du erwartest.«

»Oder wäre es dir am Ende gar nicht so recht gewesen, wenn deine Anhänger die Schlacht gewonnen hätten?«, fügte Andrej hinzu. Neben ihm schnappte Murida entsetzt nach Luft wie ein Fisch auf dem Trockenen. Andrej sah nicht hin, doch er wusste, dass seine Worte für sie beinahe an Gotteslästerung grenzen mussten.

»Ja, auch was man sich über dich erzählt, scheint zu stimmen, Andrej Delãny«, sagte die Gestalt. »Du bist ein kluger Mann.«

Andrej verzog geringschätzig die Lippen. »Aber du hast mich nicht nur kommen lassen, um mir zu schmeicheln, nehme ich an?« Überall rings um sie herum bewegten sich Schatten, und das lautlose Flüstern wurde noch drängender und verlockend und bedrohlich zugleich.

»Doch du hast recht, Andrej«, fuhr der Machdi fort. »Das ist nicht der Grund, aus dem du hier bist.«

»Warum dann?«

»Vielleicht wollte ich wenigstens einen der beiden Männer kennenlernen, über die so viel gesprochen wird«, antwortete der Machdi.

»Wohl kaum«, sagte Andrej. »Du warst beim Angriff auf die *Elisa* dabei, habe ich recht?«

»Und nicht sehr viel weiter von euch entfernt als jetzt«, bestätigte der Machdi. »Ich habe gesehen, was du getan hast … und auch dein Freund.«

Er deutete auf Murida. »Du hast dem Mädchen das Leben gerettet. Dafür danke ich dir. Und auch deinem Freund. Das Mädchen bedeutet mir viel.«

Andrej war nicht überrascht, Murida dafür umso mehr. Sie sog so scharf die Luft zwischen den Zähnen ein, dass es fast wie ein Aufschrei klang.

»Das höre ich in letzter Zeit öfter«, sagte Andrej. »Allmählich frage ich mich, ob es vielleicht einen besonderen Grund hat.«

»Vielleicht den, dass sie ein ganz besonderes Mädchen ist«, sagte der Machdi in belustigtem Ton.

»Zweifellos. Aber ich habe dennoch das Gefühl, dass das nicht der alleinige Grund ist.« Andrej sah Murida an, die seinen Blick aus großen Augen erwiderte, in denen nichts als Verwirrung zu lesen war. Aber keine Unehrlichkeit. »Was genau willst du damit sagen?«, fragte er.

»Nichts«, behauptete die gesichtslose Gestalt. »Jedenfalls nichts, das du nicht schon längst wüsstest. Es gibt nur noch wenige Menschen wie sie, die zu ihren Überzeugungen stehen und nicht der Verlockung von Reichtum und Macht erliegen.«

»Aber das ist nicht alles«, vermutete Andrej.

»Nein«, antwortete der Machdi. »Ich möchte dir etwas zeigen. Komm mit.«

Er winkte ihm, und Andrej hatte das unheimliche Gefühl, dass die Schatten seiner Bewegung nicht so folgten, wie sie es sollten, als gäbe es da hinter seiner sichtbaren Gestalt noch etwas anderes, das seine Umrisse nachzuahmen versuchte, ohne dass es ihm vollständig gelang.

Andrej blinzelte, und der unheimliche Effekt war verschwunden, zusammen mit einer Sekunde der Wirklichkeit. Vielleicht mehr. Der Machdi hatte sich umgedreht und zwei oder drei Schritte entfernt, wodurch er in der unsicheren Beleuchtung nun selbst zu einem bloßen Schatten zu werden schien, sodass Andrej sich beeilen musste, ihm zu folgen und nicht den Anschluss zu verlieren. Er versuchte sich einzureden, dass es nur an der Umgebung lag, die seine Sinne narrte.

Hastig schritt er nicht nur rascher aus, sondern erteilte sich auch in Gedanken selbst einen strengen Verweis. Er war schließlich kein Kind mehr, das sich vor der Dunkelheit und ein paar Schatten fürchtete.

Muridas Fackel wies ihnen den Weg durch den versteinerten Wald, weckte aber auch neue Schatten im rot glühenden Dämmerlicht, die sich weder von Vernunft noch Trotz verscheuchen ließen. Er sollte nicht hier sein, dachte er zum wiederholten Mal. Niemand sollte an diesem Ort sein, der weder von noch für Menschen gemacht war. Instinktiv rückten er und Murida näher zusammen, während sie Muridas unheimlichem Herrn durch das Labyrinth tief unter der Erde folgten.

Vermutlich war der Weg nicht einmal besonders weit, auch wenn ihm seine verwirrten Sinne hartnäckig das Gegenteil weiszumachen versuchten. Nichts war hier so, wie es sein sollte. Weder Zeit noch Entfernungen schienen noch Bedeutung zu besitzen, fast als hätten sie nicht nur die Erdoberfläche verlassen, sondern eine vollkommen fremde Welt betreten.

Andrej atmete erleichtert auf, als ihr schattenhafter Führer endlich anhielt und Murida mit einer knappen Geste aufforderte, ihre Fackel zu heben. Das rote Licht floss wie leuchtendes Wasser, das den Gesetzen der Natur Hohn sprach, an der Säule empor und riss nicht nur uralte Malereien und Reliefarbeiten aus der Dunkelheit, sondern schien sie auch gleichermaßen zu neuem Leben zu erwecken.

Andrej riss sich zusammen. Er durfte seinen Gedanken nicht gestatten, auf solch abstrusen Pfaden zu wandeln. Nicht hier, an diesem sonderbaren Ort, der wie dazu geschaffen schien, ihn die Orientierung in der Wirklichkeit verlieren zu lassen. »Was ist das hier?«, fragte er. Es war, als würde selbst seine Stimme nicht hierher gehören.

»Die Vergangenheit«, antwortete der Machdi. »Die Geschichte unseres Volkes, mein Freund. Seine Vergangenheit, das Jetzt und vielleicht auch seine Zukunft.« Seine Hand machte eine kaum sichtbare Bewegung, und das Licht glitt weiter an der Säule empor und machte weitere in Stein gemeißelte Linien und Figuren sichtbar. Vieles davon blieb unverständlich, Hieroglyphen und Worte einer Sprache, die vielleicht niemals von Menschen gesprochen worden war und vor deren bloßem Anblick etwas in ihm zurückschrak. Aber da waren auch Bilder von Menschen und Tieren und Gebäuden und Landschaften, von Ereignissen und großen Momenten der Historie, Augenblicken, die den Lauf der Geschichte geändert hatten, neben kleinen Szenen des täglichen Lebens, die bedeutungslos erschienen und doch ebenso wichtig waren, weil alles zählte, was Menschen taten – genauso wie das, was sie versäumten zu tun.

Dann verstand er, dass es nicht seine Gedanken waren. Da waren flüsternde Stimmen, die sich in einer Schwärze jenseits der Finsternis verbargen und Worte süßer Verlockung und ungeheuerlicher Versprechen raunten, denen er weder widerstehen konnte noch wollte. Und die düsteren Wunder hörten nicht auf: Je länger er hinsah, desto verwirrender wurde der Tanz von Schatten und Licht. Bald schien es, als begännen sich die Symbole und Bilder zu bewegen, Geschichten zu erzählen, düstere Legenden von Menschen und Völkern, von Vergangenheit und Zukunft, die zu verändern ebenso in seiner wie in der Macht jedes einzelnen Menschen lag, und schien er noch so gering, und die …

Andrej begriff die Gefahr – und ihren Verursacher – im letzten Moment, war mit einem einzigen Schritt neben der Säule und legte die flache Hand auf den Stein. Das rote Licht floh vor seiner Berührung, und das Flüstern hinter seiner Stirn verstummte.

»Lass das!«, sagte er scharf. »Diese Tricks funktionieren bei mir nicht.«

»Nein, natürlich nicht.« Wieder machte der Machdi jene kaum sichtbare Geste, und die Schatten zogen sich zurück. »Verzeih. Manche … schlechte Angewohnheiten … lassen sich nur schwer ablegen.«

»Was genau wolltest du uns zeigen?«, fragte Andrej kühl. Er hatte Mühe, einigermaßen beherrscht zu klingen. Mit jedem Augenblick verspürte er mehr den Wunsch, diesen unheimlichen Ort zu verlassen, den er niemals hätten betreten sollen.

»Aber hast du es denn nicht längst gesehen?«, erwiderte der Machdi, beide Arme hebend, sodass sich sein Mantel bauschte wie die Flügel einer riesigen Fledermaus – eine dramatische, zugleich aber auch bemerkenswert alberne Geste, von der Andrej annahm, dass er sie sorgsam eingeübt hatte. Doch zu seinem Verdruss musste er sich eingestehen, dass sie ihre Wirkung auch auf ihn nicht gänzlich verfehlte.

»Schaut euch um! Ihr steht im Herzen unserer Geschichte! Der Geschichte des mächtigsten Reiches, das je existierte! Wir waren ein gewaltiges Volk, Andrej, ein großes Volk, stolz und gerecht!«

»Ja, gewiss«, sagte Andrej spöttisch. Er deutete mit dem Kopf zur unsichtbaren Decke hoch. »Ist das nur deine Meinung oder auch die der hunderttausend Sklaven, mit deren Blut diese Gräber gebaut worden sind?«

Sein Versuch, den Machdi aus der Reserve zu locken, verfing nicht. Immerhin ließ er die Arme wieder sinken, sodass er jetzt nicht mehr wie eine menschengroße Fledermaus aussah. »Sie sind viel mehr als nur Gräber«, sagte er. »Und ich habe nie behauptet, dass alles gut war. Sie waren Menschen, Andrej Delãny, und Menschen machen Fehler. Schlimme Fehler. Dinge, die niemals hätten geschehen dürfen. Aber könnte man das nicht über alle Völker sagen und zu allen Zeiten?«

Andrej wollte antworten, doch der Machdi sprach bereits weiter. »Menschen sind nicht perfekt, Andrej, so hat Gott sie nicht geschaffen, und nichts, was Menschen tun, kann jemals perfekt sein oder fehlerlos. Aber bedeutet das auch, dass wir nicht wenigstens versuchen sollten, Perfektion zu erreichen, oder uns ihr so weit wie möglich anzunähern?«

»Und was hast du jetzt vor, großer Prophet?«, fragte Andrej spöttisch. Wie seltsam … aber er hatte das Gefühl, dieses Gespräch schon einmal geführt zu haben. Und er glaubte sogar zu wissen, mit wem. »Das alte Weltreich der Pharaonen wiederauferstehen zu lassen? Was für eine wunderbare Idee! Wie viele Kriege haben sie noch einmal geführt?«

»Zu viele«, gestand der Machdi unumwunden. »Und ich bin nicht dumm. Das Pharaonenreich ist vergangen. Und wahrscheinlich zu Recht. Niemand kann die Vergangenheit wieder zum Leben erwecken. Aber wir können aus ihren Fehlern lernen und versuchen, eine bessere Zukunft für uns zu schaffen.«

»Ein ehrgeiziger Plan.«

»Hat dir niemand gesagt, dass man durchaus nach den Sternen

greifen darf, auch wenn man genau weiß, dass man sie nicht erreichen kann?«

»Du willst, dass wir uns dir anschließen?«, vermutete Andrej.

»Unserer Sache, nicht mir«, antwortete der Machdi kopfschüttelnd und fügte dann hinzu: »Ja.«

»Warum?«, wollte Andrej wissen.

»Weil ich weiß, wer ihr seid.«

»Wenn das wahr ist, dann solltest du auch wissen, dass wir uns in solche Dinge nicht einmischen«, sagte Andrej.

»*Solche* Dinge?« Wieder hob der Machdi kaum merklich die Hand, und Muridas Fackel beleuchtete nun einen anderen Teil der versteinerten Geschichte eines Volkes, das schon in Vergessenheit geraten war, bevor es in Andrejs Heimat überhaupt so etwas wie eine menschliche Zivilisation gegeben hatte. »Das hier war einmal das mächtigste Land der Welt, mein Freund. Ein Reich, das nahezu die gesamte bekannte Welt umfasste. Seine Herrscher waren fast so mächtig wie Götter. Wusstest du, dass es mehr als einen Pharao aus dem Volk deines schwarzen Freundes gab?«

Andrejs Blick folgte dem Tanz der roten Flammen und verharrte für einen Moment auf einem Bild, das eine hochgewachsene Gestalt mit dem typischen Kopfschmuck und Schlangenzepter eines ägyptischen Pharao zeigte. Etwas an ihr war anders, aber es dauerte noch einen Moment, bis Andrej begriff, was.

»Die schwarzen Pharaonen, ja«, sagte er. »Ich habe davon gehört – aber wir haben kein Interesse, danke.«

»Ich biete dir nicht an, Pharao zu werden«, sagte der Machdi ärgerlich. »Wenn ich der Meinung wäre, euch so leicht kaufen zu können, dann hätte ich dich nicht gerufen.«

»Du täuschst dich trotzdem in uns«, sagte Andrej. »Wir sind nicht das, wofür du uns zu halten scheinst.«

»Wofür halte ich euch denn?«

»Möglicherweise für geduldiger, als wir sind«, sagte Andrej. »Wir mischen uns nicht ein.«

»Wenn das so wäre, dann wärst du nicht nur nicht hier«, erwiderte die Schattengestalt, »sondern du wärst wirklich nicht der, für den ich dich gehalten habe. Aber ich pflege mich selten in Menschen zu täuschen.«

»Irgendwann ist immer das erste Mal«, sagte Andrej.

»Aber bewirkt ihr nicht schon allein dadurch eine Veränderung, dass es euch gibt?«, fragte der Machdi. »Vielleicht ist es ja nicht eure Absicht, euch *einzumischen,* wie du es nennst. Aber das Schicksal fragt uns Menschen nicht immer nach unseren Wünschen. Ich weiß«, fügte er mit leicht erhobener Stimme hinzu, als Andrej aufbegehren wollte, und hob die Hand. »Du glaubst nicht an Gott oder die lenkende Macht des Schicksals, oder du redest es dir wenigstens ein. Aber ich tue es, und ich glaube, dass euch dieses Geschenk nicht ohne Grund gemacht worden ist.«

»Welches Geschenk?.«

»Ich weiß, was ihr seid«, sagte der Machdi noch einmal. »Ich bin schon anderen wie euch begegnet und –«

»Und du lebst noch?«, spöttelte Andrej.

»– aber ihr seid etwas Besonderes«, fuhr die gesichtslose Gestalt unbeeindruckt fort. »Die anderen, die ich getroffen habe, wollten entweder Macht oder persönlichen Reichtum, meistens sogar beides. Manche haben der Welt den Rücken gekehrt und sich an Orte weit entfernt von den Menschen zurückgezogen, und wieder andere haben Imperien errichtet oder sind bei dem Versuch zugrunde gegangen. Ihr seid … anders.«

»Was vielleicht der Grund ist, dass wir noch leben«, sagte Andrej.

»Vielleicht«, bekannte der Machdi. »Aber vielleicht gehört ja auch das zu einem größeren Plan, in dem jeder von uns seine Rolle spielt. Ich weiß, was ihr seid und wozu ihr fähig seid, aber ich glaube nicht, dass euch das Geschenk, das euch so über die allermeisten anderen erhebt, nur gemacht worden ist, um euch ein längeres Leben zu geben oder einen stärkeren Schwertarm.«

»Aber um genau den bittet ihr uns«, sagte Andrej

»Weil ich ihn brauche«, antwortete der Machdi unerwartet heftig. »Ihr habt den Sultan kennengelernt, und ihr habt gesehen, was er der Welt und seinem eigenen Volk antut. Helft mir, diesen Tyrannen zu stürzen. Und wenn es nicht wegen der Menschen in diesem Land ist, dann aus Eigennutz. Ich muss dir nicht sagen, was auf dein Heimatland zukommt, wenn Süleyman ein neues Heer aufgestellt hat. Ihr habt ihn vor Wien geschlagen, aber er wird wiederkommen. Seine Pläne sind schon weiter gediehen, als die Mächtigen in deiner Heimat ahnen, und wenn er nicht auch noch den letzten seiner Generäle hinrichten lässt und durch irgendeinen Jasager aus den Reihen seiner Eunuchen ersetzt, dann wird Wien im nächsten Jahr fallen und im Jahr darauf der Rest von dem, was ihr das Abendland nennt.«

Andrej setzte zu einer Antwort an, doch in diesem Moment hörte er ein Geräusch hinter sich, und dieses Mal war er sicher, es sich nicht nur eingebildet zu haben. So schnell, dass sein schattengesichtiges Gegenüber immerhin leicht alarmiert zusammenfuhr, drehte er sich auf dem Absatz herum und griff nach seiner Waffe.

Dennoch war er zu langsam. Etwas bewegte sich, schneller, als ein Mensch es können sollte, Schatten huschten, wo keine waren, und Metall blitzte in rotem Licht. Jemand schrie – Murida –, und der Saif hackte wie aus eigenem Antrieb nach dem heranrasenden Schemen, verfehlte ihn um Haaresbreite und grub sich stattdessen tief in den Oberschenkel der Gestalt, die den Dolch geschleudert hatte. Der dumpfe Laut, mit dem sich die heimtückische Waffe in Fleisch und Knochen bohrte, ging im schmerzerfüllten Kreischen des Angreifers unter, der zurücktaumelte und zusammengebrochen wäre, hätte Andrej ihm nicht mit einem Sprung nachgesetzt und ihn aufgefangen. Scharf geschliffener Stahl blitzte, als der Mann eine zweite Waffe unter dem Gewand hervorzog.

Andrej schlug seinen Arm mit einem Ellbogenstoß zur Seite, der sein Handgelenk zertrümmerte und ihn nicht nur entwaffnete, sondern ihm auch ein qualvolles Wimmern entlockte, rammte den Angreifer mit Wucht auf den steinernen Boden und war den Bruchteil eines Lidschlages danach über ihm, die Hand zur Faust geballt und zum tödlichen Hieb erhoben. Er roch Blut und spürte Schmerz und unbeschreibliche Furcht, die nicht nur von dem niedergerungenen Attentäter stammten. Der Machdi rief etwas, das er in seiner Erregung nicht verstand. Im allerletzten Moment besänftigte er die Stimme in sich, die lautlos und nahezu unwiderstehlich nach Blut und Tod schrie, und nahm seinem Hieb genug Kraft, um den Angreifer zuverlässig zu betäuben, aber nicht zu töten. Nicht einmal einen ganzen Atemzug nachdem der Dolch an ihm vorübergeflogen war, war er bereits wieder auf den Füßen und herum –

und erstarrte.

Kapitel 36

Er hatte gehört, dass der Dolch getroffen hatte. Er roch das Blut und spürte den Schmerz und die Furcht, die den Raum wie die alles verschlingenden Wellen eines Ozeans erfüllten, und er hatte sich schon vor Jahrhunderten verboten, sich von dem Entsetzen berühren zu lassen, das mit dem Anblick einherging, wenn ein Menschenleben vor der Zeit und sinnlos beendet wurde. Und dennoch war es ihm für einen Moment, als hätte sich der tödliche Stahl in sein eigenes Herz gebohrt.

Die Klinge hatte nicht den Machdi getroffen, auf den sie gezielt gewesen war. Vielmehr hatte sie sich kaum einen Fingerbreit über dem Herzen in Muridas Brust gebohrt.

Er sollte diesen Schmerz nicht spüren. Da sollte kein Schrecken sein, sondern allenfalls ein sachtes Bedauern, denn bei aller Schönheit und allem, was er für sie empfand und sich nur nicht eingestehen wollte, war sie am Ende doch nur eine Sterbliche, ein Mensch, dessen Leben verglichen mit Abu Dun und ihm kaum einen Atemzug währte, und das vorbei war, noch bevor es wirklich beginnen konnte. Und da war noch ein anderer, viel schrecklicherer Grund, aus dem er sich selbst geschworen hatte, niemals wieder mehr als bloße Sympathie oder allenfalls körperliches Verlangen für eine Frau zu empfinden.

Nichts davon zählte mehr.

Andrej ließ das Schwert fallen, war mit einem Satz neben Murida und der Gestalt des Machdi, die hinter ihr auf die Knie gesunken war, und streckte beide Hände nach der verwundeten Frau aus, wagte aber nicht, sie zu berühren. Alles drehte sich. Der Machdi; dieser finstere Hort der Götter; die Tatsache, dass er den Antworten auf so viele Fragen vielleicht näher war als jemals zuvor im Leben – alles war bedeutungslos geworden. Da waren nur noch diese sterbende Frau, deren Leben in einem dünnen hellroten Strom aus ihrem Körper herausfloss und ihr Gewand tränkte, und das unendliche Entsetzen, als er begriff, dass es schon wieder geschah. Er war erneut zum Todesengel geworden, und wieder hatte seine Liebe – vielleicht seine bloße *Nähe* – einem unschuldigen Menschen das Verderben gebracht.

»Was ... was hast du ... getan?«, flüsterte er, und der Machdi unterbrach ihn: »Ich konnte es nicht verhindern, Andrej. Es tut mir leid.«

»Was hast du getan?«, fragte Andrej noch einmal und jetzt mit eisiger Stimme, in der purer Stahl und das Versprechen auf Tod mitschwangen.

»Ich konnte nichts tun«, erwiderte der Machdi. »Sie ... sie hat den Dolch mit ihrem eigenen Körper aufgefangen. Ich konnte nichts mehr tun. Sie war zu schnell.«

Er hatte nichts tun können? Schmerz schlug warnungslos in Zorn um und Zorn in Wut und den bedingungslosen Willen, jemanden zu verletzen, anderen wehzutun, ganz einfach, weil *ihm* wehgetan worden war, und ohne Ansicht der Person oder gar der Frage nach Schuld.

Doch dann spürte er, dass das, was da in der Dunkelheit hinter ihm lauerte, seinen Zorn genoss wie einen erlesenen Wein, ihn aufsaugte und ihn zu etwas anderem und ebenso Unbekanntem wie Schrecklichem machte. Seine Hände begannen zu zittern, und die Düsternis kroch plötzlich auf lautlosen Spinnenfüßen in ihn herein und begann seine Gedanken zu vergiften und weckte jenen Teil von ihm, den er über so viele Jahre hinweg verleugnet und bekämpft hatte. Er wollte etwas packen und zerreißen, jemanden töten, nicht, um sich an seinem Leben zu nähren, sondern einfach nur, um es auszulöschen.

Andrej streckte die Hand nach Murida aus, und dieses Mal gelang es ihm, die Bewegung zu Ende zu führen und ihr Gesicht zu berühren, aber er war nicht froh darum.

Muridas Haut war so kalt und glatt wie Porzellan. Ihr Puls raste, und selbst in den Fesseln der Ohnmacht gefangen zuckten die Augäpfel hinter den Lidern hin und her. Ihre Haut war zu kalt, dachte Andrej angstvoll, obwohl ihr Herz schlug – noch.

»Was geschieht mit ihr?«, fragte er.

»Sie stirbt«, antwortete der Machdi. »Sie war ein tapferes Mädchen. Dumm, aber tapfer. Sie wird mir fehlen. Ich habe nicht viele so treue Anhängerinnen.«

Eisige Wut von einer gänzlich anderen, verderblichen Art ergriff von Andrej Besitz. Seine Fingerspitzen blieben auf Muridas Gesicht, obwohl sich die schreckliche Kälte ihrer Haut wie Säure in ihn hineinzubrennen schien, doch die andere Hand ballte er mit solcher Kraft zur Faust, dass seine Gelenke wie zerbrechender Reisig knackten. Es war unmöglich, dass der Machdi das Geräusch nicht hörte oder nicht um seine Bedeutung wusste, doch Andrej fühlte nur sehr wenig Furcht hinter den unsichtbaren Augen, allenfalls etwas wie eine boshafte Vorfreude.

Und das war mehr, als er in diesem Moment ertragen konnte. Blitzartig packte er zu …

… und griff ins Leere.

Es war unmöglich. Niemand war so schnell wie er, wenn er es wirklich wollte, und er *wollte* den Machdi packen, ihm die schützenden Schatten vom Gesicht reißen und die Faust hineinrammen, um es zu zerschmettern und das Leben ebenso aus ihm herauszuprügeln, wie es auch aus Murida floh. Doch er war nicht mehr da.

Andrejs Hand packte ins Leere. Durch die hastige Bewegung verlor er in der Hocke das Gleichgewicht und wäre um ein Haar gestürzt. Den Schwung seiner eigenen Bewegung nutzend, rollte sich Andrej wieder auf die Füße und griff diesmal mit beiden Händen zu, doch die schattengleiche Gestalt entschlüpfte ihm erneut. Es war, als versuchte er Nebel zu ergreifen.

Sein Misserfolg machte ihn nur noch zorniger. Er zog das Schwert und schlug nach dem schwarz und golden flackernden Schemen vor sich, doch der Hieb ging ebenso ins Leere wie seine zupackenden Hände. Der Machdi wich nur noch weiter vor ihm zurück, in eine Richtung, in der es eigentlich gar keinen Raum mehr gab.

Andrejs Hiebe wurden ungestümer, bis der Machdi schließlich mit der Linken seine Schwerthand packte und mit der anderen seinen Kragen, um ihn so wuchtig gegen eine der Säulen zu schmettern, dass roter Schmerz in seinem Hinterkopf explodierte und ihn eine Woge von Übelkeit überkam. Der Machdi war stark, doch tief in sich spürte Andrej, dass er ihn besiegen konnte, wenn er seinen Zorn nur richtig nutzte, statt in sinnlose Raserei zu verfallen. Der Machdi war kein Unsterblicher.

Als Andrej sein Gewicht verlagerte und die Muskeln spannte, um sich loszureißen, machte der Machdi eine Bewegung, so blitzschnell, dass Andrej sie nicht einmal sah, die aber zur Folge hatte, dass plötzlich er den Saif in der Hand hatte und gegen Andrejs Kehle drückte. Die Klinge war so scharf, dass sie seine Haut ritzte, obwohl sie ihn kaum berührte.

»Hör auf, Andrej!«, fauchte er. »Ich kann deinen Schmerz verstehen, aber es geht nicht um uns! Willst du ihr helfen oder deine Zeit damit verschwenden, gegen mich zu kämpfen?«

Ohne seine Antwort abzuwarten, ließ er ihn los, trat einen Schritt zurück und warf das Schwert auf den Boden. Das helle Geräusch hallte viel zu lange in der Schwärze jenseits des Fackelscheins wider.

»Sie stirbt, Andrej«, sagte er noch einmal. »Wenn du es zulässt.«

Andrej starrte in die Schwärze unter der Kapuze, dann war er mit zwei schnellen Schritten wieder bei Murida. Die größer werdende Lache aus Blut, in der sie lag, glänzte wie geschmolzenes Metall, und ihr Geruch vermischte sich mit dem leisen Aroma des Kat zu etwas, das er kaum noch ertrug.

Er hörte, wie der Machdi wieder hinter ihn trat. »Nur wenn du es zulässt, Unsterblicher.«

»Was soll das?«, fragte Andrej. Er spürte das Lächeln des unsichtbaren Gesichtes hinter den Schatten und glaubte ein lautloses Wispern zu hören, nicht in seinen Gedanken, sondern tief darunter, auf einer Ebene seines Begreifens, von dessen Existenz er bisher nicht gewusst hatte, gehörte diese Erkenntnis doch zu jenen Dingen, von denen Menschen besser nichts wissen sollten.

»Du weißt, wovon ich spreche, Hexenmeister«, antwortete der Machdi. »Das hier ist kein Ort für Lügen. Muss ich dir das wirklich sagen?«

Hexenmeister …

Nein, er war nicht überrascht, dass der Machdi ihn so nannte.

Eher fragte er sich, ob es ein Versehen war. Doch nichts, was dieser Mann tat, war ein Versehen oder auch nur Zufall.

Der Machdi sah ihn an, wartete auf eine Antwort, die er nicht bekommen würde, weil Andrej nicht dazu fähig war. Da war nur Dunkelheit in ihm. Zugleich war ihm, als würde ihn etwas einschätzen und bewerten, ohne dass er sagen konnte, zu welchem abschließenden Urteil dieses Etwas kam oder ob es ihm freundlich oder feindselig gesonnen war. Kälte hüllte ihn ein, kroch in seine Seele und seine Gedanken und bohrte sich wie mit Messerklingen in die schwärzesten Abgründe seiner Seele, als suchte es den unsagbaren Schrecken zu befreien, den er dort eingesperrt hatte.

Etwas geschah mit ihm. Er wusste nicht, was es war. Aber es machte ihm Angst.

»Du kannst sie retten, Unsterblicher«, fuhr der Machdi fort, und nun wurde seine Stimme leiser und eindringlicher und auf eine Art beschwörend, die Andrejs Furcht noch weiter schürte. Das Schlimme war, dachte Andrej, dass er damit recht hatte. Murida starb buchstäblich unter seinen Händen. Er spürte, wie das Leben aus der grotesk kleinen Wunde über ihrem Herzen herausfloss und die Flamme in ihrem Inneren langsam erlosch. Ihre Zeit lief ab, und dasselbe galt auch für die seine.

»Willst du, dass sie stirbt, Andrej?«, fragte der Machdi.

Da war kein Vorwurf in seiner Stimme, keine Feindseligkeit, sondern allenfalls ein sachtes Interesse und vielleicht eine Spur Erstaunen.

»Nein«, brachte er heraus. Sie *durfte* nicht sterben. Es durfte nicht schon wieder geschehen. Etwas regte sich in Andrej, griff in Murida hinein und tastete und suchte … und zog sich wieder zurück.

»Worauf wartest du?«, fragte der Machdi.

»Nein«, sagte er noch einmal und zog die Hand zurück. Etwas änderte sich. Die Schatten unter der Kapuze wogten stärker, und nun meinte er doch so etwas wie ein Gesicht wahrzunehmen, auch wenn es ihm unmöglich war, es zu erkennen, denn seine Züge schienen sich in beständiger unruhiger Bewegung zu befinden, wie ein Spiegelbild auf schnell fließendem Wasser. Das Wispern hatte wieder eingesetzt, klang aber nun weniger verlockend als ärgerlich, als wären die Geister dieses Ortes verstimmt über seine Entscheidung.

»Ich kann es nicht«, flüsterte er. »Verzeih mir!«

Die Worte galten Murida, aber es war der Machdi, der antwortete. »Weil du es nicht willst? Bedeutet sie dir so wenig?«

»Es wäre falsch.« Das war alles, was er dazu sagen konnte, weil Worte die Wahrheit nicht zu beschreiben vermochten.

Andrej rechnete mit heftigem Widerspruch, doch stattdessen schritt der Machdi langsam um ihn herum, ließ sich ihm gegenüber an Muridas Seite in die Hocke sinken und hob dann beide Hände, um die Kapuze zurückzuschlagen. Das Gesicht, das darunter zum Vorschein kam, war grau vor Schmerz und vollkommen ausdruckslos.

»Sie hat mir erzählt, dass du etwas für sie empfindest. Jedenfalls hatte sie diesen Eindruck. Hat sie sich geirrt?«

»Hat sie sich geirrt, als sie geglaubt hat, dass *du* sie liebst?«, fragte Andrej.

Sharif schüttelte langsam den Kopf. »Nein. Das hier … hätte nicht passieren dürfen.« Er nickte zu dem reglosen Körper hinter Andrej. »Ich habe ihm vertraut. Mein zweiter Fehler und sicher mein größter. Wenn du mich dafür zur Rechenschaft ziehen willst, dann tu es. Aber hilf meiner Tochter! Bitte!«

Warum quälte ihn dieser Mann so, der ihn doch gerade noch so eindringlich gebeten hatte, sich seiner Sache anzuschließen? »Du hast von Anfang an gewusst, was wir sind, habe ich recht?«, fragte Andrej bitter.

Der Machdi – Sharif! – nickte stumm, und Andrej fügte mit einem Blick auf das sterbende Mädchen hinzu: »Und sie?«

»Nein«, antwortete Sharif. »Darauf hätte sie sich niemals eingelassen.«

»Du hast uns belogen«, sagte Andrej leise. Es fiel ihm schwer zu sprechen, seine Stimme wollte ihm den Dienst verweigern.

»Wenn du jemanden beschuldigen willst, dann mich«, sagte der Machdi. »Mach sie nicht für etwas verantwortlich, das ich getan habe.«

Andrej sah das bewusstlose Mädchen an. Ihm war, als könnte er sehen, was sich hinter seinem blassen Gesicht verbarg.

Es war nicht gut. Murida hatte das Bewusstsein verloren, aber diese Ohnmacht brachte keine Erlösung. Ein Teil ihres Geistes war wach, eingesperrt in einem Gefängnis aus Dunkelheit und Schmerz. Er spürte, wie sie litt, welch entsetzliche Angst sie hatte. Die Wunde erschien ihm nach wie vor lächerlich klein. Der Dolch war nicht allzu tief in ihren Körper eingedrungen und die Klinge kaum breiter als sein Finger, aber sie musste etwas in ihr zerstört haben oder war vielleicht auch vergiftet gewesen. Sie starb, und es gab nichts, was er dagegen tun konnte.

Aber das ist nicht wahr. Du kannst ihr Leben retten, wenn du es nur willst. Diese Frau liebt und bewundert dich, Unsterblicher. Warum willst du sie sterben lassen?

Er konnte nicht einmal sagen, ob er selbst es dachte, ob es der Machdi war, der diese Worte sprach, oder die flüsternden Schatten, die dieses unterirdische Reich bewohnten. Es spielte auch keine Rolle, denn sie waren wahr. Er kannte auch die Antwort auf seine Frage. Sie war wie das Feuer der Hölle, das sich tief in seine Seele brannte.

»So dankst du es ihr also.« Diesmal war es eindeutig Sharif, von dem die Worte kamen, und Andrej war beinahe dankbar dafür, hatte er nun doch etwas, worauf er seinen Zorn richten konnte.

»War das alles von Anfang an so geplant?«, fragte er.

»Nein«, antwortete Sharif. »Nicht so.«

»Und wie dann?«

Sharif starrte ihn an. »Sie wusste von nichts«, behauptete er erst nach einem sichtbaren Zögern und mit veränderter Stimme. Andrej spürte, dass er log, doch er nahm es ihm nicht übel. »Es war ganz allein meine Idee.«

»Welche Idee?«

»Es ist nicht so einfach«, erwiderte Sharif, »aber zugleich auch nichts, wofür ich mich schäme. Ich beantworte dir jede Frage, aber nicht jetzt. Hilf ihr! Was immer du dafür verlangst, wirst du bekommen!«

Darum geht es nicht, wollte Andrej antworten … doch in diesem Moment änderte sich etwas. Murida stieß einen sonderbaren Laut aus, wie er ihn noch nie aus dem Mund eines Menschen gehört hatte, und die Dunkelheit in ihr wurde schwärzer. Mit einem Mal fühlte er eine Kälte, die es vor einem Moment noch nicht gegeben hatte. Sie starb. Jetzt.

»Es könnte sein, dass es kein Geschenk, sondern ein Fluch ist. Wenn es nur ein Tag ist oder wenige Stunden?«

»Dann sind es Stunden mehr als jetzt oder ein Tag!«, begehrte Sharif auf. »Was hat sie zu verlieren, außer dem Tod?«

Andrej schwieg.

Schließlich senkte Sharif den Blick, nickte unendlich traurig und ließ sich auf die Knie sinken. Seine Hand strich zärtlich über Muridas bleiche Stirn, dann beugte er sich vor und schlug ihren Mantel auf.

»Was tust du?«, fragte Andrej alarmiert.

»Das Einzige, was ich kann«, antwortete Sharif und zog den Beutel mit Kat aus der Innentasche ihres Mantels. Ungeschickt knotete er ihn auf, nahm einige Blätter heraus und versuchte sie in der Faust zu zerquetschen; vielleicht, um ihr den Saft einzuträufeln, wie er es vor einigen Tagen bei Abu Dun gesehen hatte. Andrej hielt seinen Arm fest und schüttelte den Kopf. »Nicht. Dafür ist es zu spät.«

»Es ist das Einzige, was –«, begann Sharif, und Andrej brachte ihn mit einem rüden Stoß zum Verstummen, der ihn aus dem Gleichgewicht brachte, sodass er nach hinten fiel. Dann beugte sich Andrej weiter über das Mädchen, drückte ihre Schulter auf den Boden und zog mit einem Ruck den Dolch aus ihrer Brust. Ein gedämpfter Schmerzenslaut entrang sich ihren Lippen, obwohl sie längst in eine tiefe Bewusstlosigkeit gefallen war, und aus der Wunde über ihrem Herzen rann ein dünner, erschreckend heller Blutstrom. Als er in sie hineinlauschte, spürte er zuerst nichts als Dunkelheit und eine Kälte, die ihn zu versengen drohte.

Aber da … war auch noch etwas, etwas auf eigentlich unmögliche Art Vertrautes, das unmöglich sein konnte und das –

Die Dunkelheit und Kälte sprangen ihn an, und für einen Moment war *er* in Gefahr, in den Strudel aus Vergessen gesogen zu werden, hinab über die Klippen eines Abgrundes, aus dem es kein Zurück mehr gab, nicht einmal für ihn. Instinktiv wehrte er den Ansturm ab, suchte nach der Ursache dieser eisigen Verlockung. Ein Teil von ihm wurde zu ihr, ein winziger strahlend heller Funke seiner eigenen Lebenskraft, der die schon im Erlöschen begriffene Flamme tief in ihr neu entzündete und heller und heißer denn je und auf neue, fremde Art brennen ließ, ohne dass er begriff, was er gerade getan hatte.

Es dauert lange, ungewöhnlich lange, auch wenn er nicht genau sagen konnte, wie viel Zeit verging. Als sich der Nebel von seinen Sinnen hob, atmete Murida wieder, wenn auch so flach, dass es kaum zu erkennen war. Aber aus der Wunde über ihrem Herzen floss kein Blut mehr, und die Kälte und die Düsternis waren noch immer in ihr. Doch sie hatte den Kampf aufgenommen, und auch wenn er ganz und gar nicht sicher sein konnte, dass sie ihn auch gewann, spürte er zugleich, wie stark sie war.

Alles drehte sich um ihn. Er fühlte sich so schwach und ausgelaugt, als wäre er eine Million Meilen weit gerannt. Selbst sich hochzustemmen, kostete ihn fast mehr Kraft, als er aufbringen konnte.

»Wird sie es überleben?«

Müde drehte Andrej sich herum und hatte Mühe, den Blick auf die Gestalt zu fokussieren, die immer wieder mit den Schatten des Säulenwaldes verschmolz.

»Das weiß ich nicht«, antwortete er ehrlich. »Aber ich hoffe es. Sie ist stark.«

»Das war sie schon immer.« Stoff raschelte, und erst jetzt sah Andrej, dass Sharif neben einem zweiten, reglosen Umriss kniete und sich an ihm zu schaffen machte. Langsam ging er hin, ließ sich neben dem Toten in die Hocke sinken und drehte ihn auf den Rücken.

Hadschis Genick war gebrochen, sodass sein Kopf haltlos hin und her rollte, und seine weit aufgerissenen Augen waren leer. Dennoch tastete Andrej nach seinem Puls und lauschte auch einen Moment lang konzentriert in ihn hinein. Doch da war nichts mehr. Der Mann war tot, und das schon seit einer geraumen Weile. Sein Körper erkaltete bereits. Andrejs Kampf um Muridas Leben hatte länger gedauert, als ihm bis jetzt klar gewesen war.

»Er ist tot«, sagte Sharif überflüssigerweise. »Du hast gründliche Arbeit geleistet.«

»Ja«, erwiderte Andrej einsilbig. Er begann Hadschis Kleider zu durchsuchen, schnell, aber gründlich und ohne Ergebnis. Alles, was er bei sich hatte, war ein fast leerer Wasserschlauch und ein schmaler Beutel mit einigen kleinen Münzen.

»Bedauerst du es?«

»Wir hätten ihm ein paar Fragen stellen können.«

»Das ist nicht nötig.« Sharif schüttelte den Kopf. »Alle Fragen, die du hast, kann ich dir beantworten.« Er ließ sich ebenfalls in die Hocke sinken und lachte leise und sehr bitter. »Es war mein Fehler, Andrej. Ich hätte es wissen müssen. Niemand kennt Sultan Süleyman so gut wie ich … oder sollte es wenigstens. Immerhin habe ich es ihm beigebracht.«

»Was?«, tat Andrej ihm den Gefallen zu fragen.

»Niemandem zu trauen und schon gar nicht denen, die ihm genau das raten.« Wieder lachte Sharif schmerzlich. »Süleyman ist jemand, der es liebt, Pläne in Plänen zu verstecken.«

»Ja, und ich glaube, ich weiß, wer ihm das beigebracht hat«, sagte Andrej. »Er hat dir auch nicht vertraut.«

»Süleyman vertraut niemandem. Nicht einmal sich selbst«, antwortete der Machdi, und es hörte sich an, als meinte er es vollkommen ernst. »Ich habe gegen meine eigene Grundregel verstoßen.« Er versetzte dem Toten einen heftigen Stoß mit der flachen Hand, der seinen Kopf hin und her rollen ließ, wie um ihm spöttisch recht zu geben. »Ich habe ihn unterschätzt. Er hat den Dummkopf gespielt, und das perfekt.«

Er holte aus, als wollte er Hadschis Leichnam einen weiteren Hieb versetzen, stand dann aber verächtlich schnaubend auf. »Wäre es nicht so grausam, dann könnte man darüber lachen. Er hat einen Mann auf mich angesetzt, und ich habe ihm auch noch gezeigt, wie!«

»Auf den Machdi«, sagte Andrej.

»Den Machdi?« Sharif schüttelte heftig den Kopf. »Hast du es immer noch nicht begriffen, Andrej? Es gibt keinen Machdi! Es hat ihn nie gegeben!« Mit einer zornigen Bewegung streifte er den goldbestickten Mantel ab, warf ihn zu Boden und begann unverzüglich auch die goldenen Ringe von seinen Fingern zu zerren. Fast angewidert schleuderte er sie von sich. Mit einem hellen Klingen prallten sie von den steinernen Fliesen ab und verschwanden im Dunkeln, dünne metallene Echos zu ihnen zurückschickend, die sie zu verspotten schienen.

»Ihr habt ihn erschaffen«, vermutete Andrej.

»Das war nicht schwer«, antwortete Sharif heftig. »Süleyman selbst hat ihn erschaffen. Es braucht ein Ungeheuer, um ein Ungeheuer zu besiegen, Andrej – oder ein Phantom. Er hat jeden töten lassen, der ihm hätte gefährlich werden können. Aber nicht einmal er kann einen Mann töten, den es nicht gibt.«

Andrej sagte nichts dazu, doch er sah noch einmal ins Gesicht des toten Attentäters und fragte sich, warum *er* es versucht hatte. Hadschi hatte den Dummkopf überzeugend genug gespielt, um sogar ihn zu täuschen, aber allein der Umstand, dass es ihm gelungen war, bewies, dass er keiner war.

»Warum hat er es getan?«, murmelte er.

»Obwohl er wissen musste, dass er nicht mit dem Leben davonkommen kann?« Sharif, jetzt nicht mehr in der goldenen und schattenfarbenen Verkleidung des Machdi, sondern wieder ganz der Hauptmann der Janitscharen, stieß abfällig die Luft durch die Nase aus. »Vielleicht hat Süleyman ja einen Fanatiker gefunden, der genauso verrückt ist wie er … aber wahrscheinlich hat er ihn einfach dazu gezwungen, indem er seine Familie bedroht hat, seine Frau oder sonst jemanden, den er liebt. Was so etwas angeht, ist der Sultan sehr einfallsreich.«

Beinahe hätte Andrej gesagt: *Er hatte einen guten Lehrer*, verbot sich die Bemerkung aber im letzten Moment. Sie wäre nur dumm gewesen, und er hätte das Gefühl gehabt, nur das Opfer Muridas zu schmälern.

Als wäre dieser Gedanke ein Stichwort gewesen, ging Sharif zu seiner Tochter zurück und sank schwer neben ihr auf die Knie. Er hatte sein Gesicht mit schon fast unmenschlicher Selbstbeherrschung unter Kontrolle, aber Andrej spürte seinen Schmerz fast wie seinen eigenen.

»Sie wird es überleben«, sagte er noch einmal, einfach aus dem Bedürfnis heraus, ihn zu trösten. »Sie ist sehr stark.«

Sogar stärker, als er bisher geglaubt hatte, wie er überrascht feststellte, als er mit anderen als nur seinen menschlichen Sinnen in sie hineinlauschte. Der Kampf zwischen Dunkelheit und Licht tobte noch immer hinter ihrer Stirn, doch ihre Lebensflamme brannte jetzt heller und so heiß wie eine neugeborene Sonne, die gerade erst im Erwachen begriffen war. Sie würde leben.

Doch je intensiver er in sie hineinlauschte, desto verwirrter wurde er auch.

Da … war etwas. Andrej hätte nicht sagen können, was oder ob es dorthin gehörte oder ob es gut oder schlecht war, aber es war da, und es war zu präsent, um es nicht zu bemerken oder ignorieren zu können. Es war nicht so, als läse er ihre Gedanken. Das konnten nur sehr wenige ihrer Art, und Abu Dun und er hatten nie dazugehört. Aber da war eine … Tiefe in ihr, die er nicht erwartet hätte, etwas … Altes und Wissendes, das ihn erschreckte.

»Hast du mir etwas zu sagen, Hauptmann?«, fragte er, ohne den Blick von Muridas blassem Gesicht zu nehmen.

»Dass es mir unendlich leidtut. Wenn sie stirbt, dann ist es allein meine Schuld.«

»Das meine ich nicht«, sagte Andrej.

»Dann verstehe ich deine Frage nicht«, behauptete Sharif.

Andrej sah ihn nun an, doch der Janitscharenhauptmann hielt seinem Blick mit unbewegtem Gesicht stand. Er wollte eine weitere Frage stellen, doch in diesem Augenblick seufzte Murida leise, und ihre Augenlider flatterten. Sie kam nicht zu sich, aber ihr Bewusstsein bäumte sich auf und begann die Schwärze weiter zurückzudrängen, jetzt aus eigener Kraft, ohne seine Hilfe. Abermals spürte Andrej in sie hinein und empfand nichts als unendliche Erleichterung. Sie würde leben. Jetzt war er ganz sicher.

»Wann wird sie wieder zu sich kommen?«, fragte Sharif.

»Gebt ihr noch ein wenig Zeit«, antwortete Andrej. »Nicht sehr viel. Sie wird eine Weile brauchen, um sich daran zu gewöhnen.«

Er rechnete fest damit, dass Sharif fragte: »Woran?«, doch er sah ihn nur auf seltsame Art an und streckte dann den Arm aus, um nach dem Riss in Muridas Gewand zu tasten. Mit nur zwei Fingern und ohne sichtbare Anstrengung riss er den Stoff weiter auf, sodass die Wunde darunter sichtbar wurde. Sie war klein, kaum mehr als ein haardünner Schnitt, und sah nicht nur nicht gefährlich aus, sondern auch nicht frisch. Hätte Andrej es nicht besser gewusst, hätte er sie für einen schon fast verheilten, alten Kratzer gehalten. Schließlich fragte Sharif: »Unsterblich zu sein?«

»So einfach ist es nicht«, antwortete Andrej. War da etwas wie Zufriedenheit in Sharifs Stimme gewesen?

»Warum erklärst du es mir dann nicht?«

Vielleicht einzig, um Zeit zu gewinnen, griff Andrej nach dem Dolch, den er aus der Wunde gezogen hatte und hielt ihn prüfend ins Licht. Der rote Fackelschein ließ das geronnene Blut auf der papierdünnen Klinge schwarz erscheinen und winzige Schatten über den schmucklosen Griff huschen, als versuchte sich die Waffe seinem Blick zu entziehen, aber er sah dennoch, dass es sich um ein ganz besonders heimtückisches Messer handelte. Schlank und perfekt ausbalanciert, war es dazu gedacht, unter jedweder Art von Kleidung verborgen zu werden und ebenso lautlos Kehlen durchzuschneiden wie geworfen zu werden. Die Waffe eines Attentäters, nicht eines Kriegers.

»Er hätte mich treffen sollen, nicht sie«, sagte Sharif, statt auf einer Antwort zu bestehen.

»Ja«, sagte Andrej. »Er war für den Machdi bestimmt, nicht für seine Tochter.« Er sah Sharif fest in die Augen. »Aber dann wärst du jetzt tot.«

»Weil du mich nicht gerettet hättest?«

Andrej schwieg, und Sharif war klug genug, nicht auf einer Antwort zu beharren. Stattdessen nahm er Andrej den Dolch aus der Hand und betrachtete ihn. Er sah überrascht aus, aber auch ein bisschen besorgt, als er ihm das Messer zurückgab.

»Du kennst diese Art von Waffe?«, vermutete Andrej.

Sharif nickte. »Das ist die Waffe eines Haschischin«, sagte er.

»Haschischin?«

»Ein Assassine«, erklärte Sharif. »Die meisten nennen sie so, aber eigentlich – «

»Ich weiß, was ein Haschischin ist«, unterbrach ihn Andrej, der einen überraschten Blick auf den toten Hadschi nicht zurückhalten konnte. »Aber ich dachte, sie wären nur eine Legende.«

»Mindestens einen von ihnen gab es wohl noch«, erwiderte Sharif mit einem humorlosen Verziehen der Lippen, das nicht einmal annähernd wie ein Lächeln aussah. »Und so wie dir geht es den meisten. Sie legen keinen großen Wert darauf, dass jedermann von ihrer Existenz weiß.«

Andrej hätte beinahe geseufzt. Aber er schwieg und wartete, dass der Hauptmann fortfuhr.

»Aber das sagt man ja auch von Vampyren, nicht wahr … dass sie nur eine Legende sind.«

Andrej hätte lieber über den Haschischin und seine Verbindung zu Sultan Süleyman gesprochen, nickte aber trotzdem. »Und es ist auch wahr«, sagte er. »Es gibt keine Vampyre, die Blut trinken und sich des Nachts in Fledermäuse verwandeln. Wenn du also irgendwo einen Beutel mit Knoblauch und eine Flasche mit geweihtem Wasser versteckt hast, dann muss ich dich enttäuschen. Weder das eine noch das andere wirkt bei mir.«

Sharif blieb ernst. »Manche halten euch dafür«, sagte er. »Solche wie deinen Freund und dich.«

»Solche wie uns«, wiederholte Andrej.

»Ich wollte dich nicht beleidigen«, versicherte Sharif rasch. »Sag mir einfach, wie ich dich nennen soll.«

»Ungläubiger?«, schlug Andrej vor. Er schüttelte den Kopf, als Sharif etwas erwidern wollte. »Schluss mit dem Geplänkel.« Er musste an die Kämpfe der letzten Tage denken, und zusammen mit den Bildern sterbender entstellter Janitscharen und Machdiji stieg eine ungeheure Wut in ihm hoch. »Du hast *deine* Soldaten und *deine* Rebellen in blutigen Schlachten aufeinandergehetzt. Empfindest du Vergnügen daran, Menschen sterben zu sehen?«

Sharif zog eine Augenbraue hoch. »Ich glaube, du verwechselst da etwas. Es sind weder *meine* Soldaten noch *meine* Rebellen. Und außerdem ist alles ganz anders, als du denkst. Komplizierter. Oder auch einfacher.« Er winkte ab, als Andrej einhaken wollte. »Du wirst das alles noch verstehen, und ich werde dir keine Antwort schuldig bleiben, das verspreche ich dir. Aber hier ist weder der rechte Ort noch der richtige Zeitpunkt für lange Erklärungen …«

Murida wimmerte leise, und ihre Augenlider hoben sich für einen Moment, auch wenn ihr Blick noch verschleiert war. Als Sharifs Fingerspitzen zärtlich über ihre Wange strichen, entspannte sie sich wieder. Ihrer Bewusstlosigkeit würde ein ebenso tiefer Schlaf folgen, für viele Stunden, wenn nicht für Tage. Aber so viel Zeit hatten sie nicht. Auch nicht, um all die Fragen zu stellen, die Andrej hatte.

Aber er würde auch keine einzige davon vergessen und Sharif beim Wort nehmen und ihm die Erklärung für das Blutbad abverlangen, das er angerichtet hatte.

Und auch, warum er Murida so gequält hatte.

»Gibt es noch einen anderen Weg hier heraus?«, fragte er. »Einen, auf dem wir nicht durch das Fort müssen?«

»Schon, aber –«

»Oder traust du den Männern, die dort auf uns warten?«

Sharif sah zu dem Attentäter hin, überlegte dann kurz und schüttelte schließlich den Kopf. Er sagte nichts.

»Gut«, sagte Andrej. Er deutete auf die Fackel, die Murida fallen gelassen hatte. »Dann geh voraus. Ich trage sie.«

Sharif griff zwar gehorsam nach der Fackel, allerdings nur, um sie Andrej zu reichen. »Du leuchtest uns«, sagte er knapp. »Sie ist meine Tochter.«

Weder machte Sharif den Eindruck, als würde er sich von diesem Entschluss abbringen lassen, noch hatte Andrej es vor. Was er getan hatte, hatte ihn erschöpft, denn so unendlich viel Kraft er daraus schöpfte, ein anderes Leben zu nehmen, so viel kostete es ihn auch, neues zu geben. Sharif war stark genug, um das Mädchen zu tragen, wenn es sein musste, auch über eine größere Strecke hinweg. Und vermutlich war es sicherer, wenn er beide Hände frei hatte, um sie zu verteidigen – gegen wen oder was auch immer. Er versuchte nicht, Sharif zurückzuhalten, berührte das Mädchen aber noch einmal wie zufällig an der Schläfe und öffnete alle seine Sinne. Da war nichts, außer dem stummen Ringen von unlöschbarem Feuer und alles verzehrender Dunkelheit. Was immer er in ihr zu spüren geglaubt hatte, war nicht mehr da. Vielleicht hatte er es sich ja auch nur eingebildet.

Auf eine Kopfbewegung Sharifs hin gingen sie los. Ganz wie er es schon vermutet hatte, waren sie nicht sehr weit gekommen. Schon nach wenigen Dutzend Schritten erreichten sie wieder den Kultplatz mit seinen unheimlichen Statuen. Jemand – vermutlich Hadschi – hatte die Feuerschalen gelöscht, sodass das einzige Licht von der Fackel in Andrejs Hand kam.

»Was ist das hier?«, fragte er, hauptsächlich um eine menschliche Stimme in diesem unterirdischen Reich der Finsternis und der Gespenster erklingen zu lassen.

»Irgendein altes Heiligtum«, antwortete Sharif. »Vielleicht ein unterirdischer Tempel oder ein Grab. Die früheren Herrn dieses Landes hatten eine Vorliebe für prachtvolle Grabmäler.«

Andrej fragte sich, ob Sharif nicht eine Spur zu schnell geantwortet hatte oder zu beiläufig, verwarf den Gedanken aber gleich wieder. Er wollte sich nicht von dem unheiligen Geist dieses Ortes anstecken lassen und jedes von Sharifs Worten anzweifeln.

Trotzdem fragte er: »Woher kennst du ihn?«

Die menschengroße Statue mit dem Falkenkopf, an der sie gerade vorbeigingen, schien seine Frage mit einem missbilligenden Stirnrunzeln zu kommentieren, und einen kurzen Moment meinte er, gesehen zu haben, wie die Statue einer Katzengöttin die Lefzen zurückzog und ihre dolchspitzen Fänge bleckte. Waren es überhaupt Statuen oder vielleicht doch in der Zeit erstarrte Dämonen, die seit einem Jahrtausend darauf warteten, dass sich ein leichtsinniger Narr, dessen Seele sie verschlingen konnten, hierherunter verirrte?

»Ich habe ihn vor vielen Jahren entdeckt«, sagte Sharif. Es dauerte einen Moment, bis Andrej begriff, dass es die Antwort auf seine eigene Frage war. Ihm kam es vor, als wäre es Stunden her, dass er sie gestellt hatte. Vielleicht verging die Zeit hier unten tatsächlich anders.

»Einfach so?« Andrej blieb stehen, um eine aus schwarzem Granit gemeißelte Skulptur zu betrachten, die ihn und sogar Sharif um ein gutes Stück überragte: eine Mischung aus einem unglaublich muskulösen Mann und einem Geschöpf, von dem er nicht einmal wusste, ob es überhaupt einem lebenden Tier nachempfunden war. Wenn, dann keinem, von dem er jemals gehört hatte.

»Wenn du an Zufall glauben willst.« Sharif hielt ebenfalls an. »Du kennst ja meine Vorliebe für alte Gemäuer. Wir haben in der Ruine oben gelagert, und ich konnte der Verlockung nicht widerstehen, den Schacht zu erkunden … aber wahrscheinlich ist der Zufall gar nicht einmal so groß.«

»Weil die Geister der alten Pharaonen dich gerufen haben?« Das sollte ein Scherz sein, aber Andrej bedauerte die Worte schon, bevor er sie ganz ausgesprochen hatte. Dies war kein Ort für Scherze.

»Für die alten Herrscher dieses Landes war diese Seite des Flusses das Reich der Toten«, erinnerte Sharif. »Wahrscheinlich gab es zahllose solcher Gräber.« Er nickte zu der Statue. Andrej sah erst jetzt, dass sie beschädigt war. Zwei ihrer Finger, die ihm viel zu lang erschienen und zu viele Gelenke hatten, waren abgebrochen, sodass er klar erkennen konnte, dass sie aus hartem Fels bestanden und sonst nichts. Dennoch musste er sich des immer intensiver werdenden Gefühls erwehren, etwas auf gespenstische Weise Lebendigem gegenüberzustehen, etwas, das jeden Moment aus seiner vermeintlichen Starre erwachen und ihn packen würde, um ihm etwas Unbeschreibliches anzutun.

»Sie müssen ein erstaunliches Volk gewesen sein, Andrej.«

»Zumindest hatten sie eine lebhafte Fantasie«, sagte Andrej unbehaglich.

»Und wer sagt dir, dass diese Figur der Fantasie des Künstlers entsprungen ist?«, fragte Sharif.

»Mein gesunder Menschenverstand?«

Sharif lachte, leise und ohne echten Humor. »Gesunder Menschenverstand wird im Allgemeinen überschätzt. Abgesehen davon behaupten nicht wenige, sie wären tatsächlich Götter gewesen, die nur für eine Weile unter den Menschen gelebt und deren Gestalt angenommen haben. Wer weiß – vielleicht haben sich ja nicht alle diese Mühe gemacht.«

»Ja.« Andrej ging weiter, sodass Sharif ihm wohl oder übel folgen musste, wollte er nicht Gefahr laufen, allein in der Dunkelheit zurückzubleiben. »Ich habe davon gehört, dass es Leute geben soll, die es lieben, sich für andere auszugeben.«

Darauf erwiderte Sharif nichts mehr.

Kapitel 37

Es war Andrej nicht möglich zu sagen, wie lange sie für den Rückweg gebraucht hatten. Sein Zeitgefühl hatte ihn ebenso im Stich gelassen wie seine Sinne, auf die er sich doch sonst so zuverlässig verlassen konnte. Es war, als wären sie tatsächlich in eine fremde Welt eingedrungen, in der die Gesetze der ihrigen nicht mehr ihre gewohnte Gültigkeit hatten. Ein absurder Gedanke, der ihn aber trotzdem nicht losließ, sondern sich in einem Winkel seines Hinterkopfs einnistete wie eine Spinne, die geduldig in ihrer Höhle lauerte und auf ein Opfer wartete, um ihm ihr Gift zu injizieren.

Immerhin führte der Weg nur auf dem ersten Stück durch das unheimliche Grab, ehe die sorgsam behauenen Wände geborstenem Fels und schließlich einer natürlichen Höhle wichen, die nur hier und da künstlich erweitert worden war, um das Durchkommen zu ermöglichen.

Auf dem letzten Stück brauchte Sharif dann doch seine Hilfe, um Murida zu tragen, denn es bestand aus einer mit spitzem Geröll übersäten Böschung, die so steil war, dass sie sie nur auf Händen und Knien kriechend überwinden konnten.

Rotes Sonnenlicht empfing sie, als sie durch einen schmalen Spalt ins Freie krochen. Die Dämmerung war gerade vorbei, und es war jene kostbare Stunde des Tages, wenn die Kälte der Nacht gewichen und die Hitze der Wüste noch nicht unerträglich geworden war. Kostbare *Minuten,* um genau zu sein. Die Luft über der Wüste im Osten flimmerte bereits vor Hitze. Andrej war überrascht. Sie mussten etliche Stunden in dem unterirdischen Labyrinth zugebracht haben. Deutlich mehr, als er angenommen hatte.

Sharif stolperte hinter ihm ins Freie, fiel erschöpft auf die Knie und ließ das bewusstlose Mädchen sanft zu Boden gleiten. »Warte hier«, sagte er, stemmte sich augenblicklich wieder hoch und stolperte mehr, als er ging, in Richtung einiger gewaltiger Felsbrocken davon, die in einiger Entfernung dalagen wie die Spielzeuge eines Götterkinds, das sie achtlos liegen gelassen hatte. Andrej war so verblüfft, dass Sharif schon ein Dutzend Schritte entfernt war, bevor er begriff, was er vorhatte. Er dachte kurz daran, ihn zurückzurufen, ging dann aber zu Murida.

Sie lag so reglos da, dass man sie für tot hätte halten können, doch Andrej hörte nicht nur ihren Herzschlag, sondern auch, wie regelmäßig und kraftvoll er war, wie das Geräusch eines zuverlässigen kleinen Uhrwerks, das auch noch für die nächsten Tausend Jahre weiterlaufen würde.

Etwas an diesem Gedanken kam ihm falsch vor. Was, dachte er, wenn sein Geschenk in Wahrheit ein Fluch gewesen war? Sharif war der Meinung, er hätte ihr ein neues Leben geschenkt, aber vielleicht hatte er ihr ja auch nur einen friedvollen Tod gestohlen. Er hatte zu oft erlebt, dass es so gekommen war.

Sharif kam zurück, zwei prachtvoll aufgezäumte Pferde mit sich führend, die wohl zwischen den Felsen verborgen gewesen waren. Wortlos hob Andrej das Mädchen auf und ging ihm entgegen, runzelte aber dann die Stirn und sagte: »Zwei?«

»Es waren drei Pferde«, behauptete Sharif. »Jemand muss eines gestohlen haben. Die Welt ist schlecht.«

»Und voller schlechter Lügner«, bestätigte Andrej, allerdings mit der Andeutung eines Lächelns.

»Wie wahr«, sagte Sharif. Er saß auf, rückte in eine sichere Haltung und streckte die Arme aus, damit er ihm Murida reichen konnte. Nachdem er sie vor sich in den Sattel bugsiert hatte, umschlang er sie mit dem linken Arm und streckte die freie Hand nach dem Zügel aus.

»Steig auf, Andrej«, sagte er. »Das zweite Pferd war ohnehin für dich. Der Machdi hätte euch nicht begleitet.«

»Und wie auch, wenn es ihn doch gar nicht gibt?«, fragte Andrej, während er sich auf das zweite Tier schwang. So wie sein Bruder war es ein prachtvoller weißer Araberhengst, der sein Gewicht nicht wirklich spüren konnte, dennoch aber im ersten Moment nervös zu tänzeln begann. Er beruhigte sich augenblicklich, als Andrej ihm die flache Hand zwischen die Ohren legte. Der Machdi sah ihm schweigend zu. Es war unübersehbar, dass ihm gefiel, was er sah.

»Wohin?«, fragte Andrej.

Sharif machte eine Kopfbewegung nach Osten; Andrej war fast sicher, vollkommen willkürlich. Sie ritten los.

»Allerdings frage ich mich«, sagte Andrej, nachdem sie eine Weile schweigend nebeneinanderher geritten waren, »warum mich ein Mann, den es nicht gibt, an einen Ort bestellt, von dessen Existenz niemand weiß.«

»Vielleicht damit du dich seiner Sache anschließt«, antwortete Sharif.

Murida seufzte leise. Sharif zog sie in eine bequemere Haltung und bettete ihren Kopf in seine Halsbeuge, damit er nicht hin und her rollte. Andrej beobachtete ihn sehr aufmerksam, seine behutsamen, zärtlichen Gesten, das warme Lächeln, das seinen Zügen für einen Moment die Härte nahm, der weiche Ausdruck in seinen Augen, und zum allerersten Mal war er sicher, dass dieser Mann – Sharif, der Machdi und unter welchen anderen Namen er auch noch bekannt sein mochte – ihnen die Wahrheit gesagt hatte. Denn was er sah, das war nichts als ein Vater, der sich um sein Kind sorgte.

Warum beunruhigte ihn das Bild dann trotzdem?

»Ich glaube, ich habe es schon einmal gesagt«, antwortete Andrej. »Wir mischen uns nicht ein.«

»Obwohl ihr es könntet.«

Andrej verzichtete auf eine Antwort. Er wollte nicht über dieses Thema reden. Nicht jetzt und nicht mit diesem Mann. Sharif sah ihn zwar auffordernd an, schien aber dann einzusehen, dass er keine Antwort bekommen würde, und nickte erneut nach Osten. »Dort hinten liegt eine Wasserstelle, vielleicht zwei Stunden entfernt. Wenn wir sie erreichen, bevor es wirklich heiß wird, können wir den Tag dort abwarten.«

»Ihr kennt Euch gut hier aus«, sagte Andrej.

Wenn Sharif das Misstrauen in seiner Stimme hörte, ließ er es sich nicht anmerken. Er nickte nur. »Es ist lange her, aber ich habe ein gutes Gedächtnis«, sagte er. »Als Verschwörer muss man ein gutes Gedächtnis haben, sonst lebt man nicht sehr lange.« Und damit ließ er sein Pferd schneller traben und kurz darauf in einen maßvollen Galopp verfallen, in dem er seine Tochter und sich gerade noch im Sattel halten konnte.

Vielleicht war Sharifs Gedächtnis doch nicht so gut, wie er behauptet hatte, denn aus den zwei Stunden wurden nahezu vier, und die Wasserstelle, von der er gesprochen hatte, entpuppte sich als Oase mit einem flachen, wie geschmolzenes Quecksilber glänzenden See, an dessen Ufer gleich mehrere Dutzend gedrungener Palmen wuchsen. Auf der anderen Seite erhob sich ein rechteckiges Gebäude mit dem typischen Kuppeldach, und es gab Spuren von mehreren Kamelen, die aber mindestens einen Tag alt sein mussten.

»Das ist neu«, sagte Sharif, als sie das Haus betraten. »Als ich das letzte Mal hier war, gab es nur ein löcheriges Zelt.«

Andrej sah sich um, hier drinnen nach Stunden in der erbarmungslosen Sonnenglut beinahe blind. Dennoch hatte er nicht den Eindruck, dass das Gebäude neu war. Es bestand nur aus einem einzigen Raum mit sehr spärlicher Möblierung und war weder sauber noch in irgendeiner Art instand gehalten. Es roch sehr schlecht.

»Wie lange ist es denn her, dass du hier warst, Hauptmann?«, fragte er. »Oder ist es dir lieber, wenn ich dich Machdi nenne?«

Sharif ignorierte den zweiten Teil seiner Frage, trug Murida zu einer der einfachen Lagerstellen, die nur aus ein paar schmutzigen Lumpen bestanden, und legte sie vorsichtig ab. In ihrem Gesicht arbeitete es, und sie stöhnte leise, wachte aber nicht auf.

»Mehr als zwanzig Jahre«, antwortete Sharif, überlegte einen Moment und verbesserte sich dann: »Beinahe dreißig. Bei Allah, musst du solche Fragen stellen? Jemandem wie dir macht es ja vielleicht nichts aus, aber niemand aus Fleisch und Blut gibt gerne zu, dass er im Grunde schon ein alter Mann ist.«

»Wenn du das nur sagst, damit ich dir widerspreche, dann muss ich dich enttäuschen«, antwortete Andrej lächelnd, schob Sharif mit sanfter Gewalt aus dem Weg und legte die Fingerspitzen auf Muridas Hals, wie um nach ihrem Puls zu tasten. In Wahrheit lauschte er in sie hinein und stellte zufrieden fest, wie ruhig und stark ihre Lebensflamme brannte. Da war jetzt etwas Vertrautes in ihr, dasselbe Wispern und Raunen tief am Grunde ihrer Seele, das auch Abu Dun und ihn zu dem machte, was sie waren, ohne dass sie jemals begriffen hätten, wieso. Er fragte sich, ob sie auch dasselbe Ungeheuer in sich entdecken würde wie sie, und wenn, ob sie es besiegen konnte.

»Also?«, fragte Sharif.

Andrej hob nur die Schultern und stand auf, um seine Umgebung noch einmal zu mustern. Seine Augen hatten sich an das graue Zwielicht im Raum gewöhnt, aber allzu viel gab es trotzdem nicht zu sehen. Alles war schmutzig und alt, viel älter als die zwanzig oder dreißig Jahre, von denen Sharif gesprochen hatte. Vielleicht täuschten ihn ja seine Erinnerungen.

»Nichts *also«,* sagte er. Fast hätte er Sharif gesagt, dass nichts in Ordnung war und Muridas größte Prüfung sogar noch bevorstand. Aber dann musste er wieder an den Ausdruck von Zärtlichkeit und Sorge denken, den er vorhin in seinen Augen gelesen hatte, und brachte es nicht über sich. Wie konnte er einem Vater sagen, dass er seine Tochter vielleicht töten musste?

»Ich werde dir nicht alle meine Geheimnisse verraten«, sagte er. »Nicht dem Machdi und schon gar nicht dem Hauptmann der Janitscharen.«

»Den Hauptmann der Janitscharen gibt es nicht mehr«, antwortete Sharif. »Die Machdiji haben ihn zusammen mit seinen Männern getötet, fürchte ich. Und den Machdi hat es nie gegeben. Aber vielleicht will ja der Vater wissen, welches Schicksal seine Tochter erwartet.«

»Diese Frage hätte er sich eher stellen sollen«, antwortete Andrej ärgerlich. »Vielleicht bevor er seine eigene Tochter benutzt hat, um …« Er zögerte, sah Sharif durchdringend an und fragte dann mit veränderter Stimme: »Wozu eigentlich?«

»Du glaubst nicht wirklich, dass ich sie beauftragt habe, die Machdiji auszuspionieren!«, empörte sich Sharif. »Das hätte ich niemals zugelassen! Wirf mir vor, dass ich zu blind war, nicht zu sehen, wie sehr sie ihren Vater beeindrucken wollte, aber nicht das!«

»Natürlich nicht«, antwortete Andrej betreten. »Verzeih! Und ich werfe dir nichts vor.«

»Aber du hättest jedes Recht dazu. Dieses dumme Kind wollte mich beeindrucken. Den Hauptmann der Janitscharen, nicht den Machdi. Ich habe es nicht gemerkt. So wenig wie ich gemerkt habe, dass sie den Worten des Machdi tatsächlich erlegen ist. Als ich es begriffen habe, war es viel zu spät. Wirf mir das vor, wenn du willst, aber nicht, dass ich sie bewusst in Gefahr gebracht hätte!«

Andrej hätte ihm gerne zugestimmt, doch er schwieg. Sharif wusste so gut wie er, dass er seine Tochter im gleichen Moment in Gefahr gebracht hatte, als er sie mit einer von Süleymans Frauen gezeugt hatte. Er schwieg.

»Sie wird ewig leben, habe ich recht?«, fragte Sharif plötzlich.

Andrej schüttelte den Kopf. »Nein«, sagte er. »Aber sehr lange.«

Wenn er sie nicht vorher tötete.

»Mehr wollte ich nicht hören«, sagte Sharif. Er wies zur Tür. »Bitte geh und hol ein wenig Wasser, und in den Satteltaschen ist Brot. Wir bleiben hier, bis die Sonne untergeht, und sollten uns stärken.«

Andrej erhob sich zwar gehorsam und wandte sich zur Tür, blieb aber dann noch einmal stehen und sah zu Sharif zurück. »Und dann?«

»Setzen wir unseren Weg fort«, antwortete Sharif. »Es ist ein gutes Stück bis Karthoum, aber wenn wir nachts reiten und vorsichtig sind, können wir es schaffen.«

»Karthoum«, wiederholte Andrej nachdenklich. »Und was willst du dort?«

Sharif sah einen Atemzug lang zu seiner schlafenden Tochter hin, bevor er antwortete. »Wir werden sehen, wie es dort ist und wer gerade das Sagen hat. Je nachdem entscheiden wir, wer dort ankommt – der Hauptmann der Janitscharen mit einem Gefangenen oder der Machdi.«

Andrej verstand, was er meinte, und musste zugeben, dass es ein guter Plan war – vermutlich das Einzige, was sie überhaupt tun konnten –, aber er schüttelte trotzdem den Kopf. »Ich werde dich nicht begleiten«, sagte er. »Ich muss Abu Dun suchen.«

»Ich glaube nicht, dass er noch lebt«, sagte Sharif ernst. »Als ich ihn das letzte Mal gesehen habe, waren die Machdiji gerade dabei, unsere Stellung zu überrennen. Er hat wie ein tollwütiger Derwisch unter ihnen gewütet, aber die Übermacht war einfach zu groß.«

»Ich wüsste es, wenn er tot wäre«, beharrte Andrej.

Natürlich stimmte das nicht, aber es war die einzige Hoffnung, an die er sich noch klammern konnte. Abu Dun und er waren schon so lange zusammen, dass allein der Gedanke absurd war, er könnte nicht mehr da sein.

Sharif sah ihn auf eine Art an, die sehr deutlich machte, was er von dieser Behauptung hielt, beließ es aber auch bei einem Schulterzucken, und Andrej verließ das Haus und ging zu den Pferden.

Sie hatten die Tiere nicht angebunden – es gab in weitem Umkreis nichts, wohin sie hätten laufen können, und die Pferde waren klug genug, das zu wittern –, und sie waren zur anderen Seite des kleinen Sees gelaufen, um zu saufen. Andrej verband das Angenehme mit dem Nützlichen, indem er Mantel und Waffengurt ablegte und sich ins Wasser gleiten ließ, um mit wenigen kraftvollen Stößen ans andere Ufer zu schwimmen. Das Wasser war so warm, dass es kaum Erfrischung brachte, aber nach den schlammbraunen Fluten des Nil, in denen er öfter gebadet hatte, als ihm lieb war, fühlte er sich zum ersten Mal seit Tagen wieder sauber. Er plantschte eine geraume Weile herum, bevor er auf der anderen Seite wieder ans Ufer stieg und sich daranmachte, die Satteltaschen nach etwas Essbarem zu durchsuchen.

Das Ergebnis war alles andere als erfreulich. Es gab ein wenig steinhartes Fladenbrot und getrocknete Datteln, von denen Andrej eine probierte und sie am liebsten sofort angewidert ins Wasser gespuckt hätte. Nein, er würde Sharif und seine Tochter gewiss nicht bis nach Karthoum begleiten. Schon wegen ihrer Essgewohnheiten.

Andrej lächelte über seinen eigenen Gedanken und zwang sich trotzig, auch noch eine zweite Dattel hinunterzuwürgen, auch wenn er nach wie vor der Meinung war, dass es wie etwas schmeckte, das aus dem falschen Ende eines Kamels kam. Aber es war Nahrung, und er würde Kraft brauchen.

Aber vielleicht tat es ja auch ein Stück Brot. Einer der Vorteile dessen, was er war, bestand unzweifelhaft darin, dass er sich keine Gedanken darüber machen musste, sich einen Zahn auszubeißen.

Er spürte es, als er die Satteltasche öffnete. Jemand – etwas? – kam. Andrej blieb reglos stehen, um mit geschlossenen Augen zu lauschen, kam aber zu keinem Ergebnis und lief schließlich eine flache Sanddüne hinauf. Auf dem letzten Stück ließ er sich auf Hände und Knie hinab und kroch auf dem Bauch weiter, um von der anderen Seite nicht gesehen zu werden. Eine Vorsichtsmaßnahme, die sich allerdings als überflüssig herausstellte.

Seine Sinne hatten ihn nicht getrogen. Von Westen her näherten sich etliche Gestalten, noch zu weit entfernt, um sie zu erkennen oder auch nur ihre genaue Anzahl zu schätzen. Ein knappes Dutzend, vermutete Andrej, auf Kamelen. Sie hatten es weder besonders eilig, noch versuchten sie, ihre Anwesenheit zu verhehlen … was ihnen inmitten der Unendlichkeit aus sonnenverbranntem Stein auch kaum möglich gewesen wäre.

Andrej beobachtete die kleine Karawane einige weitere Momente, kroch den Weg dann auf dieselbe Weise wieder zurück, auf die er gekommen war, und eilte zu den Pferden. Obwohl es sich kaum lohnte, saß er auf, ergriff die Zügel des zweiten Pferdes und ritt das kleine Stück um den See herum zum Haus zurück. Er machte sich nicht nur die Mühe, die beiden Pferde unweit des Eingangs festzubinden, sondern holte auch noch seinen nassen Mantel und den Schwertgurt.

Ganz wie er es erwartet hatte, saß Sharif neben seiner Tochter, als er eintrat. Doch er war überrascht zu sehen, dass Murida nicht mehr schlief, sondern sich auf beide Ellbogen hochgestemmt hatte und ihn aus klaren, wenn auch leicht verwirrt dreinblickenden Augen ansah. Und auch Angst las er darin.

»Jemand kommt«, sagte er, bevor Sharif auch nur einen Laut herausbekam. »Reiter. Viele. Vielleicht ein Dutzend.«

Sharif reagierte genauso, wie er es von einem Mann wie ihm erwartet hatte. Er drückte Murida mit sanfter Gewalt auf das schmuddelige Lager zurück, stand dann ohne ein weiteres Wort auf und verließ das Gebäude.

»Von Westen her«, rief Andrej ihm noch nach, wartete vergebens auf eine Antwort und nahm dann Sharifs Platz neben dem Mädchen ein. Eine ganze Weile saß er einfach nur da und sah sie an. Murida hielt seinem Blick länger stand, als er es erwartet hätte.

Und am Ende war sogar er es, der das Schweigen brach. »Fühlst du dich besser?«

»Besser als tot?« Murida nahm nach einem kurzen Zögern eine sitzende Haltung ein, wenn auch zitternd und mit hängenden Schultern. »Ja.«

»Jemand ist auf dem Weg hierher«, sagte Andrej, »deshalb kann ich dir jetzt nicht alles erklären und auch deine Fragen nicht beantworten. Aber es kommt alles in Ordnung, keine Angst.«

Murida sah nicht aus, als hätte sie Angst, jetzt nicht mehr. Doch sie wirkte verstört. »Mein Vater hat mir das Wichtigste schon erzählt«, sagte sie leise.

Mein Vater. Also hatte Sharif ihr wenigstens dieses Geheimnis offenbart, was Andrej sonderbar tröstlich fand. Alles andere hatte Zeit, auch wenn es wichtiger erscheinen mochte.

Bis auf eine Sache natürlich.

Andrej sah sie fest an, griff dann unter sein nasses Hemd und zog den Assassinendolch hervor. Muridas Augen weiteten sich, als sie die Waffe erkannte. Er schob den Ärmel hoch und fügte sich selbst einen tiefen Schnitt am Unterarm zu.

»Aber was –?«, stammelte die junge Frau.

Andrej bedeutete ihr mit einer befehlenden Geste, still zu sein, wischte das Blut weg und ballte die Hand zur Faust. Nach allem, was er hinter sich hatte, fiel es ihm unerwartet schwer, die Wunde zu heilen. Aber vielleicht war das in diesem Moment sogar gut, denn so blieb Murida Zeit genug, das Unfassbare zu akzeptieren, und ihm, ihre Reaktion zu beobachten.

»Das … das ist … erstaunlich«, murmelte sie schließlich. Andrej war sehr sicher, dass sie eigentlich ein anderes Wort gedacht hatte. Er konzentrierte sich ganz auf das, was er hinter ihrem Gesicht spürte und unausgesprochen unter ihren Worten hörte.

Sie fühlte die Verlockung des Blutes, den düsteren Ruf, den alle ihrer Art mehr oder weniger stark hörten – und dem längst nicht alle widerstanden. Unwillkürlich hielt er für einen Moment den Atem an. Doch das Ungeheuer, auf dessen Erwachen er wartete, zeigte sich nicht.

»Was … was hast du … getan?«, fragte Murida stockend. Ihr Blick ließ seinen Arm nicht los, auf dem noch immer sein eigenes Blut zu sehen war, aber keine Wunde mehr.

»Etwas, wofür du mich vielleicht hassen wirst«, sagte Andrej. »Aber ich hatte keine Wahl.«

Murida hob den fassungslosen Blick und sah ihn an. Sie verstand offensichtlich nicht, wovon er sprach – und wie auch? »Kann … ich das … kann ich das auch?«

»Irgendwann«, antwortete Andrej. »Ich werde es dir beibringen. Und eine Menge anderer Dinge auch. Aber jetzt ist vor allem wichtig, dass du mir vertraust, auch wenn vielleicht ein paar Dinge geschehen, die dich sehr erschrecken. Versprichst du mir das?«

Murida nickte, auch wenn er sehr sicher war, dass es nur rein automatisch erfolgte, ohne dass sie wirklich begriff, was er von ihr wollte. Hinter ihnen trat Sharif wieder ein und sagte: »Sie wird gehorchen, mach dir keine Sorgen. Und du hattest recht: Jemand kommt.«

»Hierher?«, fragte Murida erschrocken.

»Das muss nichts bedeuten«, sagte Sharif rasch. »Wir sind in einer Oase, wahrscheinlich der einzigen in weitem Umkreis. Es ist ganz normal, wenn eine Karawane hier haltmacht.« Er kam näher und blieb unmittelbar hinter Andrej stehen, sodass sich seine Gestalt als blasse Silhouette in Muridas dunklen Augen spiegelte. »Allerdings sollten wir uns auf eine gemeinsame Geschichte einigen, wer wir sind und woher wir kommen.«

»Sollten wir dazu nicht erst besser wissen, wer sie sind?«, fragte Andrej. »Immerhin macht es einen Unterschied, ob sie zu den Männern des Machdi gehören oder zu Sharifs Janitscharen … wenigstens für mich.«

»Ja«, räumte Sharif ein. »Aber es gibt da auch noch eine dritte Möglichkeit.«

»Und welche wäre das?«

»Es könnten *meine* Männer sein«, sagte Sharif. Die Spiegelung in Muridas Augen bewegte sich, schneller und auf eine sonderbar falsche Art, die Andrej alarmierte.

Aber zu spät. Es gelang ihm noch, sich halb herumzudrehen, dann traf ihn etwas mit solcher Gewalt an der Schläfe, dass er augenblicklich das Bewusstsein verlor.

Kapitel 38

Sein Kopf tat weh. Blut verklebte seine Augen, sodass es ihm im ersten Moment nicht möglich war, sie zu öffnen. Das war ärgerlich, mehr aber auch nicht. Sehr viel ärgerlicher waren die eisernen Ringe, mit denen sowohl seine Hand- als auch seine Fußgelenke aneinandergefesselt waren, von der eisernen Kette, die beide verband, ganz zu schweigen.

Am allerärgerlichsten aber war, dass er sich wie ein Dummkopf benommen hatte.

Andrej versuchte erneut, die Augen zu öffnen. Er konnte sehen, erkannte aber nicht mehr als Schatten und blassrote Schlieren. Seine Kopfschmerzen wurden schlimmer. Er wusste, dass er sie mit einer einzigen bewussten Anstrengung abschalten konnte, aber zumindest für den Moment empfand er eine morbide Befriedigung dabei, sich auf diese Weise selbst zu bestrafen.

»Ich habe dir gesagt, dass er es überlebt«, drang eine Stimme durch das Rauschen in seinen Ohren. »So schnell bringt man einen Mann wie ihn nicht um.«

Eine andere Stimme antwortete, ohne dass er die Worte verstand, denn jetzt pochte der Schmerz in seinem Schädel so heftig, dass er mit den Zähnen knirschte, um nicht aufzustöhnen.

»Und du kannst jetzt aufhören, den harten Mann zu spielen,

Andrej«, fuhr die männliche Stimme fort. »Ich weiß, dass du wach bist. Und es ist keine Schande, sich Schmerz anmerken zu lassen.«

Doch Andrej unterdrückte weiter jeden Laut und konzentrierte sich auf den Schmerz in seiner Schläfe, um ihn zu isolieren und dann aus seinem Denken herauszudrängen. Es gelang ihm auch, aber es kostete ihn weitaus mehr Anstrengung, als er erwartet hätte. Doch hinter seiner rechten Schläfe scharrte und raspelte es, als versuchten zerbrochene Knochen vergeblich, sich wieder zusammenzufügen. Andrej blinzelte ein paarmal, und die bläulichen Schlieren vor seinen Augen fügten sich zu einem Gesicht zusammen. Sharifs Gesicht, mit dem irgendetwas nicht stimmte. Aber er konnte nicht sagen, was.

»Darüber hinaus ist mir noch kein Mann begegnet, der einen solchen Hieb überlebt hätte«, fuhr Sharif fort, nachdem er ihm kurz in die Augen geblickt und sich davon überzeugt hatte, dass er ihn auch sah. Es dauerte dennoch einige weitere Momente, bis das goldfarbene Schimmern in seiner Hand zum Griff des kostbaren Saif wurde, von hässlichen braunroten Flecken verunziert. Sein eigenes Blut, mutmaßte Andrej. Er fragte sich, ob Sharif ahnte, wie nahe daran er gewesen war, ihn zu töten, kam aber zu dem Schluss, dass es nicht sehr klug wäre, ihn darauf hinzuweisen.

»Hör auf«, sagte die andere Stimme. »Bitte! Du hast gewonnen, aber es ist nicht nötig, ihn auch noch zu demütigen.«

Die Stimme war weiblich, und erst nach einer Weile wusste er, wem sie gehörte. Seine Gedanken bewegten sich so träge wie in zähem Schlamm. Nein, wie durch halb geronnenes Blut, das von Fäden aus reinem, gleißendem Schmerz durchzogen war.

»Ich glaube nicht, dass sich unser Freund wirklich gedemütigt fühlt«, antwortete Sharif. Aber immerhin steckte er das Schwert ein, bevor er sich vor Andrej in die Hocke sinken ließ. Immer noch konnte Andrej nicht sagen, was ihn an seiner Erscheinung störte. Vielleicht stellte er sich auch die falsche Frage. Nicht nur mit Sharif stimmte etwas nicht. *Alles hier* war falsch.

»Es tut mir leid, Andrej«, sagte Sharif. »Ich empfinde kein Vergnügen daran, anderen unnötig Schmerzen zuzufügen. Aber bei einem Mann wie dir kann ich es mir nicht leisten, ein Risiko einzugehen. Ich nehme an, dass du das verstehst.«

Andrej gedachte nicht, darauf zu antworten, sondern verwandte das bisschen Kraft, das er in sich fand, lieber darauf, das quälende Pochen hinter seiner Stirn zu eliminieren und wenigstens einen einzigen klaren Gedanken zu finden. Diesmal war es knapp gewesen. Er war der letzten Grenze so nahe gekommen wie selten zuvor. Vielleicht fiel es ihm deshalb so schwer, wieder ganz ins Wachsein zurückzufinden.

Der Gedanke weckte seinen Trotz. Zornig richtete er sich auf – oder versuchte es wenigstens. Es blieb bei dem Versuch. Metall klirrte hässlich, und ein noch stechenderer Schmerz schoss zuerst durch seine Handgelenke, dann seine Schultern und schließlich seinen Nacken. Als er mit zusammengebissenen Zähnen an sich hinabsah, wusste er auch, warum das so war. Nicht nur seine Hand- und Fußfesseln waren mit einer stabilen Kette miteinander verbunden. Eine weitere Kette spannte sich von seinen Handfesseln zu einem eisernen Ring um seinen Hals, der sich anfühlte, als wäre er von innen mit scharfen Dornen gespickt.

»Du hast dich gut vorbereitet, Hauptmann«, sagte Andrej gepresst. »Das nehme ich mal als Kompliment.«

»Wie gesagt«, antwortete Sharif. »Du bist kein Mann, bei dem man ein Risiko eingehen sollte. Und ich bin kein Mann, der ein Risiko eingeht, wenn es sich vermeiden lässt. Ich wäre nicht das, was ich bin, wenn ich so etwas Dummes täte.«

»Ein Lügner?«, fragte Andrej.

Sharif lachte. Es klang ehrlich. Andrejs Antwort amüsierte ihn wirklich. »Ja, manche nennen mich so«, sagte er. »Und vielen mag es tatsächlich so vorkommen, als wäre ich es. Denen, denen der Blick für die großen Zusammenhänge fehlt … aber wem sage ich das? Unter uns Lügnern, Andrej: Wie viele falsche Namen hast du schon benutzt? Wie viele Leben hast du schon gelebt, die nicht deine waren?«

»Was soll der Unsinn?«, fragte Andrej.

»Eigentlich nichts«, gestand Sharif. »Ich dachte nur, es wäre passend für einen Moment wie diesen.«

»Nein«, antwortete Andrej. »Ist es nicht.«

»Vermutlich hast du sogar recht«, seufzte Sharif. »Verzeih!« Er stand auf und hob die Hand, um jemandem hinter Andrej einen Wink zu geben. Schritte entfernten sich, und einmal darauf aufmerksam geworden, registrierte Andrej auch die Anwesenheit weiterer Männer. Ungefähr ein Dutzend, nahm er an. Draußen blökte ein Kamel.

Sharif sagte noch etwas, das nicht ihm galt und das er auch nicht verstand, machte ein ärgerliches Gesicht und ging mit schnellen Schritten aus dem Haus, um draußen weiterzupoltern.

Andrej atmete ein paarmal tief durch und spannte vorsichtig die Muskeln an, um die Festigkeit seiner Ketten zu prüfen. Sie waren stabil, aber er nahm dennoch an, dass er sie zerbrechen konnte, wenn es wirklich sein musste.

»Gib dir keine Mühe, Andrej. Du tust dir nur weh, und das möchte ich nicht.«

Andrej drehte mühsam den Kopf, um in Muridas Richtung zu sehen. Sie saß mit angezogenen Knien auf dem übel riechenden Lager und sah immer noch so blass aus, dass er wohl erschrocken gewesen wäre, hätte ihm im Moment nicht der Sinn danach gestanden, ihr den Hals umzudrehen. Er versuchte den Ausdruck in ihren Augen zu deuten, aber es gelang ihm nicht. Vielleicht, weil er so anders war als der, den er erwartet hatte. Seine Kette klirrte, als er sich erneut aufsetzen wollte, und Murida sagte erschrocken: »Quäl dich nicht unnötig, Andrej! Es hat keinen Sinn, glaub mir! Mein Vater weiß, was er tut. Er kennt sich mit solchen Dingen aus.«

»Dein Vater«, wiederholte er mit schwerer Zunge. Nun kehrte auch der Schmerz zurück, intensiv und jäh genug, um ihm die Tränen in die Augen zu treiben. Dennoch war es ein guter Schmerz, denn er zeigte ihm, dass seine Verletzung nun heilte. »Wie lange weißt du das schon?«

»Dass mein Vater mein Vater ist?« Murida schüttelte den Kopf und lächelte verzeihend. »Vom ersten Tag an, selbstverständlich. Ich weiß, du bist jetzt verletzt und gewiss verärgert, und von deinem Standpunkt aus wohl auch zu Recht. Aber diese kleine Lüge war notwendig.«

»Kleine Lüge«, wiederholte Andrej. Das Sprechen fiel ihm bereits leichter, doch er sprach bewusst schleppend und ließ die Schultern hängen. Es war vielleicht an der Zeit, dass auch er das eine oder andere kleine Geheimnis für sich behielt. »Ja, sie ist euch wirklich gelungen. Ich dachte immer, man könnte mich nicht belügen, aber da habe ich mich wohl getäuscht.«

»Ich wollte nicht, dass das passiert, glaub mir.« Murida zeigte auf die Ketten, die ihn in einer so unbequemen Haltung fesselten, dass es für jeden anderen qualvoll gewesen wäre. Für ihn auch, wenn er ehrlich war. »Aber er weiß auch, wie gefährlich du bist. Ich glaube, er hat Angst vor dir.«

»Wie weise«, sagte Andrej spöttisch.

»Es ist nicht für lange«, versprach Murida. »Sobald mein Vater dir alles erklärt hat und du die ganze Geschichte kennst, binden wir dich los. Er ist nicht dein Feind, und ich ganz bestimmt auch nicht. Aber wir haben beide gesehen, wozu du fähig bist. Du bist ein Mann, vor dem man leicht Angst bekommen kann.«

Vorsichtig setzte Andrej sich nun doch so weit auf, wie es seine eisernen Fesseln zuließen, und sah sie fest an. »Und der Machdi? Ist *er* mein Feind?«

»Es *gibt* keinen Machdi, Andrej Delãny«, sagte eine Stimme hinter ihm. »Ich dachte, wenigstens das hättest du inzwischen verstanden.« Sharif kam zurück und trat mit raschen Schritten wieder in sein Blickfeld. Fast hätte Andrej ihn nicht erkannt.

Sharif war nicht mehr Sharif. Wenigstens nicht mehr der Sharif, den er gekannt hatte.

Statt der schwarzen Kleidung der Machdiji und Janitscharen trug er jetzt einen prachtvollen, weiß und golden gestreiften Mantel über einem seidenen Hemd und weißen, ebenfalls seidenen Hosen, zu denen die staubigen Stiefel nicht so recht passen wollten. Lächelnd blieb er über Andrej stehen und amüsierte sich ganz unverhohlen über dessen Fassungslosigkeit, bevor er die Hand hob, woraufhin ein weiterer Mann in einem schwarzen Mantel hinter ihn trat und ihm den schwarzen Turban abnahm. Ein zweiter, ebenfalls schwarz gekleideter Krieger setzte Sharif einen prachtvollen goldfarbenen Turban auf, an dem ein mehr als daumennagelgroßer blutfarbener Rubin funkelte.

Andrej starrte ihn an. Für einen Moment vergaß er sogar das rostige Eisen, das in seine Hand- und Fußgelenke biss.

»Du hast gerade gesagt, dass du meine Worte als Kompliment auffasst«, sagte Sharif lächelnd. »Aber dasselbe gilt auch für mich, wenn ich in dein Gesicht sehe, Unsterblicher. Ich glaube nicht, dass es vielen Männern gelingt, jemanden wie dich zu verblüffen.«

»*Verblüffen* ist vielleicht nicht ganz das richtige Wort«, antwortete Andrej langsam.

Sharif lächelte noch breiter, überprüfte den festen Sitz seines Turbans mit beiden Händen und streckte dann geziert die Arme nach rechts und links, woraufhin die beiden Krieger eilfertig damit begannen, seine Finger mit schweren goldenen und edelsteinbesetzten Ringen zu dekorieren.

»Habe ich eigentlich schon erwähnt, dass ich es liebe, Pläne in Plänen zu verbergen?«, fragte Sultan Süleyman der Zweite amüsiert. »In der Tat gibt es kaum ein befriedigenderes Gefühl als das, einen solchen Plan dann auch tatsächlich aufgehen zu sehen.«

Er begutachtete das Werk seiner beiden Männer, deutete ein zufriedenes Nicken an und klatschte schließlich in die Hände. Die beiden Männer hinter ihm rührten sich nicht, doch weitere Krieger kamen herein und brachten Lampen und Kissen, kostbar bestickte Stoffe und Decken und allerlei andere Gegenstände, mit denen sie den ärmlichen Raum mit einer an Zauberei grenzenden Schnelligkeit in etwas verwandelten, das Ähnlichkeit mit Süleymans Thronsaal im Topkapi-Palast hatte – wenn man von den schmutzigen Wänden und dem Gestank absah. Immerhin verstand Andrej jetzt, warum ihm einer der Männer, die er in der Nacht im Wüstenfort getroffen hatte, so bekannt vorgekommen war. Er hatte ihn tatsächlich schon einmal gesehen, in einer prachtvollen Uniform und besser bewaffnet in Süleymans Thronsaal.

»Mit wem habe ich eigentlich in Konstantinopel gesprochen?«, fragte er.

»Mit Kadar, einem meiner ältesten und vertrauenswürdigsten Diener«, antwortete Sharif. Süleyman. Es gelang Andrej immer noch nicht, ihn auch nur in Gedanken bei seinem richtigen Namen zu nennen.

»Ich nehme an, du hast es ihm vergolten, indem du ihm die Kehle hast durchschneiden lassen?«

Süleyman machte ein betroffenes Gesicht. »Bei Allah, Andrej, wofür hältst du mich?«

»Willst du das wirklich wissen?«, fragte Andrej.

»Nein«, antwortete Süleyman lächelnd. »Ich weiß, wie die Menschen über mich reden, und auch wenn mich dieser falsche Eindruck wirklich schmerzt, den so viele von mir haben, kann ich ihn doch beinahe verstehen. Den meisten fehlt eben der Blick für die großen Zusammenhänge und natürlich die Einsicht, dass der Einzelne manchmal Opfer für das Ganze bringen muss. Ich hatte nur gehofft, dass du vielleicht zu diesen wenigen gehörst. Immerhin bist du es doch gewohnt, in größeren Maßstäben zu denken.«

Andrej dachte an eine alte Frau, deren Familie ausgelöscht worden war und der man die Augen ausgebrannt hatte und schwieg. Süleyman sah ihn abwartend an, zuckte dann mit den Schultern und ging schließlich zu dem gewaltigen Diwan, den seine Männer für ihn hereingetragen hatten, und ließ sich mit untergeschlagenen Beinen darauf nieder. Einer eilte herbei und stellte ein zierliches Tischchen mit einer ziselierten runden Metallplatte vor ihm ab, ein anderer brachte Wein und eine silberne Schale mit Obst. Und Datteln selbstverständlich.

»Es ist noch nicht dunkel«, sagte Andrej. Süleyman blickte fragend, und Andrej nickte zu dem goldenen Pokal, den er in der rechten Hand hielt. »Allah könnte sehen, dass du gegen das Wort des Propheten verstößt, Sultan. Hast du denn gar keine Angst um dein Seelenheil?«

Tatsächlich machte Süleyman ein betroffenes Gesicht, sah erst den Weinbecher in seiner Hand, danach die schäbige Decke über ihren Köpfen an. Dann nahm er einen kräftigen Schluck. »Wir sind ja nicht unter freiem Himmel, und ein so viel beschäftigter Mann wie Allah hat sicher Besseres zu tun, als in jedes Fenster zu blicken«, sagte er. »Und wenn doch, dann gebe ich dir die Schuld und behaupte, du hättest mich mit der Magie der Ungläubigen verzaubert.«

»Versündige dich nicht, Vater!«, sagte Murida erschrocken.

Süleyman nippte an seinem Becher und lächelte. »Da siehst du, was dein schlechter Einfluss anrichtet, Andrej. Selbst meine Tochter hört sich schon an wie einer von euren Pfaffen.«

Er trank einen weiteren und größeren Schluck Wein und stellte den Becher dann mit einer gezierten Bewegung auf das Tischchen zurück. »Aber du hast natürlich recht, Murida«, sagte er. »Solche Bemerkungen geziemen sich nicht. Bitte verzeih!« Er streckte die Hand aus. »Komm zu mir, meine Tochter!«

Murida reagierte nicht sofort, und auch, als sie sich schließlich von ihrem Lumpenlager erhob und zu ihm ging, geschah es eindeutig widerwillig. Sie gehorchte, weil sie es musste. Nicht, weil sie es wollte. Zögernd und so weit von ihrem Vater entfernt, wie es auf dem großen Diwan überhaupt möglich war, wollte sie sich setzen, doch Süleyman winkte sie mit einer herrischen Bewegung näher heran und legte ihr den Arm um die Schulter. Murida schauderte.

»Und um deine Neugier zu befriedigen, Ungläubiger«, fuhr Süleyman fort, »mein treuer Diener Kadar wird selbstverständlich so fürstlich entlohnt, wie es ihm zukommt, und er wird auch noch weiter zuverlässig meinen Platz einnehmen, solange der Sultan … anderweitig beschäftigt ist.«

»Dann hat es auch nie einen Hauptmann Sharif gegeben«, vermutete Andrej.

Süleyman schüttelte heftig den Kopf. »Selbstverständlich hat es ihn gegeben«, antwortete er. »Für seine Janitscharen und alle Feinde des Sultans war er sehr real, glaub mir … und für deinen Freund und dich doch auch, oder?«

»Warum diese ganze Scharade?«, fragte Andrej. Er sah immer noch Murida an. »Nur um deine Untertanen auszuspionieren?«

Süleymans Reaktion bestand in einem amüsierten Nicken, aber auch einem kurzen Aufflammen mörderischer Wut in seinen dunklen Augen, das jedoch beinahe sofort wieder verschwand. Andrej gemahnte sich dennoch – und nicht zum ersten Mal – zur Vorsicht. Er hatte Sharif als einen Mann von schon fast unmenschlicher Selbstbeherrschung kennengelernt, doch vor ihm saß nicht mehr Sharif, sondern Sultan Süleyman der Zweite, und er fragte sich allen Ernstes, ob er vielleicht mehr als nur seine Kleidung gewechselt hatte. Es war, als hätte Sharif zusammen mit seinem schwarzen Mantel auch einen Teil seiner Persönlichkeit abgelegt und gegen etwas anderes und viel Unberechenbareres getauscht.

»Hauptmann Sharif und seine gefürchteten Janitscharen werden von diesem Feldzug nicht zurückkehren, fürchte ich. Ein schlimmer Verlust für den Sultan, denn immerhin war er einer seiner treuesten Männer … auch wenn sein unnötig brutales Vorgehen wohl dazu führen wird, dass sich noch mehr Verräter ganz offen um den Machdi scharen werden. Aber ihr Opfer war nicht umsonst. Ich werde ihn in ehrenvoller Erinnerung behalten.«

Andrej ignorierte ihn. Er sah weiter Murida an. »Und du?«, fragte er. »War das alles hier von Anfang an –?«

»Ich habe dir schon einmal gesagt, dass sie keine Schuld trifft«, fiel ihm Süleyman ins Wort. »Sie ist eine gehorsame Tochter, die das tut, was ihr Vater von ihr verlangt, aber das ist auch schon alles, was du ihr vorwerfen kannst! Noch eine solche Unverschämtheit, und ich lasse dir die Zunge herausreißen!«

»Dann erklär es mir«, sagte Andrej. Er war nicht wirklich beunruhigt. Wenn Süleyman seinen Tod gewollt hätte, dann würden sie dieses Gespräch jetzt schon nicht mehr führen. Die Frage war vielleicht eher, ob es ihn nicht beunruhigen sollte, *dass* er noch am Leben war.

»Den Machdi?« Süleyman zuckte so heftig mit den Schultern, dass er etwas von seinem Wein verschüttete. Das meiste landete auf dem schmutzigen Boden oder besudelte sein kostbares Gewand, aber einige Tropfen liefen über seinen Handrücken und zogen eine dünne blutfarbene Spur. »Es ist nicht ganz so, wie Sharif es dir gesagt hat, fürchte ich. Ich würde gerne für mich in Anspruch nehmen, den Machdi erfunden zu haben, aber das wäre nicht die Wahrheit.«

»Dann hat es ihn also wirklich gegeben, und du hast ihn umgebracht«, vermutete Andrej.

»Mein treuer Freund Sharif hat ihn aufgespürt, schon vor Jahren«, antwortete Süleyman heiter. Behutsam stellte er den Pokal ab, betrachtete stirnrunzelnd die rote Spur auf seiner Hand und wollte sie wegwischen, doch Murida kam ihm zuvor, indem sie rasch nach seinem Arm griff und seine Hand mit einem Zipfel ihres eigenen Gewandes behutsam zu säubern begann. Andrej gefiel nicht, was sie tat. Und *wie* sie es tat. »Er war ein Dummkopf. Ein kluger Mann, der um die Macht der Worte wusste und sie auch zu nutzen verstand, aber zugleich auch ein Dummkopf. Eine Kombination, die man öfter antrifft, als man meinen möchte. Es ist Sharif nicht wirklich schwergefallen, ihn aufzuspüren.«

Andrej hörte zwar aufmerksam zu, beobachtete zugleich aber auch das Mädchen. Sie hielt Süleymans Hand noch immer fest, obwohl sie sie längst gereinigt hatte, und da … war etwas in ihren Augen. Etwas Düsteres und Verlangendes. Er hatte darum gefleht, es nicht zu sehen, aber nun war es da.

»Er und seine Mitverschwörer wurden getötet, wie es Verrätern zusteht«, fuhr Süleyman fort. »Doch wie sich zeigte, war er tatsächlich ein sehr kluger Mann. Und vorsichtig. Kaum jemand wusste, wer er wirklich war, aber die Legende des geheimnisvollen Machdi, der gekommen war, um den Tyrannen zu stürzen, war bereits geboren.«

Er seufzte, zog seine Hand zurück und wirkte irritiert, als er sie fast gewaltsam losreißen musste. Vielleicht hatte er auch etwas in Muridas Augen gesehen, was ihn erschreckte. »Manchmal frage ich mich, was wohl aus ihm geworden wäre, hätte Sharif ihn damals nicht ausfindig gemacht.«

»Also hast du seine Rolle angenommen.« Andrej fragte sich, in wie viele verschiedene Verkleidungen er wohl schon geschlüpft war und wie viele Leben er zerstört hatte, nur weil ihm danach war.

»In aller Bescheidenheit glaube ich, dass es wohl einer meiner brillantesten Schachzüge war«, bestätigte Süleyman. »Warum nach meinen Feinden suchen, wenn ich sie zu mir kommen lassen kann? Der bedauernswerte Sharif wird wohl nie wieder zurückkehren, aber ich nehme an, dass er seinem Sultan umfangreiche Aufzeichnungen hinterlassen hat, in denen er die Namen der allermeisten Verräter finden wird …«

»Damit du sie auch noch umbringen kannst?«

Zorn flammte in Süleymans Augen auf. Er beherrschte sich, aber es kostete ihn sichtlich mehr Mühe. »Krieg ist immer eine hässliche Sache«, antwortete er. »Gleich, ob ein Volk nun gegen ein anderes um seine Freiheit kämpft oder aufgehetzt wurde, um sich gegen seinen eigenen Herrn zu erheben.«

Noch dazu, wenn es von genau diesem Herrn selbst gegen ihn aufgehetzt wurde, dachte Andrej. Doch so monströs diese Vorstellung auch sein mochte, musste er doch zugeben, dass Süleymans Plan vermutlich aufgehen würde. Er hatte es mit eigenen Augen gesehen. Indem er selbst in die Rolle seines größten Feindes schlüpfte, sammelte er nicht nur seine wahren Feinde um sich, sondern brachte sie auch dazu, ihm ihre größten Geheimnisse anzuvertrauen und sich und ihre Familien selbst ans Messer zu liefern. Was Abu Dun und er in Konstantinopel erlebt hatten, war nichts gegen das, was kommen würde, sobald Süleyman zurück war und wieder selbst auf seinem Thron saß. Die Stadt würde in einem Meer von Blut ertrinken und danach vielleicht das ganze Land. Und wenn Sharifs monströser Plan aufging, vielleicht die ganze Welt.

Und es sah nicht so aus, als stünde es noch in seiner Macht, irgendetwas dagegen zu tun.

»Warum erzählst du mir das alles, Sultan?«, fragte er. »Willst du mich noch ein bisschen verspotten, bevor du mich umbringen lässt?«

»Umbringen?« Süleyman blinzelte. Er sah ehrlich überrascht aus. »Aber wie kommst du denn auf den Gedanken, dass ich dich umbringen will?«

»Gar nicht«, antwortete Andrej. »Ich hätte eher damit gerechnet, dass du das einem deiner Männer überlässt.«

»Deine Zunge ist fast so scharf wie dein Schwert«, sagte Süleyman anerkennend, »aber das habe ich schon gewusst, bevor ich dich und deinen nubischen Freund kennengelernt habe.«

Er stand auf, wobei er Muridas Hände fast gewaltsam abstreifen musste. »Ganz im Gegenteil, Andrej. Auch wenn es im Moment vielleicht nicht den Anschein haben mag, hoffe ich immer noch, dass ich deine Freundschaft erringen kann.«

»Ich nehme an, du wirst mir ein Angebot machen, das ich nicht ausschlagen kann«, sagte Andrej. »Lasst mich raten: Ich werde schmerzlos getötet statt bei lebendigem Leibe verbrannt?«

Dieses Mal gelang es ihm nicht, Süleyman aus der Reserve zu locken. Er nahm nur einen weiteren Schluck Wein, strich seiner Tochter flüchtig über den Kopf und runzelte die Stirn, als sie vor seiner Berührung zurückschrak. Er ging jedoch mit keinem Wort darauf ein, sondern bedeutete einem Mann hinter Andrej, ihn auf die Füße zu zerren – eine Aufforderung, der er mit ebenso großer Begeisterung wie mangelndem Zartgefühl nachkam.

»Ich möchte dir tatsächlich einen Vorschlag machen, Andrej«, sagte er. »Und es steht dir frei, ihn abzulehnen. Begleite mich nach draußen. Und du«, fügte er an Murida gewandt hinzu, »wartest bitte hier und ruhst dich ein wenig aus. Es wird nicht lange dauern.«

Er wiederholte seine auffordernde Geste, und derselbe Mann, der Andrej so unsanft auf die Beine gezogen hatte, ging neben ihm in die Knie und löste seine Fußfesseln, wobei er sich selbstverständlich die Gelegenheit nicht entgehen ließ, ihm einen derben Stoß zwischen die Schulterblätter zu versetzen, der ihn aus dem Haus stolpern ließ.

Draußen war es heller geworden, und die Hitze hatte eine Intensität erreicht, die ihm fast den Atem nahm. Er spannte sich, denn er rechnete damit, im nächsten Augenblick von einem tödlichen Hieb getroffen zu werden. Sein Begleiter beließ es jedoch bei einem weiteren harten Stoß. Den dritten sparte er sich, als Süleyman einen unwilligen Laut von sich gab.

»Vergib ihm, Andrej«, sagte Süleyman. »Es sind gute Männer. Treue Männer. Aber wie alle guten und treuen Männer neigt er manchmal ein wenig zum Übereifer.«

»Du wolltest mir etwas sagen«, erinnerte Andrej. Er blinzelte ein paarmal und schnell hintereinander, damit sich seine Augen an die veränderten Lichtverhältnisse gewöhnten. Er sah schwarz gekleidete Männer am Ufer des kleinen Sees und zwei weitere bei dem Dutzend Kamelen, das in einiger Entfernung angebunden war. Er erkannte sie wieder. Es waren die Männer, die er in der Nacht im Wüstenfort gesehen hatte, und an einige der anderen meinte er sich zumindest aus Süleymans Thronsaal in Konstantinopel zu erinnern.

»Ja, das wollte ich.« Süleyman scheuchte den Janitschar mit einer unwilligen Handbewegung weg und bedeutete ihm dann, ihm zum Ufer zu folgen.

»Ich kann sehr gut verstehen, wenn du mir jetzt misstraust«, begann er. »Ich an deiner Stelle würde nicht anders reagieren.«

»Wie kommst du nur darauf?«, fragte Andrej spöttisch und hob seine gefesselten Hände, sodass die eiserne Kette klirrte.

»Oh, das?« Süleyman lächelte knapp. »Nimm es mir nicht übel, Andrej, aber ich bin nicht so dumm, dir ohne gewisse … Vorsichtsmaßnahmen gegenüberzutreten.»

»Ich kann dich auch mit gefesselten Händen töten.«

»Ich weiß. Aber lass mir doch diese kleine Illusion.«

Sie gingen weiter. Süleyman winkte auch die Männer am Ufer unwillig fort, ließ sich in die Hocke sinken und schöpfte eine Handvoll Wasser, um einen Schluck zu trinken. »Es ist schon erstaunlich, nicht?«, sagte er, während er die wenigen letzten Tropfen auf den Wüstenboden fallen ließ, der sie augenblicklich aufsog. »Dies ist ein mächtiges Land, auch wenn man es hier nicht sehen mag. Vielleicht noch immer eines der mächtigsten der Welt, und ich bin ein mächtiger Mann. Ich gebiete über Städte und ganze Heere, wenn ich es will … und doch würde nichts von alledem existieren, ohne etwas, was wir mit Füßen treten und das uns durch die Finger rinnt, wenn wir nicht aufpassen.«

»So ist es oft«, antwortete Andrej.

»Ja, manchmal sind es die kleinsten Dinge, die die größten bewegen«, bestätigte Süleyman. »So wie du, Andrej.« Er hob die Schultern. »Und vielleicht ich, wenn Allah es will.«

»Du bist zu bescheiden, Sultan«, antwortete Andrej.

»Keineswegs«, erwiderte Süleyman. »Ich weiß, wer ich bin und was ich schon bewirkt habe und noch bewirken kann. Und ich würde es gerne mit deiner Hilfe tun.«

»Ich dachte, du kennst mich.«

»Ich habe eine Menge über dich gehört«, bestätigte Süleyman, »und genau deshalb führen wir dieses Gespräch überhaupt. Wäre es nicht so, dann würde ich dir jetzt dabei zusehen, wie du im Wüstensand verblutest.«

»Du weißt wirklich, wie man Freundschaften erringt«, spottete Andrej.

»Ich wollte nur ehrlich sein«, gab Süleyman ungerührt zurück. »Aber ich wollte dir einen Vorschlag machen. Dazu muss ich dir erklären, warum ich das tue. Ich bin nicht dumm. Ich weiß, was jetzt in dir vorgeht, und ich weiß, was ich an deiner Stelle denken würde. Und tun.« Er hob die Hand, als Andrej widersprechen wollte. »Und ich weiß, was meine Tochter für dich empfindet. Empfindest du dasselbe für sie?«

»Wenn es so wäre, dann wärst du jetzt wahrscheinlich schon tot«, antwortete Andrej ernst.

»Weil du glaubst, ich hätte sie in Gefahr gebracht.«

»Das ist auch eine Art, es auszudrücken«, sagte Andrej böse. »Ja.«

»Aber so war es nicht«, beteuerte Süleyman. »Es war genau so, wie ich es dir gesagt habe. Glaub es mir, oder lass es bleiben, aber so ist es. Ich wollte nicht, dass es so kommt. Ich habe den Machdi gespielt, und vielleicht war ich zu gut in meiner Rolle. Als ich erfahren habe, was sie tat, war es zu spät. Ich wollte nicht, dass sie zu den Machdiji geht, und ich wollte ganz bestimmt nicht, dass sie dieses verdammte Kat nimmt!«

»Und du wolltest ihr auch nicht verraten, wie sie sich davon befreit. »

»Nein«, antwortete Süleyman. »Weil es keine Rettung gibt! Niemand, der einmal von diesem verdammten Zeug gekostet hat, kommt jemals wieder davon los. Dein Freund nicht, die Machdiji nicht und meine Tochter auch nicht! Ich habe sie zum Tode verurteilt, als ich zugelassen habe, dass sie sich mit den Machdiji einlässt. Kannst du mir wirklich verdenken, dass du meine letzte Hoffnung warst und dass ich alles getan habe, was nötig war, um sie zu retten?«

»Du hast keine Ahnung, was du ihr angetan hast«, sagte Andrej.

»Du irrst dich, Unsterblicher«, antwortete Süleyman. »Ich weiß, wer du bist, und ich weiß auch, *was* du bist, und das schon lange. Glaubst du, es wäre ein Zufall, dass ihr nach Konstantinopel gekommen seid?«

»Nein«, antwortete Andrej. »Es war ein Schiff.«

»Dessen Kapitän ich bezahlt habe, schon bevor dein Freund und du in Venedig an Bord gegangen seid«, fügte Süleyman hinzu. »Ich weiß, was zwischen dir und diesem Mädchen war, das auf Murano verbrannt ist, und auch dass die *Signori di Notte* hinter euch her waren wie der Teufel hinter den armen Seelen.« Er lachte hart. »Glaubst du wirklich, es war Zufall, dass ausgerechnet in diesem

Moment ein Schiff im Hafen lag, dessen Kapitän so dringend Matrosen brauchte, dass er keine lästigen Fragen gestellt hat?«

»Du hast Abu Dun und mich beobachten lassen?« fragte Andrej.

»Und andere wie euch«, bestätigte Süleyman. »Schon seit Jahren. Aber meine Wahl ist auf euch gefallen.«

»Warum?«

Süleyman drehte sich halb herum und sah eine geraume Weile in die Wüste hinaus. »Dies war einmal ein mächtiges Land, Andrej«, sagte er wie zu sich selbst. »Das gewaltigste Reich, das es jemals auf dieser Welt gegeben hat, regiert von Männern und Frauen, die sich selbst für Götter gehalten haben.«

»Ich glaube das hast du schon einmal erwähnt«, sagte Andrej.

Süleyman nickte. »Habe ich auch schon erwähnt, dass ich es glaube?«

Andrej musste plötzlich wieder an die unheimlichen Statuen denken, die sie in dem unterirdischen Tempel gesehen hatten. Und die Präsenz, die er dort gespürt hatte.

»Nicht alles, was Hauptmann Sharif dir erzählt hat, war gelogen, Andrej«, fuhr Süleyman fort. »Ich habe mich schon immer für die Geschichte dieses Landes interessiert, und für seine Vergangenheit und die Alten Könige.« Er lächelte flüchtig. »Ich hatte viel Zeit, mich um solcherlei Dinge zu kümmern, bevor sich meine Brüder entschlossen haben, mir doch den Thron zu überlassen, der mir von Rechts wegen von Anfang an zugestanden hat. Damals habe ich sie dafür gehasst. Ich dachte, sie hätten mir all diese Jahre gestohlen, in denen ich gefangen war … aber nun bin ich nicht mehr sicher, ob es nicht im Gegenteil sogar ein Glück gewesen ist. Ich hatte sehr viel Zeit, mich mit der Geschichte des Pharaonenreiches zu beschäftigen. Vielleicht habe ich mehr über sie erfahren als jeder andere zuvor.«

»Und was sollte das sein?«, fragte Andrej.

»Ich glaube, dass sie wie du waren«, antwortete Süleyman. »Männer und Frauen und auch noch … andere, die waren wie dein Freund und andere deiner Art. Wusstest du, dass man sagt, Ramses der Große hätte das ägyptische Reich mehr als zweihundert Jahre lang regiert?«

Andrej meinte, dieselbe Behauptung sogar schon aus Sharifs Mund gehört zu haben, reagierte aber nur mit einem abwesenden Kopfschütteln. Viel mehr als diese Absonderlichkeit – wenn sie denn wahr sein sollte – interessierte ihn die Frage, was Süleyman mit Männer und Frauen und *anderen* gemeint haben mochte. Aber dann dachte er auch wieder an die Skulpturen in dem Grab und war mit einem Male ganz und gar nicht mehr sicher, ob er die Antwort überhaupt wissen wollte.

»Am Anfang dachte ich dasselbe wie die meisten anderen«, fuhr Süleyman fort. »Aber ich habe viel herausgefunden, vielleicht mehr als die meisten anderen, und mir sind mehr und mehr Zweifel gekommen. Was, wenn es nicht nur Legenden waren? Wenn sie sich nicht nur für Götter ausgegeben haben, sondern Götter *waren*, unsterbliche Wesen, die nie altern und kaum zu töten sind?«

»Ein interessanter Gedanke«, sagte Andrej vorsichtig.

»Es ist mehr als das«, behauptete Süleyman. »Ich habe alles gelesen, was es über dieses Thema zu lesen gibt und mit jedem gesprochen, der etwas zu wissen behauptet hat. Das meiste war Unsinn. Aber es war eben auch ein wenig Wahrheit darin.«

Jetzt sah er Andrej an, als erwartete er eine ganz bestimmte Reaktion auf diese Eröffnung. Andrej wusste auch, welche. Aber er schwieg, und Süleyman fuhr fort: »Ich will dich nicht mit den Einzelheiten langweilen, schon weil es wahrscheinlich ebenso lange dauern würde, wie ich über uralten Pergamenten gesessen und mit fast ebenso alten verrückten Scharlatanen und selbst ernannten Propheten verbracht habe. Aber all diese Monate und Jahre haben sich am Ende gelohnt.«

»Du hast dich entschieden, selbst der nächste Pharao zu werden«, vermutete Andrej.

Süleyman lächelte, aber er verneinte diese Unterstellung auch nicht. »Ich habe genug herausgefunden, um am Ende zu der Überzeugung zu gelangen, dass sie tatsächlich unsterblich waren – oder doch zumindest so langlebig und stark, dass es ihren Untergebenen so vorkommen musste –, und ich habe mich gefragt, wie so etwas sein kann.« Er schöpfte eine weitere Handvoll Wasser, trank aber nicht, sondern ließ es nur langsam durch die Finger rinnen. »Ich habe viel erfahren, Andrej Delãny. Du wärst erstaunt, was die Menschen alles versuchen, um Unsterblichkeit zu erlangen.«

»Nein«, sagte Andrej. *»Du* wärst erstaunt, wenn du es wüsstest.«

Sharif lächelte. »Ja, natürlich. Beinahe hätte ich vergessen, mit wem ich rede.« Er drehte sich wieder ganz zu ihm um und wischte sich die Hand an seinem kostbaren Mantel ab. »Dennoch habe ich mehr über dieses Thema herausgefunden als jeder andere auf der Welt, deinen schwarzen Freund und dich vielleicht ausgenommen. Manches davon war grotesk, vieles gefährlich ... aber es gibt durchaus Wege, die Erfolg versprechend erscheinen.«

»Glaub mir«, antwortete Andrej, »die allermeisten sind nur eines: tödlich.«

»Die Menschen werfen ihre Leben nur zu bereitwillig für die winzigste Chance weg, sie nur um ein paar Jahre zu verlängern«, bestätigte Süleyman. »Sie sind so dumm, ich weiß. Und dennoch war ich überzeugt davon, dass es einen Weg geben muss, diesen ältesten und vermessendsten Traum der Menschen zu erfüllen. Kat erschien mir ein vielversprechender Weg. Nicht irgendein

Kat, sondern solches, das mit einer ganz bestimmten Tinktur behandelt wird, deren Rezept aus einem geheimen Buch der alten Pharaonen stammt. Ich habe damit experimentiert, aber du weißt ja, wie es geendet hat.«

»Wie viele Menschen hast du dabei umgebracht?«, fragte Andrej.

»Vermutlich sehr viel weniger als du«, antwortete Süleyman. »Aber du hast recht, Andrej: Irgendwann habe ich erkannt, wie nützlich dieses spezielle Kat ist, dass es mich meinem eigentlichen Ziel aber keinen Schritt näher bringt.«

Andrej wollte etwas sagen, doch da kratzte etwas wie mit dürren Knochenfingern an seinem Bewusstsein, ganz sacht nur, aber unendlich vertraut. Die Nähe eines anderen Unsterblichen, die er so sicher spürte, wie ein verirrtes Schaf seine Mutter inmitten einer Herde Tausender ausfindig macht. Beinahe hätte er erleichtert aufgeatmet, denn es gab in diesem Teil der Welt nur einen weiteren Unsterblichen ... aber sein Irrtum wurde ihm gerade noch rechtzeitig klar. Es war nicht Abu Dun, dessen Anwesenheit er fühlte. Die Verwandlung war abgeschlossen, und es gab nun eine weitere Unsterbliche. Mit einem Gefühl leiser Trauer fragte er sich, ob es nun auch ein weiteres Ungeheuer gab.

»Tatsächlich war ich nahe daran, meine Forschungen aufzugeben«, fuhr Süleyman fort. »Zumal sich die Umstände inzwischen geändert hatten und ich endlich den Platz innehatte, der mir zustand. Aber dann habe ich von euch gehört – nicht von Abu Dun und dir, aber von Männern wie euch, die sich so mühelos und unbemerkt durch die Jahrhunderte bewegen wie ein Dieb durch die Nacht ...« Er seufzte. Es klang fast traurig. »Den Rest der Geschichte kennst du.«

Andrej kannte den Rest der Geschichte, aber es fiel ihm schwer zu glauben, dass Süleyman wirklich so dumm sein sollte. »Du kannst das nicht wirklich glauben!«, sagte er fassungslos.

Süleyman spielte den Überraschten. »Was?«

»Dass ich dir helfe! Dass ich dir zeige, wie du dein Ziel erreichst! Die Welt ist auch so schon schlimm genug, ohne einen unsterblichen Irren auf dem Thron von Konstantinopel!«

Süleyman nahm die Beleidigung fast belustigt hin. »Nein, ich kann mir nicht vorstellen, dass du das tust … obwohl ich es mir gewünscht hätte, ganz ehrlich. Und warum eigentlich nicht? Stell es dir nur für einen Moment vor, Andrej: Du mit deinem Wissen um so viele Dinge, von denen niemand sonst weiß, und ich mit meiner Macht und all meinen Soldaten … wir könnten die Welt zu einem besseren Ort machen, als er jemals war. Ich weiß, du hältst mich für ein Ungeheuer, aber das bin ich nicht. Ich weiß nur, dass es manchmal erst schlimmer werden muss, bevor es besser wird.«

Andrej fand es überflüssig, darauf zu antworten.

»Du könntest mein Gewissen sein und darauf achten, dass es nicht zu schlimm wird«, drängte Süleyman. Als er wieder keine Antwort bekam, seufzte er enttäuscht und wechselte die Taktik. »Wenn du es nicht meinetwegen tun willst, oder um noch ein wenig am Leben zu bleiben, dann Murida zuliebe, Andrej. Du hast gesagt, dass sie dir etwas bedeutet. Wenn das keine Lüge war, dann hilf ihr. Du weißt, was auf sie zukommt. Für sie ist das alles neu und erschreckend, und sie wird Fehler machen, vielleicht sogar in Gefahr geraten. Du hast ihr einmal das Leben gerettet. Jetzt hilf ihr auch, mit diesem Leben zurande zu kommen. Das bist du ihr schuldig!«

»Sie wird alles von selbst herausfinden«, antwortete Andrej.

»Aber sie wird leiden. Sie wird Fehler machen, vielleicht

schlimme Fehler. Sie wird anderen und sich selbst Schaden zufügen! Pass ein wenig auf sie auf, und hilf ihr mit diesem neuen Leben. Das ist alles, was ich von dir verlange.«

»Und dafür lässt du mich am Leben?«, fragte Andrej.

»Und ich bekäme die Gelegenheit, dich vielleicht doch noch zu überzeugen«, fuhr Süleyman unbeeindruckt fort.

Andrej schüttelte den Kopf. »Du wirst sterben, Süleyman. Du hast nicht die mindeste Ahnung, worauf du dich da eingelassen hast.«

»Dann erklär es mir!«

»Das wäre vergeudete Zeit«, antwortete Andrej. »Du wirst Konstantinopel nicht wiedersehen. Wenn ich dich nicht töte, dann das, was du in diesen Gräbern geweckt hast. Und wenn nicht das, dann wird Abu Dun es tun.«

»Abu Dun?« Süleyman tat so, als sagte der Name ihm nichts. Dann nickte er sehr langsam. »Du meinst *diesen* Abu Dun?« Er deutete hinter ihn, und Andrej drehte sich herum. Offenbar war es doch Abu Duns Nähe gewesen, die er gespürt hatte.

Kapitel 39

Gleich vier von Süleymans Soldaten hatten Abu Dun vor sich auf die Knie gestoßen und bedrohten ihn mit gezückten Säbeln, und ein fünfter zielte mit einer langläufigen Muskete auf seinen Nacken. Der Nubier war so übel misshandelt worden, dass er sich kaum noch auf den Knien halten konnte, dennoch aber mit stabilen Ketten gefesselt. Sein Gesicht war blutüberströmt und geschwollen, und seine Augen blickten trüb. Andrej war nicht sicher, ob er ihn überhaupt erkannte.

»Ich erhöhe mein Angebot«, sagte Süleyman lächelnd. »Um das Leben eines Unsterblichen. Obwohl … bei seiner Größe müsste man ja eigentlich schon von zweien sprechen.«

Andrej schwieg.

»Nun gut«, seufzte Süleyman, leise und wie zu sich selbst. »Das war ich mir selbst schuldig … und natürlich meiner Tochter.« Mit einer bedächtigen Bewegung setzte er den Turban ab und gab ihm einem der herbeieilenden Männer, ein anderer nahm ihm den Mantel ab. Erst jetzt sah Andrej, dass er darunter einen prachtvollen Schwertgurt trug, aus dessen Scheide der vergoldete Griff eines ganz besonderen Saif ragte.

»Wenn du mich tötest, mache ich dich ganz gewiss nicht unsterblich«, spottete Andrej.

»Und wenn ich dich am Leben lasse, tust du es?«, erkundigte sich Süleyman. Andrej verzog nur geringschätzig die Lippen.

»Ja, das dachte ich mir.« Süleyman zog den Saif und maß Andrej mit einem sehr langen Blick. »Die Sache ist nur die, Andrej, dass ich dich nicht mehr brauche. Ich habe lange überlegt, wie ich dich dazu bringen soll, mich zu einem von euch zu machen. Aber je besser ich dich kennengelernt habe, desto überzeugter war ich, dass es mir nicht gelingen würde. Du bist ein Mann von Ehre und gewissen Prinzipien, habe ich recht? Und ich fürchte, so seltsam es sich auch anhören mag, wenn man ihn sieht, dass dasselbe auch auf deinen Freund zutrifft. Ihr hättet es nie getan.«

Andrej hob die Schultern und spannte möglichst verstohlen die Unterarmmuskeln. Seine Fesseln waren stabil. Aber auch mit gebundenen Händen würde er Süleymans Männern noch eine tödliche Überraschung bereiten. Wenigstens einigen.

»Aber das musst du auch nicht mehr«, fuhr Süleyman mit einem dünnen Lächeln fort. »Meine Tochter wird mir den Wunsch erfüllen, den du mir verwehrst. Sie ist eine gute Tochter. Sie weiß, was sie ihrem Vater schuldig ist.«

Er zog sein Schwert, und Andrej machte sich bereit. Doch der tödliche Hieb, auf den er gefasst war, kam nicht – zumindest nicht gleich. Stattdessen betrachtete Süleyman ihn lauernd und nachdenklich zugleich, aber dann senkte er das Schwert wieder.

»Hast du Angst, deine Tochter könnte dir den Gehorsam verweigern, wenn sie erfährt, dass ihr Vater nichts anderes als ein gemeiner Mörder ist?«, fragte Andrej.

»Du weißt, wie Kinder in diesem Alter sind«, seufzte Süleyman. »Vor allem romantisch …« Er überlegte einen Moment, oder tat wenigstens so, dann nickte er. »Wahrscheinlich stimmt es, was du sagst, und sie würde es mir nie verzeihen, wenn ich dich töten lasse. Aber sie würde es akzeptieren, wenn ich dich in einem fairen Kampf besiege. Vielleicht nicht sofort, aber nach einer Weile.«

Damit gab er einem Mann hinter Andrej einen Wink, woraufhin dieser seinen Säbel zog und ihn Andrej vor die Füße warf.

»Ein fairer Kampf?« Andrej hob die gefesselten Hände. Süleyman überlegte und gab dem Mann hinter ihm dann einen zweiten Wink. Gedeckt von zwei seiner Kameraden, die mit ihren Musketen auf sein Gesicht zielten, nahm er Andrej die Handfesseln ab, zog sich rasch wieder zurück und zeigte auf das Schwert zu seinen Füßen. Andrej rührte sich nicht.

»Ich nehme an, deine Männer werden mich erschießen, sobald ich mich danach bücke«, sagte er.

»Du vertraust mir nicht«, stellte Süleyman fest. »Das kann ich verstehen, auch wenn es mich verletzt. Aber ich gebe dir mein Wort als Sultan, dass sich niemand einmischen wird.« Er hob die Stimme. »Hat das jeder gehört? Niemand wird sich einmischen! Es wird ein fairer Kampf, nur zwischen ihm und mir! Wenn der Ungläubige gewinnt, dann ist er frei und kann seiner Wege gehen und sein Freund auch!«

Andrej zögerte immer noch, wenn auch jetzt aus anderen Gründen. Man konnte viele wenig schmeichelhafte Dinge über Sultan Süleyman den Zweiten sagen, aber dass er dumm wäre, gehörte ganz gewiss nicht dazu. Er war groß und zweifellos außergewöhnlich stark für einen Sterblichen, aber letzten Endes eben doch nicht mehr als genau das: ein Sterblicher. Er konnte nicht so naiv sein und ernsthaft glauben, in einem Kampf Mann gegen Mann eine Chance gegen ihn zu haben.

Und natürlich war er es auch nicht.

Als Andrej sich nach dem Schwert bückte, hörte er sogar noch das Zischen des Pfeils, aber aus einer Entfernung von kaum fünf

Schritten abgeschossen, reichten nicht einmal mehr seine fantastisch schnellen Reaktionen, ihm auszuweichen. Mit einem dumpfen Schlag, den er bis in die letzten Nervenenden seines Körpers spürte, bohrte sich der Pfeil in seine Seite und warf ihn auf die Knie. Nur einen Moment später traf ihn ein zweiter Pfeil in die andere Flanke, und ein drittes Geschoss bohrte sich kaum zwei Finger breit unter dem Herzen in seinen Rücken und warf ihn endgültig zu Boden. Und damit begann es erst. Vielleicht nur für wenige Augenblicke, auch wenn es ihm wie eine Stunde vorkam, schlugen und traten die Männer mit aller Gewalt auf ihn ein, wobei sie allerdings sorgsam darauf achteten, nicht sein Gesicht zu treffen. Dann wurde er grob auf die Füße gezerrt und von starken Händen festgehalten, damit er nicht sofort wieder zusammenbrach.

»Ich bin nicht dumm, Andrej«, sagte Süleyman. Seine Stimme drang dumpf durch das Rauschen in Andrejs Ohren, und es fiel ihm schwer, den Blick auf Süleymans Gesicht zu fokussieren. Sein ganzer Körper war ein einziger pulsierender Krampf, und Schwärze nagte am Rand seines Bewusstseins. Seine Kraft reichte kaum aus, um das Schwert festzuhalten, das ihm einer der Männer in die Hand drückte, und ihm wurde übel. »Ich weiß, wozu du fähig bist. Mein Wort gilt – niemand wird sich in unseren Kampf einmischen, und wenn du gewinnst, bist du frei. Aber so ist das Kräfteverhältnis vielleicht etwas ausgeglichener. Lasst ihn los, und holt meine Tochter!«

Andrej wurde tatsächlich losgelassen, wenn auch erst, nachdem die Männer die abgebrochenen Pfeile aus seinem Fleisch gerissen und ihm einen Mantel um die Schultern gelegt hatten. Ein brutaler Schlag gegen den Kehlkopf nahm ihm nicht nur endgültig den Atem, sondern ließ ihn auch zurücktaumeln und auf die Knie sinken, und diesmal kostete es ihn all seine Kraft, nicht das Bewusstsein zu verlieren. Er meinte Abu Duns Stimme zu vernehmen, verstand aber nicht, was er schrie. Das Scharren von Metall erklang, und eine helle Frauenstimme schrillte, fast hysterisch.

Mit einer verzweifelten Willensanstrengung ergriff er das Schwert mit beiden Händen. Süleyman ließ einen lauten Kampfschrei hören und stürmte heran. Andrej rechnete damit, gleichzeitig auch von seinen Soldaten attackiert zu werden, doch Süleymans Befehl schien ernst gemeint gewesen zu sein: Statt ihn anzugreifen, wichen die Männer rasch zurück und bildeten eine lebende Arena. Beinahe hätte Andrejs Überraschung über diese unerwartete Zurückhaltung schon die Entscheidung gebracht: Süleyman, der größer war als er, ein Stück schwerer und fast so muskulös wie Abu Dun, raste wie ein wütender Stier auf ihn zu und schwang den Saif. Irgendwie gelang es Andrej, den Schlag im letzten Moment zu parieren, doch die pure Wucht der aufeinanderprallenden Klingen lähmte seine ohnehin verkrampften Muskeln und ließ ihn zurück- und gegen die Männer stolpern, die sie umgaben. Starke Hände hielten ihn fest, sonst wäre er zusammengebrochen, und einer der Soldaten fing das Schwert auf, das seinen kraftlosen Fingern entglitt.

»Hört auf!« Er erkannte Muridas Stimme, auch wenn sie sich anhörte, als dränge sie von weit her an sein Ohr. »Vater! Was tust du? Du hast geschworen, dass ihm nichts geschieht!«

Andrej blinzelte, um seinen Blick zu klären, zwang seine Finger, sich wieder um den Schwertgriff zu schließen – die Waffe schien eine Tonne zu wiegen –, und suchte nach Süleyman, darauf gefasst, ihn erneut heranstürmen zu sehen, um es zu Ende zu bringen. Doch der Sultan stand in drei oder vier Schritten Entfernung da und erwartete in halb geduckter Haltung seinen Angriff.

»Das habe ich«, antwortete Süleyman grimmig. »Aber das war, bevor ich begriffen habe, was diese Männer wirklich sind! Und welche Pläne sie tatsächlich verfolgen!«

»Du … hast es versprochen«, beharrte Murida. Ihre Stimme war kaum mehr als ein Flüstern, brüchig und kraftlos wie die einer uralten Frau, die ein langes Leben voller Entbehrungen und Schmerz hinter sich hatte. Zitternd lehnte sie an der steinernen Türeinfassung. Es war nicht zu erkennen, ob der Mann hinter ihr sie nur stützte oder festhielt. Wahrscheinlich beides, dachte Andrej. Murida zitterte. Ihr Haar war glanzlos und von Fieberschweiß zu unansehnlichen Strähnen verklebt, und im hellen Sonnenlicht hier draußen wirkte ihre Haut beinahe grau und das Gesicht ausgezehrt – als hätte die Unsterblichkeit, die sie sich von Andrej erhofft hatte, sie hundert Jahre ihres Lebens gekostet, statt ihr auch nur ein einziges zu geben.

Doch etwas in ihrem Blick erschreckte Andrej zutiefst.

»Du weißt nicht, wer diese Männer wirklich sind«, rief Süleyman grimmig. »Sie sind nicht einmal Menschen! Und was immer er dir auch versprochen haben mag, es war gelogen! *Und jetzt wehr dich, Dämon!«*

Selbst wenn er seinen Angriff dieses Mal nicht angekündigt hätte, wäre es Andrej leichter gefallen, ihn abzuwehren. Alle seine Muskeln waren steif und schmerzten, jeder Nerv in seinem Körper stand in Flammen, und aus den tiefen Pfeilwunden lief noch immer das Blut aus ihm heraus. Die Pfeile mussten vergiftet gewesen sein – aber er war schon schlimmer verletzt worden und hatte gegen stärkere Gegner gekämpft. Es war genau so, wie er es gerade gesagt hatte: Süleyman hatte keine Ahnung, worauf er sich eingelassen hatte.

Andrej schlug sein Schwert zur Seite, trat Süleyman einen halben Schritt entgegen und wich dann zur Seite aus, um ihn an sich vorbeistolpern zu lassen. Dann rammte er ihm den Ellbogen in den Rücken; zwar nur mit einem Bruchteil der Kraft, die er hätte aufbringen können, aber dennoch hart genug, dass er mit ausgebreiteten Armen gegen gleich zwei seiner Männer stolperte und sie mit sich zu Boden riss.

Was Süleyman nur noch wütender machte. Mit einer für einen Mann seiner Größe unglaublich fließenden Rolle war er wieder auf den Füßen, wirbelte herum und stach aus derselben Bewegung heraus nach Andrejs Hals. Der wich dem Angriff mühelos aus und begriff beinahe zu spät, dass es nur eine Finte gewesen war. Süleyman knickte in einer fast unmöglich erscheinenden Bewegung in der Hüfte ein, riss das Knie hoch und stieß den Fuß nach seinem Gesicht. Andrej wich auch dieser Attacke aus, obwohl sie ihn überraschte. Dennoch traf Süleymans Stiefelspitze ihn mit der Wucht eines Hammerschlages an der Schulter. Er taumelte zurück und wäre um ein Haar gefallen. Doch er blieb auf den Beinen und schaffte es sogar, Süleymans nachgesetzten Schwerthieb abzufangen, wurde aber weiter und weiter zurückgetrieben. Nur noch mit Mühe gelang es ihm, den Hagel von Hieben und Tritten abzuwehren.

Vielleicht sollte er sich allmählich doch Sorgen machen. Irgendetwas stimmte nicht mit ihm. Es waren längst nicht nur die Schläge und Tritte, mit denen Süleymans Männer ihn traktiert hatten, um für *ausgeglichene Chancen* zu sorgen. Seine Wunden heilten, und seine Kräfte kehrten zurück, aber es geschah viel zu langsam, und seine Reaktionen waren erbärmlich. Welches Gift auch immer es gewesen war, es machte ihm zu schaffen. Und da Süleyman ein hervorragender Schwertkämpfer und sehr stark war, mochte das bereits schon den entscheidenden Unterschied machen.

Wie um ihm recht zu geben, durchbrach ein weiterer Schwerthieb seine Deckung und fügte ihm eine hässliche Wunde am Oberarm zu. Praktisch gleichzeitig trat Süleyman ihn mit einer Wucht gegen das Knie, die den meisten anderen die Kniescheibe zertrümmert hätte und selbst ihm einen gepressten Schmerzenslaut abnötigte. Ungeschickt humpelte er zurück, parierte Süleymans nächsten Schwerthieb mit Müh und Not und gestand sich widerwillig ein, dass er seinen Gegner ganz offensichtlich unterschätzt hatte. Dass Süleyman ein Tyrann und Wahnsinniger war, schloss nicht automatisch aus, dass er ein außergewöhnlich guter Schwertkämpfer war. Er musste Zeit gewinnen. Sein Körper begann das geheimnisvolle Gift bereits zu neutralisieren, das seine Gedanken verlangsamte und seinen Muskeln die Kraft nahm, aber dazu brauchte er Zeit, und wenn es nur noch wenige weitere Momente waren.

Süleyman gedachte offenbar nicht, sie ihm zu gewähren. Seine Schläge und Tritte kamen nun noch härter und schneller, und Andrej wurde erneut getroffen. Diesmal sank er auf ein Knie. Seine Kraft reichte kaum noch, das Schwert zu heben. Süleyman schlug ihm die Klinge aus der Hand, warf ihn mit einem Fußtritt endgültig nach hinten und holte gerade beidhändig aus, um ihn zu enthaupten, als Murida ihm mit einem schrillen Schrei und solcher Gewalt in den Arm fiel, dass beide zur Seite stolperten und Süleyman nicht nur seine Waffe fallen ließ, sondern nun seinerseits um sein Gleichgewicht kämpfte.

Mit einem raschen Ausfallschritt fand er seine Balance wieder, packte seine Tochter am Arm und riss sie brutal herum.

»Bist du verrückt geworden?«, fuhr er sie an. »Was fällt dir ein?«

»Töte ihn nicht!«, flehte Murida. »Er ist –«

Süleyman schlug ihr den Handrücken so hart ins Gesicht, dass sie zurückstolperte und ihre Unterlippe aufplatzte. »Bringt sie weg!«, befahl er.

Gleich zwei seiner Männer ergriffen das Mädchen bei den Armen und zerrten es davon, und Süleyman bückte sich nach seinem Schwert und hob danach auch Andrejs Waffe auf. Zugleich bedeutete er seinen Männern, ihm auf die Beine zu helfen.

Andrej ließ es zu, dass ihn die Männer grob in die Höhe zerrten, und täuschte einen Schwächeanfall vor, indem er in den Knien einknickte und sich von ihnen auffangen ließ. Flüssiges Feuer rann durch seine Adern und nagte an seinen Kräften, aber er hatte Zeit gewonnen, kostbare Sekunden, in denen er die zersetzende Wirkung des heimtückischen Giftes weiter überwand.

»Ich bin enttäuscht, Unsterblicher«, sagte Süleyman »Nach allem, was ich über euch gehört habe, hätte ich ein wenig mehr erwartet. Oder willst du mir nur meinen Sieg vergällen, indem du es mir zu leicht machst?«

Er warf dem Mann neben Andrej die Waffe zu, die er aufgehoben hatte, und bedeutete dem anderen, ihn vollends aufzurichten. Andrej registrierte mit einiger Schadenfreude, dass der Soldat danebengriff und das Schwert fallen ließ – wieder einige weitere kostbare Augenblicke, die er gewann –, und spielte weiter den Erschöpften, während der Mann hastig in die Hocke ging und den Säbel aufhob.

»Oder spielst du nur den Schwächling und hoffst, mich auf diese Weise übertölpeln zu können?«, fragte Süleyman.

»Wer weiß?«, antwortete Andrej mühsam. Immer noch mehr von dem Mann hinter sich gestützt, als aus eigener Kraft stehend, streckte er den Arm aus. Der Soldat drückte ihm den Schwertgriff in die Hand, und sein Kamerad, der hinter Andrej stand, stieß ihm eine Messerklinge schräg aufwärts in den Rücken.

Sie war so dünn, dass es im ersten Moment nicht einmal besonders wehtat, kaum mehr als ein Nadelstich, der sich seinen Weg durch seine Rippen hindurchbohrte und tiefer in sein Fleisch biss. Im nächsten Augenblick explodierte eine Sonne aus reiner Agonie überall in seinem Körper zugleich. Schwäche zuckte wie eine schwarze Lohe durch seine Gedanken. Er ließ das Schwert zum zweiten Mal fallen, und als er diesmal in den Armen seiner Bewacher zusammensackte, war es nicht gespielt.

»Nein«, sagte Süleyman lächelnd. »Ich glaube nicht, dass du nur so tust.«

Andrej versuchte den Quell der unvorstellbaren Pein in seinem Rücken zu isolieren und aus seinem Bewusstsein zu verbannen, aber selbst dazu fehlte ihm die Kraft. Alles wurde dunkel, und er konnte spüren, wie etwas Uraltes und schrecklich Fremdes von dem Quell der Kraft zu zehren begann, einer haarigen schwarzen Spinne gleich, die ihre Giftzähne in ihre Beute schlägt und sie bei lebendigem Leib aussaugt. Aus einem reinen Reflex heraus stieß er den Ellbogen zurück und traf auch, und hätte er auch nur über einen Bruchteil seiner Stärke verfügt, hätte er den Mann damit getötet. So stieß der nur ein schmerzhaftes Grunzen aus und stolperte einen Schritt nach hinten.

Immerhin riss er dabei den Dolch aus Andrejs Rücken, aber das machte es im allerersten Moment beinahe schlimmer. Der Schmerz verebbte, doch die Schwäche nahm nur noch zu. Er wäre gestürzt, hätte ihn nicht ein weiterer Mann aufgefangen.

Jetzt wurde alles schwarz. Vielleicht verlor er das Bewusstsein, vielleicht auch nicht, doch für eine kleine Ewigkeit war er diesem Zustand so nahe, dass es keinen Unterschied mehr machte. Ein Kind hätte ihn in diesem Augenblick töten können. Süleyman verzichtete darauf. Als die Spinne seine Gedanken wieder freigab und er mehr als Schatten sehen konnte, stand er drei oder vier Schritte vor ihm und hielt den Saif in der linken Hand. Die golden blitzenden Finger der anderen hatte er in Abu Duns Haar gekrallt, um seinen Kopf so weit in den Nacken zu reißen, dass der Nubier kaum noch atmen konnte. Sein Adamsapfel hüpfte wie ein kleines, sterbendes Herz, und Andrej meinte seine Schwäche beinahe sehen zu können, wie eine düstere Aura, die ihn umgab. Die schwarze Spinne nagte auch an Abu Duns Seele. Andrej hätte den schmalen Assassinendolch in der Hand eines seiner Bewacher nicht sehen müssen, um das zu wissen.

»Ich mache dir ein anderes Angebot, Andrej«, sagte Süleyman, »da meiner Tochter ja so viel an dir zu liegen scheint. Ich kann ihr nun mal keinen Wunsch abschlagen … aber wo wir schon beim Thema *abschlagen* sind.« Er hob den Saif höher. »Sag mir, dass ich ihn töten soll, und ich lasse dich am Leben.«

Andrej versuchte aus eigener Kraft zu stehen. Es gelang ihm.

»Er stirbt so oder so«, sagte Süleyman. »Du kannst nur entscheiden, ob ihr beide sterbt oder nur er. Wenn es dir ein Trost ist: Ihr seid gute Freunde, wie ich weiß. Ich bin sicher, er würde sein Leben gerne für dich opfern, so wie du es umgekehrt auch tun würdest.«

Andrej riss sich los, ließ sich langsam in die Hocke sinken, um das Schwert aufzuheben, und richtete sich dann mühsam wieder auf. Süleyman beobachtete ihn aufmerksam und hob das Schwert sogar noch etwas weiter, deutete aber dann nur ein Kopfschütteln an und ließ die Waffe wieder sinken.

»Ganz wie du willst, Andrej. Dann wirst du eben um euer beider Leben kämpfen.« Er lächelte dünn. »Ich habe mich immer gefragt, was es wohl für ein Gefühl ist, einen Unsterblichen zu töten. Jetzt bekomme ich dieses Vergnügen gleich zweimal.« Aus seinem Lächeln wurde ein breites Grienen. »Es muss wohl stimmen, was ihr Abendländer über uns Osmanen sagt: dass wir gute Kaufleute sind. Zwei zum Preis von einem! Wenn das kein gutes Geschäft ist!«

Andrej machte einen Schritt auf ihn zu und versuchte das Schwert zu heben, doch statt zuzuschlagen, fiel er wieder auf ein Knie herab und musste die Klingenspitze in den Boden rammen, um nicht ganz zu fallen. Ihm wurde schwindlig. Die Schmerzen waren fast erloschen, doch er fühlte sich so schwach und hilflos wie ein neugeborenes Baby. Selbst das Schwert erschien ihm zu schwer, um es auch nur zu heben.

Erstaunlicherweise verzichtete Süleyman auch auf diese Gelegenheit, ihn gefahrlos zu töten. Er ließ Abu Dun los (nicht ohne sich davon überzeugt zu haben, dass er weiter zuverlässig von vier Männern gehalten wurde), ergriff den Saif mit beiden Händen und ging in eine stabile Abwehrhaltung, bewegte sich aber keinen Fingerbreit in seine Richtung.

Auch Andrej packte sein Schwert mit beiden Händen – allerdings nur, um sich daran in die Höhe zu stemmen. Süleymans Gestalt verschwamm leicht vor seinen Augen, und Schwäche flutete in Wellen durch seine Glieder, die dem mühsamen Takt seines Herzens folgten. Jede Welle war ein winziges bisschen schwächer als die vorherige, und in den Pausen dazwischen konnte er spüren, wie seine Kraft zurückkehrte, schnell, aber nicht schnell genug. Süleyman sah ihn weiter ebenso spöttisch-herausfordernd wie lauernd an, und plötzlich wurde ihm klar, dass er ganz genau um die Wirkung des Giftes wusste, das in seinen Adern wütete.

Langsam schüttelte er den Kopf. Er hätte den Schwertgriff losgelassen, wäre er ganz sicher gewesen, dann nicht zu stürzen. »Nein.«

»Nein – was?«, fragte Süleyman.

»Du musst mich schon umbringen«, sagte Andrej. »Ich werde dir nicht die Genugtuung gönnen, mich besiegt zu haben.«

Süleyman seufzte enttäuscht. »Und ich fürchte, das meinst du ernst.« Und damit riss er den Saif hoch über den Kopf und sprang auf Andrej zu, um ihn zu enthaupten.

Wie in einer blitzartigen Impression sah Andrej, wie die Mündungsflamme an Abu Duns Ohr und Wange vorbeistrich und eine hässliche Brandspur darauf hinterließ, doch den gequälten Aufschrei des Nubiers hörte er kaum noch. Neben ihm brüllte Süleyman, ein Schrei voller Zorn und Schmerz, der binnen eines einzigen Augenblicks in einen Laut so unvorstellbaren Entsetzens überging, wie Andrej ihn noch nie aus der Kehle eines lebenden Menschen gehört hatte. Alle Schwäche war vergessen, und als er sich mühsam herumdrehte und Süleyman sah, für den Moment selbst die Angst um Abu Dun.

Süleyman lag auf dem Rücken, und was ihn von den Füßen gerissen hatte, hockte auf seiner Brust und drosch mit Fäusten und dolchscharfen Fingernägeln auf ihn ein: ein Ungeheuer, das aus dem schlimmsten aller Albträume erwacht zu sein schien. Ihr Haar flog und knisterte, als wäre es elektrisch geladen, und ihr Gesicht war zu einer Fratze geworden, die umso erschreckender war, weil unter dem Wahnsinn noch immer eine Spur ihrer ehemaligen Schönheit zu erahnen war. Mund und Kinn waren voller Blut und die Zähne rot gefärbt. Das Allerschlimmste waren ihre Augen.

Es waren nicht mehr die eines Menschen. Sie waren schwarz, vollkommen, wie lichtlose Abgründe, in denen ein verzehrendes Feuer aus schwarzen Flammen loderte, die kälter waren als die Hölle. Andrej hatte Angst gehabt, ein Monster zu erschaffen, doch ein einziger Blick in diese grässlichen Augen machte ihm klar, dass sie etwas viel Schlimmeres getan hatten. Andrej konnte nicht sagen, was, und er wollte es auch gar nicht, als hätte etwas in ihm Angst, sich schon allein durch dieses Wissen zu besudeln.

Murida schien seinen Blick gespürt zu haben, denn sie ließ von ihrem Vater ab und drehte mit einem Ruck den Kopf. In ihrem dunklen Blick las er rasende Gier und den unstillbaren Zorn eines Raubtiers, das seinen lange gesuchten Todfeind entdeckt hat und sich nun bereit macht, sich auf ihn zu stürzen und ihn zu zerreißen. Ihre Hand, mit zu Klauen gekrümmten Fingern schon zum tödlichen Hieb auf Süleymans Augen erhoben, zuckte herum und schlug nun nach Andrej. Schwach, wie er war, hatte er keine Chance, ihrem Angriff auszuweichen oder ihn gar abzuwehren.

Er versuchte es trotzdem und spürte selbst, wie erbärmlich langsam er war, doch Süleyman nutzte den winzigen Moment, den Murida abgelenkt gewesen war, um sich unter ihr aufzubäumen und sie mit einer verzweifelten Bewegung von sich herunterzustoßen.

Wenigstens versuchte er es.

Vielleicht war der Schock einfach zu groß, oder er war verletzt. Vielleicht war er auch trotz allem nicht nur der größenwahnsinnige Tyrann und Mörder, sondern immer noch Vater. Gleichwie: Statt ihr die geballte Faust ins Gesicht zu schmettern, änderte er seinen Angriff im allerletzten Moment und hieb ihr nur den Handballen vor die Schulter. Das Ungeheuer hatte noch immer die Hülle einer kaum hundert Pfund schweren jungen Frau, sodass der Schlag sie zurück- und ein Stück weit in die Höhe riss. Süleyman bäumte sich noch weiter auf und schleuderte sie endgültig von sich herunter.

»Packt sie!«, brüllte er. »Haltet sie fest!«

Zwei seiner Männer erwachten tatsächlich aus ihrer Schreckstarre – die ohnehin kaum mehr als eine Sekunde gedauert hatte, genau wie die ganze gespenstische Szene, auch wenn es Andrej wie eine schiere Ewigkeit vorgekommen war – und wollten sich auf sie werfen. Einer von ihnen bezahlte seinen Gehorsam augenblicklich mit dem Leben, als Murida den Arm nach oben stieß und ihm Zeige- und Mittelfinger wie zwei tödliche Dolche durch die Augen und bis ins Gehirn rammte. Der andere sprang mit einem entsetzten Keuchen zurück, stolperte und kippte dann mit einem gepeinigten Kreischen zur Seite, als das Ding, das einmal Murida gewesen war, sein Bein packte und so hart verdrehte, dass es an mindestens drei Stellen gleichzeitig brach.

Und endlich fand auch Andrej in die Wirklichkeit zurück und sei es nur durch die Erkenntnis, dass es noch lange nicht vorbei und er immer noch in Gefahr war. Murida rollte mit einem wütenden Fauchen auf Hände und Knie hoch und schlug erneut nach ihm, und diesmal hätte sie getroffen, hätte ihn nicht eine übermenschlich starke Hand gepackt und so derb nach hinten gerissen, dass ihm die Luft wegblieb. Muridas Klaue riss den Boden da auf, wo einen halben Atemzug zuvor noch sein Gesicht gewesen war. Ihr enttäuschtes Kreischen hatte nichts Menschliches mehr.

Abu Dun zerrte ihn vollends auf die Beine und versetzte ihm zugleich einen Stoß mit seinem Armstumpf, der ihn ein paar Schritte davonstolpern und schon wieder um sein Gleichgewicht kämpfen ließ, aber seine jäh aufgeflammte Hoffnung erlosch sofort wieder, kaum dass er einen Blick in Abu Duns Gesicht geworfen hatte. Die sonst schwarze Haut des Nubiers war grau, und er atmete Schwäche aus wie einen üblen Geruch. Irgendwie war es ihm gelungen, seine Ketten abzustreifen, aber wenn er es überhaupt aus eigener Kraft geschafft hatte und es nicht nur der

Panik seiner Bewacher zuzuschreiben war, dann schien er damit auch noch den allerletzten Rest seiner Energie verbraucht zu haben. Er taumelte so heftig, dass Andrej nicht wusste, ob nicht er den Nubier stützen musste.

Hinter ihnen krachte ein Musketenschuss, kommentiert vom schrillen Wut- und Schmerzensschrei einer Frau und einem anderen, nicht menschlichen Laut.

»Eine Waffe«, japste Abu Dun atemlos. »Ich brauche eine Waffe.«

Tatsächlich sah sich Andrej instinktiv nach einem fallen gelassenen Schwert oder irgendetwas anderem um, das er als Waffe benutzen könnte, schüttelte aber gleich darauf den Kopf. Kämpfen kam nicht infrage. Selbst wenn Abu Dun nicht verletzt und sie beide im Vollbesitz ihrer Kräfte gewesen wären … dem Ungeheuer, zu dem Murida geworden war, wären sie vermutlich nicht gewachsen gewesen.

»Dorthin!« Er machte eine Kopfbewegung auf das Dutzend Kamele, das hinter dem Haus angebunden war, und versuchte schneller zu laufen, aber es ging nicht. Er geriet aus dem Takt und wäre wieder beinahe gestürzt.

Als ein übereifriger Soldat aus Süleymans Garde versuchte sie aufzuhalten, rannte Abu Dun ihn einfach mit seiner Masse über den Haufen – so kam zumindest Andrej zu einem Schwert. Und vielleicht retteten sie dem Mann damit das Leben – zumindest für den Moment –, denn als Andrej im Laufen einen Blick über die Schulter zurückwarf, bot sich ihm ein schier albtraumhaftes Bild: Hinter ihnen tobte ein Kampf auf Leben und Tod, und es schien nicht Murida zu sein, die ihn verlor. Süleyman und drei oder vier seiner Männer lagen bereits am Boden, blutüberströmt und stöhnend, vielleicht auch schon tot, und die übrigen Soldaten versuchten sich mit Schwertern, Musketen und Schilden einen tobenden Dämon vom Leib zu halten, in dem Andrej Murida nur noch erkannte, weil er wusste, dass sie es war. Ihre Kleider hingen in Fetzen und waren verbrannt und nass und schwer vom Blut ihrer Opfer, und sie bewegte sich mit einer Schnelligkeit, die es schwer machte, sie überhaupt noch zu sehen. Anders als die immer noch sieben oder acht Männer, denen sie gegenüberstand, hatte sie keine Waffen. Doch sie brauchte auch keine. Ihre Hände und Finger und Zähne waren selbst zu Waffen geworden, mit denen sie gnadenlos unter den Männern wütete. Gerade als Andrej hinsah, gelang es einem Soldaten, seine Muskete aus allernächster Nähe auf sie abzufeuern. Die Kugel stanzte ein weiteres rundes Brandloch in den zerrissenen Stoff über ihrer Brust und explodierte in einer roten Fontäne zwischen ihren Schulterblättern. Murida revanchierte sich, indem sie dem Mann mit einer fast beiläufigen Bewegung den Kehlkopf herausriss. Andrej traute seinen Augen nicht, als sie sich den blutigen Fleischfetzen in den Mund stopfte und ihn gierig herunterschlang. Er mobilisierte noch einmal alle Kräfte, um die aneinandergebundenen Kamele zu erreichen.

Abu Dun war zu erschöpft und durch seine fehlende Hand gehandicapt, um aus eigener Kraft aufzusteigen. Er musste ihm helfen und opferte noch einmal etliche kostbare Sekunden, um sich davon zu überzeugen, dass sich der Nubier auch im Sattel halten konnte. Erst dann benutzte er das erbeutete Schwert, um die Stricke zu durchtrennen, mit denen die Kamele festgebunden waren, und saß ebenfalls auf.

»Seit wann nehmen wir Reißaus, Hexenmeister?«, sagte Abu Dun mit einer Stimme, deren Zittern ihm den gewünschten Effekt verdarb.

Andrej widerstand dem Impuls, ihm das Schwert hinzuhalten

und viel Glück zu wünschen. Stattdessen griff er nach dem stabilen Zaumzeug des Kamels und zwang das widerstrebende Tier, zusammen mit seinem eigenen loszutraben. Auf der anderen Seite des Hauses krachte ein weiterer Musketenschuss, und wieder erscholl erneut dieser schrille, durch und durch unmenschliche Schrei, der Andrej einen eisigen Schauer über den Rücken jagte.

Abu Dun stemmte sich mit seiner verbliebenen Hand auf dem Kamelhöcker vor sich ab und wollte dann nach dem Zügel greifen, doch Andrej bedeutete ihm mit einem Kopfschütteln, es bleiben zu lassen. »Halt dich lieber fest«, sagte er. »Es kann sein, dass wir ziemlich schnell reiten müssen.«

Hinter ihnen erscholl erneut das grausige Kreischen, und die Kamele fielen ganz von selbst in eine schnellere Gangart. Abu Dun nickte und sagte mit einem schiefen Grinsen und immer noch brüchiger Stimme: »Immerhin ist mir gerade wieder eingefallen, warum ich niemals Kinder wollte.«

Andrej lächelte zwar pflichtschuldig, aber ihm war nicht nach Scherzen zumute.

Die Kamele wurden schneller. Hinter ihnen ging das Töten und Sterben weiter. Sie hatten ein Ungeheuer auf die Welt losgelassen.